不埋沒一本好書，不錯過一個愛書人

七樓書店

梦游人

①

[奥] 赫尔曼·布洛赫 著

流畅 译

1888年
帕塞诺夫
或
浪漫主义

SPM 南方出版传媒 广东人民出版社
·广州·

没有人能在黑暗中看见另一个人

I

1888年，冯·帕塞诺夫先生七十岁，当人们在柏林的街上看到他朝他们走来，会感到异乎寻常、难以解释的厌恶；他们不喜欢他，断定他是个邪恶的老头。他个子小而匀称，既不显出干瘪的老态，也没有腆着大肚子，比例非常协调；他在柏林总是戴着一顶高高的礼帽，看不出有什么可笑的地方。他留着威廉一世的胡子，但剪得稍短，使皇帝显得和蔼可亲的白绒毛在他两腮上不见丝毫；就连他的头发，几乎也并不稀疏，很少有几根是白的。尽管七十岁了，他的头发却保持着年轻的金黄，略微发红的金黄，使人想起枯朽的稻草，这同一个老人实在不相称，人们情愿去想象他有更令人起敬的头发。但冯·帕塞诺夫先生已经习惯了自己头发的颜色，而依照他自己的判断，他的单片眼镜看起来也一点都不会太过年轻。他在照镜子的时候才意识到，镜子中的脸在用他五十年前的目光注视他。尽管冯·帕塞诺夫先生对自己并无不满，却有人满怀不快地看待这个老人，他们无法理解怎么会有女人充满渴望地注视他和拥抱他；他们顶多容许他庄园上的波兰女仆这样，并且认为即使是对于这些女仆，他也一定是通过他那种有些歇斯底里而又傲慢自大的攻击性（这通常是小个子男人的特点）来使她们就范的。不管真假，这就是他的两个儿子的信念，不用说，他并不认同这一信念。毕竟，儿子们的看法往往带有偏见色彩。尽管看到冯·帕塞诺夫先生会感到不快，一种当他走过时正巧有人在后面看到他而产生的明显的不快，但要指责儿子们的不公和偏见还是很容易的。这种不快或许是由于他的背影会使人对他的年纪产生疑问，因为他的举动既不像老年人或青年人，也不像壮年人。而疑问会引发不快，所以，某个偶然路过的行人可能会对他那不庄重的步调感到愤慨；倘若这个行人继而认为这是一种傲慢、粗鄙、轻浮、虚张声势的走路方式，那也没人会感到惊讶。当然，这是秉性的问题。但人们大可以想象一下，某个年轻人会被仇恨遮蔽双眼，迅速跑回去把自己的手杖插到任何一个像这样走路的人的两腿间，让他跌倒，折断双腿，永远终结这种走路方式。然而，冯·帕塞诺夫先生继续用这种非常轻快的步子走着；就像小个子男人通常所做的那样，他挺直了脑袋；当他同样挺直了身体时，他的小腹会略微朝前挺着，人们几乎可以说他是在扛着他的小腹；是的，他正扛着他自己整个人的这一处或那一处，肚子和别的地方，如同扛着一件没人要的、讨人厌的礼物。但是，由于比喻说明不了什么，这些糟糕的看法并没有坚实的基础，甚或有人会为此感到羞耻，直至注意到伴随着他双腿移动的手杖。手杖以整齐的节拍摆动，抬得几乎与他的膝盖齐高，有点急剧地落回地面，然后再次抬起，而两只脚就在它旁边行进。这两只脚也抬得比正常的高，脚趾踢得有点远，仿佛正在轻蔑地向靠近的路人展露他的脚掌，而脚后跟又有点急剧地落回人行道。就这样，两条腿和手杖一同行进，令人不由自主地想到，这个人如果生来是一匹马，那会是一匹溜蹄马[1]；但令人感到恐怖和厌恶的是，他是一匹三条腿的溜蹄马，一个会自行移动的三脚架。同样令人感到恐怖的是，这个用三条腿走路的人，其目的性同其坚定不移的速度一样欺人：他根本就没有朝向任何方向！因为任何一个眼中有严肃目标的人都不会那样走路，如果有人不由自主地联想到一个冷酷无情的剥削者正要去某个穷人家里收债，他立刻就会发现这样的想法是多么不恰当和平庸乏味，他会被这样的直觉吓一跳：这是魔鬼的走路方式，就像一条狗用三条腿一瘸一拐——笔直的Z字形路线……够了，任何人只要带着爱慕的憎恨分析一下冯·帕塞诺夫先生的走路方式，就会发现这一切以及别的东西。大多数人，归根结底，都参与这样的试验。总会有一些是相符的。虽说冯·帕塞诺夫先生并非真的过着一种忙碌的生活，而是相反，把充裕的时间用于履行装饰性的义务以及其他职责，并且悄悄得到一笔稳固的收入，可是——这同样体现了他的个性——他却总是忙得团团转，纯粹

---

[1]　溜蹄马，指步行的时候，身体同侧的双腿会同时做动作的马。——译注

的游逛与他的天性相去甚远。此外，每年仅仅访问柏林两次，他在那里有很多事情要做。此刻，他正要去找他的次子，约阿希姆·冯·帕塞诺夫中尉。

约阿希姆·冯·帕塞诺夫只要一遇见他父亲，儿时的记忆就会自然而然地在脑海里涌现；不过，其中最鲜明的总是在他进入库尔姆的军校之前的事。实际上，只是过去的碎片短暂地闪现，重要的事和琐碎的事混乱地交织在一起。因此，提起扬或许显得无谓和多余；这个管家是个十分次要的人物，可是他的形象却凸显于其余一切之上。这可能是因为扬并不是一个真人，而是一副胡子。人们可以一连数小时地盯着他看，细细琢磨在那幅覆盖着密不透风而又十分柔软的灌木丛的蓬乱景色后面，是否隐藏着一个人类生物。甚至当扬说话的时候——不过他很少说话——人们还是无法肯定这一点，因为他的话语来自他的胡子后面，就如同来自帷幕后面，而且说出这些话的也可以是别人。但最激动人心的是扬打哈欠的时候；这时，那块毛茸茸的表面会在预定的地方裂开，证明这里也是扬进食的地方。当约阿希姆跑过来告诉他，自己快要进军校的时候，扬正在吃晚餐；他就坐在那里切面包，静静听着。最后他说："那么，小少爷高兴吗？"约阿希姆意识到自己一点都不高兴；实际上，他觉得想哭；但由于没有适时的借口，他只是点点头，说他高兴。

接着浮现的是铁十字章，挂在大客厅里的一个玻璃框中。

这是属于一位1813年在军队里获居要职的帕塞诺夫的。由于它一直挂在墙上，当伯恩哈德叔叔也得到一个的时候所引起的大惊小怪就颇使人费解了。如今到了1888年，约阿希姆依然为自己曾经那么愚蠢感到羞耻。但他的痛苦或许只是因为他们把铁十字章在他面前晃来晃去，想让他爱上军校。不管怎么说，他的哥哥赫尔穆特才更适合上军校；虽然过去了许多年，约阿希姆依然觉得让长子继承田产、次子从军的安排是荒谬的。他对铁十字章十分冷漠，而赫尔穆特却在伯恩哈德叔叔和他的戈本军队参与攻占基辛根时，充满狂热的激情。不管怎么说，他甚至都不是亲叔叔，而只是他们父亲的堂弟。

他母亲比他父亲高，田庄上的一切事务都由她操持。奇怪的是，赫尔穆特和他对她是多么漠不关心；在这方面他们和父亲一样。他们不理会她顽固而无精打采的"别那样做"，在她加上一句"小心让你父亲逮住"时，也只是感到厌烦。当她使出最后的威胁，"好吧，这次我真的会告诉你父亲的"，他们一点都不害怕，甚至当她让威胁成真时，他们也几乎不放在心上；因为他们父亲只会生气地瞪他们一眼，然后继续用他那僵硬而富于目的性的步伐走自己的路。这是对他们母亲试图站在共同敌人一边的公道惩罚。

那时，前任牧师还在任上。他留着泛黄的白色络腮胡子，几乎无法同他的肤色区分开，过节的时候，他来吃晚餐，总要把他们的母亲和被一窝孩子簇拥着的露易丝皇后作一番比较。这有点荒唐可笑，但还是让人感到骄傲。接着，牧师又养成了一个习惯，就是把手放到约阿希姆头上，称呼他"年轻的战士"；他们所有人，包括厨房里的那些波兰女仆，都在谈论库尔姆的军校。尽管如此，约阿希姆那时还在等待着最终的决定。有一天，在餐桌上，他母亲曾说过，她看不出有把约阿希姆送走的必要；他大可以等以后进去当掌旗官；一直都是这样做的，传统一直是这样保持的。但伯恩哈德叔叔回答说，新的军队需要有能力的人，在库尔姆，一个正派的年轻人很快就会找到自己的位置。约阿希姆的父亲保持着不认同的沉默——同平常一样，无论妻子说什么，他都不会听她的。当然，除非在她过生日的时候；那时他会和她碰杯，然后借用牧师的比较，称她为他的露易丝皇后。也许他母亲真的反对送他到库尔姆，但没有人可以信赖她：她最后总是站到他父亲那边去。

他母亲非常守时。挤奶时间在牛栏里，收鸡蛋时从不会不在鸡舍里露面；早上总是可以在厨房里找到她，下午则在洗衣房里，在那儿和女仆们一起清点浆洗得硬邦邦的亚麻布。就是在这些场合中的一处，他第一次听到了那个消息。他和母亲在牛栏里，鼻孔里满是牲畜栏里浓重的气味，接着，他们来到外面冬日寒冷的空气中，看见伯恩哈德叔叔正穿过院子朝他们走来。伯恩哈德叔叔依然拄着手杖；因为一个人负了伤，就可以拄着手杖；所有处于康复期的人都会拄着手杖，哪怕已经不再一瘸一拐。他母亲站在原地不动，约阿希姆抓住伯恩哈德叔叔的手杖，紧紧握着。直到今天，他还清楚地记得那把手杖的象牙柄上刻着一块盾徽。伯恩哈德叔叔说："侄儿，祝贺我吧；

我刚刚当上少校了。"约阿希姆抬头望着少校：他比约阿希姆的母亲还要高，有点突然地挺直了身体，既显得自豪又像是听从着指挥，看起来比平常更端正更像个战士；或许他是真的长高了；不管怎样，比起约阿希姆的父亲，他和她更般配。他留着短短的胡子，但可以看见嘴巴。约阿希姆琢磨着握住少校的手杖是不是一种巨大的荣耀，接着决定稍稍为之感到自豪。

"啊，"伯恩哈德叔叔继续说道，"现在意味着要结束在斯托尔平度过的这些愉快的时光了。"约阿希姆的母亲回答说，这既是好消息也是坏消息，而这个复杂的回答他不太能理解。他们站在雪里；他母亲穿着和她自身一样柔软的棕色毛皮外套，皮帽下露出浅色的头发。约阿希姆一想起自己拥有和母亲一样的浅色头发，总是很高兴，因为这意味着他也会变得比他父亲高，也许会和伯恩哈德叔叔一样高；当伯恩哈德叔叔向他点点头，说"我们很快就会成为穿着国王制服的战友"，有那么一瞬间，他还为此感到高兴。但是，当他母亲只是叹了口气，没有提出异议，就像站在他父亲面前一样顺从时，他就放开了手杖，跑去找扬。

他不能和赫尔穆特讨论这个问题；因为赫尔穆特嫉妒他，而且谈起话来和那些大人一样，他们全都说，一个即将成为士兵的人应该感到自豪和高兴。只有扬既不是伪君子也不是骗子；他只是问小少爷高不高兴，而且并没有装作相信他会高兴。当然，赫尔穆特和其他人可能是出于好意，也许只是想安慰他。那时候，约阿希姆暗中觉得伪善的赫尔穆特背叛了他，这种怀疑让他心里一直过意不去；虽然他立刻就试图做出补偿，把所有玩具都送给了赫尔穆特，但因为他不能把它们带到军校去，所以这并不是真正的补偿。他还把兄弟俩共同拥有的小马驹的一半所有权让给了赫尔穆特，这样一来，赫尔穆特就拥有了整匹马。那几个星期麻烦不断，但是很美好；在此之前，在此之后，他从未和哥哥如此亲密。接着就发生了小马驹的意外。当时，赫尔穆特暂且放弃了自己的新权利，由约阿希姆全权掌管那匹马。当然，这意义不大，因为在那几个星期，土地泥泞难行，这种情况下是禁止在田野里骑马的。但约阿希姆觉得自己就快要走了，享有特权，而赫尔穆特也同意，他就借口说要给小马驹一些练习，跑到了田野里。他刚开始一小段慢跑，意外就发生了；小马驹的一条前腿陷在了一个深坑里；它摔倒后就起不来了。赫尔穆特跑了过来，马夫紧随其后。小马驹鬃毛蓬乱地躺在淤泥里，舌头垂在嘴边。约阿希姆依然可以看到赫尔穆特和自己跪在那里，抚摸着小马驹的头，但他再也想不起他们是如何回家的，只知道他发现自己已经在厨房里，那里突然变得异常安静，每个人都瞪着他，仿佛他犯了罪。接着，他听到母亲的声音："一定要告诉你父亲。"接着，他突然置身于父亲的书房中，他觉得母亲在那句讨厌的口头禅中所威胁的惩罚，在不断累积贮存之后，终于要落到他头上了。但什么都没发生。他父亲只是一声不吭地在房间里不停地走来走去，约阿希姆试图站直了，盯着墙上的鹿角。还是什么都没发生，他的目光开始游移，然后固定在一张褶边磨砂纸淡蓝色的砂粒上，这张纸盖着一个放在火炉边的锃亮的棕色六边形痰盂。他几乎忘了自己为什么会在那里；但房间显得比往常大，他的胸口有冰冷的重负压着。最后，父亲戴上了单片眼镜："你早该离开这个家了。"于是，约阿希姆明白了，他们所有人都在愚弄他，连赫尔穆特也是，那一刻，他很高兴小马驹摔断了腿；为了让他离开这个家，母亲也一直在揭他的短。接着，他可以看见父亲从匣子里取出手枪。接着，他开始呕吐。第二天，他从医生那里得知自己得了脑震荡，这让他感到骄傲。赫尔穆特坐在他床沿，虽然约阿希姆知道小马驹已经被父亲开枪打死了，但他们谁也没有提起这件事，这是一段非常快乐的时光，出奇地无忧无虑，远离所有成年人的生活。尽管如此，这样的日子还是结束了，在拖延了几个星期之后，他被安置在了库尔姆的军校里。他站在狭小的床前，同他在斯托尔平的病床距离如此遥远，使他几乎觉得自己随身携带着这段距离，起初，这让他的新环境变得可以忍受了。

自然，那时候的许多事他都已经忘了，但也有一些烦人的东西残留着，有时候他会梦见自己在讲波兰语。当上中尉之后，他把自己骑了很久的马送给了赫尔穆特。但他还是无法摆脱自己对哥哥有所亏欠的感觉，有时甚至把赫尔穆特想象成一个不断催逼的债主。但这太荒唐了，他很少去想。这些念头只是在他父亲到柏林来时才会再次复苏，在询问了母亲和赫尔穆特的近况后，他也从不会忘记打听那匹马的健康状况。

现在，约阿希姆穿上了平民的长礼服，在尖直僵硬的衣领两角边，他的下颌享受着不太习惯的自由；现在，他戴上了卷边的高顶礼帽，拿着一根带有尖细象牙弯柄的手杖；现在，他正走向旅馆，去接父亲进行晚上不可缺少的娱乐，爱德华·冯·贝特兰德的身影突然浮现在他眼前，他感到高兴，他穿这种平民服装并不合身，一点都不像有时被他暗自当成叛徒的那位绅士。不幸的是，他满怀恐惧地料想着那天晚上，他会在他和父亲所要前往的那些时兴场合里遇到贝特兰德，在"冬季花园"观看演出的时候，他就一直在留意贝特兰德有没有出现，仔细思索着能否将这个人介绍给父亲认识。

在乘坐马车穿过弗里德里希大街驶向"猎人娱乐场"的路上，这个问题依然盘踞在他脑海里。他们把各自的手杖夹在膝间，僵硬地坐在破烂的黑色皮椅上一言不发，当一个路过的姑娘朝他们呼喊的时候，约阿希姆目不转睛地盯着前方，而他父亲则牢牢地戴着单片眼镜，咕哝道："白痴。"是的，自打冯·帕塞诺夫先生初次来柏林之后，许多东西都发生了变化，人们即便能够接受这种变化，还是无法对这样的事实视而不见：帝国的缔造者所推行的革新政策结出了一些非常奇怪的果实。冯·帕塞诺夫先生同往年一样说道："巴黎都没有这么糟糕。"当他们在"猎人娱乐场"停下来时，门口的那排为了吸引顾客而布置的耀眼的煤气灯使他很不以为然。

一条狭小的木梯通往楼上的舞厅，冯·帕塞诺夫以他特有的那副活跃而坚定不移的姿态爬上了楼梯。一个黑发姑娘正走下来。她退到了楼梯平台的一角，好让来客通过；她情不自禁地露出了微笑，似乎是在笑这位老先生的神经质，约阿希姆有点窘迫地做了一个抱歉的手势。他又忍不住想起了贝特兰德，把后者想象成这个姑娘的情人，或者皮条客，或者其他一些同样荒诞不经的角色；他一进舞厅，就用目光四处搜寻贝特兰德。但是，贝特兰德当然不在，他反倒是看见了他们团里的两名军官，现在，他才想起是他让他们来的，这样他就不用单独同他父亲待在一起，或者单独同他父亲和贝特兰德待在一起。

出于对冯·帕塞诺夫先生的年龄和地位的尊敬，他们磕响脚后跟，拘谨地微微欠身向他致意，仿佛他是军队里的上级，而他也摆出一副指挥官的模样，询问两位先生玩得是否尽兴：如果他们能够同他喝杯香槟，他会感到荣幸；于是两位先生再次磕响脚后跟，表示同意。侍者又端来了一瓶香槟。他们全都僵硬地、一言不发地坐在椅子里，静静地互相敬酒，然后注视着大厅，注视着黄白相间的装潢，注视着在巨大的枝形吊灯上嘶嘶作响、被香烟的雾气所笼罩的煤气灯火，以及在舞池中央旋转的舞者。最后，冯·帕塞诺夫先生开口说道："嗯，先生们，我希望你们不要因为我而去抑制自己同那些美丽的异性结伴。"欠身和微笑。"这里也有一些漂亮姑娘。我上楼的时候就遇到了一个非常迷人的小妞，黑色头发，长着一双让你们年轻人神魂颠倒的眼睛。"约阿希姆为自己不能掐住老头的脖子，制止他说这种不得体的话而感到羞耻，但他的一个同伴已经回答说，那一定是卢泽娜，她真的是一位非常漂亮的姑娘，而且没人能否认她的优雅；总之，这里大多数的女士都比预期的要好，因为主管人员在挑选姑娘方面非常严格，非常注重谈吐的优雅。这时，卢泽娜回到了舞厅里；她和一个漂亮的姑娘挽着手，当她们从桌子和包厢旁款款走过，那高高的发式和紧束着的身形，确实给人留下优雅的印象。她们经过冯·帕塞诺夫先生那一桌的时候，冯·帕塞诺夫先生打趣地问卢泽娜是不是觉得很刺耳，然后又说，从她的名字来判断，同他交谈的一定是一个美丽的波兰人，因此差不多也算是他的乡下女仆。不，她不是波兰人，卢泽娜说，而是波西米亚人，或者像这个国家里的人说的，捷克人；但波西米亚人更确切，因为她的国家的正确名字是"波西米亚"。"那更好，"冯·帕塞诺夫先生说道，"波兰人不好……不可靠……嗯，没关系。"

这时，两位姑娘已经落座，卢泽娜开始用低沉的嗓音说话，取笑自己至今仍未能说好德语。约阿希姆对父亲使他想起那些波兰女仆而感到不悦，但又忍不住想起了一名收割女工，在他小时候曾将他抱到马车上和一捆捆庄稼待在一起。然而，尽管卢泽娜的德语说得一塌糊涂，发音生硬费力、时断时续，她依然是一位穿着束身衣的年轻淑女，把酒杯举到唇边的姿态一丝不苟，因而一点都不像什么波兰收割女工；不管他父亲和那些女仆的传闻是真是假，都跟约阿希姆无关，但这个温和的姑娘可不能被老头像平常那样子对待。不过，约阿希姆还是无法想象一个波西米亚姑娘的生活和一个波兰姑娘有什么不同——实际上，即便是在德国人中间，也难以发现傀儡背后的个体——当他试着想象卢泽娜出身于一个良好的家庭，有一个庄重的母亲和一个戴着手套的体面的追求者，他发现这不适合她；他无法摆脱这种感觉：波西米亚的生活一定很狂野很鄙俗，就像鞑靼人一样。他为卢泽娜感到惋惜，虽然她颇使他想起一头卑微的小猎物，一声幽暗的呼喊，幽暗如波西米亚的森林，被扼制在她的喉咙里，他想知道人们能否像和一位淑女那样和她说话；这一切如此令人畏惧又如此令人着迷，在某种程度上使他父亲猥亵的意图也显得很合理。他害怕卢泽娜也会看穿这一切，他在她脸上搜寻着答案；她注意到了这一点，对他微笑着；但她还是任由老头抚摸她懒洋洋地垂在桌沿的手，老头做得非常明目张胆，同时试图用他那点波兰语残渣，在自己和姑娘周围竖起一道语言的篱笆。她听任他这样当然是错的，而在斯托尔平，人们断言波兰女仆不可靠，或许是对的。但她或许只是因为弱小，出于荣誉的要求，人们应该保护她不受老头的侵扰。但那应该是她的情人的责任；贝特兰德要是还有一丝骑士精神的余绪，此刻就应该现身，说句话把一切都摆平。

突然，约阿希姆和他的同伴谈起了贝特兰德：他们最近有没有贝特兰德的消息，他在做什么；是的，一个极其内向寡言的人，爱德华·冯·贝特兰德。但他的同伴喝了太多香槟，给出的答案都很含糊，而且对什么都见怪不怪，哪怕是约阿希姆执拗地围绕着贝特兰德的话题喋喋不休；而当他狡黠地用响亮而清晰的声音一再重复那个名字的时候，两位姑娘连眼睛都不眨一下，他心生狐疑，贝特兰德会不会堕落到在这里使用了假名；于是，他直接转向卢泽娜，问她是否认识冯·贝特兰德——老头一直专心听着，这时，尽管喝了许多香槟，却仍像平常一样爱管闲事，他问约阿希姆为什么如此热心地追踪这个冯·贝特兰德："你对他这么热心，就好像他藏在这里的某个地方似的。"约阿希姆红着脸予以否认，但老头继续说道：是的，他非常了解他父亲，冯·贝特兰德老上校。他已经离开了人世，很可能就是这个爱德华把他送进坟墓的。当他的废物儿子离开军队的时候，人们说，他大受刺激；没有人知道原因，其中是否另有隐情。约阿希姆很恼火："请原谅，这只是空穴来风——而且贝特兰德绝对不是什么废物！""温和点，温和点。"老头答道，他把嘴凑向卢泽娜的手，印上了长长的一吻；卢泽娜平静地接受了，同时注视着约阿希姆，他柔软的浅色头发使她想起波西米亚乡下学校里的孩子。"我，不会，奉承您，"她用断断续续的声音对老头说，"但您儿子，头发，漂亮。"接着，她托住她朋友的脑袋，把它和约阿希姆的脑袋凑到一起，高兴地看到头发的颜色是一样的。"是漂亮的一对。"她对两个头说道，然后用手指穿过他们的头发。那个姑娘发出了尖叫，因为她的发型被弄乱了；约阿希姆则感到有一只柔软的手抚摸着他的后脑勺，他有点眩晕，往后仰起了头，仿佛要抓住在他颈子和衣领间的那只手，让它留在那里；但那只手主动地滑向颈后，迅速而胆怯地拍了一下，抽开了。"温和点，温和点！"他再次听到父亲干涩的声音，接着，他注意到老头取出钱包，抽出了两张大额钞票，正要塞给两个姑娘。是的，他心情好的时候常常就是这样扔钱给那些收割女工，尽管约阿希姆想要干涉，却无法阻止那张五十马克的钞票塞到卢泽娜手里，也无法阻止她高兴地放进钱包里。"谢谢，老爹，"她说，接着更正了她的话，"公公。"然后朝着约阿希姆眨眼。约阿希姆气得脸色发白：老头会用五十马克给他买个姑娘，他会吗？老头灵敏地抓住了卢泽娜的妙语加以发挥："啊！我觉得我的小无赖好像很吸引你……嗯，我会同意的……"浑蛋，约阿希姆想道。但是现在老头张满了帆："卢泽娜，我亲爱的孩子，明天我会来拜访你，体面地安排这桩婚事，全是顶尖儿的。我应该给你带什么结婚礼物呢？……不过你得告诉我你家城堡的地址……"约阿希姆移开了视线，就像一个人在行刑现场不愿看到斧头落下，但卢泽娜突然浑身僵硬，两眼发蒙，双唇颤动，她推开一只伸过来想要帮助她或者表示关切的手，冲进了厕所里，在服务员的身边哭号了起来。

"哎，哎，"冯·帕塞诺夫先生说道，"现在一定很晚了！恐怕我们得走了，先生们。"父子俩肩并肩坐在马车里，浑身僵硬，满怀敌意，手杖夹在各自的膝盖间。最后，老头说道："嗯，她还是收了那五十马克，然后拔腿就跑了。"真是个浑蛋，约阿希姆想道。

在军队制服这个问题上，贝特兰德可以提供类似下面的理论：

从前是教会独自上升为全人类的审判者，每个平民都知道自己是罪人。而如今，为了避免所有的价值陷入无政府状态，就得由有罪之人来审判其他有罪之人，兄弟应该对兄弟说，"你做错了"，而不是与他一同哭泣。从前，只有牧师的外衣标志着一个人脱离他的同类，代表某种更高的东西，即使制服和官员的长袍也并不能完全遮住平民的特征，而当信仰巨大的狭隘消失后，官员世俗的长袍就必须取代宗教的外衣，社会必须通过世俗的制服划分世俗的等级，并且获得一种宗教的绝对权威。而因为世俗权力上升至绝对权威，其结果总是导致浪漫主义，所以，那个时代真正的、典型的浪漫主义就是对制服的狂热崇拜，其中隐含着一个关于制服的超越时空的观念，这个观念并非真正存在却如此有力，以至于比任何世俗行业都更彻底地掌控着人类，它并不存在却威力巨大，以至于把穿制服的人变成了制服的所有物，而不是民间意义上的职业人士；这或许只是因为穿上制服的人心满意足地觉得自己正在发挥他那个时代最不可或缺的作用，因而也保障了他自身生活的安稳。

这就是贝特兰德可能会说的；虽然确实不是每个穿制服的人都会意识到这些事情，但可以肯定，每个穿了许多年制服的人都会发现，与那些只是白天穿一套平民服装，晚上再换一套平民服装的人相比，他们的生活具有更好的组织性。实际上，士兵并非真的需要深入思考这些事情，因为制服给它的穿着者在他的个人和世界之间提供了一道明确的分界线；它就像一个坚硬的罩壳，人的个性和世界对着它猛烈而清楚地击打，并且凭着它区分彼此；制服真正的作用就是在世上规定和彰显秩序，扼制生活的混乱和不稳定，正如它隐藏了身体里的任何柔软和流动的东西，覆盖了士兵的内衣和皮肤，并且决定了站岗的哨兵必须戴着白手套。因此，当一个人在早晨扣上他制服上的最后一粒纽扣，他就获得了更厚的第二层皮肤，感到自己恢复了更本质、更稳固的存在。他封闭在坚硬的罩壳里，系上背带和腰带，开始忘却自己的内衣，而生活，是的，生活本身的不确定，则退开了一段距离。接着，在他拉好抚平自己的紧身短上衣，使胸上和背上没有一道褶皱之后，就连他真心疼爱的孩子，和他生下那个孩子的女人，都退开了一段平民的遥远距离，他们向他吻别的嘴巴几乎变得陌生，而他的家也变成了异域，他穿着制服都不敢进去了。倘若接下来他穿着制服走向兵营或者办公室，一定不能认为是骄傲使他忽略了其他穿着的人：他只是不再理解那些陌生和粗俗的衣物竟能包裹住任何一点与他在自己身上感受到的人性隐约相似的东西。然而，这并不是说穿制服的人盲目了，或者充满了盲目的偏见，正如通常所假定的那样；他一直都是和你我一样的人，渴求食物和爱，甚至还在吃早餐的时候看报纸；但他不再和事物拴连在一起，它们不再使他关切，所以他就能将它们分出好坏，因为生活的安稳就建立在不宽容和缺乏理解的基础之上。

每回约阿希姆·冯·帕塞诺夫被迫穿上平民服装，爱德华·冯·贝特兰德就会来到他脑海里，他总是感到高兴，他穿便服并不像那个人一样合身，泰然自若；但他非常想知道贝特兰德在制服的问题上有什么看法。爱德华·冯·贝特兰德当然有理由去思考这个问题，因为他已经永远丢弃了制服，换上了平民的服装。这件事是非常令人惊讶的。他比帕塞诺夫早两年从库尔姆军校毕业，在学校里的表现和其他人并没有什么不同；他像其他人一样在夏天穿白色的裤子，和他们在同一张桌子上吃饭，像他们一样通过各种考试；可是在他当上少尉之后，却发生了一件令人匪夷所思的事：他无缘无故地退出了军队，消失在一种对他而言相当陌生的生活里——消失在人们所说的城市的迷宫里，只是偶尔从这个迷宫里露面。人们在街上遇到他，总是不太确定要不要跟他打招呼，觉得他是跑到了另一个世界的叛徒，在那里献出了一些一直是共同财产的东西，人们在面对他的时候赤裸裸的，无遮无掩，而他对自己的动机和生活却丝毫都没有泄露，一直保持着平等友好的克制。但是，令人不安的因素或许只是出现在贝特兰德的平民服装里，他那僵硬的白色衬衫前胸是那么暴露，人们真的不得不为他感到羞耻。再说了，贝特兰德自己也曾在库尔姆说过，真正的士兵永远都不允许自己的衬衫袖口在袖子底下露出来，因为与出生、睡眠、爱情和死亡有关的一切——简而言之，与平民有关的一切——都是内衣的问题；即便这种悖论一直都是贝特兰德的特点，就像他随后会用那种漫不经心的、懒洋洋的、轻蔑的手势来打发它们一样典型，他那时候也一定被制服的问题困扰着。关于内衣和衬衫袖口的问题，他的一些看法可能是对的：譬如，人们可以想一下——贝特兰德总是激发人们产生这种不愉快的想法——所有的人，那些平民和约阿希姆的父亲也不例外，都把衬衫塞进裤子里。因此，约阿希姆不喜欢在兵营里遇到任何把紧身短上衣敞开的人；这有些不得体，使人隐约觉得是在证明这一规则的合理性：当前往某些地方，或者为了别的色欲意图，应该穿上便服；还有，竟然有已婚军官和已婚下士存在，这几乎像是在违反规则。当已婚的准尉副官在早上向他做报告，为了取出那本巨大的红皮书而解开紧身短上衣的两个纽扣，裸露出他的格纹衬衫的时候，约阿希姆经常会用手指摸摸自己的紧身短上衣的纽扣，在确保它们全都稳稳当当之后，才觉得放心。他几乎希望制服是直接从他的皮肤发散出来的东西，他时常觉得这才是一件制服的真正作用，而且还希望自己的内衣能通过一种特别的方式做成制服的一部分。一想到每个士兵都在他的紧身短上衣下面携带着所有人共有的无政府主义激情，就觉得怪诞可怕。如果不是有人在最后一刻为平民发明了僵硬的衬衫前胸，从而将衬衫变成一片白板，让它再也难以被辨识出是内衣，世界或许已经陷入了混乱。约阿希姆想起小时候看到祖父的画像感到的诧异，他发现那位绅士穿的不是僵硬的衬衫，而是带蕾丝领巾的服饰。但在那个时代，人们拥有更深厚更密切的信仰，并不需要寻求更多的壁垒去抵抗无政府主义。当然，这些想法相当愚蠢，明显只是贝特兰德说的那些东西的延伸，既无韵律，也无道理；帕塞诺夫几乎为自己在准尉副官面前想这些东西而感到羞耻，当它们急剧翻滚上来的时候，他把它们推到了一边，猛然恢复了自己僵硬、正式的姿态。

但是，即便他把它们当作愚蠢的想法推到一边，把制服当作自然法则来接受，这一切也不仅仅是穿着的问题，不仅仅是某种即便没有给他的生活带来满足，至少也带来风格的事物。他时常幻想通过说出"穿着国王制服的战友"这句话而摆脱这个问题和贝特兰德，尽管他这样做并不是想对国王的制服表示出任何异乎寻常的崇敬，或者满足自己的虚荣心；他相当注意自己的形象，觉得既不能超出也不能逊于明确规定的标准，实际上，有一回，有几位女士颇有道理地指出，制服那僵硬呆板的剪裁，鲜艳的料子上那耀眼的色彩，与他的脸极不相称，而艺术家的棕色天鹅绒外套和飘逸的领带倒是更适合他，这让他有点高兴。尽管如此，制服对他还是意义更重大，这或许可以通过他从母亲那里继承的顽固来解释，某个传统一旦形成，他母亲就总是坚持不动摇。有时候，他觉得对他来说永远都不会有别的衣着了，尽管他仍对母亲没有反驳伯恩哈德叔叔而充满了怨恨。当然，现在一切已成定局，如果一个人从十岁开始就习惯了穿制服，那么，它早晚会像内萨斯[1]的衬衣一样长进肉里，任何人，尤其是约阿希姆·冯·帕塞诺夫，都无法确定他自身和制服的边界在哪里。即便军人的使命感没有在他身上根深蒂固，他的制服依然是许多事物的象征；在漫长的岁月里，他把无数的想法都安安稳稳地塞在里面，塞得满满当当的，以至于他已经无法脱离它独自生活了；他封闭在制服里，异常安

---

[1] 内萨斯，希腊神话中的人头马身怪。——译注

稳平静地与世界和他父亲的家隔绝开来，以至于他几乎无法辨别、几乎没有意识到制服给他留下的那一点自由，并不比一名军官允许露出的那个浆洗过的袖口宽。他不喜欢穿便服，同时也很高兴他的制服能防止他去那些可疑的地方，在他的想象中，平民贝特兰德就在那些地方和放荡的女人厮混在一起。他时常感到异乎寻常的恐惧：他可能会重蹈贝特兰德的覆辙。这也是他对父亲心怀怨恨的原因，他不得不穿着便服陪父亲在柏林的夜场出没，按照传统，老头总要以这种方式来结束对帝国首都的访问。

　　第二天，约阿希姆送父亲去坐火车，后者说："嗯，用不了多久，等你升任上尉，我们就该考虑给你找个妻子了。伊丽莎白怎样？巴登森家在莱斯托夫有份不错的小资产，早晚有一天全得归这个姑娘。"约阿希姆什么也没说。昨天他差点花五十马克给我买个姑娘，他想，今天又想安排一桩正经婚事。或许是老头自己觊觎伊丽莎白，就像觊觎那另一个姑娘吧？约阿希姆还能感受到那个姑娘的手指抚摸着他的颈背。但是，他觉得任何人胆敢对伊丽莎白产生邪念都是不可思议的，尤其是自己干不了，却唆使自己的儿子去侵犯这个圣洁的人。约阿希姆差点想为这种令人恶心的猜疑请求父亲的原谅；但老头真的什么事都干得出来。是的，他有责任保护世上所有的女人免受这个老头的侵害，当他们沿着站台前行的时候，约阿希姆这样想着，当他向离去的火车致意的时候，他依然这么想。但是，当火车消失后，他的思绪又回到了卢泽娜身上。

那天晚上，他依然在想卢泽娜。在春天，有些黄昏持续的时间远比天文学上规定的时间长。那时候，一阵迷雾笼罩着城市，给它带来一种节日前夕的轻微的紧张感。与此同时，这阵柔和、灰白的薄雾仿佛网住了许多亮光，当天空变得像天鹅绒一样漆黑之后，残留在其中的光线却显得更亮了。暮光就这样长久停留着，以至于商店的老板们都忘了关门；他们站在门口和同伴们闲聊，直到路过的警员向他们微笑示意，他们才注意到已经超过了规定的关门时间。甚至在这时候，许多商店依然闪耀着一束束亮光，因为在里间，一家人正坐在一起吃晚餐；他们没有像平常那样关起窗板，只是在门口放上一把椅子，表示不再接待顾客了；吃完晚餐，他们就会带上各自的椅子来到门口休息。这些生活在商店后面的小店主和零售商是令人羡慕的：冬天关上厚重的窗板，便能够在明亮的屋里享受双倍的温暖和安全保障；圣诞节期间，透过玻璃门就可以从店里看到耀眼的圣诞树；温和的春秋傍晚，他们会抱着猫，摸着柔软的狗头，坐在门口，如同坐在一个阶梯形的花园里。

从军营回来的时候，约阿希姆穿行在郊区的街道上。对于他这种身份的人来说，这么做并不合适，军官们一直都是坐着团里的马车回家的。从来没有人走路——包括贝特兰德都不会有这种念头——而约阿希姆现在这么做，就像失足一样不安。他这么做，难道不像是为了卢泽娜而羞辱自己吗？或者说不是对卢泽娜的间接羞辱吗？在他的想象中，她现在拥有一间名副其实位于郊区的房屋，或许就是那个酷似地窖的小商店，漆黑的门口摆着出售的果蔬；或许就是卢泽娜的母亲蹲在门口，一边织毛衣，一边说着神秘的外国话。他闻到了煤油灯的烟味。在地窖低矮的拱顶下，透出了一道光。这是后面那堵脏兮兮的墙上的灯发出的。他觉得自己简直也可以和卢泽娜坐在那地窖前，让她的手弄乱他的头发。但在意识到这个念头之后，他吓了一跳，为了驱除它，他开始想象同样的浅灰色薄暮正在莱斯托夫降临。在雾气笼罩下安安静静、满是露湿植物芬芳的花园里，他看到了伊丽莎白；她正款款地朝屋里走去，煤油灯柔和的光透过窗户照向逐渐降临的薄暮，她的小狗也在那里，在过完一天之后似乎也疲惫了。但是，当他更专注、更私密地想象的时候，他在房子面前的露台上看到的却是他和卢泽娜，卢泽娜爱抚的手正搁在他的后脑勺上。

不用说，在那些美丽的春日里，人们会感到精神抖擞，而他们的生意也会蒸蒸日上。贝特兰德在柏林待了几天，同样觉得如此。但在心里，他知道自己的精神抖擞只是因为这些年来他在事业上的成功，而反过来说，要想获得更多的成功，也是需要精神抖擞。这就像是顺流而动，他自己不需要朝他想要的东西奔去，就看到它们朝他漂来。或许这就是他离开军队的原因之一：有那么多东西吸引着他，而他那时候又被排斥在外。那时，银行、事务律师和出口公司的黄铜门牌对他意味着什么呢？它们只是一些空洞的词语，人们要么不屑一顾，要么感到烦扰。如今，他懂得了关于银行的一大堆东西，知道柜台后面在干什么，是的，不仅理解了记名证券、折息贴现、外贸、存款以及诸如此类的东西的含义，还知道主管办公室里是如何运作的，能够根据存款和储备对银行做出评估，能够从股票的涨落中得出生动的结论。他理解了诸如过境、保税仓库这样的出口术语，这一切对他来说都变得非常自然，像汉堡的斯坦维格的黄铜门牌一样理所当然："爱德华·冯·贝特兰德，棉花进口商。"如今，在不来梅的罗兰大街和利物浦的棉花交易所都可以看到类似的门牌，这着实令他感到自豪。

他在林登大道遇到帕塞诺夫的时候，帕塞诺夫硬邦邦地穿着带肩章的长款军大衣，肩膀也是硬邦邦的，而他自己则穿着舒适的英国套装，他感到兴高采烈，快活而亲切地同帕塞诺夫打招呼，就像平常跟别的老战友打招呼一样，同时直截了当地问他吃过午餐了吗，要不要跟他一块儿去德雷塞尔。

这突如其来的邂逅和迅速的热忱让帕塞诺夫惊讶得都忘了自己最近是怎样想贝特兰德的；他再次对自己穿着整洁干净的制服和他面前这个赤身裸体穿着便服的人交谈感到羞耻，他很想逃避这场邀约。但他发现自己说的是，真的好久没见到贝特兰德了。哦，想想他过的单调乏味、一成不变的生活，就不会觉得惊讶了，贝特兰德答道。而对他这个成天到处去侵略到处去跑的人而言，恰恰相反，他们仿佛昨天才第一次佩着剑出现在林登大道，第一次在德雷塞尔——他们这一次去的餐馆——吃饭，但他们现在已经老了几岁了。帕塞诺夫想道："他的话真多。"但是，或许是因为想到贝特兰德也有令人讨厌的缺点而觉得高兴，又或许是因为他隐约觉得朋友先前的少言寡语总是使他感到难堪——虽然害怕显得过于轻率，他还是问了贝特兰德这些日子都去哪里了。贝特兰德做了一个有点不以为然的手势，仿佛想要打发掉一些无关紧要的东西："哦，一大堆地方。我刚从美国回来。"嗯，美国——对约阿希姆来说，美国还只是一个不守规矩、被剥夺了财产继承权或者颓废堕落的子弟才被送去的国家，冯·贝特兰德老先生一定是为此郁郁而终的！但这个想法跟他面前这个自信满满、显然很成功的人又显得不相符。当然，约阿希姆经常听说，有些总是一事无成的人在那边当了农民之后一路往上爬，然后回到德国来找德国新娘，或许这个家伙就是来接卢泽娜的；但不对，她不是德国人而是捷克人，或者更准确地说，波西米亚人。然而，这个想法依然萦绕在他脑海里，他问道："您要回来了吗？""不，没有那么快，我得先去印度。"真是彻头彻尾的冒险家！帕塞诺夫环顾了一下餐厅，和一个冒险家坐在那里让他觉得非常窘迫；但没有别的办法，只能把对话进行下去："那么，您总是在旅行，对吧？""哦，我只是去出差——不过我喜欢到处跑。一个人当然应该去做他心中的魔鬼驱使他去做的事。"这就泄露秘密了；现在他明白了；贝特兰德退出军队，投身商业，仅仅是因为贪心，因为贪婪。但是，这些投机家总是那样厚脸皮，贝特兰德并没有觉察到他的轻蔑，继续毫不窘迫地说道："瞧，帕塞诺夫！我越来越无法理解您怎么能够一直待在这里。您为什么不至少申请去殖民地任职呢，既然国家能够为您提供这种乐趣？"帕塞诺夫和他的战友们从不关心殖民地的问题：那是专属于海军的；但他还是感到愤慨："乐趣？"贝特兰德的嘴角又露出了揶揄的微笑："嗯，除此之外还有别的吗？士兵们直接关切的是个人的一点小小的乐趣和荣誉。当然，一切荣耀都归于彼得斯博士，如果他早一点出现的话，我一定会跟随他的，但除了纯粹的浪漫主义，还有别的因素吗？从哪一点来看都是浪漫主义的——除了天主教和新教的布道活动，当然，他们做的都是认真、有用的工作。而其他的呢——不过是笑话。"他的口气是如此轻蔑，帕塞诺夫感到非常愤慨，但他说出来的话听起来仅仅像是受到了冒犯："我们德国人为什么应该落后于其他国家呢？""我跟您说一下吧，帕塞诺夫：首先，英国是英国；其次，即使在英国，也不是每天都在过节；再者，我总是选择把闲余的资金投在英国殖民地，而不是德国；所以，您看，即使从商业角度来看，我们拥有殖民地都是浪漫主义的；最后，就像我刚才说过的，只有教会在殖民扩张中真正明显地获利。"约阿希姆·冯·帕塞诺夫克制的赞赏加剧了，但也疑心贝特兰德这个家伙想用他难以理解、不切实际的理论蒙蔽他、哄骗他、将他拖入陷阱里。在某种程度上，这一切都是贝特兰德的头发附带的，他的头发和军人非常不相称，几乎是卷曲的。有点做作。"洞"，"无底洞"，这些词语浮现在约阿希姆脑海里：为什么这个人一直在谈论宗教和教会呢？但在他回过神来回答之前，贝特兰德已经注意到了他的惊讶："是的，您瞧，欧洲已经变成了一个对教会将信将疑的地方。而非洲却相反！有数以亿计的灵魂作为信仰的原料。您可以放心，一个受过洗礼的黑人胜过二十个欧洲人。如果天主教和新教想要抢在对方之前夺取这些狂热者，那也是情有可原的；那里是他们宗教的未来；在那里，未来的宗教战士有一天会列阵出发，以基督的名义对堕落、不信神的欧洲进行烧杀，并最终在罗马浓烟滚滚的废墟中，将一位黑人教皇推上彼得的宝座。"听起来像《启示录》，帕塞诺夫想道；他现在是在亵渎神明。那些黑人的灵魂跟他有什么关系呢？奴隶贸易当然已经被废止了，虽然一个贪财的人甚至还有可能从事这种活动。贝特兰德刚才还提到他心中的魔鬼。但他可能只是在开玩笑；哪怕以前在军校，也没有人知道贝特兰德什么时候是认真的。"您在开玩笑！至于斯帕希骑兵和土耳其人，我们已经一劳永逸地跟他们和解了。"贝特兰德忍不住笑了，他笑得非常动人和诚恳，令约阿希姆也忍不住笑了。他们就这样彼此诚恳地笑着，他们的灵魂通过眼睛这扇心灵之窗向彼此点头，不过只是一瞬间，就像两个从不向对方打招呼的邻居，突然同时探出窗户，为这不约而同的招呼感到既高兴又尴尬。传统将他们从尴尬中拯救了出来，贝特兰德举起杯子说道："干杯，帕塞诺夫！"帕塞诺夫答道："干杯，贝特兰德！"于是，他们又露出了微笑。

当他们走出餐厅，站在林登大道午后的烈日中有点焦枯、一动不动的树下，帕塞诺夫想起了他在吃午饭时由于太窘迫而没有说出口的回应："我实在无法理解您有什么理由对我们欧洲人的信仰感到不满。我觉得你们生活在城市的人对此并没有正确的理解。像我这种在乡下长大的人，对这些事情就有截然不同的态度。我们那里的农民与宗教的联系远比您想象的紧密。"当着贝特兰德的面说这些，他觉得有点大胆，就像一个副官试图向参谋长解释什么是战略，他有点害怕会引起贝特兰德的不满。但贝特兰德只是愉快地答道："嗯，大概一切最后都会变得光辉灿烂吧。"接着，他们留下了彼此的地址，答应要保持联系。

帕塞诺夫叫了一辆马车，向西区的赛马场驶去。莱茵葡萄酒，午后的炎热，或许还有这次奇怪的邂逅，给他的额头和太阳穴后面——他很想摘下僵硬的帽子——留下一股幽暗的、撕裂的感觉，使他联想起他所坐的那张皮椅，他正用戴着手套的指尖戳着它；有点黏糊糊的，被太阳晒得很烫。他很抱歉没有邀请贝特兰德和他同行，但也感到高兴，他父亲已经离开柏林了，不然肯定会坐在他身旁。而另一方面，他也很高兴没有让穿着平民服装的贝特兰德陪着他。但贝特兰德可能想给他一个惊喜，现在已经去看卢泽娜了，他们会在赛马场再见面的。就像一家人一样。当然，这一切都是胡思乱想。即便是贝特兰德，也不会和那种姑娘在赛马场露面。

几天后，约阿希姆的同僚莱因多尔夫接待他父亲来访，对帕塞诺夫来说，这仿佛是来自天堂的讯息，嘱咐他赶在老莱因多尔夫之前到"猎人娱乐场"去，他已经看到后者以一副坚定而活跃的姿态爬上狭小的楼梯了。他坐着团里的马车回到公寓，换上便服，然后出发了。在转角处，他遇到了两名士兵；他刚要把手抬到帽檐，敷衍地回应他们的敬礼，却发现他们根本没有向他致敬，而且他戴的是高顶礼帽，不是军帽。这有点可笑，他忍不住笑了，半身不遂的莱因多尔夫老伯爵是来向医生问诊的，那天晚上怎么会去"猎人娱乐场"呢，他的想法真是荒唐。最明智的事情大概是掉头回去，但由于只要他愿意，随时都可以那样做，于是便继续前行，享受着这给他带来的一点自由的感觉。然而，他更想去郊区闲逛，去看看那个像地窖一样的小蔬果店，还有冒烟的煤油灯；但他当然不能真的穿着长礼服、戴着高顶礼帽去北边的郊区游行。那里的暮光大概又会像先前那个晚上一样奇幻，而在这市中心，一切都好像与大自然对立：在纷乱的灯火、数不清的商店橱窗和喧腾的街道生活之上，就连天空和空气都显得如此城市化、如此不亲切，所以当他看到一家小小的日用织品店的时候，就好像是幸运地重新发现了熟悉的东西，既让人心安又让人惶惑；在那狭小的橱窗里，摆放着精选出来的蓝色蕾丝、褶饰和半成品的手工刺绣，在后边可以看到一扇玻璃门，显然是通向起居室的。在柜台后面坐着一个白发女人——几乎像个贵妇人——她旁边是一个看不到脸的年轻姑娘；她们都忙着做手工。他打量着橱窗里的商品，琢磨着买几条那种蕾丝手绢送给卢泽娜能否讨她欢心。但这也令他觉得荒唐，于是他便接着往前走，但到了头一个拐角处又折回来，他想看清楚那个姑娘转开的脸。他随便买了三条薄手绢，并不是真的决定送给卢泽娜，而只是想买点东西让那位老夫人高兴。然而，那个姑娘的表情却很冷漠，甚至很恼怒。接着，他回家了。

在冬季男爵夫人不愿承认自己期盼的那些宫廷节庆期间，在春天赛马和夏日购物期间，巴登森一家住在西区一座整洁的房子里，一个星期天上午，约阿希姆·冯·帕塞诺夫按照礼节去拜访两位女士。他很少来这片偏远的别墅区，这种模仿英国的别墅正快速地流行开来，尽管只有习惯了长期储备的富裕家庭，才能住在这里而不会强烈地意识到远离城市的不便。对于那些能够承受这种空间上的不便的特权阶级而言，这个地方倒是一处小小的乡村乐园，行走在别墅中间那些整洁的街道上的时候，帕塞诺夫被这片区域的优越感渗透了，觉得很惬意和愉快。最近这几天，他对很多事情都失去了把握，而这以某种难以解释的方式与贝特兰德联系在一起；生活的某根支柱动摇了，虽然一切仍保持在原来的位置，因为各个部分相互支撑，然而，在隐约希望这一平衡的圆拱坍塌，将所有的动摇和不确定都埋葬的同时，他也害怕这个希望会成真，他心里越来越渴望持久、安稳与平和。嗯，这片舒适的区域布满了最出色的文艺复兴、巴洛克和瑞士风格的城堡似的建筑，被受到悉心照料的花园包围着，在那些花园里，人们可以听到园丁耙子的刮擦声、花园软水管的嘶嘶声和喷泉的潺潺声；这一切都散发着一股巨大的、与世隔绝的安全感，使人无法相信贝特兰德所说的，即便在英国，也不是每天都在过节。从敞开的窗户里，飘来了斯蒂芬·海勒和克莱曼蒂的练习曲：这些人家的女儿能够充满安全感地将全部身心投入到钢琴中，她们是安稳、温和的存在，充满了友谊，直到友谊让位于爱，而爱又再次淡化为友谊。远处，但也不是太远，一只公鸡喔喔叫着，仿佛也想表现这片得到出色规划的郊区的乡村色彩：是的，如果贝特兰德在田间长大，就不会传播这种不安全感，如果他们让约阿希姆留在家里，他也就不会这么容易受这种不安全感的影响。与伊丽莎白一起在田间漫步，用熟练的手指扯下成熟的谷穗；晚上，当牛栏里浓重的气味乘着风吹来，一起穿过打扫得干干净净的院子；在挤牛奶的时候，也一起去观看，这一切是多么美妙。伊丽莎白会站在那些庞大的家畜中间，与周围环境的笨重相比，她会显得非常小巧玲珑，而在他母亲身上仅仅是自然和家常的东西，在她身上会显得既温馨又动人。但这一切对他来说太迟了，他们把他抛弃了，他——此刻这个想法朝他袭来——和贝特兰德一样无家可归。

现在，花园环绕着他，那些栅栏就隐藏在树篱中。男爵夫人把客厅里的一张毛绒沙发搬到了花园里，更是增强了这里的大自然的安全感：沙发放在那里，弯曲的腿和旋转的脚搁在沙砾上，如同在温室里培植的某种异域植物，赞美着温和的气候和文明的自然使它能够处于这种状况；沙发的颜色像粉红的玫瑰。伊丽莎白和约阿希姆坐在花园铁椅上，这些金属座椅雕镂着冰冷的布鲁塞尔蕾丝似的星星。

在详尽讨论了这片区域的种种好处之后——对于习惯和喜欢乡村生活的人来说，这里一定具有独特的吸引力——约阿希姆被问及自己在城里的生活，他忍不住流露出了对乡村的渴望，并且试图使它变得合理。他发现女士们完全赞同他的看法；特别是男爵夫人，她再三向他保证——他无须惊讶——经常好几天，甚至好几个星期，她都没有到市中心去，她是如此惧怕，是的，惧怕喧嚣、吵闹和繁忙的交通。嗯，帕塞诺夫答道，在这里她有一个真正的憩息之所，对话再次围绕着这片区域的优越转了一会儿，直到男爵夫人仿佛准备了一个惊喜，以一副秘密的口吻告诉他，有人给他们提供了机会，使他们能够买下他们非常喜欢的这座小房子。她对拥有这座房子感到非常高兴，便邀请他去参观，去做一番"业主的游览"，她略带窘迫，揶揄地补充了一句。

像通常一样，接待室在楼下，卧室在楼上。是的，在雕花的德国老家具散发着一股令人无法承受的舒适感的餐厅里，他们打算布置一个带喷泉的冬日花园，或许会把客厅也改造一下。接着，他们爬上楼梯，楼梯顶上和底下都是天鹅绒帷幔，男爵夫人继续开启一扇接一扇的门，只略过那些比较私密的。伊丽莎白脸上泛着红晕，犹豫不决地把自己的房间展现在这个男子眼前，但即便是挂在她床上、窗边、梳妆台和镜子上的那一团团白色蕾丝，也不像她父母的卧室那样给约阿希姆带来一种痛苦和羞耻的感觉；他几乎想责备男爵夫人让他在这个家里如此自由，迫使他成为她的羞耻的共同目击者。现在，在他眼前，在大家眼前，甚至在伊丽莎白这个他觉得这样的知识会使她感到惊愕和受到亵渎的人眼前，清楚地展示着并排摆放的两张床，那是为男爵夫人进行性爱而准备的，现在，他突然觉得眼前这个人虽然不是赤身裸体，却淫荡无耻，丝毫不像贤淑的妇人：这里是双人寝室，此刻，他在一瞬间觉得这里是房子的中心，一个隐蔽而又显而易见的祭坛，围绕着它建起了其他的房间。在同一瞬间，他清晰地看到这个郊区他经过的一长列房子，每一座都有类似的处于中心的卧室，在春风柔和地吹拂着的蕾丝帷幕下，从敞开的窗户里飘来的奏鸣曲和练习曲只是为了掩盖事情的真相。因此，入夜以后，每个地方的男女主人的床都会铺上在日用织品店里虚伪地折叠得平平整整的床单，而仆人和孩子们都知道为什么这么做；每个地方都是女仆和孩子睡在一起，他们没有配偶，仍保持着童贞，围绕着房子中心夫妇的房间，他们保持着童贞和纯洁，然而他们得为失去童贞和毫无廉耻的人服务或者听从他们的命令。在赞美这片郊区的种种好处时，男爵夫人怎么敢把离教堂近一点也包括进去呢？难道她不该怀着谦卑，赤着脚走进去吗？或许这就是贝特兰德所谓的非基督徒的时代，约阿希姆开始理解上帝的黑人战士必须让火与剑降临到这些可憎的事物上，以便再次恢复真正的纯洁和基督徒的品质。他望着伊丽莎白，自以为从她的目光中看到了相同的愤慨。而她注定要遭受同样的亵渎，实际上，他自己将被选作执行这一亵渎行为的人，他满怀着怜悯，以至于渴望将她掳走，然后在她门外守卫，这样她就可以不受打扰不受侵犯，永远做着白色蕾丝的梦。

两位女士亲切地送他回楼下，他跟她们告别，保证很快会再来。在街上，他开始意识到自己的拜访是多么空洞；他想，两位女士要是听到贝特兰德的谈话，该有多么惊愕，实际上，他希望她们永远都不会听到他的谈话。

如果一个人养成了忽视同类的习惯——或许是由于他生活中类似种姓制度的隔绝和有点迟钝的情绪反应——那么，当他的目光被他身旁两个站在一起交谈的古怪年轻人吸引住的时候，他一定会感到惊讶。这就是一天晚上在歌剧院的门厅里发生在约阿希姆身上的事。那两名男子显然是外国人，才二十岁出头；他倾向于认为他们是意大利人，这不仅仅是因为他们衣着的剪裁有点不同寻常，而且也是因为其中一个黑眼睛黑头发的家伙，留着两边向上翘起的意大利胡子。尽管偷听陌生人谈话非其所愿，约阿希姆还是注意到他们使用的外语并非意大利语，但要再听得仔细一点就觉得勉强了，直到他有点惊诧地认为自己能够辨认出他们说的是捷克语，或者更确切一点，波西米亚语。他的惊诧实在没有根据，更加没有根据的是他觉得自己因此背叛了伊丽莎白。当然，有可能——或者不太可能——卢泽娜就在听众当中，而这两个年轻人不久就会到她的包厢里去看她，就像他时常到伊丽莎白的包厢里去一样；或许卢泽娜同那个留着黑色小胡子和黑色鬈发的年轻人之间确实有相似之处，而且不仅仅是他们头发的颜色；大概还有那张有点过于小巧的嘴巴，橄榄色的脸上过于鲜明的双唇，过于短小和精巧的鼻子，以及在某种程度上显得像是在挑衅——是的，挑衅是一个准确的字眼——又像是在请求原谅的笑容。

然而这一切似乎显得荒谬可笑，这种相似很可能只是他的幻想；因为现在他回忆起卢泽娜的时候，她的形象已经完全模糊了，如果在街上再次遇到她，他也不会认出她来，他只能通过这个年轻人的媒介和面具看到她。这使他安心，在某种程度上也使事情变得安稳，但没有给他带来任何满意的感觉，因为与此同时，在他意识的某个层面上，他觉得一个姑娘隐藏在一个男人的面具下，有点可怕和难以形容，甚至在幕间休息结束之后，他仍无法摆脱这种感觉。剧院正在上演古诺的《浮士德》，他觉得连那甜腻的和声都不像平常的歌剧那样愚蠢，在舞台上，所有人，包括浮士德自己，都没有注意到在玛格丽特可爱的面容下隐藏着瓦伦丁的脸，而正是因为这一点，单单因为这一点，玛格丽特就要受罪。或许梅菲斯特[1]知道，而约阿希姆很高兴伊丽莎白没有兄弟。演出结束后，他又碰到了卢泽娜的兄弟，他很庆幸现在那个做妹妹的在触不可及的地方，他非常确信这一点，所以不管自己穿着制服，依然转身朝猎人大街的方向走去。而那种背叛的感觉，也消失了。

拐进弗里德里希大街之后，他才意识到自己不能穿着制服

「1」　梅菲斯特，歌德诗剧《浮士德》中的魔鬼。——译注

进娱乐场。他感到失望，继续沿着猎人大街往前走。他该怎么办？在下一个拐角处，他又拐回到猎人大街，窥视着路过的姑娘帽子下的脸，不时还隐约期待着能听到几句意大利语。可当他再次走近"猎人娱乐场"的时候，他听到的不是意大利语，而是生硬、断断续续的声音。"您，不认识，我了吗？""卢泽娜。"帕塞诺夫不情愿地说道，同时心里在想：真叫人难堪！他就穿着制服和这个姑娘站在露天的大街上，而仅仅几天前他还因为和穿着平民服装的贝特兰德待在一起而感到羞耻，可他不但没有走开，反而将一切传统抛诸脑后，打心底里感到高兴，仅仅因为这个姑娘继续和他交谈："今晚，老爹呢？今晚，他，没来吗？"她不该让他想起他父亲的："不，今晚没事做，小卢泽娜，那个，"——她是如何称呼他父亲的？——"老先生今晚也不会来了。"……嗯，他得赶紧走了。卢泽娜失望地看着他："让我等了，这么久，而不……"她的脸表明，他必须去看她。他望着她那张急切询问着的脸，仿佛希望把它印在脑海里，同时也搜寻着，试图找出她那个隐藏在其中的留着翘胡子的南方兄弟。他们的脸有某些相似之处；但是，当他琢磨着一个姑娘的脸庞带有她兄弟的特征对他是否有意义的时候，他想起了自己的哥哥，浅色的头发，富有男子气概的短胡子，而这将他带回了现实。那当然是不同的；赫尔穆特是乡绅，是猎人，与那些柔弱的南方人毫无共同之处；然而这使他安心。他的目光仍在她脸上搜寻着，但他的嫌恶已经消失了，他觉得应该对她好点，说些安慰她的话，给她留下愉快的回忆；他依然犹豫不决；不，他不能去看她；可是……"可是？"这个词听起来充满了渴望和期待。约阿希姆一开始也不知道"可是"接下来是什么，接着突然知道了："我们可以在某个地方见面，一起吃午餐。"对，对，对，对；她知道一个小地方：就明天吧！不，明天不行，但星期三他放假，他们可以安排在星期三见面。于是她踮起脚尖，在他耳边低语："您是善良的，好人。"说完便跑开了，消失在燃烧着煤气灯的门后。帕塞诺夫看见他父亲用他那轻快而富于目的性的脚步迅速登上楼梯，他感到自己的心痛苦地皱缩着。

卢泽娜被约阿希姆在餐厅里表现出来的那种传统的拘谨客气迷住了，她愉快得甚至忘了自己对他穿便服出现感到的失望。那是一个凉爽的雨天；但她不想放弃自己的安排，所以在午餐过后，他们乘着马车穿过夏洛滕堡驶向哈维尔河。卢泽娜在马车里已经摘下了约阿希姆的一只手套，现在他们沿着河边的小径散步，她拉起他的手臂，挽着。他们缓步前行，穿过一片景色，这片景色在寂静中满怀期待，然而能够期待的只有雨水和夜晚。天空柔和地悬浮着，有时和大地被一片雨水的面纱牢牢地联结在一起，而对于在寂静中漫步的他们来说，似乎同样除了期待便一无所有，他们十指交叉紧扣在一起，犹如尚未绽放的蓓蕾上的花瓣，而他们的整个生命仿佛都涌上了指尖。他们肩并着肩，从远处看像是一个三角形的两边，一言不发地沿着河边的小路往前走，也不知道将他们拉到一起的是什么。

但走着走着，卢泽娜出人意料地弯腰俯向他放在她手中的手，在他还没来得及抽开的时候，吻了一下。他望着那噙满泪水的双眼，望着因啜泣而抽搐的双唇，那双唇说道："当你，在楼梯上，遇到我，我说，卢泽娜，我说，他不是，你的，永远不是。而现在，你在，这里……"但她并没有抬起嘴巴，迎接那预期的一吻，而是近乎贪婪地再次俯向他的手，当他试图把手抽开的时候，她就用牙齿咬，不过并不用力，只是像一只小狗在玩耍一样轻轻地、小心翼翼地咬，接着，她满意地看着那个印记，说道："现在我们，接着走吧。下雨，没关系。"雨静静地落在河里，在柳叶上发出轻柔的沙沙声。一只小船半沉在河岸附近；在一座小木桥下，一股细流更加迅速地倾入平静的河流中，而约阿希姆同样觉得自己漂走了，仿佛那种充盈着他的渴望是他心中的一股柔和、轻盈的溢出物，一股呼吸的洪流，渴望与心上人的呼吸混合在一起，迷失在无限安宁的海洋里。夏天仿佛融化了，雨水显得很轻盈，从树叶上淅淅沥沥地滴落下来，垂悬在草叶上，晶莹剔透。一片柔和的雾纱在远处升起，当他们转身的时候，雾已经在身后将他们包裹住，因而他们走着却像是站在原地不动。雨下得更大了，他们躲到了树下，树下的土地依然是干燥的，这片遭到禁锢的夏天残骸在周围得到释放的事物中几乎显得可怜巴巴。卢泽娜摘下帽针，这不仅是因为它们的拘束令她厌烦，而且也是为了避免针尖扎到约阿希姆，她脱下帽子，背靠着他，仿佛他是一株能够庇护她的树。她向后仰起头，而他则把头垂下，他的双唇触到了她的额头以及额前漆黑的鬈发。他没有看到她额头上淡淡的、有点愚蠢的沟纹，或许是因为他靠得太近，没法看出来，又或许是因为视觉已经彻底融化为感觉。她感觉到他的双臂环抱着她，他的手握在她手里，她觉得自己仿佛在一棵树的枝杈间，而他在她额头上的呼吸就像雨水在树叶上渐渐作响；他们纹丝不动地站着，灰蒙蒙的天空与水流融为一体，小岛上的柳树仿佛漂浮在一片灰蒙蒙的虚幻的海上，不知道是上面那一片还是下面那一片海。但紧接着，她看到自己外套的袖子湿漉漉的，便柔声低语地说他们得回去了。

然而，尽管雨水打在脸上，他们还是不敢太匆促，因为这会驱散其中的魅力，直到在一间小旅馆里喝着咖啡，他们才回过神来。现在，雨水越来越急剧地敲打着走廊上的窗玻璃，同时薄薄地在檐沟上溅起。只要女店主一离开房间，卢泽娜就会放下自己的杯子，再拿走他手中的杯子，然后捧着他的头，向自己的头靠近，那么近——他们还未曾接吻呢——他们的目光交融在一起，那股甜蜜的紧张情绪实在令人难以忍受。接着，他们坐在有车顶覆盖、雨篷垂下的马车里，如同置身于一个漆黑的洞穴，雨落在他们头顶的皮革上，发出微弱、柔和的滴答声，透过两边的窗口望出去，除了车夫的斗篷和两条湿漉漉、灰蒙蒙的马路，就再也看不到世上的任何东西了，而紧接着连这些都看不到了，他们的脸垂向彼此，相碰，交融在一起，如河流一样梦幻着，流淌着，不可挽回地迷失，再次发现，又再次永远沉没。这是一个持续了一小时十四分钟的吻。接着，马车停在了卢泽娜家门口。然而，当他打算和她一起进去的时候，她摇了摇头，他便转身走了；但是，与她分开的痛苦是如此之大，他走了几步又转身回来，在自身恐惧的驱使和她的恐惧的拉动下，抓住她在渴望中依然一动不动地伸着的手；他们如同已经沉入睡梦的梦游者一样，登上在他脚下嘎吱作响的漆黑的楼梯，穿过漆黑的门厅，进入昏暗的雨天中的卧室，倒在盖着暗色厚毛毯的床上，再次寻找已经断开的吻，他们不知道自己的脸是被雨水还是被泪水打湿了。接着，卢泽娜挣脱了出来，引导他的手来到她衣服后背的扣子上，她歌唱般的声音是幽暗的。"解开。"她低声说道，同时扯开了他的领带和背心的纽扣。接着，仿佛由于一阵突如其来的谦卑，说不清是对他还是对上帝，她跪了下来，头抵着床脚，迅速解开了他的鞋子。哦，这多么糟糕啊——他们为什么不一起下沉，忘掉自己身上的罩壳呢？——但他又是多么感激她让事情变得简单许多，而且是如此动人；哦，带着释然的笑容，她拉开毯子，让他们倒在了床上。但是，浆洗过的衬领尖利的硬角割着她的脸颊，依然令她感到厌烦，她解开他的衣领，把脸挤入尖利的直角间，命令道："把这个脱了。"现在，他们感受到了放松和自由，感受到了彼此身体的柔软，感受到了他们被急迫的激情扼制住的呼吸，以及从他们的恐惧中升起的欢愉。哦，从这具包裹着骨骼，柔软的皮肤在上面伸展、覆盖的活生生的肉体中奔涌而出的可怕生命，从他此刻抱在怀里的骨架和排满肋骨的呼吸着的胸膛发出的可怕警告，现在压着他，它的心对着他的心跳动。哦，肉体甘甜的芬芳，潮湿的气息，胸部下面的软槽，漆黑的腋窝。但是，约阿希姆依然感到困惑，他们双双都依然感到困惑，不明白他们感受到的欢愉；他们只知道，他们在一起却仍需要寻找彼此。在黑暗中，他看到了卢泽娜的脸，但这张脸似乎漂浮开了，在她漆黑的发岸间漂浮着，他不得不伸出手去触摸，确认它还在那里；他找到了她的眉毛和眼睑，眼睑下面是坚实的眼球，找到了她脸颊的美妙曲线和张开来迎接他亲吻的嘴唇。渴望的浪潮一阵拍着一阵；在洪流的裹挟下，他的吻找到了她的吻；而当河边的柳树不断生长，从一个河岸延伸到另一个河岸，如同一个神圣的洞穴将他们包围，平静的永恒之海就酣睡在这安宁的洞穴中，这时，他感到窒息，他不再呼吸，仅仅在寻找她的呼吸，他非常微弱地说出了那句话，那句在她听来像一声呼喊的话："我爱你。"于是，她打开了自己，如同水里的贝壳她打开了自己，于是他沉了进去。

毫无预兆地传来了哥哥的死讯。他是在与一名波兰地主的决斗中倒下的。这件事如果发生在几个星期以前，约阿希姆可能不会受到这么大的震动。在离家的这二十年来，哥哥的形象越来越模糊了，当他想起哥哥时，他看到的只是一个穿着儿童套装、长着浅色头发的男孩——在约阿希姆被送进军校以前，他们的着装一直都是一样的——甚至此刻首先浮现在他脑海里的也是一副儿童的棺材。但随即浮现的还有赫尔穆特富有男子气概的留着金色胡子的模样，那天晚上在猎人大街，相同的模样也曾在他脑海里浮现，当时他很害怕在一个姑娘的脸上看到更多东西：哦，当时另一个人希望将他拖入梦魇中纠缠他，是那双猎人的清澈眼睛将他拯救了出来，而现在赫尔穆特却永远合上了当时借给他的这双眼睛，或许是为了让自己一直拥有它们。他向赫尔穆特索要过这个吗？他没有负罪感，但哥哥仿佛是因他而死的；是的，他仿佛就是这件事的起因。奇怪的是，赫尔穆特留着伯恩哈德叔叔的胡子，那种不妨碍嘴巴的短胡子；现在约阿希姆觉得，自己一直都把上军校和从军的事归咎于赫尔穆特，而不是真正应该为此负责的伯恩哈德叔叔。但是，赫尔穆特留在了家里，还扮演了一个伪君子的角色——这大概就是解释；然而这一切还是非常令人困惑，尤其是现在，约阿希姆已经知道了很长时间，他哥哥的生活并不令人羡慕。他再次看到一副儿童的棺材浮现在他眼前，一股针对他父亲的痛苦感情油然而生。老头终于把另一个儿子也赶出了家门。将兄长之死的责任推卸到父亲头上，给他带来一种苦涩的解脱感。

他回到斯托尔平参加葬礼。在那里等待他的是赫尔穆特的一封信："我不知道自己能否从这次极不必要的决斗中活着回来。我自然希望如此；不过，我对此几乎是漠不关心的。我意识到，在这个劣等生命中，存在着某种名为荣誉准则的东西，其中隐含着某种更高的理念，一个人或许能够服从于它。我希望你能比我更多地发现自己生命的价值。我时常嫉妒你的军旅生涯；在军队里，一个人至少是在为某些比自身更伟大的东西服务。当然，我不知道你是怎么想的，但我写信给你，是想提醒你，万一我倒下了，不要为了接手庄园而放弃你的事业。当然，你迟早都得接手的，但基于各方面的考虑，只要父亲还活着，你最好还是离得远远的，除非母亲需要你。我祝福你。"这里接下去的是一连串叮嘱约阿希姆要完成的事务，而在最后，有点出人意料地，是祝愿他不会像赫尔穆特那样孤单。

他的父母非常镇定，母亲丝毫不逊于父亲。父亲抓着他的手，说："他是为了荣誉而死的，为了他的姓氏的荣誉。"说完就用他那急剧的、富于目的性的步态，一言不发地从房间的一头走到另一头。很快他又重复道："他是为了荣誉而死的。"说完走出了房间。

他们把棺材放在大客厅里。在前厅，约阿希姆已经可以闻到花束和花圈浓烈的气味：对于一副儿童棺材来说太浓烈了——一个顽固而毫无意义的想法——然而，他在挂着多重帷幕的门前犹豫不决，不敢望进去，只是盯着地板。他熟悉这地板，熟悉这接连着门槛的三角形拼花地板，熟悉这布满房间的循环往复的图案，当他像儿时挑着几何图形跳来跳去那样，双眼循迹而去的时候，他的目光触到了铺在棺材架下的黑布。几片叶子，从花圈上掉落下来，躺在那里。他渴望再次沿着图案走过去，便走了几步，望着棺材。那不是一副儿童的棺材，这很好；但他依然不愿用他自己活生生的眼睛去看那双死去的眼睛，那双眼睛一定完全熄灭了，以至于那张男孩的脸都会在其中淹没，或许他自己也会被拖进去，他这个现在得到了那双眼睛的弟弟；他自己躺在那里的幻觉变得如此强烈，以至于当他走近，看到棺材已经盖上的时候，似乎觉得松了口气和庆幸。有人说死者的脸被子弹打烂了。他几乎没有听到，仍站在棺材旁，把手放在盖子上。在死者和死亡的寂静面前——那里一切约定俗成的事物都消散了，那里一切熟悉的东西都败落并且在败落中冻结了，那里空气变得稀薄，无法维持一个人的生命——人类的无能为力将他攫住了，他觉得自己似乎永远都无法从棺材架旁边挪开，他费了好大劲才想起这是大客厅，棺材就放在通常由钢琴占据的地方，在那后面一定有一片从未被踏过的拼花地板；他缓慢地走过去，触摸挂着黑布的墙壁，摸到了昏暗幕布下的画框和悬挂着铁十字章的框子，这一重新发现的真实碎片以一种新奇的、几乎令人激动的方式将死亡变成了一种室内装饰，他有点欢快地想到，赫尔穆特躺在装饰着鲜花的棺材里，就像一件新家具被搬进了这个房间，他就这样再次将令人无法理解的事物简化成了令人能够理解、肯定和放心的东西，这种简化是如此彻底，以至于那几分钟的体验——或者仅仅几秒钟？——变成了一种平静而坚定的宽慰感。他父亲在几位先生的陪同下出现了，约阿希姆听到他又重复着："他是为了荣誉而死的。"那几位先生离开后，约阿希姆以为只剩自己一个人，可突然又听到："他是为了荣誉而死的。"同时看到他父亲站在棺材架旁边，小小的个子，显得孤苦伶仃。他觉得自己应该向他走去。"来，父亲。"他说着把他领开了。在门口，父亲望着他的脸，说："他是为了荣誉而死的。"仿佛希望将这句话铭记在心，同时也希望约阿希姆这么做。

接着，来了一大群人。乡村消防队站在院子里。附近的军团也出席了，齐齐整整地穿戴着长礼服和礼帽，不时可以在礼服上看到铁十字章。从周围大宅驶来的马车都到了，在它们驶往阴凉处的时候，约阿希姆就在哥哥的棺材旁守灵，向来访者致意。冯·巴登森男爵自己一个人来，因为他的妻子和女儿还在柏林，约阿希姆在迎接他的时候，被一个念头攫住了（他立刻恼怒地甩开这个念头）：这位先生现在很可能把在斯托尔平仅存的这个儿子当成满意的女婿，他对伊丽莎白感到羞愧。房子的山墙上挂着一面静止不动的黑旗，几乎垂到了露台上。

他母亲挽着父亲的手臂走下楼梯。来访者对她的平静感到惊讶，非常佩服她。但她的平静可能只是出于她天生的感情迟钝。送葬的队伍组织起来了，当马车拐弯驶入乡村街道，上帝之屋出现在眼前时，每个人都由衷地感到高兴，现在终于能够躲开尘土和炙烤着他们厚厚的丧服和制服的午后阳光，走进凉爽的白色教堂里了。牧师发表了讲话，在他的讲话中，荣誉的品质得到了特别的强调，并且通过机敏的转折，跟归功于上帝的荣誉联系在了一起：在管风琴的乐声中，他们的声音响起，带着悲伤和理智，宣告我们将要离开所爱的人……约阿希姆一直等待着下面的韵文。接着，他们徒步走向墓地，大门上闪烁着金字——"安息"，马车缓慢地跟在后面，扬起了一片长长的尘云。晴朗的天穹，一片蓝紫色，高悬在干涸、破裂的土地上，这片土地正等着他们把赫尔穆特的躯体投入它的怀抱；尽管确切地说，这不是土地，而只是家族墓室，一个小小的地下室，仿佛打着无聊的哈欠等待新来者。约阿希姆用小铲往洞里倒了三遍土之后，往下望，看到了他祖父和叔父棺材的一端，觉得是因为他们得给父亲留一块地方，所以才没把伯恩哈德叔叔葬在这里。接着，当铲起来的土落在赫尔穆特的棺材和坟墓的石边上，他手拿着玩具铲子站在那里，不由得想起了儿时在柔软的河沙中度过的日子，他看到哥哥再次变成了小男孩，看到他自己躺在棺材架上，觉得这个干燥的夏日不仅从他父母那里，也从死亡那里骗走了赫尔穆特。约阿希姆设想自己死在一个阴柔的雨天，天空会沉下来接收他的灵魂，他的灵魂就可以像在卢泽娜的怀里一样飘走。这些不净的念头，在这里太不合时宜了，但这不是他一个人的责任，所有这些他此刻在墓旁给他们腾让位置的人，甚至包括他父亲，都需要为此负责：他们的宗教徒有其表，布满灰尘，不堪一击，任由阳光和雨水摆布。人们不是几乎可以希望有一支黑人大军，将这一切扫荡干净，让救世主在新的荣耀中显现，带领人们回到祂的国吗？基督悬挂在坟墓的大理石十字架上，只有一块破布裹住胯部，赤褐色的血滴从荆棘冠上落下来，而约阿希姆也感觉到了脸颊上的液滴；或许是他没有注意到的眼泪，又或许只是天热难耐而出汗了；他不清楚，继续握着朝他伸过来的手。

军团和消防队齐步走过，急剧地把他们的头向左转，赋予死者最后的荣誉；他们的靴子在石子路上发出尖厉的声响，他们四人一排，在长官直截了当的指挥下，僵直地齐步穿过墓园的大门。在家族地下墓室的台阶上，冯·帕塞诺夫先生把帽子拿在手里，约阿希姆把手举到帽檐，冯·帕塞诺夫夫人在他们中间，他们向经过的队伍致谢。其他士兵则立正，举手敬礼。接着，车队离开了，约阿希姆和父母登上了他们的马车，马车的门把手和其他银器，同银马具一样，都被马车夫用绉布仔仔细细地包住了；约阿希姆确信鞭子上也装饰着一个绉布的玫瑰花结。现在，母亲在哭，约阿希姆想不出什么话来安慰她，他再次感到不解，为什么是赫尔穆特而不是他自己被那致命的子弹打中？父亲僵直地坐在黑色的皮椅上，这张皮椅富有弹性，精心绗缝着皮革纽扣，不像柏林那些马车上的座椅那样又硬又破。有几次，他父亲似乎想说些什么，说些能够概括他的思想的话，那一连串的思想明显占据着他的头脑，将他彻底吞没了，他仿佛要说话，随后又再次陷入空白的沉默，只是无声地动着嘴唇；最后他尖声说道："他们给了他最后的荣誉。"说着举起一根手指，仿佛他在等着别的什么，或者希望多说一些话，接着又手背向下把手放在了膝盖上。在他的黑色手套口和带着大黑袖扣的袖口之间，露出了一块长着红毛的皮肤。

接下来的几天平静地过去了。冯·帕塞诺夫太太继续忙于各种事务；挤奶时间在牛栏里，收鸡蛋的时候在鸡舍里，清点衣服则在洗衣房里。约阿希姆到田野里去骑了几回马；那匹马是他送给赫尔穆特的，如今骑它出来就像是在缅怀逝者。傍晚，院子打扫干净了，仆人们坐在侧屋前的长凳上，享受着凉爽的和风。一天夜里下了一场大雷雨，约阿希姆惊讶地发现自己几乎已经忘了卢泽娜。他很少见到父亲，后者大部分时间都坐在书房里看吊唁信，或者将它们登记在一个本子上。牧师现在每天都来，时常待到晚餐时间，只有他才会提起逝者，但是当他搬出那一套职业的陈词滥调的时候，他们都不大理睬他，他唯一的倾听者似乎是冯·帕塞诺夫先生，后者不时点点头，仿佛正要将积压在心里的话倾吐出来；但每回都只是重复牧师的最后几句话，同时点头予以强调，譬如："唉，唉，牧师先生，遭受悲恸折磨的父母。"

接着，约阿希姆要回柏林了。来告别的时候，老头又开始走来走去。约阿希姆记得在这个房间里的无数次相同的告别，他觉得非常讨厌，他也清楚地记得挂在墙上的狩猎战利品，角落里火炉旁的痰盂，书桌上的文具（很可能从他祖父的时代一直放到现在），以及桌子上的那叠体育刊物（大多数都没有裁开）。他等着父亲像往常那样戴上单片眼镜，简单粗暴地将他打发走："嗯，旅途愉快，约阿希姆。"但这一回父亲什么也没说，只是把手放在背后，不停地走来走去，于是约阿希姆再次站起来。"父亲，我现在真的得走了，要不然我会赶不上火车的。""嗯，旅途愉快，约阿希姆，"这个惯常的回答终于来了，"但有些话我想跟你说一下。我恐怕你很快就得回来，永远待在这里了。这个地方变得空荡荡的，是的，空荡荡的……"他打量着四周，"但是有些人没有发现……当然，一个人必须维护他的荣誉……"他又再次开始走动，然后悄悄地说道："伊丽莎白怎样呢？我们先前谈到过的……""父亲，我该走了，"约阿希姆说，"要不然我会赶不上火车的。"老头伸出了他的手，约阿希姆不情愿地握了握。

乘马车穿过村子的时候，他从教堂的大钟上看到自己仍有充足的时间赶火车；其实他早知道了。教堂的门恰巧开着，他吩咐车夫停下。他有一桩罪行需要清除，一桩把教堂仅仅当成一个凉爽舒适的地方的罪行，一桩对牧师善意的言辞充耳不闻的罪行，一桩用下流的念头玷污了赫尔穆特的葬礼的罪行；总而言之，一桩对上帝犯下的罪行。他走进教堂，试图找回儿时的感觉：每个礼拜天他站在这里，就像站在上帝面前。那时他已经学会了许多赞美诗，满腔热情地唱着。但此刻在教堂里，要他自己唱起来实在不行。他必须让自己集中思想，让自己的思想专注于上帝，专注于他在上帝面前的罪恶、渺小和不幸。但他的思想拒绝寻求上帝。唯一浮现在他脑海里的是他在这里听到过的《以赛亚书》上的句子："牛认识主人，驴认识主人的槽，以色列却不认识，我的民却不留意。"是的，贝特兰德说得没错，他们丢失了信仰；此刻他闭上双眼，试图念出主祷文，小心翼翼地避免说出一个空洞的词语，全面领会每个词语的含义；当他念到"如同我们免了人的债"的时候，儿时那种温和、不安而又信赖的感觉又在他体内涌现；他记得自己总是把这个段落用到父亲身上，相信自己能够宽恕父亲，是的，对父亲充满爱是一个孩子应有的感情；此刻他又想起父亲提到过的孤寂，父亲显然很害怕这种孤寂，他必须为父亲减轻这种孤寂。离开教堂的时候，"振奋和强大"这个短语浮现在他脑海里，它并不显得空洞，而是充满了鼓舞人心的崭新含义。他决定去拜访伊丽莎白。

在马车里，那个短语再次浮现在他脑海里，他再次想到"振奋和强大"，但现在这个短语和浆洗过的衬衫硬前胸[1]，以及再次见到卢泽娜的快乐前景联系到了一起。

---

[1]　在德语里，"强大"和"浆洗"是同一个词。——译注

II

　　一个行人正从肯尼希大街的方向走来。他长得又矮又胖，浑身上下极其柔软，以至于人们可能会想象他每天早上都是被倒进自己衣服里的。他是一个郑重其事的行人，穿着一件散发着灰色光泽的大衣和一条黑色的裤子，胸脯则被一副棕色的胡子盖住。他显然很匆忙，但他的步态并不是迅速而坚定的，而是一种富于目的性的一摇一摆，与一个身体柔软、富于目的性的匆忙人正合拍。将他的脸隐藏起来的不仅仅是那副胡子；他还戴着眼镜，会透过镜片向路人射出严厉的目光；像这样一个人，如此匆忙地用一摇一摆的步态去处理某件迫切的事务，尽管有着柔和的外表，却射出如此尖锐和严厉的目光，人们实在无法想象他在生活的其他方面会是一个和蔼可亲的人，会有女人为他所爱而软化他的心，会有女人和孩子使他裂开胡子露出亲切的笑容，会有女人用一个吻在漆黑的胡子洞穴里寻找那玫瑰色的嘴唇。

约阿希姆一看到这个人，就机械地跟着他。不管去哪里都无所谓。自从得知贝特兰德在柏林有一个业务代理人，他的办公室在亚历山大广场和证券交易所之间的一条街上，他有时就会被这片区域吸引，就像之前他被工人阶层所在的郊区吸引——他已经不用到那里去找卢泽娜了，这几乎像是她的地位得到了提升。但他并不是要来这里和贝特兰德偶遇的：恰恰相反，每回听说贝特兰德在柏林，他都会避开这个地方，而且他对贝特兰德的代理人也没有兴趣。他只是觉得非常奇怪，贝特兰德的真实生活，就是在这样的环境里；他穿过那些街道的时候，有时不仅会仔细打量那些房子的正面，仿佛想看看隐藏在后面的是什么办公室，甚至还会窥视帽子下的平民，仿佛他们是女人。有时他自己都会为此感到惊异，因为他没有意识到，他搜寻那些脸是为了发现他们的存在是否与他完全不同，他们能否为他提供线索，让他找到贝特兰德从他们身上吸收的特征，但还是深藏不露。是的，他们把生活的秘密隐藏得如此彻底，自己甚至都不需要躲在胡子后面。实际上，如果他们留着胡子，对他来说会显得多一点秘密少一点虚伪，而这可能就是他跟在那个胖乎乎、急匆匆的人后边的原因之一。他突然觉得前面的这个人异常符合他一直以来对贝特兰德代理人的想象。这或许有点愚蠢，但是当几个路人向那个家伙打招呼的时候，约阿希姆还是非常高兴，贝特兰德的代理人得到了很多的尊敬。如果贝特兰德戏剧性地变得又矮又胖，满脸胡子，一摇一摆地朝他走来，他也不会感到过分的惊讶：既然贝特兰德溜进了另一个世界，又何必保留原来的外貌呢？尽管约阿希姆知道自己的想法毫无意义也毫无头绪，然而，表面上的一团乱麻，底下却仿佛隐藏着头绪：他只需理顺将卢泽娜和这些人拴在一起的线索，找到这个藏得更深的、极其隐秘的结——或许在他猜测贝特兰德是卢泽娜真正的情人时，线索的一端就在他手里；但他的手现在却是空的，他继续往下搜寻到的是，贝特兰德有一次借口说自己那天晚上和一个生意上的朋友有约，约阿希姆觉得那个人就是贝特兰德所说的生意上的朋友。他们很可能一起去了"猎人娱乐场"，那个人还把五十马克的钞票塞到了卢泽娜手里。

当一个人在街上跟着另一个人的时候，即使表面上显得冷淡，只是机械地跟着，他很快也会发现自己把各种各样的愿望，善意的和恶意的，都投射到了他所跟的人身上。他很可能至少想要看看这个人的脸，希望他能够转过身来，尽管自从哥哥死后，他就觉得自己已经抵挡住了诱惑，不会再到每一张有点可怕的脸上寻找他恋人的脸。不管怎样，没有任何东西能解释为什么约阿希姆突然觉得，街上这些人站立的姿态是非常不合理的，这与他们的见识相矛盾，或者只是因为完全没有意识到，总有一天他们所有的身体都会在死亡的时候躺平。然而，前面那个人的步伐一点都不急剧、迅速，头也没有冲在前面；而且他也丝毫不担心自己会摔倒，把腿摔断，因为他实在是太柔软了，这种事是不会发生的。

现在，那个人在罗赫大街的拐角处停了下来，仿佛在等待什么；可能是在等着从约阿希姆身上要回那五十马克。为了自身的荣誉，约阿希姆必须还回那五十马克，一想到他让卢泽娜留在那里继续做那份可憎的工作，他就突然感到一阵强烈的羞耻，因为他害怕别人以为他有一个需要付钱的女人，或者因为如果他停下来思考这件事，就会开始怀疑卢泽娜的爱。遮着他眼睛的鳞片仿佛掉了下来：他，一名普鲁士军官，竟然是一个从别的男人手里拿钱的女人的秘密情人。这种对荣誉的冒犯只能用一颗子弹来抹除，但在他仔细思考这一点及其可怕的后果之前，一个意识如同贝特兰德的身影一样浮现在他脑海里：那个人正穿过罗赫大街，他一定不能让那个人离开他的视线，直到他……是的，直到他……这不是很容易弄清楚的。贝特兰德却毫不费力；他既属于这个世界，又属于另外一个，而卢泽娜也同样脚踏两个世界。这就是为什么他们理所应当地属于彼此吗？但现在他的思想就像他周围的人，互相推挤着，尽管他看见眼前有一个目标，他希望自己的思想能抵达这个目标，这个目标却游移、摇曳着，如同前面那个胖子的背影，消失在了他的视线之外。如果说他是从卢泽娜的合法所有人那里偷走了卢泽娜，那么，现在最恰当的做法或许就是把她当成赃物一样藏起来。他试着保持一种僵硬、挺直的姿态，不再去看那些平民百姓。他觉得周围密集的人群，男爵夫人所说的那种喧腾，以及那摩肩接踵的商贸往来，就像一团软绵绵、滑溜溜、无法抓住的融化物。这一切将通向何处？他猛然恢复了规定的军姿，突然感到释然地想到，人只能爱某个属于陌生世界的人。这就是为什么他一直不敢爱伊丽莎白，为什么卢泽娜应该是波西米亚人。爱意味着从自己的世界遁入另一个人的世界，因此，尽管感到嫉妒和羞耻，他还是把卢泽娜留在了她的世界，以便她逃向他的时候，是甜美和新鲜的。守备军乐队在他前面不远处演奏，他更加僵硬地挺直了身体，就像他在礼拜天参加教堂的检阅一样。在斯潘道尔街的拐角处，那个人放慢了脚步，在大街边缘迟疑不前；这样的生意人显然害怕路上的马。他要把钱退还给这个人的念头当然是愚蠢的；但必须带卢泽娜离开娱乐场，这是肯定的。不管怎样，她一直都会是波西米亚人，是来自另一个世界的存在。但他自己在哪里容身呢？他将前往何处？贝特兰德呢？贝特兰德再次浮现在他眼前，令人吃惊地变得又柔软又矮小，透过眼镜射出严厉的目光，对于约阿希姆来说是陌生的，对于波西米亚人卢泽娜来说是陌生的，对于在安静的花园里散步的伊丽莎白来说也是陌生的，对于他们来说都是陌生的，然而，当他转过身来，裂开胡子，露出亲切的笑容，吸引着女人去亲吻那张藏在漆黑洞穴里面的嘴巴的时候，却是熟悉的。约阿希姆站在那里，把手放在剑柄上，仿佛守备军乐队在附近给他提供了保护和对抗魔鬼的新力量。贝特兰德的形象再次浮现，变换着颜色，显得怪异可怕。它出现之后又消失了，"消失在城市的迷宫里"，这句话又来到了约阿希姆的脑海里，"迷宫"有一个邪恶的地下集团。贝特兰德隐藏在各种形体之中，出卖了每个人：约阿希姆，他的那些战友，那些女人，每个人。但他现在注意到贝特兰德的代理人以一阵急剧的小跑得体地穿过斯潘道尔街。约阿希姆有点释然地想到，从今往后，他会让卢泽娜离他们两个远远的。不，不能指控他偷走了卢泽娜；恰恰相反，他还应该保护伊丽莎白不受贝特兰德的侵害。哦，他知道，恶魔诡计多端。但士兵是永远都不能逃跑的。他要是逃跑了，就是把伊丽莎白毫无防护地交给那个人，他自己就会变成那些隐藏在城市的迷宫里，害怕马蹄的人之一；这不仅是公开宣布他犯了盗窃罪，而且还意味着永远放弃揭露那个人背叛的秘密。他必须继续跟着他，但不是像间谍那样鬼鬼祟祟，而应该是光明正大的；而且他也不会藏着卢泽娜。就这样，在证券交易所那片区域，虽然附近还有守备军乐队，约阿希姆·冯·帕塞诺夫周围的一切还是突然变得安静了，像两排建筑中间晴朗的蓝天一样安静和透明。

现在，他产生了一个模糊而又急切的愿望，就是要追上那个人，跟那个人说，他要带卢泽娜离开娱乐场，从今往后，再也不存在任何秘密；但他没走几步，就看到那个人匆匆忙忙地走进了证券交易所。有那么一会儿，约阿希姆一直盯着入口：这就是变形的场所吗？现在贝特兰德自己会出来吗？他思忖着是不是应该马上带贝特兰德去见卢泽娜，最后还是决定不要：因为贝特兰德属于夜间俱乐部的世界，而他现在就是要把卢泽娜从那个世界中拯救出来。事情会顺利进行的；将这一切抛诸脑后，与卢泽娜在静谧的湖畔一个静谧的花园中漫步是多么美妙啊。他一动不动地站在证券交易所门口。他思念着乡下。马车在他周围咆哮，火车在他头顶轰鸣。他不再盯着路人，尽管他觉得他们又陌生又奇怪。以后他会避开这片区域。在证券交易所周围的喧闹中，约阿希姆·冯·帕塞诺夫僵硬地挺直了身体。他会对卢泽娜非常好的。

贝特兰德前来慰问他，约阿希姆又一次搞不清楚应该觉得这是体贴还是冒失：既可以是前者也可以是后者。贝特兰德记得赫尔穆特，赫尔穆特偶尔会去访问库尔姆的军校，虽然次数非常少，但他记得很真切："对，一个白皙、安静的青年，非常内向……我想他嫉妒我们……他后来应该也没多大变化……而且他跟您很像。"现在，这又有点太过熟悉了，几乎仿佛是贝特兰德希望利用赫尔穆特的死来为自己谋利；然而，贝特兰德能够把跟他过去的军旅生涯有关的一切记得如此惊人的准确，并不奇怪：人喜欢回忆自己已经失去的快乐时光。但贝特兰德根本没有说过一句感伤的话，他的声音平静而清醒，使赫尔穆特的死呈现出更人性和自然的一面，经过贝特兰德的触碰，他的死在某种程度上变得客观、永恒、持久。对于哥哥的决斗，约阿希姆实际上并没有投入太多的思考；关于此事的所有观点，以及慰问信中一再出现的见解，都指向同一个方向：赫尔穆特是被命中注定的坚定不移的荣誉感抓住的，这是无法逃脱的悲剧。而贝特兰德却说：

"最异乎寻常的是，我们生活在一个机器和铁路的世界里，而与此同时，当火车在铁路上跑，工厂在开工的时候，居然有两个人可以面对面站着，向对方开枪。"

贝特兰德毫无荣誉感，约阿希姆告诉自己，但他的议论又显得合乎自然、富于启发性。贝特兰德继续说道：

"当然，这有可能发生，因为这是情感的问题。"

"荣誉感。"约阿希姆说道。

"对，荣誉之类的。"

约阿希姆抬起头来——贝特兰德又在嘲笑他吗？他本想回答说，不能单从城里人的角度来评判这类事情；在乡下，人们的感情较少伪饰，更多意义。贝特兰德对此真的一无所知。但是，当然不能对客人说这样的话，约阿希姆一声不响地拿出了雪茄盒。但贝特兰德从自己口袋里抽出了他的英国烟斗和皮烟袋：

"异乎寻常的是，最表浅和脆弱的事物竟然是最持久的。人的身体能以不可思议的速度适应新的生活条件。但是连皮肤和头发的颜色都比骨架更持久。"

约阿希姆注视着贝特兰德浅色的皮肤和过于卷曲的头发，等着看这一切将导向何处。

贝特兰德立刻意识到自己没有表达清楚：

"嗯，这样说吧，我们身上最持久的东西是我们所谓的感情。我们随身携带着保守主义这一不可摧毁的资本。我指的是我们的感情，更准确地说，感情的传统，实际上它们并不是活生生的感情，只是一种返祖现象。"

"这么说来，您认为保守的原则是返祖的？"

"哦，有时候吧，也不总是。但实际上，我并不考虑这些。我想说的是，我们的感情总是落后于我们的真实生活半个世纪或者一整个世纪。人们的感情总是比人们所生活的社会更少人情味。想想莱辛或者伏尔泰吧，他们毫无疑问地接受了这样的事情：在他们的时代，依然在用轮刑处决犯人——这种事情对我们和我们的感情来说是无法想象的。而您觉得我们的处境有所不同吗？"

嗯，约阿希姆从未动脑筋想过这些东西。或许贝特兰德是对的。但他为什么要跟他说这些呢？他的口气就像报纸上的作家一样。

贝特兰德继续说道：

"我们把这件事想得有点理所当然：两个人，他们都充满荣誉感——因为您哥哥是不会和一个没有荣誉感的人决斗的——大清早站在外面向对方开枪。我们居然容许这样的事情，而他们也这样做了，这表明我们是多么彻底地被传统的感情束缚着。感情是充满惰性的，这就是它们如此冷酷的原因。世界是被感情的惰性支配着的。"

感情的惰性！约阿希姆被这个短语击中了：他自己不是充满惰性，不是有一股罪恶的惰性，阻碍他唤起足够的想象力，不顾卢泽娜的反对，拿钱供她，带她离开娱乐场吗？他惊慌地问道：

"您把荣誉说成是感情的惰性？"

"哦，帕塞诺夫，您问的这些问题太令人尴尬了。"贝特兰德脸上再次露出动人的微笑，他总是用这种微笑来跨越不同的观点，"我觉得荣誉感是一种活生生的感情，不过一切过时的形式都充满惰性，一个人把自己献给一种死去的、浪漫主义的感情传统，一定非常累。他一定是感到绝望，找不到出路才会那样做……"

是的，赫尔穆特累了。但贝特兰德想怎样？人们摆脱传统会怎样？约阿希姆惊愕地发现了这一危险：人们如果开始违背传统，可能就会像贝特兰德一样对一切持放任态度。当然，在他和卢泽娜的关系上，他已经越过了严格意义上的传统，但现在一定不能再走远了，而荣誉要求他真诚地对待卢泽娜！或许赫尔穆特在劝他不要回庄园的时候，已经隐约猜到了这一点。那会使他失去卢泽娜的。因此，他突兀地问道："您认为德国农业的状况如何？"他几乎希望一贯讲究实际的贝特兰德也会劝告他不要接管庄园。

"很难说，帕塞诺夫，尤其是我这种对农业知之甚少的人……当然，我们仍有这种封建时代的偏见：因为我们生活在上帝的土地上，所以那些耕种土地的人拥有最稳定的生活。"贝特兰德做了一个有点轻蔑的手势，约阿希姆·冯·帕塞诺夫感到失望，也感到释然，觉得自己已经属于这个得到优待的阶层，而贝特兰德那不稳定的商业生活仅仅是迈向更稳定的生活的第一步。看来，他还是后悔自己退出了军队；作为禁卫军的军官，他本可以轻易地通过婚姻得到一座庄园。但这个想法只适合他父亲，约阿希姆把它甩开了，只是问贝特兰德，有没有打算在后面过一种稳定的生活。不，贝特兰德觉得自己现在几乎没办法做到：他受不了在一个地方待太久。接着，他们谈起了斯托尔平和那里的狩猎场，约阿希姆邀请贝特兰德秋天过去狩猎。这时，门铃突然敲响了：卢泽娜！约阿希姆想道，几乎充满敌意地看着贝特兰德。贝特兰德已经坐了两个小时了，不停地喝茶抽烟，不管怎么说，他的来访已经不能当成是纯粹的慰问了。而与此同时，约阿希姆又不得不承认是他自己指着扶手椅，拿出雪茄，劝贝特兰德留下的，尽管他本该知道卢泽娜肯定会来。当然，事已至此，也无法回头了：如果他事先告诉卢泽娜，肯定会更稳妥。她可能会感到不安，可能希望保密——他现在正准备违背——或许出于单纯的好意，她希望避免任何使他丢脸的可能——或许，她不是很能应付社交场合；但他无法再判断了，当他试图回想起她的形象的时候，他只能看到她的脸以及在他枕边散开的头发。他记得她身体的芳香，却几乎无法确定她穿上衣服的样子。嗯，贝特兰德毕竟只是平民，头发又留得很长，所以这对他没有多大关系。于是，约阿希姆说道："那个，贝特兰德，正好有位漂亮姑娘要来看我；我可以邀请您和我们一起吃晚餐吗？""多浪漫啊！"贝特兰德答道；当然，只要不造成不便，他是很乐意的。

约阿希姆出去迎接卢泽娜，让她对此有所准备。有陌生人在场，她显然感到尴尬。但她对贝特兰德很友好，贝特兰德对她也很友好。约阿希姆对他们表现出来的友好相当不满。他们决定在家里用餐；男仆正要去弄火腿肉和葡萄酒，卢泽娜追过去，让他也搞些苹果馅饼和奶油来。她很高兴能在厨房掌厨，做土豆酥。过了一会儿，她把约阿希姆叫到了厨房里；一开始，他以为她只是想让他看看她身穿白围裙、手拿烹饪勺的模样，正准备欣赏这幅家庭主妇的动人画面；可她却靠着厨房门啜泣；这几乎就是他小时候的场景，当时他到大厨房里去找母亲，发现有个女仆——可能是刚被辞退——哭得是那么伤心，以至于他想跟她一块儿哭，但却被羞耻的感觉扼制住了。"现在，你，不爱我了，"卢泽娜靠在他肩膀上啜泣，尽管他们比以往更热烈地亲吻对方，她还是没有被安抚下来，"是完了，我知道，是完了……"她不停地重复着，"回去吧，要煮东西了。"她擦干眼泪，露出了微笑。他不情愿地回去了，不情愿地想起贝特兰德在另一个房间里；当然，她这样很幼稚，仅仅因为贝特兰德就觉得他们的爱完了很幼稚，尽管如此，这还是真正的女性的直觉，对，真正的女性的直觉，除此之外找不到别的说法了，约阿希姆突然感到沮丧。尽管贝特兰德以玩世不恭的方式跟他说，"她很迷人"，在他身上唤起了坎道勒斯国王[1]的愉快的自豪感，一个威胁的想法还是挥之不去：如果返回斯托尔平，他就会失去卢泽娜，一切就都完了。要是贝特兰

---

[1] 坎道勒斯是公元前8世纪吕底亚王国的国王，据希腊历史学家希罗多德记载，坎道勒斯国王向他最亲近的朝臣巨吉斯吹嘘他的王后多么美丽，"用语言无法形容，你必须亲眼看看，我来安排你偷偷看她的裸体"。巨吉斯"遵命藏在卧室里，看到王后脱光衣服以后，按照国王的计划，偷偷离开房间，但是被王后发现了"。王后非常恼怒，第二天招来巨吉斯，让他自杀，或者杀死国王。于是巨吉斯藏进卧室，用王后提供的匕首，等国王睡后将他杀死。事后，巨吉斯娶了王后，成为新的国王。——译注

德至少劝阻他一下，不要和农业有什么瓜葛该多好！难道贝特兰德只是为了让他离开柏林，然后赢得卢泽娜，就连自己的信念都可以违背，逼迫他去过乡村生活吗？贝特兰德很可能不顾一切把卢泽娜当成了自己的合法财产。但这是不可想象的。

卢泽娜，后边跟着男仆，端着大托盘进来了。她已经脱下了围裙，装作贵妇人坐在小圆桌边两个男人之间，用她唱歌一样断断续续的嗓音和贝特兰德交谈，鼓动他谈谈他的旅行。两个窗户敞开着，尽管外面是漆黑的夏夜，桌子上方柔和的煤油灯还是让约阿希姆想起了冬天、圣诞节和商店后面安稳的小起居室。真奇怪，他居然把那天晚上出于一阵模糊的渴望为卢泽娜买的蕾丝手绢完全抛在了脑后！它们现在就放在衣橱里，他本来现在就想拿给她，要不是贝特兰德在这里，要不是她那么专注地听他讲那些棉花种植园的故事，那些可怜的黑人，他们的父亲还是奴隶——对，是真的可以贩卖的奴隶。什么？也贩卖姑娘？卢泽娜吓得浑身发抖，贝特兰德笑了，轻松愉悦地笑着："哦，您别害怕，小女奴，您不会怎样的。"贝特兰德为什么要这样说呢？他是在暗示购买卢泽娜，或者把她当成礼物？约阿希姆不禁想起了"奴隶"（Sklaven）和"斯拉夫人"（Slaven）的相似之处，想起黑人全都长得差不多，人们几乎无法把他们区分开来，他又一次觉得贝特兰德想让他陷入迷宫，使他想起卢泽娜无法和她的意大利—斯拉夫兄弟区分开来。这就是贝特兰德描绘那一群黑人的原因吧？但贝特兰德只是对他微笑着，他很白，几乎和赫尔穆特一样白，虽然没有胡子，而且他的头发卷曲，过于卷曲，不是直直地往后梳；有那么一会儿，一切又互相混淆了，他都不知道卢泽娜应该属于谁。如果那颗子弹打中的是他而不是他哥哥，那么，赫尔穆特就会坐在他的这个位置上，赫尔穆特也会有力量保护伊丽莎白。或许卢泽娜有点配不上赫尔穆特；但他依然不过是赫尔穆特的替代品。这个想法变得清晰之后，约阿希姆感到沮丧，一个人居然可以取代另一个人，贝特兰德居然有一个柔软、矮小、长胡子的替代品，从这个角度来看，就连他父亲的想法都是情有可原的。为什么偏偏是卢泽娜这样，偏偏是他这样？为什么轮到伊丽莎白就不这样呢？在某种程度上，这一切都是无关紧要的，他明白了把赫尔穆特推向死亡的那种厌倦感。即便卢泽娜是对的，他们的爱即将走到尽头，现在一切也突然退开了一段遥远的距离，卢泽娜和贝特兰德的脸几乎无法区分了。感情的传统，贝特兰德是这样说的。

另一方面，卢泽娜似乎忘了自己阴暗的预言。她在桌子底下探寻着约阿希姆的手，约阿希姆在慌乱中保持了镇定，他瞥了一眼贝特兰德，把手放到了被灯火照得明晃晃的桌布上，卢泽娜再一次抓住了他的手，抚摸着；约阿希姆再一次为这种充满占有欲的抚摸感到高兴，他稍加努力就克服了羞耻，把她的手抓在自己手里，以此昭示他们正当地属于彼此。再说了，他们也没做错什么；《圣经》里说，当一个兄弟死去而没有留下孩子，他的妻子不能嫁给陌生人，而应该嫁给亡夫的兄弟。是的，就是类似这样，而认为他会因为一个女人而背叛赫尔穆特，无疑是荒谬的。但接着，贝特兰德敲了敲杯子，提出要干杯，他又一次搞不清楚他是认真的还是在开玩笑，或者只是因为几杯香槟对他来说已经太多了，要理解他的话真是太困难了；他说起了德国的家庭主妇，那些假扮的主妇是最迷人的，因为演戏是人生的真相，由于这个缘故，艺术总是比自然更美丽，农民的服装出现在舞会上要好过出现在村庄里，而一位德国军人的家只有在摆脱了习以为常的苦修之后才是完整的，虽然它无疑受到了一个毫无传统观念的生意人的侵扰，但也因为一位最迷人的波西米亚女士的出现而变得神圣。因此，他让大家为他们美丽的女主人的健康干杯。是的，这一切有点费解和阴险，他搞不清楚这个"假扮"的观念和他自己所说的替代是不是同一个意思。但是，当贝特兰德继续亲切地注视着卢泽娜，虽然嘴角挂着讥讽的笑容，他还是明白了贝特兰德是想赞美她，他可以把那些令人困惑的想法抛在脑后了；而晚餐就在通常的欢快气氛中结束了。

随后，他们坚持要送贝特兰德回家，一部分原因或许是他们不想让卢泽娜和约阿希姆过夜的事过于张扬。他们穿过安静的街道，卢泽娜在中间，三人分开着走，因为约阿希姆不敢让她挽着手臂。等贝特兰德消失在寓所的门后，他们望着彼此，卢泽娜非常严肃和卑微地问道："要来看我，到娱乐场吗？"他注意到了她声音里的悲伤和严肃，但他感到的只是厌倦和冷漠，他几乎要认真地表示肯定了，并且可以在那时候向她永远告别；如果贝特兰德回来把她领走，他也可以容忍。但娱乐场是不能容忍的。他为自己需要这种刺激感到羞耻，同时也有点高兴，他一声不响地挽住了她的手臂。那夜，他们比以往更热烈地相爱。尽管如此，约阿希姆还是忘了把蕾丝手绢拿给卢泽娜。

　　每天，当套着单匹马的小邮车从火车站归来，在乡村邮局前停下时，庄园的信使就已经靠在柜台上了；其实，他只是一名私人信使，但他也属于邮局，在某种程度上还把自己当作公职人员，也许地位比那里的两名真正的公职人员还高，然而并不是由于任何的个人资历，即便他可能已经任职到厌倦了，而仅仅是因为他来自大宅，他的显要是一个已经存在多年的约定俗成的事实，这无疑可以追溯到没有任何国家邮政服务的时候，当时只有一辆邮车偶尔驶过村庄，把信丢在小客栈里。那个硕大的黑色邮袋，它的带子斜挎在穿着外套的仆人的肩上，养活了许多信使，而且无疑可以追溯到那逝去久远，或许更为幸福的年代；就连村子里最年老的人都记得，早在他童年时那个邮袋就挂在钩子上，信使就靠在柜台上了；搜寻一下记忆，那些老人还能算出庄园信使的总数，他们曾把带子斜挎在外套上，兴高采烈地走在路上，如今都躺在墓地里了。因此，那个邮袋比那些在1848年（那狂暴的一年）之后开办的新式邮局更老，更陈旧，比那个钩子更老，钩子自邮局开办时就钉在那里，作为对邮袋的尊敬，或者对大宅里的人们的敬仰，同时，钩子钉在那里或许也是一个提醒，尽管时代突飞猛进，老传统还是不能忘记的。在新开的邮局里，对大宅的信给予优待的传统还保留着，而且很可能保留到了今天。因此，当马车夫带着灰褐色的邮袋走进来，以一副平常马车夫对待邮袋的轻蔑姿态把它扔在柜台上时，邮政局长，由于人情味和职业传统更懂得尊重，会以毫不掩饰的庄严姿态拆开封蜡和扣件，依据大小把混乱的邮件摊成小堆，以便看清楚，更高效地把它们区分开；接着，在井井有条地完成这一切之后，他最先做的就是把大宅的信堆在一边，然后在处理其他东西之前，从桌上拿起一把钥匙走到邮袋那里去，邮袋就挂在钩子上，镀着金属的钩嘴一声不响地凝视着这一程序；接着，他把钥匙插入锁眼里，打开袋子，袋子张口凝视着他，毫不羞耻地露出了灰色的帆布衬里，他匆匆忙忙地，仿佛无法再忍受张开的帆布口，让信件和报纸以及更小的邮件滑进袋子里，轻推一下袋子的夹扣，使它啪嗒一声合上，然后再次转动钥匙，放回到抽屉里。而现在，一直在旁边观看的信使就扛起了沉甸甸的邮袋，用破旧而结实的带子把它挂在肩上，把更大的包裹拿在手里，这样就能比那个要先走遍整个村庄的邮差快一两个小时把邮件送到大宅里；这是一种显著高效的办法，借助信使和邮袋，老传统得到了延续，庄园上的绅士和仆人们的实际需求也得到了很好的照顾。

约阿希姆如今比从前更频繁地收到家里的消息；其中大部分是他父亲简单粗暴的描述，用的是一种倾斜的、飞奔的字体，强烈地使人联想起他那种可以说是用三条腿走路的步态。

约阿希姆了解到了他父母接待的来访，狩猎和收割的景象，以及个别有关收成的状况；那些信通常都以这样的句子结尾："你最好尽快做好回来的准备，因为工作尽早由你自己来做更合适，一切都要花费时间。——爱你的父亲。"约阿希姆仍然像过去一样不喜欢这字体，他读这些信的时候比以往更加漫不经心，因为每一条让他退伍回家的训诫都好像是想让他沦为平民百姓，过一种不稳定的生活，这就好比有人要抢走他的制服，把他赤身裸体地扔到亚历山大广场上，让那些奇奇怪怪、忙忙碌碌的人可以和他往来。嗯，就让他们说是情感的惰性吧；反正他不是懦夫，他可以镇定地面对敌人的手枪，或者心甘情愿地到前线去对抗传统的敌人——法兰西；但平民生活的危险是更为隐晦和难以理解的一类。到处是混乱和骚动，无等级，无原则，对，甚至不守时。在从公寓到兵营的路上，经过博尔西希的机械工厂，碰到上班或者下班的时候，看到那些工人站在工厂门口，像外国的棕色人种，像波西米亚人，他会发现他们有着阴险的神情，当其中某个人拽一下黑皮帽向他致意，他也从不敢回应，因为他害怕那些友好的工人会蒙上变节者的污名，被指责是站在他这一边。他觉得那些讨厌他的人是合理的，或许有一部分原因是他猜想他们会一样讨厌贝特兰德，虽然贝特兰德穿着平民的服装。在卢泽娜对贝特兰德的厌恶中也潜藏着类似的东西。这一切都令人不安和困惑，对约阿希姆来说，这就仿佛是他的船出现了裂缝，而人们催促他把裂缝扩大。但他觉得父亲要求他为了伊丽莎白而退役是荒谬透顶的；如果说有什么能使一个人配得上她的话，那就是要高于生活的不纯粹和无秩序，至少在外在的衣着上是如此；因此，夺走他的制服，就等于贬低伊丽莎白。于是，他把所有关于平民生活或家庭生活的念头都当成没完没了的危险勒索一样推到一边，但为了避免断然违抗他父亲，在伊丽莎白和她母亲动身前往莱斯托夫度夏的时候，他带着一束花出现在了车站上。

在待发火车前的列车员一看到约阿希姆，就向他立正敬礼，这两人之间有一种无言的理解，一个可靠的下级对上级的理解，他要替他照顾好两位女士。虽然把男爵夫人留在车厢，让她独自和女仆以及行李待在一起有违礼节，但是当伊丽莎白表示想在钟声敲响之前沿着铁轨走走时，约阿希姆觉得这是一种特殊的荣誉。

他们在铁轨间被踏得结结实实的土地上回来漫步，经过打开的车厢门时，约阿希姆没有忘记向男爵夫人欠身致意，男爵夫人则对他报以微笑。伊丽莎白说她是多么期盼回到家里，同时也非常希望等他休假的时候能经常在莱斯托夫看到他，他的假期想必会同往常一样和他父母度过——尤其是在这悲伤的一年。她穿着一件浅灰色的英国旅行短外套，盖住了小帽子的蓝色旅行面纱与她衣服的颜色很相称。他几乎觉得惊讶，一个总是显得如此有思想的人，为了挑选出众的衣服，居然能够发挥出所需的轻佻情趣和肤浅品味，尤其是他觉得灰色的衣服和蓝色的面纱可能是用来配她眼睛的颜色，她的眼睛时而是严肃的灰，时而是欢快的蓝。但很难把这个想法用言语表达出来，因此，当钟声响起，列车员让乘客们回到各自的座位上时，约阿希姆感到由衷的高兴。伊丽莎白把脚放到踏板上，熟练地半转过身来继续和约阿希姆交谈，避免了一位女士弯腰爬进车厢的糟糕场面；然而，等她踏上最后一级台阶，这个技巧就不再奏效了，她果断地俯身穿过低矮的车门。现在，约阿希姆站在火车旁，抬头望着她，他瞥见了她的灰色外套的下摆，想起不久前他也是在这个地方这样望着他父亲，想起他父亲以非常令人厌恶的方式提起他们的婚事，这一切非常奇怪地纠缠在一起，以至于他虽然看到她就在他面前的车厢里，但这个长着灰蓝色眼睛、穿着灰色外套的姑娘的名字却突然显得不相干，从他的记忆里被抹除了，非常可怕和令人惊讶地淹没在他的诧异和愤慨中：竟然有像他父亲这样的人，下流无耻地把这么纯洁的人分配给一个将要侮辱和亵渎她的人。但正如他在她果断地进入车厢的那一刻清楚地意识到她是女人，他也痛苦地意识到他不能期望从她身上得到他和卢泽娜在一起过夜的那种甜蜜，既不会有他们火热的激情，也不会有他们黎明时的迷迷糊糊，只有一种严肃的，或许是宗教的顺从，这使他觉得无法想象，不仅仅是因为这必须脱去旅行衣和制服才能进行，而且也是因为拿她和卢泽娜——他把她从男人们下流的欲望中拯救了出来——做比较几乎是一种亵渎。但钟声已经第三遍敲响，他在站台上向两位女士致意的时候，她们挥动着蕾丝手绢，直到最后只能看到两个白点，在它们消失在远方之前，一股温柔的渴望从约阿希姆心里一直朝它们飘去。

搬运工和其他工作人员挺直身体向他致敬，他离开了车站，走向屈斯特里内尔广场。广场看起来空荡荡的，还有点凌乱和昏暗，尽管仍然被太阳照着，但这是一个假借的太阳，真正的那个正照耀着金黄的田野。这使他想起了卢泽娜，虽说是以一种令人非常难以理解的方式，但是，被阳光照耀而又幽暗、有点凌乱的卢泽娜，确实与柏林紧密相连，正如伊丽莎白与她此刻正在穿过的田野紧密相连，与她父亲坐落在花园里的房子紧密相连。得出这个结论使他觉得很有条理，很满意。尽管如此，他还是很高兴自己把卢泽娜从她那闪着虚假光芒的隐晦职业中拯救了出来，很高兴自己即将使她摆脱那团覆盖了整个城市的乱麻，摆脱那张他觉得无处不在的网，在亚历山大广场，在肮脏的机械工厂，在开着一家小蔬果店的郊区，这是一张由平民的价值观构成的无法穿透、难以理解的网，看不见，却让一切都变得黑暗。他必须帮卢泽娜摆脱这团乱麻，因为他还必须证明自己配得上伊丽莎白。但这只是一个非常模糊的想法，他不愿使它变得清晰，大概因为这对他自己来说都是荒谬的。

爱德华·冯·贝特兰德来到波西米亚扩大自己的产业投入，他在布拉格突然想起了卢泽娜，觉得有点想念她，希望能说些善意的话慰藉她。他不知道她的住址，就写信给帕塞诺夫，说回忆起他们最近一次见面很愉快，希望在返回汉堡途中到柏林落脚时能和他再见面，又补充向卢泽娜致以最善意的问候，同时赞美了她美丽的国家。写完信他就在小城里闲逛。

　　在贝特兰德和卢泽娜见面那天晚上之后，帕塞诺夫就期待着发生某些出乎意料的、罕见的，甚至是可怕的事情；比方说，贝特兰德会以同样的方式回报他那晚受到的款待和信赖，尽管诱拐卢泽娜也并不超出可能性的范畴，因为商人都是毫无良心的。但是，当什么事情都没有发生，贝特兰德仅仅按照计划离开，连一句话都没有留下时，约阿希姆还是觉得很受伤。接着就出乎意料地从布拉格寄来了那封信；他把它拿给卢泽娜看，吞吞吐吐地说："你好像给贝特兰德留下了深刻的印象。"卢泽娜做了个鬼脸："不管。不喜欢你的朋友；他是讨厌的人。"约阿希姆维护贝特兰德，说他并不讨厌。"不知道；不喜欢他；说这些话，"卢泽娜说，"别再来了。"她的话让约阿希姆非常高兴，虽然他觉得自己急需贝特兰德的帮助，尤其是她又这样说："明天，我去，戏剧学校。"他知道除非他带她去，否则她是不会去的，因为她自己肯定是去不了的，但他怎么可以带她去呢？应该怎么处理这样的事呢？卢泽娜下定了决心要去"工作"，给她找份工作的计划成了新的交流话题，那种认真具有非比寻常的魅力，尽管约阿希姆在由此引发的那些问题面前感到相当无助。或许他觉得一份普通的职业会夺走她在两个世界之间徘徊的那种异国情调的优雅，会将她丢回到她与生俱来的粗野状态；正是这个原因使他的想象停在了让她当女演员的想法上，而卢泽娜狂热地认同这个想法："你看，我会变得，多么出名！那时候，你就爱我了。"但这一前景很遥远，什么都没有发生。贝特兰德曾提起过大多数人所过的像植物一样的懒散生活；这大概类似于他谈论过的情感的惰性。是啊，要是贝特兰德在就好了：以他对世界的了解以及实际的经验，或许能提供些帮助。因此，贝特兰德抵达柏林时，发现等待他的是帕塞诺夫回复他那友好书简的迫切邀请。

可以安排，贝特兰德说道，这使他们两个都非常惊讶，可以安排，虽然他们一定不能以为舞台工作既轻松又光辉灿烂。当然，他在汉堡的人脉关系多一点，但他很乐意在这里尽可能地提供帮助。接着，事情发展得远比他们所期待的要快；不到几天，卢泽娜就被叫去参加试音，表现不坏，不久就被聘用为歌剧女演员。约阿希姆疑心他朋友突然答应帮忙，是源于他对卢泽娜的企图，但这种疑心并不能抵挡住贝特兰德那种行善似的冷漠、几乎可以说是像外科医生一样的态度。如果贝特兰德以自己费心费力帮助卢泽娜作为借口向她公开示爱，那这一切会变得明朗许多。约阿希姆现在心里对贝特兰德非常恼怒，贝特兰德花了三个晚上跟他和卢泽娜待在一起，像平常一样滔滔不绝，却什么也没展现，除了约阿希姆已经厌烦的那老一套的友好矜持；贝特兰德仍表现得像个陌生人，虽然比起约阿希姆那些如痴如梦的浪漫幻想，他已经为卢泽娜做了更多的事。这一切都非常令人难堪。贝特兰德这个家伙想干吗？既然他都要走了，唯一得体的做法就是拒绝一切来自卢泽娜以及关于卢泽娜的感谢，可他却再次表达了早日再次见到约阿希姆的希望。这难道不虚伪吗？约阿希姆对自己的回答感到惊讶："贝特兰德，您下回来柏林恐怕找不到我了，演习过后我得去斯托尔平待几个星期。如果您能到那儿去看我的话，我会非常高兴的。"贝特兰德接受了邀请。

在书房里等邮件一直是冯·帕塞诺夫先生的习惯。长久以来，书桌上体育刊物旁边一直留着一块地方，信使会按时把邮袋放在那里。虽然大多数时候，邮袋中往往除了两三份报刊以外，什么都没有，令人失望，但冯·帕塞诺夫先生总要从鹿角架上取下钥匙，用同样贪婪的渴望打开那把黄铜锁。在信使手拿帽子，盯着地板，沉默地等待的时候，冯·帕塞诺夫先生会取出信件和邮包在桌前坐下，先将给他和家人的邮件放在一边，在仔细检查了其他邮件的地址后，再把它们交还给信使，带去给所属的仆人们。有时他必须压制自己，才不会去拆开这封或那封寄给某个女仆的信，这对他来说似乎是一种明显的权利，一种主人的初夜权[1]的变奏；应当保护仆人的通信隐私，这是一种新奇的想法，同他的意愿是格格不入的。尽管如此，在仆人中间还是有几个抱怨他检查他们的信封，尤其是他随后还会毫无顾忌地查问信件的内容和盘问女仆们。这已经引发了激烈的争吵，但均以解雇告终，反抗者都不再公开反抗，他们要么自己去邮局取信，要么偷偷吩咐邮政局长让邮差来派送信件。是的，有一段时间甚至每天都可以看到已故的少爷骑马去

---

[1]　初夜权，原文为拉丁语：jus primae noctis。——译注

邮局取自己的信件；他可能是在期盼某位女士的来信，不想被老头看到，或者是忙于某些必须保密的事务；但是，就连通常对自己知道的消息毫不吝惜的邮政局长，都无法证实这些猜测，因为赫尔穆特·冯·帕塞诺夫收到的几封信并没有留下什么线索。尽管如此，还是有个传闻经久不散，说是老头通过邮局的一些阴谋诡计，破坏了一次结婚计划和儿子的幸福。庄园上和村子里的女人都非常顽固地坚持这一看法，或许她们不会错得很离谱，因为赫尔穆特变得越来越冷漠和伤感，很快就不再骑马到村子里去了，任由他的信再次被装在大邮袋里，带到庄园和他父亲的写字桌上。

冯·帕塞诺夫先生一直都对邮件怀有这种热情，因此，随着时间推移，这种热情变得更为强烈也无须惊讶。如今，他时常安排自己在早晨骑马或者步行去见信使，那时候就可以发现，鹿角架上的钥匙不见了，他把它放在了口袋里，这样就可以在户外打开邮袋。他会在那里匆忙地检查信件，但是，为了不搅乱照常举行的家庭仪式，他会再次把信件放回邮袋里。然而，有一天早晨，他居然走远了，走到了邮局，信使仍在那里靠着柜台，而他就在那里一直等到邮袋在破旧的桌子上倒空，然后和邮政局长一起对信件进行整理和分类。当信使在大宅里讲起这件非比寻常的事情时，无人不晓其口舌之尖酸的女仆阿格尼斯评论道："现在他连自己都开始怀疑了。"这种说法当然毫无意义，而她之所以比其他任何人都更固执地认为主人对儿子的死负有责任，或许是积怨多年的结果，她年轻健美的时候，曾被老头盘问过信件的内容。

是的，冯·帕塞诺夫先生一直对邮件充满了好奇，因此，他现在的所作所为就不值得惊讶了。同样不必惊讶的是，牧师比以往更频繁地被邀请去吃晚餐，而冯·帕塞诺夫先生经常走着走着，就走到了牧师公馆里。不，没有什么好奇怪的，牧师把这看成是自己对他进行精神抚慰的结果。只有冯·帕塞诺夫先生自己知道是一股神秘莫测、无法解释的冲动将他推向牧师，尽管他无法忍受这个人；是一股模糊的希望，希望在教堂升起的那个声音向他揭示他一直在等待的东西，尽管他惧怕永远得不到，却连名字都叫不出来的东西。当牧师把话题转移到赫尔穆特身上的时候，冯·帕塞诺夫先生时常会说："这无关紧要。"然后连自己都感到惊讶地转变话题，仿佛他对刚才还一直渴望的"未知"感到害怕了。但是，有时候他也会感到"未知"在逼近，就像他小时候玩的游戏一样：有人把指环藏在某个看得到的地方，也许是挂在枝形吊灯或者钥匙上，在搜寻者远离指环时，其他人会喊一声"冷"，当他走近时，他们又会说"暖"或者"热"。因此，很自然地，有一次牧师谈起赫尔穆特的时候，冯·帕塞诺夫先生突然大声说："热！热！"还差点拍起了手。牧师礼貌地表示同意，那天确实非常暖和，而冯·帕塞诺夫先生发现自己又回到了熟悉的环境中来。然而，奇怪的是，一切都挨得那么近：一个人以为他置身在一场儿童游戏中间，死亡却已经在招手了。冯·帕塞诺夫先生说道："是啊，是啊，很暖和，"虽然他看起来似乎都冻僵了，"是啊，在这些闷热的夜晚，谷仓很容易着火。"

直到吃晚餐的时候，他还在想天热的事："这些天柏林一定热得要命，虽然约阿希姆什么都没说……不过，他在信里一向都很少说什么。"牧师提到了服役的辛苦。"服役！什么服役？"冯·帕塞诺夫先生非常尖锐地问，使牧师惶惑得都不知道怎么回答。牧师当然是说，冯·帕塞诺夫夫人插嘴道，约阿希姆有军务在身，没有多少闲暇写信，尤其是现在还在演习。"那好，他应该退役了。"冯·帕塞诺夫先生阴沉地说。接着，他一连喝下了几杯白酒，说他感觉好多了。他把牧师的杯子也倒满了："干了吧，牧师，喝了暖身，等您喝到看见重影就不会那么孤单了。""心存上帝之人永不孤单，冯·帕塞诺夫先生。"牧师答道。冯·帕塞诺夫先生觉得这个责备很不得体。难道他不是一直让上帝的归上帝，皇帝的（或者更确切地说，国王的）归皇帝（国王）吗？一个儿子为国王效忠，不给他写信，另一个被上帝带回身边，世界变得空虚、寒冷。是啊，牧师轻轻巧巧地就说得那么高尚；他的家里满满的都是人，就他那种环境而言都太满了，现在又有一个赶在路上。一个人处在这种环境，心存上帝并不难。他本想这么跟牧师说，可又怕跟牧师吵起来，那样的话他就会被扔下，现在都没人想来看他了，除了……就在"它"将要出现的时候，思考中断了，隐藏了起来，冯·帕塞诺夫先生柔和地、迷迷糊糊地说："牛栏里一定很暖和。"冯·帕塞诺夫夫人惊愕地看着丈夫：他喝得太快了吧？但冯·帕塞诺夫先生站了起来，来到窗户旁边仔细倾听；灯火只照亮了桌子，要不然她一定会看到他脸上那恐惧而又期待的表情，然而，当巡夜人在外面沙砾上嘎吱嘎吱的脚步声变得清晰可闻时，这一表情又消失了。冯·帕塞诺夫先生把头探了出去，叫道："于尔根。"于尔根沉重的脚步在窗前停了下来，冯·帕塞诺夫先生吩咐他留心看着谷仓。"十二年前，就是在这样一个暖和的夜晚，农场上的大谷仓失火了。"于尔根尽职地回想起这件事，说道："不用担心，先生。"而对冯·帕塞诺夫夫人来说，这件事同样逐渐变成了习以为常、普普通通的事，所以，当冯·帕塞诺夫先生道了晚安，又补充说他还有封信要写，要赶明天的邮运时，她也没再多想。走到门口，他又转过身来："告诉我，牧师先生，我们为什么会有孩子？您应该知道的，您有一大堆实际经验。"他哧哧笑着快步走开了，有点像一只用三条腿一瘸一拐的狗。

单独和牧师在一起时，冯·帕塞诺夫夫人说："看到他精神又变好了，我真高兴。自从我们可怜的赫尔穆特离开后，他就非常沮丧。"

8月末，剧院的大门又开了。卢泽娜现在有了名片，上面的头衔是女演员，而约阿希姆不久就得出发到上法兰克尼亚去参加演习了。他感到恼火，贝特兰德为卢泽娜安排的职业其实跟她在"猎人娱乐场"的工作一样不光彩。当然，只能怪卢泽娜自己愿意从事这样的工作，尽管也许更得怪她母亲没能更好地养育自己的女儿。但他为了补救而所做的一切如今都被贝特兰德破坏了。实际上，事情也许比之前还要糟。在娱乐场，你还知道自己身在何处，一切都风平浪静，而舞台却是另一回事，它有自己独特的氛围，充满鲜花和掌声，没有任何地方像舞台那样使年轻姑娘难以保持令人尊敬的品质。这是众所公认的。是的，这仅仅意味着一种更深、更深的堕落，而卢泽娜不但拒绝看清这一点，反倒还为她的新工作和名片感到骄傲。她以一副举足轻重的模样讲述着演员休息室里的闲言碎语和演艺圈里的丑闻，这些他根本就不想听，而从舞台脚灯射出来的光芒如今也一再击穿了他们共同生活的微光。如果她从一开始就丢失了，他怎么能够想象自己会找到通向她的路，或者她真的属于他呢？他依然在寻找她，但舞台却像威胁一样在他眼前升起，当她充满渴望地讲述着她那些同事的风流韵事的时候，他在其中看到了挑战，看到了她觉醒的雄心，她坚定地打算像她们那样做，而这意味着她会回到她从前的生活，这种生活不会有什么改变：因为人总是会不可避免地被拖回到他们的起点。他懊恼自己那黯淡的热情所包含的幸福破灭了，以及那甜蜜的渴望也丢失了，确实，这一切依然充盈着他的心，使他眼含泪花，但也带着一种永别的征兆。

现在，那个他以为已经永远摆脱了的幻觉又浮现了，虽说他不会再不由自主地在卢泽娜脸上搜寻她那个意大利兄弟的脸，可它却以一种或许更加隐蔽的方式铭刻在那里，就像他无法将她从中解救出来的那种生活一样不可磨灭。他又开始疑心是贝特兰德让他产生了这种幻觉，是贝特兰德策划了这一切，贝特兰德就像梅菲斯特一样想要摧毁一切，连卢泽娜都不放过。而就在高潮之际，演习来临了：他如何在归来后找到卢泽娜呢？他能再找到她吗？他们彼此保证会时常写信、每天写信；但卢泽娜的德语非常糟糕，加上她很为自己的名片感到骄傲，而他也不希望破坏她这幼稚的乐趣，所以他收到的时常只是一张名片，上面写着令人讨厌的"女演员"的字样和"献上最多的爱"的话，这句话似乎亵渎了她那甜蜜的吻。尽管如此，当他有几天没收到她的任何音讯时，他还是非常不安，虽然他告诉自己，他在演习期间急速的调动使邮件延误了，这是解释得通的；过不久，当一张那种讨厌的小名片送到时，他又会很高兴。突然且毫无预告地，一个念头如同一段记忆在他脑海里浮现：贝特兰德也是某种演员。

卢泽娜真的很想念约阿希姆。他在信里描述了他的营地生活，还有小村庄里的夜晚，在那些地方，"我亲爱的、甜蜜的小卢泽娜，只有你在我身边"，才能真正让人觉得快乐。当他要求她在晚上九点准时去看月亮，那样的话他们的目光或许能在那儿相遇的时候，她趁着幕间休息跑到了剧院门口，尽管到幕间休息时已经是九点半了，她还是恭顺地抬头望着天空。对她来说，那个早春在雨中的下午依然紧紧攫着她，使她内里的某种东西瘫软了；当时那阵将她吞没的潮水只是在逐渐退去，尽管这个姑娘的意志不够坚强，而且她也没有办法竖起堤坝将水流截住，然而她所呼吸的空气依然弥漫着一股柔和的湿气。她确实嫉妒那些在化妆室门口收到花束的同事，但她只是因为约阿希姆才嫉妒她们，因为他本该找一位著名的歌剧女主角当情人。虽然恋爱中的女人时常携带着色欲的暗示，这种暗示对许多男人具有非常微妙的吸引力，但在女演员面前献殷勤的男人却是不一样的类型，不太可能意识到这种轻微的暗示。因此，当演习结束，约阿希姆返回柏林后，卢泽娜在接待他时变得前所未有的不可侵犯，她将这视作是一种胜利，然而她知道，这种胜利后面紧跟着失败；但她不想承认这一点，将这一认知遏制在了拥抱下。

自从火车离开车站，伊丽莎白挥动自己的蕾丝手绢向约阿希姆告别后，她就一直试图弄清楚自己是否爱约阿希姆。这种她满怀希望地称为爱的感情，竟有这样一副非常谦逊有礼的面貌，几乎使人感到愉快和放心；实际上，她不得不搜检自己的头脑才能发现它，因为它是如此淡薄，只有在"倦怠"这一银白色的背景下才看得到它。但是，现在她离家越来越近，她的倦怠变成了逐步攀升的急切，那个柔和的轮廓消失了；所以，当男爵带着两匹崭新的马到车站接她，当她们抵达莱斯托夫，看到宁静的花园里露出葱绿的树顶，被沉稳厚重的大门关着——第一个惊喜，大门左右建起了两座新屋，两位女士发出了惊奇的赞叹，但这只是前奏，接下来几天她们还会对许多东西发出同样的赞叹——也就能够理解为什么伊丽莎白竟然完全将爱情抛诸脑后了。男爵再一次利用他的两位女士——或者像伊丽莎白感到高兴和自豪的那样，有时他称她们为他的两位妻子——不在的时候，对房子实施了无数的改进和装饰，这些改变使她们感到高兴，也为他赢得了许多的赞扬和亲切的感激。她们非常有理由为她们富有艺术细胞的爸爸感到骄傲；虽然他对现存的秩序并不表示过分的尊崇，已经给老宅添上了各种设施，但他还是拥有超出建筑学的眼光；他从不会忘记墙上总有某处空白，挂上一幅新的图画看起来会很不错，某个角落可以放置一个大花瓶，或者某个餐具柜上可以布置一块有金色刺绣的天鹅绒，而且他是一个能把想法付诸实践的人。结婚之后，男爵和男爵夫人就成了收藏家，他们不断深入地完善他们的家，这成了他们初次订婚的一种永恒的延续，甚至在他们女儿到来之后还这样保持着。随着时间推移，伊丽莎白开始意识到，她父母如此重视一年到头的各种家庭节日，如此热衷于庆祝生日和不断寻找新的惊喜，后面还有更深的意义，以一种深不可测的方式与他们对周围不断出现新事物的快乐——实际上，几乎可以称之为贪婪——相关联。伊丽莎白当然不知道，每个收藏者都希望通过不懈追求永远没有达到、永远无法达到绝对圆满的收藏来超越收藏本身，从而进入无限，并且希望通过完全沉浸在收藏之中，去获得自身的圆满和延缓死亡。伊丽莎白不知道这一点，只是被那些堆积在她身边的美丽的僵死之物包围着，被那些美丽的图画包围着，不过她还是意识到，那些图画挂起来似乎是为了加固墙壁，所有那些僵死之物放在那里是为了掩盖，或许也是为了隐藏和看守某样活生生的东西，某样与她如此紧密相连，以至于有时她会觉得一幅新来的图画是一个小弟弟或者小妹妹的东西，某样乞求她父母爱护而且得到了她父母爱护，仿佛他们的共同生活都依靠着它的东西。她觉察到了这一切背后的恐惧，需要将日复一日的单调乏味淹没在节日之中的恐惧（这是变老的外在表现），需要通过不断出现的惊喜来确定他们还活着，生机勃勃、明确无误地活着，并且他们的圈子已经永远闭合的恐惧。正如男爵总是给花园添上新的东西，如今那些漆黑、茂密的矮林几乎每个边缘都被浅绿色的嫩木包围了，伊丽莎白觉得他几乎带着一种女人般的热切，想要把他们整个的生活都变成一个不断扩大的封闭花园，里边到处是怡人的憩息处，而只有当花园延伸至整个大地，使伊丽莎白能够永远在其中走动时，他才能达到自己的目标，才能摆脱所有的忧虑。确实，在她身上偶尔会有某样东西反抗着这一温和、无法逃避的冲动，但由于她的抵抗并不确切，在那越过了花园藩篱的远方，这样东西消融在了群山金色的轮廓里。

"哦！"当他们站在蔷薇园里欣赏崭新的凉棚时，男爵夫人叫道，"哦，多好看啊！可能是为一位新娘搭建的。"她对伊丽莎白笑着，男爵也笑了，但从他们的眼神可以看出他们对这一不可避免的威胁的恐惧，他们的无助，以及他们对即将到来的不忠和背叛（他们还是预先原谅了，因为他们也犯下过同样的罪）的预见。光是想想她未来的婚姻，似乎就已经使她父母非常沮丧了，这是多么糟糕啊。伊丽莎白把所有结婚的念头都彻底地抛在脑后了，非常彻底，以至于她几乎觉得，当她父母谈起一桩合适的姻缘——这是对她注定要发生的恋爱的让步，同时也是对她的承认，使她能够和他们平等相处，几乎像妹妹一样——她能够毫不懊悔地听从他们的安排。或许就是这个缘故，当母亲温柔地亲吻她的脸颊时，伊丽莎白不禁想起了布丽吉特姨妈的婚礼，不禁觉得这个吻也是告别之吻：母亲就是这样亲吻布丽吉特姨妈，流着眼泪亲吻她，流着眼泪，尽管她已经表示自己非常开心，对年轻的妹夫感到很满意。当然，这已经过去很久了；现在还沉湎于其中就太幼稚了，伊丽莎白走在父母中间，搂着他们的肩膀，和他们一起走到凉棚那里去坐下。玫瑰花床，穿绞在狭长、弯弯曲曲对称着的小径上，色彩斑斓，芳香缭绕，然而阴影却尚未驱散，男爵难过地指着一片花床说："我试着在那里种了一些蔓纳提斯，但是，恐怕我们的气候对它们来说太恶劣了。"仿佛想要用许诺来贿赂他女儿，他又说："不过，要是成功了，它们全长得不错的话，那它们就全归伊丽莎白了。"伊丽莎白感觉到了他的手的按压，这几乎像是在暗示，有些东西永远都无法抓牢，有些东西几乎就是时间本身，有些东西就像钟表的弹簧一样挤压缠绕着，似乎即将松开，在他们指间松开，变得越来越长，一条吓人的白色细长条不久就会开始攀附，试图像一条邪恶的蛇一样缠绕她，直到她变得又胖又老又丑。或许她母亲也感觉到了，因为她说："等孩子有一天离开了我们，我们就只能独自坐在这里了。"伊丽莎白内疚地说："可是我要一直和你们在一起。"她说这句话的时候感到一阵羞愧，因为连她自己都不信，但它听起来就像是在续约。"不管怎样，我就看不出她到时候为什么不能和她丈夫待在这里。"男爵夫人接着说道。但她父亲避开了这个话题："离那个还早着呢。"伊丽莎白不禁再次想起了布丽吉特姨妈，她在维尔本多尔夫度日，变得又肥又胖，成天和她的孩子吵吵闹闹，如今跟从前那个亲爱的人已经没有多少共同之处了，人们无法想象那个人曾经存在过，而且几乎要为她曾经带来的快乐感到羞耻了。但维尔本多尔夫是一个比斯托尔平欢乐友好的地方，大家都很高兴和年轻的阿尔伯特姨夫结成亲戚。或许她并不是真的那么热爱布丽吉特姨妈，而仅仅是因为在那个圈子里获得了一种新的关系而产生了这种激动和热爱的情绪。如果一个人跟每个人都有关联，世界就会像一个照料得很好的花园，而获得一种新的关系就像在花园里种上了一种新的玫瑰。这样一来，不忠和背叛的罪行就会减轻；在她对阿尔伯特姨夫那么满意的时候，肯定已经意识到了这一点；现在，在环绕他们的"不公"的海洋里，当她的父母如同说起光辉灿烂的前程一样说起她未来的婚姻的时候，或许就是在"谅解"这个小岛上寻求庇护。但男爵夫人还是没有放弃她的想法；因为生活是由折中所构成的，所以她说："还有，我们在西区的小房子可以一直给他们留着。"但伊丽莎白仍把手放在她父亲的手里，感受着它的压力，她不接受这个折中的办法。"不，我要和你们在一起。"她几乎是在违抗地重复道。她想起小时候，当她被父母从他们的卧室里赶出来，不准她去留心他们的呼吸，她是多么痛苦和愤恨；不过，虽然男爵夫人对谈论死亡有特别的偏好，她说死亡时常在人们睡着的时候来临，虽然她用这种说法惊吓过伊丽莎白和她丈夫，但在早上还是感到惊喜，夜晚没有让他们永远分离，而这种惊喜变成了每天更新的狂野渴望：他们应该手拉手，紧紧拉着，永远都不被拆散。现在他们坐在凉棚下，那里弥漫着玫瑰的芬芳；伊丽莎白的小狗蹦蹦跳跳地跑过来迎接她，仿佛已经发现她很久了，它把爪子放到了她膝盖上。玫瑰的茎干僵硬稳固地朝着花园的绿墙和晴朗的蓝天挺立着。她永远都不会像这天早上这样欢快地迎接一个陌生人，不管他和她的关系如何紧密；她永远都不会像记住她父亲的生日那样热心和虔诚地记住他的生日；她永远都不会用那种难以理解而又令人赞叹的忧虑——那是爱——将他包围。她意识到这一点之后，充满爱意地对她父母微笑着，同时抚摸着小狗贝洛的头，它抬起忧虑而充满爱意的眼睛，深情地注视着她。

随后，她开始觉得无聊，那股淡淡的抵抗情绪又出现了。接着，她并非不愉快地想起了约阿希姆，想起他穿着硬邦邦的长款军大衣，微微欠身站在月台上的时候那修长的身形。但奇怪的是，他的形象和年轻的布丽吉特姨妈紧密地缠绕在一起，她现在已经无法弄清楚是约阿希姆要娶布丽吉特，还是她自己要嫁给她小时候的那个年轻的阿尔伯特姨夫了。尽管她知道爱情不是歌剧和爱情小说里描绘的那样，但可以非常肯定的是，她能够毫不担忧地想起约阿希姆；甚至当她想象驶去的火车拽到了他的佩剑，将他拖到车轮下的时候，那幅画面虽然让她充满恐惧，却不是那种甜蜜的悲伤和恐惧，不是那种将她和她父母的生命维系在一起的颤抖的忧虑。她意识到这一点之后，就仿佛放弃了某些东西，但也有一种感伤的释然。尽管如此，她还是决定找个时间问一下约阿希姆的生日。

约阿希姆返回了斯托尔平。在从车站回家的路上，在他穿过村子，抵达庄园的第一片田野的时候，一种崭新的感觉出乎意料地在他心里涌现，他试图找出描绘这种感觉的词语，终于找到了：我的产业。在庄园大宅前下车时，他的心里充满了一种崭新的家的感觉。

现在他和父母在一起，如果他们的陪伴仅限于早餐时间的话，那是大可以忍受的；坐在外面的大椴树下，看着凉爽而明媚的花园伸展在他眼前，是一种乐趣；那些浓郁的黄油、蜂蜜和大篮水果，与他在军队里仓促的早餐形成了令人愉快的对比。但午餐和晚餐却已然是一种折磨；随着一天的推进，他们的相伴越来越成为彼此的重负，如果说早上老人家还在为他们缺席的儿子重新出现而高兴，或许还期待从他身上得到一些美好的、带来生机的东西，那么，每天——被三餐打断的每天——就逐步地变成了失望，到了下午晚些时候，约阿希姆的出现简直就是在加剧他们彼此难以忍受的孤独；就连对邮件的期待，这单调日子里的一丝光亮，都被他们儿子的出现弄得更贫乏了，如果说老头不顾这一点，仍在每天早上出去见信使，那就是一种近乎绝望的举动，仿佛是在遮遮掩掩地恳求约阿希姆，看在上帝的分儿上，走得远远的，寄几封信来。然而，冯·帕塞诺夫先生似乎明白，自己在等待的东西并不是约阿希姆的信，他在寻找的信使也并不是那个送邮袋来的人。

约阿希姆为了和父母变得更亲密做了些微尝试。他去那个装饰着鹿角的房间看他父亲，询问收割和打猎的事，或许希望借此使老头感到满意：他正在间接地尝试听从父亲的要求，"工作由自己来做"。但他父亲不是忘了自己的要求，就是自己也不太清楚庄园上的事务；因为他只给出了勉勉强强或者躲躲闪闪的答复，有一次竟然说："一大早的，你不要拿这个来烦扰自己。"约阿希姆虽然解除了沉重的义务，还是忍不住再次想起自己被送去军校，第一次被夺走了家的时候。但现在他回来了，而且正等着接待一位属于他自己的客人。这是一种愉快的感觉，虽然其中隐含着大量对父亲的敌意，约阿希姆却没有意识到；实际上，他希望他父母能为中断这日益增长的烦闷而感到高兴，并且像他一样急不可耐地期盼贝特兰德的到来。他顺从地让他父亲检查他的信件，最后当老头把信交给他，说"不幸的是，好像还没有你朋友的消息，不知道他到底来不来"，约阿希姆只把这句话理解成是懊恼，尽管它的语气是恶毒的。直到有一次他看到卢泽娜寄来的一封信在他父亲手里，他才感到怒火中烧。但老头却不予置评，只是戴上他的单片眼镜，说："真的，你一定得尽快去拜访巴登森一家；你早就该去了。"嗯，这既可能是挖苦，又或许不是；但不管怎样，这足以彻底败坏约阿希姆与伊丽莎白见面的兴致，以至于他一再地推迟拜访；虽然她的身影和挥动的手绢一直伴随着他，他还是有一个越来越迫切的希望，在他的想象中，当马车在莱斯托夫的大门前停下时，爱德华·冯·贝特兰德应该和他一起坐在马车里。

但这并没有发生，至少一开始没有，因为有一天，伊丽莎白和母亲对冯·帕塞诺夫先生和夫人进行了一次迟来的慰问。她们到了之后，发现约阿希姆不在，伊丽莎白感到失望，又有些如释重负；同时还感到有点恼怒。他们坐在小客厅里，两位女士从冯·帕塞诺夫先生那里得知，赫尔穆特是为了姓氏的荣誉而死的。伊丽莎白不由得想到，或许过不了多久，她也会改姓这个有人为了它而倒下的姓氏，她骄傲而又惊奇地意识到，那时候，冯·帕塞诺夫先生和夫人就会成为她的亲人。他们谈论着那件伤心事，冯·帕塞诺夫先生说："生儿子就是这样；他们为荣誉而死，或者为他们的国王和国家而死。"然后又尖锐地、挑衅地补充道："生儿子是一件蠢事。""哦，可是女儿却要出嫁，您都还没反应过来她们就离开了，"男爵夫人带着几乎是意味深长的笑容答道，"我们老人总是被孤零零地丢下。"冯·帕塞诺夫先生没有按照常规的礼节那样回答说男爵夫人一点都不老，他只是陷入了沉默，一动不动地盯着前面，过了一会儿才说道："是啊，我们被孤零零地丢下，孤零零地丢下，"接着，以明显的专注陷入了稍长一些的沉思，"孤零零地死去。""可是，冯·帕塞诺夫先生，我们根本不需要考虑死亡的问题！"男爵夫人用理所应当的欢快的声音说道，"哦，在很长时间里，我们都不需要考虑死亡的问题，阳光总在风雨后，我亲爱的帕塞诺夫先生，您必须试着记住这一点。"冯·帕塞诺夫先生回过神来，又变成了殷勤的骑士："除非这阳光是您本人，男爵夫人。"没等男爵夫人回答，他又继续说道："可如今是多么奇怪……房子空荡荡的，就连邮局也没带来什么。我给约阿希姆写信，可他不怎么回信；他在参加演习。"冯·帕塞诺夫夫人惊愕地望着丈夫："可……可是，你知道约阿希姆就在这里啊。"对她这一纠正的惩罚是两道恶毒的目光。"嗯，那他写信了吗，有还是没有？他现在在哪里？"如果不是笼子里的金丝雀发出一阵颤动的金色鸣声，那肯定会有一场争吵。他们都聚集到它周围，如同聚集到一个喷泉周围，有那么一会儿把其余的一切都忘了：仿佛这根细长的金色声线，起起伏伏，缠绕着他们，将他们联结成一个整体，抚慰着他们的生与死；仿佛这根线摆动着，填满了他们的存在，然后又再次卷起来，绕回它的源头，它中断了他们的谈话，或许因为它是空间里的一个细微的金色点缀，或许它有那么一会儿使他们想到自己属于彼此，将他们从可怕的寂静中托举出来，这一寂静的回声就像震耳欲聋的沉默的一道密不可透的墙壁，在人和人之间升起，人的声音无法穿过这道墙壁，因而不得不颤抖和消逝。但现在因为金丝雀的歌唱，就连冯·帕塞诺夫先生都不再听到那种可怕的寂静，当冯·帕塞诺夫夫人说，"我们现在去喝点咖啡吧"，他们全都有一股温暖的感觉。他们穿过大客厅时，窗帘拉着，把下午的阳光挡在了外面，他们谁都没有想起赫尔穆特曾躺在那里的棺材架上。

接着，约阿希姆来了，伊丽莎白再次感到失望，因为她记忆中的约阿希姆是一个穿着军服的形象，而现在他却穿着打猎服。他们彼此感到生疏和尴尬，甚至当他们和其他人回到客厅，伊丽莎白站在金丝雀的笼子前，把一只手指伸进笼子里逗弄金丝雀，看那只小动物怒气冲冲地啄她的手指，甚至当她考虑在自己的客厅里——如果结婚的话——也养这样一只小黄鸟，甚至在那时候，她都没法再将约阿希姆和结婚的想法联系到一起。但这却使她感到愉快和安心，使她在道别时能够轻松地约定在最近找个日子一起去骑马。当然，在此之前，他应该去拜访她们。

贝特兰德终于找到时间接受了帕塞诺夫的邀请，他在中途从晚间的火车上下来，先在柏林待两天。非常自然地，他想要知道卢泽娜的消息；他直接去了剧院，递上他的名片和一束鲜花到她的化妆室。收到他的名片和鲜花，卢泽娜很高兴，表演结束后，贝特兰德竟然在剧场后门等她，更使她觉得荣幸。"啊，小卢泽娜，你过得怎样？"卢泽娜一口气回答说她过得棒极了棒极了，哦，其实糟透了，因为她太想念约阿希姆了；但现在她当然觉得不错了，因为贝特兰德来看她，她非常高兴，他是约阿希姆那么亲密的朋友。但是，当他们面对面坐在餐厅里，谈了一大通约阿希姆之后，卢泽娜就像时常发生的那样，突然难过了起来："现在，你去约阿希姆，而我要在这里，世界，不公平。""世界当然不公平，而且远比你想的要糟，小卢泽娜，"——对他们来说都显得很自然，他称呼她为"你"——"而我到这里来，一部分原因是我很担心你。""什么意思？""唉，我不喜欢你待在剧院里。""为什么？这，很好啊。""我太过轻率地屈从了你们俩……你们太浪漫主义了，天知道你们是怎么想象舞台的。""我，不明白，你的意思。""嗯，没关系，但你不能待在这里。最后会怎么样呢？你会怎么样呢，孩子？必须有人照顾你，而这不是靠浪漫主义的想法就能够做到的。"卢泽娜用保持着尊严的生硬语气回答说，她能照顾好自己，约阿希姆如果想甩掉她，他尽可以走，尽可以走，"而你坏人，来这里，只是，说朋友坏话。"说完她哭了，透过眼泪充满敌意地望着贝特兰德。他发现要宽慰她很难，因为她坚持说他是坏人，坏朋友，想要破坏她愉快的夜晚。突然她脸色发白，用恐惧的目光盯着他："是他，让你来的，说他，和我完了，全完了！""不，卢泽娜！""不，你可以，说十遍不，我知道。哦，你坏，你们两个都坏。你带我来这里，羞辱我。"贝特兰德发现道理是讲不通的了；然而，在她那单纯的疑心里，或许已经猜测到了事情的真实状况以及事情的无可救药。她看起来就像一头不知道要跑向哪里的小动物一样绝望。然而，看清未来或许对她是有好处的。因此，他只是摇摇头，答道："告诉我，孩子，在约阿希姆不在的这段时间里，难道你就不能回到自己家里待着吗？"她把这理解成她要被送走了。"可是，卢泽娜，谁要送你走了？只是说让你和你的亲人待在一起，远比独自在柏林过这种愚蠢的舞台生活要好……"她不让他说完："我没有人，全都对我坏……我没有人，你想送我走。""理智点，卢泽娜，等约阿希姆回柏林了，你一样可以回来。"卢泽娜不想再听了，说她要走了。但他不想让她就那样走掉，他琢磨着如何让她往乐观的方面想；最后他灵机一动，说他们应该一起给约阿希姆写封信。卢泽娜立刻同意了；于是他找来信纸，在上面写道："怀念与您度过的一个愉快的夜晚，致以最友好的问候，贝特兰德。"她补充道："献上最多的爱，卢泽娜。"她在信上印了一个吻，但她无法抑制住眼泪。"全完了。"她再次重复道，然后让他送她回家。贝特兰德顺从了。但为了不那么快地丢下她一个人黯然神伤，他提议走路回去。为了使她平静下来——言语已经没用了——他拉起她的手，就像一位和蔼而高明的医生；她感激地紧紧依偎着他，仿佛在寻求支撑似的，微微用力地用手扶着他的手。她只是一头小动物，贝特兰德想道；为了让她高兴起来，他说："对吧，卢泽娜，我不是你的坏朋友和敌人吧？"但她没有回答。她那混乱的思想让他感到一种温和的恼怒，这恼怒还波及了约阿希姆，他认为约阿希姆对卢泽娜和她的命运负有责任，但约阿希姆似乎并不比这个姑娘清醒多少。或许是因为感受到了她身体的温暖，有那么一会儿，他产生一个恶毒的念头，觉得约阿希姆活该被卢泽娜背叛；但他并没有把这个念头当真，很快又找回了他对约阿希姆一直怀有的善意。对他来说，约阿希姆和卢泽娜似乎只有一小部分生命活在他们所属的时代，活在他们的岁月所标识的时代；而更大的部分却在别处，也许在另一个星球或另一个世纪，或者只是在他们的童年。贝特兰德突然意识到，这个世界上到处都是属于不同世纪的人，可他们却不得不生活在一起，甚至是同时代人；这或许可以解释他们为何那么不稳定，难以合理地理解彼此；异乎寻常的是，尽管如此，还是存在着一种人与人的团结一致，一种横跨岁月的理解。或许，约阿希姆同样只是需要自己的手被抚摸一下。他应该、他能够跟他谈什么？这趟斯托尔平之行的目的到底是什么？贝特兰德觉得恼火，但随后，他想起他必须和约阿希姆谈谈卢泽娜的未来；这给了这趟旅程和浪费的时间一个合理的意义，他恢复了精神，捏着卢泽娜的手。

他们在她家门口道了晚安；接着他们沉默地面对面站了一会儿，卢泽娜看起来似乎还在期待着什么。贝特兰德笑了，在她把嘴伸过来之前，有点像长辈一样地吻了吻她的脸颊。她轻轻地碰了碰他的手，正要跑开，却被他拦在了门口："嗯，卢泽娜，我明天早上就出发。有什么口信要我捎给约阿希姆的吗？""没有，"她迅速而生气地答道，但接着，她又陷入了沉思，"你坏，但我去车站。""晚安，卢泽娜。"贝特兰德说道，他又一次感到有点恼火，但因为他的嘴唇仍能感觉到她的脸颊像羽绒一样的柔软，所以来到漆黑的街上之后，他仍在那里徘徊，抬头望着楼房，等待其中一扇窗户亮起灯火。但她不是已经点过灯了，就是她的房间对着后院——约阿希姆想必让她住在了更好的地方——总之，贝特兰德白等了，在注视了一会儿之后，他想到自己出于浪漫主义的缘故已经做得足够了，便点了一支雪茄，回家了。

接待室铺着拼花地板，而楼上的客房只有磨光的木板，那些柔软的白色大木板由颜色稍深的连接板彼此分隔。切成这些木板的树干一定非常粗大，虽然木头相当柔软，但它们宽大的尺寸和统一的规格却证明了主人的富裕。木板的接缝非常紧密，由于木头收缩而变宽的地方都被齐整地塞上了薄片，人们几乎察觉不到。家具显然是村里的木匠制作的，大概可以追溯到拿破仑的军队穿过这片区域的年代；至少使人们不得不想起那个年代，想起所谓的帝国风格；然而，它们可能属于稍早或稍晚的时期，因为那些凸出的线条偏离了那种朴素的准则。比方说，有一个衣柜，它嵌有镜子的前部被竖直的木条强行分成了两边，有一些壁橱的搁板太多或太少，违背了完全对称的法则。然而，即便这些家具几乎毫无规划地排列在墙下，即便床铺以最为不便的方式放置在两扇门之间，角落里硕大的白瓷炉挤在两个橱柜之间，这个宽敞的房间看起来还是很舒适，当阳光穿透白色的窗帘，带着横条的窗户映照在光滑闪亮的家具上，显得非常宜人。在这种时候，挂在床头墙上的巨大的耶稣十字架就不再只是装饰或者常见的家居物件，而是变回了它原本的样子：这是对客人的一种告诫和提醒，使他明白自己是在一个基督徒的家里，这座房子的确为他身体上的舒适提供了众多条件，他可以从这座房子里出来，和一群快乐的同伴骑马到猎场去，然后回来投入烈酒充裕的丰盛晚餐，同时，这座房子也准许他进行最粗野的恶作剧，在打造这个房间里的家具的时候，如果他爱上了某个女仆，人们也会睁一只眼闭一只眼；尽管如此，人们还是认为，无论客人喝完酒后觉得身体多么沉重，都必然会在退回房间就寝时想起自己的灵魂，忏悔自己的罪孽。就是根据这种十分朴素的思考方式，在盖着绿色棱纹布的沙发上方，挂了一幅黯淡朴素的雕版画，令许多客人联想起露易丝皇后，因为它描绘了一个穿着古代礼袍的庄重的贵妇人——这幅画的名字是《格拉古兄弟的母亲》——不仅仅是那身装束令他们想起皇后，那个她朝之张开双臂的祭坛，也使人联想到祖国的祭坛。当然，在这个房间睡觉的猎人大多数都过着世俗的生活，随处获取利益和享乐，毫无顾忌地向商人勒索谷物和猪，投入一种野蛮的消遣，将上帝的生物残忍地射杀成堆，其中许多还对女人充满了欲望；但他们却粗野地宣称，他们所过的这种傲慢自大、罪孽深重的生活是上天允诺的一种明显的权利和特权，他们随时准备为了祖国的荣誉或者上帝的荣耀而放弃这种生活，即便这种机会永不出现，他们也已经把生活视作是次要的、不值得关心的东西，因而它的罪孽也不算什么。当他们在晨雾中踏过隐约作响的灌木丛，或者在晚上爬着陡峭、狭小的梯子来到一个瞭望台，视线越过蚊虫飞舞的灌木和空地，抵达森林的边缘时，他们并没有感觉到自己的罪孽。接着，当草木潮湿的气味向他们飘来，一只蚂蚁沿着干枯的树枝爬行，消失在树皮里的时候，尽管他们是务实的人，尽管他们紧紧地扎根于大地，有时在他们的灵魂中，还是有某种发出乐声的东西苏醒了，他们曾经度过的、依然在过着的生活紧密地凝聚成了一个瞬间，他们能够感受到母亲的手抚摸着他们的头发，仿佛是永远地抚摸着，而另一个身影已经站在他们面前，不再与他们隔着时间，隔着空间，他们不害怕这个身影，它就是：死亡。接着，对他们来说，周围的一切树木都变成了十字架，因为没有一个地方比猎人的心更能使魔幻和世俗紧密结合在一起，当雄鹿出现在空地边上时，启示就显现了，生命似乎摆脱了时间，转瞬即逝而又永远存在，它就掌握在他们手里，因此，射杀一个陌生的生命就如同一个象征，象征着在恩典的怀抱中拯救自己生命的需要。猎人总是会跑过去，在鹿角上发现十字架，对他来说，为了这个启示，即便付出生命的代价也不算太高。同样地，在结束了丰盛的晚餐返回房间以后，他会再次抬起眼睛望着耶稣十字架——尽管是从远处——思索着包围他生命的永恒。或许在这种永恒面前，连他身体的洁净在天平上也不比他世俗生活的罪孽来得重：洗漱台上放着一个水盆，它的细小与猎人的体型和他生活的惯常维度形成了可笑的对比，而水壶里装的水也比他平常喝的酒要少很多。就连床边的那个小小的便桶箱——它伪装成一个柜子，里面装着夜壶——也仅仅是在承认其余部分的不成比例。猎人用完夜壶，倒在了咿呀作响的床上。

　　这间寝室极好地满足了过去几代猎人的需求，贝特兰德在访问斯托尔平期间，就被安置在那里。

在贝特兰德从他的斯托尔平之行带回来的不同寻常的记忆中，冯·帕塞诺夫先生给他留下的印象是相当奇怪的。第一天刚吃完早餐，老先生就邀请他陪自己去散步，参观一下庄园。那是一个阴沉、打雷的早晨；空气沉闷，但从两片打谷地的方向传来了连枷模糊的、低沉的声音，打破了寂静。冯·帕塞诺夫先生似乎在这种节奏中发现了乐趣；有几次他站在原地，按节拍敲着他的手杖。接着，他问："您想去看看牛栏吗？"说完开始走向低矮的长棚；但在院子中央又停了下来，摇着头："没用，牛都到外边吃草去了。"贝特兰德礼貌地询问是什么品种；冯·帕塞诺夫先生先是盯着他看，仿佛不理解这个问题，接着耸了耸肩膀说，"这无关紧要"，然后领着客人走出大门：农场坐落在小山谷里，周围是连绵不绝的田野，每一处的收割工作进展都不错。"这些都是属于庄园的。"冯·帕塞诺夫先生用他的手杖画了一个骄傲的圆圈；接着，他抬起手杖静止不动地指着一个方向；贝特兰德的目光随之望去，看见乡村教堂的塔楼从小山后升起。"邮局就在那里。"冯·帕塞诺夫先生向他吐露道，同时朝村子里走去。热气逼人；他们身后连枷沉闷的声响逐渐陷入了沉默，只有镰刀的嗖嗖响，刀刃磨快的声音，以及谷物落下的沙沙声依旧悬浮在空中。冯·帕塞诺夫先生停住了脚步："您有时也会害怕吗？"贝特兰德吃了一惊，但也被这个极富人情味的问题触动了："我？哦，常有的事！"冯·帕塞诺夫先生提起了兴趣，朝他凑过去："您什么时候害怕？在一切都很安静的时候吗？"贝特兰德发现他有点误解了："不，安静有时候很好，我就很喜欢这种田野上的安静。"冯·帕塞诺夫先生显得有点不悦和气恼："您不明白……"停了一下，他又开始说道："您有孩子吗？""据我所知，没有，冯·帕塞诺夫先生。""嗯，那好。"冯·帕塞诺夫先生看了看表，又打量着远处；他摇了摇头，对自己说："真是费解。"接着对贝特兰德说："嗯，那么，您什么时候会害怕？"——他没有等答案，又看了一下表："他这会儿应该来了的。"接着，他直视着贝特兰德的脸："您会在旅途中偶尔给我写信吗？"贝特兰德说会的，他很乐意这么做；冯·帕塞诺夫先生显得非常高兴。"对，给我写信，我很感兴趣，我对很多事情都感兴趣……当您害怕的时候，也写信告诉我……他还没来呢；您看，没有人给我写信，连我的儿子们也不写……"接着，远处一个扛着黑袋子的人出现了。"他来了！"冯·帕塞诺夫先生迈出了轻快的步伐，手杖和两条腿一同前进，等那个人一到听力范围内，他就对他喊道："你到哪里去闲荡了这么久？这是你最后一次送信了……你被解雇了，你听到了吗？你被解雇了！"他暴跳如雷，在那个人脸上挥舞着手杖；后者显然习惯了这样的遭遇，平静地从肩上取下袋子，交给主人，主人几乎是温顺地从背心里掏出钥匙，用颤抖的手指开锁。他把颤抖的手伸进了邮袋，当他只拿出了几份报刊时，他的暴怒仿佛又要发作了，因为他一声不吭地把邮件凑到了信使鼻子底下。但是，显然他马上想起了有客人在场，因为他把报刊展示给了贝特兰德看："来，您可以自己看看。"他发着牢骚把它们放回袋子里，锁上了袋子。他们继续往前走的时候，他又说道："今年我得离开这里，到城里去住。我害怕，这里对我来说太安静了。"

他们刚到村里，第一阵雷阵雨就落了下来，冯·帕塞诺夫先生提议到牧师家里去躲雨。"反正您迟早会遇到他的。"他补充道。得知牧师不在家，他非常恼火，当女主人说她丈夫在学校时，他大发雷霆："你好像觉得你可以随便向一个老头扯谎，可我还没有老到不知道现在学校放假了。"是的，但她的意思并不是牧师正在学校上课，而且他很快就会回来。"撒谎。"冯·帕塞诺夫先生发着牢骚，但女主人不想示弱，她请先生们坐一下，她去给他们倒杯酒。她离开房间后，冯·帕塞诺夫先生俯身对贝特兰德说："他一直躲着我，因为他知道我能看穿他。""看穿什么，冯·帕塞诺夫先生？""唉，当然是看穿他是一个非常无知、非常无能的牧师。不幸的是，我还是必须和他保持良好关系。在乡下您得恳求每个人发善心……"他迟疑了一下，更加温和地补充道："而且，他掌管着坟墓。"牧师回来了，冯·帕塞诺夫先生向他介绍了贝特兰德，说是约阿希姆的朋友。"是啊，一个来，一个走。"冯·帕塞诺夫先生迷迷糊糊地说道，他们不知道他间接提及可怜的赫尔穆特，是打算恭维还是羞辱贝特兰德。"嗯，这是我们的神学家。"他继续他的介绍，神学家尴尬地笑了笑。牧师夫人拿来了酒和几片冷火腿，冯·帕塞诺夫先生急匆匆地干了他那杯酒。当其他人还围坐在桌边的时候，他走到窗前站着，用连枷打谷的节奏轻敲着玻璃，注视着乌云，仿佛急不可耐地想要离开了。他在窗前吞吞吐吐地说道："跟我说说，冯·贝特兰德先生，您可曾遇到过一个有学问的神学家，他是对来世一无所知的？""冯·帕塞诺夫先生喜欢和我开玩笑。"牧师尴尬地说。"那么请好心告诉我，如果跟来世毫无关联，上帝的神父在什么方面和我们普通人有区别呢？"冯·帕塞诺夫先生转过身来，透过他的单片眼镜恼怒、尖锐地瞪着牧师，"如果他知道些什么，这是我容许自己怀疑的，他有什么权利对我们隐瞒呢？……有什么权利对我隐瞒呢？"他缓和了一些，"对我……就像他自己承认的，一个饱受悲恸折磨的父亲。"牧师温和地答道："上帝单独就能向您传递信息，冯·帕塞诺夫先生；请相信我所说的话。"冯·帕塞诺夫先生耸了耸肩膀："哦，我相信……我相信，你要相信我的话。"停了一下，他又耸了耸肩膀，把头转向窗户，说："没关系。"然后又敲着玻璃，朝着街道张望。雨下得小了，冯·帕塞诺夫先生再次发话："现在我们可以走了。"离开的时候，他握着牧师的手："别忘了去看我们……今天过去吃晚餐，怎样？我们的年轻朋友也会在那儿。"说完他们便走了。村子的街道上布满水洼，但田野上的土地几乎又干了，雨水都没有抹掉地上的裂纹。天空依旧飘浮着白色的薄雾，但已经能够感觉到灼热的太阳了，它很快就会穿透薄雾。冯·帕塞诺夫先生沉默着，对贝特兰德说的话没有任何回应。但有一次他停了下来，抬起手杖严肃地说道："您一定要对这些有学问的牧师保持警惕。记住了。"

在接下来的日子里，这种早晨的散步一再重复，约阿希姆偶尔也会加入他们。但是，约阿希姆在场的时候，老头就会闷闷不乐，一言不发，甚至放弃探寻贝特兰德害怕什么。他通常会间接地、试探性地提出他的问题，现在却完全陷入了沉默。约阿希姆同样保持沉默。因为他同样不敢向贝特兰德提出那些他希望得到答案的问题，而贝特兰德则顽固地保守着他的秘密。就这样，他们三个在田野上漫步，父子俩都埋怨贝特兰德让他们热切的期待落空了。但是为了让对话进行下去，贝特兰德已经尽力了。

如果说起初约阿希姆推迟了他到莱斯托夫的访问，是因为他一直打算和贝特兰德一起去，那么现在，他对贝特兰德隐约感到的恼怒，或许就是他将访问推得更迟的原因：他有过一个模糊的希望，只要贝特兰德一开口，一切都会平顺、轻易地各就各位，无需更多的麻烦，他马上就可以带贝特兰德到莱斯托夫去。但贝特兰德对此一无所知，以一种最令人失望的方式保持着沉默，最后约阿希姆不得不下定决心，独自前行。一天下午，他坐着轻便马车驶向莱斯托夫。他的双腿平稳得体地裹在马车毯子里，鞭子在他前面保持着准确的角度，缰绳在他戴着棕色手套的手中顺畅地滑溜着。他出发时父亲说了句"终于"，而现在约阿希姆对这个怪诞的结婚计划充满了厌恶。

附近村子的教堂的尖顶浮现在眼前；一座天主教的教堂，它令他想起卢泽娜的罗马天主教信仰：贝特兰德跟他说过卢泽娜的事。最诚实的做法难道不是结束在这里的愚蠢停留，直接回到她身边去吗？这里的一切都开始令他厌恶：路上的尘土，路边那些宣告秋天来临的布满灰尘、皱巴巴的树叶；他厌恶这一切。自从贝特兰德来了以后，他就一直渴望着他的制服；两个人穿着相同的制服，那是某种非个人的东西，是国王的徽章；两个人穿着同种平民服装，那是不知羞耻，就像两兄弟；他觉得，平民的短大衣露出了人们的双腿和裤子的开口，有点不知羞耻。伊丽莎白，注定会看到人们穿着短大衣和没有遮掩的裤子，令人惋惜——奇怪的是，想到卢泽娜的时候，他从没有这种痛惜——但至少为了这次拜访，他应该穿上他的制服。那条白色的阔领带，别着马蹄铁饰针，遮住了他的背心开口，这很好。他抬起手来，确保它的位置恰当得体。人们用一块布盖住躺在棺材架上的死者的下半身，这不是没有意义的。赫尔穆特也曾沿着这条路驶向莱斯托夫，也曾拜访过伊丽莎白和她母亲，而这样的尘土就撒在他的坟墓里。难道他哥哥真的将伊丽莎白遗赠给了他吗？卢泽娜呢？甚至还有贝特兰德呢？他们本该把赫尔穆特的房间给贝特兰德，而不是把他安置在僻静的客房里；但这也是不对的。这一切就像某种必然的发条装置，而这种发条装置在某种程度上又按照他自己的意志运转，并且仅仅因为这个缘故而显得不可避免和不言而喻，与他在职务上的那套按部就班的发条装置相比，它一定是更加不可避免的。但他不能再细想下去了，那背后可能隐含着某些可怕的东西，而现在他正驶进村子，必须留神在路上玩耍的小孩；穿过村子，通过夹在两座房子中间的大门，他来到了花园里。

"终于又在这里见到您了，我真高兴，冯·帕塞诺夫先生。"男爵在大厅里接见他时说道。当约阿希姆提到因为家里来了客人所以推迟了访问的时候，男爵责备他怎么没带贝特兰德一起来。约阿希姆也不明白自己怎么没有这么做；这肯定不会冒犯到谁；但是，当伊丽莎白进来以后，他还是觉得自己一个人来比较好。他发现她非常美丽，甚至连贝特兰德都无法抵挡这种迷人的美，这是肯定的，而且他也肯定不敢在她面前保持他所习惯的那种太过无拘无束的语气。尽管如此，约阿希姆几乎还是希望能看到他这么做，有点像一个人希望在教堂听到一句脏话，或者观看执行死刑。

他们在露台上喝茶，约阿希姆坐在伊丽莎白身旁，觉得不久前他也在同样的位置上。但这是什么时候的事呢？自他上次访问莱斯托夫，差不多已经过去三年了，当时是深秋，不可能待在外面的露台上。但是，他一边纠结着这件事，觉得在那次的访问过程中，他们还不得不在屋里点了灯，一边又陷入胡思乱想，他的头脑产生了不可避免的混乱：他的同谋贝特兰德——他竟然会想到"同谋"这个词，这令他有点反感——既然是他和卢泽娜的亲密关系的同谋和见证者，那显然也应该陪他来伊丽莎白身边！他到底怎么会想到把贝特兰德介绍给他父母呢？那种由于贝特兰德而迷失了正道的宿命感又浮现了，突然，想到在喝完茶之后，他不得不穿着平民服装站起来，他觉得很痛苦；他本想把餐巾放在膝盖上，但他们已经提出要去花园散步了。当一些农舍出现在视线里时，男爵说，他的客人一定很快就会回到乡下来住了吧；至少他父亲已经暗示过了。约阿希姆对他父亲试图决定他的生活产生了一股新的敌对情绪，本想回答说他没打算回到父母家里；可是，他当然不能说这样的话，这与事实，与他新近发现的对他的家和他的产业的依恋不太相符；因此，他只是说，退伍不是一件容易的事，而且，他不久就要升任上尉了。没有人可以轻易放弃自己所喜爱的职业，即便是出于情感上的原因；在他的朋友冯·贝特兰德先生身上，他已经非常清楚地看到了这一点，尽管冯·贝特兰德先生在生意上取得了许多引人瞩目的成就，但内心可能很渴望回到军队。他仿佛不情愿地讲起了贝特兰德在全世界的生意往来和漫长旅行，以一种小男孩的想象力，给贝特兰德罩上了探险家的光环，直到女士们忍不住为即将结识这么一位有趣的人物表示荣幸。尽管如此，帕塞诺夫还是觉得她们都很害怕，即便不是怕贝特兰德，也是怕他所过的生活，因为伊丽莎白又有所克制了，说她实在无法想象一个兄弟，或者其他亲属，跑到那么远的地方，谁都说不清楚是在地球上的哪个位置。男爵也表示同意，只有没有家庭的人才能过那样的生活。一种水手的生活，他补充道。但约阿希姆不想通过朋友来拔高自己，他觉得自己在这里不过是朋友的代理人而已，所以就说，贝特兰德曾鼓励他申请去殖民地任职，男爵夫人严肃地说道："您不能把您的父母丢下。""是啊，"男爵说道，"您的位置就是在您父亲的田野里。"约阿希姆听到这话感到非常高兴。接着，他们开始往回走，在伊丽莎白的小狗的带领下，回到房子前面宽阔的空地上。露湿植物的芬芳四溢，房子里的灯火都点亮了，因为已经是傍晚了。

约阿希姆离开时，夜幕已经降临。他最后看到的，是伊丽莎白在露台上的黑色轮廓；她已经摘下了帽子，暮色中，她站在排着肋骨似的微红色云条的晴空下。约阿希姆可以模糊地看到她颈背上厚重的发结，他自问为什么会觉得这个姑娘如此美丽，看到她时，连卢泽娜的甜蜜都仿佛从他的记忆中消失了。但他渴望的是卢泽娜，而不是伊丽莎白的纯洁。为什么伊丽莎白那么美丽？黑黢黢的树影在路边浮现，尘土闻起来凉飕飕的，在洞穴或者地窖里大概也是这种感觉。而在西边，在起伏的景色之上，一条微红的云带仍飘浮在逐渐暗下来的空中。

在约阿希姆访问莱斯托夫的那天下午，他刚一乘车出发，冯·帕塞诺夫先生就爬着楼梯来到楼上，敲响了贝特兰德的房门："我也应该来拜访您……"接着又偷偷地说道："终于摆脱他了……这可真不容易！"贝特兰德也礼貌地低声说，他很乐意到楼下去。"不，"冯·帕塞诺夫先生说，"应该遵守礼节。但喝完茶之后我们可以去散散步。我有些话想跟您谈谈。"为了遵守礼节，他稍稍坐了一下，但他一贯是静不下来的，马上就离开了房间，可是没等门关上，又折回来说："我只是想来看看有哪里不够周到的。在这座房子里谁都指望不上。"他开始在房间里走来走去，看了看那幅《格拉古兄弟的母亲》，又看了看地板，接着温和地说道："嗯，那么，喝茶时间结束。"——

他们点上雪茄，信步穿过庭园，穿过菜园——树上的果实已经熟了——最后来到了田野上。冯·帕塞诺夫先生显然心情不错。一群收割女工正朝他们走来。为了给两位先生让路，她们在路边排成单行，在走过的时候，一个接一个地行屈膝礼。冯·帕塞诺夫先生一个接一个地打量着她们头巾下的脸和身体，在她们走过之后，他说道："结实的女人。""是波兰人吗？"贝特兰德问道。"当然，大多数都是……唉，这帮人不可靠。"这里真漂亮，贝特兰德接着说道，他发自真心地羡慕乡绅的生活。冯·帕塞诺夫先生拍了拍他的肩膀："您喜欢的话也可以过这种生活。"贝特兰德摇了摇头：这并不容易，再说了，他也得赶得上才行。"我可以安排。"冯·帕塞诺夫先生带着神秘的笑容说道。接着，他陷入了沉默，贝特兰德等着他说下去。但冯·帕塞诺夫先生似乎忘了自己想说什么，停顿了老半天，他才表达出自己的想法："当然，您一定得给我写信……对，经常写。"接着："如果您到这里来生活，我们就不用再害怕了，我们俩都不用再害怕了……怎样？"他把手搭在贝特兰德的手臂上，焦虑地望着他。"可是，冯·帕塞诺夫先生，我们为什么要害怕呢？"冯·帕塞诺夫先生显得很诧异："可是您说过……"他盯着前方，"嗯，没关系……"他站在原地，然后转身，看起来似乎又要转过来了。但他回过神来之后，又接着往前走。过了一会儿，他问道："您去看过他了吗？""他？""嗯，去看坟墓。"贝特兰德感到有点羞愧；在这座大宅的氛围中，实在没有合适的机会表达去拜谒坟墓的想法。就在他准备尽可能婉转地表示否定时，冯·帕塞诺夫先生满意地笑着说："嗯，那我们还有点事做。"作为给客人的第二个惊喜，他用手杖指着他们前面的墓园。"您进去吧，我在这里等您。"他要求道。当贝特兰德有点迟疑时，他又不耐烦和尖锐地说道："不，我不跟您一起去了。"他把贝特兰德领到了门口，上面闪烁着两个金字："安息。"贝特兰德进去了，他在坟墓边待了必要的时长之后，又回来了。冯·帕塞诺夫先生带着明显的不耐烦在墓园的墙下走来走去："您和他待在一块儿吗？……嗯……？"贝特兰德紧紧握着他的手，但冯·帕塞诺夫先生显然不需要慰问，正等着贝特兰德说点什么；他甚至做了一个鼓励的手势，尽管如此，贝特兰德还是什么都没说，于是他叹道："他是为了他的姓氏的荣誉而死的……是的，这会儿约阿希姆正去拜访别人。"他再次抬起手杖，这一回是指着莱斯托夫的方向。随后，他咻咻笑着，补充了他的想法："我派他去求爱了。"而这仿佛使他想起有些事要和贝特兰德讨论："对了，我听说您很擅长处理商业事务。"嗯，是的，不过是在特定的分支，贝特兰德答道。"嗯，对于我们的业务来说已经绰绰有余了。您看，我亲爱的朋友，因为他已经死了，我自然需要一些建议。"他停顿了一下，然后郑重地说道："遗产的问题。"贝特兰德回答说，冯·帕塞诺夫先生肯定需要一位可信的法律顾问来指导他，但冯·帕塞诺夫先生没有听："约阿希姆会通过他的婚姻得到财产；可以取消他的继承权。"他说着又笑了。贝特兰德为了转移话题，指着一只野兔说："他们很快又会拿枪出来了，冯·帕塞诺夫先生。""是啊，是啊，如果他喜欢的话，可以来打猎；他做这些事还好……我们邀请他，怎样？当然，他必须给我们写信；我们很快就会让他符合那边的要求，是吧？"冯·帕塞诺夫先生笑了，贝特兰德也微笑着，虽然他觉得非常不舒服。他有点气恼约阿希姆把自己丢给了这么个人；但直到现在，他也不明白这个老糊涂怎么会有这种想法！那个笨拙的家伙是请他到这里来解决自己的事情的吗？他只好说道："是啊，是啊，冯·帕塞诺夫先生，我们很快就会给他做好安排的。"这似乎就是老头希望他采用的语气。他倚靠在贝特兰德的手臂上，小心翼翼地适应同伴的步调，甚至在回到房子前的时候也没有松开。虽然夜幕已经降临，他们仍旧在院子里走来走去，直到约阿希姆驱车归来。约阿希姆从轻便马车上跳下来之后，冯·帕塞诺夫先生说道："让我来介绍我的朋友，冯·贝特兰德先生，"然后有些漫不经心地挥着手，"这是我儿子……刚去求爱回来。"他滑稽地补充道。牛栏里的气味乘着风飘来，冯·帕塞诺夫先生感到神清气爽。

"她不是特别漂亮，"贝特兰德注视着坐在钢琴前的伊丽莎白，暗自想道，"她的嘴巴太大，她的嘴唇柔软得出奇，几乎有一种邪恶的色欲。但是，她笑的时候很迷人。"

约阿希姆和贝特兰德受邀参加的是一场"音乐茶会"。伊丽莎白的施波尔三重奏的伴奏者是一位来自邻近庄园的老朋友和一名当地的穷教师，当钢琴闪着银光的晶莹剔透的水珠汇入两把弦乐器的棕色涓流时，约阿希姆觉得这全是由于伊丽莎白的缘故。他热爱音乐，虽然并不太懂行，现在却觉得已经理解了它的含义；那是纯净的、清澈的，如同乘着一片闪亮的云彩，翱翔于万物之上，让冰冷、纯净的水珠从高空落向大地。或许这个画面只会对伊丽莎白显现，虽然他记得在库尔姆的军校里，贝特兰德也能拉一下小提琴。不，贝特兰德看起来似乎并不想从音乐方面征服伊丽莎白。当被问及他的小提琴拉得如何时，他抱歉地摆摆手，做出了躲躲闪闪的回答；当他在回去的路上说"她要是不弹那首无聊得要命的施波尔，弹点别的就好了！"的时候，也可能只是纯粹的虚伪，因为那是嘲讽的口气。

他们商量好了去骑马：约阿希姆和贝特兰德叫上了伊丽莎白。约阿希姆骑着赫尔穆特的马，这匹马如今又成了他的财产。他们从收割过后竖立着蓬乱茬子的田野上飞奔而过，然后一阵急促的小跑，拐到了一条狭长的林中小径里。约阿希姆让朋友和伊丽莎白骑在前面，他在后面跟着，伊丽莎白穿着长长的黑色骑马服，看起来比平常更为修长纤瘦。他本想移开视线，但她骑在马上的姿态并不完全对，这烦扰着他；她坐的时候，身体太过前倾；起落颠簸的时候，碰到鞍座，又向上弹起，他不禁想起了那天在车站和她道别的情景，那个把她当成能激起欲望的女人的可鄙念头又浮现了，而且他父亲还当着贝特兰德的面说他去求爱，这个念头就显得加倍可鄙。但更令人作呕的是，伊丽莎白的父母，对，尤其是她那个母亲，可能同样把他当成是满足他们女儿欲望的对象和吸引她的东西，他们都相信他们能够指望这种欲望，它会出现，它不会令他们的期望落空。但某种更本质、更深远的东西依然隐藏在这一切之后，那是一个模糊的念头，约阿希姆宁愿对它一无所知，尽管他觉得嘴发干，脸发烫；它是模糊的，然而使他恼火的是，他们竟敢想象伊丽莎白能做那种事；他在她面前感到羞耻，同时也为她感到羞耻。贝特兰德想要的话，就让他拥有她吧，他想道，忘了这是跟他刚才还如此愤怒地排斥的冒犯是一模一样的。但这突然无所谓了，他突然觉得贝特兰德不成问题：他那卷曲的头发使他非常女性化，有点像个姐妹，对伊丽莎白带着姐妹般的关怀，或许伊丽莎白可以放心地托付给他。当然，这不是真的，但有那么一会儿令人感到安心。对了，到底是什么让她显得那么美丽呢？他凝视着她的身体上下簸动，她的臀部一次又一次地落回到鞍座上。他发现，激起欲望的并不是美丽，而恰恰是美丽的对立面；但他把这个想法推到了一边，伊丽莎白爬进车厢的画面依然停留在他脑海里，而他的思想又转向了卢泽娜，她那无数的不完美使她显得如此迷人。他让自己的马放慢了脚步，以便拉开他和前面那一对的距离，然后从他胸前的口袋里取出卢泽娜最近写给他的信。信纸散发着他送给她的香水的味道，他再次呼吸着他们那不正当关系的气味。是的，那是他所属的地方，是他想去的地方，他觉得自己是一个自愿从社会中流亡出来的人，但又是一个被放逐的人；他觉得自己配不上伊丽莎白。的确，贝特兰德是他的同谋，但贝特兰德的手更干净，约阿希姆意识到这一点之后，也就明白了为什么贝特兰德对待他和卢泽娜总是有点居高临下，像长辈和医生一样，而且总是隐藏着自己的秘密。一个父亲的秘密是永远都不该揭开的；事情就是这样，而且正是因为这个缘故，他前面的这个家伙才不受限制地和伊丽莎白并肩骑行，虽然他也不配，但总比约阿希姆要好。他想起了赫尔穆特。仿佛想至少让赫尔穆特的马待在他们身边，他策马开始了一阵小跑。马蹄落在铺满树叶的土地上，发出柔和的声响，碰到树枝时，他可以听到木头折断的清脆声音。马鞍皮欢快地发出吱吱响，从漆黑的树叶间，吹来一阵凉飕飕的风。

他在一片平缓向上的长长的空地边上追上了他们。树林里的凉爽仿佛在这里被砍掉了，可以嗅到太阳的热力从草上升起。伊丽莎白用马鞭轻轻地驱赶着叮在马上的马蝇，而熟悉道路的马儿已经急不可耐，等着像平常那样，从空地上飞奔而过。约阿希姆在贝特兰德面前感到了一股优越感；不管生意做得多大，一个常年伏案工作的人是没有机会进行跨越障碍的练习的。伊丽莎白指明了障碍：一段她经常跨过的树篱，一株倒落的树干和一条沟壑。难度并不大。马夫留在了空地边上。伊丽莎白领头，约阿希姆殿后，这不仅仅是出于礼貌，也是因为他想看看贝特兰德怎样跨越障碍。草还没割过，在马腿上发出轻盈而又清晰的窸窣声。伊丽莎白先朝沟壑骑去；这只是小菜一碟，贝特兰德无疑是可以跨越的。可是当那段树篱也被贝特兰德稳稳地跨过时，约阿希姆感到很不高兴；剩下的树干太简单了，他最后的希望落空了。约阿希姆那匹马想要赶超另外两匹马，猛力拽着缰绳，约阿希姆不得不往回拉，以保持适当的距离。现在是树干了；伊丽莎白和贝特兰德轻松地，几乎可以说是优雅地跨了过去；约阿希姆放松了缰绳，让马儿跳跃。可是当它集中全部力量跳起来时，他又突然拉住了它，他也说不清楚这是为什么；马在树干上绊倒了，摔在了一边，把他滚到了草地上。这发生得非常快，当另外两人转过身来时，他和马已经静静地站在树干前了，缰绳依然抓在他手里。"怎么啦？"怎么啦？他自己也不知道：他检查了马腿，一条前腿瘸了；应该把它带回家了。上帝之手，约阿希姆想道；摔倒的不是贝特兰德而是他，现在最应该做的就是离开，留下伊丽莎白和那个人待在一起。当伊丽莎白提议让他去骑马夫的马，然后送他和瘸马回家时，他闷闷不乐地谢绝了，因为他依然把这件事看成是上帝的判决。再说了，这是赫尔穆特的马，不能交给任何人。他骑着马慢慢地朝家里走去，决定尽早返回柏林。

他们沿着林中小径并肩骑行。尽管马夫就跟在后面不远，伊丽莎白还是觉得自己被约阿希姆遗弃了，这种感觉使她极为沮丧。也许她感觉到了贝特兰德盘旋在她脸上的目光。

"她的嘴巴很奇怪，"贝特兰德暗自说道，"而她的眼睛有那种我非常喜爱的澄澈。她肯定是一个容易受伤、令人恼火、非常难以应付的女人。比起那纤瘦的身材，她的手太大了。她是一个性感的男孩子，她就是那样。但她很迷人。"为了摆脱沮丧，伊丽莎白开始和他攀谈，尽管片刻之前她已经用了这样的开头：

"冯·帕塞诺夫先生跟我们说了很多关于您和您那了不起的旅行的事。"

"是吗？他也跟我说了您那了不起的美丽。"

伊丽莎白没有回答。

"您不高兴了吗？"

"我不想听到任何关于我那所谓的美丽的话。"

"您非常美丽。"

伊丽莎白有点迟疑地说："我不认为您是一位女士杀手。"

她比我想象的要聪明，贝特兰德想。他答道："我自己是决不会说出这个糟糕的词语的，哪怕是我想侮辱人的时候都不会。我不是什么女士杀手；您非常清楚自己有多美丽。"

"那您为什么要告诉我？"

"因为我不会再跟您见面了。"

伊丽莎白吃惊地看着他。

"您当然不喜欢有人跟您说起您的美丽，因为您怀疑在恭维背后隐藏着一个求爱者。可是，如果我走得远远的，永远不会再和您见面了，那么，从逻辑上讲，我就没法追求您，我就可以正正当当地跟您说我所能说的最好的话。"

伊丽莎白忍不住笑了。

"真可怕，一个人只能听完全陌生的人说好话。"

"至少，只有完全陌生的人说的好话才能相信。亲密必定包含着不诚实和谎言的种子。"

"如果是真的，那就太可怕了。"

"当然是真的，但这一点也不可怕。亲密是一种最狡诈、最卑鄙的求爱。跟直接说他渴求一个女人是因为她美丽相反，他会悄悄获取她的信任，从而解除她的警戒，将她捕获。"

伊丽莎白沉思了片刻，接着，她说："您说的话背后没有什么不寻常的东西吗？"

"没有，因为我就要走了……一个陌生人可以说真话。"

"我害怕一切陌生的东西。"

"因为您被它们吸引。您很美丽，伊丽莎白。今天我能就这么说您吗？"

他们静静地并肩骑行。接着，她找到了恰当的话：

"您到底要什么呢？"

"什么也不要。"

"那这一切就没有意义了。"

"我要的东西跟其他那些向您求爱的人一样，所以我才跟您说您很美丽；但是我更坦诚。"

"我不想任何人向我求爱。"

"也许您厌恶的只是不坦诚的形式。"

"您真的不会比其他人更不坦诚吗？"

"我就要走了。"

"这能证明什么？"

"嗯，我的谦逊。"

"怎么证明？"

"向一个女人求爱就意味着将自己作为一只活着的两足动物献给她，这是下流的。而这很可能就是您厌恶任何求爱的原因。"

"我不清楚。"

"爱是一种绝对的东西，伊丽莎白，当绝对的东西试图用世俗的话语来表达自己时，往往就会变成一种煽情，仅仅因为它无法被证明。接着，整件事情就会变得十分俗气，煽情往往非常滑稽，这在一位向您弯下膝盖，让您同意他的一切愿望的绅士身上就得到了体现。如果一个人爱您，他就必须避免这样。"

他说这些是为了暗示自己爱她吗？当他沉默下来的时候，她疑惑地看着他。他似乎意识到了：

"有一种真正的情感，我们称之为永恒。对于人类而言，因为没有一种积极的永恒，所以必须有一种消极的永恒，这种永恒可以称之为'永不再见'。如果我现在走了，这就是永恒；您会永远地离开我，而我就可以说我爱您。"

"别说这些可怕的话。"

"或许是我的感情的绝对纯净促使我对您说这样的话。或许我之所以强迫您听我的长篇大论，是因为我还有一点愤恨。也许还有嫉妒，因为您会留在这里，继续生活下去。"

"真的嫉妒？"

"是的，嫉妒，以及一点骄傲。因为我希望让一块石头落入您的灵魂之井，这块石头就会永远留在那里。"

"所以您也想和我变得亲密吗？"

"也许吧。但更加强烈的愿望是有一天这块石头能变成您的辟邪之物。"

"在什么时候呢？"

"在那个我此刻很嫉妒的男人向您弯下膝盖的时候，在那个男人用这种过时的姿态向您靠近的时候，那时，这段记忆，这份不妨说是无菌的爱，将帮助您想起，在爱的每一种虚假的唯美主义姿态中，隐藏着粗俗得多的现实。"

"您对您离开的每个女人都这样说吗？"

"对每个女人都应该这样说，但我通常会先离开。"

伊丽莎白若有所思地盯着她那匹马的鬃毛。接着她说："我不知道，可是这一切听起来很奇怪，很不自然，而且和我不相干。"

"如果您是在想着人类的繁殖，那么，这当然很不自然。可是，有某个人，现在他生活在某个地方，吃吃喝喝，照料他的事务，某一天由于某个愚蠢的机会遇见了您，在一个恰当的时机跟您说您是多么美丽啊，然后在您面前弯下膝盖，接着，经过一些仪式，你们俩就可以生孩子了，您觉得这就更自然吗？"

"别说了！真令人讨厌！……真令人恶心！"

"是的，令人讨厌，但不是因为我说起它，所以才令人讨厌；有件事更令人讨厌，那就是您注定要，而且很快就要经历这种事，而不仅仅是听到这种事。"

伊丽莎白强忍着泪水，吃力地说："天啊，为什么我要听到这些？……求您了，求您别说了。"

"您害怕什么呢，伊丽莎白？"

她轻声答道："我非常害怕。"

"害怕什么？"

"害怕一切未知的东西，还有其他东西，还有即将到来的东西……我说不清楚。我只有一个渺茫的希望，那就是即将到来的东西会是我所熟悉的，就跟我现在所熟悉的一切一样。毕竟我父亲和我母亲就属于彼此。可是您却想夺走我的希望。"

"您拒绝正视危险，因为您害怕。将您摇醒，不让您由于纯粹的无动于衷，或者守旧的思想，或者无知，而使自己的生命溜走，干涸，枯萎，或者诸如此类，难道不是一个人的职责吗？伊丽莎白，我对您抱着很大的善意。"

伊丽莎白再次找到了恰当的话，她违背自己的意愿，柔和地、迟疑地说道："那您为什么不留下来？"

"我只是被偶然地抛到您的路上。如果我留下来，那就和我提醒您抵挡的那些感情的突袭没什么两样了。哪怕是无菌的突袭，也是一种突袭。"

"我应该怎么做？"

"只能以否定的形式来回答：不要做任何使自己有一丝疑虑的事。没有人能臻于完美，除非自由地、绝对地服从于他的感情和天性的法则——请原谅我这么说。"

"没有人帮我。"

"没有，您孤身一人，和面对死亡的时候一样，孤身一人。"

"不是真的，您说的不是真的。我从来都不是孤身一人，我父亲和母亲也不是孤身一人。您这样说，是因为您想孤身一人……要不然就是因为折磨我给您带来了乐趣？"

"伊丽莎白，您是如此美丽，以至于您的完满就处在您的美丽之中。我为什么要折磨您呢？我所说的都是真的，而且我也没说出最糟的。"

"别折磨我。"

"在每个人内心的某个地方，都有一个愚蠢的希望：我们得到的那一点点爱能在虚空中架起一座桥梁。您要对这种煽情的爱保持警惕。"

"您现在又在提醒我要抵挡什么？"

"一切的煽情都是这样，向我们承诺一种神秘，然后试图通过一些陈词滥调实现它的承诺。我希望看到您抵挡这种爱。"

"您是一个可怜的人。"

"因为我将一切和盘托出吗？对那些不这样做的人保持警惕吧。"

"不，不是这个。我觉得您比其他人更使人怜悯，甚至比您谈到的那些人……"

"我必须再次提醒您。永远不要在这件事情上怜悯任何人。出于怜悯的爱跟买来的爱一样糟。"

"哦！"

"是的，您是不会承认这一点的，伊丽莎白。嗯，这样说吧：女人在犯了怜悯的罪过之后，会带来最冷酷的结果。"

伊丽莎白几乎带着敌意地看着他："我对您没有怜悯。"

"可是您也不用这么生气地看着我，尽管这更坦诚。"

"为什么更坦诚？"

贝特兰德陷入了沉默。过了片刻，他说："听着，伊丽莎白，即使是走向痛苦的结局，人也必须保持坦诚。我不想说这样的话。但我爱您。我说这些的时候怀着人们在感情的问题上所能拥有的全部严肃和全部坦诚。我也知道，您会爱上我的——"

"看在老天的分儿上，别说了……"

"为什么？我一点都没有高估这种模糊的情感，我也不想招人怜悯。但是没有人能够扑灭这个愚蠢的希望，觉得有一天他会找到那神秘的爱的桥梁。但正是因为这个，我必须离开。只有一种真正的情感，那就是分离的哀伤，痛苦……如果人们想要保住这座桥梁，就必须将它远远地延伸出去，使它无法承受任何重量。如果在这之后——"

"哦，别说了。"

"如果在这之后，那种必然性仍旧比人们自愿设置的还要强烈，如果那种难以形容的渴求那么紧绷，以至于要把世界劈成两半，那么，那经过验证的希望就会浮现：两个人脆弱的个体命运被高举到混乱的偶然之上，高举到陈腐的感伤之上，高举到机械性的、偶然的亲密之上。"

仿佛不再跟伊丽莎白说话，只是在自言自语了，他继续说道："我相信，而且这是我最深的信念，那种将两个人分隔开来的陌生，只有通过它自身的可怕的强化，只有当它在某种意义上变成无限的时候，才能转化为它的对立面，转化为绝对的熟识，并且让那种像无法企及的目标一样盘旋在爱情面前，但却是爱情产生之条件的东西——亦即合二为一的神秘——获得生命。一个人对另一个人的逐渐习惯，亲密程度的逐渐加深，并不唤起任何的神秘。"

伊丽莎白哭了。

他继续轻声说道："我希望您永远不会懂得爱情，永远不用经历爱情，除非是这种终极的、无法企及的形式。这样一来，即便我不是那个人，我也不用嫉妒任何人。可是，当我想到您将忍受一些廉价的东西时，我就饱受着嫉妒的折磨而又无能为力。您哭是因为完美无法企及吗？那您哭是对的。哦，我爱您，我渴望沉入到您的陌生中去，我渴望您是我终极的、命中注定的女人……"

现在，他们再次静静地并肩骑行；他们从林中出现，来到一条通向大路的田野小径，那条大路是他们回去的必经之路。当他看到那条尘土飞扬的道路，白茫茫地躺在太阳和灰白的天穹下的时候，他让马停了下来，以便在树荫里，作为告别，再次轻声地说："我爱您……爱您，这太奇异了。"要是在这之后，他们还得一同骑马走在这条被阳光暴晒的干燥的路上，那对他们俩来说都是不可能的，因此，她很感激地听到他停下来说："我想，我得试一下能不能追上我们那位倒霉的朋友，"接着，非常柔和地，"再会。"她朝他伸出手。他向那只手俯下身，她再次听到："再会。"她什么也没说，可是当他转身走掉时，她又喊道："冯·贝特兰德先生！"他回来了；她迟疑了一下，然后说道："再见。"她本想说"再会"，但这似乎不太合适，有点做作。过了一会儿，他回头看时，已经分不清伊丽莎白和马夫的身影了；他们离得很远了，而阳光又遮蔽了他的双眼。

仆人彼得站在莱斯托夫的露台上，敲着锣。在跟丈夫去了一趟英国之后，男爵夫人就开始用这种方式宣布开饭，这成了一个习惯。尽管仆人彼得已经敲了几年的锣，但他还是对弄出这种幼稚的噪音感到一丝羞愧，尤其是因为这种声响会远远地传到乡村街道上，还曾经让他获得了"鼓手"的绰号。因此，他敲锣的时候很谨慎，只让它发出几个低沉的声音，回荡在寂静的花园里，而他的演奏的剩余部分则是由黄铜发出的一种单调、毫无音乐性的声响，淡淡地消逝。

伊丽莎白缓缓地骑着马走在正午的乡村街道上，她听到仆人轻轻地敲着锣，提醒她这个时候该去换衣服了。尽管如此，她还是没有让她的马加快脚步，要不是陷入了沉思，她可能会突然意识到，今天，或许是她生命中头一遭，她对一家人聚集在餐桌前隐隐感到厌恶，实际上，在她回到那座美丽、寂静的花园，在她穿过那个夹在两座房子间的大门的时候，一股沉重的压迫感一直笼罩着她。她对遥远事物产生了一股令人不安的渴望，伴随着这一渴望的还有一个荒谬的想法，这个想法在正午的炎热中显得加倍荒谬：在这个冰冷的星球上，贝特兰德是无法繁荣生长的，因此他总是逃走，总是准备告别。锣的回声消逝了。她在院子里下了马，把马交给了马夫；她匆匆走进屋里，骑马袍掀到了手臂上；她走上楼梯，走着熟悉的路，却像是在梦游。一股淡淡的勇气向她袭来，她感伤而又欢乐地想到，她要去任何她喜欢的地方，要把命运掌握在自己手里，要引导她的命运；但她的思想没有走多远就被一个问题挡住了：要是她父母看到她穿着骑马袍出现在餐桌前，他们会怎么说？约阿希姆·冯·帕塞诺夫也会被这种冒犯吓到。她的小狗贝洛吠叫着跑下楼梯，她机械地把马鞭递给它；可是她并没有笑它把鞭子弄到她房间的那股骄傲劲儿，当它机灵地躺到她脚上，虔诚地抬头望着她，仿佛在她的美丽中发现了完满时，伊丽莎白也没有去抚摸它的头，而是走到镜子前，久久地注视着，却没有认出自己，只看到纤瘦的黑色轮廓；镜子里的人和她自己仿佛在静止中互相离去，这静止在女仆进来时才缓缓消失，按照每天的习惯，女仆要来帮她脱下骑马袍。但是，当女仆蹲在她面前为她脱下骑马靴，当她的脚从长靴中滑出来，感到轻盈而凉爽，当她穿着黑色丝袜的小脚搁在女仆的膝盖上时，她又重新在镜子里寻找那个消失的影像，它消失了，飞向了某个人，他住在某个地方，或许某一天会跪到她面前。她的马鞭依旧扔在地毯上。伊丽莎白试图想象贝特兰德穿着长长的、有棱有角的军大衣，佩着剑，站在火车站台上，想象离去的火车把他拽倒了，一直拖着他。在这幻想中，有某种恶毒的乐趣，同时也有一种她之前从未体验过的令人窒息的恐惧。她坐在那里，头向后仰着，手放在太阳穴上，仿佛能通过这种姿势摆脱那突如其来的压迫。"还是什么都没发生。"她内心的声音说道。她无法理解自己模糊的兴奋感，这种兴奋感似乎又是如此清晰，几乎可以用这样的话来表达：将世界劈成两半。当然，并不是十分清晰，但已经画出了一道分界线，她那个曾经不可分割的封闭世界，如今已经破碎了，她的父母就站在分界线的另一边。在这一切背后是恐惧，她父母希望守护她，使她免受这种恐惧的侵袭，仿佛他们的生活就依赖于此；但他们恐惧的东西如今已经强行闯入了，出奇地动人和令人兴奋，却一点也不令人恐惧。一个人可以称呼陌生人为"你"：仅此而已。这实在是微乎其微，伊丽莎白几乎感到悲伤。她坚定地站了起来；不，她不能任由自己沉浸在陈腐的多愁善感中。她走到镜子前，把自己的头发拍直了。

在楼梯脚的乌木架子上，挂着一口黯淡的黄色铜锣，上面装饰着单调的中国图案。这是男爵在伦敦购买的正品货。仆人彼得手里拿着一头包有灰色软皮的棒子，盯着他的表，等待着。从他第一次发出通知到现在已经过去了十四分钟，当指针走到第十五分钟的时候，他会在铜锣上小心翼翼地敲三下。

III

第二天，贝特兰德没有同这家人共进早餐，他截住约阿希姆，说他非常抱歉，由于生意上的事他得走了，就在明天早上。约阿希姆首先感到的是释然。"我和您一起走。"他感激地看着贝特兰德，后者显然放弃了伊丽莎白。为了表明自己同样会放弃她，他友善地补充道："我不知道有什么能让我留在这儿的。"

约阿希姆把这个决定告诉了父亲。冯·帕塞诺夫先生以其一贯的轻率，惊讶、狐疑地问道："这怎么可能呢？他从前天到现在根本没有收到过任何信件。"约阿希姆同样感到惊讶：是啊，这怎么可能呢？是什么促使贝特兰德放弃了呢？他为自己轻率地提出这些问题，成为他父亲的同谋而感到羞耻，与此同时又幻想自己取得了友好的胜利：因为伊丽莎白爱的是他，约阿希姆·冯·帕塞诺夫，为此她拒绝了贝特兰德。居然有人胆敢如此匆促地向一位女士求婚，几乎只是一眨眼工夫，这实在是不可思议。但对于一个商人来说，没有什么是不可能的，他还以为自己有机会娶到一位富有的女继承人呢。约阿希姆没能继续深思下去，因为他吃惊地发现父亲的脸色突然变了；父亲在书桌旁的椅子里蜷缩成一团，目光茫然，喃喃自语："无赖，无赖……他违背了承诺。"接着，他望着约阿希姆，喊道："出去，你和你的好朋友……你也在搞阴谋！""可是，父亲！""滚出去，你们俩都给我滚出去，滚！"他一跃而起，逼近他退却的儿子，把他往门口赶。每停顿一下，他都会把头往前伸，对他吼道："出去！"约阿希姆站在走廊上，老头砰一声把门关了，然后又马上打开，探出头来："告诉他，不要给我写信。告诉他，我对他没有兴趣了。"门砰一声关上了，约阿希姆听到钥匙在转动。

他在花园里找到了母亲；她并不怎么惊慌："他不是个话多的人，可是有些日子了，他似乎在生你的气。我觉得他是无法谅解你没有退役。不过，这真的很奇怪。"当他们转身朝屋里走的时候，她又说道："或许他是受了冒犯，因为你那么快就把你的朋友带到这儿来；我想最好还是我一个人先去看看他。"约阿希姆陪她上楼；通往走廊的门锁住了，她敲门无人应答。这有点异乎寻常，于是他们绕到大客厅里去，因为他可能从别的门离开了书房。穿过一串空房间之后，他们来到书房前，发现门没锁。冯·帕塞诺夫夫人开了门，约阿希姆看见父亲一动不动地坐在书桌前，手里握着一支羽毛笔。甚至当冯·帕塞诺夫夫人走过去，向他俯下身时，他也没动一下。他写字的时候太用力，笔尖都折断了；纸上写着这样的话："由于品行不端，缺乏荣誉感，我剥夺我儿子的继承权……"后面是折断的羽毛笔溅出的墨水。"天啊，这是怎么啦？"他没有回答。他的妻子无助地看着他；当她注意到墨水瓶也打翻了的时候，她匆忙抓起吸墨纸，想要把污渍擦干净。他用手肘推开她，紧接着看到了站在门口的约阿希姆，便恶毒地狞笑着，试图用折断的羽毛笔继续写下去。当笔再次落到纸上，扯出一个洞时，他大声呻吟着，用食指指着儿子喊道："和他出去！"与此同时，他试图站起来，但似乎发现起不来，因为他再次蜷缩成一团，不顾墨水横流，趴在书桌上，把脸埋在手臂里，如同一个哭泣的孩子。约阿希姆悄声对母亲说："我去叫医生。"说完跑到楼下，派信使到村里去。

医生来了，把冯·帕塞诺夫先生送到了床上。他用了溴化物，还提到冷水疗法；这只是丧子之痛引起的神经衰弱。是的，是的，这就是医生的陈腐解释。但这解释不了什么。事情不止这么简单，这不仅仅是巧合；赫尔穆特那匹马发生的意外就是一种预兆，而现在，当约阿希姆即将战胜贝特兰德，当伊丽莎白为了他而拒绝贝特兰德，当他正准备欺骗贝特兰德，欺骗卢泽娜，对父亲阳奉阴违，命运却出击了。一个背叛了同谋的同谋；被他父亲指控——正当地指控——和贝特兰德一起密谋！现在不是整张网都崩溃了，背叛消解了背叛吗？贝特兰德一定再次利用了卢泽娜，使他父亲相信自己不再是他儿子的同谋，同时也为伊丽莎白的拒绝而向他复仇。在约阿希姆对贝特兰德动身回柏林所作的一切肮脏和可恶的猜测中，他只看到自己的离开要无限期地推迟了，比起对他父亲患病的担忧，这更使他痛苦。这张纠结的网自行解开只是为了打上新的结，变成一团乱麻。这是他父亲在催促他去访问莱斯托夫的时候就了然于心的吗？还有，他父亲和贝特兰德之间到底发生了什么，谁都不知道。如果他向贝特兰德提起老头那些令人费解的话，或许就能搞清楚了，可是他只能把父亲突如其来的病告诉贝特兰德。他请求贝特兰德向卢泽娜说明一下情况；不管怎样，他很快就会回柏林待几天的，他要去延长假期和处理其他事情。嗯，当约阿希姆送他到车站时，贝特兰德说，嗯，现在卢泽娜该怎么办？当然，希望冯·帕塞诺夫先生能够尽快康复，可是以后约阿希姆在斯托尔平是越来越不可或缺了。"应该给她找份稳定的工作，"他说，"找她喜欢做的事，这能帮她熬过接下来的艰难日子。"约阿希姆被惹恼了，因为这终归是他自己的事；他犹疑地说道："可是您让她进了剧院，她喜欢那里。"贝特兰德挥挥手，打断了他的话，约阿希姆疑惑不解地盯着他。"别担心，帕塞诺夫，我们会找到别的事情给她做的。"虽然约阿希姆事先并没有这份担忧，但他现在还是由衷地感到高兴，贝特兰德如此轻松地把这份担忧从他肩上卸了下来。

自从老头生病以后——这病让他大部分时间都躺在床上——生活简单多了。现在，约阿希姆可以更安静地思考许多事情，有些谜题也不那么费解了，至少更平易了。但现在，他面临着一个几乎无解的问题，试图在伊丽莎白的脸上破解它也没用，因为就是她的脸构成了这个问题。她仰面躺在椅子里，注视着秋天的景色，她仰起的脸几乎与颈部绷紧的线条形成直角，如同铺设在她颈柱上的不规则屋顶。或许也可以说，它就如同花萼上的一片叶子，或者一个盖子，因为它确实不再是一张脸，而仅仅是颈子的延伸和扩张，跟蛇头有点相似。约阿希姆打量着她颈部的线条；下颌突出如一座小山丘，山后是脸部的景色。火山口又圆又柔软的边缘是她的嘴巴，鼻孔漆黑的洞穴被一根白色柱子分成了两边。眉毛树篱生长着，犹如细小的胡子；前额的空地被细微地划出犁沟，再过去，就是森林的边缘。约阿希姆再次不由自主地想起这个问题：为什么一个女人能够激起欲望？可是谁也没有给他答案；这个问题依旧悬而未解，令人困惑。他眯起眼睛，透过眼缝看那张伸展开来的脸的景色。它立刻就和真正的景色融合在了一起，头发森林的边缘与森林逐渐变黄的叶子相接，花园里装点着玫瑰花球的玻璃珠子，跟脸颊——啊，这还是脸颊吗？——阴影里的耳环闪烁着一样的宝石的光芒。这既令人感到惊异又令人觉得舒服，当眼睛超越一切阻隔，将这些分离的东西联结成一个奇异的整体，就会使人想起某些东西，这些东西变成了超越常规的模式，可以追溯至童年，而未解的谜就像一个标志从记忆的海洋中浮现。

　　他们坐在小旅馆前面背阴的花园里；他们的马和马夫待在后院。从他们头上树叶的瑟瑟声中，可以判断出是9月。因为这不再是春天的树叶那种清晰、柔和的潺潺声，也不是夏天的音调：在夏天，树木只是沙沙响，并没有多少变化，而在初秋的日子里，已经能够觉察到一种更为锐利的、银器般的音调，仿佛在流淌着的汁液中的宽广和声逐渐消散了。当秋天来临，正午时分相当寂静；阳光依然带着夏天的热力，而一阵更轻柔、更凉爽的风从枝叶间吹过时，空气中又有一丝春意。从树上掉落到旅馆粗糙的桌子上的树叶仍未变黄，但已经显得又干又脆，而那时的夏日般的阳光就更显珍贵。渔夫的小船漂浮在航道上，头朝着逆流的方向；水平稳地流动着，犹如在宽阔的平面上。这些秋天的日子一点都不像夏天的午后那样困倦；一股柔和而警惕的恬静笼罩着一切。

伊丽莎白说："我们为什么要住在这里呢？在南方一年到头都会有这样的日子。"约阿希姆想起了那个留着黑胡子的意大利人那张南方人的脸。但现在不可能在伊丽莎白的脸上看到意大利人的面貌，甚至连兄弟的面貌都看不到，她的脸与人类相距如此遥远，又与那些景色如此相近。他再次试图在她脸上找到平常的样子，当它突然出现时，当鼻子再次变成鼻子，嘴巴变成嘴巴，眼睛变成眼睛的时候，这种改变又使人大吃一惊，唯一使他感到舒服的是她那柔顺的、不会太过卷曲的头发。"为什么呢？您不喜欢冬天吗？""您朋友说得对，人们应该去旅行。"这是她的回答。"他想去印度。"约阿希姆说着，想起了那里的棕色人种和卢泽娜。为什么他从未想过和卢泽娜去国外旅行呢？他注意到伊丽莎白的目光落在他脸上，觉得被她逮住了，赶紧转向了一边。如果说有谁要为这种旅行的狂热负责的话，那就是贝特兰德。由于缺少有条理的生活，也为了减轻自己的悔恨，贝特兰德需要通过商业交易和国外旅行来补偿自己，而这种需求是会传染的，如果说伊丽莎白向往着南方，那或许就是因为她后悔自己没有和贝特兰德一起去旅行——即便她已经拒绝了贝特兰德。他听见伊丽莎白说："我们认识多久了？"他算了一下；这不是轻易就能算出来的；他在十二岁回家度假时，就经常和父母到莱斯托夫访问了。那时伊丽莎白只有几周大。"所以我一直都认识您，我的整个一生，"伊丽莎白说道，"然而我从未真正注意过您，我一直把您算在那些大人里面。"约阿希姆什么也没说。"我想您也从未注意过我。"她继续说道。哦，有的，他说，有一天，她突然出落成了一位年轻女士，他立刻就非常惊讶地注意到了。伊丽莎白说："可是我们现在几乎是同代人了……对了，您的生日是什么时候？"不等回答，她又说："您还能记得我小时候长什么样吗？"约阿希姆不得不回想一下；在男爵夫人的客厅里挂着一幅伊丽莎白小时候的画像，它顽固地取代了实际的记忆。"奇怪，"他说，"我非常清楚您那时候长什么样，可是……"他想说他无法在她脸上找到那张孩子的脸，尽管那张脸肯定在那里，可是当他再看她的时候，她的脸已经不再是一张脸了，而是山丘和山谷，覆盖着被称为皮肤的东西。仿佛要考验他似的，她说："不用费什么力气，我就能看到您小时候的样子，尽管您现在留着胡子，"她笑了，"真有趣。我一定得拿我父亲试试。""您也能看到我老了以后的样子吗？"伊丽莎白仔细地盯着他看："那很奇怪，不，我不能……等一下，可以的，我可以：您会变得更像您母亲，长着一张漂亮的圆脸，您的胡子会又白又浓密……我老了以后是什么样呢？我会带给人一种非常威严的印象吗？"约阿希姆表示无法想象。"哦，别这样，快告诉我吧。""抱歉，我真不能。一个人突然看起来更像他父母或者兄弟或者其他什么人，而不是他自己，这有点令人不舒服……这让很多东西没有了意义。""这也是您朋友贝特兰德的观点吗？""不是，据我所知不是，您为什么会这么想呢？""哦，只是这有点像他的观点。""我不知道，但我觉得贝特兰德太过关心他那种忙碌生活的外部细节了，他是从来都不会想这种事情的。他总是心不在焉。"伊丽莎白笑了："您是说，他总是隔着遥远的距离来看事情？通过一个陌生人的眼光？"她在想什么？她在暗示什么？他鄙视自己的好奇心，觉得自己毫无骑士精神，同时还意识到，让一个女人落入另一个男人手中，而不去保护她，使她不受任何人伤害，这是缺乏骑士精神的表现。然而他真的发誓要娶伊丽莎白。但伊丽莎白一点都没有显得不高兴，她说："真是个美丽的日子，可是现在我们该回家吃午餐了，他们正在等我们呢。"

他们骑着马回家，她仿佛一直在思忖他们的谈话，当莱斯托夫的塔楼已经出现在视野里的时候，她说："还是很奇怪，亲密和陌生相连得多么紧密啊。或许您不愿去想变老的样子是对的。"约阿希姆的头脑被卢泽娜占据着，一点也没明白她的话，不过这会儿他对此并不关心。

如果说有什么东西促进了冯·帕塞诺夫先生的康复，那就是邮袋。一天早上，他还躺在床上，一个念头就朝他袭来："谁在照管邮袋？估计是约阿希姆。"不对，约阿希姆不关心这个。他抱怨约阿希姆什么都不关心，但他似乎松了一口气，坚持起了身，慢慢地走向书房。当信使出现的时候，惯常的仪式又开始了，从那天起，它就像平常那样上演。如果冯·帕塞诺夫夫人碰巧在房间里，她就不得不听到惯常的抱怨：没人写信给他。他时常询问约阿希姆是否在附近，但又拒绝见他。当听到约阿希姆得去柏林待几天时，他说："告诉他，我不准。"有时候他又会忘记这个，抱怨连自己的孩子都不给他写信；这使他妻子产生一个念头：让约阿希姆给父亲写一封和解的信。约阿希姆记得只要父母过生日，他和哥哥就得在玫瑰花边的信纸上题写贺词；这对他来说是一个可怕的折磨。他拒绝再次顺从这个要求，还宣布他就要走了。他们只要乐意，就可以瞒着他父亲。

　　他毫无热情地出发了；如果说他曾经反对过一桩指定给他的婚事，那么，他眼下就在以同样的方式反抗着这一事实：他在柏林三天的短暂停留，可以保证他和卢泽娜度过三个夜晚。他觉得这对卢泽娜来说也是屈辱的。他宁愿尽可能地推迟他们的见面，至少为了防止她到车站来，他没有提到自己几点抵达。在火车里，他突然想到应该给她带点礼物；但由于山鹬或其他猎物都不合适，他唯一能做的就是在柏林给她买点东西；因此，她不会到车站来是一件好事。他试图想出一件适合她的礼物，但他的想象力实在有限；他无法灵机一动地想出什么东西来，只能在香水和手套之间犹豫不决；哦，好吧，在柏林他会找到某样东西的。

到了公寓之后，他做的第一件事就是给贝特兰德写便条，贝特兰德一定会感到高兴，终于有机会和他讨论最后一天在斯托尔平发生的那些古怪的事了。他也写给了卢泽娜，两张便条他都派一个信使送去，还吩咐他要等回复。在自己的公寓里，他感到舒心自在。夏天的热力依然像俘虏一样滞留在百叶窗后面。约阿希姆打开一扇窗，感受着街道的寂静；已经是黄昏了，天黑前可能会下雨，西边的天空有灰色的云墙。前院围墙上的蔓生植物红红的，人行道上躺着黄色的栗子叶，街角有四辆出租马车，马匹站在车辕里，安静顺从地弯着前腿。约阿希姆从屋里探出头去，看他的男仆打开其他窗户；如果那个人也探出头来，约阿希姆就会朝他微笑和点头。在他的行李被打开的过程中，他一直待在窗边，注视着寂静的、逐渐变黑的街道。接着，他把头缩回了屋里；房间变凉爽了，只有这里或那里还残留着一丝夏天的气息，使他充满了甜蜜的感伤。再次穿上制服，他觉得很惬意；他在自己的私人物品中间走来走去，仔细地查看这些物品和书籍。对，这个冬天他要多读点书。接着，他不禁摇头叹气；三天之后他又得离开这一切了。仿佛为了表明自己是不变的主人，他坐了下来，吩咐关上窗户，倒茶来。过了一会儿，已经被他抛在脑后的信使回来了：冯·贝特兰德先生不在柏林，但估计这几天就会回来，那位女士没回复什么，只说她立即赶来。对约阿希姆来说，这仿佛是最后一丝希望终于消失了；他几乎希望消息是相反的，立即赶来的是贝特兰德。而且，他还打算出去买礼物。但过了几分钟，门铃响了；卢泽娜就在那儿。

他在受训学游泳的时候，不愿意下水，直到有一天，教练直接把他扔进了水里；他在水里很快乐，忍不住笑了。卢泽娜如旋风般到来，飞入他的怀抱。在水里很快乐，他们手拉手坐着，互相吻着，卢泽娜含糊不清地说着一些不相干的事。他的不安一扫而空，要不是他因为忘记了卢泽娜的礼物而产生的苦恼以全新的力量闯进来，他的快乐本来会晴朗无云。但上帝已经很好地——即便不是最好地——安排了一切，祂领着约阿希姆来到橱柜前，那些蕾丝手绢遗忘在那里已经几个月了。在卢泽娜像往常一样为他们准备晚餐的时候，约阿希姆找到了一张棉纸和一条淡蓝色的装饰带，悄悄地把包裹塞到了卢泽娜的盘子下。他们连自己在哪里都不知道，就到床上去了。

直到第二天，约阿希姆才想起自己很快又得离开了。他支支吾吾地把这个消息告诉了卢泽娜。但他料想中的那种难受和气恼却没有出现。卢泽娜只是简单地说："不能走；留这儿。"约阿希姆被击中了；她到底是对的，为什么他不能留下来呢？是什么魔咒让他在家中的院子里漫无目的地游荡和躲避他父亲？再说了，在柏林等贝特兰德似乎是非常必要的。或许这有违礼节，不符合常规，是卢泽娜诱使他这样的，但这给了他一点自由的感觉。他决定留待次日再做定夺，而第二天，他在卢泽娜的陪伴下，给他母亲写信说因为军务在身，他得在柏林待久一点；他把信的副本也装进了信封，如果她觉得合适，就交给他父亲。随后，他觉得这样做并无多大意义，反正他父亲会把所有的信都拆开的；但已经晚了，信都寄出去了。

他销了假，站在骑术学校里。骑术教练是一名准尉副官和一名下士，每人手中都拿着一根长长的马鞭，沿墙排着一队难以驾驭的马，骑在马背上的新兵都穿着粗糙的亚麻布紧身短上衣。这个地方有一股地下墓室的气息，他的脚陷在柔软的沙子里，那些沙子唤醒了他对赫尔穆特淡淡的怀念，使他想起自己撒在他身上的尘土。准尉副官挥鞭命令一阵小跑。墙下穿着亚麻布的身影开始有节奏地上下颠簸。伊丽莎白很快就会到柏林来过秋。但这不太准确：他们从不会在10月之前过来，因为房子还没收拾好。实际上，他真正在等的不是伊丽莎白，而是贝特兰德；没错，他说的就是贝特兰德。他看到贝特兰德和伊丽莎白在他前面骑马小跑，在马镫上起起落落。伊丽莎白的脸是如何融化成景色，而他又是如何重新捕获它的，真是奇异。他琢磨着同样的事情是否会发生在贝特兰德的脸上；他试着想象墙下有一个人是在马镫上起起落落的贝特兰德，但他放弃了尝试；这有点不敬，他很高兴赫尔穆特的脸对他隐藏了起来。现在，准尉副官命令开始慢步走动，白色的跳杆和跳栏都搬了出来。他不由得想起了小丑，突然明白了贝特兰德的一个说法：祖国由一群马戏团小丑保卫着。他还是不明白自己为什么会被那棵树绊倒。

他又经过博尔西希的机械工厂。那里又有工人四处站着。他真是受够了这类玩意儿。这不是他的世界，他不用对着它把自己封闭在鲜艳的制服里。贝特兰德的确是属于它的，或许有点勉强，但还是适应了；唉，他也受够了贝特兰德：说到底，最好的做法就是返回斯托尔平。尽管如此，他还是在贝特兰德家门口停下了马车，他很高兴地听到贝特兰德晚上就回来。好；他会来探访一下的，为此，他留了一张便条。

他们一起到剧院去，卢泽娜作为歌剧女演员，在那里展露着机械的姿态。在幕间休息的时候，贝特兰德说："这份工作不适合她，我们得给她找别的工作。"约阿希姆再一次感到安心。吃晚餐的时候，贝特兰德把脸转向卢泽娜："告诉我，卢泽娜，你现在就要变成一位著名的、非凡的女演员了，不是吗？"当然啦，这不就是她所要做的吗？！"呃，可是如果要让你再慎重考虑一下，改变想法呢？为了给你出名的机会，我们遭受了很多麻烦，要是你突然使我们陷入困境，让我们看上去傻乎乎的怎么办？那时候我们该拿你怎么办呢？"卢泽娜陷入了沉思，她说："嗯，还有'猎人娱乐场'。""不，不，卢泽娜，一旦开始往上爬，就永远不要再转身了。必须找到比剧院更好的工作。"卢泽娜哭了起来："像我这样，可怜的姑娘，根本，什么都没有。他是，坏朋友，约阿希姆。"约阿希姆说："贝特兰德只是在开玩笑，卢泽娜。"但他自己也感到不舒服，觉得贝特兰德正在越过得体的边界。贝特兰德却笑道：“不要哭，卢泽娜，我们正在琢磨着怎样让你名利双收。那时候你就得养我们了。”约阿希姆感到惊愕；人们可以看到经商是如何使一个人变得庸俗的。

随后，他对贝特兰德说：“你为什么要折磨她？”贝特兰德答道：“嗯，我们应该让她有所准备，一个人身体健康才能动手术。现在是时候了。”他的口气像个外科医生。

约阿希姆有些担忧的事情终于发生了。他的信落到了父亲手里，老头显然又开始胡言乱语了，因为母亲写信说他又中风了。约阿希姆对自己的冷漠感到惊讶。他觉得没有义务回家，还有大把时间可以这样做。赫尔穆特嘱咐他要支持母亲，可他能帮她的太少了；她必须独自承受自己的命运。他写信说他会尽快回去，然后待在原地不动，让事情自行发展，他履行着自己的职责，不迈出任何改变的步伐，以一种无法解释的恐惧将每一个涉及改变的想法都推到了一边。因为想让事物稳固地保持正确形态，时常需要实际的努力，这种努力如此艰难，以至许多时候，那些熙熙攘攘，仿佛一切都稳稳当当的人使他觉得狭隘，盲目，近乎疯狂。起初他并没有作过多的思考，但是当他第二次看到被说成马戏团的军队的大场面的时候，他觉得一切都应该归咎于贝特兰德。唉，就连他的制服都不再像从前那样合身了：他的肩章突然使他发愁，还有他的衬衫袖口，一天早上在镜子前，他问自己，为什么要在左边佩剑呢？他躲到了对卢泽娜的思念中去，他告诉自己，他对她的爱，她对他的爱，是避免了一切暧昧的传统的。接着，当他久久地凝视她的双眼，用手指轻柔地抚摸她的眼睑，被她当成是爱的时候，他却时常只是让自己迷失在一个令人苦恼的游戏里，让她的脸变得越来越昏暗，越来越模糊，直到它到达一个边界，似乎将要失去人的特征，变得不再是脸。事物难以捉摸，如同一首曲子，人们觉得不会忘记却又丢失了线索，只能苦恼地一遍又一遍强迫自己去搜寻它。这是一场怪异可怕、毫无希望的游戏，他怀着满腔怒火，希望贝特兰德也能为这奇怪的思想状态负责。他不是提到过他的魔鬼吗？卢泽娜觉察到了约阿希姆的恼怒，而她自己，在昨晚过后就一直对贝特兰德耿耿于怀，在漫长而阴郁的沉默之后，她的猜疑生硬而突兀地爆发了："你，不爱我了……不然，就是要得到朋友的准许……不然，就是贝特兰德，已经禁止了？"尽管这是些伤人的气话，约阿希姆还是感到高兴，因为这些话就像援助一样证明了他自己的猜疑：他所有苦恼的恶魔根源都在贝特兰德身上。他甚至觉得，这就像是梅菲斯特的危险的影响的邪恶渊薮，卢泽娜与他共同的厌恶并不能把她拉得更近，恰恰相反，那些恼人的粗鲁行为和无法控制的发作，更把她放到了同贝特兰德和他那些令人恼火的玩笑同等的水平上；在他的情人和朋友这两个反复无常的人中间，在这两个平民中间，他感到自己被困住了，无助地落在两块不得体的磨石中间被碾碎。他觉得交友不慎，时常无法确定是贝特兰德将他引向卢泽娜，抑或卢泽娜是将他引向贝特兰德的工具，直到他惊慌地发觉自己再也抓不住生命转瞬即逝、逐渐消融的团块，他越来越快、越来越深地陷入了精神错乱，一切都变得不确定。但是，当他想要在宗教中寻找出路来摆脱这种混乱状态的时候，一道深渊又打开了，将他和那些平民分隔在两边，在深渊的那一边站着平民贝特兰德，一个自由思想者，还有天主教徒卢泽娜，两人他都触不到，他们看起来仿佛因为孤立他而狂喜。

他很高兴在礼拜天参加教堂的检阅。但是，甚至在这军队的仪式中，他也仍被平民的价值观尾随着。队列按照命令分成平行的两行进入教堂，那些面孔是每天都在训练场和骑术学校出现过的；他们没有一个是虔诚的，没有一个是严肃的。这些人一定是从博尔西希的机械工厂招募来的；真正来自乡村的农家子弟不会如此冷淡地站在那里。除了虔诚地立正在那里的下士，没有人在听布道。一个可怕的诱惑又来了，他又忍不住想给这场仪式贴上马戏团的标签。约阿希姆闭上眼睛尝试祷告，就像他曾在乡村教堂里尝试祷告一样。或许他不是在祷告，但是当士兵们合唱起圣歌的时候，他的声音也在其他声音中间响了起来，尽管他并不知道，因为他小时候唱过的这首圣歌令他想起了一幅画，一幅小小的、颜色鲜艳的圣像。那幅画像刚一变得清晰，他就想起那是一个黑头发的波兰厨娘给他带来的：他听到了她低沉的、歌唱般的声音，看到她布满皱纹、指尖皲裂的手指划过那鲜艳的色彩，指出这里是人类生活的大地，在它上面不远处，神圣家庭安详地坐在用最鲜艳的色彩所画的一朵银白色的雨云上，装点着他衣物的金色堪与他们璀璨的金色光环媲美。哪怕是现在，他仍然不敢回想起他是多么幸福地把自己想象成那个天主教的神圣家庭的一员，躺在那团白云上的圣母怀中，或者在那个黑发波兰人的大腿上……这是他现在无法评判的，但他可以肯定，在这一狂喜中弥漫着恐惧，一个天生的新教徒居然产生这样的希望和幻想这样的幸福，这可是亵渎神明，是异端，而且他也不敢给愤怒的天父在画里留出位置；他根本不想让祂出现在上面。当他集中精神想要更仔细地回忆起那幅画的时候，那团银白色的云似乎升高了一点，甚至开始向上蒸发了，而云上面的人物也是如此；他们似乎乘着圣歌的曲调轻轻地消融了，轻轻地飘走了，这柔和的曲调并不能抹掉记忆中的画像，反而使它变得明亮、清晰了，因此，有那么一会儿，他甚至相信这是必不可少的，一幅天主教的圣像分解成福音的真谛：圣母的头发似乎也不再显得黯淡了，她不再像那个波兰女人，或者卢泽娜，她的头发变得更亮更金黄了，几乎就是伊丽莎白那未婚女子的秀发。这一切有点奇特，却是朦胧中的一种解救、一线光明和恩典将要降临的迹象：允许一幅天主教的画像分解成福音的真谛，这难道不是一种恩典吗？画像中那些人物的流动，犹如春天雨夜里的雾霭或淅淅沥沥的雨水一样优美的流动，使他意识到，他如此害怕的那种由人脸分解为一片流动的凸起与凹陷，或许是朝那全新的、更加光辉灿烂的整合迈出的第一步，整合在云中那幸福的家庭里，它并非只是世俗面貌粗糙的复制品，而是融入了纯净的图像之中，融入了从云端歌唱着落下的晶莹剔透的水滴中。即便这更崇高的面容没有尘世的美丽和熟悉，起初只是陌生和令人惊奇的——或许比一张脸和一幅景色混合在一起更令人惊奇——那也是向上的第一步，是令人敬畏的神性的预兆，同时也是这种神性的生活的保证，一切尘世的生活都将溶解在其中，就像卢泽娜和伊丽莎白的脸一样溶解，甚至像贝特兰德的形体一样溶解。因此，现在展现的不再是原来那幅幼稚的画像，有真实的父亲和母亲：它确实还在相同的位置上盘旋，在相同的白云间飘荡，他自己还在以相同的方式坐在画中人物的脚下，就像他曾经坐在母亲脚下，他是孩童时的耶稣；但画像的含义已经增长，不再是一个孩童的愿景，而是一个可以抵达目标的保证，他知道他已经朝那个目标迈出了痛苦的第一步，他已经迈进了他的缓刑期，尽管只是在即将到来的事物的门槛上。他几乎感到骄傲。但接着，幸福的画面逐渐消失了；它就像一场悄无声息地停止的雨一样消失了，而伊丽莎白是形成雾霭的最后一滴雨的一部分。或许这是来自上帝的指示。他睁开了双眼；赞美诗即将唱完，约阿希姆觉得自己在那些年轻人当中看到有许多像他一样怀着信念和坚定的热情仰望着天国。

下午，他和卢泽娜见面。他说："贝特兰德是对的，剧院不适合你。你要不要开家店，卖点漂亮的东西，比如蕾丝啊，上好的刺绣之类的？"他的脑海中浮现出一扇玻璃门，门后燃烧着一盏温馨的灯。但卢泽娜却一言不发地看着他，然后像现在经常发生的那样，深色的眼睛噙满泪水。"你们，坏人。"她抓着他的手说道。

鉴于病人病情复发，所以医生要求进行一次会诊，而将神经科专家送到斯托尔平的任务自然就落到了约阿希姆头上。他把这当成是他即将经受的自我惩罚的一部分，当医生以一种和蔼的客观态度，向他询问这病的性质，先前的发展过程，以及大致的家庭状况时，这个信念就更加坚定了。这些问题在约阿希姆看来像是一种审问，虽然十分客气，却依然是一种热切的、追根刨底的审问，他料想着审问者会突然透过镜片向他投来严厉的目光，伸出一根手指指向他；他已经听到控告的、定罪的声音说出那个可怕的词语：凶手。然而，那位戴着眼镜的和蔼的老先生并没有说出这个可怕而又令人解脱的词语，他只是说丧子之痛必定导致了现在折磨着冯·帕塞诺夫先生的可悲症状，尽管疾病的根由也许更深。约阿希姆开始以不信任的目光看待专家，然而又有一点满意，相信一个说出这种话的人是无法帮助患者的。

接着，对话结束了，约阿希姆看到熟悉的田野和树木飞驰而过。专家随着火车行进的节奏昏沉沉地打盹，他的下颌夹在僵硬的衣领尖中间，白色的胡须覆盖着衬衫前胸。约阿希姆觉得不可思议，他有一天也会变得一样老；同样不可思议的是，这个人也曾年轻过，曾有女人在他的胡须里寻求亲吻；当然，在胡须里还能觉察到一些踪迹，犹如一片羽毛或一根稻草。他把手放到自己脸上；卢泽娜向他告别的亲吻没留下一点踪迹，这是对伊丽莎白的欺瞒：上帝对人类是仁慈的，祂给未来罩上了一层面纱；又是无情的，祂消除了过去的一切踪迹；将人的事迹烙在人身上，难道不是更仁慈吗？但是上帝只把烙印打在人的良心上，就连神经科专家也无法发现。赫尔穆特被打了烙印，这就是为什么他在棺材里不能被看到。而他父亲同样也被打上了烙印；每个这样的人看起来都只能是遮遮掩掩。

冯·帕塞诺夫先生离开了床榻，却陷入了一种完全冷漠的状态；尽管如此，大家还是不敢让他知道约阿希姆在家，免得他又一阵暴怒。他冷漠地会见了陌生的医生，但随即又以为他是公证人，开始和他商讨立一份新的遗嘱。是的，约阿希姆由于品行不端，缺乏荣誉感，被剥夺了继承权，但他并不是一个严酷的父亲，他只是想让约阿希姆和伊丽莎白给他生个孙子。这个孩子一定要送到宅子里，成为继承人。思索了片刻之后，他又补充说一定不能让约阿希姆来看孩子，否则孩子同样会被剥夺继承权。他母亲吞吞吐吐地告诉了约阿希姆，并且一反常态，陷入了悲伤：这一切将走向何处啊！约阿希姆耸耸肩膀；他只是再一次感到丢脸，怎么有个长辈敢提到他和伊丽莎白生孩子的可能。

神经科专家也耸耸肩膀；不用放弃希望，他说；冯·帕塞诺夫先生精力依旧异常充沛，但目前什么也做不了，只能静观其变；不过，病人不能在床上待太久，考虑到他的年纪，这会降低他的活力。冯·帕塞诺夫夫人提出异议，说她丈夫非常想待在床上，因为他老是觉得冷，而且，他似乎遭受着一种秘密的恐惧的折磨，只有待在卧室里才有所减轻。嗯，当然，必须依照病人的状况行事，神经科医生表示；他只能说，在他的同行的照料下——说到这里，本地的医生向他鞠躬致谢——冯·帕塞诺夫先生处于非常良好的掌控之中。

天色已晚，牧师露面了，晚餐也准备好了。冯·帕塞诺夫先生突然出现在门口："这样啊，有晚宴而我不知道。显然是因为这座房子的新主人来了。"约阿希姆想要离开房间。"待在原地，好好坐着。"冯·帕塞诺夫先生命令道，他坐到了桌首的一把大椅子上，哪怕缺席，这把椅子也为他空着；这一发现显然令他感到些许安慰。他坚持让人再给他上菜："这里的事情需要好好安排。公证人先生，他们招呼得周到吗？有没有让您挑红酒或者白酒？我只看到红酒。怎么没有香槟呢？立一份遗嘱应该开上一瓶香槟。"他独自笑了。"嗯，香槟呢？"他威吓着客厅的女仆，"难道要我自己去找吗？"神经科专家第一个恢复镇静，为了挽救局面，他说他很乐意喝杯香槟。冯·帕塞诺夫先生得意扬扬地审视着餐桌："是的，事情需要好好再安排。每个人都没有荣誉感……"接着，低声对专家说："赫尔穆特，您知道，是为了荣誉而死的。可他从来都不给我写信。也许他还在生气……"他思索了一下，"要不然就是这里的牧师拦截了那些信。想要保守自己的秘密，不让普通人看穿帷幕。可是墓园里一有混乱，他拔腿就跑，这个上帝的下属。我可以担保。""可是，冯·帕塞诺夫先生，墓园打理得井井有条啊。""看起来是这样，公证人先生，看起来是这样，但这只是假象，只是我们不能轻易发现，因为我们不懂他们的语言；他们显然在躲着我们。我们外人只能听到他们有多安静，可他们却一直在向我们抱怨。这就是为什么每个人都那么害怕，当有客人来访的时候，我只能自己带他去，像我这样一把年纪，"他狠狠地瞪了一眼约阿希姆，"一个没有荣誉感的人当然无法鼓起勇气到那里去，只能躲到牛栏里，视而不见。""嗯，冯·帕塞诺夫先生，您一定要自己时常去察看一切是否安好，时常到田野里去视察；您无论如何都得去。""我喜欢这样做，公证人先生，而且我也是这样做的。可是只要踏出门口一步，路就时常被他们堵得死死的，空气里满满的全是他们，满满的，连一个声响都没法穿过他们。"他哆嗦着抓起医生的杯子，他们还没来得及阻挠，他就一饮而尽了。"您一定要经常来看我，公证人先生，我们可以在一起立遗嘱。对了，您会给我写信吧？"他恳求道，"难道您也要叫我失望吗？"他疑惑地看着他，"也许会和别人密谋？……他已经和某个人欺骗了我，那个畜生……"他跳了起来，用手指着约阿希姆。接着，他抓起一个盘子，闭上一只眼睛，仿佛正在瞄准，叫嚷着："我已经命令他结婚了……"但专家已经来到他身旁，一只手放在他手臂上："跟我来，冯·帕塞诺夫先生，我们到您房间去，到那里去谈谈。"冯·帕塞诺夫先生呆呆地望着他，他则报以坚定的目光："来吧，我们自己去谈谈。""我们自己？真的吗？那我就不用再害怕了……"他无助地笑着，拍了拍医生的脸颊。"是的，我们会让他们瞧瞧。"他朝同伴做了一个轻蔑的手势，任由自己被领走。

约阿希姆把脸埋在手里。是的，父亲给他打上了烙印；打击已经落下，他却抗拒着。牧师走到他身边，仿佛从很远的地方，他听到了那些稀松平常的安慰；在这一点上，他父亲也是对的：这个牧师只是一个可怜的临时代用品，否则他就会知道这是一个父亲的诅咒无可挽回地落在孩子身上；他就会知道这是上帝的声音通过他父亲的嘴巴来宣告审判的来临。哦，这就是为什么现在他父亲的理智被蒙蔽了，因为没有人能充当上帝的传声筒而不吃苦头。当然，牧师肯定是一个庸人；如果他真是上帝在尘世的工具，他也会满嘴奇谈怪论。但是，上帝不需要神父的媒介，就指出了通往恩典的道路；无法逃避，人们必须独自经受苦难才能赢得恩典。约阿希姆说："谢谢您好心的话，牧师；我们肯定时常需要您的慰藉。"接着，医生回来了；冯·帕塞诺夫先生已经打了针，现在睡着了。

神经科专家又在家里待了两天。随后，贝特兰德从柏林发来一封令人深感不安的电报，而病人的状况依旧没有明显的改善，约阿希姆也就跟着离开了。

贝特兰德回到了柏林。下午，他去看约阿希姆，发现只有卢泽娜在公寓里。她正在收拾卧室，贝特兰德出现时，她说："我，不跟你说话。""嘿，卢泽娜，你真可爱。""我，不跟你说话，知道你是什么。""我又是一个坏朋友了吗，我的小卢泽娜？""不是你的小卢泽娜。""非常好，嗯，怎么啦？""怎么啦！……全都知道，你送走了他。我去你妈的蕾丝店。""好吧，我可以有一间蕾丝店，我不介意，可是没有理由不和我说话啊。我的蕾丝店怎么啦？"卢泽娜一声不响地把衬衣放到衣橱里；贝特兰德拉来一把椅子，忍俊不禁地等着看接下来会发生什么。"如果是我的公寓，扔你出去，不让你坐。""嘿，卢泽娜，说真的，到底怎么啦？老头又坏了，所以帕塞诺夫又走了？""不要装作你不知道，我没那么笨。""恐怕你就是那么笨，小家伙。"她转身背对着他继续收拾。"不让你笑我……不让任何人笑我。"贝特兰德走到她面前，把她的头捧在两手间，看着她的脸。她挣脱了。"不碰我。你先送走他，然后，笑我。"贝特兰德全都明白，除了她提到的蕾丝店。"嗯，卢泽娜，那你是不相信冯·帕塞诺夫老先生病了？""什么也不相信，你们全都反对我。"贝特兰德有点不耐烦了："看来啊，要是老头死了，确实得怪小卢泽娜。""如果你杀他，他死。"贝特兰德本想帮她，但这并不容易；他知道在她这种情绪下，他做不了什么。他起身要走。"应该杀了你。"卢泽娜说道。贝特兰德被逗乐了。"好吧，"他说，"我没有异议，可这会让事情好起来吗？""那么你没有异议，没有异议，是吧？"卢泽娜激动地在一个抽屉里翻找着，"嘲弄我，是吧？"……她继续翻找，"……没有异议……"找到了。她愤怒地举起约阿希姆的左轮手枪，对着贝特兰德。太蠢了，贝特兰德想道。"卢泽娜，马上把枪放下。""你没有异议。"些许愤怒甚或羞耻阻碍了贝特兰德径直退出房间；他朝卢泽娜迈近一步，想抓住武器，这时手枪嘣一声响了，随即砸落到地板上。"真是太蠢了。"贝特兰德说着弯下腰把它捡起来。男仆冲了进来，贝特兰德解释说那玩意儿掉了，走火了。"告诉中尉，他不能把装了弹药的手枪到处乱放。"男仆又出去了。"嗯，卢泽娜，你是不是一只笨鹅？"卢泽娜吓呆了，脸色发白地站在那里，指着贝特兰德说："那里！"鲜血正从他的袖子上滴下来。"把，把，把我关起来。"她结结巴巴地说。贝特兰德脱下大衣，解开袖子；他觉得没什么；他的手臂看起来只是擦破了皮，不过还是得去看医生。他吩咐仆人去叫一辆马车。用约阿希姆的一些亚麻布做了临时的包扎，他又吩咐卢泽娜把血洗掉，可是她又不安又迷乱，他不得不帮她。"卢泽娜，你最好跟我走，我现在不能让你一个人待在这里。如果你承认你是一只笨鹅，就不会被关起来的。"她机械地跟着他。到了医生的门口，他吩咐她在马车里等他。

他告诉医生，在一场笨拙的意外中，他的手臂被一颗子弹擦伤了。"嗯，你很幸运，但不要太不当回事；你最好在医院里休养一两天。"贝特兰德觉得这是小题大做，可是下楼梯的时候他感到头晕目眩。来到马车边，他吃惊地发现卢泽娜不见了。她情况不妙，他想道。

他先回了家，去收拾一些一个有身份而且讲究实际的人在医院暂住所需的东西，住进病房以后，他送了一张便条给卢泽娜，要求她来看他。信使带回消息说，那位女士还没回家。这可奇怪了，几乎要令人不安了；可是那天他没心思采取进一步的行动。第二天早上他又送了一张便条；她依然没有回家，也不见她在约阿希姆的公寓里。这使他决定发份电报到斯托尔平去，两天后，约阿希姆来了。

贝特兰德觉得没必要告诉约阿希姆实情；由于卢泽娜的笨拙而引发的意外，这个故事听起来足够可信了。最后他说："从那时起她就完全消失了。这可能根本没什么，可是一个处在那种激动状态下的姑娘很容易干出傻事。"约阿希姆想：他对她做了什么？他突然惊慌地想起卢泽娜相当频繁地，有时是开玩笑，有时非常认真，说要去跳河。他看见哈维尔河畔灰色的柳树，他们曾在树下避雨；是的，她一定躺在那儿的河底。有那么一瞬，这个浪漫主义的情景令他得意。可是紧接着，恐惧又袭上心头。不可避免的命运，无法逃脱的上帝的惩罚！如果说他在去斯托尔平之前还满怀希望，在教堂里祈祷他父亲的病不是落到他这个儿子身上的惩罚，而仅仅是生活中的一个巧合，那么，现在上帝之手已经昭示了他，连那次祈祷都是罪恶的。他不敢质疑上帝的惩罚；没有巧合这回事；虽然贝特兰德表面上厌恶地离开了冯·帕塞诺夫先生，现在又将手枪事件贬为一次愚蠢的意外，但他只是试图隐瞒这一事实：他是魔鬼的使者，由上帝和冯·帕塞诺夫先生蓄意挑选来处罚忏悔者，来诱惑他，将他引入陷阱，这样他就会在困境中明白，被诱惑者与引诱者负有同等责任，相同的命运一直给与他最亲近的人带来毁灭，他无法防止诱惑者夺走牺牲品。当一个人有了这样的认知，他最好是不是应该毁灭自己？要是那颗子弹杀了他而不是赫尔穆特，那该多好啊！但现在太迟了，现在卢泽娜正躺在河底，用呆滞的眼神望着灰色河水里的鱼从她身边掠过。相当出人意料地，她溺死的景象再次同剧院里的意大利人混合在了一起；但这也消失了，约阿希姆发现在水底下的人其实是他自己。是的，在他自己的蓝色眼珠里，有意大利人所相信的那种不祥的魔鬼的目光，如果有鱼在那对眼珠上面游来游去，那也是活该。贝特兰德说："您知道她可能在哪里吗？希望她只是回家了吧。我在想，她的钱够吗？"约阿希姆被这个问题惹恼了；有点像医生在冷冷地询问病情。贝特兰德在暗示什么？她当然有钱。贝特兰德没有觉察到他的恼怒。"不管怎样，我们最好还是报警。她可能还在四处游荡。"他们当然应该报警；贝特兰德说得对，可是约阿希姆不愿意这么做；他会被问到他和卢泽娜的关系，即便告诉自己这并不重要，他还是害怕那模糊和神秘的后果将尾随而至。他和卢泽娜的关系已经被罪恶地隐瞒了太长时间；也许上帝打算通过警方来揭露这件事；也许这是他必须做出的另一种更加艰难的自我惩罚，警察局就位于亚历山大广场，他感到前所未有的畏缩不前。但他还是站了起来。"我现在就去警察局。""不，帕塞诺夫，我来替您安排吧，您现在心绪不宁，再说了，他们会觉得这是一场闹剧。"约阿希姆发自内心地感激。"好吧，可是您的手……""哦，没关系，他们正要给我处理呢。""我跟您一起去。""好吧，等下坐上马车，别让我看到您已经溜了。"贝特兰德再次得意扬扬，约阿希姆感到放心了。在马车里他央求贝特兰德让警方去哈维尔河边找找。"好的，帕塞诺夫，但我觉得卢泽娜应该早就回波西米亚了。可惜您不知道她老家的名字，不过我们很快就会查到的。"约阿希姆现在自己都觉得惊讶，他不知道卢泽娜老家的名字，几乎连她的姓氏都不知道。她在取乐的时候，时常教他读那些名字，但他从来都没法读好那些外国词语，也记不住它们。他现在想到，他从来都没有真的想要知道它们，记住它们；是的，他对那些无害的名字好像有点害怕。

他陪同贝特兰德穿过警局大楼的走廊；他在一间办公室的门口等待。贝特兰德很快就出来了。"他们了解清楚了。"他拿着一张纸，上面写着一个捷克的村名。"您有没有让他们到哈维尔河边去找找？"贝特兰德当然这样做了。"可是，我亲爱的帕塞诺夫，今晚有点不愉快的事情要交给您去做了，因为我的手有伤做不了。您应该穿上便服，到各家酒馆和夜总会去找找。我不想向警方这样建议，这我们可以留待以后再做。他们会在某个舞池中央扑向可怜的卢泽娜，逮捕她的。"约阿希姆没想过这种粗俗讨厌的可能性。贝特兰德真是一个令人反感的犬儒。他看着贝特兰德。这个人还知道什么吗？只有梅菲斯特明白玛格丽特为了什么而自我惩罚。可是贝特兰德脸上没有流露什么。他不得不顺从地接受贝特兰德压在他身上作为进一步惩罚的任务。

他开始了丢脸的朝圣之旅，到处向侍者和酒吧女招待打听卢泽娜的下落，在猎人娱乐场，他得到的回答是谁也没见到过卢泽娜，这让他松了一口气。但在楼梯上他遇到了一个肥胖的舞女。"亲爱的，我想你是在找你的小甜心吧。她把你甩了吗？嗯，来吧，你很容易就能再找一个的。"对于他和卢泽娜的关系，这个女人知道什么？当然，她可能是在哪里遇到了卢泽娜，但一想到要向她打听，他就觉得恶心，于是便匆匆离开，走进下一家酒馆。是的，卢泽娜来过，柜台后边的女人说，在昨天或者前天，这就是她所能告诉他的一切；或许女卫生间的服务员能向他提供更多的讯息。他不得不继续他悲哀的搜寻，一遍又一遍满怀羞耻地询问酒吧女招待和洗手间服务员，得知她们看到过她，或者没看到过她，她洗了手，她有一回和一位先生走了，她看起来相当邋遢。"我们全都试过劝她回家，因为像那种状况的姑娘在任何酒馆都是不受欢迎的，可她只是坐着，一言不发。"这些人里有许多一看到他就称他为"中尉先生"，他怀疑卢泽娜向她们吐露了自己的秘密，把他的爱告诉了这些人。她经常向他提起这些洗手间服务员。

他正是在一间盥洗室里找到她的。她坐在角落里的一盏煤气灯下，睡着了；她的手戴着他送的戒指，柔软无力地搭在湿漉漉的大理石盥洗台上。她解开了靴子，裙子下露出一只脚，解开的靴筒松松垮垮地耷拉着，露出了灰色的衬里。她的帽子滑到了后脑勺，帽针搁着她的头发。约阿希姆本想扭头就走；她看起来就像一个女酒鬼。他碰了碰她的手；卢泽娜疲倦地睁开双眼；认出他之后，她又把眼睛闭上了。"卢泽娜，我们得离开这儿。"她摇着头，眼睛一直闭着。他无助地站在她面前。"好好地亲亲她。"服务员鼓励道。"不!"卢泽娜惊恐地尖叫道,同时跳了起来,朝门口走去。但她被解开的靴子绊了一下,约阿希姆扶住了她。"你看看你的靴子和头发,你不能这样子到街上去,"服务员说道,"中尉先生不会伤害你的。""我走,让我走,我说,"卢泽娜喘着气,对着约阿希姆的脸喘着,"全完了,你知道,全完了。"她的呼吸闻起来又馊又臭。但约阿希姆仍然挡着她的路,于是卢泽娜转过身,打开一间洗手间的门,把自己关在了里面。"全完了!"她在门后喊道,"叫他走,全完了。"约阿希姆跌坐到盥洗台旁边的一把椅子上;他的头脑一片空白,他只知道这也是上帝下达的一个判决,他盯着桌子上的一个半开的棕色抽屉,里面有服务员的一些东西——手绢、开酒器、衣刷——堆得乱七八糟。"走了他?"他听到卢泽娜的声音。"卢泽娜,出来吧。"他央求道。"小姐,宝贝,出来吧,"服务员也央求道,"这是女卫生间,中尉先生不能待在这儿。""他得走。"这是卢泽娜的回答。"卢泽娜,求你了,出来吧。"约阿希姆再次恳求道,可是卢泽娜在闩上的门后一声不响。服务员拉着他的袖子来到过道里,低声说:"等她以为中尉先生离开了,她就会出来的。中尉先生可以在楼下等她。"约阿希姆接受了她的建议,在相邻房子的阴影里等了整整一个钟头。接着,卢泽娜出现了;走在她身边的是一个留着胡子、胖乎乎、软绵绵的男人。她带着奇怪的僵硬而恶毒的笑容,小心翼翼地四处打量,接着那个男人叫了一辆马车,他们离开了。约阿希姆差点没忍住呕吐;他把自己拖回家,几乎不知道自己是如何到那里的，也许最糟糕的折磨是，他无法摆脱这个念头：真该可怜那个胖子，因为卢泽娜没有洗澡，浑身一股恶臭。左轮手枪依然放在衣橱里；他检查了一下，丢了两发子弹。他把武器紧紧抓在手里，开始祷告："主啊，把我领回到您身边去吧，就像我兄弟一样；对他，您是仁慈的，对我也仁慈吧。"可是接着，他想起自己还得立遗嘱；他不敢使卢泽娜失去生活来源，要不然她对他所做的一切就都有正当理由了，这真是不可理喻。他翻找着笔和墨水。天亮时，可以看到他沉睡在一张几乎空白的纸上。

他隐瞒了他和卢泽娜的灾祸。他在贝特兰德面前感到羞耻，不愿让他心满意足地证实自己说得没错，虽然这个谎言令他反感，他还是说自己已经在她家里找到了她。"那就好，"贝特兰德说，"您有没有通知警方？如果没有的话，她会有麻烦的。"约阿希姆当然没有想到这一点，贝特兰德派了一名信使去给警方传达这个必要的消息。"那她这三天去哪儿了呢？""她不说。""没关系。"贝特兰德干巴巴的冷淡惹恼了他；他差点就开枪自杀了，这个家伙却说"没关系"。但他已经抑制住了自杀的念头，因为他得赡养卢泽娜，为此，他需要贝特兰德的建议："听着，贝特兰德，我现在预计得接手庄园了；而卢泽娜需要一份收入和一份工作，我首先想到的是给她买一间商铺之类的……"（"啊哈。"贝特兰德说道。）"可她是不会依从的。所以我想转些钱给她，该怎么做呢？""您应该转给她。不过，最好暂时先让她有一份收入，否则她会马上把钱都花光的。""是啊，可是该怎么做呢？""嗯，我当然乐意为您安排，不过，最好还是让我的律师来处理吧。我会安排明天或者后天跟他见面。可是，我亲爱的老兄，您看起来很难受。"没关系，约阿希姆表示。"嗯，是什么让您变得这么萎靡不振啊？您真的不用把这件事那么放在心上。"贝特兰德轻松愉快地说。他轻率的揶揄和闪烁在嘴边的反讽真是可憎，约阿希姆想道；他又隐约开始怀疑，在卢泽娜不可理喻的行为和不稳定的精神后面，隐藏着贝特兰德的阴谋诡计，卢泽娜是被她和贝特兰德的关系逼向这桩蠢事的。令人感到小小的满足的是，在某种程度上，她也用那个胖子背叛了贝特兰德。前一天晚上将他吞没的恶心和反感又开始出现了。他陷入了怎样的一片沼泽啊。外面，秋天的雨水正敲打着窗玻璃。博尔西希的工厂现在一定黑乎乎的，流着烟灰和水，石板路一定黑乎乎的，透过大门可以看到的庭院一定是一片黑乎乎的海洋，泛着泥浆。他可以闻到雨水从长长的红色烟囱熏黑的顶部冲下来的烟味：闻起来又酸又臭，有一股硫黄味。这就是那片沼泽，是卢泽娜和那个胖子还有贝特兰德的自然背景；它与那些烧着煤气灯、带着抽水马桶的夜场有亲缘关系。白昼变成了黑夜，正如黑夜变成白昼。他突然想起"黑夜精灵"这个词，实际上，这个词并没有确切含义。也有白昼精灵吗？他听到耳边响起一个短语："光的处女形态"。啊，这是黑夜精灵的对立面。他看到了伊丽莎白，她有别于所有人，乘着一片银白的云凌驾于沼泽之上。或许当他第一次在伊丽莎白的房间里看到那一团团白色的蕾丝，渴望守卫着她入眠时就已经意识到了这一点。她很快就会和她母亲过来，搬进新房子里。异乎寻常的是，那里一定也有抽水马桶；他觉得这样想是一种亵渎。同样亵渎神圣的是，留着金色鬈发的贝特兰德正躺在白色的房间里，像一个年轻的姑娘。黑暗就这样掩盖了它的真实本性，完好无损地保存了它的秘密。然而，贝特兰德继续友好关切地说道："您看起来真是太糟糕了，帕塞诺夫，您应该去度假，一趟小小的旅行会对您有好处，能让您想点别的。"他想摆脱我，约阿希姆想道；他已经处理了卢泽娜，现在又想毁掉伊丽莎白。"不，"他说，"我现在不能离开……"贝特兰德沉默了片刻，接着，他仿佛觉察到了约阿希姆的想法，同时忍不住流露出了对伊丽莎白的不良企图，他问道："巴登森一家到柏林了吗？"贝特兰德脸上依然带着同情的、相当坦诚的微笑，但约阿希姆却以罕有的粗暴，生硬地答道："他们大概会在莱斯托夫待一阵子再来。"现在，他知道自己必须活下去，骑士精神要求他这样，以免另一个人的命运由于他的过错而毁掉，而落入贝特兰德手中。但贝特兰德只是愉快地同他道别："嗯，我会和我的律师把事情安排好的……等卢泽娜的事解决了，您得去度假。您真的需要度假。"约阿希姆没有再说什么了；他已经做出了决定；他带着沉重的思想离开了。一直都是贝特兰德激起他这些思想。仿佛听到了口令，约阿希姆·冯·帕塞诺夫微微挺直了肩膀，试图摆脱他那些思想，他突然觉得赫尔穆特仿佛拉着他的手，想再次给他带路，将他带回传统和秩序中去，让他再次睁开双眼。贝特兰德因为前一天跑去警察局累坏了，现在又发烧了，而约阿希姆·冯·帕塞诺夫一点都没注意到。

从他父亲病榻传来的消息依旧不佳。老头不再认识谁了：他已经陷入了痴呆。约阿希姆发现自己怀有一个讨厌而愉快的想法：现在可以绝对放心地寄任何信到斯托尔平了，他想象着信使背着邮袋走进卧室，老头迷惑不解地把信一封接着一封地丢下，迷惑不解地让它们掉落，虽然其中可能有一封是宣布订婚的。这是某种解脱，是对未来的模糊希望。

再见到卢泽娜的可能令他满怀恐惧，虽然许多时候，他从军营回家，没能在寓所里找到她会觉得不可思议。不管怎样，他每天都期盼着能得到她的消息，因为他已经和贝特兰德的律师在处理她的收入问题了，他只能假定她已经接到了通知。他没有得到她的只言片语，反而收到律师的信，说钱被拒绝了。这可不行；他跑到了卢泽娜的公寓里去；那栋大楼，那条楼梯和那间公寓使他极为不适，他几乎怀着一种痛苦的留恋。他害怕自己又要站在一扇上锁的门前，甚至会被清洁女工之类的赶走，他不愿强行闯入一位女士的房间，只是询问了她是否在家，敲了门，走了进去。房间和卢泽娜一样，处于一种肮脏、混乱、废弃和粗野的状态。她正躺在沙发上，做了一个防卫的、疲倦的手势，仿佛已经知道他会来。她犹豫地说道："不拿你什么。

戒指，我留着，纪念。"约阿希姆感觉不到一丝同情；如果说在楼梯上，他还打算指出自己完全不明白她在防备他什么，那么，他现在仅仅感到苦恼；除了她的顽固，他什么也看不到。然而，他说："卢泽娜，我不知道到底发生了什么……"她轻蔑地笑了，她的顽固和不稳定对他不公，伤害了他，使他再次感到愤恨。不，劝她是没有意义的，因此，他只是说，一想到她连一半的供养都不要，他就受不了，在很久以前他就该这样做了，不管他们是否不离不弃，只是他现在能更轻易地做到——他慎重地补充了这一点——因为他即将接管庄园，会有更多的钱可以支配。"你是，好人，"卢泽娜说，"只是，你有，坏朋友。"这是约阿希姆打心底里相信的，只是不愿承认，所以只是说："你为什么认为贝特兰德是坏朋友？""邪恶的话。"卢泽娜答道。和卢泽娜制造出共同的理由对抗贝特兰德，这个想法很诱人，但这难道不是魔鬼的又一个诱惑，贝特兰德的又一个阴谋诡计吗？卢泽娜显然也是这样觉得，因为她说："要当心他。"约阿希姆答道："我知道他的毛病。"她从沙发上坐了起来，现在他们肩并肩坐着。"你是可怜的好灵魂，不知道人有多坏。"约阿希姆让她放心，说他非常清楚，他不会轻易上当的。于是，他们不指名地谈论了一会儿贝特兰德，因为不想终止谈话，就一直追寻着这个主题，直到他们言语背后咸涩的伤感涨得越来越高，直到这些言语被淹没，和卢泽娜的眼泪混合成了一道溪流，越来越宽，越来越滞缓。约阿希姆同样眼含泪水。他们都无助地被抛入无意义的命运之中，现在他们意识到自己再也无法从对方身上找到慰藉。他们不敢看对方，最后，约阿希姆用忧愁的声音说道："求你了，卢泽娜，请你至少把钱收下。"她没有回答，只是抓着他的手。当他俯身要去吻她时，她垂下了头，那个吻落到了她的发夹间。"现在走，"她说，"快走。"约阿希姆沉默地离开了房间，天已经黑了。

　　他通知了律师，再次提起了财产转让的事；这次卢泽娜肯定会接受的。但是，卢泽娜和他互相告别时的善意，比他先前对她不可理喻的行为感到的无助和愤恨更令他沮丧。实际上，这仍和之前一样不可理喻和讨厌。他一想起卢泽娜就充满了悲伤的留恋，就像他从前在军校里一想起他父亲的房子和他母亲的时候一样。现在那个肥胖的男人在她身边吗？他不由想起了他父亲对卢泽娜的嘲弄和侮辱，这时他还想起了父亲的诅咒，他父亲自己生病无能为力，就派了一名代理人顶替自己。是的，上帝正在让他父亲的诅咒成真，他所能做的只是屈服。

　　有时候，为了再找到卢泽娜，他会做出无力的尝试；可是，只要距离她的公寓几条街远，他就会扭头回去或者走小路，进入贫民区或者闹哄哄的亚历山大广场，有一次甚至还走到了屈斯特里内尔车站。他再次完全陷入了混乱的罗网里，抓不住任何头绪。他坚信的一点是，至少应该保证卢泽娜的收入，现在，约阿希姆在贝特兰德的律师的办公室里花费大量时间，远比实际需要的多。但他在那里浪费的时间是一种慰藉，尽管律师并不是特别欢迎这些沉闷、颇为无谓的来访，尽管约阿希姆未能从这位贝特兰德的代表那里了解到他希望了解的东西，但律师还是对他的贵族委托人提出的那些有点离题、几乎是私人的问题知无不言，以一种与医生相似，但仍然对约阿希姆有好处的专业兴趣耐心作答。那名律师很瘦，没留胡子，虽然是贝特兰德的法律代表，看起来却像英国人。在拖延了许久之后，卢泽娜终于接受了，律师说："嗯，现在办成了。不过，如果您能采纳我的建议的话，冯·帕塞诺夫先生，您就让这位女士考虑取走本金，而不要利息。""嗯，"约阿希姆打断了他，"但我和冯·贝特兰德先生这样安排只是因为……""我理解您的想法，冯·帕塞诺夫先生，我也知道——请原谅——您不太可能冒险；但我的建议能让双方都获得最大的好处：对于那位女士，这是一笔数额可观的钱，在某些情况下可能比一份津贴更能使她安排好自己的生活，而另一方面，对于您，这是明确免除义务。"约阿希姆觉得有点无助；明确免除义务真是他想要的吗？律师觉察到了他的无助："如果可以谈谈私人问题，那么，以我的经验来看，最好的办法就是那种能让人把过去的义务当作不存在的办法。"约阿希姆抬起头来。"是的，当作不存在，冯·帕塞诺夫先生。毕竟传统是最可靠的向导。""不存在"这个词击中了约阿希姆。奇怪的是，贝特兰德竟然通过他的代表表明了他的改弦更张，甚至承认了一种感情的传统。他为什么这么做？律师继续说道："因此，请您也从这个角度考虑一下吧，冯·帕塞诺夫先生；当然，对于您这种地位的人来说，失去一点资产是不要紧的。"是的，他这种地位的人；约阿希姆心里再次涌起了一股对家的想念，温暖而抚慰人心。这一次，他带着罕有的好心情离开了律师的办公室，几乎可以说是感到振奋和强大。实际上，他尚未看清前方的道路，他依然在一团看不见的、似乎网住了整个城市的乱麻中感到迷惑，这是由无数股看不见、抓不住的力量构成的乱麻，使他对卢泽娜不曾间断的模糊留恋变得无足轻重，尽管它将一股新的痛苦元素带入其中，却用一种虚构的、不真实的关系将他和卢泽娜，和整个城市的世界绑在了一起，以至于这张虚假的光辉之网变成了一张恐怖之网罩住了他，这股迷乱隐含着一个威胁：伊丽莎白回到城市，回到不属于她的世界之后，同样会被捕入其中；她，天真无邪，不曾被染指，会被这些邪恶的、感觉不到的线团捕获、缠绕，会被他的过错缠绕，会由于他而落入圈套，因为他自己也无法逃脱看不见的魔鬼的包围，黑暗如此持久不衰，似将遮挡明净之物，黑暗或许看不见，或许依旧遥远，飘浮着，不确定，但就像他父亲在他母亲房子里对那些人所做的一样污秽。尽管如此，约阿希姆离开律师办公室的时候，还是觉得他来到了一个转折点，因为贝特兰德仿佛通过自己的代表揭发了他的谎言；从头到尾都是贝特兰德，贝特兰德试图把他拖入那张看不到、感觉不到的网里，而他的代表现在却不得不承认，帕塞诺夫的位置是在别处，在这座城市及其熙熙攘攘的人群之外，只要他愿意把整个海市蜃楼当作不存在。是的，这就是贝特兰德通过他的代表传达的讯息，所以，魔鬼终于还是主动松开了爪子；就连魔鬼都依然服从上帝的意志，上帝通过一个父亲之口，让父亲所诅咒的一切都毁灭和不存在。魔鬼已经认输，尽管仍未明确宣布放弃伊丽莎白，但已经建议约阿希姆服从父亲的心愿了。约阿希姆没有和贝特兰德商量，就决定授权律师向卢泽娜支付一笔本金。

　　同样没有和贝特兰德商量，在听到冯·巴登森男爵和家人已经抵达之后，约阿希姆就穿上军礼服，戴上新手套，在预料到男爵和男爵夫人在家的时候驱车前去拜访。他们立刻就想带他参观新房子，但他想先和男爵私下谈谈，男爵把他带到另一个房间之后，约阿希姆猛地挺直了身体，像在上级面前一样僵硬而得体地站着，他请求男爵把伊丽莎白嫁给他。男爵说："不胜荣幸，我亲爱的，亲爱的帕塞诺夫。"说完把男爵夫人叫了进来。男爵夫人说："哦，我一直就期待着；一个母亲目睹了这么多事情。"说着擦了擦眼睛。是的，非常欢迎他成为他们亲爱的女婿；他们想不出更好的人选了，相信他一定会尽最大努力让他们女儿幸福。他会这样做的，他充满男子气概地答道。男爵握着他的手：但现在，他们首先必须告诉他们的女儿，他必须理解这一点。约阿希姆回答说他理解；于是，他们又花费了一刻钟在半正式、半亲密的谈话上，约阿希姆忍不住还提起了贝特兰德受伤的事；接着，他简短地告辞了，既没有看新房子也没有看伊丽莎白，如今这没有多大关系了，他整个余生都可以看的。

　　约阿希姆惊讶地发现自己并非急不可耐地想要伊丽莎白同意，并非迫切地想要缩短等待的时间，他时常感到诧异，他无法想象他们未来的共同生活。实际上，他可以看到自己挂着一根白色象牙柄的手杖，站在院子中央伊丽莎白的身旁，可是，当他试图更仔细地想象这个情景的时候，贝特兰德的身影总会闯进来。要把他们的婚讯告诉贝特兰德并不容易；毕竟这直接针对的就是贝特兰德，就是要保护伊丽莎白不受贝特兰德的侵害；严格来讲，这也是一种背叛，因为在某种意义上，他曾将伊丽莎白让给了贝特兰德。尽管理应如此，他还是不想让贝特兰德遭受这样的伤害。当然，没有理由推迟订婚；可是，突然之间，订婚似乎根本无法进行，除非贝特兰德事先得到通知。他还是必须留心贝特兰德，他不明白自己怎么一连好些天都把贝特兰德忘得干干净净，仿佛他已经免除了一切义务。再说了，贝特兰德的伤很可能还没好。他去了医院。贝特兰德仍躺在那里；他们要给他动手术；约阿希姆非常沮丧地发现自己怎么把病人给忽略了，现在，他来告知即将发生的事，同时，这件事也是造成这种疏忽的理由。"可是，我亲爱的贝特兰德，我不能老拿我的私事来烦扰您。"贝特兰德笑了，他的笑容流露出一个顾问或者一个女人的关切。"继续说，帕塞诺夫，没有那么糟，我乐意听您说。"约阿希姆说他已经向伊丽莎白求婚了。"我不知道她是否愿意，我特别怕她不愿意，因为那样一来，我就觉得自己又要无可挽回地陷入挣扎了，过去几个月那种糟糕的纠结状态在很大程度上是您和我一起度过的，而有她在身旁，我希望能找到豁然开朗的路。"贝特兰德又笑了。"您知道吗，帕塞诺夫，这一切听起来都很好，但我可不想为此给你们主持婚礼。不过，您不用担心。我相信您很快就要接受祝贺了。"多么讨厌的讥讽；这个人真是个坏朋友，他根本不是真正的朋友，尽管不得不承认他是感到嫉妒和失望，情有可原。约阿希姆没理会这讥讽的话，又回到了他的思路上，继续问道："如果她说不，我该怎么办？"贝特兰德给了他想要的答案："她不会说不的。"说得如此肯定和可信，约阿希姆再次感受到了贝特兰德经常给他带来的安全感。他现在几乎觉得不公平，伊丽莎白竟然偏爱他这个没把握的人，放弃了那个坚定、有把握的领导者。仿佛为了给自己辩护，他内心有个声音说道："穿着国王制服的战友。"突然，他把贝特兰德想象成了一个少校。但贝特兰德的信心来自哪里呢？他为何如此肯定伊丽莎白不会拒绝？为什么他这么说的时候，微笑中带着讥讽？这个人知道什么？他后悔自己信赖了他。——

实际上，贝特兰德可以为自己讥讽的微笑，更准确地说，为自己知道内情的微笑找到辩解的理由；然而，他的微笑只是简单的友好表示。

就在前一天，伊丽莎白突然来看他。她到了医院，在接待室里要求见他。他不顾疼痛，立刻就下来了。这是异乎寻常的来访，明显违背了常规，可是伊丽莎白并没有费劲掩盖这一点；她显然很苦恼，直接奔向了主题：

"约阿希姆向我求婚了。"

"如果您爱他，就没有问题。"

"我不爱他。"

166

"那也没问题，因为我想您会拒绝他的。"

"所以您不会帮我？"

"我想恐怕没有人能这样做，伊丽莎白。"

"我以为您能。"

"我不想再和您见面了。"

"您对我没有友谊吗？"

"我不知道，伊丽莎白。"

"约阿希姆爱我。"

"爱即便不需要智慧，至少也需要一定程度的聪明。您应该允许我怀疑他对您的爱。我已经提醒过您了。"

"您是个坏朋友。"

"不，有时候人们必须绝对坦诚。"

"会有人因为太蠢而不能爱吗？"

"我刚就是这么说的。"

"那么，或许我也同样太蠢了。"

"听我说，伊丽莎白，我们不要去触碰这类问题，这些不是决定我们生活的动因。"

"或许我是爱他的……有的时候我并非不想嫁给他。"

伊丽莎白坐在小接待室里的一把大轮椅上，看着地板。

"您为什么要到这里来呢，伊丽莎白？当然不是来要一些没有人能给您的建议吧？"

"您不想帮我吗？"

"您来是因为您无法忍受有谁离开您。"

"我是认真的……您不要开玩笑……我是非常认真的，受不了您再对我说那些讨厌的话。我以为我能得到一些理解……"

"但我必须告诉您事实。这就是我为什么必须告诉您事实。您来是因为您觉得我在您的世界之外的某个地方站岗，因为您觉得在我的前哨站这里有'我爱他，我不爱他'这种乏味的选择之外的第三种可能性。"

"或许就是这样；我不知道。"

"您来是因为您知道我爱您——我清楚地跟您说过这一点——因为您想让我看看我这有点荒唐的爱情观念会导致什么，"他瞥了她一眼，"也许是为了看看疏远变成亲密有多快……"

"不是！"

"我们坦白地说吧，伊丽莎白。现在您和我之间的问题是您会不会嫁给我。或者更准确地说，您爱不爱我。"

"贝特兰德先生，您竟敢用这种方式在这种处境中占便宜！"

"啊，您不能这么说。您非常清楚不是这样。您需要为眼前的生活做决定，您不能简单地躲在传统里。当然，唯一的问题在于一个女人能不能把她的男人当成爱人，而不是她愿不愿意和他共建家庭。如果说有什么是我不能原谅约阿希姆的，那就是他没有和您坦诚地讨论这个基本点，他只是带着他所谓的求婚就去了您父母那里，完全把您贬低了。记住我的话吧，他接下来就会向您跪下了。"

"您又想折磨我了。我本不应该来的。"

"对，您不应该来的，因为我不想再和您见面了，可是，亲爱的，您来了，因为您爱……"

她捂住了耳朵。

"嗯，更准确地说，您差不多相信您能爱我了。"

"哦，别折磨我。难道我所受的折磨还不够吗？"她躺在安乐椅里，把头往后仰，闭上双眼，用手揉着太阳穴；她在莱斯托夫经常就是这样，这个复发的老毛病使他笑了，有点心软了。他站在她身后。手臂吊着，让他又痛又别扭。但他还是成功地俯下身，嘴巴触到了她的双唇。她吓了一跳："疯了！"

"不，这只是告别。"

她的声音像她的脸一样苍白："您不应该，在所有人里面，您……"

"谁应该吻您呢，伊丽莎白？"

"您不爱我……"

现在，贝特兰德在房间里走来走去。他手臂痛，还发着烧。她说得对，真是疯了。他突然转身，近距离地停在她面前，声音违背本意地带着威胁："我不爱您吗？"

她垂着手臂，一动不动地站着，任由他抬起她的头。他对着她的脸重复了那句威胁的话："我不爱您吗？"她觉得他要咬她的嘴唇了，但这变成了一个吻。极其不可思议的是，她僵硬的嘴巴松弛成了一个微笑，她的手一直无力地垂着，现在又恢复了生机，带着她满溢的感情举到他的肩上，搂着他的肩膀，再也不肯松开。他说："小心点，伊丽莎白，我这里受伤了。"

她惊恐地松开了拥抱。接着，她的力量撇下了她，她倒在了安乐椅上。他坐在椅臂上，摘掉她的帽针，抚摸着她的金发。"您是多么可爱，我是多么爱您。"她一言不发，任由他抓着她的手；她觉得他的手很烫，再次俯近她时脸也很烫。当他嘶哑地重复着"我爱您"的时候，她摇了摇头，却交出了她的双唇。接着，眼泪终于涌了上来。

贝特兰德坐在椅臂上，温柔地抚摸着她的头发。他说："我对您是多么想念。"

她虚弱地答道："这不是真的。"

"我对您是多么想念。"

她盯着空虚，没有回答。他没有再碰她；他站了起来，再次说道："我对您有说不出的想念。"

现在她笑了。

"您要走了吗？"

"是的。"

她疑惑地抬起头来，他重复道："不，我们不能再见面了。"

她依然不相信。

贝特兰德笑了："您能想象我去求您父亲让您嫁给我，让我所说的一切都变成谎言吗？这会让一切都变成最龌龊的笑话，最厚颜无耻的欺骗。"

她有点领会了他的意思，但还是不明白：

"可这是为什么？为什么？……"

"我不能让您做我的情人，跟我走……当然，最终我可以，而您也会这么做……或许是出于浪漫主义……或许是因为您现在真的很在乎我……现在您当然是这样……哦，我亲爱的……"他们迷失在了一个吻里……"可是，说到底，我不能把您放到一个错误的位置上，尽管这样或许对您更有意义……坦白说，比您嫁给约阿希姆更有意义。"

她惊讶地看着他。

"您还记得这桩婚事吗？"

"当然；这才……"——为了摆脱这种无法忍受的紧张，他揶揄地看着表——"从我们俩思考它到现在才过了二十分钟。这个想法如果在二十分钟之前不是不可忍受的，那么它还是可以忍受的。"

"您现在不要开玩笑了……"接着是惊恐，"难道您是认真的？"

"我不知道……这是没有人能知道的事情。"

"你是想惹我不高兴，不然就是想折磨我。你是一个愤世嫉俗的人。"

贝特兰德严肃地说："我要骗你吗？"

"或许你是在骗自己……或许因为……我不知道因为什么……可是有些东西听起来不是真的……不，你不爱我。"

"我是一个自我中心的人。"

"你不爱我。"

"我爱你。"

她严肃地直视着他："那么，我要嫁给约阿希姆吗？"

"我无论如何都不能告诉你不要。"

她从他手里抽回了自己的手，沉默地坐了许久。接着，她站了起来，拿起帽子，牢牢地插好了帽针。

"再见，我要去结婚了……或许这很讽刺，但你不用惊讶……或许我们俩都对自己犯了最严重的罪行……再见。"

"再见，伊丽莎白；别忘了这个时刻；这是我对约阿希姆唯一的报复……我永远都无法忘记你。"

她把手伸到他的脸颊上。"你发烧了。"她说完迅速离开了房间。

事情的经过就是这样，贝特兰德为此付出的代价是一阵高烧。但他觉得这是正确的、恰当的，因为这让昨天隔了一大段距离，让他能够以惯常的亲切注视着约阿希姆，他现在就坐在他面前，在相同的——还能是相同的吗？——楼房里。不，这样太奇怪了。因此，他说："别担心，帕塞诺夫；您会在婚姻的港湾里顺利下锚的。祝您好运。"毫无骑士精神，喜欢冷嘲热讽的家伙，约阿希姆不禁再次想道，但还是觉得感激和安心。或许是想到了他父亲，又或许只是看到了贝特兰德，他对婚姻的想法和白衣修女们掠过安静的病房的幻象奇怪地混合在了一起。温柔的、修女般的伊丽莎白，在银色的云上雪白雪白的，他想起了一幅圣母像，一幅圣母升天图，他相信自己在德累斯顿看到过。他从挂钩上取下帽子。他觉得自己被贝特兰德推着走进了这场婚姻，现在，一个古怪的念头向他袭来：贝特兰德只是想把他拖回到平民生活中来，夺走他的制服和他在军团里的地位，以便取代他而成为少校；当贝特兰德伸出手来与他告别时，他都没有觉察到那只手有多烫。然而，他还是感谢了贝特兰德那些善意的话，他穿着又长又硬、棱角分明的军大衣离开了。贝特兰德可以听到他走下楼梯时马刺隐约的叮当声，忍不住想着约阿希姆现在正经过接待室门口。

他的请求被接受了。当然，男爵写道，伊丽莎白还不想要正式订婚。她对最后一步有些畏惧；不过，他们邀请约阿希姆明晚去赴宴。

即便这不算是明确的订婚，即便伊丽莎白或他未来的岳父岳母都没有用亲切的"你"来称呼约阿希姆，是的，即便餐桌上的口气几乎是正式的，空气中还是隐含着不会弄错的喜庆，尤其是男爵在给他倒酒的时候，用许多漂亮的句子阐述着一个想法：一个家庭是一个有机的整体，不会轻易地接纳一个新来者；可是，当一个新来者通过上天的旨意被接纳了，那么，他就应该被全心地接纳，维系着这个家庭的那份爱也应该将他包含进去。当他提到爱的时候，男爵夫人眼含泪水，拉着丈夫的手；约阿希姆感到温馨，觉得他在这里会幸福的；在这个家庭的怀抱里，他自语道；他突然想起了神圣家庭。贝特兰德可能会面带微笑，拿男爵的话取乐，可那种嘲弄是多么拙劣啊！比起男爵言语中的深情，贝特兰德经常在餐桌上抛弄的那些隐晦的俏皮话——那是多么遥远——当然要讨厌得多。接着，他们把杯子碰得叮当响，男爵喊道："为将来干杯！"

晚餐后，年轻人被单独留下，向对方敞开心扉。他们坐在刚装修好的音乐室里，黑色丝绸椅子上的蕾丝面是男爵夫人和伊丽莎白缝制的，在约阿希姆试图寻找合适的话语时，他听到伊丽莎白几乎是欢快地说道："看来您是想娶我，约阿希姆，您仔细考虑过了吗？"多么不像淑女啊，他想；这几乎就是贝特兰德在说话。他接下来要做什么？在求婚之后，他应该单腿跪下吗？他很走运，他坐的那把凳子太矮了，他俯向伊丽莎白时，他的双膝几乎就在地板上，人们只要高兴，也可以把他的姿势当成下跪。他保持着这种颇不自然的姿势，说："我能抱希望吗？"伊丽莎白没有回答；她把头往后仰，眯起了眼睛。现在，他注视着她的脸，不安地发现一片能够转移到四堵墙中的景色；这是他害怕的记忆，是那个在树下的秋日午后，是那两个轮廓的混合，他几乎希望男爵不那么早答应这桩婚事。比起一个兄弟的幽灵出现在一个女人脸上，更可怕的是在它上面肆意延伸的景色，这种景色占据了它，吞噬了失去人类特征的面容，甚至连赫尔穆特都无法扼制那犹如波浪般起伏的涌动。她说："在这桩婚事上，您听取您朋友贝特兰德的建议了吗？"他如实地予以否认。"可是他知道吗？"是的，约阿希姆答道，他向贝特兰德提到过求婚的事。"他怎么说呢？"他只是祝他好运。"您非常依赖他吗，约阿希姆？"她的声音和言语让约阿希姆感到宽慰；它们使他重新意识到这是一个人，而不是他正看到的景色。但它们却是令人不安的。她在心里是怎样看待贝特兰德的？这将导向何处？现在谈论贝特兰德有些不合宜，尽管任何话题都可以缓和气氛。因为无法放弃这个话题，而且觉得有义务对他未来的妻子绝对坦诚，他迟疑地说："我不知道；我总觉得他是我们友谊中的活跃因子，可经常都是我去找他出来。我不知道这能不能说是依赖。""他令您不安吗？""对，说得对……他总是令我不安。""他令自己不安，所以也令别人不安。"伊丽莎白说道。是的，他就是这样，约阿希姆答道，他感觉了到伊丽莎白的目光，不禁又一次感到诧异，那两颗清澈的、圆圆的星星，在鼻子两边各一颗，居然能够发出目光这种东西。什么是目光呢？他触摸自己的眼睛，卢泽娜立刻就出现在那里，他透过卢泽娜的眼睑欢欣地触摸着她的眼睛。他永远也无法想象自己会去触摸伊丽莎白的眼睑；或许学校里教的是真的，有一种寒冷强烈到烧灼；他突然想到外太空的寒冷，星星的寒冷。伊丽莎白就是在那里，坐在银色的云端，她那流动的、消融的脸令人难以捉摸，他觉得晚餐结束时，她父母亲吻她是一种极不正当的行为。可是，贝特兰德是从哪里冒出来的？她几乎已经变成了他的奴隶和受害者。如果贝特兰德是上帝派到他们身边的引诱者，那么，这就是对他把伊丽莎白从这种尘世的侵害中拯救出来的惩罚的一部分。上帝处于绝对的寒冷之中，祂的指令冷酷无情，如同博尔西希工厂里的齿轮上的齿牙一样彼此吻合；这一切是如此不可避免，约阿希姆几乎感到宽慰地认识到，还有一条拯救的道路，一条责任的正道，尽管他可能会在追随中毁灭。"他很快就要去印度了。"他说。"哦，是的，印度。"她答道。"我犹豫了很久，"他说，"因为我只能给您提供一种简单的乡村生活。""我们跟他不一样。"她答道。约阿希姆被这个"我们"打动了。"或许他的根被拔掉了，他渴望得到修复。"伊丽莎白说："每个人都要为自己做决定。""可是，难道我们没有选择更好的部分吗？"约阿希姆问道。"说不准。"伊丽莎白说道。"哦，当然，"约阿希姆感到气愤，"他为他的生意而活，他不得不冷酷无情。想想您的父母，想想您父亲刚才说的话。可他却说那是传统；他不曾获得真正的内在，真正的基督徒的感情。"他陷入了沉默：他没有表达出自己想说的，因为他期待从上帝和伊丽莎白那里获得的，并不仅仅是他在他接受的教育里所理解的那种基督徒的家庭生活；然而，正因为他期待从伊丽莎白那里获得更多的东西，所以他想把自己的谈话限定在天界，她是在那里翱翔、散发着最柔和光辉的圣母。或许她在能用恰当的方式和他说话之前就会死去，因为她坐在那里，头朝后仰，看起来就像躺在玻璃棺里的白雪公主，她的脸被那更高的美和天上的精髓照耀着，与他在现实生活中认识的那张脸罕有相似之处，那张还没有可怕而无可挽回地同景色融合在一起的脸。他希望伊丽莎白死去，让她的声音从彼岸给他带来天使般的慰藉，这个希望不断增长，它所产生的异乎寻常的张力，一定也使伊丽莎白受到了那股恐怖寒流的侵袭，因为她说："他不像我们这样需要同伴的温暖慰藉。"但她这些世俗的话令约阿希姆感到失望，尽管这些话回响着保护的需要，触动了他的心，唤醒了他对圣母玛利亚升天之前也在尘世游荡的想象，然而他意识到，他的力量几乎无法承担起这种保护，在双倍的失望中，他双倍诚恳地希望有一种友好的、宜人的死亡降临在他们身上。面对死亡，脸上的面具脱落，毫无防御地对着"永恒"的气息，约阿希姆说："他会一直远离您。"这对他们俩来说似乎都是一个巨大的、意味深长的真理，尽管他们几乎忘了他们是在说贝特兰德。就像黄色的蝴蝶，锯齿形的黄色翅膀上长着黑色的斑点，煤气灯的光晕在枝形吊灯的光圈里闪耀着，约阿希姆一动不动地坐在灯下的黑色丝绸灵柩台上，僵硬地倾斜着身体，屈着膝盖，覆盖在黑色丝绸上的白色蕾丝，犹如死者头部的复制品。伊丽莎白的话语滴入冷冰冰的静止中："他比别人更孤独。"约阿希姆答道："他的魔鬼驱使他出去。"但伊丽莎白几乎令人无法察觉地摇了摇头："他希望找到完满。"接着，仿佛背诵一样，她补充道："在孤独和遥远里的完满和认知。"约阿希姆陷入了沉默；他勉强地拾起那个冰冷和费解地悬浮在他们中间的想法："他很遥远……他把我们都推开了，因为上帝要我们独处。""他确实是这样。"伊丽莎白说道。无法确定她说的是上帝还是贝特兰德；但这已经不要紧了，因为指定给她和约阿希姆的孤寂开始将他们包围，不顾房间的私密和幽雅，将它凝固成了更为彻底和可怕的静止；他们一动不动地坐着，房间仿佛变大了，墙壁退去，空气越来越冷，越来越稀薄，稀薄得几乎无法承载声音。尽管一切都昏睡在静止之中，但是椅子、钢琴（煤气灯仍映照在它黑色的漆面上）似乎都不再处于平常的位置上，而是变得无限遥远，甚至连角落里黑色的中国屏风上的金龙和蝴蝶都飞走了，仿佛被退去的墙壁吸走了一样，现在，那些墙壁看起来好像挂着黑色的帷幕。煤气灯发出隐约而恶毒的嘶嘶声，除了它们从下流地开着的小口里喷出的极少的、机械的活泼之外，一切生命都不复存在了。她很快就要死了，约阿希姆想道，几乎像是在证实他的想法，他听到她的声音在虚空中说道，"他会孤零零地死去"；这听起来就像厄运和誓约，他强化了这一誓约："他病了，可能很快会死；也许就在这一刻。""是的，"伊丽莎白从遥远的另一边说道，这个词语就像一滴水，在落下时结成了冰，"是的，这一刻。"在那冰冻的没有特征的时刻，死神就站在他们身旁，约阿希姆不知道死神触碰的是他们两个，还是他父亲，抑或是贝特兰德；他无法肯定他母亲是否坐在那里注视着他的死亡，就像她到牛栏里或者他父亲的床边那样守时和平静，他突然有了一个异常清晰的直觉，他父亲冻僵了，渴望着牛棚漆黑的温暖。现在死在伊丽莎白身边，由她领入翱翔在黑暗之上的玻璃一般的光辉之中，岂不是更好吗？他说："在他身边是可怕的黑暗，没有人会去帮他。"但伊丽莎白用冷酷的声音说："没有人应该去帮他，"接着，用同样灰暗单调的冷酷声音在虚空中用同一口气，然而根本不是一口气补充道，"我会成为您的妻子，约阿希姆。"她自己也不肯定有没有说这句话，因为约阿希姆还是那样静坐着，身体倾斜，没有回答。没有做出任何表示，尽管这种紧张状态只是一眨眼工夫，却充满了不确定性和无效性，因此，伊丽莎白再次说道："是的，我会成为您的妻子。"但约阿希姆不想听她的话，这些话逼迫他从无法回头的路上回头。他费劲地朝她俯下身；他差点没能成功，但他半弯的膝盖确实碰到了地面；他冒着冷汗的额头自行倾斜下来，他的嘴唇，如羊皮纸般又干又冷，轻触了她的手，她的手异常冰冷，甚至当房间再次慢慢缩小回来，椅子重新回到先前的位置，他都不敢碰她的指尖。

他们就这样待着，直到他们听见男爵在隔壁房间里的声音。"我们得进去了。"伊丽莎白说。接着，他们走进灯火明亮的客厅，伊丽莎白说道："我们订婚了。""我的孩子！"男爵夫人叫道，眼含热泪地将伊丽莎白搂进怀里。而男爵——他的眼睛同样湿润——也叫道："高兴起来吧，为这个幸福的日子感谢上帝。"约阿希姆为这些欢欣鼓舞的话而热爱他，觉得必须坚守诺言。

在回家的路上，他慵懒地打了个盹，倦意在车轮短促而尖厉的声响中逐渐减弱了，父亲和贝特兰德已经在那天死去的想法更加清晰地浮现在他脑海里，当发现没有人在公寓里等着宣布他们的死讯，他几乎感到诧异，因为这是和他恢复生活的一丝不苟相协调的。不管怎样，哪怕是对死去的朋友，他也不能隐瞒自己订婚的事。这个想法继续占据着他的头脑，并且在第二天早上变成了某种肯定，即便不是肯定他们的死亡，至少也是肯定他们的不存在：父亲和贝特兰德已经离开了人世，即便他要为他们的死负起一部分责任，他还是沉浸在平静的冷漠里，甚至不觉得有必要弄清楚自己从贝特兰德那里夺走的是伊丽莎白还是卢泽娜。他已经不需要在背后追赶贝特兰德，小心盯着他，追逐的道路已经到头，神秘已经消除；现在剩下的只是和他死去的朋友告别。"既是好消息又是坏消息。"他自语道。他有大把时间；他停下马车，为他的未婚妻和男爵夫人订购花束，然后才不慌不忙地前往医院。可是，当他走进医院，却没有人提起那个噩耗；他像平常一样被带往贝特兰德的房间，仿佛什么都没有发生过：直到在走廊里遇到修女，他才知道贝特兰德度过了糟糕的一夜，但现在感觉好些了。约阿希姆机械地重复道："他感觉好些了……是的，这令人高兴，非常令人高兴。"仿佛贝特兰德再次背叛和欺骗了他，当他走进房间之后，这个想法就更加坚定了，因为贝特兰德用这句欢快的话来迎接他："我想您今天可以接受祝贺了。"他是怎么知道的？约阿希姆自问道，尽管恼怒，他几乎还是感到骄傲，他的猜疑在某种程度上由于他是未来的新郎这一新角色而变得正当合理。是啊，他说，他很高兴能够宣布自己订婚了。然而，贝特兰德似乎变得很柔弱。"您知道我喜欢您，帕塞诺夫，"他说道——约阿希姆觉得这很勉强——"所以，我衷心地祝您和您的新娘好运。"他的语气再次显得温暖而真挚，但又充满了嘲讽：这个总是未卜先知的人，这个凭借意志使这一切发生的人——虽然只是某种更高的力量的工具——现在眼见自己的工作完成了，就用一声亲切而圆滑的祝贺来回避这个话题。约阿希姆觉得有点精疲力竭；他在房间中央的桌子前坐下，看着贝特兰德躺在床上，头发金黄，几乎像个姑娘，他严肃地说："我希望一切都会变好。"贝特兰德的回答轻描淡写，带着不假思索的把握，这种把握总是给约阿希姆施加了一种令人宽慰而又不安的魔咒："我向您保证，帕塞诺夫，一切都会变得非常好……至少对您来说是如此。"约阿希姆重复道："对，变得非常好……"但接着，他看起来很困惑："为什么只是对我来说？"贝特兰德笑了笑，用一个有些轻蔑的手势打发了这个问题："哦，我们……我们是迷惘的一代。"但他没有继续解释了，只是突兀地问："婚礼什么时候举行呢？"约阿希姆也忘了再问下去，立刻说道：嗯，还有一段路要走；他父亲的病，尤其需要考虑。贝特兰德看着僵硬得体地坐在眼前的约阿希姆。"可是，结婚肯定不需要马上就在庄园上安顿下来吧？"他说道。约阿希姆大吃一惊：他的困扰似乎都白费了。在反复唠叨接管庄园的必要性以及把卢泽娜推入绝望之后，贝特兰德现在却说他不需要在庄园上安顿下来，仿佛想要夺走他拥有庄园的自豪，甚至想剥夺他的家！贝特兰德狡诈地引诱了他，现在却要甩掉所有的责任，而且还轻视自己的胜利：他把约阿希姆推到了他那个平民阶层里，甚至还要在那里和他断绝往来！贝特兰德的所作所为是十足的为了邪恶而邪恶，约阿希

181

姆愤慨而诧异地看着他。但贝特兰德只觉察到了他眼里的疑问："嗯，"他说，"您在不久前提到过，您即将升任上尉了，您应该待到您晋升为止。退役的上尉听起来要比退役的中尉好得多，"——现在，他为自己感到羞耻，陆军少尉，约阿希姆想道，同时仿佛在接受检阅一样有点猛然地挺直了身体——"而且，在这几个月，您父亲的病就会发生某种决定性的转折。"约阿希姆本想指出，他觉得军官结婚是不符合常规的，而且他想念自己的故土，但他不敢这样说，他仅仅表示，他未来的岳父岳母由衷地希望伊丽莎白安顿在西区的新房子里，而贝特兰德提出的解决办法正与此相符。"嗯，您瞧，亲爱的帕塞诺夫，一切都变得非常好，"贝特兰德说道，这是又一个无端的、可憎的假设，"而且，如果您告诉您的上级，您有意在晋升之后退役，那您肯定就能加快晋升步伐的。"在这一点上，他也是对的，但是连军队的安排也要让贝特兰德干涉，这真令人恼火。约阿希姆若有所思地从桌子上拿起贝特兰德的手杖，仔细端详着手柄，同时用手指抚摸着尖端富有弹性的黑色橡胶球茎：这是一根给康复期病人使用的手杖。这个人催促他结成一桩轻率的婚姻，使他满是猜疑。在这一切背后是什么？昨天晚上，他和伊丽莎白向她的父母解释他们不想匆忙结婚，罗列出了各种困难；现在这个贝特兰德却想把这些困难吹跑。"反正一样，我们不能匆促结婚。"约阿希姆执拗地说道。"嗯，"贝特兰德说，"这样的话，我只能抱歉了，在那个幸福的日子，我只能从印度或者别的地方给你们发电报。

因为等我好了一些，我又要出国了……那件事搞得我有点虚弱。"什么事？他的手臂所受的轻伤？贝特兰德看起来确实是病了，康复期的病人总是需要手杖，但是，究竟还发生了什么呢？实际上，在把一切搞清楚之前，他真的不能让贝特兰德走掉。约阿希姆寻思着，赫尔穆特——他坦然面对敌人——是否并不比他更有荣誉感；这里的问题是否相同：解释或者死亡？约阿希姆两者都要，却都没有。他父亲是对的：他毫无荣誉感，跟贝特兰德一样毫无荣誉感，他的这个朋友，几乎不能再称作朋友了。然而，这几乎是令人高兴的，因为父亲心里一定觉得不能邀请贝特兰德参加婚礼。

尽管如此，他还是静静地听着贝特兰德继续说道："还有一件事，帕塞诺夫；在我的印象中，那座庄园除了您母亲在料理，以及它自行运转的部分，完全处于一种荒废的状态。以目前的情况来看，您父亲可能会给它带来许多额外的伤害。恕我直言，因为我觉得必须这样，您可以让他声明自己没有能力管理它。您应该聘用一名出色的管家；为了赚钱，他无论如何都会把事情做好。我想您应该跟您岳父商量一下；毕竟他也是地主。"是的，贝特兰德的口气像个最卑鄙的密探，但约阿希姆还是不得不感谢他的建议，他明白这是合理的，而且是出于好意，他甚至不得不表示，希望在贝特兰德完全康复之前，他们还能经常见面。"我很乐意，"贝特兰德说道，"同时也向您的新娘致以最谦恭的敬意。"接着，他疲乏地倒在了枕头上。

两天后，约阿希姆收到了贝特兰德的一封信，他在信中说自己的健康已经有了很大改善，他已经转进了汉堡的一家医院，以便近距离地打理自己的生意。但在他动身去东方之前，他们肯定会再见面的。他们理所当然会再碰面，贝特兰德的这个冷淡的假设使约阿希姆决定不惜一切代价予以避免。但他痛苦地意识到，从今往后，没有朋友轻松而有把握地帮他处理生活中的事务，他只能靠自己了。

在莱比锡广场后面有一家商店，外观和相邻的商店几乎没有区别，它引人注目的是，橱窗里没有展示任何商品，内部被蚀刻着漂亮的庞贝和文艺复兴图案的玻璃屏挡住了，什么也看不到。但这个特征是商店和许多银行大楼、经纪人办公室所共有的，而那些粘贴在玻璃屏上的海报——令人不快地遮断了那些图案——也并无不同寻常之处。在那些海报上，出现了"印度"这个词，而门上方的招牌则告知人们，商店内部展示着"凯撒全景"。

走到里面去，人们会首先置身于一个明亮而温暖的房间，一位上了年纪、相当和蔼的老太太担任出纳员，坐在一张小桌后，出售进入这家机构的门票。然而，大多数来访者停在桌前，只是让老太太给他们的订票本盖章，同时和老太太友好地交谈几句。当一个年老的服务员从隔断了房间一端的黑色帷幕后面出现，用一个不自在的手势请求他等一两分钟的时候，来访者就会轻声叹气，倒在一把藤椅上，继续着交谈，不信任地看着通向大街的玻璃门，如果有一个新的顾客出现，他就会带着嫉妒和羞耻的敌意盯着他。接着，帷幕后面传来椅子隐约的刮擦声，出来的那个人在亮光中眨眨眼，向老太太致以简短的问候，匆匆忙忙、紧紧张张地离开，不看任何人，仿佛他也感到羞耻。然而，那个等待着的顾客唯恐有人抢在他前头，会迅速跳起来，利索地终止他的谈话，消失在防护的帷幕后。顾客们偶尔会交谈，但这非常罕见，尽管许多人在多年来总是看到对方，一定相互认识了，不过，只有一两个不觉得羞耻的老头，才会向其他等待的顾客和出纳员开口讲话，夸赞节目；可是，他们得到的回答大多只是"嗯""啊"之类的单音节词。

然而，里面一片黑暗，人们可以把它看作是一种远古的、沉重的黑暗，在这里已经累积许多年了。服务员温和地拉着你的手，小心翼翼地把你带到正在等你的一把座椅上，一把没有扶手的圆椅。在你前面的是两只明亮的眼睛，从一个黑屏上有些怪诞可怕地看着你，在这对眼睛下面是一张嘴，一个坚固的矩形被充盈着它的淡光柔化了。你逐渐意识到，你坐在一个类似于神庙的多边形构造前，在你前面的屏幕是它的一部分；你还注意到，在你左右两边各坐着一个崇拜者，把眼睛对着屏幕上的眼睛，而你，在看了一眼那个光亮的矩形，注意到它写着"加尔各答的政府大楼"之后，同样也这么做。可是，你一看那睁开的眼睛，政府大楼就消失在一阵混合着铃铛的叮叮声和机器的咯咯响的声音里；你还能看到它滑走，而另一个图景紧跟着滑来，你几乎觉得上当了；但是，另一阵叮叮声响起，那幅图景抖动了一下，仿佛要展示它最好的一面，接着停止了。

你看到棕榈树和保养得很好的路径：在黯淡的背景里，一个穿着浅色西装的男子正坐在一张椅子上；一座喷泉将一道凝结的、鞭子似的水柱喷向空中，但是，直到看见亮着柔光的矩形告诉你这是"加尔各答，皇家花园景象"的时候，你才会感到满意。接着，另一阵叮叮声响起，棕榈树、座椅、建筑、船桅滑过，抖动了一下，又一阵铃声，在明媚的阳光下："孟买，港口景象。"刚才还坐在加尔各答花园里的男人，现在顶着太阳，站在前景里防波堤的石头上。他挂着手杖，一动不动，因为他被船只绷紧的帆缆，被它们的烟囱和起重机迷住了，被码头上成捆成捆的棉花迷住了，他着迷地看着它们，他的脸在阴影里，无法辨认。然而，或许他会走入那个魔幻的空间，那个被光亮的褐色包围、处在你和画面之间的空间，这个空间只是抽象的立方体，却也是一段漫长的旅程；或许他会自由地、魔幻地踏到木地板上，你会认出那是贝特兰德，他轻松而可怕地警告你，无论他身处多远的地方，他都不会再从你的生活中消失。但这可能只是你的想象，因为上帝已经为他响起了铃声，他僵硬地、一动不动地、不打招呼不走一步地滑开了。你窥视你左边的人，看看贝特兰德是不是去了那里，但他那个点亮的矩形却写着"加尔各答的政府大楼"，而你几乎可以心存希望，贝特兰德只对你单独显现，只向你致意。但你没时间思索了，当你再次迅速转向你自己的目镜时，一个惊喜等着你："锡兰的母亲"不仅被柔和的金色阳光照亮了，还呈现出她自然的颜色；她微笑着，红色的唇间露出白色的牙齿，可能正在等待由于蔑视欧洲女人而离开了西方的白人老爷。"德里的神庙"在棕色匣子里远远的尽头闪着东方的全部色彩：在那里，坏基督徒可以了解到，就连被统治的种族也懂得如何侍奉上帝。但他不是曾说过会转由黑种人再次建立起基督的王国吗？你惊恐地看着棕色的人群，你会高兴听到他们退场，给"猎象远征"让位的信号。这里站着庞大的四足动物，它们其中一只温和地抬起一只赤足。矩形里满是细小的白沙，当你把眩乱的眼睛转开一会儿，你会看见矩形标题板上方有一个小钮，你会试验性地旋转一下，你会愉快地发现，画面弥漫着柔和的月光，你可以随意加速让狩猎者处在白天或者黑夜。嗯，因为耀眼的阳光不再使你盲目，你抓住机会仔细察看狩猎者的脸，如果你的眼睛没有欺骗你的话，那就是贝特兰德，他坐在黝黑的驱象者后边的象轿里，他右手已经拿着步枪，即将开始杀戮了。你转换灯光，再次出现一个完全陌生的人对你笑着，驱象者把他的尖头棒放在大象耳后，发出开始远征的信号；他们溜进了丛林里，你听不到象群的踩踏声或者吼叫，但是景色随着隐约的叮叮声和机械的咯咯声，一幅接着一幅自动地出现和消失，如果那个经过的旅行者似乎真是你必须永远搜寻的人，是你渴求的人，你还握着他的手，他却消失了，接着铃声响起，你还不知道自己身在何处，就焦急地窥视在你右边的人的标题板，发现上面写着"加尔各答的政府大楼"，那么，你就知道你的时间快要结束了。你会匆促瞥一眼，确信皇家花园的棕榈树会跟着出现，它们不停地出现了，你就移动椅子，服务员催促起来，轻轻眨眼，你的衣领竖了起来，一个可怜的人，发现了他从未认识到的令人沉溺的乐趣。你简短地致以问候，离开了别人已经在那里等待、老太太在那里售票的房间。

当他们在伊丽莎白的同伴的陪同下，在城里为他们的房子和嫁妆购置东西时，约阿希姆和伊丽莎白就迷失在了这家机构里。尽管他们知道贝特兰德还在汉堡，尽管他们不再提起他的名字，"印度"这个词语对他们来说还是充满了魔力。

在莱斯托夫举行的婚礼静悄悄的。约阿希姆父亲的身体状况一成不变；他陷入了昏迷，不再认识外部世界，他们不得不接受这将持续许多年的事实。实际上，男爵夫人说，一场安静的、私密的婚礼远比吵吵闹闹的展览更符合她和丈夫的口味，但约阿希姆知道岳父岳母对家庭节庆的重视，他责怪父亲夺走了这场婚礼的光彩。他自己或许也更想要一个庞大的、非凡的社交布景，以此强调这桩乏善可陈的婚事的社交性质；但另一方面，他觉得伊丽莎白和他不理会世界，径直走向祭坛，这样更庄严，更符合基督教婚姻美满的特征。因此，婚礼决定不在柏林举行，尽管在莱斯托夫有诸多难以克服的不便，尤其是再也没有贝特兰德的建议。约阿希姆拒绝将他的新娘接到家里度过新婚之夜：在那座疾病的房子里度过那一夜令他反感，而让伊丽莎白在那些对他非常了解的仆人眼皮子底下回房就寝，他就觉得更不可能了；因此，他提议让伊丽莎白在莱斯托夫度过那一夜，第二天他再去接她。非常奇怪，这个提议遭到了男爵夫人的反对，她觉得这个办法不妥："即便我们睁一只眼闭一只眼，那些仆人会怎么想呢？"最后，他们决定一大早举行婚礼，好让这对年轻夫妇能够赶上中午的火车。"这样你们就能直接回到柏林你们自己舒适的家里了。"男爵夫人说道。但约阿希姆也不听。不，这太异乎寻常了，因为他们会在一大早再次离开柏林，甚至很可能不用停下，可以连夜坐车去慕尼黑。是的，夜间旅行几乎是解决这个问题的最简单的办法，可以不用担心在他和伊丽莎白去就寝时有人会报以理解的笑容。然而，他立刻又怀疑他们是否真的能直接去慕尼黑；他真的能指望在度过了兴奋的一天之后，伊丽莎白能承受一次夜间旅行吗？而在对即将到来的事情惶惶不安的期待中，又如何在慕尼黑度过那一天呢？很显然，他和任何人都不能讨论这种问题，哪怕是贝特兰德，他只能自己做决定；不过，如果贝特兰德在的话，有些事情还是会简单很多的。他思忖着贝特兰德在这种情况下会怎么做，他得出了一个结论：可以在柏林的皇家旅馆订房间；如果伊丽莎白愿意的话，他们还可以搭乘夜间火车。他对自己能找到这个机智的办法感到非常自豪。

现在已经是寒冬了，他们前往教堂乘坐的封闭的马车只能缓缓地驶过雪地。约阿希姆和母亲坐在同一辆马车里；她开怀得意地坐在那里，约阿希姆恼火地听她反复唠叨着："你父亲本来会非常高兴的，嗯，真是遗憾。"是的，这一切都是他需要承受的；约阿希姆感到十分恼火——没有人会让他得到在这个庄严的时刻所需要的平静，这种平静对他来说更是必要，因为这桩婚姻比一桩基督徒的婚姻意味着更多的东西，意味着沟壑与泥沼里的救赎，意味着一种天国的保证：他正踏上救赎之路。穿着婚纱的伊丽莎白看起来比以往更像圣母，像白雪公主，他不禁想起一个传说，一位新娘在祭坛前倒下死了，因为她突然发现她的新郎是恶魔的化身。这个想法并没有离他而去，而是彻底占据了他，使他既听不到唱诗班的圣歌，也听不到牧师的布道：他把耳朵凑近他们，怕他不得不打断他们，跟那些人说，站在祭坛前的是一个没有价值、遭到放逐的人，是一个亵渎了婚姻的神圣的人；当他不得不说出"愿意"的时候，他吓了一跳，同样让他吓一跳的还有，对他应该意味着揭开一种新生活的婚礼，居然在他还没反应过来的时候就迅速结束了。令他感到安慰的是，伊丽莎白现在应该被称作——还没有真正成为——他的妻子了，但一想到这种状态不会一直持续下去，又觉得可怕。在从教堂回来的路上，他拉着她的手，说："我的妻子。"而伊丽莎白也对此做出了反应。接着，一切都淹没在美好祝福的喧嚣里，淹没在匆忙的换乘和出发里，等他们到了车站，才意识到发生了什么。

伊丽莎白爬进车厢时，他移开了视线，以免再次受到那些污秽的想法的折磨。现在他们单独在一起。伊丽莎白疲倦地靠在角落里，对他淡淡一笑。"你累了，伊丽莎白。"他充满希望地说道，保护她是他的权利和义务，这使他高兴。"是的，我累了，约阿希姆。"然而，他不敢提议在柏林停留，怕她把这当成是色欲的暗示。她的轮廓在窗下清晰地突显出来，窗外伸展着灰色的冬日下午，约阿希姆松了一口气，她的脸变成景色的那个压迫人的可怕幻象一直没有出现。可是，在他仍旧注视着她的时候，他看到放在对面座椅上的行李箱，同样在灰色的天空下突显着轮廓，他被一阵毫无意义的强烈恐惧压倒了：她可能只是一件东西，一个僵死的物件，连景色都不是。他急忙站起来，仿佛要对行李箱做些什么，但只是把它打开，取出了午餐篮；这是一件结婚礼物，一个优雅的小奇迹，正适合火车旅行和狩猎远征：刀叉的象牙柄上点缀着狩猎的场景，一直延续到刃上，甚至连酒精炉都不缺；在每一幅点缀画中间，可以看到伊丽莎白和约阿希姆交缠在一起的手臂。篮子中心是放置食物的容器，已经被男爵夫人细心地塞满了。约阿希姆催促伊丽莎白吃东西，因为他们没能等待婚礼午餐，所以伊丽莎白愉快地同意了。"我们婚后的第一餐。"约阿希姆说着把酒倒进了可折叠的银色杯子里，伊丽莎白和他举杯共饮。他们就这样度过这趟旅程，约阿希姆再次觉得火车为婚姻生活提供了最好的形式。他甚至开始理解贝特兰德，后者在火车上自由自在地度过了大部分时间。"我们今晚直接去慕尼黑吧？"他问道；但伊丽莎白回答说她真的很疲惫，宁愿中断旅程。因此，他不得不吐露自己已经考虑到她的意愿，预订了房间。

　　他感激伊丽莎白没有失去镇静，即便这很可能是伪装的镇静；因为她拖延就寝时间，叫了晚餐，他们在餐厅里坐了很久；为就餐者表演助兴的乐队已经收起了乐器，只有少数几位客人还留在那里，约阿希姆对任何延迟都心怀感激，但他再次感受到那股寒冷、稀薄的空气弥漫在餐厅里，在他们订婚的那天晚上，那阵寒冷就像死亡的可怕预兆。或许连伊丽莎白也感觉到了，因为她说现在该就寝了。

嗯，时候到了。伊丽莎白亲切地道了一声"晚安，约阿希姆"，就离开了他，现在他在自己的房间里走来走去。他能直接上床睡觉吗？他盯着床，床单已经铺开了。但他立过誓，要在她门口看守，要守卫她的天国之梦，让她可以在银白色的云端永远做着梦；现在，这一切突然失去了意义，因为一切似乎都指向一个结论：他应该在这里让自己舒舒服服的。他低头看了看自己的衣服，觉得他的长款军大衣是一种保护；那些穿着长礼服出席婚礼的人，真是有失体面。尽管如此，他还是必须洗漱，他仿佛正在做出渎神举动一样轻轻地脱下大衣，把水倒进棕色盥洗台的脸盆里。这一切是多么痛苦，多么无谓，除非它是落到他肩上的一系列审判的一环；要是伊丽莎白把连通门锁上，那一切就会轻松一些，可她没有为他考虑，自然没有那么做。约阿希姆模糊记起之前自己也有过相同的处境，现在，那段记忆以压倒一切的力量向他袭来，锁上的门、煤气灯下的盥洗台：这太可怕了，因为这是对卢泽娜的记忆，而同样可怕的是现在出现了一个问题，跟一位天使住在一起，却想到盥洗室这样的东西，无论这个想法是多么小心谨慎地自行闯入，实际上都可以认为是对伊丽莎白的贬低，是一次新的审判。他轻轻地、小心翼翼地清洗他的脸和手，以免瓷盆碰到大理石桌面发出什么声响，但现在他面临着不可想象的事情：谁能想象在伊丽莎白身边漱口呢？然而，他必须把自己更深地浸泡在净化人的水晶般的介质中，必须淹没在里面，必须从那种完全的净化中走出来，如同在约旦河受洗一样。但就算是沐浴又有什么帮助呢？卢泽娜已经发现了他是什么东西，并且带来了那些后果。他匆忙溜进自己的大衣里，一丝不苟地扣好纽扣，在房间里走来走去。另一个房间里没有声响，他觉得他的存在一定对她造成了压迫。为什么她没有尖叫着让他走开，就像卢泽娜在上锁的门后所做的那样？那时候至少还有洗手间的服务员站在他一边，而现在他却孤身一人，没有了支持。他过早地甩开了贝特兰德，甩开了后者的轻松和把握，他居然一直想着自己应该保护伊丽莎白，使她不受贝特兰德的侵害，现在他觉得这个想法真是虚伪。他感到极其懊悔：他真正想保护和拯救的并不是伊丽莎白；他只是想通过她的牺牲来拯救他自己的灵魂。她正跪在那里祈祷上帝让她摆脱她由于怜悯而戴上的镣铐吗？他不是有义务告诉她，他给她自由，如果她提出要求，他会马上半夜驱车送她回西区，回到那座等待着她的漂亮的新房子吗？他极为焦躁地敲响了那扇连通门，立刻又后悔了。她温柔地说："约阿希姆。"他转动了门把手。她躺在床上，一支蜡烛在柜橱上燃烧着。他一直站在门口，几乎就像立正在那里，嘶哑地说道："伊丽莎白，我只想告诉你，我把你的自由给你：我不能想象你为我牺牲自己。"伊丽莎白觉得惊讶，又对约阿希姆没有像一个情意绵绵的丈夫那样和她攀谈感到释然。"约阿希姆，你觉得我牺牲了自己吗？"她淡淡地笑了，"你想到这个真的有点太晚了。""还不晚；感谢上帝，还不晚……我到现在才意识到……我送你去西区吧？"伊丽莎白忍不住笑了：现在，三更半夜！旅馆里的人会怎么想呢？"为什么不直接上床睡觉呢，约阿希姆。我们可以等明天再心平气和地讨论这一切。你一定也累了。"约阿希姆像个固执的孩子一样说道："我不累。"摇曳的烛火照着她苍白的脸，这张脸正搁在雪白的枕头上她散开的头发中间。枕头上有个尖儿像鼻子一样翘了起来，它在墙上的阴影和伊丽莎白鼻子的阴影简直一模一样。"伊丽莎白，请你把枕头角抚平一下吧，就在你左边的地方。"他在门口说道。"为什么？"伊丽莎白惊讶地问，手朝着枕头伸去。"它的影子很可怕。"约阿希姆说道；这时，枕头又翘起了一个尖儿，在墙上留下了另一只鼻子。约阿希姆感到恼火，他想自己解决这个问题，便走进了房间。"可是，约阿希姆，这些阴影怎么惹恼你了呢？现在可以了吗？"约阿希姆答道："你的脸在墙上的影子像一条山脉。""可这没什么啊。""我受不了。"伊丽莎白有点害怕这是熄灭蜡烛的前奏，但令她喜出望外的是，约阿希姆说："我们得有两根蜡烛，这样就不会有什么阴影了，你看起来会像白雪公主一样。"他真的走进自己房间，拿了一支点燃的蜡烛回来。"哦，你在开玩笑，约阿希姆，"伊丽莎白忍不住说道，"你要把这一支蜡烛放在哪里？墙上没地方放了。而且，我在两支蜡烛中间会像一具尸体。"约阿希姆研究了一下位置。伊丽莎白说得没错，于是他说："我可以把它放在柜橱上吗？""当然可以……"她停顿了一下，犹疑而又有点安心地说，"你现在是我的丈夫了。"他把手伸到烛火前，把蜡烛放到了柜橱上，若有所思地打量着两支蜡烛，这个新婚之夜的安静和昏暗折磨着他，他说道："三支会更好。"仿佛想用这句话向伊丽莎白和她父母解释婚礼的安静。她也注视着那两支蜡烛；她把床单拉到肩膀上，只有她的手——手腕上套着蕾丝褶边——懒洋洋地垂在边沿。约阿希姆依然想着他们婚礼的寂寥；但他在马车上拉过这只手。他变得更镇静了，几乎忘了他为什么要到这边来。现在，他又想起来了，觉得有必要再重复他的提议："那么，你不想去你家吗，伊丽莎白？""你真傻，约阿希姆；想让我现在起来！我在这里非常舒服，而你却想把我撵出去。"约阿希姆犹豫不决地站在柜橱边；他突然无法理解事物改变它们的性质和职能的方式；床是一种舒适的、供人睡觉用的家具，跟卢泽娜在一起，它就是一个充满欲望和难以言表的甜蜜的地方，而现在却是一件不可接近的东西，连它的边缘他都几乎不敢去碰。木头只是木头而已，但人们还是不敢触碰棺木。"太难了，伊丽莎白，"他突然说道，"原谅我吧。"然而，他之所以请求她的原谅，并不仅仅是因为她可能以为的那样，让她大半夜起来，而是因为他又在拿她和卢泽娜做比较，因为——他惊恐地向自己承认——他几乎希望是卢泽娜，而不是她，躺在那儿。他看到自己仍深陷在泥潭里。"原谅我吧。"他再次说道。他跪了下来，以便吻到床边那只白皙的、可以看到蓝色静脉的手，以此和她道晚安。她无法确定这是否意味着可怕的亲密接触，保持着沉默。他的嘴印在她的手上，他意识到自己的牙齿顶着嘴唇的内侧，它们是坚硬而嶙峋的颅骨的尖端，就隐藏在连接着骨架的颅骨下面。他还感觉到了口腔里的温暖气息，而舌头就固定在他下齿之间的槽里，他知道自己现在必须迅速把嘴巴移开，免得伊丽莎白在心里觉察到这些。然而，他是不会承认卢泽娜这一轻而易举的胜利的，所以，他一言不发，固执地跪在床边，直到伊丽莎白仿佛为了让他走，非常温柔地握住他的手。或许他是有意误解这一暗示，因为这唤起了卢泽娜伸手爱抚他的遥远记忆，他没有放开伊丽莎白的手，尽管他实际上非常急切地想要离开房间。他等待着奇迹，等待着上帝允诺的恩典显现，而恐惧仿佛伫立在恩典的门之间。"伊丽莎白，说点什么吧。"他恳求道。伊丽莎白回答得非常缓慢，仿佛这些话不是她自己的："我们不够陌生，不够亲密。"约阿希姆说："伊丽莎白，你想离开我吗？"伊丽莎白温柔地答道："不，约阿希姆，我想我们现在会一起前行。别不开心，约阿希姆，一切都会变得非常好的。"是的，约阿希姆本想回答，贝特兰德也这样说过；但他陷入了沉默，不仅仅因为提起这件事很不合适，而且也因为在她嘴里，贝特兰德的话就像来自魔鬼和撒旦的信号，而不是他所期待、希望和祈求的来自上帝的信号。有那么一会儿，贝特兰德的形象在棕色匣子的底部依稀可见，可见却隐藏着，这是魔鬼的化身，把脸和形体的阴影投射在墙上，像一道山脉。它出现时，一动不动，冻僵了，而仿佛在铃声叮当响的一瞬间，又迅速消失了，但这是一个警告，魔鬼尚未被制伏，伊丽莎白还在他的掌控之中，因为她用自己的言语把他召唤了出来，因为她没能用上帝的言语吓退那些幽灵和病态的幻想。不过，即便这令人失望，却也是好的，使他充满了对尘世、人类和人类的弱点的悲悯。伊丽莎白是他在天堂的目标，但是，尽管极其虚弱，他还是得找出从尘世通过那个目标的道路，并且为他们俩做好准备：与此同时，在这孤寂中的何处可以找到通往那一认知的向导呢？他在何处能够寻得帮助呢？克劳塞维茨的格言浮现在他脑海里，人的行动仅仅取决于对真实的预测和直觉，而他的心获得了这一预见：在基督徒的家庭里，他们的生活取决于恩典的援助，恩典会守护他们，使他们不至于游荡在尘世中，无知，无助，无谓，在真空中迷失。不，这不能仅仅称作感情的因循守旧。他挺直了身体，用手轻抚着丝绸床单，床单下是她的身体；他觉得有点像一个病房护理员，疏远得有点像是在抚摸他生病的父亲，或者他父亲的替代品。"可怜的小伊丽莎白。"他说道；这是他头一回对她说出这种亲昵的话。她抽出自己的手，抚摸着他的头发：卢泽娜也这样做过，他想。尽管如此，她还是温柔地说："约阿希姆，我们还不够亲密。"他稍微抬起身，现在坐在床边，轻抚她的头发。接着，他用手撑着头，凝视着她的脸，这张苍白而陌生的脸，不像一个妻子的脸，不像他妻子的脸，依然枕在枕头上，慢慢地，出乎意料地，他发现自己斜躺在了她身边。她往边上挪动了一点，她的手，还有套着褶边的手腕，都从床单底下露了出来，放在他手里。他这么斜躺着，把军大衣弄乱了，翻领敞开了，露出了黑色的裤子，约阿希姆一觉察到，便匆忙整理了一下，把露出的地方又盖好。他屈起了双腿，为了使漆皮鞋不碰到床单，费劲地把脚架在了床边的椅子上。烛火摇曳着；第一支熄灭了，接着是另一支。偶尔，他们会听到铺了地毯的过道里传来模糊的脚步声，一扇门砰地关上了，他们还能远远地听到这座大城市的声响，那繁忙的交通甚至在夜里也没有完全停息。他们一动不动地躺在那里，盯着天花板，从百叶窗透进来的黄色光带在上面描绘出了一排肋骨。接着，约阿希姆睡着了，伊丽莎白发现之后，不禁露出了微笑。随后，她也睡着了。

IV

尽管如此，在大约十八个月后，他们还是有了第一个孩子。此事千真万确。至于是如何发生的，在这里就不多说了。而且，塑造人物的材料已经提供了，读者可以自行想象。

不埋沒一本好書，不錯過一個愛書人

七樓書店

梦游人

②

［奥］赫尔曼·布洛赫 著

流畅 译

1903年
埃施
或
无政府主义

SPM 南方出版传媒·广东人民出版社

·广州·

I

　　1903年3月2日，对三十岁的办事员奥古斯特·埃施来说是个糟糕的日子；他和主任大吵了一架，还没来得及考虑辞职，就发现自己被解雇了。他因此十分恼怒，但更多的是恼他自己不够机敏，而不是被解雇这件事。有很多话他本可以朝那个人脸上甩去：他不知道自己眼皮子底下的状况，他相信南特维希这种人的谄媚，不知道南特维希中饱私囊——除非他是故意睁一只眼闭一只眼，因为南特维希有他的把柄在手。埃施真蠢，居然让他们俩这样耍弄：他们声称在账簿中发现了错误，现在回想起来，那根本就不是错误。可他们非常粗野地欺侮他，以至于这直接变成了争吵，而就在这中间，他突然发现自己被解雇了。当然，那时他除了贫民窟里那些骂人的话，什么也想不出来，等到现在，他才知道自己原本应该怎样回击。"先生，"是的，"先生，"他本该挺直腰板这样说——现在，埃施用嘲讽的口气对自己说道，"您知道一丁半点您的生意状况吗？……"是的，他本该这么说，但现在太迟了。虽然跑去喝酒，和姑娘睡觉，他还是无法消气。埃施一边沿着莱茵河走向城里，一边咒骂自己。

他听到身后传来脚步声，转身发现是马丁，后者正挂着双拐，其中一根支撑着那条瘸腿，摇摇晃晃地走来。真是压死骆驼的最后一根稻草！他本想冒着被拐杖迎头痛击的危险——这也是他该受的——继续加快脚步，但他觉得要弄一个瘸子是缺德的，所以就站在原地等待。而且，他也得再找份工作，马丁每个人都认识，可能已经听说了什么。这个瘸子一瘸一拐地走来，放下那条扭曲的腿，坦率地说："被解雇了？"那么，他已经听说了？埃施痛苦地答道："被解雇了。""您还有钱吗？"埃施耸耸肩膀："够用一两天的。"马丁沉吟道："我知道有份工作也许适合您。""不，您别想让我加入您的组织。""我知道，我知道，那样就太大材小用了……唉，总有一天您会加入的。我们要去哪儿呢？"埃施没有什么特别的地方想去，所以他们就去亨特延大嫂那里。在卡斯特尔小巷，马丁停下了脚步："他们有给您一封得体的介绍信吗？""我今天就去要。""莱茵河中央航运在曼海姆需要一个办事员之类的人……如果您不介意离开科隆的话。"他们走进了一间宽敞而污秽的屋子，大概有几百年了，这里一直是莱茵河的水手经常出没的地方；不过，除了被烟熏黑的拱形屋顶之外，没有什么迹象表明其年代久远。桌子后面的墙壁上贴着半墙高的褐色护墙板，墙下固定着一条环绕房间的长凳。壁炉台上摆着一排慕尼黑的夸脱壶，中间还有一个铜制的埃菲尔塔，上面插着一面红黑白的旗帜，再仔细一点看的话，还能辨认出褪色的金字："桌子已订"。在两扇窗户之间有一架奥开斯特里翁琴[1]，它的折叠门开着，可以看到里面的零件和音乐卷轴。实际上，折叠门是应该关上的，谁想听音乐就得把一枚硬币投进去。但亨特延大嫂从不做卑劣的事，所以顾客只需把手伸入机器中，拉动控制杆就行了；亨特延大嫂的所有顾客都知道如何操控这台设备。正对着奥开斯特里翁琴的整面矮墙都被饮食柜台占据，饮食柜台后边有一面大镜子，两侧各有一个玻璃柜，玻璃柜里放着色彩鲜艳的甜酒。晚上，亨特延大嫂在柜台后面工作，她喜欢不时地转过身去照镜子，轻拍她又圆又沉的脑袋上如一块坚硬小方糖的金发。柜台上也放着成排的装有葡萄酒和烈酒的大瓶子，因为玻璃柜里鲜艳的甜酒很少有人点。最后，在柜台和玻璃柜之间，有一个锌制的洗脸盆，水龙头不显眼地嵌在墙上。

房间不热，散发着寒气。两人搓着手，埃施沉闷地坐到长凳上，马丁则把手伸进奥开斯特里翁琴里，传出来的《角斗士进行曲》在房间寒冷的空气中飘荡。尽管嘈杂，他们还是立刻就听到了木梯在一个人的脚下嘎吱作响，柜台边的弹簧门被亨特延太太打开了。她依然穿着早上的工作服，外面套着一条宽

---

[1] 奥开斯特里翁琴，一种能同时演奏出多种乐器声音的自动演奏机械。——译注

大的蓝色棉布围裙。她还没有穿上夜间的紧身胸衣，所以乳房犹如宽格子提花布衬衫里的两个大口袋。然而，她的头发依然僵硬得体，犹如一块方糖覆盖着她苍白的、毫无表情的脸，从这张脸上看不出她的年龄。但大家都知道格特鲁德·亨特延太太已经三十六岁了，她是亨特延先生的遗孀，已经守寡很久很久了——他们思忖了一下，想必有十四年了。亨特延先生的照片已经泛黄，他在餐馆经营许可证和一幅月下小景中间，从埃菲尔塔上方朝外张望着。这三样东西全都装在带有金色涡形装饰的漂亮的黑色画框里。尽管留着山羊胡子的亨特延先生看起来像个微不足道的小裁缝，他的遗孀却一直对他忠贞不贰；至少没有人可以说她的闲话；每当有谁正儿八经地托人向她求婚，她都会轻蔑地表示："嗯，这种事对他来说肯定是恰到好处。但我宁愿继续保持单身，谢谢。"

　　"早安，盖林格先生。早安，埃施先生，"她说，"您二位今天可真早。""我们站得可够久了，亨特延大嫂，"马丁答道，"人要工作就得吃饭。"他点了葡萄酒、面包和奶酪；埃施昨天喝的葡萄酒让他的嘴巴和胃还扭曲着，所以要了烈酒。亨特延太太和两人坐了下来，询问他们的近况。埃施"嗯嗯啊啊"地不想说话，虽然他对自己被解雇一点都不觉得羞耻，但还是对盖林格公开宣布这件事感到恼火。"嗯，又一个资本主义的牺牲品，"工会组织者总结道，"可现在我又得去工作了。当然，这位公爵现在可以好好放松一下了。"他去买单，坚持为埃施付酒钱——"应该支持失业者"——然后撑着拐杖，把左脚放到木头上，摇摇晃晃，橐橐响地走出了大门。

他走后，剩下的两个人沉默了一会儿；接着，埃施朝门口晃晃下巴。"一个无政府主义者。"他说。亨特延太太耸了耸丰满的肩膀："是又怎样？他是一个正派人。""对，他是一个正派人。"埃施表示同意。亨特延太太继续说道："但他们迟早又会给他戴上镣铐的，他已经蹲了六个月的大牢了……""嗯，这是他日常工作的一部分。"他们又陷入了沉默。埃施琢磨着马丁是不是从小就瘸腿；可鄙，他暗自想道。他说："他想把我拉到他那些社会主义朋友中间去。但我不。""为什么不呢？"亨特延太太兴味索然地问。"这和我的计划不符。我想爬到顶上去，而要爬到顶上去，法律和秩序是必不可少的。"亨特延太太不得不同意："是的，没错，必须要有法律和秩序。但现在我得到厨房去了。您今天要和我们一起吃晚餐吗，埃施先生？"在这里用餐和在别处并没有什么不同，再说了，他为什么要顶着刺骨的寒风在外面游荡呢？"真奇怪，雪还不下，"他说，"尘埃把眼睛都糊住了。""是啊，外头很阴沉，"亨特延太太说，"那么，您就留在这儿吧？"她消失在了厨房里，弹簧门摆动了一会儿，埃施百无聊赖地望着它摆动，直到最终停下来。接着，他想打个盹。但现在，房间的寒冷开始向他袭来；他用沉重而不太稳的脚步踱来踱去，拿起柜台上的报纸，却无法用僵硬的手指翻页；他的眼睛也很痛。因此，他决定到厨房去取暖；他拿着报纸，走了进去。"您是想来闻一下铁锅的味道吗？"亨特延太太说道，她突然想起餐室很冷，而她在下午之前是不生火的，所以就让他和她待在一起。埃施看着她在炉边忙碌，渴望拦腰抱住她，但她清白的声誉立刻抑制了他的欲念。给亨特延太太帮忙的厨娘走出去之后，他说："我不明白您为什么喜欢独自生活。""啊哈！"她答道，"您也弹起这种调调了，是吧？""不，"埃施说，"不是这样的。我只是疑惑。"亨特延太太露出了异常冰冷的表情，仿佛某个想法令她感到厌恶，因为她剧烈地摇晃着身体，连胸部都跟着颤动了起来，接着，她又板起脸继续干活，她总是这样面对顾客的。埃施坐在窗下读报，随后望着外面的院子，风吹起了小小的尘暴。

随后，两个做晚间服务员的姑娘到了，肮脏困乏。亨特延太太，两个女服务员，小厨娘，还有埃施围坐在厨房的餐桌前，手肘往外伸，身体弓在盘子上，吃着晚餐。

埃施已经拟好了去曼海姆的求职信；现在，他只要加上一封介绍信就可以了。实际上，他很高兴事情变成这样。一直待在同一个地方过着枯燥乏味的生活对人不好。他觉得自己必须离开科隆，越远越好。一个人必须睁大双眼；事实上，他一直就是这样。

下午，他到批发葡萄酒的斯特姆伯格公司的办公室去取他的介绍信。南特维希坐在办公桌前，肥肥胖胖，无精打采地加着一列列数字，让他一直在柜台等待。埃施用粗硬的手指甲不耐烦地敲着柜台。南特维希站了起来："别着急，别着急，埃施先生，"他走向柜台，纡尊降贵地说："哦，您的介绍信吗？——这可急不了。嗯，出生日期呢？在这里入职的时间呢？"埃施把头别向一边，提供了这些信息，南特维希记录了下来。接着，南特维希向速记员口授了介绍信。埃施通读了一遍。"这不是介绍信。"他说着把纸递回去。"哦！那这是什么呢？""您应该证明我作为簿记员的能力。""您——簿记员！您已经让我们看到您是怎么做的了。"现在是算账的时候了："这是一类用来核查您开出的清单的非常特殊的簿记员，我恰好知道。"南特维希大吃一惊："您这是什么意思？""就是我说的意思。"南特维希改变了语气，变得友好起来："您吵吵闹闹的只会害了您自己。您在这里有一个好职位，却跟主任争吵！"埃施品尝到了胜利的滋味，开始翻卷着舌头："我打算稍后去和主任谈谈。""您想跟主任谈什么，就谈什么，"南特维希反击道，"嗯，您想让我在介绍信里写什么？"埃施说应该写他"尽职可靠，精通一切与簿记相关的事务"。南特维希想摆脱他。"这与事实不符，当然，不过我所关心的是——"他再次转向速记员，口授新的版本。埃施涨红了脸："哦，与事实不符？……那么，请添上'我们诚心诚意地将他推荐给任何一位需要他服务的雇主'，您听见了吗？"南特维希精心地点了点头："肯定会令人满意的，埃施先生。"埃施通读了新的介绍信，平息了下来。"主任的签名呢？"他问道。但这太过分了，南特维希喊道："我的签名还不够吗？""如果是公司授权的，那就行。"埃施大声而宽宏大量地答道。南特维希签了字。

埃施走到大街上，向最近的邮筒走去。他吹着口哨，觉得自己复原了。他拿到介绍信了，不赖。介绍信和求职信一起放到了信封里，寄给了莱茵河中央航运公司。南特维希开了介绍信，证明他心里有鬼。那些清单肯定是伪造的，真应该把那个家伙交给警方。是的，作为一名公民，有义务毫不犹豫地将他交给警方。信落到了邮筒里，轻轻发出一个模糊的声音，埃施的手指仍放在邮筒口，他琢磨着是不是应该立刻到警察局总部去。他犹豫不决地徘徊着。把介绍信寄出去是一个错误，他本该把它还给南特维希；强迫一个人给他开介绍信，然后又把那个人交给警方，这是不正派的。但现在已经寄出去了，而且，没有介绍信的话，他基本是不可能在莱茵河中央航运公司获得一个职位的——这样一来，他就只能回到斯特姆伯格干原来那份工作了。他想象着主任发现了欺诈，南特维希在监狱里受着煎熬。嗯，可要是主任自己也参与了欺诈呢？那么，当然，公众的质询会让整个公司倒闭。然后又是破产，却找不到簿记员的工作。人们会在报纸上读到："解雇文书的报复。"最后，他会被怀疑是与人勾结。这样一来，他就没有介绍信，没有工作，因为没有人会聘用他。埃施庆幸自己精明地考虑到了一切后果，但他满腔怒火。"真是一家该死的公司！"他低声骂道。他站在歌剧院前面的环形大道上，对着把灰尘吹进他眼睛里的冷风咒骂着，无法做出任何决定，但最后还是认为应该把事情往后推；如果他没有得到莱茵河中央航运公司的职位，那再来扮演复仇者的角色也不迟。他穿过逐渐变黑的夜晚，双手插在破旧的大衣口袋里，做做样子地走到了警察局总部。他站在那里，望着站岗的警察。一辆警车驶来，他一直等到所有的囚犯都出来，警察砰地关上门，才失望地发现南特维希不在里面。他站了一会儿，然后坚定地转身走向阿尔特市场。他面颊上的两条淡淡的竖纹加深了。"葡萄酒骗子，"他愤怒地咕哝道，"醋贩子。"沮丧和幻灭摧毁了他的胜利，他又跑去喝酒，同另一个姑娘睡觉，以此来结束这一天。

亨特延太太穿着她通常在晚上才穿的棕色真丝连衣裙，同一位女友待了一下午，现在，一如平常回来那样，看到自己被迫长久生活在其中的房子和餐馆，她就心生不快。当然，这桩生意可以让她时不时地攒些钱，当她那些女友称赞和恭维她的能力时，她还会感受到隐隐约约的快意，这足以抵消掉许多烦恼。但她为什么不是一家日用织品店或女士美发店的店主，而不得不每晚都和一群醉醺醺的无赖打交道呢？要不是紧身胸衣碍事的话，一看到自己的餐馆，她就会嫌恶地摇晃身体；她极为憎恨这些经常光顾的男人，这些她不得不伺候的男人。或许她更憎恨那些总是像傻瓜一样跟在他们后面的女人。在她的女友中间，没有一个属于这类和男人厮混、和这些家伙进行交易、像动物一样渴求他们搂抱的女人。昨天，她在院子里逮到厨娘和一个小伙子在一起，气得用手去拍柜台，那只手到现在还隐隐发疼；她觉得要再和这个姑娘好好谈谈。不，女人很可能比男人还要糟。她只能忍受她的女服务员，还有那些虽然不得不和男人上床，却看不起他们的妓女；她喜欢和这些女人谈话，鼓励她们详细地向她讲述她们的故事，宽慰和纵容她们为自己的不幸遭遇索要补偿。因此，亨特延大嫂餐馆里的工作格外受人珍视，她的姑娘们都觉得应该好好报答这份工作，都想竭尽所能地保住这份工作。亨特延大嫂为这种忠诚与热爱感到高兴。

她最好的房间在楼上，非常大，三个窗户面向狭窄的街道，那个房间占据了餐馆楼上的整个面积；在背墙的位置，也就是相当于楼下柜台的地方，有一个凹室，被总是拉上的帘幕隔开。当人们拉开帘幕，让双眼习惯了黑暗之后，就会发现一对婚床。但亨特延太太从未使用过这个房间，也无人知晓它是否被使用过。这么大的房间，除非花上很多钱，否则是难以保暖的，无怪乎亨特延太太会挑厨房上方的小房间作为她的卧室兼起居室，只用这个寒冷、阴暗的厅室来储藏容易腐败的食物。她在秋天常买的胡桃也储藏在这里，堆放在交叉铺着两大张绿色油地毡的地板上。

亨特延太太依然感到愤怒，走到楼上的厅室去取为她顾客的晚餐准备的香肠，愤怒会让人粗心大意，她绊到了一些坚果，这些坚果在她周围滚动，发出了令人恼火的嗒嗒声。有一个在她脚下咔嗒一声裂开了，这更使她恼火，为了不使这个坚果整个儿浪费掉，她捡了起来，小心翼翼地把果仁从裂成了碎片的果壳中剥出来，把这些带着淡褐色苦皮的碎块塞入嘴里，同时尖声叫唤着厨娘；这个无耻的荡妇终于听到了她的叫喊，磕磕绊绊地上了楼，得到了一阵语无伦次的谩骂：一个和半大不小的无赖们调情的姑娘当然也会偷坚果——坚果本来储藏在窗边，现在却在门口，坚果可不会自己走路——亨特延太太正准备抡起拳头，姑娘已经迅速缩了头，抬起了手臂，女主人牙缝里夹了一片果壳，轻蔑地吐了出来；接着，后边跟着呜呜咽咽的女仆，她下楼回到了厨房里。

走进餐馆的时候，那里已是烟雾缭绕，她再次——几乎每个晚上都是如此——被一股对她来说难以理解而又难以克服的令人不安的呆滞笼罩着。她走到镜子前，机械地拍着头上的金色"方糖"，拉直了衣服，确信自己的外表令人满意后，才恢复了镇静。现在，她四下张望，在顾客中间看到了熟悉的脸孔，虽然酒的利润比食物大，在那些顾客里，她还是更喜欢食客而不是酒客，她从柜台后面走出来，一张桌子一张桌子地询问食物是否合他们的胃口。当一个顾客要求再来一份时，她就会近乎兴高采烈地把女服务员唤来。是的，亨特延大嫂的食物经得起考验。

盖林格已经在那里了；他的拐杖就靠在身边；他把盘子里的肉切成小块，机械地咀嚼着，左手拿着一份社会主义报纸，他口袋里总会露出一整捆这种报纸。亨特延太太喜欢他，一方面是因为他是个瘸子，不算男人，一方面是因为他不是来吵吵嚷嚷，不是来喝酒，不是来讨好女服务员的，他来这里仅仅是因为他的工作要求他与水手和码头工人保持来往；但她之所以喜欢他，最重要的原因是他每天晚上都在她的餐馆吃饭并称赞她的食物。她在他那一桌坐了下来。"埃施来了吗？"盖林格问道，"他已经得到了莱茵河中央航运的工作，周一开始上班。""这一定是您的功劳，盖林格先生。"亨特延太太说。"不，亨特延太太，我们还不会大费周折地通过工会替人找工作……不，完全不是这样的……嗯，早晚会这样吧。不过，我已经把埃施放到这条道上了。为什么不去帮一个还不错的年轻人呢，哪怕他不是我们的一分子？"亨特延太太对此并没有表露出多大的赞同："您把这个吃完吧，盖林格先生，我另外再给您一点东西。"她走到柜台那里，拿出了盛着一片不大不小的火腿的盘子，上边还放了一根欧芹。盖林格那张像十四岁男孩一样而又皱巴巴的脸感激地对她笑着，露出了满嘴的坏牙，他轻轻地拍了拍她白皙的、肉乎乎的手，她立刻把手抽了回去，轻微地恢复了冷冰冰的态度。

随后，埃施到了。盖林格从报纸上抬起头来，说道："祝贺您，奥古斯特。""谢谢，"埃施说，"这么说来，您已经知道了？毫不费事，他们就给了我回复，聘用了我。嗯，我必须感谢您给我推荐这份工作。"但在剪得短短的黑发下，他的脸带着失望的人才有的那种木然的表情。"这是我的荣幸，"马丁说。接着他朝柜台那边喊道："这是我们的新会计长。""祝您好运，埃施先生。"亨特延太太干巴巴地回应道。不过，她到底还是走了过来，朝他伸出了手。埃施不想让这一切显得好像都要归功于马丁，便从胸袋里掏出了介绍信：

"我可以跟您说，要不是我让斯特姆伯格公司给我这么好的介绍信，这一切可不会这么顺利。"他着重强调了"让"字，接着又补充道："一家微不足道的公司。"亨特延太太心不在焉地读了介绍信："一封漂亮的介绍信。"盖林格也读了，点着头："是啊，莱茵河中央航运一定会很高兴的，他们招到了这么顶级的人物……我真得让他们的董事长贝特兰德给我付一笔酬金。"

"一位出色的簿记员，出色，对吧？"埃施沾沾自喜。

"嗯，任何人能得到这样的评价都很美妙，"亨特延太太表示同意，"您应该感到骄傲，埃施先生，您应该这样。您要吃点什么吗？"他当然要了，当亨特延太太在一旁满意地看他享用食物的时候，他说自己现在就要跑去莱茵河上游了，他希望能得到一份流动的工作，这样他就可以跑到像凯尔和巴塞尔那么远的地方去了。这时，他的其他几个熟人也过来了，新会计长给他们点了葡萄酒，亨特延太太走开了。她厌恶地注意到，每次女服务员海德经过那张桌子，埃施就会忍不住抚摸她，最后还会让她坐到他身旁，和他一起喝酒。不过，消费很高，午夜过后，当先生们散伙，把海德带走时，亨特延太太往她手里塞了一马克。

尽管如此，埃施还是无法为他的新职位感到高兴。这个职位仿佛是以他灵魂的福祉，或者至少也是以他的正派为代价的。由于事情已经到了这种地步，而且他已经向莱茵河中央航运公司在科隆的分公司预支了旅费，所以他再一次心生疑惑，自己是否应该将南特维希交给警方。当然，如果那样，他就得配合官方的调查，也就无法离开这座小城，也就几乎可以肯定会失去他的新工作。有一会儿，他想着可以给警方写一封匿名信来解决这个问题，但他放弃了这个计划：人不能为了打击无赖而耍无赖。紧接着这一切，他开始对自己良心的阵阵刺痛感到愤恨；他毕竟不是小孩子，他对牧师和他们的道德观毫不在乎；他读了各种各样的书，最近，当盖林格再次请他加入社会民主党时，他答道："不，我不会跟您那些无政府主义者有任何瓜葛，但我会跟着您变成这样，变成一个自由思想者。"那个毫不领情的傻瓜回答说他对此毫不在乎。人就是这样：嗯，埃施也是毫不在乎。

　　最后，他做了最理智的事：在约定的时间出发去了曼海姆。但他强烈地感到自己被连根拔起，没有丝毫旅行常有的乐趣，他把部分物品留在了科隆，以防万一，甚至把自行车都留下了。尽管如此，他的旅费还是让他变得慷慨起来。他手里拿着啤酒杯，车票放在帽子里，站在美因茨的站台上，想到被他抛在身后的人们，觉得应该对他们表现出一点善意，这时，一个卖报人正好推着手推车经过，他就买了两张明信片。他尤其应该给马丁写几句话；但给一个男人寄明信片有点奇怪，所以他先潦草地写了一张给海德，另一张决定给亨特延太太。接着，他想到亨特延太太是一个骄傲的女人，要是她收到一张和她的员工一模一样的明信片，会觉得是一种侮辱，一时冲动之下，他撕掉了第一张明信片，只寄出了给亨特延太太的那一张，上面写着他从美丽的美因茨小城向她、向他所有好心的朋友和熟人、向海德小姐和图斯内尔达小姐致以最诚挚的问候。随后，他再次感到有点孤单，便喝了第二杯啤酒，火车将他带往曼海姆。

他收到通知去总部报到。莱茵河中央航运有限公司在距离米劳码头不远处有一座属于自己的大楼，一座大门口有柱子的宏伟的石头建筑。它所在的街道铺了沥青，很好骑车；这是一条崭新的街道。锻铁和玻璃制成的沉重的大门——它必定会在铰链上平稳、无声无息地摆动——半开着，埃施走了进去。大理石的门厅使他感到愉悦；在楼梯上面挂着一块玻璃标识牌，他在它透明的表面上看到几个金字——"会议室"。他径直向它走去。刚踏上楼梯，他就听到身后传来一个声音："请问您要去哪里？"他转过头来，看见一个看门人，身穿灰色制服，银色的纽扣闪闪发光，帽子上垂着一条银色的穗带，显得非常优雅，但埃施感到恼怒——关这个人什么事？——他粗暴地说："我来这里报到。"说完就继续往前走。后者也不示弱："要去见董事长吗？""不然您觉得呢？"埃施粗鲁地答道。楼梯通向楼上一间宽大、昏暗的等候室。等候室中间放着一张橡木大桌，桌边放着几把铺着垫布的椅子。这当然非常富丽堂皇。又出现了一个银纽扣的人，问他要干什么。"这是董事长的办公室吧。"埃施说。"先生们在开董事会。"随从说。"很重要的会议吗？"埃施被逼到了墙角，不得不说出自己所来何事；他拿出了两张纸：他的聘书和旅费的收据。"我还有介绍信。"他边说边要把南特维希的介绍信递上。令他颇为吃惊的是，那个人连看都不看一眼："这儿没您的事……一楼，穿过走廊，接着是第二条楼梯——问楼下吧。"

埃施在原地站了一会儿；他憎恨随从的耀武扬威，再次问道："不是这里吗？"随从已经冷漠地别开了脸："不，这是董事长的等候室。"埃施感到怒火中烧；他们就爱用他们的董事长、铺着垫布的家具和银纽扣的随从来打击人；南特维希无疑也喜欢玩这种把戏；嗯，他们那位了不起的董事长大概不会和南特维希有什么不同。但不管愿不愿意，埃施都不得不沿原路折回去。楼下的看门人还在岗位上。埃施想看看他有没有生气；但是，当看门人只是冷漠地看着他的时候，他说："我想到招聘处去。"然后就请看门人带路。走了几步，埃施转过身，朝楼梯那边晃晃拇指，问道："你们那上边的老板，你们的董事长，叫什么名字？""冯·贝特兰德先生。"看门人说道，他的声音几乎带着一种崇敬。埃施颇为崇敬地重复道："冯·贝特兰德先生。"他一定在什么时候听过这个名字。

他在招聘处了解到，他被雇作码头的仓储办事员。当他再次走到大街上时，一辆马车在大楼前停了下来。天气寒冷，粉末状的雪被风吹起，落到了路边和墙角；那匹马不停地用蹄子敲着光滑的沥青路面。这显然是出于合情合理的不耐烦。"一辆马车。不错，是董事长的，"埃施暗自说道，"而我们呢，不得不走路。"但他还是很喜欢这种高雅，他很高兴自己现在是其中一分子。说到底，这也是对南特维希的羞辱。

莱茵河中央航运公司仓库的办公室是一个用玻璃隔开的小间，位于一长排平房的尾端。他的办公桌在一名海关官员旁边，后面烧着一个小铁炉。要是工作厌烦了，或者感到孤单和被遗弃了，就可以看那些手推车上货和卸货。还有几天就要起航了，所有的船上都熙熙攘攘。吊车旋转、降下吊钩，仿佛要从轮船的内脏中把这样或那样东西小心翼翼地叼出来；还有一些伸到水面上，犹如已经动工却永远无法竣工的桥梁。当然，这些景象对埃施来说并不新鲜，跟他在科隆看到的一模一样，但他对科隆的那些仓库平房太过熟悉了，从未放在心上，如果强迫自己仔细看一看的话，那些建筑、吊车和栈桥几乎会显得毫无意义，出现在那里只是因为人类莫名其妙的需要。不过，现在他自己也跟这些东西有了关联，它们都变成了自然的、富有目的性的构造，这使他感到愉快。过去，他至多感到惊讶，甚至偶尔感到恼火，居然有那么多的出口公司，还有码头上那些平房，全都一个样，却有那么多不同的名字；而现在，不同的公司呈现出了不同的特点，人们可以通过或粗壮或瘦弱的仓库管理员，或粗暴或温和的装卸工的外表辨认出来。封闭的港区大门上德意志皇帝陛下的海关标志也令他感到高兴：它们让他隐约意识到，在这里，人们是在涉外的土地上生活和活动。他们在这个商品保税区过的是一种既逼仄又自由的生活，在这个关税壁垒的铁栅栏后呼吸的是一种前沿的空气。尽管他没有制服可穿，而且，这样说吧，只是一家私营公司的办事员，然而，由于跟这些海关和铁路官员的来往，埃施自己几乎也变成了一位官方人士，特别是他口袋里有一张官方的通行证，让他可以自由出入这个高级的场所，而且在大门口就已经受到看门人热烈的欢迎了。在回应看门人的致意时，为了遵从贴得到处都是的禁烟牌，他会神气活现地把手一挥，扔掉香烟——他是一个严格的禁烟者，随时准备批评任何一个违反禁令的过分冒失的平民——然后昂首阔步地走向办公室，仓库管理员已经把他的清单放在了桌子上。接着，他会戴上露指的灰色羊毛手套——因为没有手套，他的手就会在湿冷的平房中冻僵，然后就开始浏览清单，检查堆在一起的木箱和捆包。倘若有一个木箱放错了地方，他必定会朝负责监督货物的仓库管理员投去严厉，或者至少也是不耐烦的目光，这样一来，他就会去给需要为此负责的码头工人一顿十足的申斥。随后，巡视的海关官员会走进玻璃隔间，说那儿是多么暖和，然后解开紧身上衣的领子，在椅子里愉快地打哈欠，那时，清单已经核对完毕，里面的内容也已经记录到账簿里了，剩下的工作就没什么困难了；两个人会坐在桌前懒洋洋地看文件。接着，海关官员会跟平常一样，快速地用蓝色铅笔在清单上做批注，然后拿起副本，把它们锁在抽屉里。如果没有其他事情要做了，他们就会一起向食堂走去。

是的，埃施做了一笔不错的交易，即便在这一过程中，正义受到了考验。然而，他还是忍不住疑惑——这是唯一使他不满足的地方——究竟有没有什么正当的方法把南特维希交给警方呢？因为只有这样，一切才能变得井然有序。

海关稽查员巴塔萨尔·科尔恩来自德国一个非常平淡无奇的地方。他出生在巴伐利亚和萨克森之间的边界线上，丘陵起伏的霍夫城给他留下了最初的印记。他的思想分成了两个部分，一部分是对粗俗消遣的一种平淡无奇的渴望，一部分是一种平淡无奇的吝啬。他在服役期间相当活跃，等到晋升为中士之后，就抓住了慈父般的政府给忠诚的士兵提供的机会，调到海关来任职。他是一个单身汉，跟同样未婚的妹妹埃尔娜住在曼海姆，由于房子里那间最好的空卧室在他看来极不顺眼，所以他就劝奥古斯特·埃施退掉旅馆昂贵的房间，和他住到这个便宜的公寓里来。尽管他并不完全看得上埃施，因为埃施作为卢森堡人，不曾服过兵役，但他不会不感到高兴：埃施既可以住进那个空余的房间，也可以当他的妹夫；他毫不吝惜明确的暗示，而他那位已不再年轻的妹妹则对他们报以表示抗议的羞怯和傻笑。实际上，他非常过分，甚至还败坏他妹妹的名声，因为他毫无顾忌地在食堂里当着其他人的面把埃施叫作"妹夫"，这样一来，大家一定都以为他朋友已经跟他妹妹同床共寝了。但科尔恩这样做并非只是在开玩笑；他想让埃施习惯这个念头，同时通过公众的舆论压力让埃施把自己被迫扮演的角色变成牢靠的现实。

埃施并非不想搬到科尔恩家里去住。虽然经常在外游荡，他还是感到孤单。或许是因为曼海姆那些编了号的街道，或许是因为想念亨特延大嫂餐馆的味道，或许是因为南特维希那个无赖还在烦扰他；总而言之，他就是感到孤单，所以就跟他们兄妹俩待在一起，尽管他立刻就注意到吹的是什么风，尽管他并不想跟这个老处女有任何瓜葛；他一点也不在意埃尔娜相当自豪地向他展示的自己这些年来收集的内衣，甚至连她曾给他看过的有两千多马克的银行存折也无法吸引他。但科尔恩为引诱他上钩所付出的努力却非常有趣，值得他为之冒险；当然，他必须保持警惕，以免真的上钩。举例来说：在回家之前，他们聚在食堂里喝酒，科尔恩极少会让他付账；在斯帕藤酒馆，他们尽情地咒骂了曼海姆啤酒的品质之后，科尔恩会不顾劝阻地换上慕尼黑啤酒，接着，如果埃施先生匆忙地把手伸进口袋，科尔恩就会再次拒绝让他付账："您会有机会回报的，妹夫。"可是，当他们沿着莱茵街漫步时，这位海关稽查员就会准时地停在某些明亮的橱窗前，用他的大手拍拍埃施的肩膀："我妹妹一直想要一把这样的雨伞，我得买给她当生日礼物。"或者："每一座房子都应该有一个这样的熨斗。"或者："要是我妹妹有一个绞衣机，她会很高兴的。"当埃施对这些暗示不予理睬时，科尔恩就会非常生气，就像他曾经对那些不想弄明白如何拿步枪的新兵一样；他们继续往前走的时候，埃施越是沉默，他那魁梧的同伴对埃施脸上放肆的、心照不宣的表情就越是愤怒。

不过，促使埃施在这些场合装聋作哑的绝不是吝啬。虽然他为人节俭，喜欢精打细算，但他灵魂深处所信仰的彻头彻尾的、公正的会计精神却不允许他不加付出地收受商品；服务需要对应的服务，商品需要付账；尽管如此，他还是觉得没有必要急着买东西；实际上，他觉得随便满足科尔恩的那些风风火火的要求是相当笨拙和有欠考虑的。所以，眼下他想出了一个奇怪的办法，能让他在回报科尔恩的同时又表明自己并不急着结婚；晚餐过后，他会邀请科尔恩去外面进行小小的夜间娱乐，他们会到那些有女招待的酒馆去，最后他们俩难免会在那些不光彩的街区出现。有时候，他们的消费很高（尽管科尔恩一直习惯自己给姑娘小费），但看看之后科尔恩在回家路上的样子：一边愁眉苦脸地走着，一边嚼着他又黑又浓，现在显得柔软而气馁的胡髭，低沉地说，埃施带他过的这种放荡的生活必须结束，这一切花费也就非常值了。而且，科尔恩在第二天早上总是会对他妹妹非常暴躁，会竭力伤害她最柔弱的感情，指责她永远都没能够钓上一个男人。当她激烈地坚称自己拥有一大堆追求者时，他就会轻蔑地提起她的单身状态。

一天，埃施决定设法偿还一些欠债。经过公司的仓库时，他警觉的目光被刚刚卸下来的一个奇形怪状的木箱和一整套剧院道具吸引住了。一位胡子刮得干干净净的先生非常激动地站在一旁大喊大叫，说他的贵重物品，无价之宝，被人像柴火一样对待。埃施以一副行家里手的姿态一本正经地看着，给劳工抛去了几条多余的建议，用这种明白无误的方式让那位先生知道，站在面前的，是一位懂行的权威人士。陌生人把拦不住的谈锋转向了他，他们马上就展开了一场友好的交谈。在此过程中，那位胡子刮得干干净净的先生微微提起帽子，自我介绍说是格内特先生，塔利亚剧院的新承租人——这时，卸载工作已经完成了——如果航运检查员和他可敬的家人能够出席开幕演出，他会感到非常荣幸，他可以低价开几张票给他们。埃施欣然同意了，经理把手伸进口袋，当场给他开了三张免费的票。

现在，埃施和科尔恩兄妹坐在杂耍剧院一张铺着白色桌布的桌子前。节目开头是一种新奇的玩意儿，动态画面，或者像大家所说的，电影。然而，这些画面并没有迎来观众或者说公众的掌声，那时，他们普遍认为这不是一种严肃和真正的娱乐，而只是它的前奏；尽管如此，在上演一部喜剧，为了展现泻药的喜剧效果，在关键时刻响起了一阵擂鼓声的时候，这一现代的艺术形式还是深深吸引了人们的注意。科尔恩纵声大笑，用力拍着桌子；科尔恩小姐用手掩住嘴巴，咯咯笑着，从指间偷偷向埃施投去卖弄风情的目光；埃施也感到很骄傲，仿佛这场极为成功的娱乐是由他发明和制作的。从他们雪茄冒出的烟往上升起，混到了烟草的云雾中，很快就飘到了大厅低垂的天花板下，被聚光灯发出的照亮荧幕的银光穿透。在一场模仿鸟鸣声的表演之后，幕间休息开始，尽管剧院的消费要比别的地方高，埃施还是点了三杯啤酒，喝完之后，他松了口气，因为这酒确实非常乏味，他们决定不再点什么了，等演出结束，再到斯帕藤酒馆去。他再次变得豁达起来，当歌剧女主角竭尽全力地表现激情与绝望时，他意味深长地说道："啊，爱，埃尔娜小姐，爱。"可是，当帷幕在这位女歌手从四面八方获得络绎不绝的掌声之后再次升起时，整个舞台已经闪着银光，放着许多镀镍的小桌子，还有杂耍艺人其他闪闪发光的装备。在各种披挂着红色天鹅绒的台子上放着圆球、细颈瓶、小旗和横幅，还有一大叠白色的盘子。在同样闪着镀镍光芒的梯子的上半部分，挂着大约两打匕首，长长的刀刃跟周围的金属一样闪闪发光。身穿黑色大礼服的杂耍艺人被一名女助手搀扶着，很显然，他带这名女助手上舞台只是为了向公众展示她引人注目的美，她所穿的那件带有闪光饰片的紧身衣也一定是为此设计的，因为她所需要做的只是在表演过程中，在杂耍艺人向她拍拍手发出信号的时候，把盘子和旗子递给他或扔给他。她执行这种任务的时候脸上会带着亲切的笑容，而把锤子扔给他的时候，她会用外语发出短促的呼喊，或许是在提醒她的主人注意，或许也是在恳求他给她一点爱，但那位苦行僧似的暴君却顽固地拒绝了。虽然他一定知道他可能会因为自己的冷酷而失去观众的支持，但他还是连看也不看那位美丽的助手一眼，只有在用鞠躬回应观众的掌声时，他才会向她漫不经心地挥挥手，表示让她也沾沾光。但紧接着，他走向了舞台后部，仿佛刚才对她的侮辱从未发生过一样，与她和睦地抬起一块一直放在那里却没有人注意到的黑色大木板，把它抬向那一排闪亮的装备中间，然后竖立起来，稳稳地绑在梯子上。然后，他们用短促的呼喊和微笑互相鼓励，把竖立起来的黑色木板推到了台前，用不知从哪里突然冒出来的绳子把它的底部和两侧固定好。在非常郑重地处理好之后，那位美丽的助手再次发出短促的呼喊，然后跳到了木板上，那块木板非常高，她举起双臂也有点够不着顶端。现在可以看到在靠近顶端的地方有两个拉手，背靠木板站着的女助手就被拴在拉手上，她的衣服单薄而又闪闪发亮，在黑色木板上轮廓很清晰，那个有点勉强和虚假的姿势使她看起来像被钉在十字架上一样。但她脸上依然挂着亲切的笑容，而那个男人在眯着眼睛紧紧盯着她之后，走上前去调整她的姿势，调整的幅度微乎其微，但又使观众觉得生死就在毫厘之间。这一切都是在低沉紧张的华尔兹舞曲中进行的，杂耍艺人一发出信号，乐曲声便戛然而止。剧院变得非常安静；一股异乎寻常的隔绝感弥漫在舞台上，连音乐都被遮蔽了，服务员端着啤酒和食物都不敢向桌子走去，只能紧张地站在后边被黄色灯光照亮的门口；正要吃东西的客人又把已经叉了一块食物的叉子放回盘子里，只有直接打在姑娘身上的聚光灯，继续嗡嗡响着。而那名杂耍艺人已经在凶残的手里测试那长长的匕首了；他把身体往后仰，现在轮到他用外语发出刺耳的呼喊了，匕首嗖的一声从他手里飞了出去，呼啸着穿过舞台，沉闷地插在姑娘身旁，在黑色的木板上颤动着。没等观众反应过来，他两手已经抓满闪闪发亮的匕首，他的呼喊越来越迅速和粗暴，简直像野兽一样，而那些匕首则越来越迅速地接连穿过颤动的空气，越来越迅速地插在木板上，框住姑娘的脸，那张脸依然挂着笑容，既麻木又充满信心，既动人又充满挑衅，既勇敢又充满不安。埃施几乎希望是他自己站在那上面，双手举向天空，是他自己被钉在十字架上，是他自己站在那个温和的姑娘前面，用自己的胸膛去迎接那些险恶的刀刃；要是那个杂耍艺人像经常发生的那样，询问在座的观众有哪位愿意到那块木板上去，埃施真的会接受邀请。实际上，孤零零一个人站在那上面，长长的刀刃可能会把他像甲虫一样钉在木板上，这个想法让他充满了近似于感官刺激的快感；但那样一来——他纠正了自己的想法——他就得面朝木板站着，因为没有一只甲虫是从肚子那一面被刺穿的；面朝黑漆漆的木板站着，不知道那些致命的匕首什么时候飞来，刺穿他的心脏，把它钉在木板上，这个想法具有神秘的魅力，令他异常着迷，而且变成了一种极其新奇、有力和令人满足的欲望，以至于当管弦乐队奏起一阵鼓声和号角声时，他仿佛从美梦中惊醒一样；杂耍艺人已经成功地扔出了剩下的飞刀，那个姑娘完好无损地从刀框上跳了下来，他们优雅地用单足旋转着，手拉着手，空出来的手大幅度地挥舞着，向观众鞠躬，摆脱了严峻的考验。这是末日审判的号角，有罪者将像虫豸一样被踩在脚下；为什么他们不能像甲虫一样被刺穿呢？为什么死神不能拿着长长的织衣针或者鱼叉来代替镰刀呢？他总是生活在一醒来就要面临末日审判的恐惧中，因为哪怕他几乎想过加入自由思想者的行列，他还是拥有良心。他听见科尔恩说道：

"棒极了。"听起来就像一种亵渎；而埃尔娜小姐则说，要是他们邀请她的话，她会好好留神，不要几乎一丝不挂地出现在上面，并且当着所有观众的面让刀子向她飞去，埃施觉得太过分了，极其粗暴地顶开了她紧贴着他的膝盖；他不应该带这种人来观看这么高级的娱乐的；他们真是毫无良心的闯入者；他一点也没有意识到，埃尔娜小姐是经常跑去向牧师忏悔的；实际上，他觉得他在科隆的那些朋友的生活要安稳和可敬得多。

在斯帕藤酒馆，埃施一声不响地喝着黑啤酒。他依然被一股只能称为思念的情绪笼罩着。这尤其体现在他想寄一张明信片给亨特延大嫂的时候。埃尔娜自然而然地加上了一行："致以亲切的问候，埃尔娜·科尔恩。"而巴塔萨尔也坚持要写上自己的名字，还用他强有力的手在"致以问候，海关稽查员科尔恩"下面画了一道飞扬的曲线作为结束，就像是对亨特延太太的一种崇敬。埃施深受感动，对自己产生了怀疑：他真的尽到了自己的义务，真诚地回报了科尔恩兄妹的善意吗？实际上，为了使这个夜晚圆满结束，他应该偷偷潜入埃尔娜的房间，要不是刚才他那么粗暴地顶开了她，她的门闩一定是拉开的。是的，严格来看，就应该这样结束这个夜晚，但他并没有这么做。一阵麻痹蔓延至全身；他不再去注意埃尔娜，也没有用自己的膝盖去找她的膝盖，在回家途中和回家之后，什么都没有发生。出于某种原因，他的良心困扰着他，但最后他暗自想到，说到底，他做的已经足够了，如果过分关心科尔恩小姐，甚至会招来麻烦；他觉得命运手持长矛在头顶盘旋，要是他继续表现得像个无赖，命运就会向他发动攻击；他觉得自己必须对某个人忠诚，尽管他并不知道这个人是谁。

当埃施依然感到良心在后背上的阵阵刺痛，声称自己必须坐在冰冷的气流中，必须每晚尽可能在够得着的地方搽上刺鼻的药物的时候，亨特延大嫂正在为他寄给自己的两张明信片兴奋不已，在最终把它们珍藏在相册之前，她把它们塞在了柜台后面的镜框里。晚上，她又会取出来给熟客看。她这样做或许也是害怕有人会说她在和一个男人秘密通信；她只要把明信片在餐馆里展示一圈，它们就不再只是寄给她，而是寄给这个仅仅出于偶然而以她为象征的地方了。也是因为这个缘故，她很高兴盖林格承担了回复的任务；但她不想让盖林格先生破费，所以就在第二天弄来了一张非常漂亮的全景卡片（卡如其名），是普通明信片的三倍长，展现了沿着蔚蓝的莱茵河伸展的整个科隆，还有一大片空白可以用来签名。她在最上面写道："十分感谢您寄来美丽的明信片，亨特延大嫂。"接着，盖林格指挥道："女士优先。"海德和图斯内尔达也写上了她们的名字。然后是威廉·拉斯曼、布鲁诺·梅伊、赫尔斯特、弗罗贝克、许尔森施密特、约翰、英国机修工安德鲁、水手温加斯特，最后，在另外几个无法辨认的名字之后，是马丁·盖林格。接着，盖林格写下地址："曼海姆莱茵河中央航运有限公司航运仓库，首席簿记员，奥古斯特·埃施先生。"他把成品交给亨特延太太，她仔细地看了看，打开放现金的抽屉，从放着钞票的大金属篮里取出了所需的邮票。现在，她觉得这张带有一长串签名的大卡片对埃施来说几乎是一种过于显著的荣耀，说到底，他并不属于餐馆最好的顾客。不过，她喜欢将一切都做得尽善尽美，虽然写了一大堆名字，这张大卡片还是留下了相当大的空白，不仅冒犯了她的比例感，还给她提供了她所渴望的机会，使她可以通过一个卑微的名字让埃施待在他应该待的位置上。亨特延大嫂把卡片拿到了厨房里去给厨娘签名，什么也不花就能给这个可怜的姑娘带来乐趣，让她感到加倍的高兴。

她回到餐馆时，马丁正坐在平常那个靠近柜台的角落，埋头看一份社会主义报纸。亨特延太太在他身旁坐下，像平常一样打趣道："盖林格先生，您成天在这里看这种煽动性的报纸，会把我餐馆的名声败坏的。""我对这些小文痞真是厌恶透了，"他答道，"工作都是我们这些人在做，这些家伙尽在扯淡。"亨特延太太再次对盖林格感到有点失望，因为她一直希望他会说出一些革命性的、充满仇恨的东西，让她可以借此增长自己对世界的怨愤。她经常会瞥一眼那些社会主义报纸，但看到的东西对她来说太过温和了，她希望盖林格口头表达的能比那些印刷品更使她获益。因此，在一定程度上，发现盖林格同样看不上报纸上的那些作家，她感到很满意——当某个人看不上别人的时候，她总是感到满意；但在另一方面，他又总是令她的期望落空。不，这些无政府主义者是不会带你走多远的，像盖林格这样的人是不会有什么助益的，他坐在工会的办公室里，就跟坐在警察局里的警官一样。亨特延太太再次坚信，这整个社会结构只是男人的一场骗局，他们凑在一块儿伤害女人和让女人失望。她又试探了一下："报纸上有什么让您不满的呢，盖林格先生？""他们写这种货色，"马丁咕哝道，"用这种革命的夸夸其谈转变人们的思想，然后我们就得为此付出代价。"亨特延太太并不是很明白，而且，她也已经失去了兴趣。她主要是出于礼貌地叹道："是啊，生活并不容易。"盖林格翻了一页，心不在焉地说道："嗯，生活并不容易，亨特延大嫂。""像您这样的人，总是忙个不停，总是从大清早忙到大半夜……"盖林格近乎满足地说道："对于像我这样的人来说，还要等很久才能一天只工作八小时，其他人会先达到的……""想想他们给您制造的困难！"亨特延太太摇摇脑袋，瞥了一眼柜台后面镜子里她的发型，吃惊地说道。

"是的，他们可以在国会和报纸上发出美妙的噪音，我们的犹太朋友，"盖林格说道，"可是一遇到实际的组织工作，他们掉头就跑。"亨特延太太明白这个，她愤恨地表示同意："到处都是这些犹太人，所有的钱都是他们的，没有一个女人能不受到他们的威胁，他们就像疯牛一样。"往常那副僵硬的表情又罩住了她的脸。马丁从报纸上抬起头来，忍不住笑了："当然没有那么糟，亨特延大嫂。""您是准备要维护那些犹太人了吗？"她的声音里隐含着一丝歇斯底里的攻击性，"不过，你们总是互相维护，你们男人，"接着，相当出人意料地说，"处处留情。""也许吧，亨特延大嫂，"马丁笑了，"可是在哪里都不可能马上找到像亨特延大嫂这里这么好的食物。"亨特延太太得到了安抚："可能在曼海姆也找不到。"她说着把即将寄给埃施的明信片交给了盖林格。

剧院经理格内特现在成了埃施的密友。埃施是一个鲁莽的人，在首场演出后的第二天又买了票，这不仅仅是因为他想再去看看那个勇敢的姑娘，也是因为他可以在演出结束后去看看惊诧的格内特，说自己现在可是付了钱的客人；他一面这么做，一面再次感谢经理为他们提供了一晚美好的娱乐，格内特看出他们马上又会开口要免费的票了，本来已经准备拒绝他们，却不禁感动起来。埃施在他的热诚接待的鼓舞下，一直坐着不走；于是，他便实现了第二个目标，被介绍给了杂耍艺人特尔切尔先生和那位勇敢的同伴伊隆娜，他们都具有匈牙利血统，至少伊隆娜是如此，她掌握的德文非常有限，而特尔切尔先生，他的正式称呼是特尔蒂尼，在舞台上使用的是英语，来自普雷斯堡。

至于格内特先生，则是埃格尔人。同格内特初次见面，科尔恩非常兴奋，因为埃格尔城和霍夫城是近邻，这两个几乎算是老乡的人居然会在曼海姆碰面，科尔恩不得不认为是天大的巧合。然而，他流露出来的惊喜多少还是有点虚夸，因为要是在一种不那么吸引人的情况下遇到一个几乎算是老乡的人，他会冷漠得多。他邀请格内特去看他们兄妹，或许有一部分原因是他忍受不了他假想的妹夫拥有自己的私交。而特尔切尔先生也立刻收到了去喝咖啡和吃蛋糕的邀请。

因此，现在，一个沉闷的星期天下午，他们围坐在一张圆桌前，桌上放着一个圆鼓鼓的咖啡壶，以及堆成金字塔的富有艺术气息的蛋糕，这是埃施出钱买的，窗外正下着瓢泼大雨。格内特先生试图挑起话头，开口说道："海关稽查员先生，您这儿非常漂亮，宽敞，明亮……"他望着窗外阴沉沉、到处是水坑的郊区街道。埃尔娜小姐表示，这地方就他们的情况而言实在是太小了，然而，拥有一个属于自己的小家是唯一能使生活变得美好的事情。格内特先生变得伤感起来：没有什么地方会像家一样，是的，她说得没错，但对于艺术家而言，这是无法实现的梦；不，对他而言并没有家；的确，他有一套公寓，一套位于慕尼黑的舒适宜人的公寓，他的妻儿就住在那儿，但此时，他对他的家人而言几乎是陌生人。为什么他不把他们带在身边呢？一天到晚都在旅行中，对孩子而言并不是生活。而且——不，他的孩子是永远不会成为艺术家的，他的孩子不会的。他显然是一位慈爱的父亲，埃施和埃尔娜小姐都被他的心地善良打动了。或许因为孤单，埃施说道："我是孤儿，我几乎不记得我母亲。""可怜的人儿！"埃尔娜小姐说道。但特尔切尔先生似乎对这个忧郁的话题不感兴趣，他在指尖上转起了一只咖啡杯，他们都忍不住笑了，只有伊隆娜无动于衷地坐在椅子上，仿佛要从她必须每晚不间断的装饰性的笑容中缓过来。从近处看，她一点也不像在台上那么漂亮和柔弱，甚至可以说是丰满；她的脸有点浮肿，眼睛下面挂着两个沉重的眼袋，布满雀斑。埃施现在开始疑心她那头美丽的金发也不是真的，只是一顶假发；然而，只要看着她的身体，他的怀疑就消失了，因为他忍不住就会想起刀子嗖嗖嗖地飞到她身边的情景。接着，他注意到科尔恩也在用眼睛抚摸她的身体，于是他试图吸引伊隆娜的注意，问她是否喜欢曼海姆，之前是否见过莱茵河，以及诸如此类的地理上的问题。不幸的是，他的尝试并不成功，伊隆娜偶尔才开一次口，而且答非所问："是的，非常棒。"她似乎并不希望跟他或者科尔恩有什么瓜葛；她缓慢而认真地喝着咖啡，甚至当特尔切尔用他们的方言对她噼里啪啦地说着一些显然是令人不快的话的时候，她也几乎没有在听。与此同时，埃尔娜小姐正在告诉格内特，幸福的家庭生活是世界上最美好的事物，她用脚趾头轻轻碰了埃施一下，或许是想鼓动他学学格内特，又或许只是为了把他的注意力从那位匈牙利姑娘身上移开，然而，对于这位姑娘的美，她也是赞不绝口的；她哥哥那贪婪的目光也没有逃脱她警觉的眼睛，她觉得，这个尤物落到她哥哥手里比落到埃施手里要好。所以，她摸了摸伊隆娜的双手，称赞它们的白皙，又卷起了她的袖子，说她的皮肤是多么好，巴塔萨尔应该瞧瞧。巴塔萨尔伸出了毛茸茸的手去摸。特尔切尔笑着说每个匈牙利女人都拥有丝绸一般的肌肤，于是，埃尔娜（她也拥有她自己的肌肤）答道，这是一个保养的问题，她每天都用牛奶洗脸。当然啦，格内特说道，她拥有一张非凡的、国际化的脸。埃尔娜小姐憔悴的脸上出现了笑容，露出了黄色的牙齿和左上角脱落了一颗牙齿留下的豁口，脸红到了太阳穴处的发根，从那里垂下来的头发细细的，呈黄褐色，有一点黯淡。

夜幕降临；科尔恩把伊隆娜的手握得越来越紧，埃尔娜小姐一直等着埃施，或者至少是格内特，也能对她这么做。她迟迟不去点灯，主要是因为巴塔萨尔一定不会赞成这一干扰，但在最后，她不得不起身去取餐具柜里的一个引人注目的蓝色玻璃瓶，里面装着家酿的甜酒。她一边给客人倒酒，一边骄傲地宣称自己拥有酿酒的独门秘诀，这酒尝起来就跟走了味的啤酒一样，但格内特还是称赞说很美味，甚至还仰慕地吻了她的手。埃施想起亨特延大嫂不喜欢喝烈酒的人，他非常满足地想到，她一定会对科尔恩说各种难听的话，因为后者正一杯接一杯地把酒倒进肚子里，每次都要咂咂嘴，啜啜漆黑、浓密的胡子上的酒滴。科尔恩给伊隆娜也倒了一杯，或许是她的那股沉着冷漠和无动于衷，使得她容许科尔恩把杯子举到她嘴边，甚至当他把胡子探进去，啜了一小口，宣称这是一个吻的时候，她也没有抗拒。显然，伊隆娜并不明白科尔恩说的话，但特尔切尔一定知道是怎么回事。令人不解的是，他竟然这么平静地看着。或许他心里正承受着煎熬，只是太有涵养了，才没有吵起来。埃施很想替他争吵，但接着，埃施想起在舞台上特尔切尔命令那位勇敢的姑娘把东西递给他时的粗暴语气；或许他是有意要羞辱她？应该做点什么，应该有人保护伊隆娜！但特尔切尔只是愉快地拍拍埃施的肩膀，叫他同事和兄弟，当埃施疑惑不解地看着他时，他指着那两对男女，说道："我们必须团结一致，我们年轻的单身汉。""我明白了，我来帮帮您吧。"埃尔娜小姐换了位置，现在坐到了格内特和埃施中间，但格内特先生用一副受了冒犯的口气说道："我们这些落魄的艺术家总是遭受这样的冷落……因为这些商人。"特尔切尔表示，埃施是不会同意的，因为如今只有在商业阶层，才能找到稳健和广阔的视野。甚至剧院这一行当也可以看作是商业的一个分支，而且是最难的分支，他非常尊重格内特先生，后者不仅是他的经理，在某种意义上也是他的伙伴，格内特先生本身就是一个非常有能力的生意人，尽管他并没有发掘可能的成功途径。他，特尔切尔-特尔蒂尼，非常清楚这一点，因为在被艺术家的生活吸引之前，他自己也经过商。"到头来怎么样呢？我本可以在美国得到许多一流的工作，现在却坐在这里……我问你们，该轮到我拥有一份一流的工作了，是吧？"一段模糊的记忆难以遏制地浮现在埃施脑海里；他们有什么理由如此赞美商业阶层呢？他们说的那种珍贵的稳健并非如他们所想的那么稳健。他直言不讳地总结道："当然，譬如在南特维希和我们公司的董事长冯·贝特兰德之间就有很大的不同。他们都经商，但一个是无赖，一个是……嗯，他不一样，他更好。"科尔恩轻蔑地说，贝特兰德是一个变节的军官，每个人都知道，他不用装模作样。埃施听见这话很不高兴；那么，说到底，他们之间的区别并不是很大！但这并没有改变问题的实质；贝特兰德比南特维希好，而且不管怎样，他不想再推断下去了。与此同时，特尔切尔继续谈论着美国：在那里，人们能够迅速出人头地；在那里，人们不需要像在这里一样心力交瘁地工作。他引证道："美国啊，你是一块福地。"格内特叹道：是啊，他要是拥有足够的商业精神，现在情况就不同了；他自己曾经也非常富有，可是，尽管他做生意非常精明，却一直保持着艺术家对人天真的信赖，他的所有本钱，将近一百万马克，都被骗光了。是的，埃施先生可以好好看看他，格内特曾经也是富人！俱往矣[1]。嗯，他会东山再起的。他想创建一个剧院的信托基金机构，一个大型的有限责任公司，人们会争相抢夺它的股份的。现在只需要赶上时代，募集资金。他再次吻了埃尔娜小姐的手，请她再给他的杯子斟满，以一副鉴赏家的神情说道："真美味。"他依旧抓着她的手，那只手是心甘情愿、心满意足地交给他的。可是，埃施被他听到的一切征服了，现在陷入了沉思，几乎没有注意到埃尔娜小姐正用脚碰着自己的鞋，他只是仿佛在黑暗中从远处看到科尔恩肤色发黄的手搭在伊隆娜的肩上，很容易就可以猜到，巴萨塔尔·科尔恩已经用他有力的胳膊搂着伊隆娜的脖颈了。

但随后，灯终于不得不点上了，现在谈话变得笼统起来，只有伊隆娜一直保持着沉默。因为是时候动身回剧院了，而他们又不想分开，所以格内特邀请他们去观看演出。于是，他们做好了准备，搭乘电车前往剧院。两位女士先上去了，先生们

---

[1]　原文为拉丁语：Tempi passati。——译注

则在后面的站台上抽雪茄。冰凉的雨点不时打到他们热乎乎的脸上，使他们感到心旷神怡。

　　烟草商弗里茨·洛贝格是个年轻人，奥古斯特·埃施经常去他的店里买廉价雪茄，他与埃施年龄差不多，而埃施总是跟岁数比自己大的人为伍，可能就是因为这样，埃施把他当成傻瓜。尽管如此，这个傻瓜对他而言一定有点重要，实际上，埃施自己也疑惑，就在这家店里，他竟然感到那么亲切，以至于成了它的熟客。的确，烟草店就在他去上班的路上，但这并不能成为他立刻就在里面感到亲切的理由。当然，它非常整洁，是一个闲逛的好去处：弥漫于其中的淡而纯的烟草香给人的鼻子一种舒服的刺激，用手划过擦得锃亮的柜台感觉也是很棒的，在柜台一端，在闪亮耀眼的镀镍自动收银机旁边，总是放着几个打开的、装有淡褐色雪茄的大盒子，还有一个放着火柴的小架子。人们在那儿买烟，还能免费得到一盒火柴，又大又时髦的一盒。此外，洛贝格先生手里总是拿着一个大大的雪茄截断器，如果人们想要当场点燃雪茄，他就会咔嚓一声把伸给他的那一端剪下来。这是一个消磨时间的好地方，玻璃窗后面明亮、和煦、舒适，在这些寒冷的日子里，一股柔和宜人的暖意弥漫在白色的地砖上，特别适合从仓库满是灰尘、异常憋闷的玻璃笼子里过来放松一下。但这只是人们喜欢在下班之后或者午休时间到这里来的充分理由，并没有更多的意义。在这些时刻，人们心里充满了对整洁和秩序的赞美，以及对自己不得不在污秽的环境中埋头苦干的怨恨；但对此并不能过于苛求，因为埃施非常清楚，无论那个工头的工作干得多好，埃施都无法将自己在账簿和货物清单里面所保持的完美秩序强加到成堆的装货箱、捆包和木桶上。而这家店却与此相反，支配它的是一种出奇的令人满足的秩序感，一种近乎女性般的精确度，这更令埃施觉得奇特，因为他几乎无法想象姑娘在卖雪茄，或者至少会感到不舒服；虽然整洁，可这还是男人的工作，需要交游广阔。是的，这是男人之间的友谊该有的样子，不像一个偶尔帮帮忙的工会秘书那样马虎、敷衍。但这些事情并不是埃施真正关心的，他只是顺便想到它们罢了。另一方面，洛贝格竟然对这份如此适合他，本该让他觉得幸福的工作感到不满，这真是既有趣又奇特，而更加有趣的是他为自己的不满所找的理由，以及由此表现出来的明显的傻气。尽管他在自动收银机上挂了一块写着"吸烟无害"的牌子，尽管他的雪茄盒里附有整洁的卡片，上面不仅印着他的店址和各种品牌，还有一个小小的对句，"上等烟草每一天，昂贵医生躲一边"，然而，他自己并不相信这样的观点；实际上，他抽自家的香烟仅仅是出于一种责任感；由于良心的刺痛，以及对所谓烟鬼的癌症的夙夜担忧，他总是觉得他的胃、他的心、他的咽喉受到了尼古丁严重的毒害。他是一个瘦小的人，留着漆黑的小胡子，长着眼白直露、毫无生气的眼睛，他那有些忸怩的特质和姿态与他所经营的、未曾想过改行的生意的总体原则是背道而驰的，因为他不满足于把烟草当成是危害国民健康的大众毒品，反复重申人们应该摆脱这种毒物；不，他还是一种开阔的、自然的、真正的德式生活的拥护者，令他异常失望的是，他无法像一个虎背熊腰的金发巨人一样在野外居住。然而，为了在一定程度上弥补自己，他就资助了一些抵制酒精、提倡素食的团体，因此，在自动收银机旁边总是放着一堆关于此类话题的小册子，大部分都是从瑞士寄来的。毫无疑问，他是一个十足的傻瓜。

埃施只要有机会，就会抽烟、喝酒、大口吃肉，要不是突然想到洛贝格的观点和亨特延大嫂的信条之间存在着奇特的相似之处，哪怕洛贝格那些关于把反复陷在这些毒物中的人们拯救出来的话多么有说服力，埃施也是不会放在心上的。当然，亨特延大嫂是一个明智的女人，甚至明智得异乎寻常，所以她的观点和洛贝格的那一套是不一样的。然而，当洛贝格笃信那些随小册子一同从瑞士传来的加尔文信条，像一位牧师一样痛斥感官享乐，又像一位社会主义演说家向一位自由思想者慷慨陈词一样呼吁人们投入大自然的怀抱，过上一种自由、简单的生活的时候，当他以自己最谦逊的方式让人明白，这个世界有点不对头，在账簿中有一个显眼的错误，只能用一种奇妙的、全新的记账方式来加以纠正的时候，在这迷乱之中，只有一件事情是绝对清楚的，那就是亨特延大嫂的餐馆跟洛贝格的烟草店是一样的情况：她不得不依靠那些在餐馆里喝得烂醉如泥的人维持生活，她同样讨厌她的生意和她的顾客。毫无疑问，这是一个奇怪的巧合，埃施几乎想写信告诉亨特延太太这一点，她会感兴趣的。但他打消了这个念头，因为他想到，拿她跟这个尽管不乏优点却是个白痴的人做比较，亨特延太太会觉得奇怪，甚至会觉得是一种侮辱。因此，他想等到和她见面的时候再说，反正他很快就要去科隆出差了。

尽管如此，洛贝格还是值得一提的；一天晚上，埃施和科尔恩、埃尔娜小姐坐在一起吃饭，忍不住就谈到了他。

当然，科尔恩兄妹俩都知道洛贝格。科尔恩已经去过他的店里几次，但看不出这个人有什么特别之处。"没有人会想要见他。"科尔恩静静地沉思了一下，说道。他认同埃施的观点，这个人是个傻瓜。但埃尔娜小姐似乎对亨特延太太的这个精神副本产生了强烈的厌恶，她尖刻地问道，亨特延太太恐怕是埃施先生长久以来的地下情人吧。毫无疑问，她一定是位非常高尚的女士，但埃尔娜小姐觉得自己也不逊色。至于洛贝格先生那些高尚的顾忌，当然，一个男人像她哥哥一样不停地抽烟，把窗帘搞得臭烘烘的，总是不好的。但在另一方面，人们至少知道家里有个男人。"一个男人除了喝水什么也不干……"她搜索着词语，"会让我感到厌恶的。"接着，她问道，洛贝格先生知道拥有一个女人是什么样的吗？"我想，那个傻瓜还是童男。"埃施说道。科尔恩料想着能取笑他，喊道："纯洁的约瑟！"[1]

---

[1] 据《圣经·创世记》记载，波提乏之妻欲色诱约瑟，约瑟不从而逃，遗下衣服，波提乏之妻反告约瑟，约瑟被波提乏打入牢狱。——译注

或许是出于这个目的，或许是因为想盯住自己的房客，又或许只是由于纯粹的偶然，科尔恩现在也成了洛贝格店里的常客，每回科尔恩咚咚咚地走进店里，洛贝格就会吓得缩起来。他的恐惧不是没有缘由的。几天之后，大难临头；快要关门时，科尔恩和埃施一起露面了，科尔恩命令道："准备好，我的伙计。今晚您就要失掉您的童贞了。"洛贝格无助地转着眼珠，指着站在店里的一个穿着救世军制服的男人。"化装舞会？"科尔恩说道。洛贝格结结巴巴地介绍起了那个人："我的朋友。""我们也是朋友。"科尔恩答道，朝那名救世军士兵伸出了手。那是个长满雀斑和粉刺的红头发的小伙子，他知道人必须友好对待自己遇到的每个灵魂；他冲科尔恩微微一笑，替洛贝格解围道："洛贝格兄弟已经答应今晚到我们的军队去忏悔。我是来接他的。""您要去忏悔？我们也去，"科尔恩热情洋溢地说道，"我们都是朋友。""每位朋友都欢迎。"那个救世军士兵愉快地说道。洛贝格感到手足无措；他看起来就像一个在行窃时被抓到的小偷，带着一副罪恶的神情关上了商铺。埃施乐呵呵地看着这一切，但科尔恩的专横让他感到恼火，他效仿特尔切尔时常对他做的动作，愉快地拍了拍洛贝格的肩膀。

他们向内卡尔区走去。在卡弗塔勒街，他们已经能够听到军鼓和铃鼓的声音，科尔恩的双脚似乎记起了在军队里的时光，开始整齐地踏起步来。走到街尾时，他们看见救世军的人群正站在暮色笼罩的公园角落里。雨夹着雪落下，在人群聚集的地方，雪融化成了黑汪汪的水洼，湿透了人们的靴子。中尉站在一张木制的长凳上，对着逐渐降临的夜幕喊道："到我们身边来获得拯救吧，可怜的游荡的罪人，救世主近了！"但回应他的呼喊的人寥寥无几，当他那帮又是敲着军鼓又是拍着铃鼓的士兵唱起救赎之爱，让"万军之主把我们，哦，把我们拯救出地狱"的声音反复回荡时，站在四周的人群中几乎没有人加入合唱，显然，多数人只是出于好奇才来观看的。虽然虔诚的士兵们在使劲歌唱，两个姑娘也卖力拍着铃鼓，人群却随着暮光逐渐散去，很快，他们和中尉就孤零零了，现在的听众只剩下洛贝格、科尔恩和埃施。但直到这时，洛贝格大概还准备加入赞美诗的合唱，实际上，他完全可以这么做，既不会觉得尴尬，也不会觉得受到埃施和科尔恩的胁迫，但科尔恩一直用手肘碰他的肋骨，说："唱吧，洛贝格！"这对洛贝格来说并不是非常愉快的处境，因此，当有个警察过来驱走他们时，他感到很高兴。他们全都朝托马斯酒馆走去。然而，洛贝格没有加入合唱几乎是个遗憾，是的，要不然，也许就会发生一个小小的奇迹了，因为要让埃施提起嗓门赞美救世主和祂的救赎之爱并不难，只需要一点点刺激罢了，也许洛贝格的声音就能提供这一点刺激。不过，这些在事后是无法确定的。

埃施不清楚自己在这个露天集会上怎么了：当那个站在长凳上的军官发出信号时，那两个姑娘就拍起铃鼓，这非常奇怪地让他想起特尔切尔在舞台上向伊隆娜发出的命令。或许是夜晚突如其来的死寂影响了他，因为市郊夜晚的声响像剧院里的音乐一样突然地止息了；或许是那些注视着逐渐暗下来的天空的黑黢黢的树木，它们的静止不动影响了他；再不就是在他身后的广场上闪耀的弧光灯影响了他。这是全然无法理解的。寒冷刺骨的雪湿透了他的鞋子；但这并不是唯一让埃施想要站到长凳上指出救赎之路的原因，因为那股熟悉而奇怪的孤儿般的孤立感又出现了，他突然异常清楚地意识到，他会在某个时刻死在完全的、绝对的孤寂中。他产生了一个模糊的、未曾预料到的希望，如果他能站在那张长凳上，事情就会变好，好很多很多；他看到了伊隆娜，伊隆娜穿着救世军的制服，抬头望着他，等他发出救赎的信号，让她拍起铃鼓，喊起"哈利路亚"！但科尔恩就站在他身边，披着潮湿的海关披风，在翻起的高高的领子里咧嘴笑着。看到科尔恩，埃施的希望屈辱地消散了。埃施厌恶地扭曲了嘴巴，露出了轻蔑的表情，同时几乎很高兴自己是孤儿，很高兴自己孤身一人。不管怎样，他也为警察驱走了他们而感到释然。

洛贝格和那个满脸粉刺的救世军年轻人以及一个姑娘走在前面，埃施慢吞吞地跟在后面。是的，像那样的姑娘，只要有人命令她去做，无论是拍铃鼓还是扔盘子都一样，唯一不同的只是衣服。她们像在剧院中一样歌唱着救世军之爱。"完美的救赎之爱。"埃施忍不住笑了，他决定就这个问题试探一下那个救世军的好姑娘。在他们快走到托马斯酒馆的时候，那个姑娘停了下来，把脚放到墙边突出的石台上，弯下腰，重新系好那双潮湿且不成形的靴子。她弯着腰的时候，黑色的帽子几乎碰到了膝盖，看起来就像一团几乎不是人类的东西，一个怪物，但却拥有某种构造上的机械效能，要是在别的情形下面对这么一个姿势，埃施会拍一拍她那凸出暴露的部位，现在却有点惊异地发现自己并没有这么做的欲望，在他和他的同类之间似乎又有一道桥梁倒塌了，他思念起了科隆。那天在厨房，他就想一把搂住亨特延大嫂的腰；是的，要是亨特延大嫂弯下腰去系鞋带，他会毫不犹豫地搂住她的。但是，所有男人都有同样的想法；而觉得自己跟整个世界都很和谐的科尔恩，现在指着那个姑娘说道："跟她有机会吧，您看？"埃施朝他投去愤怒的目光，但科尔恩并没有停下来："他们彼此间大概很火热吧，那些士兵。"这时，他们已经来到了托马斯酒馆，走进了这个亮堂堂、闹哄哄、弥漫着烤牛肉、洋葱和啤酒的香味的地方。

在这里，科尔恩多少感到失望。救世军的人不太能够同桌而坐；他们道了再见，聚到了房间一头去分发《呐喊》[1]。埃施也不想留下来和科尔恩待在一起；他的灵魂里依然飘荡着一丝残余的希望，希望这些人能够把他在逐渐变黑的树下感受到却无法抓住的东西给带回来。不过，现在科尔恩嘲弄不到他们了，这是一件好事；如果他们把洛贝格一起带走，那就更好了，因为科尔恩现在急着想要报复，开始取笑洛贝格的付出，试图通过一份牛排、洋葱以及一大罐啤酒来让这个无助的人违反自己的原则。但那个笨蛋坚守阵地，只是平静地说道：

「1」 《呐喊》（*War Cry*），救世军的救恩报。——译注

"您不能取笑一个人的信念。"他既不去碰肉也不去碰啤酒，科尔恩再一次感到失望，为了不致浪费，只好自己阴郁地把它们吞下了。埃施打量着罐底剩余的深色啤酒，荒谬地想到，他能否获得拯救取决于他是否把它喝干了。他几乎感激起了那个温和而固执的傻瓜。洛贝格坐在那儿温顺地笑着，有时人们几乎都料想着泪水要涌上那双眼白暴露的眼睛了。然而，当穿梭于各张桌子之间的救世军人员又靠近时，他站了起来，似乎要对他们喊些什么。出乎埃施预料的是，他并没有这么做，只是站在原地不动。接着，他突然毫无预兆毫无理由地说出了一个词语，一个让每个听到它的人都无法理解的词语；他大声地、清楚地说出"救赎"这个词语，然后又坐了下来。科尔恩和埃施听完后，你望望我，我望望你。但是，当科尔恩把手指放在太阳穴上转动，暗示洛贝格头脑不怎么样时，整个情况发生了最异乎寻常和最可怕的改变，因为"救赎"这个词现在似乎获得了自由，盘旋在桌子上，通过一种看不见的旋转装置保持它的超然独立，甚至超然独立于那张把它说出来的嘴巴之外。尽管埃施对洛贝格的蔑视一分不减，但是，拯救的王国现在似乎真的存在、能够存在、必须存在，即便只是因为科尔恩——这堆用肥大的尾部坐在托马斯酒馆里的死肉——甚至无法将自己的思想传送到下一个街角，更别说让它们消失在无限的自由空间里了。虽然怀着这些想法，埃施还是拒绝装出一本正经的样子，他用酒罐敲着桌子，又要了一份啤酒，不过，他也变得像洛贝格一样沉默了；起身离开时，科尔恩提议说他们应该带这个纯洁的约瑟去找姑娘，埃施拒绝支持他，把失望透顶的巴塔萨尔·科尔恩留在了人行道上，送烟草商回家去了，他非常高兴地听到科尔恩在他们身后破口大骂。雪停了，科尔恩的污言秽语像早春的花朵一样在和煦的风中抖动。

每个人在童年结束，开始意识到自己注定要孤立无援地走向自己的死亡时，都会有一股异乎寻常的压抑落到身上，这股异乎寻常的压抑不妨称作是对上帝的恐惧，在它的驱使下，人们会四处寻找一个能够与之手牵着手走向黑暗入口的同伴。如果他已经凭经验了解到，跟另一个同类一起躺在床上无疑有多么愉快，那么，他将会相信，两个身体之间的这种极端亲密的结合会一直持续到身体进入棺材为止。即便与此同时，它也拥有令人反感的方面，因为它发生在粗糙和憋闷的被单下，或者因为他相信一个姑娘关心的只是得到一个能在余生扶持她的丈夫，然而，一定不能忘了，每个人——哪怕她肤色蜡黄，面容瘦削，嘴巴左上角明显缺一颗牙——都渴望那种爱，她认为能够使她永远摆脱死亡，摆脱对死亡的恐惧，这种恐惧每到夜里就会落在孤枕独眠的人身上，当她开始脱衣服，就像埃尔娜小姐此刻正在做的，这种恐惧就已经如同火舌一样舔着她；她脱掉黯淡的红色天鹅绒衬衫，又褪掉深绿色的裙子和衬裙；接着，她脱下了鞋子，但她的长筒袜，以及浆洗过的白色衬裤依然穿着；实际上，她甚至无法下决心解开紧身胸衣。她感到恐惧，但她将自己的恐惧隐藏在了心照不宣的微笑之后；床头桌上烛火摇曳，她没有再脱掉什么，就钻进了被窝里。

现在，她听到埃施几次走过前厅，发出的响声比事先约定的更大。或许这样的约定根本就没有必要，他的房间怎么需要取两次水呢？而且，那个水壶肯定也没有重到要在经过埃尔娜房门口时砰的一声放到地上。但埃尔娜小姐每一回听到声音的时候也不想落后，也会弄出声响；她摊开四肢，把床弄得嘎吱嘎吱响，甚至还用脚趾蹬着床尾，长长地舒一口气，发出让人听得见的一声"真舒服"，仿佛她很困；而且，她还用咳嗽和清嗓子来追捕她的目标。埃施是一个鲁莽的人，在用这种方式互相打了一会儿电报之后，果断地走进了她的房间。

埃尔娜小姐躺在床上，心照不宣而有些动人地朝他微笑，露出缺了一颗牙齿的豁口，她真的不是特别吸引他。不过，他还是没有理会她的反抗："可是，埃施先生，您不能待在这儿。"他平静地待在原处。他这么做，并非只是因为好色，就像大多数男人一样；他这么做，并非只是因为在同一个屋檐下亲密生活的异性难以逃脱肉体机能的自然吸引，心想"为什么不呢"，然后最终偶然地屈从于它；他这么做，并非只是因为意识到她的感觉与他非常相似，于是不理会她的话；因此，他这么做，并非只是出于一种低级的冲动，即便我们给这种冲动加上一种嫉妒，一种任何一个男人看到一个女人跟格内特先生眉来眼去时都会感受到的嫉妒；不，埃施这么做，是因为对于像他这样的男人来说，这种享乐并非如人们想象的那样只是纯粹的享乐，它还服务于一个更高的目标，一个无法道出却必须遵从的目标：强迫他去终结一种超出了他自身的巨大恐惧，虽然它有时似乎只是一种落到一个在外出差，远离妻儿，孤独地躺在旅馆床上的商人身上的恐惧，只是一个常常跑去找那些不起眼的大龄女服务员，有时会因为这种事情的污秽而心碎，并且总是感到懊悔的旅人的恐惧和欲望。当然，在埃施把水壶砰的一声放到地上时，他再也没有想到自打离开科隆起就笼罩着他的孤独，也没有想到在特尔切尔扔出嗖嗖作响、闪闪发光的匕首之前落到舞台上的孤立隔绝。现在，他坐在埃尔娜小姐的床沿，充满欲望地朝她俯下身，他想要从她身上获得的并非只是人们眼下所理解的一个普通的好色男人在肉体上的满足，因为在这个明显的、平乏的、直接的意图背后，隐藏着一种渴望：一个被囚禁的灵魂渴望从它的孤独中获得救赎，渴望一种能够将他自身和她，或许还有全人类，当然还有伊隆娜包括进去的拯救，这样一种拯救是埃尔娜无法给予他的，因为无论是她还是他，都不知道他想要什么。因此，当她拒绝与他欢好，温柔地说"等我们成为夫妻再说"的时候，他感到的愤怒既不仅仅是一个受挫的男人的愤怒，也不仅仅是在发现她半裸着要弄他时的愤怒；它更甚于此，它是绝望，虽然现在他用来粗暴地回答她的话一点也不夸张，反倒显得沉着："嗯，那一切结束。"尽管她的拒绝在他看来似乎是来自上帝的一个示意，警告他要纯洁，他还是立即离开房子，去找了一个更加心甘情愿的女人。这深深地伤害了埃尔娜。

从那天晚上起，埃施和埃尔娜小姐之间就爆发了公开的战争。她不放过任何能激起他的欲望的机会，而他也一样热切地抓住每一个借口进行尝试，要把这个抗拒他的人引诱到床上，而又不做出结婚的承诺。战斗从早上开始，他还没穿好衣服，她就会把早餐送进他房间，这种挑逗性的照料使他发狂；而到了晚上，战斗又会在冷漠中结束，无论她是闩上了门，还是让他进去了。他们谁也不曾提到过"爱"这个字，而他们之间的仇恨并没有公开爆发，只是掩藏在恶意的玩笑下，这一事实仅仅源于另一个事实：他们尚未占有对方。

　　他常想，如果跟伊隆娜在一起，事情一定会不同，一定会更好，奇怪的是，他不敢对她动心思。她更好，就跟公司的董事长贝特兰德一样，贝特兰德也是更好。埃施甚至不怎么把埃尔娜阻碍他与伊隆娜见面的花招放在心上，实际上，他甚至为此感到高兴，当然，是怀着苦涩，就像他对她那些愚蠢的闹腾和神经质的咻咻傻笑感到恼火一样。与此同时，伊隆娜几乎每天都会到这里来，她和埃尔娜之间逐渐产生了某种友谊，但她们在彼此身上发现的东西对于埃施来说却是无法理解的；只要回到家里，闻到伊隆娜身上那股总能让他感到兴奋的廉价而浓烈的香水味，他就肯定会发现两位女士正在进行一场非同寻常的无言的对话；因为伊隆娜几乎一句德语都不会说，埃尔娜小姐不得不求助于动作，她会抚弄自己的朋友，让朋友站到镜子前，赞赏地轻拍朋友的发型，理直朋友的衣服。但埃施通常会发现自己被排斥在外。因为现在，哪怕有朋友在家，埃尔娜也会躲着埃施。一天晚上，他刚好无辜地坐在自己房间里，这时门铃响了。他听到埃尔娜开了门，原本也不去多想什么，可是他突然听见自己房门的钥匙在转动。埃施一下子跳到了门边；他被锁在了里面！这个婊子把他锁在了里面！虽然本该直接无视这个愚蠢的玩笑，但他觉得实在是太过分了，便开始大声嚷嚷和砸门，直到埃尔娜小姐终于开了门，咯咯笑着溜进房间。

"嗯，"她说，"现在我可以来关照您……我们有个访客，但巴塔萨尔正在照料她。"埃施恼火地冲出了房子。

他深夜回来的时候，门厅里又弥漫着伊隆娜的香水味。她一定是又回来了，更准确地说，她一定是还在这里，现在他看到了她的帽子挂在帽架上。但她能在哪儿呢？客厅里一片漆黑。科尔恩正在隔壁打呼噜。可她总不能不戴帽子就离开吧！埃施在埃尔娜门口探听；他烦躁不堪地想到两个女人正并排着躺在里面。他小心翼翼地探了探门把手，门纹丝不动，跟平常埃尔娜小姐真的想去睡觉的时候一样，上了闩。埃施耸耸肩，发出很大声响地走回自己的房间。但他无法躺在床上休息；他窥探着外面的过道；香水味依然弥漫在空气中，那顶帽子也依然在那里。埃施感觉到有点不对头，他悄悄在房子里移动。他觉得自己似乎能听到科尔恩房间里的低语声；科尔恩不是一个会轻声低语的人，埃施听得更仔细了——科尔恩突然呻吟了起来；错不了，他是在呻吟。埃施并没有理由害怕像科尔恩这样的人，却光着脚逃回了自己的房间，仿佛有什么可怕的东西在追他。他甚至想要把耳朵给捂上。

第二天早上，埃尔娜把他从沉睡中唤醒。他还没来得及提出疑问，她就说道："嘘！给你一个惊喜，快起来吧！"他匆匆穿好衣服，走进厨房的时候，埃尔娜正在那里忙碌。她拉着他的手，踮起脚尖将他带往她的房间，轻轻打开房门，让他往里看。他在那里看到了伊隆娜；她那浑圆白皙的胳膊正垂在床沿，依旧没有显露任何刀伤，有些浮肿的脸上清楚地挂着两个沉重的眼袋；她正在酣睡。

现在，伊隆娜常常在三更半夜到公寓里来，过了相当长的时间之后，埃施才明白，她是在和巴塔萨尔过夜，而在某种意义上，埃尔娜是在用她自己的身体庇护哥哥的风流韵事。

马丁来探班了。虽然按照指示，每个看门人都要把这个贱民拒之门外，但异乎寻常的是，他总能设法用他的无拘无束来使自己在任何地方都得到公开的接纳。他拄着拐杖，摇摇晃晃、无拘无束地走进那些做生意的地方，没有人阻拦他，大多都热情地表示欢迎，毫无疑问，有一部分原因是人们不敢对一个瘸子不友善。在上班时接待一个工会秘书的来访，埃施并不十分愉快；马丁蛮可以在外面等他的嘛，不过，马丁的谨慎还是让人信得过的：他知道应该什么时候来，应该什么时候走；他是个有分寸的人。"早上好，奥古斯特，"他说道，"我只是想来看看您怎样了。您这儿的工作不错，您做了一笔不错的交易。"这个瘸子是想提醒埃施，他应该感谢自己让他来到这个该死的曼海姆吗？不过，马丁并不能为伊隆娜和科尔恩之间的事负责，所以，埃施只是闷闷不乐地答道："是啊，一笔不错的交易。"听起来颇像是真的。现在，马丁使他想起了从前的工作和南特维希，埃施感到非常愉快，他跟科隆不再有什么关系了。他依然像小偷一样隐瞒着南特维希的罪行，想到在科隆的某个街角，他可能会撞见那张丑陋的脸，返回那里的乐趣就全然消失了。科隆和曼海姆，在它们之间没有什么好选择的。真有什么地方可以摆脱这一切腐败吗？尽管如此，他还是打听起了科隆的情况。"晚点再谈吧，"马丁说，"我现在没时间。您晚餐要在哪里吃呢？"埃施告诉他之后，他就匆匆忙忙，一瘸一拐地离开了。

此刻，埃施为再次见到马丁感到由衷的高兴。他是个急性子，迫不及待地等着晚餐时间的到来。春天已经笼罩着夜晚，埃施把大衣留在了办公室；清凉的夕晖洒在平房中间的石板路上，在建筑物的角落里，圆圆的卵石间骤然冒出了嫩嫩的青草。经过卸载台时，他把手放到用来箍紧灰溜溜的粗笨木架的那些铁条上，觉得很暖。如果他不被调回科隆，就必须马上安排人把他的自行车给寄过来。他深沉而轻松地呼吸着空气，感到食物别有一番风味；或许是因为餐馆的窗户开着。马丁说自己是为了罢工的事来曼海姆的；要不然他才不会这么急呢。在南德和阿尔萨斯的工厂出了事，很快扩大了，他说："他们爱怎么罢工就怎么罢工，我才不在乎呢，只是我们现在支撑不了任何没有意义的行动。运输工人在这时候罢工完全是一桩蠢事……我们工会很穷，总部根本没钱来……会完全失败的。当然，跟码头工人是说不清的：像那样的蠢驴一旦下定决心继续罢工，那是什么也阻止不了的。但他们迟早会连累我的。"他毫不悲愤地放任这一切。"现在他们又说我被航运公司收买了。""被贝特兰德吗？"埃施饶有兴趣地问道。盖林格点点头："当然，也被贝特兰德收买了。""真是个无赖。"埃施忍不住说道。马丁笑了："贝特兰德啊？他是个非常正派的人。""哟嚯，他是个正派人？他不是一个变节的军官吗？""是的，听说他退出了军队——但那只是对他有利才说的。"哟嚯，对他有利才说的？没有什么事情是清楚和简单的，埃施愤怒地想道，没有什么事情是清楚和简单的，即使在这样一个美好的春日也是如此。"我只想知道您为什么要坚持做这份工作呢？""每个人都应该待在上帝放置他的地方。"马丁说道，他那张又老又年轻的脸露出了虔诚的表情。接着，他告诉埃施，亨特延大嫂向他问好，大家都期盼着能很快再见到他。

晚餐过后，他们朝洛贝格的烟草店走去。他们并不匆忙，马丁坐到了柜台边的一把橡木制的大椅子里，这把椅子就跟店里的其他东西一样醒目和坚实。因为习惯了随手拿起任何够得着的印刷品，所以马丁开始翻看那些从瑞士寄来的抵制酒精、提倡素食的刊物。"天哪，天哪！"他说道，"这里好像有我的同志。"洛贝格感到荣幸，但埃施却在扫他的兴："哦，他也是一个滴酒不沾的失败者。"为了完全击垮他，埃施又说道："盖林格今晚有个大集会，那可是真正的集会——而不是一个救世军的集会！""真不巧。"马丁说道。
而洛贝格对公众集会和演说表演有特别的喜好，提议马上就
去。"我劝您还是不要去，"马丁说道，"至少埃施不能去，
如果他在那儿被人看见，可能会对他不利的。再说了，那儿一
定会有麻烦的。"埃施一点儿也不担心危害到自己的职位，但
非常奇怪的是，他觉得参加这个集会是对贝特兰德的一种背
叛。可是，洛贝格却大胆地说："我是无论如何都会去的。"
这个滴酒不沾的笨蛋让埃施感到羞耻；不，对朋友不管不顾是
绝对不成的；要是这样，他就再也没脸面对亨特延大嫂了。但
是，他并没有说出自己的决定。马丁解释道："我想，航运
公司会派一两个奸细过去的。罢工越严重就越符合他们的利
益。"虽然南特维希并不是航运商，只是葡萄酒公司的一名油
滑的办事员，但埃施觉得这个无赖在这件背信弃义的事情上也
有份儿。

　　像通常一样，集会在一家小酒馆的公用室里举行。几个警
察站在入口盯着那些进去的人，而他们则假装没注意到那些警
察。埃施迟迟才来；他正要进去时，有人拍了拍他的肩膀，他
转过身来，发现是码头上的警察分队的巡官，"哟，您怎么到
这儿来啊，埃施先生？"埃施边说边急速地思索着。其实只是
好奇，他听说自己在科隆认识的工会秘书盖林格将要发表讲
话，而他又在某种意义上跟航运有关系，所以对这整件事很感
兴趣。"我劝您还是别进去，埃施先生，"那位巡官说道，"因
为您是在一家航运公司啊。这样看起来会很可疑的，对您完全没

有好处。""我只是看一下而已。"埃施说着走了进去。

低矮的房间里挂着德国皇帝、巴登大公和符腾堡国王的画像，人山人海。在抬高的平台上放着一张铺了白桌布的桌子，后面坐着四个人；马丁就是其中之一。埃施起初有点嫉妒，因为他没有像马丁一样坐在那么显著的位置，接着又感到惊讶，他居然会去留意那张桌子，房间里是那么吵闹，那么混乱。实际上，过了一会儿，他才注意到一个男人站到了大厅中央的一把椅子上，大声喊着难以理解的长篇大论，每个词语——他似乎酷爱"煽动家"这个词——都要用手一挥加以强调，仿佛要把词语投掷到桌子上。这是一场不平等的对话，因为桌子那边仅有的回应是一串细细的铃声，根本穿不透喧闹声；但最后，马丁终于扶着拐杖和椅背站了起来，吵闹声消失了。实际上，要理解马丁所说的话并不是很容易，因为这是一个熟练的演讲者那种既有些厌倦，又包含着讽刺的滔滔不绝的讲话，不过，他比埃施所能看到的那些对他大喊大叫的人要有价值得多。马丁看起来似乎并不希望获得申辩的机会，因为他淡淡一笑，停了下来，让那些高喊着"资本家的皮条客！""谎狗！"和"凯撒的社会主义分子！"的那些人的声音盖过了他，直到在口哨声和嘘声中突然响起尖锐的哨子声。在突如其来的寂静中，一个警官出现在了讲台上，粗暴地说道："我以法律之名宣布，这次集会解散了，大厅必须清理干净。"埃施还没来得及注意到警察转向马丁，就被挤向了门口。

仿佛是经过安排的，大部分听众都向酒馆的侧门跑去。但这并没有什么用，因为整个地方都已经被警察包围了，每个人都必须解释清楚他为什么到这里来，不然就得去警察局。前门没有那么拥挤；埃施有幸又遇到了那位码头巡警，匆忙说道："您说得对，不会有下一次了。"于是，他逃脱了审问。可是，事情还没完呢。现在，人群静悄悄地站在集会场所前，心满意足地低声咒骂着委员会、工会和盖林格。可是，突然谣言四起，说盖林格和委员会的人被逮捕了，警方只等着人群散开就把他们带走。接着，群众的感情突然发生了一百八十度的转变；哨声和嘘声再次响起，人群准备向警察冲去。那位友好的巡官催促埃施："您现在最好离开，埃施先生。"埃施看到自己没有什么可做的，就退到了最近的街角，希望至少能遇到洛贝格。

在大厅前，吵闹声依旧持续了好一会儿。接着，六名骑警在一阵急促的小跑中赶来。马匹虽说驯良，却也是疯狂的动物，能对人产生某种魔法般的影响，所以，这一骑马的小小援军起到了关键作用。在埃施继续观望的时候，有一批工人戴着手铐，在他们同志惊恐的沉默中被带走了；接着，街道空了。警察现在变得又粗暴又不耐烦，只要看到两个人站在一起，就会粗暴地将他们驱走。埃施合理地考虑到自己会遭受无礼的对待，便离开了那个地方。

他朝洛贝格的房子走去。洛贝格还没有回来，在这个温暖的春夜，埃施就一直在门口等待。他希望他们没有把洛贝格也铐上手铐带走。虽然这会是一个不错的玩笑。天啊！要是埃尔娜看见这位美德的典范在她面前戴着手铐，会说什么？就在埃施将要放弃守候时，洛贝格异常激动地，几乎是哭着回来了。一点一滴地，非常不连贯地，埃施设法弄清了，起初集会进展得相当顺利，盖林格先生的演说非常好，虽然在听众中也有对他的各种各样的辱骂。可是，接着，有一个人起来了，显然是盖林格先生自己在吃晚餐时提到的奸细，做了一番激烈的演讲，反对富裕阶层，反对国家，甚至反对皇帝本人，直到一位警官发出警告，如果再出现此类言论，就要终止这次集会。相当不可思议的是，盖林格先生虽说肯定知道自己要应付的是什么鸟儿，却没有拆穿这个奸细，甚至还声援他，要求给他演说的自由。唉，在那之后，情况变得越来越糟，集会最终被解散了。委员会的人和盖林格先生遭到了逮捕；他可以作证，因为他就在最后离开大厅的那些人里边。

埃施感到烦恼，比自己愿意承认的还要烦恼。他只知道，如果想让世界恢复秩序，就必须去喝酒；马丁，一个反对罢工的人，被一群跟航运公司和一个变节的军官过从甚密的警察逮捕了，一群警察用最无耻的手段逮捕了一个清白无辜的人——也许是因为埃施没有把南特维希交给他们！然而，那位巡警却对他非常友善，实际上还保护了他。他突然对洛贝格感到恼火；这个可恶的傻瓜大吃一惊，或许只是因为他原本期待的是无害的、振奋人心的关于兄弟情谊的闲聊，不知道事情会变得异常严肃。这些关于兄弟情谊的闲聊突然令埃施感到厌恶；这种兄弟情谊和往来有什么用呢？它们只是加剧了混乱，很可能它们就是混乱的起因；他冷酷地斥责洛贝格："看在上帝的分儿上，把您那些该死的柠檬水收起来吧，要不然我就把它们从桌子上扫下去……要是喝真酒的话，您起码可以好好地答话。"但洛贝格只是用那双疑惑不解的眼睛看着他，现在，眼白中出现了小小的血丝，他并不能解开埃施的疑问，那些疑问在第二天变得更加严重，因为埃施听到，为了抗议工会秘书被捕，运输工人和码头工人罢工了。与此同时，盖林格被以煽动叛乱的罪名起诉，等候审理。

演出过程中，埃施和格内特坐在所谓的经理办公室里，它总是让埃施想起自己在保税仓库的那个玻璃笼子。特尔切尔和伊隆娜正在台上表演，他听到刀子嗖嗖嗖地击中黑色的木板。在写字桌上方有一个白色的小箱子，上边有一个红十字的标记，里面应该装着绷带。当然，很久以来它什么东西都没装，甚至几十年来都没人打开过它，但埃施坚信，伊隆娜随时都会被抬进来，包扎流血的伤口。不过，进来的却是特尔切尔，他有点出汗又有点骄傲，一边用手绢擦着手，一边说道："真正的工作，美好诚实的工作……应该得到酬劳。"格内特在笔记本里算起了账："剧院租金，二十二马克；税金，十六马克；照明，四马克；薪金……""哦，收起来吧！"特尔切尔说道，"我已经心里有数了。我在这桩生意上面投了四千克朗，可我一个子儿也不会再见到了……我只能一笑了之……埃施先生，您知道有谁能买下我的股份吗？我可以给他百分之二十的折扣，此外，我还会给您百分之十的佣金。"埃施已经听过这些牢骚和这些出价，也就不再专心听了，尽管他很乐意买下特尔切尔的股份，让自己能够摆脱他和伊隆娜。

埃施心情不好。自从马丁被监禁之后，生活变得更加黯淡了：他跟埃尔娜之间的冲突变成了一个让人难以忍受的重负，这件事还是次要的；但是，贝特兰德贿赂警方，以及警方的卑劣行径，就不是让人恼火那么简单了；而伊隆娜跟科尔恩的关系，无论是他们自己，还是埃尔娜都不再隐瞒了，埃施看在眼里，很是反感。这真让人恶心。一想到这事他就无比厌恶：毕竟伊隆娜是更高贵的物种。是的，他最好是对她一无所知，她最好是永远从他的生活中消失。还有贝特兰德，以及他的莱茵河中央航运公司。埃施第一次认清了这一点，这时伊隆娜穿着户外服走了进来，沉默而严肃地落座，那两个人看也不看她一眼。科尔恩马上就会过来把她带走；最近，他总是在这里无拘无束地进进出出。

伊隆娜深深地迷恋上了巴塔萨尔·科尔恩，或许是因为他让她想起年少时爱过的某个中士，又或许只是因为他和机敏而虚弱、满脸厌倦的特尔切尔形成了鲜明的对比——特尔切尔虽然虚弱，却是非常残酷的。老实说，埃施并没有在这些事情上面浪费心思；他受够了自己放弃的女人，因为她本该有更好的命运，现在却被科尔恩这样的人辱没了。但是，特尔切尔的态度实在令人不解。这个家伙显然是一个皮条客，但这并不是一件值得人们去费心思的事。再说了，这桩生意也无法给他带来多少回报；科尔恩自然很慷慨大方，伊隆娜穿上他送的新衣裳，看起来真的非常漂亮，让埃尔娜小姐也不再像一开始那样赞成哥哥这昂贵的恋情；不过，伊隆娜并不接受科尔恩给她的钱，他简直必须强迫她，她才会收下他的礼物；她是那么爱他。

科尔恩在门口出现了，伊隆娜投入了他穿着制服的怀抱，说着东方的甜言蜜语。不，这超出了可以容忍的限度！特尔切尔笑道："玩得开心啊。"他们一起出去时，他在她身后用匈牙利语喊了几句显然怀有恶意的话，不仅给他招来了伊隆娜充满仇恨的目光，还有科尔恩半开玩笑、半认真的威胁：他还想把这个扔刀子的犹太人揍一顿呢。特尔切尔并没有在意这个，又回到了他心爱的商业投机上："我们必须提供一些既不太昂贵而又能吸引群众的东西。""哦，好一个划时代的发现啊，特尔切尔–特尔蒂尼先生。"格内特说道，又在笔记本里算起了账。接着，他抬起头来："您觉得女子摔跤比赛怎么样？"特尔切尔若有所思地说："可以考虑一下，可是，这肯定也是要花钱的。"格内特在笔记本上潦草地画着。"我们需要一些钱，但不用很多。女人花不了多少。接着是紧身衣……必须要有人感兴趣。""我愿意教她们，"特尔切尔说道，"我还可以当裁判。不过，是在曼海姆这边吗？"他做了一个轻蔑的手势，"这儿的行情不好，可不要视而不见啊。您觉得呢，埃施？"埃施没有明确的看法，不过，他产生了希望，改变一下现状，或许能把伊隆娜从科尔恩的魔爪里救出来。因为科隆最贴近埃施的心，所以他答道，他觉得科隆是举行摔跤比赛的一个绝佳的地方；在前一年，那儿就热热闹闹地举办过摔跤比赛，而且当然是正规的比赛，人山人海。"我们的比赛同样也会是正规的。"特尔切尔说道。他们又讨论了一会儿，最后，他们授权埃施在他即将到来的科隆之行中去同剧院代理人奥本海默进行磋商，在此期间，格内特会给奥本海默写信的。如果埃施能够成功地为这项生意拉到一些资金，那就不仅是一次友情帮助，他还能获得提成。

埃施知道现在是不会有人投资的。不过，他暗自想到了洛贝格，这家伙几乎可以当成是有钱人。可是，纯洁的约瑟会对女子摔跤比赛感兴趣吗？

在罢工之前，码头工人的所有领导者都已经被逮捕，可十天后，罢工依旧在继续。当然，也有一些工贼还在干活，但他们人数太少，没办法处理铁路运输的货物，而航运也是处于半瘫痪状态，所以，他们只是被雇去干最迫切的工作。安息日笼罩着保税仓库。埃施感到气恼，因为他在罢工结束之前不太可能离开。他在那些平房里无所事事地闲逛，靠在门柱上，最后又坐了下来，给亨特延大嫂写信。他向她详述了马丁被捕的过程，还谈起了洛贝格，但他并没有提到埃尔娜和科尔恩，因为光是想想都觉得反感。随后，他搞到了一些明信片，写上了近几年来和他睡过觉、他还能想起名字的所有姑娘的地址。外面的阴凉处站着一群工头和装卸工，在一辆货车半开着的滑门后面有几个人正在打牌。埃施琢磨着接下来应该给谁写信，还试图在心里算出自己有过多少女人。他无法确定总数，这就仿佛簿记里边的收支不平衡；为了理清账目，他开始在纸上列出那些名字，还添上了年月。加完以后，他总算满意了，当科尔恩像往常一样走过来吹嘘伊隆娜是一个多么好的女人、一个多么热情如火的匈牙利人的时候，这种感觉尤甚。埃施把清单放进口袋里，让科尔恩继续说下去；反正他得意不了多久了。一旦罢工结束，海关稽查员先生就得跑到科隆去找他的伊隆娜，甚至更远，要到天涯海角去找了。埃施几乎同情起这个人来，因为他不知道有什么在等着他。巴塔萨尔·科尔恩继续得意地吹嘘着自己的胜利，他一边谈论着伊隆娜，一边抽出一副牌。接着，他们找来了第三个人，其乐融融地把那天剩下的时间都用来打牌。

晚上，埃施去看望洛贝格，他坐在店里，嘴里叼着一根香烟，面前放着一堆素食者的刊物。埃施进来的时候，他把这些放到一边去，开始谈起马丁。"世界受到了毒害，"他说道，"不仅仅是尼古丁、酒精和肉食，还有更恶劣的、我们甚至都不认识的毒药……就像脓肿破裂一样。"他眼睛湿润，看起来像是发烧了，给人一种身体欠佳的印象；也许他的身体真的被毒害了。埃施站在他面前显得身强体健，可是，埃施打了一整天的牌，头脑一片空白，并没有理解这个白痴说的话，几乎都没有意识到他们提到了马丁的牢狱之灾；一切都被裹在一团白痴的迷雾里，他唯一明确的希望就是直截了当地把剧院合股的事情解决掉。埃施不喜欢拐弯抹角："格内特的剧院，您想入股吗？"这个问题让洛贝格非常惊讶，他睁大了眼睛，仅仅说道："啊？""我是问您，您想投资剧院的生意吗？""可我已经有烟草生意了。""您不是一直在抱怨您不喜欢烟草生意吗？所以，我想您也许会想要改变一下。"洛贝格摇摇头："只要我母亲还活着，我就会将这家店维持下去，这儿有一半是她的。""可惜啊，"埃施说道，"特尔切尔认为用上一些女摔跤手就会带来百分之百的利润呢。"洛贝格甚至也不问剧院跟摔跤有什么关系，只是重复道："可惜啊。"埃施继续说道："我也跟您一样烦透了自己的工作。如今，他们在罢工，除了闲坐，什么也不用干，这足够让人厌烦了。""那您想怎么办呢？您也想参与剧院的生意吗？"埃施想了一下；这意味着要整天在一间满是灰尘的经理办公室里跟格内特和特尔切尔待在一起。这些艺术家并不吸引他，因为他已经来到了幕后；他们并不比海德或者图斯内尔达强多少。他实在不知道自己想要做什么，生活是如此乏味。他说："马上就走，去美国。"在一份带插画的杂志上，他看到过纽约的图片；现在这些图片浮现在他脑海里；还有一张美国拳击比赛的照片，这令他的思绪又回到了摔跤上。"要是可以从这桩生意中赚到足够的钱，我就会去美国。"他吃惊地发现自己是认真的，他已经在认真地计算自己手头的资金了：他拥有将近三百马克；要是把这笔钱投入到摔跤的生意上，当然可以获得收益。他，一个有簿记经验的能干的人，为什么不去美国碰碰运气呢？至少可以见识外面的世界。或许特尔切尔和伊隆娜也可以到纽约去从事特尔切尔一直在谈论的工作。洛贝格打断了他的思绪："您懂外语，可不幸的是，我却不懂啊。"埃施得意地点点头；是啊，他的法语还招架得住，但英语却不怎么样；不过，参与推广摔跤比赛并不需要洛贝格懂外语啊。"不，不是为了那个，而是为了去美国。"洛贝格答道。虽然对洛贝格来说，任何人到曼海姆以外的地方去生活都是不可想象的，更别说是他自己了，但他和埃施谈论起旅行的费用以及如何投资获益的时候，简直就像两个旅伴了。这一讨论又让他们自然而然地回到了通过女摔跤选手赚钱的可能性上，经过许久的犹豫之后，洛贝格得出了结论，他完全可以从自己的生意中抽出一千马克，向格内特投资。当然，这还不足以买下特尔切尔的股份，但却是一个良好的开头，尤其是在把埃施的三百马克也算进去的时候。

那天结尾比开头要好。回家时，埃施沉思着如何凑足剩余的钱，埃尔娜小姐来到了他的脑海里。

埃尔娜强烈渴望通过财务来诱使埃施和她结合在一起，所以，直到这时依然坚守自己的原则，说她一分钱都不会拿出来，除非是给她的未婚夫。当她调皮地暗示这一决心时，埃施感到愤慨：她把他当成什么人了？她觉得他是为自己要的钱吗？但是，甚至在这样说的时候，他还是觉得跑偏了；钱并不是真正的问题，埃尔娜小姐真是错得离谱，怎么跟她解释都不明白；当然，这钱只是为了给伊隆娜赎身，为了让刀子不再向那些手无寸铁的姑娘飞去；当然，他并不是为自己要的钱。但即使这样也不是全部，因为除此之外，他不想从伊隆娜那儿得到任何东西——他不想这样，而且也不会用别人的钱——他很高兴自己处于这样的立场；他不在乎伊隆娜，他在考虑更重要的事情，因此，当埃尔娜希望他自己去找钱时，他完全有理由感到愤怒，完全有理由粗暴地对她说：嗯，那她可以把钱自个儿留着。然而，埃尔娜却把他的粗暴当成是在供认罪责，她为摘下了他的面具而感到兴奋，咯咯笑着说她全都一清二楚，同时想起霍夫城的一名旅行推销员，那个人不仅得到了她的爱，还使她损失了整整五十马克。

总而言之，这对埃尔娜小姐来说是个好日子。埃施有求于她，而她可以拒绝埃施，此外，她穿了一双新鞋，看起来不错，她很高兴。她窝在沙发上，粗鲁而有点讽刺地把双腿从裙子底下露出来，晃来晃去；她喜欢皮革发出的轻微的吱吱声，还有鞋子给脚背施加的舒服的压力。她不想停止这场愉快的对话，尽管埃施粗暴地把它终结了，她还是再一次问道，他要那么多钱干什么。埃施又说了一次，她可以把钱留着；洛贝格会入股的。"哦，洛贝格先生，"埃尔娜小姐说道，"他钱多，入得起。"出于在恋爱的许多阶段都会有的任性，埃尔娜小姐宁愿把自己献给任何一个偶然到来的人，也不要献给埃施先生，除非结婚，否则她什么也不会给他，现在她很想把钱给洛贝格，以此来激怒埃施。她把脚晃来晃去。"哦，如果是跟洛贝格先生合伙的话，那情况可就不同了。他是个优秀的商人。""他是个白痴！"埃施说道，既是出于信念，也是出于嫉妒，这股嫉妒让埃尔娜小姐感到高兴，因为这正是她指望的。她在伤口上转动着刀子："这钱是不会给您的。"但很奇怪，她的话不起作用。这跟他有什么关系呢？他已经放弃了伊隆娜，拯救她远离那些刀子应该是科尔恩的事情。埃施看着埃尔娜的脚晃来晃去。要是告诉她，这笔钱实际上是用来帮她哥哥的，她就会明白了。当然，即使这样也没用。或许真的应该拿南特维希来偿还。正如洛贝格所言，想要拯救世界，必须从源头消灭病毒；这个源头就是南特维希，甚至也许是隐藏在南特维希背后的某种东西，某种更大的东西，某种人们一无所知的东西——也许跟一家公司的董事长一样大，一样深藏不露。把人惹恼真是够了，埃施是个强硬的人，一点都不神经质，但还是很想重重地踩住埃尔娜小姐那双晃来晃去的脚，让她安静下来。她说："您喜欢我的鞋子吗？""不。"埃施答道。埃尔娜小姐感到吃惊。"洛贝格先生会喜欢的……您什么时候把他带来呢？您一直藏着他……我想是出于嫉妒吧，埃施先生？"哦，如果她那么急着见他，他可以马上把他带来，埃施说道，暗自希望他们在剧院的事情上能够达成理解。"不需要他马上就来，"埃尔娜小姐说道，"不过，为什么不请他今晚来喝咖啡呢？"好吧，他会安排的，埃施说完便离开了。

洛贝格来了。他一只手拿着咖啡杯，一只手机械地搅动着。他喝咖啡的时候还把勺子留在杯子里，所以它碰到了他的鼻子。埃施傲慢地摊开四肢，询问巴塔萨尔和伊隆娜来了没有，做出各种不得体的评论。埃尔娜小姐没有理睬他。她饶有兴趣地盯着洛贝格先生像患有佝偻病的脑袋，还有眼白很大的眼球；他看起来很容易被弄哭。她在琢磨，他会不会由于爱的狂热和激情而落泪；她恼火地想到她哥哥居然把她推向一段不如人意的关系，埃施这个野蛮人只会惹她生气，而在只隔着两三栋房子远的地方却有一个有教养的生意人，只要她看着他，他就会脸红。他有过女人吗，她思忖着。为了弄清这些推测，并且刺激埃施，她巧妙地将话题引向爱情方面。"您也是单身汉吗，洛贝格先生？等您老了，行将就木，而又没人照顾您，您就会后悔的。"

洛贝格脸红了。"我只是在等待对的人，科尔恩小姐。"

"她还没出现吗？"科尔恩小姐露出了鼓励的微笑，动了动裙子底下的脚趾。洛贝格放下了杯子，看起来很无助。

埃施刻薄地说道："他只是还没试过而已。"

洛贝格的信念来支援他了："人只能爱一次，科尔恩小姐。"

"哦！"科尔恩小姐说道。

这就清楚无疑了。埃施几乎为自己不纯洁的生活感到羞耻，他觉得亨特延太太对她丈夫未必不是这种伟大的、独一无二的爱，或许这就是为什么她现在希望保持贞洁，对她的顾客冷若冰霜。可是，在短暂的婚姻之后，亨特延太太就必须永远将爱拒之门外，这一定很可怕，所以，他说道："嗯，可是寡妇呢？如果照这样子下去，寡妇就不应该继续活着……尤其是在没有孩子的情况下……"因为很留意在带插图的报纸上读到的东西，他又补充道："寡妇应该自焚，这样才能……才能得到救赎，从某种意义上来讲。"

"您真残忍，埃施先生，"埃尔娜小姐说道，"洛贝格先生永远都不会说这种话。"

"救赎就在上帝手中，"洛贝格先生说道，"如果祂赋予哪个人爱的伟大天赋，那种天赋是永世不衰的。"

"您是个明白人，洛贝格先生，要是大多数人能将您的话铭记在心，那就好了，"埃尔娜小姐说道，"为男人自焚！真是野蛮……"

埃施说："如果世界是它应该成为的那个样子的话，那不用你们那些愚蠢的组织就可以得到拯救了……是的，你们可以表示怀疑，"他几乎是在喊叫，"要是警察能把所有该抓的人抓起来，而不是去抓那些无辜的人，那就不需要什么救世军了。"

"我只会嫁给一个有养老金，或者能给遗孀留下什么东西的男人，一种安全感，"埃尔娜小姐说道，"这是人们唯一有权希望从一个好男人那儿得到的东西。"

埃施鄙视她。亨特延大嫂永远都不会说这种话。但洛贝格说道："不能让自己的家安安稳稳的人不配当一家之主。"

"您会让您的妻子幸福的。"埃尔娜小姐说道。

洛贝格接着说道："如果上帝赐予我一位妻子，我希望我能够自信地说，我们会像真正的基督徒一样结合在一起。我们会抛弃世界，只为彼此而活。"

埃施嘲弄道："就像巴塔萨尔和伊隆娜一样……每晚都有刀子扔向她。"

洛贝格感到愤慨："饮用劣质酒的人是无法欣赏水晶般澄澈的水的，科尔恩小姐。那样的激情并不是爱。"

埃尔娜小姐把水晶般的纯净当成是在说她，感到很高兴："他送她的衣服花了三十八马克。我是在店里边发现的。像这样敲诈一个男人……我是永远都做不出来的。"

埃施说道："一个清白的人在坐牢，另一个人却高兴去哪儿就去哪儿。应该纠正这一切，不是他死，就是我亡。"

洛贝格抚慰他："人的生命是不能被轻易剥夺的。"

"不，"埃尔娜小姐说道，"如果有谁应该被杀死的话，那就是一个对男人没有感情的女人……至于我，当我有个男人要照顾的时候，我是个有感情的女人。"

洛贝格说道："真正的基督徒的爱是建立在互相尊重的基础之上的。"

"而且您会尊重您的妻子，即便她不像您一样富有教养……但她是一个感情动物，正如一个女人该有的样子。"

"有感情的人才能得到救赎的恩典，并且做好准备。"

埃尔娜小姐说："我敢肯定您是一个好儿子，洛贝格先生，一个能对母亲为他所做的一切心怀感激的人。"

这让埃施感到气恼，比他自己知道的还要气恼："什么好儿子坏儿子……我才不会用这个来换取感激；只要人们对不公袖手旁观，世上就没有恩典……为什么马丁会牺牲自己，被扔进牢里？"

洛贝格答道："盖林格先生是那种正在毁坏世界的毒药的受害者。人们只有回归自然，才能不再彼此伤害。"

埃尔娜小姐说她也热爱自然，时常去远足。

洛贝格接着说道："只有在提升我们心灵的上帝的美好空气中，人类更高贵的情感才会苏醒。"

埃施说道："这种东西可从未让任何人脱离监狱啊。"

埃尔娜小姐评论道："那是您说的……可是我觉得，没有情感的人根本就不是人。埃施先生，一个像您这样不忠诚的人，是没有权利插嘴的……人都是一个样。"

"您怎么能把世界想得这么糟呢，科尔恩小姐？"

她叹道："生活中的失望，洛贝格先生。"

"可是，希望让我们的心一直向上，科尔恩小姐。"

埃尔娜小姐若有所思地盯着前方："是啊，如果不是因为希望……"接着，她摇摇头："人们没有情感，无数的头脑都是一样的糟。"

埃施琢磨着亨特延太太跟丈夫订婚的时候是不是也用这种调子交谈。但洛贝格说道："在上帝和上帝的神圣中，大自然就是我们所有人的希望。"

埃尔娜不想落后："我经常去教堂告解，感谢上帝……"她得意地补充道："在某种程度上，我们天主教比新教更有感情——如果我是男人，我是一定不会去娶一个新教徒的。"

洛贝格非常礼貌，没有反驳她，只是说：

"一切通向上帝的道路都是一样值得尊重的。在上帝的安排下相聚的人将从祂那里学会和睦地生活在一起……只需要良好的意愿。"

洛贝格的品德再次让埃施感到厌恶，虽然他时常因为这种品德而将洛贝格和亨特延大嫂进行比较。他叫道："任何白痴都能夸夸其谈。"

埃尔娜小姐轻蔑地说道："当然，埃施先生来者不拒，他不关心感情或者宗教之类的；他只要求她有钱。"

他简直无法相信，洛贝格先生说道。

"哦，您可以相信我的话，我了解他，他没有感情，什么都不想……洛贝格先生，您拥有的那些想法，不是在任何人身上都找得到的。"

可是，如果真是这样，他就要同情埃施先生了，洛贝格评论道，因为这意味着他在这个世上永远都不会找到幸福。

埃施耸耸肩膀。这个家伙对新世界知道什么呢？他傲慢地说道："先把世界纠正了吧。"

但是，埃尔娜小姐找到了解决的办法："如果两个人一起工作，比如说，您妻子能来帮您做事，那么，其他的一切都会变好的，哪怕这个人是新教徒，而他妻子是天主教徒。"

"当然。"洛贝格说。

"又或者说，如果两个人拥有某种共同的东西，比如共同的利益……那他们就必须相互支持，是吧？"

"当然。"洛贝格说。

她用那双像蜥蜴一样的眼睛瞥了一下埃施，说道："洛贝格先生，如果我跟您一起参与埃施先生提到的剧院的生意，您会反对吗？既然我哥哥已经失去了理智，我至少也必须试着自己赚点钱。"

洛贝格先生怎么能够反对呢！当埃尔娜小姐说她会投入自己一半的积蓄时，他喊道，就一千马克左右吧，她听了很高兴："哦！那我们就是合伙人了。"

尽管如此，埃施还是感到不满。他的随心所欲在顷刻间变得不再重要了，这或许是因为他已经放弃了伊隆娜，或许是因为在紧要关头有更重要的目标，不过，或许也只是因为——这是他唯一觉察到的原因——他突然顾虑重重。

"先跟剧院经理格内特讨论一下吧。我只是跟您说一下，我可不承担任何责任。"

"哦，好的。"埃尔娜小姐说道，她非常清楚他是一个不负责任的人，他不用害怕自己会被叫去解释。他不怎么像个基督徒，她觉得洛贝格先生的一根小拇指都比埃施先生的整个人强。洛贝格先生会不时过来喝喝咖啡吧？嗯？天色已晚，他们站了起来，她挽住了洛贝格的胳膊。头顶的灯把一道柔和的光投到他们脸上，他们就像一对刚刚订婚的男女一样站在埃施面前。

埃施脱下大衣，挂在架子上。接着，他开始又刷又拍，检查破损的衣领。他又发现了一些计算上的出入。他已经放弃了伊隆娜，却要看着埃尔娜移情别恋去诱惑那个白痴。这是违反收支平衡的簿记法则的。当然——他若有所思地晃动着大衣——只要愿意，他是不会让一个洛贝格胜过他的；那个家伙不是他的对手；不，奥古斯特·埃施绝不是这么一个丑陋的怪物，他朝门口走了一两步，还没开门又停住了；咳，他不愿意，就是这样。走廊那边的女人会以为他爬过去找她是因为她那区区千把马克就让他感激涕零了。他转身回来，坐到床上，解开了鞋带。目前的收支是没问题的。他因为不能和埃尔娜睡觉而感到恼恨，这也是没问题的。人们要及时止损。但某个地方隐藏着一处计算错误，他看不到：假定他不穿过走廊去找那个女人，假定他要放弃自己小小的乐趣，他这么做的真正原因是什么呢？是要逃避婚姻？他是在用较小的牺牲避免更大的牺牲，避免由他本人付出代价？埃施说："我是个无赖。"是的，他是个无赖，一点也不比南特维希强，他同样在推卸责任。他的账目一片混乱，要理清真得见鬼去。

而混乱的账目就意味着混乱的世界，混乱的世界就意味着伊隆娜会继续当刀靶，南特维希会继续用无耻的伪善来逃脱惩罚，马丁会一直坐牢。他仔细考虑着这一切，当他脱掉内裤时，答案自动浮现了：其他人为摔跤生意出钱，那么他，身无分文，就必须把自己献给这桩新事业，当然，不是通过婚姻，而是通过个人服务。很不巧，这同他在曼海姆的工作是不相容的，所以他应该辞职。这就是他能够偿还债务的办法。仿佛是为了进一步支持这一结论，他突然意识到自己不应该再留在一家把马丁送进监狱的公司。没有人能指责他不忠，就连董事长先生都必须承认埃施是一个正派人。这个新的想法把埃尔娜驱出了他的头脑，他安心、舒适地躺倒在床上。回到科隆，回到亨特延大嫂的餐馆，这当然是令人愉快的，而且还把他的牺牲缩小了一点，可只是一点，几乎可以忽略不计；说到底，亨特延大嫂甚至连他的信都没回。而且，在曼海姆，餐馆多得是。不，返回科隆，返回那座非正义的城，对他的牺牲是非常微不足道的补偿；这至多只是零用现金账户的一个进项，一个人总是可以存入一点零用现金的。他迫不及待地想要宣布自己成功了，所以第二天一大早就去找格内特：这么快就筹到两千马克可不是一件小事！格内特拍了拍他的肩膀，说他真是神了。这让埃施很得意。然而，他想要放弃工作到剧院任职的决定让格内特大吃一惊；不过，格内特并不能提出任何合理的异议。

"我们安排一下吧，埃施先生。"他说道。于是埃施就去了莱茵河中央航运公司总部。

在总部大楼的楼上，又长又安静的走廊铺着棕色的油地毡。每间办公室的门上都钉着漂亮的铜牌，上面写有任职者的名字；每条走廊的尽头，在被落地灯照亮的桌子后面都站着一个穿制服的男人，他们会询问来访者的意图，然后在复写纸上记下来访者的名字和事务。埃施穿过其中一条走廊，因为是最后一次了，所以仔细打量着每一样东西。他读着门上的每个名字，意外地碰到一个女人的名字之后，他停住了脚步，试着想象她是什么样的：她是一名翻着黑色袖口，在一张倾斜的桌子上算账的普通办事员吗？她会像其他人一样，对访客又冷漠又粗鲁吗？他突然对门后那个未知的女人产生了欲望，他构想着一种新的爱，一种简单的，几乎可以说是业务般的、官方的爱，一种像这些铺着光亮的油地毡的走廊一样光滑、平稳而又宽广无垠的爱。但是，接着，他看到一连串的门都贴着男人的名字，不禁想到，一个女人在这个到处是男人的地方，一定会像亨特延大嫂对她的生意一样感到厌恶的。一股对商务规律的仇恨再次在他体内翻滚：这个组织在它表面的井然有序，它光滑的走廊，它四平八稳、无懈可击的簿记背后，隐藏着各种丑恶的行径。这就是所谓的体面！无论是一家公司的主管还是董事长，商人之间根本就没有什么不同。如果说有那么一会儿，埃施为他不再是这个运转稳定的组织的一分子，不再享有自由出入的特权而感到懊悔，那么现在，他的懊悔消失了，他只看到一排南特维希坐在这些门后面，他们全都要让马丁在牢狱中忍受煎熬。他想直接走进下面的会计室，告诉那些瞎了眼的傻瓜，他们也应该打破这个由虚伪的编码和数字构成的囚笼，像他一样获取自由；是的，这就是他们应该做的，甚至冒着必须和他一起移居美国的风险。

"您带给我们的真是短暂的节目啊。"当埃施递交辞呈，并且索要一封推荐信的时候，人事经理这样说道，埃施差点就要说出自己离开这家卑鄙的公司的真正原因。但他还是没有说出口，因为那位亲切的人事经理马上就把注意力转移到了其他事情上，虽然他虚情假意地重复了一两遍："短暂的节目啊……短暂的节目。"仿佛很喜欢这样的措辞，仿佛在暗示剧院的生活与埃施放弃的这份工作相比并没有多大的区别，或者多么的优越。这个人事经理知道什么呢？他是在指责埃施不忠，并且打算趁其不备吓他一跳吗？是要给他的新工作使绊儿吗？埃施狐疑地盯着这个经理的动作，狐疑地浏览着他递给自己的文件，虽然他非常清楚，他将要从事的那份新工作，没有人会向他要推荐信。因为满脑子都是在剧院的新工作，所以从走廊的棕色油地毡上踏过，向楼梯口走去的时候，他也没有再去留意大楼里的安静和整洁，没有再去揣测他经过的那扇门上的女人的名字，甚至也没有去看写着"会计室"的牌子；主楼前部气派的会议室和董事长的私人办公室对他来说什么也不是。直至来到大街上，他才往回一瞥，就像他对自己说的，告别的一瞥；他隐约感到失望，因为大门外并没有马车在等待。他本来很想看贝特兰德一眼。当然，像南特维希一样，这个人总是躲得远远的。当然，最好还是不要看到他，还有曼海姆，以及它所代表的一切。永别了，埃施说道；但他并没有马上就走，仍在那里徘徊，正午的阳光均匀地洒落在崭新的柏油路上，使他不停地眨眼；他在那里徘徊，等着玻璃门静静地打开，然后董事长或许就会出来。虽然在闪耀的阳光下，玻璃门仿佛在抖动，让人想起亨特延大嫂餐馆柜台的弹簧门，但那只是一种视错觉，门实际上在大理石框里一动不动。门没有打开，人也没有出来。埃施觉得受到了侮辱：他之所以站在烈日下，只是因为莱茵河中央航运公司开在一条花里胡哨的新柏油路上，而不是开在一条凉爽的、像地窖一样的街道上；他转过身，迈开笨拙的阔步穿过街道，拐进了街角；跳上电车踏板之后，他终于决定在第二天离开曼海姆，到科隆去和剧院代理人奥本海默谈判。

II

埃施自然要感到生气，因为亨特延大嫂一直都不回他的信，即便是商务信件，也总是能够在一段时间内得到回复，私人信件就更值得重视，而不仅仅是例行公事了。然而，亨特延大嫂的沉默正符合她的个性。众所周知，一个男人只要抓住她的手，或者试图去捏她身上凸出的部分，就能让她板起脸，用一声不吭的厌恶来阻挡他的胡搅蛮缠；也许埃施的信激起了她类似的反应。毕竟信件是被写信人染指的东西，与别人用过的床单并无不同，亨特延大嫂可能就是用这种眼光来看待他的信件的。她和其他女人非常不同；她不是那种在一大早就往一个男人还没有收拾的房间里钻，即便他正在洗漱也毫不尴尬的女人。她不是埃尔娜：她永远不会要求他偶尔想想她，给她写一些漂亮而感伤的信。她也不会跟科尔恩那样的人有暧昧关系，尽管她比伊隆娜更世俗。当然，跟伊隆娜一样，亨特延大嫂是某种更高贵的人，只是埃施觉得，在世俗的层面上，她必须通过伪装来保持伊隆娜通过天性来保持的东西。如果他的信让她反感，他也能够理解和赞同她的态度；他几乎渴望被她责骂：仿佛她知道他在搞什么；他可以再次感觉到她那冷冷的目光，每回他和海德睡觉，她就会用这种目光责备他；她连这个都不愿忍受，虽然那个姑娘是她的员工。

埃施抵达科隆之后，第一件事就是去探望亨特延大嫂，但他得到的既不是他渴望的友善，也不是他害怕的责备。她只是说："哦，您又回来了，埃施先生。我希望您能待上一段时间。"他觉得他像个外人，觉得他似乎注定要永远被遗忘在科尔恩家里，过着百无聊赖的生活。随后，亨特延太太到他这一桌来时，甚至更深地伤害了他，因为她只谈到马丁："是的，盖林格先生，他是自找的。"她已经给过他足够多的警告了。埃施只是嗯嗯啊啊地回答；他已经在信里把自己知道的一切都告诉她了。"哦！我还必须谢谢您的来信。"亨特延说道。仅此而已。尽管感到失望，他还是拿出了一个包裹："我从曼海姆给您带来了一件纪念品。"那是在曼海姆剧院外的席勒雕像的复制品，埃施指着那个摆着插有黑白红三色旗的埃菲尔塔的架子说，或许可以放在那里。虽然他二话不说就把东西递给了亨特延太太，她还是喜出望外地接受了，因为这件东西可以展示给朋友们看。"哦，不，我是不会让任何人在下面看的；这太美了；我要把它放在楼上的起居室……不过，您不应该这么为我破费的，埃施先生。"她的温和让他又高兴起来，他开始向她讲述自己在曼海姆的生活，而且还表达了一些富于启发性的观点，虽然这些观点来自洛贝格那个傻瓜，但他觉得它们是会受到亨特延大嫂欢迎的。他断断续续地（因为她时常会被叫去饮食柜台那边）向她赞颂着大自然，尤其是莱茵河的美丽，还说他感到惊讶，她竟然跟科隆黏得那么紧，从未到邻近的地方去游览。"很适合成双成对的人去。"亨特延大嫂轻蔑地说道，埃施则恭敬地答道，她可以自己去，或者跟女友去。亨特延大嫂觉得这听起来挺有道理，挺让人放心，就说她有一天会考虑的。"不管怎样，"她打发掉了马上就去的提议，"在我还是个姑娘的时候就对莱茵河很熟悉了。"她还没说完就板起脸来，目光越过了他的头顶。埃施并不惊讶，因为他了解亨特延大嫂那种突如其来的孤僻。但埃施猜不到她这一回的落落寡欢还有一个特别的原因：这是亨特延太太第一次向客人提起自己的私人生活，意识到这一点之后，她很不高兴地逃回到柜台那边去照镜子，整理自己像方糖一样的发型。埃施让她很气恼，因为他骗取了她的信任，虽然那尊席勒雕像还在那儿，但她没有再回到他那一桌去。她想让他把它拿走，尤其是因为他的一两个朋友在他身旁坐了下来，用男人的目光和男人的手指抚弄着它。她逃得更远了，逃进了厨房里，埃施知道自己犯下了一个愚蠢的错误。可是，等她终于又出现时，他站了起来，把雕像拿到了柜台那边去。她用一块擦玻璃的抹布擦拭它。埃施不知道怎样才能摆脱这种状况，就一直站在那里，跟她说起席勒有部戏的首演——这是他从格内特那里学来的词汇——就是在雕像对面的剧院里举行的。他现在跟剧院有着千丝万缕的关系，如果一切顺利，他很快就能给她弄到票。真的吗？他跟剧院有关系吗？哦，他一直就是一个浪荡的人。对于亨特延大嫂而言，跟剧院有关系仅仅意味着跟一些下流的女演员有关系；她还轻蔑而冷漠地说道，她受不了剧院，因为那儿什么都没有，除了爱还是爱，她感到无聊。埃施不敢反驳她，但是当亨特延太太把那件礼物拿到楼上安全的地方去的时候，他又开始和海德聊起来，海德显然很不高兴，几乎都不想看他一眼，因为他没想过给她也寄一张明信片。海德似乎把坏心情传染给了整个餐馆，一个鲁莽的顾客开启了那台自动乐器，现在发出了无聊的乐曲声。海德跑过去把它关了，因为大晚上的放音乐是违反公德的，所有人都对这起恶作剧哈哈大笑。零星的晚风透过半开的窗户吹了进来，埃施嗅到以后，就赶在海德和亨特延太太回来之前，迅速溜到了外面清爽柔和的夜色中去；因为亨特延太太可能会迫使他承认自己已经辞掉了莱茵河中央航运公司的工作；他肯定没法说服她相信举办摔跤比赛是一份可敬的工作；她不但不会相信它的前景，而且肯定会做出恶毒的评论——虽然可能是有道理的。再说了，他已经待了一晚上了，所以就走了。

在漆黑的、像地窖一样的街道上有一股恶臭，就像在夏天常有的那样。埃施隐约感到满足。空气和漆黑的墙壁既熟悉又舒适；人不会感到孤单。他几乎希望能遇到南特维希。他真想狠狠地揍他一顿。埃施感到很兴奋，觉得生活时常提供一些简单的解决办法。但是，中彩票是极为罕见的，所以他必须坚持这个摔跤比赛的计划。

剧院代理人奥本海默既没有一间带着软垫椅的接待室，也没有一个拿表格让来访者填写的接待员。这很正常。但没有人愿意变得更糟，埃施隐约希望找到一份跟莱茵河中央航运公司差不多的工作，只是换成了剧院那一套而已。可是，唉，根本不是那么回事。他爬上一段漆黑狭窄的楼梯，来到一个夹层，找到一扇门，上面写着"奥本海默办事处"，他敲了门却无人应答，只好不请而入。他发现房间里有个铁制的洗脸台，脸盆里盛满了污水，还有各种分类格架，塞满了废纸。一面墙上挂着一大幅保险公司发的日历，另一面墙上挂着一幅装在玻璃框里的画，画的是一艘往返于汉堡—美国航线的轮船，色彩斑斓的奥古斯塔·维多利亚皇后号，周围是一群小船，它已经驶离港口，在蔚蓝的北海里劈波斩浪。埃施并没有停下来仔细观察那艘船，因为他是来办事的，而且羞怯并不是他的天性，虽然有点犹豫，他还是推开门走进了第二个房间。他在那里发现了一张书桌，与别处的乱糟糟形成鲜明对比的是，上面什么都没有，连文具都没有，只有一些墨迹，褐色的木头上满是划痕，旧的地方发灰，新的地方发黄，绿色的台面呢有许多破洞。没有别的门了。但在这个房间里同样有一些醒目的墙饰，一些用图钉固定在墙纸上的照片。这些照片引起了埃施的兴趣，因为里面是许多穿着紧身衣或者衣服上带有闪光饰片的女士，摆着诱人的姿势，他打量了一下，想看看伊隆娜在不在里面。不过，他觉得最好还是出来找个人问问在哪里可以找到奥本海默先生。因为没有门房，所以他就敲了几扇门，直到有人轻蔑地告诉他，奥本海默的办公时间极其不规律。"如果您没有更好的事情可以做，那就等他吧。"一个女人说道。

就这样了。被人这样对待是不愉快的，要是他的新工作使他这样遭人轻蔑，那真不是什么鼓舞人心的事。但没办法，他是为了伊隆娜才这样的（这个想法使他的心感到一阵暖意）；不管怎么说，这都是他的新工作，所以他就在那里等待。这位奥本海默先生养成了多好的办公习惯啊！埃施不得不笑了；不，这不是一份需要推荐信的工作。他站在门口注视着街道，直到最后终于有个浅色头发、粉色皮肤、很不起眼的小个子男人走来，爬上了楼梯。埃施跟在他后面。他就是奥本海默先生。埃施向他解释完自己的事情之后，奥本海默先生说道："女摔跤手？我会安排的，我会安排好的。可是格内特需要您干什么呢？"是啊，格内特需要他干什么呢？他为什么会在这儿？究竟是什么把他带到这儿来的？他已经辞掉了莱茵河中央航运公司的工作，到科隆来已经不是原来计划的出差了。那么，他为什么来科隆呢？当然不是因为科隆更近海吧？

当一个正直的人移居美国，他的亲朋好友会站在码头上向他挥动手绢。船上的乐队会演奏《我必须，我必须，离开我故乡的小镇》，虽然由于时常乘船出行，有人会把这当成是乐队指挥的虚伪表演，但许多聆听的人都感动了。当缆绳牢牢地系在小拖船上，当海洋巨人在漆黑、光滑如镜、充满浮力的海面上起航，一阵阵欢快的乐曲声会划过凄清的水面，这是好心的乐队指挥想让离开的乘客活跃起来。这时候，许多人都会清楚地意识到，他们的同胞是怎样四散在海面和地面上，他们彼此间的维系是多么脆弱。就这样，从港口滑入更加清澈的水域，在那里再也分辨不出流入的河水，海潮似乎正回流到港口，巨大的邮轮时常沉浸在一团看不见却十分剧烈的痛苦中，以至于许多旁观的人都想去阻拦它。它继续前行，从停靠在烟雾弥漫、垃圾遍布的岸沿的船只旁边驶过，哐当哐当响的起重机正在忙碌地装卸目的地不明的不明货物，从落满灰尘的绿地延伸至河口后只剩一些稀疏荒草的垃圾遍布的岸边驶过，从可以看到灯塔的沙丘边上驶过；它继续前行，像戴着脚镣的流放者一样由小小的队伍护送着，在船只和岸上站着一些人目送它离去，他们举起双臂，仿佛想拦住它，却不够诚心诚意，只是笨拙地挥着手。驶入公海后，它的船体几乎都沉到了地平线底下，三根烟囱也几乎都看不见了，许多在岸上眺望大海的人会问自己，这艘船是驶向港口呢，还是驶入码头工人永远无法理解的孤独？要是发现它正驶向陆地，他们会感到宽慰，仿佛它正把他们的心肝宝贝，或者至少是一封期盼许久的信带回来。在遥远边界的薄雾中，常常会有两艘船相遇，人们可以看到它们从彼此身旁滑过。有一个时刻，一个难以言表的兴奋时刻，两个柔和的黑色轮廓合为一体，然后再次柔和地分开，动作如它们在其中合成一对的远方薄雾那般静谧与柔和，每一个都将在自己的航线上独自前行。甜蜜的、永远不会实现的希望！

但在船上的那位乘客并不知道我们在为他担忧。他几乎没有注意到起起伏伏的海岸线，只有在隐约感觉到灯塔昏黄的光线时，他才意识到陆地上那些人在为他担忧，记挂着他的安危。他不理解确确实实包围着他的危险，他没有察觉到将他同海底的陆地分开的犹如山岳般的海水。只有心怀目标的人才会害怕危险，因为他害怕失败。但是，在像椭圆形跑道一样的平滑的甲板上走动，在比他踏过的任何道路都要平滑的甲板上走动的这位乘客，他在船上没有目标，永远也无法完成自己的命运；他封闭在自身之中。他所有的潜能都处于沉睡之中。爱他的人只会因为他身上的可能性，因为潜藏在他体内的一切而爱他，而不是因为他将会实现或者已经实现的东西；他永远都不会实现它们。因此，在岸上的人对爱一无所知，错把他们的恐惧当成爱。然而，这位乘客很快就达到了这一认知，而且，从他身上延伸到岸上那些人的线在海岸线从视野中消失之前就断了。乐队指挥想用乐曲使他活跃起来，几乎有点多余，因为这位乘客只要把手从擦得锃亮光滑的栏杆和闪亮的铜环上滑过，就觉得满足了。波光粼粼的大海在他眼前舒展；他感到平静。强大的发动机带着他前进，它们的嗡嗡声形成了一条不通向任何地方的路径。那位乘客望着大海的目光是一种不同的目光：那是一个再也不认识我们、已经变成了孤儿的男人的目光。他已经忘记了自己曾经的日常任务；他不再相信账本中那些总数的准确性；如果经过电报员的船舱，听到仪器的滴答响，他也许会对这个机械装置惊叹不已，却不相信电报员正在同陆地收发信息；实际上，如果他不是一个审慎的人，就会觉得电报员是在向宇宙发话。他喜爱那些在轮船周围戏耍的鲸鱼和海豚，而且也不怕冰山。但是，如果远方的海岸线进入他的视线，他却不想去看，或许还会躲到船舱里，直至它再次消失，因为他知道在那儿等待他的并不是爱，不是无拘无束的自由，而是焦虑不安，以及由他的目标筑起的高墙。寻求爱的人就是在寻求大海；他或许会谈到在大海那边的陆地，但他并不当真，因为他觉得这趟航行是没有尽头的，这趟航行使他孤独的灵魂怀着一个希望：扩张和敞开自己，接受像空气一样从薄雾中自由地进入他体内的他者，他可以将这个他者视作是一种潜在的、尚未诞生的不朽。

不可否认的是，虽然埃施一直想要移居美国，想要莱茵河中央航运公司的那些簿记员同他做伴，但这些沉思并没有出现在他的脑海里。不过，他一走进奥本海默先生的办公室，就会久久地注视着奥古斯塔·维多利亚皇后号破浪前行。

他又开始了原来的生活，住进了原来的房间，时常在亨特延大嫂的餐馆吃午餐。他热情洋溢地使用自己的自行车，但是现在，他每天去的是奥本海默先生那儿，而不是斯特姆伯格公司。亨特延太太虽然冷漠，还是发现他换了工作，她的神情中流露出了某种类似于轻蔑和不满的东西，甚至还有一点鄙视。尽管埃施不得不承认她的忧虑是合理的——也许正是因为这一点——他还是竭力在她面前给这份新工作的前景和优势涂脂抹粉。他取得了一定的成功。虽然她对于他生动描述的伟业——他即将从事的这一伟业不仅会扩展到美国，还会扩展到世界各地——充耳不闻，但他试图用来迷惑她的闪闪发光的财富、艺术上的成就以及欢乐的旅行，这种由别人而不是她自己来实现的命运，这种广阔的天地，还是激起了这个十五年来一直对自己肮脏狭隘的命运憎恨不已的女人的嫉妒。她充满了一种可以说是掺杂着恶意的崇拜，因为她一方面固执地认为他的雄心是空洞和无法实现的，一方面又在幻想方面超过他，给他提出言过其实的建议，使他相信自己会成为一整帮艺术家、表演家和管理者的头儿，或者如他所说，董事长。"首先，必须以严格的秩序和原则来管控他们，"他时常这样回答，"这是他们最需要的。"是的，他坚信这一点。他对艺术家的这一深深的蔑视并非仅仅建立在他对格内特油腻的笔记本和奥本海默凌乱的办公室的厌恶之上，而且还与亨特延大嫂的原则高度一致，以至于在这个充满了钦佩和赞赏的时刻——包罗世界的原则时常变成琐碎的家务事——亨特延太太答应了让他这个专业人士来检查她的账本：她带着屈尊俯就的笑容答应了，仿佛完全相信自己那简陋的账本是最合理、最标准的。但是，埃施几乎还没弯下腰去看那些数字，亨特延大嫂就叫了起来，他不用摆出这种优越的姿态；她一点也不钦佩他那点三脚猫的簿记功夫；他最好还是把注意力放到剧院的事务上，那需要更多的照料。她从他手里夺过了本子。

是的，剧院的事务！奥本海默对自己的工作总是敷衍了事，习惯轻松地接受偶然的意外，虽然埃施的坚持使他毫无抵御能力，他还是嘲笑这个家伙每天骑着自行车过来，表现得好像是公司的合伙人一样；但在了解到埃施为摔跤项目带来了新的资金之后，他就容忍了，甚至把埃施每天对他乱七八糟的办公室的咒骂也咽下了。他们一起为6月到7月的租约与阿尔汉布拉剧院的业主讨价还价，因为需要满足埃施的工作热情，所以奥本海默还委托他去招募女摔跤手。

埃施凭着自己对酒场、妓院和姑娘的经验，非常适合这份工作。他寻遍了各种地方，一旦发现愿意进入名单的合适姑娘，就在画了表格的本子上记下她们的名字和资历，同时还不忘另外列出一个他用商业术语称之为"观察报告"的栏目，根据简单却有效的分类，在每个名字后面加上他对这些候选人的能力所作的评判。他特别偏爱那些名字听起来像外国人或者本来就是外国人的姑娘，因为这将是一场国际性的摔跤联赛；唯一被他排除在外的是匈牙利人。测试这些姑娘的肌肉时常是一件相当有趣的事，有时候他甚至会受到她们的健美的诱惑。但他还是不喜欢这个任务，当他漫不经心地用贬低的口吻向亨特延大嫂提起这件事的时候，他是认真的：他再也不认为这样的职务与自己的尊严相匹配，他宁可去坐在奥本海默空无一物的办公桌后面，或者去视察阿尔汉布拉。

他经常到那儿去，穿过脚步声在地板上回响的空荡荡、灰溜溜的观众席，踏着架在乐池上的摇摇欲坠的木板来到舞台上，舞台上裸露着巨大的灰色墙壁，对于两侧很快将要遮住它们的轻薄的帷幕来说几乎有点招架不住。当他迈开大阔步丈量着舞台的时候，仿佛是一种凯旋，因为再也不会有刀子飞过了；当他往经理室里窥探的时候，他会琢磨自己是不是已经可以搬进去了。他还想到，必须让亨特延太太来参观一下他的新王国。这里的空气出奇地灰暗和寒冷，虽然外面的啤酒花园在明媚而炎热的阳光下闪耀着；这个由布满灰尘的陌生所构成的独立王国，犹如在一个由熟悉事物构成的世界中的遥远的未知岛屿，它就像是隔着一片灰色汪洋等待着的一切陌生的可能的一种许诺和预示。在晚上，他也经常到阿尔汉布拉去。但那时候，啤酒花园里点着灯，一支乐队在树下的一个木台上演奏。剧院黑黢黢的，几乎不为人知地隐藏在灯光后面，内部一直到天花板都被黑暗填满了，人们无法想象它是多么宽敞，布置得多么好。埃施喜欢在晚上来，因为他愉快地想到，这座漆黑建筑中的生命是留待他而非其他人来唤醒的。

在接下来的一天早上，埃施再次去访问阿尔汉布拉，发现业主和朋友们正在柜台那里打牌。他也加入了，一直打到下午很晚。然后，埃施感觉自己的脸又木然又呆板，他意识到自己现在过的这种生活跟罢工期间在曼海姆的仓库里简直一模一样。就只差科尔恩跑过来向他吹嘘自己和伊隆娜的交欢而已。他辞掉莱茵河中央航运公司的工作有什么意义呢？他在这儿无所事事地浪费时间，挥霍金钱，甚至都没有去替马丁申冤。要是留在曼海姆，至少可以到监狱去探望马丁。

吃晚餐的时候，他指责自己可耻地遗弃了马丁。可是，亨特延太太答道，每个人都必须自己多加小心，她已经给过盖林格先生足够多的警告了，他不能指望朋友为了他而留在曼海姆，放弃光辉的事业。埃施听了大发雷霆，吓得她躲到了柜台后面去抚弄头发。他立刻付了账，离开了餐馆，因为她把他的无所事事说成是光辉的事业，这激怒了他。然而，他自己并不承认这是他发怒的原因，只是指责她对马丁的冷酷无情。整个晚上，他都在想救助马丁的方法。

第二天一大早，他就去了奥本海默的办公室。弄来纸笔后，他整个上午都在写一篇檄文，揭露莱茵河中央航运公司和曼海姆警方陷害可怜的工会秘书马丁·盖林格。写完后，他马上带着这篇文章前往社会民主党创办的《人民卫报》的编辑部。

《人民卫报》总部所在的房子并不是新闻界的宫殿，既没有大理石的前厅，也没有锻铁打造的大门。它整体上跟奥本海默的办公室并无二致，只是要繁忙得多；但在星期天，当报界休息的时候，它就成了奥本海默办公室的分身。楼梯的黑色铁扶手摸起来黏糊糊的，墙皮剥落的破旧墙壁可以看出经常贴图的痕迹。透过窗户可以看到一个小小的院子，院子里有辆板车，板车上堆着一卷卷的纸。印刷机正在某处运转，发出哮喘般的声音。通往编辑室的门应该是白色的，曾遭到猛烈的撞击，因为门锁不合适。出现在墙上的不是保险公司的日历，而是时间表，不是舞蹈者的画像，而是卡尔·马克思的照片。其他的没有什么不同，他在这里显得极其多余，以至于连他的文章，原本听起来如此尖刻有力，也突然变得蹩脚多余了。到处都是同样的一帮人，埃施愤怒地想道。同样的一帮煽动者，活在同样的混乱中。把武器放到他们任何人手中都是浪费时间。它在他们手中不起作用，因为他们对任何事情的原委都一无所知。

他被领进了第二个房间。在一张大概曾经铺过桌布的桌子后面，坐着一名身穿褐色天鹅绒大衣的男子。埃施把稿子递给他。编辑匆匆浏览了一下，把它折起来，放进了身旁的一个筐子里。"可是您还没读呢。"埃施尖锐地说道。"哦，是的，我知道是什么……曼海姆大罢工嘛。我们会看看能不能用的。"埃施感到惊讶，这个人居然对文章不感兴趣，还认定自己已经知晓了一切。"抱歉，这里边的事实会让人对这次罢工产生全新的看法。"埃施坚持道。编辑拣起稿子，立刻又放下了。"什么事实？我并没有看到什么新东西。"埃施觉得编辑正在试图展示他的无所不知。"可我是目击者，我就在集会上！""嗯，我们的密使也在那儿呢。""那您有没有公开啊？""据我目前所知，并没有什么特别的东西要公开。"埃施惊得跌坐到了椅子上，虽然编辑并没有请他坐。

"亲爱的同志，"编辑继续说道，"您总不能让我们等您做报道吧？""是的，可是，"埃施非常困惑，"为什么你们不做点什么呢？为什么你们让马丁……"他纠正自己，"为什么你们让盖林格待在监狱里呢？他是清白的。""哦，是吗？……非常钦佩您的正义感，"编辑瞥了一眼稿子上的名字，"埃施先生……可是，您真的认为我们能这么容易就让他出来吗？"他笑了。埃施没有被笑声分散注意力："应该关起来的是另一方……这对任何在场的人来说都是再明显不过的事！""所以您认为应该把莱茵河中央航运公司的领导关起来，而不是盖林格，对吧？"多么可恶的笑声，埃施想道，保持着沉默。把贝特兰德关起来？为什么不把贝特兰德和南特维希一起关起来呢？说到底，在昏暗的白昼中，一家公司的董事长和一个南特维希并没有多大的不同，只不过曼海姆的董事长比南特维希要好，而监狱对他来说是不够好的。埃施茫然地重复道："把贝特兰德关起来。"编辑笑得更大声了。"那大概是最后才会发生的事。""为什么？"埃施恼火地问道。"他是正派人，亲切友好，"编辑温和地解释道，"而且是个杰出的商人，是那类可以来往的人。""所以说，您能和一个跟警方勾结的人来往？""苍天在上，雇主当然要和警方合作；如果我们身居高位，也是一样。""您说这是正义？"埃施愤慨地说道。编辑好笑地摊开双手听之任之："我们有什么办法呢？在资本主义国家，正义就是这样组织起来的。而且，一个尽心尽力让自己的企业保持运转的人比直接关门大吉的人对我们更有好处。要是您为所欲为，然后所有与我们对立的雇主都被关进监狱，那就要发生工业危机了，我们有很多存款来应付，是吧？"埃施执拗而愤怒地重复道："不管怎样，应该把他关起来。"编辑的欢笑让人越来越恼火了。"啊，我现在明白您的意思了：您指的是因为他是鸡奸犯吧？……"埃施竖起了耳朵，编辑变得更温和了，"这烦扰着您，对吧？嗯，您可以放心：他只在意大利干那事。不管怎样，像他那样的绅士，是不会跟社会民主党成员一样那么容易被逮住的。"原来如此：铺着软垫的座椅，银光闪闪的随从，各种装备，以及一个鸡奸犯，南特维希可以四处活动，为所欲为！埃施瞪着那个乐呵呵的编辑："可是马丁被关起来了！"编辑放下铅笔，微微张开了双臂："我亲爱的朋友和同志，我们谁也无法改变这些事。曼海姆的罢工是一桩十足的蠢事，我们唯一能做的就是让事情自行发展，并且收起我们的狼狈。我们只能感到高兴，盖林格三个月的监禁对我们来说是很好的宣传。非常感谢您的文章，我亲爱的朋友，如果您下次还有别的东西要给我们，请早点拿来。"他和埃施握了手，埃施虽然感到愤恨，还是笨拙地点了点头。

6月将近。埃施给奥本海默当跑腿，去找印刷厂和海报设计师；一切准备就绪，柱子和广告牌上出现了醒目的广告，向小城里的人宣布：来自世界各国的最强壮的女人将齐聚科隆进行比试；附在后面的名单会让所有持怀疑态度的人都信服的：

塔蒂亚娜·列昂诺夫，俄国冠军；莫德·弗格森，纽约锦标赛优胜者；米尔泽·奥博莱特纳，维也纳冠军杯获得者；更不用说还有德国代表，伊蒙特劳德·克罗夫。大部分名字都是奥本海默杜撰的，因为他觉得那些姑娘的真名太平淡无奇了。埃施徒劳地与这个骗人的把戏进行抗争；他费尽心力找来货真价实的国际性的姑娘，难道只是为了让一个犹太人把她们的名字搞乱吗？他把这看成是世界陷入无政府状态的一个新的征兆，在其中，没有人知道自己是在右还是在左，是在前还是在后；在其中，奥本海默先生是这样还是那样称呼一个人根本不重要，他甚至还得感激奥本海默没有想出一个匈牙利名字。总之，没有匈牙利的事，而且奥本海默觉得把意大利列到参赛国的名单上去也不合适。能那么肯定意大利有女人吗？意大利似乎是鸡奸犯经常出没的地方。不过，当看到告示牌上那些国际性的名字时，他还是很高兴的：不同的国家肩并肩地立在那里，在某种意义上，这整个世界都是他个人的创造，是他未来事业的承诺和保证。他拿了一张海报到亨特延大嫂的餐馆里去，未经许可就把它钉在了埃菲尔塔下方的镶板上。

　　但是，亨特延太太还在为他因为盖林格而对她恶语相向的事生气，她在柜台那边大声说道，他应该把海报贴在人家让他贴的地方；而这种事应该由她做主。埃施早就忘了之前那件事，看到她的怒容之后，这才想起来，于是便装作要服从她的命令。这种顺从使亨特延大嫂消了气，虽然还在骂人，但她已经从柜台后面走了过来，看着那张海报。在名单上辨认那些名字的时候，她感到既同情又厌恶：这些女人活该暴露在恶心的男人面前，但与此同时，她又为她们感到难过。埃施是这整件事的策划者，他站在那里就像在一群后宫佳丽中间的帕夏，这种突出的邪恶，这种深深的放荡，与坐在餐馆里的其他顾客的小淫小恶形成了鲜明的对比，似乎使埃施上升到了一个不同的，甚至更高的层次。他那僵硬的短发，黝黑的脑袋，晒成红褐色的皮肤，呸，真叫她浑身起鸡皮疙瘩！不，她不明白自己为什么会容忍这个男人和他的海报，他抓住她的手腕，把她吓了一跳。这看起来不就像是他要制服她、控制她，把她的名字添加到海报上去吗？她有点失望，因为什么都没发生，埃施只是引导着她用顺从的手指划过一个个名字："俄国、德国、美利坚合众国、比利时、意大利、奥地利、波西米亚。"他大声地读着，因为听起来很了不起，而且一点儿也不危险，所以亨特延太太恢复了镇静。她说："可是漏掉了一些，比如卢森堡和瑞士。"尽管如此，她还是立刻把脸从那张列有女性名单的海报上转开，仿佛它散发着邪恶的气息："您怎么可以跟这些女人搅和在一起！"埃施用马丁的话来回答，每个人都应该待在上帝放置他的地方，又补充说，应付那些女人是特尔切尔的事情，不是他的；他只负责经营管理。

特尔切尔来到了科隆，在奥本海默的办公室查看埃施招募来的新兵。他整个上午都坐在那里评判，直接把其中一些打发走了，又让另一些到阿尔汉布拉去，他要给她们上第一课，并且测试一下她们的能力。

这是一项好玩的娱乐。特尔切尔带来了紧身衣，在埃施照着笔记本点完名之后，特尔蒂尼先生就请女士们去更衣室换上紧身衣。她们大多数人直到看见别人先穿上了那异乎寻常的衣服，才没有拒绝去换上。当领头的那些人剥光衣服，极为窘迫地从更衣室里出来时，四下爆发了一阵大笑。通往啤酒花园的门都敞开着；绿树欢快地望进来，突如其来的风把早上和煦的阳光带进了剧院。业主和餐馆里的所有厨子都站在门口，特尔切尔爬上了舞台，在柔软的棕色垫子上讲解希腊罗马式摔跤的规则。接着，他吩咐让两个人来试一下，可是姑娘们谁也不肯去试；她们咯咯笑着，用手肘相互碰来碰去，一会儿推一下这个，一会儿推一下那个，可是全都坚决地抵抗着，躲藏在人堆里。

过了许久，终于有两个人下定决心出来试一下；可是，当特尔切尔开始向她们展示基本的动作时，她们只是张开双臂大笑，并不敢去碰对方。特尔切尔吩咐第三位姑娘出来，可是同样的事情又发生了，他只得让埃施再点一次名，试图通过对每一个名字的戏谑性的评论来营造英勇无畏的气氛。听到一个法国名字的时候，他赞扬了一番高卢人的勇猛，然后邀请"法兰西的骄傲"到台上来；接着，他又介绍了"波兰的女巨人"；总之，他把用来向公众介绍这些摔跤手的所有光荣和振奋人心的头衔都念了一遍。现在，有一些姑娘出现在了舞台上，但其他人则发出欢快的尖叫声，说她们不愿意，她们想穿上自己的衣服，而特尔切尔则用遗憾的表情和滑稽的绝望动作表示反对。然而，这整件事是不会在愉快中结束的。当埃施叫到卢泽娜·赫鲁什卡这个名字的时候，特尔切尔又说道："哦，上来，波西米亚的母狮子。"一个丰满而柔软的女人，仍穿着自己的衣服，挤到了脚灯那里，用他们民族那种歌唱般的语调生硬地叫道，没有人可以因为肮脏的钱而笑话她。"我已经，丢掉好钱，因为我，不让人，笑我。"她对特尔切尔尖叫道，当特尔切尔还在试图想出一个玩笑来挽救局面的时候，她举起了自己的遮阳伞，好像要砸向他。但她马上又陷入了沉默，浑圆柔软的肩膀开始起伏，可以看出她正在哭泣。当她转身从那些吓得不敢出声的姑娘中间走出去的时候，她的目光落到了拿着名单坐在桌子前的埃施身上。她朝他俯下身去，大声骂道："你，你坏朋友，带我来这里羞辱我。"接着，她抽抽噎噎地跑了出去。这时候，特尔切尔已经重新把控住了局面，这个插曲不无好处；那些姑娘仿佛为刚才的轻浮感到羞愧，纷纷准备认真地对待工作了。特尔切尔的赞美使她们大受鼓舞，很快，她们就忘了那个狂野的捷克女人。甚至连埃施都将她的指责抛到了脑后，虽然他不得不承认，他是个坏朋友；不过，他不久就会把马丁从牢里救出来的。这就是他回家时的想法。

亨特延太太小心翼翼地擤了擤鼻子，注视着手绢里的东西。或许是出于一种负罪感，埃施跟她说了那个倔强的捷克女人的事，亨特延太太说，如果那个遭受虐待的可怜女人把他的眼珠子给挖出来，那也是他活该。这就是他跟这种层次的女人厮混的结果。他有什么体面的尊严吗？那个荡妇应该高兴的，他给了她挣点小钱的机会。是的，这就是他得到的感谢。但那个捷克女人也是对的；对待男人就得这样。他们就是这么活该。为了找乐子，去看几个可怜的荡妇穿着紧身衣在台上扭打在一起！这些可怜的东西比那些占她们便宜的男人好十倍。她冷冷地说道："拜托您把雪茄收起来。"埃施恭敬地听着这一切，不仅是因为这顿丰盛的晚餐她给他开的价格低得离谱，也是因为他认为她有权揭露他那罪恶的生活方式。他的事情乱糟糟的：为了摔跤的项目，他存了三百马克，现在只剩下两百五十马克，虽然从第一天营业开始，他就会有收益，但他并不清楚自己将走向何处。为了不让他为伊隆娜所做的、他现在差不多已经忽略了的牺牲功亏一篑，他就必须有一份稳定的收入；他本想谈谈这个问题，但虚荣心阻止了他，因为以亨特延大嫂目前的心境来看，她是不会明白万丈高楼平地起的道理的。所以，他只是说："摔跤总比扔刀子好。"亨特延太太盯着埃施手里的刀子；她不太清楚他指的是什么，但她感到不舒服，所以简短地答道："也许吧。""这肉味道不错。"埃施说着朝盘子埋下了头，她以一副专业的姿态答道："这是牛腰肉。""可怜的马丁现在吃的东西……"亨特延太太说道："只有星期天才有肉，"她带着一丝满足地补充说，"其他时间基本只有芜菁吧，我想。"马丁是为了谁而只能吃芜菁？他是为了谁而牺牲自己？马丁自己知道吗？马丁是一个殉道者，却仅仅把他的殉道当作一份既愉快又讨厌的工作；但不管怎样，他都是一个正派人。亨特延太太说道："人不是被牵着走，就是被赶着走。"埃施没有回答。也许马丁隐藏着不为人知的秘密；殉道者总是要为某种信仰，为某种决定了他全部行动的内在的信念而受难。殉道者是正派人。亨特延太太说道："这就是看那些无政府主义报纸的结果。"埃施表示同意。"是啊，他们是一群无赖，现在把他丢在监狱里不管不顾了。"当然，马丁对那些社会主义报纸也是嗤之以鼻的，虽然人们会以为他们应该呈现社会主义观念并且推行这种观念。马丁真的信仰社会主义吗，还是根本不信？一想到马丁有事瞒着他，埃施就感到恼火。一个掌握真理的人可以拯救他的同胞；这就是基督教的殉道者所做的。出于对自己所受过的教育的骄傲，他说道："在罗马时代也有摔跤比赛，只不过是跟狮子。那可是血腥啊。在特里尔那边现在还有一个竞技场呢。"亨特延太太感兴趣地问道："是吗？"可是，埃施并没有回答，于是，她继续说："您不给我讲讲吗？"埃施沉默地摇摇头。如果马丁既不是为了信仰，也不是为了那更好的见识或者其他什么东西而牺牲自己，那很可能只是为了牺牲而牺牲。也许首先必须牺牲自己——曼海姆的那个白痴是怎么说的？——然后才能感受到救赎的恩典的力量。可是，照这样说来，或许伊隆娜也需要被扔刀子，以此作为一种牺牲；谁能搞清楚原委呢？因此，埃施说道："我什么也不想做。或许这整个摔跤的项目就是十足的蠢事。"是的，亨特延大嫂说道，就是这样。他再次对亨特延大嫂充满敬意，这给他带来了一种安稳的感觉。

　　房间里弥漫着食物、烟草和甜酒的气味。亨特延大嫂是对的：女人不想改变什么。这就是为什么伊隆娜会和科尔恩在一起。要是那个狡猾的瘸子真的拥有什么更高的认知的话，他也没有泄露，没有跟别人分享。他像一只三条腿的狗一样到处跑，很欢乐，接着突然在街角拐进了监狱，监狱对他的影响就像挨打对一条狗的影响一样微弱。"或许挨打和牺牲还让他们觉得好玩呢。"他恍惚地说道。"谁？"亨特延大嫂好奇地问道，"那些女人吗？"埃施思忖道："是的，大多数……"亨特延大嫂感到很高兴："我再给您拿一份来吧？"她向厨房走去。埃施为那个捷克女人感到难过；她是哭得那么柔弱。但亨特延大嫂可能还是对的：这个叫赫鲁什卡的女人也不想改变什么。亨特延太太端着他的盘子回来时，他突然说道："那个捷克女人，她一定也在找一个扔刀子的人。""哦！"亨特延大嫂说道。"可怜的家伙。"埃施继续说道，他自己也不知道他指的是马丁还是那个捷克女人。然而，亨特延大嫂以为他指的是那个捷克女人，挖苦道："嗯，您可以轻轻松松地安慰她的，既然您这么同情她……您最好现在就跑到她那儿去吧。"

　　他没有回答；他津津有味地吃完东西，然后安安静静地拿起报纸，仔细看起了广告栏，这如今成了报纸上最重要的部分，因为他想看看关于摔跤表演的告示。但他灵魂里正直的簿记精神使他觉得应该给亨特延太太也开个户；难道她拥有的权利比不上伊隆娜吗？伊隆娜完全无视他为了她的好而付出的努力。他的目光被一则在圣戈尔举行的葡萄酒拍卖的通告给吸引住了，便问亨特延大嫂是在哪里买的葡萄酒。她提到了科隆的一个葡萄酒商。埃施露出了鄙夷的神情："您居然把钱浪费在他们身上！为什么您从来都不向我咨询一下呢？我并不是说每家公司都像我们那位南特维希先生为之效劳的那帮骗子一样坏，可是，我敢打赌，您一定花了不少冤枉钱。"她装出了一副受难者的表情：一个独自生活的弱小女人必须承受许多事情。他提议让他亲自到圣戈尔去为她采购。"好啊，可是费用呢？"她说道。埃施变得很热心；她省下来的钱就可以轻松弥补费用了，要是品质达标的话，酒里还可以掺上更便宜的品种呢；他了解这个。再说了，他也没把费用放在心上；到莱茵河上游去旅行——他想起了洛贝格那些关于大自然的乐趣的蠢话——总是一种乐趣，在这桩买卖还没盈利之前，她无须支付他的费用。"我想您会把您的捷克女人给带上吧？"亨特延大嫂狐疑地说。他觉得这个想法不无吸引力，但他大声而愤慨地否认了，亨特延大嫂可以自己跟他一起去看看，嗯，她不久前还说过想在乡下待上一两天呢——只要她跟他一起去，就一举两得了，他不耐烦地补充道。她注视着他的脸，注视着那副淡褐色的面容，然后浑身僵硬，吓得往后退。"谁来照料餐馆呢？……不，永远都不行。"

唉，他自己也不是那么热心；再说了，目前他的钱也不够两个人旅行，所以埃施也就没有再说下去，而亨特延大嫂也恢复了镇定。她拿起报纸，安心地看到拍卖还要再过两个星期才举行呢，她说她会仔细考虑一下的。是的，她可以仔细考虑一下，埃施干巴巴地说着，站了起来。他必须到阿尔汉布拉去了，特尔切尔正在那儿进行排练。他选择了经过那个捷克女人工作的餐馆的路线。但他蹬着自行车的踏板，离开了。

格内特现在已经抵达科隆，埃施每天都会到码头去探听那些用船沿着莱茵河运来的舞台道具，他在航运事务上的专业知识使他正适合承担这一任务，而对找点什么事来做的需求也使他充满了热情。虽然他实际上或许是为了去那里看看那些平房，去懊悔自己那么仓促地辞掉莱茵河中央航运公司的工作，让那些葡萄酒保税仓提醒他，南特维希依然是他心里的一根刺，但他在看和感受这一切的时候不无满足，因为这显而易见地向他证明了自己的牺牲并不逊于马丁。与此同时，伊隆娜没有来科隆，而是和科尔恩待在一起，也是符合计划的，使得这一切有了更高的意义。可是，切勿以为埃施已经变成了一个因为自己的苦难而充满荣耀的人。根本不是！他在私下里毫不顾忌地把伊隆娜说成是妓女，甚至是一个肮脏的妓女，把特尔切尔说成是皮条客和恶棍。如果在成排的酒桶间遇到南特维希那个浑蛋，他也会毫不留情地骂他。然而，每回经过莱茵河中央航运公司那一长排仓库，看到那个写着公司名称的可恨的牌子，在一群小恶棍之上就会浮起一个比实际更大的人的光辉形体，一个地位如此之高的人的身影，他是那么遥远，那么高高在上，几乎不只是人，而又是恶棍之首，就会难以想象、极其凶险地浮起贝特兰德的形象，这个卑鄙的公司董事长，这个把马丁投进监狱的鸡奸犯。这个在本质上难以想象的被放大了的形象，似乎将那两个小恶棍也纳入其中，有时候，埃施觉得似乎只要打倒了这个反基督，就能摧毁世界上的所有小恶棍。

当然，琢磨这样的问题是愚蠢的，因为还有更严重的麻烦呢；凭良心说，在这些码头消耗时间而没有任何报酬，真是太糟糕了。一个没有正经工作的人活该灭亡。亨特延大嫂会同意这一点的，而向自己描绘这种可能真是出奇的愉快。是的，最好的解决办法或许就是有个超级杀手来把他干掉。埃施沿着码头闲逛，再次遇到了莱茵河中央航运有限公司的标志，他大声地、清楚地说道："不是他死，就是我亡。"

埃施望着驳船把剧院的东西运来，监督它把货物卸下。他看到特尔切尔和他那位脸颊红润的朋友奥本海默正走过来：可以这样说，他们是分段走过来的，因为他们不时停下来，偶尔还会激动地抓住对方大衣的衣领，埃施思忖着他们有什么东西可以讨论得这么急切。等他们走近了的时候，他听见特尔切尔说道："我告诉您，奥本海默，这份工作不适合我——您等着，我还会把伊隆娜叫来，要是在半年时间内，我不能在纽约演出的话，您可以把我的脑袋砍下来。"哟嗬，这么说来，特尔切尔到现在还没放弃对伊隆娜的权利？嗯，等事情安排好，他就会改变看法了。埃施失去了继续思考死亡的乐趣。他朝他们嚷嚷说，他们到这儿来干什么呢？他们大概是以为他从来没有干过这样的工作吧？或者他们认为他会偷东西？或者这两位先生是想监督他工作？嗯，他真是后悔让别人把钱投进这桩生意，更别说还有他自己的钱呢。为了这个冒险的项目，他已经在这里辛辛苦苦地干了将近一个月，什么都没有，还把自己的最后一分钱都投了进去，是因为什么呢？因为有位特尔切尔先生骗了他，而这位特尔切尔先生现在显然打算要逃跑了。他怒火中烧，开始生硬地模仿奥本海默先生的犹太腔调。"啊，他是个反犹太分子！"奥本海默先生说道，特尔切尔表示，在后天收到售票处的第一份报告之后，运输主管的精神会大为振奋的。因为心情不错，想要嘲弄埃施，他就在装载剧院物品的马车旁边走来走去，仔细地检查，然后走到马匹跟前，从口袋里掏出几块糖来给它们。埃施又气又恼，从两个犹太人身边走开去检查装货的木箱，但又用眼角的余光盯着这两个人，他对特尔切尔的和蔼感到非常吃惊；但他不想承认那是真的，暗自希望那两匹马会摇摇脑袋拒绝那些礼物。但马就是马，它们用温和柔软的嘴唇接受了特尔切尔手里的糖，埃施感到恼火；他自己本该想到至少给它们一点面包！但现在，装载工作已经完成，留给他做的只是审慎地拍拍它们的屁股。埃施拍完之后，坐到了装货的木箱上，三个人向城里驶去。奥本海默在莱茵河大桥上道了别；特尔切尔和埃施继续前行，到亨特延大嫂的餐馆去。

特尔切尔去过餐馆几次，已经摆出一副老熟客的样子。埃施为自己把这种家伙而不是更好的人带到亨特延大嫂那里去而感到内疚。他本想把这个家伙从车上扔出去。这个犹大居然要去坐在马丁的位置，这个粗鄙的人不知道世界上还有更好、更文雅、更可敬的人，不知道马丁是被一个认为即使是向扔飞刀的人吐唾沫都有失身份的人打倒的！这个变戏法的，拉皮条的，摆出一副征服者的模样，仿佛马丁的位置属于他是合情合理的。杂耍的把戏；只是耍耍死的东西，充满骗术和诡计的无用功。

他们到了亨特延大嫂的餐馆。特尔切尔先下了车。埃施在他后面喊道："喂！谁来把这些东西卸下来？监督和侦查的时候您很在行，可真要干活的时候，您就溜了。""我饿了。"特尔切尔直截了当地答道，推开了餐馆的门。跟一个犹太人争论是没用的；埃施耸耸肩膀，跟他走了进去。为了否认对这种客人负有责任，他打趣道："亨特延大嫂，这回我可给您带来了一位好顾客，哎，我现在可找不到再好的了。"但在突然间，一切似乎都无关紧要了：特尔切尔可以坐在马丁的位置，马丁可以坐在南特维希的位置；人们根本摸不着头脑，但在某一处，一切都是该有的样子。在某一处，这并不是一个仅仅牵涉到人类的问题，因为人全都是一样的，即使其中一个融入了另一个，或者其中一个坐到了另一个的位置上，也不会有什么变化——不，世界并不是根据善的人和恶的人，而是根据某种善的力量和恶的力量来布置的。他愤怒地看着特尔切尔，后者正在用刀叉变戏法，现在声称他将从亨特延大嫂的紧身胸衣里拔出一把刀子。她尖叫一声往后退缩，可是特尔切尔已经用拇指和食指把刀子吊了起来："亨特延大嫂，亨特延大嫂，想象一下您的紧身胸衣里装着这样的玩意儿！"接着，他提出要给她催眠，这个提议使她惊呆了。太过分了，埃施对特尔切尔斥责道："应该把您关起来。""这是一种新的戏法。"特尔切尔说道。埃施低沉地说："催眠术是违法的。""一个有趣的家伙。"特尔切尔说着朝埃施晃晃下巴，通过这个动作邀请亨特延太太也到这个有趣的家伙身上找找笑料；但她还是被吓呆在那里，机械地用手指理着头发。埃施静静地领会到他已经成功地替亨特延大嫂解了围，感到很满足。是的，他已经放走了他们当中的一个，放走了那个南特维希，但不会再有下次了；即便这不是个体的问题，即便人们彼此混淆，无法区分；犯下的错误是脱离犯错者而存在的，需要赎罪的仅仅是错误本身。

随后，他陪特尔切尔去了阿尔汉布拉，感到很开心。他已经获得了一种新的认知。他几乎同情起了特尔切尔，还有贝特兰德，甚至南特维希。

现在，他终于设法让格内特每个月从收入中拿出一百马克，作为他合作的酬劳——不然他靠什么生活呢？——但在头一天晚上，他就获得了不止七马克的收入。照这样子下去，他的月收入就能翻倍了。亨特延太太坚定地拒绝出席开幕演出，第二天吃午餐时，埃施激动地向她讲述了演出的成功。当他讲到最有趣，几乎可以说是至关重要的部分，讲到特尔切尔如何撕碎一个姑娘的紧身衣，然后马虎地缝起来，这样在摔跤的过程中，某个突出的部位就会崩裂，还说这个伎俩每晚都会重复，当他想起这件事就笑得说不出话来只能打手语的时候，亨特延太太突然站了起来，说她受够了。真是可耻，一个从事过体面工作的人，竟然这么堕落，她原来还把他当成正派人呢。她撤回了厨房里。

埃施吃惊地待在原地，揩干笑出了眼泪的眼睛。在心里的某个角落，他有一种负罪感，在那个角落里，他承认亨特延大嫂是对的；舞台上破碎的紧身衣跟没有再扔的飞刀有隐约的相似之处；然而，亨特延大嫂肯定丝毫没有疑心到这一点；她的愤怒真是令人不解。他尊重她，不想像咒骂洛贝格那个傻瓜那样咒骂她，但她肯定会跟洛贝格相处得更好，因为他实在不像洛贝格那样文雅。他打量着壁炉上方的亨特延先生的画像，想看看他跟洛贝格是否有什么相似之处，在埃施长时间地盯着这位已故的餐馆老板的面容之后，它真的和曼海姆那位烟草商的脸融合在了一起。是的，只要凝视一张脸，那张脸似乎就会和另一张脸融合在一起，人们甚至无法分辨生者和死者。任何人都不是他自己所想的样子；他想象自己是一个双脚紧紧根植于大地，每晚收入七马克，想去哪里就去哪里的人；而在现实中，他只是有时候在一个地方，有时候在另一个地方，甚至他所做的牺牲也并不是由他自己做出来的。他产生了一股无法抵挡的欲望，想要证明不是这样，不可能是这样，即便无法向其他人证明，他也要让那个女人看到，他是不会和洛贝格先生或者亨特延先生混淆在一起的。他直截了当地走进了厨房，对亨特延太太说，她可别忘了下周五在圣戈尔举行的葡萄酒拍卖会。"没有我，您也会有很多人陪的。"亨特延太太在火炉边答道。她的敌对激怒了他。这个女人想要他怎样呢？他只能对她说她所要求的和想听的话吗？他不禁想起了那架每个人都能去启动的奥开斯特里翁琴。然而，她是无法忍受奥开斯特里翁琴的。要不是小厨娘在那儿，她站在壁炉边敢再招惹他一下，他就会朝她发火，让她意识到他的存在。但现在，他只是说："我已经安排好了。我们坐火车去巴哈拉赫，然后坐汽船到圣戈尔。我们在十一点左右就能抵达那里赶上拍卖。在下午，我们可以去洛勒莱。"听到他斩钉截铁的决定，她浑身都有点僵硬，但还是试图让自己的回答带上嘲弄的语气："真是了不起的计划，埃施先生。"埃施现在充满了自信。"只是一个开头而已，亨特延大嫂。我希望到下周末能挣到一百马克。"他吹着口哨，离开了厨房。

在餐馆里，他又浏览着自己带来的报纸，用红铅笔在开幕表演的告示上做了记号。当他在《人民卫报》里面找不到关于它的只言片语时，他感到恼火。是啊，他们可以让一位做出了自我牺牲的同志和朋友待在监狱里，却不能刊登一丁半点对于摔跤表演的报道。在这里，同样必须恢复事物的秩序。他感到自己体内有一股为此准备的力量，坚信自己一定会成功地掌控和解决这种混乱——在其中，一切都痛苦地纠结在一起；在其中，朋友和敌人，阴郁而又顺从地紧紧牵扯在一起。

在幕间休息时，他走过剧院，突然看见了南特维希，使他大吃一惊，脑海中浮现出了几个字："心头一击。"南特维希和另外四个男人同坐一张桌子，一名女摔跤手，紧身衣外面披了一件浴袍，也和他们坐在一起。那件浴袍露了一条缝，南特维希用短而粗的手指专注而熟练地想要让那个开口变得更大。埃施别开头走过去，但那个姑娘叫住了他，所以他不得不转过身来。"您好啊，埃施先生，您在这儿做什么呢？"他听到了南特维希的声音。埃施迟疑了一下，随后简短地说道："晚上好。"南特维希没有感觉到他的冷漠，朝他举起了杯子，那个姑娘则说道："您可以坐我的位置，埃施先生。我现在得回到台上去了。"南特维希喝了很多酒，紧紧地握着埃施的手，在给埃施倒酒的时候，用一种充满柔情的、醉醺醺的目光望着他。"哦，想象一下这样的相逢，真是喜出望外啊。"埃施说他也要到台上去，南特维希依旧握着他的手，咯咯笑了："啊哈！到舞台后面去看女士们。我也去，我也去。"埃施试图让南特维希明白，他来这儿是为了公事。南特维希终于明白了："哦？您是在这儿做事的？一份好差事？"埃施的虚荣心不让他承认这一点。不，他不是在这儿做事的；他是这儿的合伙人。"想想看，想想看，"南特维希惊讶地说道，"一桩好买卖，一桩漂亮的买卖，非常漂亮的一桩买卖，"他环顾着挤满了人的大厅，"而他却忘了他的好朋友南特维希，他是一直都乐意参与这样的买卖的。"他突然警觉起来："酒是谁提供呢，埃施？"埃施解释说那是业主在管，跟他无关。"嗯，但其余的这一切，"南特维希朝大厅和舞台把手一扫，"都是由您在负责吗？不管怎样，来喝一杯吧。"埃施只得和南特维希碰杯，并和南特维希的同伴们握手，喝酒。虽然南特维希用阴谋诡计逼得他走投无路，他还是没法唤起自己对南特维希本该产生的仇恨。他试图再次回想起这个首席办事员的罪行，却没有成功；在资金平衡表上有可疑的东西，非常可疑的东西，埃施坐直了一点，盯着大厅里的一个警察。但南特维希的罪行已经变得出奇模糊和不可捉摸，埃施立即意识到自己打算做的事情毫无意义，他有点笨拙、有点羞耻地伸出手，抓住了酒杯。这时候，南特维希用泪汪汪的目光注视着这位老簿记员，埃施觉得南特维希的整个肥胖的身体都好像要随着这泪汪汪的目光融化在模糊里了。这个醋贩子曾经阴险地指责他的簿记出错了，让他丢掉了饭碗和生计，他会继续对他耍阴谋诡计的。但埃施现在几乎没法生他的气了。从纠缠在一起的事件中伸出了一只手臂，拿着一把威胁人的刀子，可要是发现这是南特维希的手臂的话，整件事就会变成一个愚蠢的、简直有点龌龊的插曲。用南特维希的手带来的死亡，甚至几乎都不能称为谋杀，对南特维希的判决不过是对簿记中的一个根本就不是错误的错误进行的最不光彩的报复。不，把一个首席办事员交给法律审判没有什么意义，因为问题不在于击败一只手，即便那只手握着一把威胁人的刀子，问题在于要给整件事猛力一击，或者至少给罪恶的首脑猛力一击。埃施心里有个声音在对他说："牺牲自我的人一定是正派人。"他决定不再去理会南特维希。这个胖家伙又醉醺醺地打起盹儿来了，当剧院里响起《角斗士进行曲》，那些摔跤手在特尔切尔的指导下齐步走上舞台的时候，南特维希都没有注意到埃施不见了。

埃施走进经理室的时候，格内特正坐在一杯啤酒前，抱怨道："生活啊！生活！……"奥本海默走来走去，摇着头，实际上是整个身体都在摇："我不明白您为什么这么沮丧。"格内特的笔记本就放在他面前："光是税额就把一切都吃掉了。我们为什么要在这里做牛做马呢？为了交税！"他们可以听到台上那些汗流浃背的女人扭打在一起时的响声，埃施感到愤慨，这个家伙坐在这里说什么做牛做马，只不过是在本子上算算账而已。格内特继续着他的抱怨："孩子们去度假要花钱……我哪来的钱啊？"奥本海默表现出了同情："孩子们既是恩赐也是考验。您别太着急，事情会好起来的。"埃施对格内特也感到同情，格内特，他是一个好人；然而，当你想到为了格内特的孩子可以去度假，台上的紧身衣就必须马上崩裂的时候，世界又变得混乱起来了。亨特延大嫂对这整件事的厌恶是有原因的，虽然这原因并不是在她以为的地方。埃施也不知道它在哪里；或许只是迷惑和混乱让他充满了厌恶和愤怒。他走出了经理室，舞台侧面站着一些摔跤手，她们的身体一股汗味；为了叫她们让路，埃施从背后抓着她们粗大的手臂或者胸部，紧紧地搂住她们，直到其中一两个放荡地笑起来。接着，他走上舞台，以管理员的身份坐到评委席上。特尔切尔嘴里含着裁判的哨子，趴在地上往一个姑娘弓着的身体底下仔细地看，那个姑娘正在抵抗另一个姑娘的奋力挣扎，这种挣扎看起来很费劲，但只是看起来，因为底下的那个姑娘是德国代表，她马上就会在爱国情操的激励下摆脱这种耻辱的压制。虽然埃施心里清楚这是事先安排好的闹剧，可是当那个几乎就要被打败了的摔跤选手再次站起来时，他还是松了一口气；不过，当伊蒙特劳德·克罗夫跳到对手身上，在观众饱含着爱国热情的欢呼声中把对手按在垫子上时，他又充满了愤慨和同情。

亨特延太太起床时，天刚亮。她打开窗户，想看看天气如何。天空晴朗无云，在她下面是灰蒙蒙的院子，像一个小小的矩形，静悄悄地躺在昏暗的墙壁中间。自从上次洗东西过后，那些干净的洗涤盆仍放在那里。一阵凉爽的风，被囚禁在墙壁中间，散发着城市的气息。她迷迷糊糊地走到厨娘的房间，敲了敲门；她可不想空着肚子就出门；那将成为压死骆驼的最后一根稻草。接着，她开始仔细地洗漱，穿上那件棕色的真丝连衣裙。埃施来接她时，她坐在餐馆里愁闷地喝着早晨的咖啡。她愁闷地说道："我们走吧。"可是，在大门口，她突然想到，埃施或许也要喝点咖啡；她匆匆忙忙从厨房把咖啡拿来，他站着喝下了。太阳已经升起，明亮的光斑落在长长的墙影中间的鹅卵石上，却没有使温度升高。埃施只是突然而粗暴地说道："我去买票。"然后是："第五站台。"他们肩并肩，一言不发地坐在车厢里；但到了波恩之后，他探出头去，问在哪里可以买到新鲜的面包，然后给她买了一个。她愁闷而愤恨地吃着。过了科布伦茨，乘客们像平常一样挤到窗前去欣赏莱茵兰的景色，亨特延太太受到了鼓动，也去学他们的样。但埃施却没有动弹；他对这一带太熟悉了，已经厌烦了，而且他原想等到在汽船上才向亨特延太太指出大自然的美。现在她提前享受了这一乐趣，还听着车厢里的其他人给她讲解，让他感到恼火。只有在隧道遮挡了风景的时候，他的恶劣情绪才有所缓解。他实在是气不过了，所以在上韦塞尔的时候专横地让她从窗边回来："我以前在上韦塞尔工作过。"亨特延太太望着外面；车站了无趣味。她礼貌地答道："是啊，您去过很多地方。"但埃施还没完："那是一份糟糕的工作，可我还是坚持了几个月，因为那里的一个姑娘……她叫胡尔达。"那他可以出去找她，亨特延太太气恼地答道，他不必为了她而使自己不便。但他们很快就到了巴哈拉赫，埃施生平第一次体会到了短途游客在火车站干等一小时的无助。按照他的计划，他们应该去船上吃午餐的，但为了掩饰自己的窘迫，他现在提议去他知道的一家餐馆。他们穿行在小城狭窄的街道里，这些街道在澄净的晨光中显得非常静谧，亨特延大嫂突然在一座木屋前停了下来，叫道："这是我想住的地方，这是我理想中的家。"或许是因为窗口花坛里的花朵触动了她，或许是因为人们在陌生的土地上时常会感到的释然，或许是因为她的怒气已经自行耗尽——总之，世界变得更明媚了；他们和和睦睦地注视着一切，还一直走到了教堂的废墟那里去，不过他们不能走太远，因为怕错过了渡船，所以又匆匆忙忙地赶回了码头，当他们发现还得等半个钟头的时候，一点也不放在心上。

在船上，他们又吵了不止一回，因为亨特延太太出于骄傲而无法长时间地忍受埃施对这片地区的熟悉。她在记忆中搜寻着著名的景点，然后轮到她来做出推测和提供信息了，当埃施极为认真地不放过一点错误的时候，她觉得深受羞辱。但即便是这样，也没有影响他们的好心情，抵达圣戈尔之后，他们还为不得不下船感到遗憾，有那么一会儿，他们简直想不明白为什么要上岸。他们对此次旅行的商业目的并不太上心，当他们在拍卖所了解到廉价酒的拍卖已经结束时，也并没有感到烦恼，而是几乎像摆脱了一项义务，因为他们觉得远比这个重要的是，他们应该及时登上渡船开始下一趟旅程，那艘渡船扬着帆，即将驶向对岸阳光明媚的诱人的戈尔豪森。当埃施学着一名办事有条不紊的商人的做派，指出那些葡萄酒的拍卖价格可以"作为未来的参考"的时候，这种商业热情其实是装出来的，他感到非常不安，极力忽视更合适的价格，同时也非常沮丧。坐在渡船上的时候，他突然开始凭记忆在清单上列出错失的价格，用敌对的目光注视着亨特延太太。

亨特延太太坐在渡船披着阳光的木椅上，惬意地把一根手指蘸进水里，但她非常小心，怕弄湿了奶油色的蕾丝手套，要是可以自己做主的话，她会继续从莱茵河的一边航行到另一边，因为看到河水倾斜地从她身边流过所产生的异常轻盈的眩晕感，使她觉得很惬意。但时候已经不早了，坐在岸边旅馆花园的树下也够惬意了。他们吃了鱼，喝了葡萄酒，埃施抽着雪茄，考虑着能否建立更亲密的关系，他怀疑粗壮、富态地坐在那里的亨特延大嫂可能连想都没想过这个问题。当然，她和别的女人不同，所以他开始非常谨慎地谈起了洛贝格，实际上，就是洛贝格促使他进行这次愉快的旅行的，他开始称赞洛贝格，想以此为引子，用文雅的语言阐述一个素食主义者的真爱观；但亨特延太太已经不安地看出了他的意图，所以虽然很累，宁愿安静地休息一下，还是打断了他的话，向他提起了他的节目安排，按照计划，他们现在应该去爬罗蕾莱礁石。埃施感到恼火，他已经竭力像洛贝格那样说话了，却毫无效果。显然，他对她来说还不够文雅。

他起身去买单。当他们穿过旅馆花园的时候，他注意到了一些夏日游客；在他们中间有一些漂亮的年轻女人和姑娘；埃施突然无法理解自己为什么会依恋这个中年妇女，穿着那件褐色真丝连衣裙显得那么富态。那些姑娘都穿着轻盈鲜艳的夏装，而亨特延大嫂的褐色连衣裙已经沾了不少灰尘，还在地上拖着。但这还是相当公平的；一个人只要有良心，想到马丁为了一群卑鄙、忘恩负义的群众而牺牲自己，在牢里渴望着重见天日，那么，他自己从各方面来看都是幸运太多了！当他和亨特延太太在主路的尘土中跋涉，而不是和那些漂亮姑娘中的某一个一起躺在草地上的时候，他觉得这个女人对他的牺牲丝毫不知感恩是相当公平的。一个牺牲自己的人必定是正派的。他琢磨着是否能够得体地告诉她，这是一种牺牲，但他紧接着想起了洛贝格，克制住了：一个在沉默中承受煎熬的文雅人士。总有一天，或许已经太迟了，她一定会意识到的。一阵痛苦的焦躁笼罩着他，他走在前面，先是脱掉了外套，然后又脱掉了背心。亨特延大嫂厌恶地注视着他的衬衫黏在肩胛骨上的湿漉漉的两大片，在拐入一条林中小径之后，他站着等她，她赶了上来，突然闻到了他温热的体味，吓得往后退。埃施心情不错地说道："嗯，怎么啦，亨特延大嫂？""把您的外套穿上，"她严厉地说道，但又用慈母般的口气补充道，"这儿冷，非常冷，您会着凉的。""走起路来就热了，"他答道，"您应该解开脖子上的一两个扣子。"她摇了摇头，头上戴着一顶旧式的小帽子；不，她是不会那么做的，成何体统！"唉，这儿没人会看到我们的。"埃施说道，他这样突然公开宣布他们单独在一起，在一个与世隔绝的地方，因为没有人看到，所以在彼此面前不需要羞耻，令她感到迷惑。突然，她觉得可以理解了，他把自己的汗水当成秘密一样展示给她看；如果说她还觉得厌恶的话，其实这种厌恶已经不明显了，它变得模糊、隐约，被藏匿了起来；现在，就连她对他那口坚固的白牙的恐惧都不见了，她把它当成这种被奇怪地容忍了的毫无羞耻的自由的一部分接受了，他龇牙咧嘴地笑道："往前走，亨特延大嫂；喊累是没有用的。"他竟然公开怀疑她能不能赶上他，这使她觉得受了冒犯，她拄着那把脆弱的粉色遮阳伞，有点上气不接下气地继续前进。现在埃施一直在她身旁，在陡峭的地方会去扶她。她起先是狐疑地盯着他，怕这是试图亲近她的无耻举动，在经过些许犹豫之后，终于还是挽住他的手臂了，但一看到有别的旅客甚至是小孩接近，就会立刻放开——实际上是推开——他的手臂。

他们缓缓地往上爬，喘不上气的时候就停下来，他们逐渐觉察到了周围的事物：林中小径上被晒得裂开的发白的黏土，从干燥的土地里伸出来的淡绿色植物，用沾满尘土的根须在狭窄的小径上蔓延的根茎，在酷热中几乎难以呼吸的树木干枯的气味，在枝叶间挂着的毫无生气的黑莓，即将在秋天来临时枯萎的灌木丛。他们注视着这一切，却无法描述它们，但很快他们就来到第一处可以看到风景的地方，坐在那里看着山谷伸展在他们眼前，虽然到罗蕾莱礁石顶上还有很长一段路，可是坐下来之后，他们觉得自己已经到达目的地了，可以在那里饱览美景；亨特延太太小心翼翼地抚平自己的连衣裙，免得自己的体重把它弄皱了。空气是那么宁静，除了靠在码头边的渡船的闷响，连圣戈尔的栈桥上和啤酒花园里的说话声都传了过来；这些异乎寻常的感觉使他们俩都有点不舒服。亨特延太太注视着在长凳上刻得到处都是的心形图案和姓名首字母，用疲惫的声音问埃施是不是也和他那位来自上韦塞尔的胡尔达在这里留下过纪念。他开玩笑地开始寻找自己姓名的首字母，亨特延太太告诉他别麻烦了：因为不管是有形的还是无形的，一个男人总能在他到过的地方找到自己污秽的过去。但埃施不想放弃这个玩笑，回答说他可能会发现她的名字也被圈在一颗心里，这使她非常生气；他接下来要怎么曲解别人的话呢？感谢上帝，她的过去是纯洁的，她在任何年轻姑娘面前都不会让步。当然，一个一辈子都在追逐放荡女人的男人是不会明白的。这一指责直扎到埃施心里，他为自己在旅馆花园的那些年轻姑娘面前看轻她而觉得自己庸俗、可鄙，那些姑娘可能连给亨特延大嫂提鞋都不配。知道有个人的个性是那么坚定和明确，有个人分得清左右、分得清善恶，对他很有好处。有那么一会儿，他觉得这就是他渴望已久的那块岩石，纯净而稳固地矗立在普遍的混乱中，他可以安稳地倚靠着它；但接着，他又厌烦地想起了亨特延先生，想起后者在餐馆里的画像。他无法摆脱一个念头：在某个地方一定刻了一颗心，在其中，她的名字首字母和亨特延先生的名字首字母恩爱地交织在一起。然而，他并不敢触及这一点，只是问她老家在哪儿。她粗暴地回答说，她来自威斯特伐利亚，而且，这是她的私事，跟任何人无关。因为碰不到自己的头发，所以她就拍了拍自己的帽子。不，她无法忍受人们去打探别人的私事，而只有像埃施这种不相信有些人并没有阴暗的过去的人，才会干这种事。那些浪荡的人得不到一个女人的时候，就会极力把一段过去的恋情紧紧拴在她身上。因为气愤，她从他身旁挪开了一点，而埃施还在纠结着亨特延先生的问题，现在可以肯定她一定非常不幸福了。他的脸上露出了苦涩悲伤的表情。她很可能是受到拳打脚踢，被迫结婚的。所以他说自己提出这个问题不是有意要冒犯她。因为习惯了用肢体抚摸来安慰哭泣或者有其他不开心迹象的女人，所以他抓住她的手，抚摸着。或许是因为周围一切异乎寻常的寂静，或许只是因为她累了，总之她没有抗拒。她已经表达了自己的看法，但她最后说的那些话就像连她自己都不明白的一连串毫无意义的声响从她口中滑落，现在她觉得非常虚空，甚至连厌恶或者反感都没有。她茫然地望着伸展在眼前的山谷，不知道自己身在何处。她在餐馆的柜台和几条熟悉的街道之间机械地生活过的那些年月缩成了一个小点，她觉得自己一直就坐在这个陌生的地方。世界陌生得无法理解，现在一切都跟她没有任何关联，除了她左手偶然碰到的垂在椅背上方的长着尖叶的嫩枝。埃施问自己该不该吻她，但他感觉不到这样的欲望，而且觉得这不够文雅。

于是，他们就沉默地坐着。夕阳西下，余晖照在他们脸上，但亨特延大嫂既感受不到她脸上的热力，也感受不到她僵硬、发红、沾满尘土的皮肤上的刺痛。这种梦幻般的半睡半醒的状态，似乎也要将埃施裹住，将他紧紧揽在怀中，因为他虽然将山谷中逐渐延伸的阴影看成是凉爽的诱人迹象，可他还是不愿动弹，直到最后，他才迟疑地拿起背心，其中一个口袋里放着他的大银表。是时候离开了，亨特延太太现在意志非常薄弱，听从了他的要求。往下走的时候，她把身体重重地倚靠在他的手臂上，他则把那把轻薄的粉色遮阳伞扛在肩上，上面挂着他的背心和外套。为了缓解她走路的劳累，他把她的高领连衣裙上的两个钩眼扣解开了，亨特延大嫂没有反抗，当其他行人走近的时候，她也没有把他推开；她看不到那些行人。她的褐色真丝连衣裙的下摆在主路的尘土里拖着，到了车站之后，埃施把她安置在一张座椅上，他跑去解渴的时候，她就毫无意志、非常无助地坐在那里，等着他回来。他给她也买了一杯啤酒，她在他的吩咐下喝掉了。在火车昏暗的车厢里，他把自己的肩膀给她当枕头。他不知道她是睡是醒，她自己几乎也不知道。她的头别扭地在他坚硬的肩膀上转来转去。他试图将她拉向自己，她那裹在鲸骨里的粗壮的身体强硬地抵抗着，她打着盹的脑袋上的帽针威胁着他的脸。他不耐烦了，把她的帽子往后推，那顶帽子和她的头发一起滑落，使她看起来像喝醉了一样。她的真丝连衣裙散发着尘土和燥热的气息；偶尔才能闻到残存在裙子里的淡淡的薰衣草香。接着，她的脸颊从他嘴边滑过时，他吻了一下，最后，他捧住她又圆又沉的脑袋，贴近过去。她用又干又厚的嘴唇回应他的吻，犹如一头动物把它的吻贴在窗玻璃上。

直到站在门厅里，她才回过神来。她推了埃施胸口一下，跟跟跄跄地走到柜台后面属于她的地方。她在那儿坐下，望着餐馆，就像隔着一团雾。最后，她认出了坐在最近一张桌子前的弗罗贝克，说道："晚上好，弗罗贝克先生。"但她既没有发现埃施跟她一起进了餐馆，也没有注意到他就在最后离去的人中间。当他对她大声说晚安的时候，她含糊地答道："晚安，先生们。"尽管如此，走出餐馆时，埃施还是有一种奇怪的、近乎骄傲的感觉：他是亨特延大嫂的情人了。

Ⅲ

男人一旦亲吻了女人，一连串的后果就会接踵而至，避无可避，变无可变。人们可以推进或者拖延，却无法逃脱自然的法则。埃施知道这一点。然而，他不愿去想象自己和亨特延大嫂之间的关系的走向，因此，当他第二天中午走进餐馆时，有特尔切尔在身边，他松了一口气；这使他和亨特延大嫂的会面可以轻松一些，使一切都变得简单了。

特尔切尔想出了一个新主意：他们应该找一个黑妞来摔跤，这会使最后几个回合极具吸引力；可以把她叫作"非洲黑色之星"，她会在两个非决定性的回合之后败给德国人。埃施非常清楚，特尔切尔会跟亨特延大嫂提到这个非洲节目，他猜得没错，因为特尔切尔还没进门就炫耀起了自己的新主意。

"亨特延太太，我们的埃施要为我们找个黑妞啦。"她起初并不明白，甚至当埃施如实地表示自己并不知道要上哪儿去找黑妞的时候，她还是不明白。不，亨特延大嫂根本不想听，她辛辣地嘲讽道："只要是女人，对他来说都一样。"特尔切尔愉快地拍了拍他的膝盖："当然，像这样一个后面有许多女人追着跑的男人，是没有人能使他难堪的。"埃施抬头望着亨特延先生的画像；这就是一个使他难堪的人。"是的，埃施就是这样的人。"特尔切尔重复道。对亨特延太太来说，这是对她自己的判断的进一步证实，她试图加强她和特尔切尔的联盟；她注视着埃施淡黄色头皮上又短又硬，犹如一把僵直的深色刷子的头发，觉得自己今天需要一位盟友。她把背转向埃施，夸赞起了特尔切尔：一个为自己着想的人自然应该避免跟这些女人掺和在一起，自然应该把工作交给埃施这样的人来做。埃施恼火地反驳道，许多人都争先恐后地想要获得这样的工作，可是极少有人能做好。他鄙视特尔切尔，因为后者甚至都没有设法留住伊隆娜。不过，她很快就不会让任何人碰到了。"嗯，埃施先生，"亨特延太太说道，"您为什么不继续做事呢？您的黑妞在等您呢。您快走吧。"非常好，他会走的，他答道；他一吃完晚餐就站了起来，留下亨特延太太有些尴尬地和特尔切尔待在一起。

他闲晃了一会儿，无所事事。他单独留下了亨特延太太和特尔切尔在一起，这使他感到气恼，终于，他又回去了。特尔切尔不太可能还在那里，但他想去搞清楚。餐馆空荡荡的，连厨房也不见人影。所以，特尔切尔已经走了，没有什么能阻碍他也离开的；但他知道，这个时候，亨特延太太通常会待在自己的房间里，他突然意识到这是他回来的原因。他犹豫了片刻，便悄悄地爬上了木梯。他没有敲门就进了房间。亨特延大嫂正坐在窗边补袜子；她一看到他，就发出一声无力的尖叫，呆呆地站了起来。他径直朝她走去，把她按回椅子里，吻她的嘴。她使劲扭动沉重的躯体避开他，嘶哑地喘着气说："滚开……这儿不是您来的地方。"她的愤恨比他的粗暴还要强烈，因为他走进了她的房间，他刚刚离开一个捷克女人或者一个黑妞的怀抱，就走进了她还没有男人来过的房间。她在捍卫她的房间。他牢牢地抓住了她，终于，她开始用又厚又干的嘴唇回应他的吻，也许这只是为了让他离开而做出的妥协，因为在亲吻的时候，她一直咬紧牙关，重复着："这儿不是您来的地方。"最后，她只是恳求道："不要在这儿。"埃施厌倦了这不停的挣扎，想起她可是一个受人关注和尊重的女人，如果她想要改换行动的场景，为什么不听她的呢？他放开了她，她把他推向门口。他们到了前厅里，他粗暴地说道："要到哪儿去呢？"她不明白，因为她以为他现在就会走。埃施把脸贴近她，再次问道："要到哪儿去呢？"因为她一动不动，一声不响，所以他再次抓住她，把她推回了房间里。她仅仅意识到自己必须捍卫这个房间。她无助地四处张望，看见通往起居室的门，突然希望起居室的庄重能使他恢复理智，恢复举止的得体，便朝门口使了个眼色；他给她让了路，却把手按在她肩上前行，仿佛她是一个俘虏。

进去之后，她犹豫地说道："埃施先生，您现在可能会被发现的。"她竭力移向窗边，想把窗板推开。但他从背后抓住了她，亨特延太太无法动弹。她试图挣脱，可是他们在那些坚果中间摇摇晃晃，磕磕绊绊，差点就摔倒了。那些坚果在他们脚下咔嗒咔嗒地裂开，正当亨特延太太急于挽救她的货物，挣扎着退向身后的凹室去寻找一个稳定的落脚点和某件她可以抓住的东西时，她脑海中瞬间闪过一个梦幻般的意识，仿佛她正在梦游：不正是她自己诱惑这个男人到角落里去的吗？但这个想法只是让她更生气，她嘶嘶地说："滚到你的黑妞身边去吧……你可以糊弄那些荡妇，却糊弄不了我。"她在凹室的角落又抓又挠，但并没有抓住窗帘，因为窗帘横杆上的木环在响，她害怕弄坏了这么好的窗帘，就把手松开了，于是，埃施将她拖进了放着一对床的漆黑角落里。他依然在她身后，重新抓住了她的双手，让它们贴近他，让她不能不感受到他的兴奋。不知是由于这个缘故，还是因为看到婚床而使她陷入了无法抵抗、无法动弹的状态，她在他狂热的进攻下瘫软了。他急切地撕扯她的衣服，她又害怕现在她的内衣会被扯烂，所以就像罪犯帮助绞刑吏一样帮起他来。他近乎惊恐地注意到，现在事情的进展是多么顺利，当他们倒落到床上时，亨特延大嫂是以一种多么平淡无奇的方式仰面躺着迎接他。他更加惊恐地发现，她直挺挺地、一动不动地躺着，仿佛顺从于一种熟悉的义务，仿佛她仅仅是在重现一种陈旧的、熟悉的顺从行为，缺乏兴趣，缺乏享受。只有她圆圆的脑袋仿佛不停地拒绝似的在床单上来回摇晃。他感受到她身体的温暖，激起了他自己的欲望去唤醒和压倒她的欲望。他用双手捧住她的头，仿佛要挤出凝结在其中，拒绝向他涌出来的思想，他的嘴巴追寻着她粗笨的脸颊和低垂的额头那并不讨人喜欢的曲线，它们一直一动不动，毫无反应，就跟马丁为之牺牲却依旧不自由的群众一样毫无反应。也许科尔恩那巨大的麻木不仁也让伊隆娜有同样的感觉，有一会儿，他高兴地想到自己的牺牲跟她是一样的，想到这是对的，这是为了她，为了通向正义的救赎而做出的牺牲。哦，释放自己，一层一层地剥除自己，消灭自己以及自己累积和肩负的罪恶，同时也释放她（他在寻找她的嘴），消灭紧紧抓住她的时间，扎根在这衰老的脸颊中的时间；哦，他必须消灭这个活在时间中的女人，让她在永恒和静止中再生，让她与他必然地合二为一！他的嘴找到了她的嘴，现在，她的嘴压在他的嘴上，如同动物的吻贴在玻璃上，埃施非常恼怒，因为她把自己的灵魂死死地关在咬紧的牙关后面，他无法占有它。伴随着一个嘶哑的声音，她终于张开了双唇，他感受到了一股他从未在一个女人的怀里体验过的狂喜，他无限地涌入了她，渴望占有她，对他而言，她不再是一个女人，而是一份从未知，从生活的母体那里重新获得的遗产，他通过超越自我的界限来消灭自我，直到它失去任何特征，淹没在自身的扩展中。渴望善和正义的人因而也渴望绝对，埃施头一回发现目标并不在于满足欲望，而在于一种高高凌驾于直接、肮脏甚至琐碎之上的绝对的合一，一种共同的迷醉，它自身就是永恒，因而消灭了时间；人的再生就跟宇宙精神一样静止和安宁——一旦他狂喜的意志激起了它，它就在他周围缩小、闭合，直到他获得唯一与生俱来的权利：解放和救赎。

说到底，成为亨特延大嫂的情人是多么无关紧要啊！有许多男人认为，生活的中心就是某个特定的女人的存在。埃施一直都懂得如何使自己远离这样的偏见。现在尤其如此，尽管亨特延太太时常奇怪地占据了他的思想。现在尤其如此。他的生活面向的是更伟大、更崇高的目标。

在新市场附近的一家书店门前，他停住了脚步。他的目光落到了一幅印在绿色亚麻布上的金色自由女神像上；在下面是标题"美国的现在与未来"。他一生只买过几本书，吃惊地发现自己竟走进了书店。光滑的柜台和整整齐齐、有棱有角的书本使他隐约想起了烟草店。他本想在那里逗留和说话，但没有人鼓励他这么做，所以他只是付了钱就出来了，手里拿着不知道要用来干什么的包裹。送给亨特延太太当礼物？她肯定不会有半点兴趣的，但在她和他的购书之间存在着某种难以解释的联系。在困惑中，他又在店门口停住了脚步。在窗玻璃后面的一根线上，挂着一系列醒目的外国常用语手册，封面上飘扬着各个国家的旗帜，似乎是在为充满抱负的学生鼓劲。埃施走到餐馆去吃午餐。

人们总是羞于拿出不合适的礼物，所以埃施就带着书坐到了靠窗的位子，他吃完晚餐后经常在那里看报纸，所以带本书坐在那里也没什么奇怪的。不久，亨特延大嫂在空荡荡的房间另一头喊道："嘿，埃施先生，您可真惬意啊，大中午的坐在那儿看书。""是啊，"他答道，"我给您看看。"他说着站了起来，把书拿到了柜台那儿。"干什么用的？"她在他把书亮出来的时候说道；他晃晃脑袋让她自己看；她翻了几页，稍微仔细地看了几幅图画，说了一声"非常棒"，就把书交还给了他。埃施感到失望；实际上，他早就怀疑她不会感兴趣，因为像她这样的女人对生活中更伟大、更崇高的目标知道什么呢？尽管如此，他还是一直站着，期待有别的事情出现……但出现的只是亨特延大嫂的评论："我猜您想在这本玩意儿上面耗掉整个下午吧？"埃施反驳道："我什么也不想。"他怒气冲冲地把书带去自己的房间，以便安静地阅读。他得出了一个结论，他会自己去移民。他自己。他独自一人。然而，他禁不住一再假定，他钻研那本美国书，不仅是为了让他自己，也是为了让亨特延大嫂受益。

他每天读一部分。起初，他只看那些插图，当他想起美国时，觉得那儿的树木并不绿，草地并不鲜艳，天空也不再是蓝的，整个美国生活就在跟一张灰褐色的照片一样光洁、优雅的明暗对比中展开，或者在一张精心描绘的钢笔画的清晰的轮廓中展开。然而，他随后又被书中的内容吸引住了。自然，那些反复出现的统计数据让他感到厌烦，但他非常认真，并没有跳过它们，而且还用心地学到了许多东西。他对美国的警察系统和法庭非常感兴趣，书中宣称，它们是建立在民主、自由之上的，因此，任何聪明人都能从书中理解到，在美国是不会有瘸腿人士在邪恶的航运公司的指使下被投入监狱的；因此，马丁也应该跟他一起去。埃施任意地翻着书页，在照片中的一艘停靠于纽约浮动码头的大邮轮上，非常奇怪地出现了身穿棕色真丝连衣裙、手持粉红色阳伞，倚靠在栏杆上望着陌生人群的亨特延大嫂，以及拿着拐杖坐在一个大箱子上的马丁，空气中回荡着英语的音节。

埃施做事总是一丝不苟，经过稍许犹豫之后，他决定再去探访他感到非常亲切的那家书店。他没有在意这笔新的开销，买下了印有英国国旗的英语常用语手册，立即投入到了对英语单词的学习中，在每一个单词背后，他都看到"自由"这个词语在一张光滑、明亮的照片那优雅的中间色调中浮现，仿佛在过去存在过的以及在旧日的语言中表达过的一切，现在都必须在这个词语中得到解析和救赎。他甚至下定决心，他们彼此之间必须讲英语，为此，亨特延大嫂必须学英语。但是，因为他合情合理地蔑视一切幻想，所以并没有仅仅停留在对自由的渴望上：他的收入在增加，尽管最近几天摔跤比赛的盈利有所减少，他还是拥有大概两百马克的余款，现在他明确地把它留着作为旅费的主要部分；从现在起，他可以采取行动，可以逃离他的监牢，可以开始他的新生活了。他时常被吸引到大教堂去。当他站在台阶上俯视着大教堂广场，而且正巧有讲英语的游客出现时，他就觉得似乎有一股自由的气息轻抚着他的前额，令他精神焕发，就如同光着脑袋站在夏日的和风中一样。科隆的街道开始呈现出另外一面，甚至可以说是更清白的一面，埃施亲切地、几乎带着一丝恶毒的得意注视着它们。一旦他横渡海洋，抵达彼岸，它们也会有一副不同的样子。如果回来，他就会让讲英语的导游带他去参观大教堂。

演出过后，他等着特尔切尔；他们穿行在夜色中，空气柔和，下着雨。埃施突然停了下来："瞧，特尔切尔，您总是吹嘘在美国的职务，现在您该做点什么了。"特尔切尔喜欢讨论他的远大前程："只要我想，我一定能在那边得到许多职务的。"埃施并不同意："您那扔刀子的表演……哎……您不觉得在那边摔跤什么的更好吗？"特尔切尔嘲笑道："您该不会是想把我们的姑娘弄过去吧！""嗯，为什么不呢？""要是您接手那玩意儿的话，埃施，那您可真是个白痴。总之……在那边，人家期待的是真正的体育节目，而我们的姑娘做的那玩意儿……"他又笑了。埃施建议道："可是，我们不能组建一支优秀的队伍吗？""没用的，那儿的人可不会一直等我们，"特尔切尔说道，"而且，在这边，您能上哪儿去找受过训练的姑娘呢？"……他沉思着……"要是我们那群奶牛有什么可看的，那大概还有点指望。但只是在墨西哥或者南美。"埃施一开始并不明白，特尔切尔被他的愚笨惹恼了："那边总是缺女人……要是摔跤吸引不了人的话，至少还可以提供姑娘，我们就不会损失旅费了。"这足够清楚了。为什么不去南美或者墨西哥呢？埃施脑海中的那些铜版照片呈现出了南方繁茂鲜艳的色彩。是的，这是一个令人信服的计划。特尔切尔说道："埃施，您这回可真是遇到好事了。您去外面物色一下新的姑娘吧。我认识一些人，可以轻松地安排我们去那边。到时候我们就可以带着全部家当扬帆起航了。"埃施知道这个计划很可恶，散发着白奴贸易的味道。但他可以不理睬这个，因为摔跤比赛并不违法，即便有人提出质疑又有什么关系呢？能把清白的人关起来的

129

警方只要花几个钱就可以打点了，而为自由服务、不收航运公司钱的警方是不需要打点的。当然，白奴贸易并不是很文明，可说到底，就连亨特延大嫂的生意也是违反她自己的原则的。而洛贝格同样不喜欢自己的商铺。不管怎样，把特尔切尔和马戏团带到美国去总比把他留在这里扔刀子要强。他们从一个在雨中巡逻的无聊的警察身边经过，埃施本想向他保证，警方是不会继续变糟的，因为他迟早要把南特维希交到他们手里！虽然其他人都是无赖，埃施却是一个维护法律和秩序，言出必行的人。"警察无赖。"他低沉地说道。湿漉漉的柏油路在黄色的灯光下亮晶晶的，如同暗褐色的底片，埃施看到了他面前的自由女神像，它的火炬剥去和吞噬了过去生活的一切外壳，将一切死去和逝去的东西都吞入了火中——如果这是谋杀，那也是一种超出警方管辖权限的谋杀：为了救赎的谋杀。他决心已定，当特尔切尔在临走前告诉他"别忘了，他们在那边要的是金发女郎，别的不要，只要金发女郎"的时候，他已经接受了这件事：他将去寻找和提供金发女郎。他只需还清自己的旧债，然后他们就可以带着金发女郎起航。他们将在远洋邮轮高高的甲板上俯视小小的船只。他们将同旧世界告别，最后的告别。也许小船上的金发女郎会齐声唱起告别的歌曲，当拴在纤绳上的小船从河岸边滑过时，伊隆娜将在岸上行走，挥手，她自己就是金发女郎，但她已经远离了一切危险，平稳的水面将在他们中间变得越来越辽阔。

埃施真的应该承认，他的情人和他处在相同的水平上：如果说他把爱放在一个次要的位置，亨特延大嫂则是忽视它。在这一点上，她和他很相配，虽然相对于他，她更受其他因素影响。她把爱当成是某种极为秘密的东西，几乎不敢说出这个字眼。她一再忘记这个情人的存在，虽然他们现在已经确定了关系，她无法阻止他在下午她打盹时或者夜里最后几个顾客离开后，偷偷溜进来找她；他一靠近，她就吓得僵住了，这种僵住只有在昏暗的起居室和凹室接纳了他们之后，才会逐渐消耗掉；接着，它变成了一种超然的孤立感，那个昏暗的凹室（她躺在里面仰望着天花板）开始漂走，很快，它似乎不再是她熟悉的房子的一部分，而是像悬浮在无限的空间和无限的漆黑中的某一处的马车。只有在那时，她才会意识到有别的人在她身边，和她待在一起，那个人不再是埃施，甚至也不再是她认识的人，那是某个陌生地、暴烈地闯入她的孤立，却无法指摘其暴烈的人，因为他就是那种孤立的一部分，只有在其中才能找到他，他安静却险恶，要求她平息他的暴烈，因而必须和他玩他所要求的游戏，虽然游戏是强迫的，却异常清白，因为它被包围在孤立之中，甚至连上帝都对它闭上眼睛。但这个与她同床共枕的人却几乎没有觉察到这种孤立，她严格地提防着他对它产生影响。一股深深的沉默笼罩着她，她是不会让这股令人难堪的沉默被打破的，即便他把它错当成是麻木或者愚蠢。沉默消除了羞耻，因为羞耻只产生于言语。她感受到的不是肉欲，而是从羞耻中解脱：她是那么孤立，仿佛永远处于孤寂之中，再也不会对她的身体感到丝毫羞耻。他无法理解她的沉默，却对这股在粗野的静止中无耻地引诱他、顺从他的沉默感到气馁。她几乎连一丝呻吟也不给他，他怀着极大的痛苦期待和希望她最终会发出满足兽欲时的喊叫。他的等待总是落空，随后，他会厌恨起她那像妓女拉客一样钩着他的手臂，她让他把头放平，睡在她肉乎乎的、一动不动的肩上。但是，她在把情人送走时却显得冷酷粗暴，仿佛突然想把他这个人以及他和她共享的秘密消灭掉：她推他出门，当他偷偷下楼时，他能感受到她在背后的仇恨。这使他觉得，他进入的是一个十分陌生的国度，这一认知总是驱使他不由自主地怀着痛苦和不断增长的欲望回到她身边。甚至在迷失自我，出神地、无可名状地陷入不知羞耻的性爱中的幸福时刻，想要征服这个女人的欲望还是顽固地保持着清醒，他想要迫使她回应他，想要让当前时刻像烧毁其他一切的火炬一样在她体内燃烧起来，这样一来，她就会在它的火光中觉察到她的伴侣，就会摆脱笼罩一切的夜晚的沉默，充满激情地叫起来，就会用"你"来称呼他，只对他一个人这样称呼，仿佛他是她的孩子。他再也不知道她长什么样，她超越了美与丑，超越了青春与衰老，她只是一个有待他掌握和解答的沉默的问题。

尽管在许多方面，埃施都无法再期望一种更好的爱，甚至不得不承认这是一种崇高的爱，超出了普通的水平，已经使他中了魔。但它还是时常让他感到气恼，只要他一走进餐馆，亨特延大嫂就会焦躁不安，唯恐其他顾客起疑心，因而对他极为冷漠，可这反倒违背了她的意愿，使他更加引人注目。如果不是为了避免更多的关注甚至丑闻，如果不是难以在别处找到廉价而丰盛的晚餐，他一定会待得远远的。他努力做到百依百顺，努力在他的来访中采取折中的态度，可还是行不通，无论怎么做，他都无法让亨特延大嫂满意：要是他出现在餐馆里，她就会摆出一张阴沉的脸，明显是希望他离开；要是他待得远远的，她又会恶毒地问他是不是和他的黑妞在一起。

特尔切尔觉得，他们不应该拒绝给格内特参与南美计划的机会。而埃施也认为这个计划会因此而变得牢靠。但格内特拒绝了，理由是他想在秋天签订新合同之后让家人陪在身边。因此，夸夸其谈的特尔切尔成了埃施唯一的合伙人。他当然不大可靠，但计划不能再耽搁了；埃施立刻开始出谋划策，开始寻找适合出口的女摔跤手。或许在此过程中，他真的会碰上他们仍然需要的黑妞；那当然是额外的好运了。

他又开始在各个酒场和妓院出没，如果说他偶尔会感到良心的刺痛，那也只是因为亨特延太太要是发现了，永远都不会相信他做这种事只是出于生意的考量。因此，作为一种性冷漠的证明，一种有违常理的道德托词，他把自己的商业调研扩展到了同性恋出没的场所，此前他是几乎有点不安地避开这些场所的。但他隐约感觉到，他之所以想去探访那些地方，一定还有别的缘由。那些地方所发生的事情本不会使他受影响的，但十分奇怪的是，当他看到那些男人脸颊贴着脸颊一起跳舞的时候，还是感到惊恐。接着，他不禁想起自己第一次来这些地方的时候，还只是一个漫无目的地活在世上的小伙子，他基本不记得自己的母亲，可是当他第一次看到一个穿着紧身长裙、用假嗓子唱着下流歌曲的男妓的时候，他是多想跑到她身边去啊。要是明知道看到这些恶心的东西会忍不住作呕，他还得强迫自己去看。那么，亨特延大嫂虽然一本正经，也不得不承认，他并没有从他的工作中得到什么乐趣。老天在上，他宁愿跑到她身边去，而不是待在这种地方，寻找不知道什么东西，仿佛是在寻找自己失去的清白。可能在这里遇到，比方说一家公司的董事长，这样的念头真是有违常理，因为那种身份的人肯定是不会关注这些站街男的。然而，带着这么一个古怪的任务，他必须对一切事情都做好准备。就像在冒险的处境中锻炼自制力一样，当那些小矮子和他说话的时候，埃施并没有把他们涂脂抹粉的脸揍扁；相反，他竭力循规蹈矩，请他们喝甜酒，问他们过得怎样，要是他们对他表现出信任，他还会打听他们的收入来源，以及他们善良的叔叔的名字。实际上，他偶尔也纳闷自己为什么会听他们喋喋不休，可是，当他们提起贝特兰德董事长的时候，他还是竖起了耳朵；接着，他脑海里那个大人物的模糊形象，那个几乎无法辨认，却比实际上更大的形象，逐渐获得了更多色彩，呈现出了异常柔和的色调，同时在变得更加清晰之后也变得更小了。贝特兰德好像在莱茵河上有一艘游艇，游艇上的工作人员都非常英俊；在这艘梦幻之船上的一切都是白色和蓝色的；有一次他到科隆来，小哈利有幸被他看中了，他们一起乘着游艇去了安特卫普，还在奥斯滕德过了一段像神仙一样的日子；但他太高傲了，通常都不会注意来这里的小伙子。他的城堡坐落在巴登维勒的一座巨大的花园里；鹿在草地上吃草，奇异的花朵在空气中散发着芬芳；他不出远门的时候就待在那里；没有人去过他的城堡，而他的朋友都是异常富有的英国人和印度人；他有一辆非常大的汽车，晚上都可以在里面睡觉。他比皇帝还要富有。

埃施几乎忘了自己的工作，他极其渴望找到哈利·克勒；当他真的找到了后者的时候，他的心跳得非常快，表现得极为可敬，让人以为他不知道这个小年轻不比一个站街男强多少。他忘了自己的仇恨，忘了马丁为了让这个小伙子能过上好生活而受苦；是的，他几乎感到嫉妒，因为对这个习惯有优秀和富有的人陪伴的小伙子，他所能提供的只是摔跤表演，他谦恭地邀请哈利先生随时前去观看。但这个小伙子丝毫不感兴趣，直接用一声嫌恶的"呸"拒绝了，因此，埃施为自己贸贸然地提出邀请感到羞耻；但他也感到恼火，所以粗鲁地说道："啊，我可没有一艘游艇能邀请您同游。""什么？您这是什么意思？"哈利狐疑而又异常温和地答道。同桌的阿尔丰斯，那个留着一头金发的肥胖音乐家，没有穿大衣，只穿着一件花哨的真丝衬衫，赘肉像女人的乳房一样堆在胸前，他哈哈大笑起来，露出了一口白牙："他的意思您知道的，哈利。"哈利看起来很受冒犯："我希望您不要侮辱任何人，我亲爱的先生。"上帝啊，埃施油嘴滑舌地答道，这可不是他的意思，他只是很遗憾，因为他知道哈利先生习惯了更好的东西。哈利脸上露出了听之任之的温和微笑，懒洋洋地挥了挥手："那都是过去的事了。"阿尔丰斯拍拍他的手臂："没关系，我的孩子，这里有大把人想带给您慰藉。"哈利温柔、感伤地摇摇头："人只能爱一次。"这个家伙说起话来跟洛贝格一样，埃施一边想一边说道："确实如此。"虽然曼海姆的那个白痴并不总是对的，但在这个问题上却似乎是对的，埃施又重复了一遍："是的，确实如此。"哈利发现有人能理解他，显然感到高兴，他感激地看着埃施，但阿尔丰斯并不想听这种多愁善感的话，他生起气来了："哈利，我们带给您的友谊，对您来说什么都不是吗？"哈利摇了摇头："您称之为友谊的那一点点亲密算什么呢？说得好像爱跟友谊和亲密有什么关系似的！""嗯，我的孩子，对于爱，您有自己的看法。"阿尔丰斯温和地说道。哈利像背诵似的说道："爱是遥远的距离。"阿尔丰斯答道："这对于一个可怜的音乐家来说太过深奥了，我的孩子。"埃施忍不住想起了亨特延太太的沉默。乐队的声音很响，哈利隔着桌子把身体往前倾，这样就不用大声喊了，他低声而神秘地说道："爱是距离的问题；有两个人，生活在各自的星球上，对彼此一无所知。然后，突然间，距离消失了，时间消失了，他们汇聚在了一起，因此他们不会单独地意识到对方或者自己，而且也不觉得有此需要。这就是爱。"埃施想起了巴登维勒，想起了在那座遥远的城堡中的遥远的爱；或许伊隆娜也预先注定了类似的东西。但是，当他还在思索这个问题的时候，一阵猛烈的愤怒和痛苦穿透了他，因为他想到自己永远都无法弄清楚亨特延先生和亨特延太太是不是以这种崇高的形式爱着对方。哈利像在背诵《圣经》里的诗篇似的继续说道："只有通过陌生的可怕的强化，只有当陌生在某种意义上变得无限时，奇迹才能发生，才能实现难以企及的爱的目标：神秘的合一……是的，就是这样。""干杯！"阿尔丰斯闷闷不乐地说道，而埃施却觉得这个小伙子已经获得了对更高事物的认知，他开始希望这种认知也能解答他的问题。虽然他的思想与哈利所表达的思想格格不入，他还是像对洛贝格说过的那样说道："但这样一来，在对方离开以后，就没法活下去了。"他心中充满了半是欢乐、半是痛苦的把握，亨特延的遗孀依然活着，所以她并没有爱过她丈夫。阿尔丰斯对埃施低声说道："看在老天的分儿上，别在这个小伙子面前说这种话。"但是为时已晚，因为哈利惊恐地望着埃施，有气无力地说道："我现在并不是真的活着。"阿尔丰斯把满满的一杯甜酒推给他："可怜的人儿，自从那件事之后，他就一直这么说……那个人完全使他晕头转向了。"埃施猛地回过神来，摆出一副天真的表情问道："谁？"阿尔丰斯耸了耸肩膀："哦，他啊，上帝，纯洁的天使……""闭嘴，不然我把您的眼珠子挖出来。"哈利气喘吁吁地说道。埃施对这个小伙子感到同情，他严厉地说道："让他安静一下吧。"哈利突然歇斯底里地哭了起来："我现在并不是真的活着，并不是……"埃施感到非常无助，因为无法用他平常安慰哭泣的姑娘的办法来安慰他。看样子，那个人同样也毁掉了这个小伙子的生活；埃施想要做点事情来安慰哈利，便突兀地说道："我们帮您开枪打死那个贝特兰德。"哈利尖叫道："您不能这么做！""为什么不能？您应该感到高兴才对，这是他应得的。""您不能，您不能这么做……"小伙子气喘吁吁地盯着他，"您要是敢碰他……"埃施感到恼怒，小伙子竟然这么蠢，误解了他的好意。"像这样的无赖就该收拾。"他坚持道。"他不是无赖，"哈利用哀求的声音说道，"他是世界上最高贵、最优秀、最英俊的人。"从某种意义上讲，这个小伙子当然是对的，人们不能伤害这样的人。埃施正要做出承诺，阿尔丰斯喝干了甜酒，沮丧地说道："没希望了。"哈利双手托着腮帮子，像一尊雕像一样点着头，哈哈大笑起来："他是个无赖！他是个无赖！"接着，他的笑声突然又变成了啜泣。当阿尔丰斯正要把他拽向自己又胖又柔软的胸膛时，埃施不得不拦住，免得他们打起来。他让阿尔丰斯赶紧滚开，然后转向哈利："我们走吧。您住在哪里？"小伙子现在非常消极地依从他，说出了自己的地址。来到大街上之后，埃施把他像姑娘一样挽着，一个提供保护，另一个接受保护，他们都挺开心的。一阵轻风从莱茵河吹来。在家门口，哈利抱住埃施，似乎要让埃施亲吻他的脸。埃施把他推进了家门。但哈利又溜了出来，低声说道："您不会对他做什么吧！"埃施还没反应过来，小伙子已经抱住了他，笨拙地亲吻了他的袖子，消失在了屋子里。

前来观看摔跤表演的人明显减少了，必须做一下宣传。埃施没有跟其他人商量，就自作主张，决定去说服《人民卫报》刊登一篇报道。但在编辑室脏兮兮的白门前，他非常清楚地意识到，这一次又是某种别的东西将他带到这里。这一次来访本身是非常没有意义，非常无谓的；他已经对整个摔跤业务漠不关心了，它甚至都没有帮伊隆娜实现任何东西，因此，他必须为她做一些更重大、更具决定性的事情。同时，他也清楚地意识到，《人民卫报》现在是不会刊登报道的，他们至今都不愿这么做，是出于某种无产阶级的偏见。基本上，社会主义报纸的态度是值得嘉许的：至少它分得清左右，能在资产阶级和无产阶级的观点之间划出清楚的界限。他真应该让亨特延大嫂见识一下这样的风骨，如此一来，她或许就不会再轻蔑地打发这些人，他们虽然只是普通的社会主义者，却跟她一样对摔跤项目进行了严厉的指摘，而且，她或许也不会再轻视作为社会主义者的马丁了。想到马丁，埃施大吃一惊；鬼知道他，奥古斯特·埃施，在这里做什么！不过，显然跟摔跤没有关系。进门的时候，他还一直在沉思着，直到被迫提起罢工的事，以此来唤醒编辑的记忆——因为那位编辑非常坦率，没有认出他来——直到那时，埃施才明白他是为了马丁而来的。他突兀地说道："我有一则重要的消息要告诉您。""哦，罢工嘛！"编辑挥挥手，把它当作小事一桩，"那是陈年往事了。""是嘛！"埃施生气地答道，"可盖林格还在监狱里呢。""嗯？他不是判了三个月吗？""必须做点什么。"埃施听到他的声音大得违背自己的本愿。"嗯，别对我这么大吼大叫，又不是我把他关起来的。"埃施可不吃这一套："必须做点什么。"他严肃而不耐烦地坚持道，接着，又得意扬扬地补充说："我认识一些跟您那位贝特兰德先生来往的顾客……他们就在科隆，而不是在意大利！""我们都知道好几年了，我亲爱的朋友和同志。难道这就是您要告诉我们的消息吗？"埃施感到惊讶。"嗯，可是您为什么不做点什么呢？他把自己交到了你们手上。""我亲爱的朋友，"编辑说道，"您似乎有点幼稚。不过，您总该知道，我们可是生活在一个文明国家。"现在，他等着埃施离开，但埃施一动也不动，于是两个人面对面坐了一会儿，不知道要对彼此做什么，也不理解彼此，只看到彼此身上赤裸裸的道德之丑。埃施气得满脸通红，接着又褪成了黄褐色。那个编辑还是穿着那件淡褐色的天鹅绒大衣，微微浮肿的脸上留着一副发蔫的褐色胡子，就像他的天鹅绒大衣一样既软又硬。在这种相似中有一丝卖弄风情的痕迹，使埃施想起了在同性恋场所出没的那些衣着考究的年轻人。他变得咄咄逼人："这么说来，您是在包庇您那位同性恋啦？马丁坐牢，您一点也不在乎是吧？"他龇牙咧嘴，一副厌恶的表情。编辑变得不耐烦了："瞧，我亲爱的先生，您到底有什么事？"埃施涨红了脸："您故意阻挠任何能让他出来的行动……您不想发表我的文章，您包庇那个把他扔进监狱的恶棍，那个贝特兰德……您，您还自称是自由的捍卫者。"他苦涩地笑了，"自由被您捍卫得多好啊！"真是个白痴，编辑一边想，一边平静地答道："瞧，从技术上讲，我们实在不可能把您晚了几个星期几个月的东西当成新闻来发布，那可真是……"埃施跳了起来："您还会从我这儿得到您不喜欢的消息的。"他喊完怒气冲冲地走了出去，猛地把那扇脏兮兮的白门甩上，但它并没有关好，只是撞得砰砰响。

来到街上以后，他惊奇地停住了。他为什么要这样大动肝火呢？他能改变这帮人是一群无赖的事实吗？这再一次证明了亨特延太太对这帮家伙的鄙视是合情合理的。"堕落的报纸。"他不停对自己说道。他好心好意到那里去，本来是想给他们一个机会，让他们向亨特延太太证明他们是正义的。事物本来的面貌和事物应有的面貌重新变得模糊、混乱，让人恼火。只有一件事可以肯定：这个编辑是个无赖，首先是他的态度，其次是他试图包庇这个贝特兰德——动用一家堕落的报纸的全部资源，是的，一家堕落的报纸。虽然哈利那个小伙子不承认，可是这位董事长本人就是一个名副其实的无赖，而且谁也没法阻止他。不过，小伙子关于爱的那番谈话倒是不错的。任何事情都不简单！顶多只有一件事情水落石出了：亨特延太太从未爱过她的丈夫，她一定是被迫与那个无赖结婚的。埃施充满了对眼前这个世界的仇恨，充满了对这个应该被杀死的无赖的仇恨，他开始越来越明确地憎恨贝特兰德，因为他的渎神和罪行而憎恨他。他试着去想象贝特兰德在城堡吃完晚餐后，坐在一把舒服的椅子里，周围都是奢侈品，手里夹着一根粗大的雪茄，当这个优雅的人物终于从一片烟草的云雾中浮现时，就像一个打扮入时却微不足道的小裁缝，就酷似挂在餐馆壁炉上方的画像中的亨特延先生。

亨特延大嫂的生日每年都会由熟客替她准时庆祝，埃施为此找来了一个用青铜铸造的小小的自由女神像，他觉得这份礼物别出心裁，不仅暗示了他们在美国的未来，还与席勒塑像配成了幸福的一对，上次他送的席勒塑像已经大获成功。中午，他带着它露了一下面。

不幸的是，这份礼物没能产生效果。如果他悄悄地交给她的话，她或许会赞赏这个雕塑的美丽，因为害怕公开的亲昵，她感到惊慌失措，没有流露出一丝欢乐，当他抱歉地补充说这个雕像可以和席勒的塑像配成一对的时候，她的态度也没有缓和。"嗯，要是您这么觉得的话……"她不置可否地说道，仅此而已。当然，这份新礼物也非常适合用来装饰她的房间，但为了向他表明，他别妄想因为他带给她的一切而宣称自己拥有特权，为了一劳永逸地向他证明，她依然维持着自己房间的神圣不可侵犯，她上楼去拿了那尊席勒塑像，把它和自由女神像一起放在了壁炉上的埃菲尔塔旁边。现在，歌颂自由的诗人、美国的雕像和法国的铁塔都凑齐了，它们是亨特延太太并不拥有的一种态度的象征，自由女神像举着手臂，将火炬举向亨特延先生。埃施觉得自己的礼物受到了亨特延先生的目光的亵渎，他本想说，至少应该把那幅画像摘掉；可这有什么用呢？亨特延先生工作过的这家餐馆照样会留下，而且，他几乎更愿意让一切都真切实在地保持原样。为什么要装模作样地隐藏一些根本无法隐藏的东西呢！他发现把他吸引到这儿来的，不仅仅是那些在亨特延先生眼皮底下供应给他的美味的食物，也是因为他需要以某种神秘的方式将亨特延先生当作一种奇怪的、苦涩的佐料；他在亨特延大嫂的阴郁中接受到的就是这同一种不可避免的苦涩，当她像现在这样，阴郁地对他低声说，他可以在晚上过来，就是这种苦涩使他觉得自己将不可避免地跟她拴在一起。

　　整个下午，他都在猥亵地想着亨特延大嫂那平淡无奇的爱情仪式。他再次受到那种与她习惯性的厌恶明显相反的平淡无奇的折磨。她是在谁每夜的拥抱中染上这种习性的呢？一个他自己并不相信的希望隐约浮现了：等他们到了美国，这一切就会消失的。与这个希望带来的安慰混合在一起的，还有他此刻在自己口袋里摸到她家钥匙的兴奋。埃施取出钥匙，握在手里，感受着金属钥匙柄的顺滑。的确，她拒绝学英语，但未来的风再次从街道吹过。开启自由之门的钥匙，他心里想。灰蒙蒙的大教堂在暮光中浮现，铁灰色的塔楼高耸着，一阵新鲜而陌生的风吹拂着他们。埃施数着到晚上还有几个小时。为南美之行物色姑娘比去阿尔汉布拉更重要。整整五小时，然后他就会出现在屋门口。埃施看到了那个凹室，看到她躺在床上；想到要溜到她身边，想到她的身体会在他兴奋的身体的触碰下颤动，他就呼吸困难，口干舌燥。就在上个星期，就像在之前所有星期一样，她对待他还是无动于衷的，虽然那短暂的不自觉的颤动本身是微不足道的，但它却是习惯的重负被动摇的点，一个小点，但也是一个原点，预示着希望和未来。埃施觉得在亨特延大嫂生日的这天晚上去逛妓院是可耻的，所以就去了阿尔汉布拉。

　　当他返回餐馆时，可以从远处看到外边高低不平的鹅卵石反射着橘黄的灯光。玻璃窗开着，他可以看到亨特延大嫂坐在里面，僵硬地穿着真丝连衣裙，被她那群吵吵闹闹的顾客簇拥着；桌上放着一碗潘趣酒。埃施待在阴影里；走进去的想法让他充满了厌恶。他又转身离开了，但并不是去找姑娘，而是愤怒地在街上游荡。他来到莱茵桥上，倚着铁栏杆，注视着漆黑的河水，然后又经过了码头上的那一排排平房。他的膝盖在颤抖，他强烈地渴望击碎包裹着那个女人的僵硬的骨架；那些鲸骨将在狂乱的挣扎中碎裂。他面无表情地拖着脚步走回城里，一边走，一边用手机械地划着桥栏杆。

屋子里一片漆黑。亨特延大嫂手持烛台，在楼梯的最高处等他。他直接吹灭了蜡烛，抓住了她。她已经脱掉了内衣，不但没有反抗，还温柔地吻了他一下。尽管这样的迎接让他大为惊讶，也许跟他急不可耐地等待着的颤动一样新奇，然而，这个吻极其糟糕和不容否认地表明，以一场温柔的爱情仪式结束生日是她的旧习惯之一，现在当那个渴望已久的时刻来临，当那幸福的颤动传遍她的身体，埃施就极其痛苦地想到，亨特延先生的身体也曾以此刻他不想形容的姿势触碰她，使她这样子颤动；他幻想过的那个幽灵又浮现了，比先前更加充满嘲讽，更加难以击败，为了击败它，并且让这个女人知道只有他在这里，他压到她身上，用牙齿咬她圆润的肩膀。这一定弄疼了她，但她沉默地承受了下来，虽然她像吃到什么酸东西一样扭曲着脸；当他随即筋疲力尽想要离开她的时候，她像感恩似的抱紧他——但她那粗笨的手臂像钳子一样——她紧紧抱着他，使他几乎无法呼吸，只能愤怒地挣脱。她并没有让步，只是用她平常做生意的口气——不过，如果他敏感一些的话，就会在其中听到一种近乎恐惧的语调——说道（这可是她第一次在凹室里跟他说话）："您为什么这么晚才来？……难道因为我又老了一岁？"听到她开口说话，埃施十分惊讶，根本没明白她的意思；实际上，也没有尝试去弄明白，因为这突如其来的说话声对他来说就像某种东西的终结，就像在漫长而痛苦的思索之后的灵光一现，表明事物可以呈现出另外的模样。他说："我厌倦了，我想结束。"亨特延大嫂血管里的血液凝住了；她几乎没有足够的力气把手臂从他肩膀上松开；她感觉像铅一样沉重，像冰一样僵硬，她的手臂自动无力地滑落了。她只知道自己一定不能在男人面前流露出自己的沮丧，她必须先发制人。她聚起全部的力量，虚弱地说道："当然，我才不在乎呢。"埃施没有注意到这一点，继续说道："我下个星期要去巴登。"他为什么把这个也告诉她呢？她觉得有点受到恭维，他决定结束这段恋情，竟会使他如此沮丧，以至于要离开科隆，跑到外面去。然而，他又把嘴唇贴到她的肩膀上，这显然是一种表明他要跟她结束的古怪方式。或者他是想放纵自己的情欲到最后一刻？男人什么事情都做得出来！尽管如此，她还是重新拾起了希望，虽然难以控制自己的声音，她还是问道："为什么？那里又有一个姑娘，像上韦塞尔的那个一样吗？"埃施笑了："是啊，可以这么说，一个像她一样的姑娘。"亨特延太太对他的轻浮感到愤慨："玩弄一个弱小的女人太容易了。"埃施还在想她提到的那个在巴登维勒的人："哦，在巴登的那个人可不是那么弱小。"这又让她起了疑心："谁？""秘密。"她气恼地保持沉默，顺从了他新的爱抚。紧接着，她问道："您为什么还要别的女人？"他不得不暗自承认，同其他女人相比，这个女人以她平淡无奇、几乎像做生意一样而又异常不情愿和纯洁的屈服，给他带来了更强烈的欢愉和幸福，所以他根本不想要别的女人。她又问道："您为什么还要别的女人？要是您嫌我不够年轻，可以跟我说。"他没有回答，因为突然间，她终于说出的事实让他又兴奋又得意；在此之前，她总是静静地躺在他怀里，脑袋总是否定地摇着，她那万年不变的沉默一直使他觉得是从亨特延先生那时候带来的遗产。她感觉到了他的幸福，继续骄傲地说道："您不需要那些小年轻；我敌得过她们任何一个。"胡扯，埃施想道，突然感到一阵刺痛，她一定在撒谎。随着这刺痛，他想起了哈利的话，重复道："人只能爱一次。"亨特延太太说道："是的。"仿佛想要表明他就是她爱的那个人，她真是个骗子；假装厌恶男人，又和他们坐在一起喝酒，让他们为她的健康干杯；现在假装爱他，而又平淡得不合逻辑。但或许这一切都是错的，因为她没有孩子。他对明确和绝对的渴望再次遇到一堵无法攀爬的墙。这一切如果已成过去、已经结束就好了！那一刻，他觉得巴登维勒之行是美国之行的一个必要的序曲，一次不可避免的彩排。她显然猜到他在想旅行的事，因为她问道："她长什么样呢？""谁？""唉，那个巴登姑娘。"嗯，贝特兰德长什么样呢？他比以往更加清楚地意识到，他只能通过亨特延的画像来想象贝特兰德的样子。他粗暴地答道："那幅画像必须摘掉。"她不解地问："什么画像？""在那下面，"他无法说出那个名字，"在埃菲尔塔上头。"她明白了，但她不想让他干涉她的私事："没有人反对过

146

它。""这就是原因，"他坚持道，现在他非常清楚了，就是因为亨特延，所以他必须处理掉贝特兰德，他继续说道，"再说了，必须结束这一切。""嗯，也许吧……"她迟疑地答道，她的抗拒心理使她不愿去理解，她又说道："结束什么？""我们必须到美国去。""是的，"她说，"我知道。"

埃施站了起来。他本想跟平常有什么东西占据了头脑的时候一样走来走去，但凹室里没有地方，外面的地板上又到处是坚果。于是，他在床沿坐下了。虽然他极力想重复哈利的话，但开口时，话却变了：

"爱，只可能存在于陌生的国度。如果您想真正去爱，就必须开始新的生活，必须摧毁旧日生活中的一切。只有在非常陌生的新生活中——在这种生活中，过去的一切如此死寂，您甚至无须遗忘——两个人才能如此合一，以至于过去乃至时间本身对他们来说都不复存在。"

"我没有过去。"亨特延大嫂用受到冒犯的语气说道。

"只有那样，"埃施摆出一副恼怒的怪相，好在一片漆黑，亨特延太太无法看到，"只有那样，才不需要再否认任何东西，因为真理将会君临一切，真理是超越时间的。"

"我什么也没否认。"亨特延大嫂辩护道。

埃施没有被打断："真理跟这个世界没有任何关系，跟曼海姆没有任何关系……"他几乎是在喊叫："它跟这个旧世界没有任何关系。"

亨特延大嫂叹了口气。埃施朝她投去尖锐的目光：

"没有什么可叹气的。为了解放自己，您必须把自己从旧世界中解放出来……"

亨特延大嫂不安地叹道："这家餐馆怎么办？我们要卖掉它吗？"

埃施坚定地说道："必须做出牺牲……这是完全肯定的，因为没有牺牲，就没有拯救。"

"如果我们要离开的话，我们就必须结婚……"她又有些不安，"我想，我配您太老了吧？"

埃施坐在床沿，在摇曳的烛光中注视着她。他用手指在床单上写下了"37"这个数字。他本来可以送她一个插着三十七根蜡烛的蛋糕；不，最好别这样，因为她对自己的年龄讳莫如深，这只会让她不高兴。他打量着她那粗笨、静止的面容，突然希望她更加老，比现在老得多。虽然不知道原因，可他觉得这会让事情更加确定无误。如果她突然变得年轻，以一副短暂的青春年少的外表躺在那里，那牺牲就泡汤了。牺牲是必须的，必须随着他对这个老女人的献身而变得更加大，这样一来，世界就能够恢复秩序，伊隆娜就能够免受刀子的伤害，这样一来，一切生灵就都能够恢复他们最初的清白，不再有人需要待在监狱里受苦。嗯，有一件事情可以肯定，亨特延大嫂很快就会变得又老又丑。他觉得世界就像一条平坦、光滑、没有尽头的走廊。他心不在焉地说道：

"我们得在餐馆里铺上棕色油毡，这样会很好看。"

亨特延大嫂拾起了希望："是的，还要给它粉刷。这整个地方都破败了……这些年来什么也没做……可是，您不是要去美国吗？"

埃施重复她的话："这些年来……"

亨特延大嫂感到必须辩解："必须存钱，所以年复一年地推迟……时光飞逝……"接着又说道："人也老了。"

埃施感到恼火："又没有孩子，存钱干吗……从来没有人为我存过钱。"

可是，亨特延大嫂并没有在听。她只想弄清楚是否值得给餐馆粉刷。她问道："您要带我去美国吗？……还是带一个小年轻去？"

埃施粗暴地答道："成天谈这些年轻年老的问题有什么意思？……再也不会有年轻和年老了，也不会有时间了……"

埃施突然打住了。一个老女人是不能有孩子的。这也许是牺牲的一部分。但在一种童贞的状态中，没人会有孩子。处女就没有孩子。回到床上时，他又令人信服地补充道："一切都会变得又稳固又确定的。您抛在身后的一切再也不会对您造成任何伤害。"

他把床单拉好，同时又仔细地把它盖到亨特延大嫂肩上。然后，他伸手去拿亨特延先生在这种场合也使用过的那个挂在烛台上的锡制熄火器，用它熄灭了摇曳的烛火。

曼海姆就在去巴登的途中。埃施没有忘记，一个人必须尽到对朋友的责任。某种东西困扰了他很久，现在他知道是什么了：他不能把朋友们的钱投在一桩赔本的买卖里。到目前为止，他们的投资已经获得了超过百分之五十的回报，挺不错了，现在这些收益必须得到保障。是时候退出了。他自己的三百马克性质不一样，就算赔光了，那也是他活该。除了百分之五十的收益，以及两个月的耗费——不坏的两个月——这场试图拯救伊隆娜的牺牲还剩下什么呢？而从这种不义之财中获取资金奔向美国和自由只会是又一份假账：早该叫停摔跤比赛，包括收益之类的了。亨特延大嫂预料得不错，他和那帮女人会以耻辱和丑闻告终的。

但与此同时，他必须保障洛贝格和埃尔娜的资金安全。要拉住格内特来谈这个问题并不容易：晚上，他总是在抱怨剧院空荡荡的，白天又很难碰上——他从未在阿尔汉布拉露面，似乎也根本不去自己的公寓，而在奥本海默那儿，除了两个凌乱的房间，毫无人迹。此外，当人们问起他通常在哪里用餐时，格内特会回答说："哦，我只吃个三明治凑合，一家之主花钱不能大手大脚的。"这当然不是真的，因为有一天，当几个英国游客穿过教堂广场的时候，从教堂旅馆的大理石门厅里出来的不是别人，正是格内特先生，他看起来吃得很好，嘴里还叼着一根大雪茄。"只是撑场面，我亲爱的朋友，只是撑场面。"他说完就开溜了，好像他一直住在教堂旅馆，和一大家子人在一起，别人就会不满似的。不管怎样，今天他跑不了：埃施会留神的！

于是，那天晚上，埃施打开了经理室的门，反锁，狞笑着把钥匙放进了口袋里，又狞笑着拿出一本画着整齐格线的账簿给被逮住的格内特看，截至目前，弗里茨·洛贝格先生和埃尔娜·科尔恩小姐已经投入两千马克，获利一千一百二十三马克，因此总共要付给他们三千一百二十三马克，下面写着"以上述当事人的名义全部结清，奥古斯特·埃施"。另外，他还要拿回他自己的钱。格内特叫喊着谋杀和抢劫。首先，埃施没有权利签署转让协议，其次，摔跤比赛还在进行，资金不能撤回。他们争吵了一会儿，直到最后格内特一边抱怨一边同意归还一半资金给洛贝格和埃尔娜，而另一半则继续投在里面，享受收益。至于埃施自己，只能抽出五十马克作为差旅费。或许他是太客气了。不管怎样，这已经足够他去巴登了。

亨特延太太穿着她的褐色真丝连衣裙来到车站，小心翼翼地窥视四周，看看有没有熟人发现她，说她闲话。虽然时间还早，人却很多。在另一个站台前，停着一列开往相反方向的火车，几节给移民，给捷克人或者匈牙利人乘坐的车厢正在转移过去，一些救世军的人员正在跑上跑下。现在，亨特延大嫂出现在车站是名正言顺的：她早该甩掉她那愚蠢的鬼鬼祟祟了。然而，埃施在看到那些移民和救世军的人员之后，还是好像心里有鬼。"蠢货！"他抱怨道。他不知道自己为什么这么生气。他似乎被亨特延大嫂那种荒谬的鬼鬼祟祟传染了，因为当一个救世军姑娘经过的时候，他把目光移开了。亨特延太太说道："我想您是对我出现在这里感到羞耻吧？或许您是有别的女人要跟您去旅行吧？"埃施粗暴地告诉她，不要像个白痴一样。这是压死骆驼的最后一根稻草："一个人做出妥协，得到的就是这个……

真是自作自受。"埃施再次感到不解，是什么把他和这个女人拴在一起的？在白昼中，她站在他面前，她在性爱上的顺从、那个昏暗的凹室、他一远离她就萦绕在他心头的那些形象，通通都沉入了遗忘之中，仿佛从未存在过。他们就是坐着这同一列火车去巴哈拉赫的；那是这段恋情的开始——今天或许就要看它结束了。她显然感觉到了他的冷漠，因为她突然说道："如果您对我不忠，我马上就让您瞧瞧……"他感到高兴，想让她说下去；同时，他又想伤害她："好吧，今天我就去做……我会瞧见什么呢？"她板起脸来，没有回答。这使他心软了，他拉起她的手，它沉重而别扭地搁在他手里。"嘿，然后会怎样呢？"她目光茫然地说道："我会杀了您。"这像是救赎的保证和希望；但他还是在脸上堆出了笑容。然而，她的思绪并没有被转移。"我还能怎样呢？"停顿了一下，她又说道，"您大概是要去上韦塞尔吧？……去找那个女人？"埃施不耐烦了："胡扯，我已经跟您说过一百次了，我必须去曼海姆处理我和洛贝格的事……我们要不要去美国了？"亨特延太太还是不信："老实点吧。"埃施不耐烦地等着发车的信号；他绝对不能泄露去找贝特兰德的意图："我不是邀请您和我一起去吗？""您不是当真的。"但现在信号即将发出，埃施觉得他是当真的，他站在那里抓住她胖乎乎的手臂，想要给她一个吻，她把他挡开了："干什么啊，大庭广众的！"这时候，他只得爬进火车里。

　　他真的打算直接去巴登维勒，直到看见圣戈尔车站的名字，他才明确地决定在曼海姆下车。是的，而且他会在曼海姆给她写信的；这会使她安下心来——埃施想到她要杀死他，温柔地笑了；也许他真的可以给她这个机会。不管怎么说，去巴登维勒有点冒险，搞不好会使他失去一切，所以应该先把钱交还给别人。"人的生命是不能被轻易剥夺的。"这个句子浮现在他脑海里，与车轮滚动的节奏交织在一起。他看到亨特延大嫂举起一把小巧的左轮手枪，然后又听见哈利说道："您不能碰他。"接着，洛贝格、伊隆娜、埃尔娜小姐和巴塔萨尔·科尔恩也接连浮现在他眼前，他吃惊地意识到，他已经很久没见到他们了；或许在此期间，他们并没有活着。他们富有节奏地抬起手臂迎接他，仿佛有个无形而优雅的表演者用突然露出来的线把他们像牵线木偶一样拽着。三等车厢如同一间牢房，而在舞台上，在左边高处缺掉一颗牙齿的地方，一块灰色的纸板突然从侧翼往前移，在那块纸板后面什么都没有，除了舞台满是尘埃的灰墙。但在纸板上清楚地出现了"监狱"这个词，虽然他知道后面什么都没有，但他还是知道监狱里有某个人，这个人不存在，却是剧中的主角。但舞台——上面的纸板监狱像一颗牙齿一样突出——被一块巨大的背景幕布遮断了，幕布上画着一个美丽的公园。一群鹿在大树下吃草，一个衣服上带着闪光饰片的姑娘在采摘花朵。园丁头上戴着宽边草帽，手里拿着闪亮的大剪刀，身边伴着一只小狗，站在漆黑的湖边，湖中的喷泉把一道透明的水流像闪闪发光的鞭子一样喷向空中，在四周散播清凉。远处，可以看到一座宏伟城堡的灯光和漂亮的轮廓，雉堞上飘扬着一面黑白红的三色旗。它使一切都变幻不定了。

　　现在，埃施正靠近曼海姆，他想到，埃尔娜肯定在和洛贝格那个纯洁的约瑟睡觉。这是毫无疑问、理所当然、想都不用想的，它就跟人们脸上长着鼻子或者用脚走路一样理所当然。没有任何事物，没有任何人能够动摇埃施的信念：事情就是这样的；不然这两个人在一起还能干吗呢？可是，他弄错了。即便生活没有提供多少可能性，即便没什么必要让两个不同性别的人达成默契，但还是有很多事情并不像人们所想的那么理所当然。像埃施这样依然日复一日地纠缠在尘世生活中，或者只是上升了一点点的人，很容易就会忘了有一个天国存在，它的稳固会将尘世的一切都抛入不确定，因而他是不是用脚走路就会突然变得很可疑。这件事的真实情况就是，洛贝格不愿越过理想和崇高的友谊的边界，一方面是因为他的羞怯，另一方面是因为他对女性永无休止的怀疑，特别是肮脏的经历使他惧怕肮脏疾病的毒害，而且他不禁想起埃尔娜一直暴露在一个浪荡人士的目光下，那个家伙和她像脸颊紧挨着下巴一样生活在一起。洛贝格就是这样的人。他仅仅是和埃尔娜·科尔恩小姐散步、喝咖啡，把他和她的来往当作一段缓刑和赎罪的时期，只有当他得到上天的示意，得到真正的拯救和恩典的示意，它才能够圆满完成。

　　埃施当然知道这个白痴品德高尚，却无法想象会高尚到这种程度，更不会意识到他自己依然是引起埃尔娜小姐焦躁不安的原因，他依然搅动着她的血液——即便不是搅动她的心——很可能就是因为他，她才没有急着给予洛贝格救赎的恩典，而且甚至有意推迟，把这种推迟当成是为步入婚姻所做的合理准备。这些事情埃施无法意识到，而更加无法意识到的是，他们俩在给他的性格挑毛病上面发现了很大的乐趣，他们对此抱有的热情甚至使他们相信，对他的毛病的共同兴趣是一起生活的良好基础。

无辜的埃施原本还指望受到隆重而愉快的欢迎。但恰恰相反，当他在门口出现时，埃尔娜小姐缩了回去。哦，她说道，迅速控制住了自己，埃施先生真好，还能让朋友们再见到他，埃施先生真好，在连一封信都懒得给他们寄之后，还能纡尊降贵地记起他们。接着，她又说了句"给钱的人说了算"，以及其他许多尖刻的话，所以埃施连门厅都没进。然而，科尔恩听到他们的声音后，穿着衬衫，从起居室走了出来，因为他比妹妹粗线条，在过去的两个月从未想过埃施，所以对埃施的悄无声息并不以为意，埃施要是想到给他写信，那才叫他惊讶呢。科尔恩非常高兴见到埃施，因为他不仅留恋他曾经熟悉的一切，而且还把重新归来的埃施当作享乐的来源和受人欢迎的财主，因为埃施会使用那个空房间。科尔恩欢声叫喊着握了握客人的手，邀请他再到自己的老房间去，它一直给他专门留着，但埃尔娜小姐却拦住了他，把头稍微转向她哥哥：她不知道这样的安排是否可行。这惹恼了科尔恩："为什么之前可以，现在不可以？我说可以就可以。"毫无疑问，作为一个言行得体的人，埃施这时就应该带着懊恼的表情离开，但即便他是个言行得体的人——其实并不是——他也和这家人太熟悉了，比起言行得体，好奇心还是占了上风；他不在的时候发生了什么？他只是诧异地站在原地。这时候，向来有话直说的埃尔娜小姐迅速满足了他的好奇心，她愤怒地对她哥哥说，一个即将结婚的女人是不能和一个陌生男人待在同一个屋檐下的；她在这个家里已经遭受了足够多的耻辱了，要不是她未来的丈夫宽宏大量的话，他早就已经溜了。科尔恩粗野地反驳道："胡扯什么，赶紧闭嘴吧。埃施会留下来的。"但埃尔娜小姐的暗示使埃施恍然大悟，他叫道："哇，真是惊喜。我衷心祝贺您，埃尔娜小姐。谁是那位幸运的先生？"埃尔娜小姐只得接受他的祝贺，透露自己即将和洛贝格先生订婚。她挽着埃施的胳膊，把他领进了起居室。就是这样的，而且，等一下她的未婚夫就要来了。在他们站着谈论洛贝格的时候，科尔恩想出了一个绝妙的主意，把埃施藏在一个黑暗的角落，等他像幽灵一样突然插进他们的谈话时，洛贝格毫无防备，没准儿会吓一跳的。

前厅里的铃响了，埃尔娜跑去开门，埃施乖乖地躲到了房间的一个漆黑的角落。科尔恩依然坐在桌旁，专横地打着手势，让他再躲进去一点。科尔恩是一个极为看重技术性完美的人，只要他的安排出现一点问题，就会很恼火。但埃施并不是因为害怕科尔恩发火而静静地待在角落，不，他根本不是一个会被吓得缩到角落里的人，而角落对他来说也并不是耻辱和惩罚之地；他会出于他自己的自由意志而更加紧贴着墙，丝毫也不留心自己的袖子是否会沾上墙粉，因为在那个幽暗的角落，他开始奇怪地、出乎预料地产生一股欲望，想要增大他和坐在桌旁的那些人的距离。在洛贝格进门之前的几分钟并不足以使他想清楚，但他意识到自己再次滑入了一种奇怪的孤立中，这种孤立在某种程度上与曼海姆有关，并且不让他与别人联合起来追求共同的目标，然而，这是一种坚决的孤立，使他觉得非常愉快，以至于不会过于孤单，要是能足够遥远地待在角落里，他就会成为一位脱离这个世界的得到救赎的高贵隐士，一个指挥着桌子边这些肉体的灵魂。这个状态并不能持续多久，因为只有在时间不够得出结论，更别说据此行动的时候，才能沉溺在这些思想里，当洛贝格按照流程进来的时候，埃施已经将它们抛诸脑后了，他极为迷惑，所以很高兴见到新来的人。当然，埃施和伊隆娜差不多，并不太算是这些同伴中的一员，但是，他们围坐在一起的时候，像一家人一样，就许多事情追问着彼此。由于这些问题很快就涉及金钱，埃施骄傲地掏出钱包，把一千五百六十一马克零五十芬尼放到了桌上。埃尔娜小姐高兴地伸手去拿，因为她以为这是她的投资加上收益，而埃施解释说她最后会拿到很多钱的，但这笔钱必须和洛贝格分，因为她另一半的钱还投在里面，她叫喊着说这是损失而不是盈利。他想跟她解释清楚，可她却不听，只是赌咒说自己是不会被欺骗的，她像其他人一样会算数：拜托——她拿来纸和铅笔——两百一十九马克，二十五芬尼，她算着，白纸黑字，然后怒气冲冲地把纸塞到埃施鼻子底下。洛贝格一直不开口，尽管作为商人，他本该明白情况不错。这个懦弱的白痴，他不想跟自己的情人陷入麻烦。埃施粗暴地说道："我有自己的荣辱感，而且显然比某些哑口无言的人强。"他抓住埃尔娜的手臂，但并不是出于爱；他怀着无情的怒火，用力地把她的手臂和纸甩回到桌子上。或许是她真明白了整件事情，又或许是因为埃施紧紧地抓住她，总之，埃尔娜小姐陷入了沉默。一直冷眼旁观的科尔恩仅仅表示，特尔切尔这个犹太佬一定是恶棍。嗯，埃施反驳道，那他应该去告诉警察，因为每个恶棍都应该受到举报，而不是把清白的人关起来。为了惩罚洛贝格懦弱虚伪的行为，他羞辱道："说到清白的人，他们已经被遗忘了。比方说，洛贝格先生去看过可怜的马丁吗？"埃尔娜依然受着惊吓，但也充满了理所应当的愤恨，回答说她知道有些人忘了自己的朋友，甚至还毁了他们，而应该关心马丁的，正是埃施先生。"我就是为此而来的。"埃施说道。"啊哈，"埃尔娜小姐说道，"要不是因为这个，我们还再也见不到您了，"仿佛只是因为她绝对不能放过这个争吵的好机会，她迟疑地，近乎胆怯地补充道，"还有我们的钱。"然而，科尔恩却是一个思维迟钝的人，他说："必须把那个犹太人关起来。"

这确实是一个好办法，埃施自己也提到过，但他还是想反驳说，这只是一个次要的、不完全的解决办法，其实还有更好、更彻底的办法，一种他现在略知一二的精神上的解决办法。把特尔切尔关上一两个月，而伊隆娜又去当刀靶子，这有什么好处呢？他这才想起伊隆娜不在，实际上她应该在这儿；这似乎是有意的，在他完成任务之前，她不会见他。不管怎样，不管有没有任务——他就在这里，承诺要付清所有盈利，即便他在想着自己即将做出的巨大牺牲！要是平衡真的被打破的话，那摔跤比赛就是一项重大的损失。而这意味着怒气冲冲的埃尔娜小姐的钱会亏掉，所以他有一种负罪感，实际上，这种负罪感并非令人不快；但因为这不关他们的事，所以他开始威吓他们：这就是他得到的感谢，他真后悔这么费事把钱送来，这就是他受到的欢迎。但不管怎样，他会给格内特写信讨要欠款的。他高兴怎么做就怎么做，埃尔娜小姐满怀恶意地说道。那她可以自己写，因为他已经明确声明不负任何责任。她当然不会写。嗯，好，那就让他来，因为他是个正直的人。

"真的吗？"埃尔娜小姐说道。于是，埃施要来纸和笔，看也不看在场的人一眼，就去了自己的房间。

他在房间里走来走去，这是他焦躁时的习惯。接着，他开始吹口哨，这是为了不让别人觉得他在生气，或许同时也是因为他觉得孤单。不久，他听到埃尔娜和洛贝格走到门厅。他们非常小声；懦弱的洛贝格显然还在发抖，还在无助地来回转着死白的眼珠子。像经常发生的那样，洛贝格使他想起了亨特延大嫂。她现在也很无助，必须向一切屈服，可怜的女人。他想听听洛贝格和埃尔娜是不是在骂他。亨特延大嫂那愚蠢的嫉妒使他陷入了这么一个窘境；他不需要到这儿来的，他本来在几小时之前就可以在巴登维勒了。但门厅里静悄悄的。洛贝格一定走了；埃施坐了下来，用漂亮的字体写道："致科隆阿尔汉布拉剧院经理阿尔弗雷德·格内特先生。请将我的资金总计七百八十点七五马克汇过来，我将给您回寄一份收据。此致敬礼。"他一手拿着信，一手拿着墨水瓶和笔，直接走进了埃尔娜的房间。

埃尔娜穿着毡制拖鞋，正在整理床铺，埃施感到惊讶，她这么快就换鞋了。她开始抗议他的闯入："您带着这些垃圾来干什么？"他吩咐道："在这儿签字。""我不会再给您签的……"但与此同时，她把信浏览了一下，耸耸肩说了一声"好吧"，就拿着它走向桌子；这不会有什么用的，钱已经没了，打水漂了，白费了，而她只能将这一切承受下来；当然，像埃施先生这样的人是不会计较的。她对他的指责再次激起了他对她的一股奇特的负罪感；哦，管它呢，他会帮她把钱要回来的；他抓住她的手，指示她签哪里。她试图把手抽开，他再次感到恼火；他用蛮力更加坚定地抓住她的手，埃尔娜小姐再次陷入了沉默，毫不反抗。起初，他并没有意识到这一点，只是抓着她的手把名字签上，然而，接着，她抬起头来看他时，那蜥蜴一般的歪斜的目光如同一种引诱一样击中了他。当他抱住她时，她把脸颊贴在了他的胸口上。她这么做一点也不使他烦扰；他一点也不想问她，这只是她以前对他的幻想的回响，还是为了报复洛贝格的缺乏男子气概，抑或——埃施觉得这最有可能——她纯粹只是顺从了，因为他碰巧就在那儿，因为这注定要发生，因为他们无须再为婚事争吵。情况变得明朗起来：埃尔娜拥有一位仰慕者，而他自己则要和亨特延大嫂去美国；他对洛贝格的恼怒甚至也减轻了，他几乎对这个在许多方面都跟亨特延大嫂相似的白痴产生了一股温柔的感情，埃尔娜小姐与她的追求者那么亲密，一定承袭了他的许多品质，因此，在某种程度上——虽然是在某种不着边际的程度上——拥抱埃尔娜就像是在拥抱亨特延大嫂，而这是不能叫作不忠的。不过，关于他们从前争吵的记忆尚未完全消失，他们还在犹豫，还有一丝贞洁的敌意，埃施差点就要像从前一样，什么都没做便返回自己的房间。可是，她突然说了声"安静"，离开了他：外面的大门嘎吱一响，埃施意识到伊隆娜进来了。他们一动不动地站着。但是，当脚步声消失，而科尔恩卧室那扇通向起居室的门被锁上时，他们也锁在了彼此的怀抱里。

当他溜进自己的卧室时，不禁想起亨特延大嫂，想起他在曼海姆下车只是为了减轻她的嫉妒和猜疑。这就是她从她那愚蠢的嫉妒中获得的一切。当然，那天他威胁说自己将对她不忠时，他只是在开玩笑。但现在变成了现实，这并不是他的错。而且，这也并不是真的不忠；他是无法那么容易就对她那样的女人不忠的。不过，这依然是一件龌龊的事。为什么呢？因为他原本应该剔除一切冗余的东西，直抵问题核心，因为他原本应该堂堂正正地前往巴登维勒，而不是去迁就一个女人愚蠢的嫉妒。这就是他得到的结果。真是一个窘境，但现在没办法了。埃施将脸转向了墙壁。

他睁开双眼，认出了自己的老房间；早晨明媚的阳光穿透了窗帘，恐惧犹如鱼叉刺穿了他：去仓库迟到了吗？但他随即想起自己已经离开莱茵河中央航运公司，他空闲了，放假了。

谁都没有权利叫醒他，让他接受审判。虽然无聊，他还是继续躺在床上，因为他可以想躺多久就多久。亨特延大嫂极有可能会杀了他，因为她永远都不会明白他对她一直都是忠诚的；她无论如何都想杀了他，而这带来了一种令人宽慰的自由和安稳的感觉。将死之人是自由的，而获得自由的便是将死之人。他可以看到一座城堡的雉堞，上面有一面黑旗颓然下垂，但也可能是埃菲尔塔，谁分得清过去与未来呢？公园里有一座坟墓，那是一个姑娘的坟墓，一个被刀子刺死的姑娘的坟墓。在死亡面前，一切都是被允许的、自由的、免费的，也就是说，是出奇地不合逻辑的。一个男人可以跟街上的任何一个女人搭讪，让她跟他睡觉，这就跟他和埃尔娜睡觉一样不合逻辑而令人愉快，今天或者明天，当他开始自己的黑暗之旅，他就会把她留在身后了，他可以听到她在公寓里忙碌的声音，这个纤瘦的小人儿，他躺着等她跟平常一样走进来，因为人必须善于把握时机。不忠的自由必须先以不忠的行为来偿还，而且他依然渴望因此而被杀死，这自然超出了亨特延大嫂的理解能力；她怎么会懂得如此复杂的收支平衡呢？她怎么会明白假账是那么狡诈地潜入世界，需要一个熟练的会计师像救赎者一样赴死呢？因为哪怕是最细微的错误，如果遭到忽视，也会使整个自由的大厦摇摇欲坠。这时，他听到埃尔娜小姐从厨房里传来的声音："我现在可以把咖啡端给阁下了吧？""不，"埃施喊道，"我马上就来。"他从床上跳起来，一眨眼就穿好衣服，喝完咖啡，即刻跑到了楼下的有轨电车站，连他自己都对他的移动速度感到吃惊。往监狱方向开的电车还没来，仅仅是因为必须等待，埃施就开始琢磨，驱使他这么快起床的，究竟是他要去看马丁的念头，还是埃尔娜的声音？这个声音并不令人愉快，尤其是当她像在前一天晚上一样责备人的时候。但埃施并不是一个会被舌枪唇剑刺到的人。所以，一定不是她的声音，要不然的话，上次她叫他去厨房看睡着的伊隆娜，他早就离开公寓了。说到伊隆娜，无论是在这里还是别处，他都不需要再见到她了。最好的办法就是跟这些事情保持距离，拒不承认他可能在逃避埃尔娜和她邪恶的情欲，逃避他从今以后将陷入其中的不合逻辑的情欲，这种情欲是见不得光的，因为只有夜晚是自由的时光。

在监狱里，他发现每周只能探视三次；他第二天必须再次申请。他即将做什么呢？去巴登维勒，不再耽搁了？他开始咒骂这种对他的活动自由的干扰。但最后，他终于说道："哦，好吧，缓刑。""缓刑"这个词突如其来地萦绕在他心头，甚至使他对一个像贝特兰德这样强大的人产生了一种骄傲的、令人感到安慰的兄弟情谊，因为缓刑牵涉他们俩。在步入黑暗之前，他应该先去看看马丁；要是来曼海姆什么也不干，只是和埃尔娜过夜，那真是荒唐，甚至是丢脸。一个人跑了大老远，是不应该无所事事的，他应该去和所有朋友打招呼和道别。因此，他先去了码头的仓库和食堂找他的相识。他觉得自己几乎就像一个从美国回来的许久不见的亲戚，有点羞怯地怕人们认不出他来了。比方说，门房很可能不会让他进门。但他受到了非常友好的接待，或许是因为他遇到的那些人觉得自己不能再左右他了；海关的人员在门口亲切地欢迎他，他和他们寒暄了一会儿。嗯，他们笑着说，现在他已经不是航运公司的人了，所以这里没他的事；埃施说，他很快就会让他们瞧瞧，这里有没有他的事；他们丝毫没有阻挠他进去。没有人妨碍他心满意足地去看那些平房、吊车、仓库和货车，当他在仓库门口往里边喊的时候，仓库管理员和装卸工都跑了出来，像兄弟一样站在他面前。但他一点也不后悔离开，他只是把这一切清楚地印在记忆里，一会儿摸摸一辆货车，一会儿摸摸一块跳板，让干木头的触感紧紧附着在他坚硬的手掌上。只是到了食堂里，他才感到失望；他在找科尔恩，可是科尔恩不在那儿；科尔恩真蠢，还躲开了，埃施忍不住笑了，因为他已不再为了伊隆娜而感到嫉妒；伊隆娜将会脱离科尔恩的掌控，被带入一座无法抵达的城堡。因此，他只是和警察喝了一杯白兰地，然后就来到了早已习惯的街道上，其实已不再习惯，但变得更加亲切了，最后，他来到街角，烟草铺在那里满怀期待地注视着他，仿佛洛贝格一直在里边急不可耐地等他，等着和他谈谈。

洛贝格真的就在抽屉后面，手里拿着巨大的雪茄截断器，埃施一进来，他就亲切地放下了那个东西，因为他对埃施感到很抱歉，但他们谁也没提起，因为埃施已经准备原谅洛贝格了，不想让他掉眼泪。洛贝格或许违背了这一精神，谈起了埃尔娜，但这是轻微的违背，埃施根本没去留意。除非自己选择，谁能把他叫醒呢？他是自由的！"她是一位好伙伴，"洛贝格说道，"我们有许多共同的兴趣。"因为埃施可以想说什么就说什么，所以他说："是啊，她是永远都不会把您给杀了的。"他抬头望着洛贝格那张不安的脸，亨特延大嫂用一根手指头就可以把它碾碎，他有点同情埃尔娜，因为她太瘦小了，都没法这么做。然而，洛贝格胆怯地笑了，他有点被这个可怕的玩笑唬住了，在他这位可怕的访客的眼皮底下萎缩、变小了。不，他不是一个能和埃施这种人匹敌的对手；只有死者是强大的，虽然活着的时候，他们看起来可能也只是一些微不足道的可怜虫。埃施像幽灵一样在店里踱来踱去，嗅着店里的气息，打开一个抽屉，然后又打开另一个抽屉，手掌滑过锃亮的柜台。他说："等您死了，就会比我强大……"接着又轻蔑地补充道："不过，您不是那种会被杀死的人。"因为他突然想到，洛贝格就算死了，也是微不足道的；他太了解这个家伙了，他自始至终都会是一个白痴，而且，只有那些人们不认识的、从未存在过的人才是全能的。然而，洛贝格对于涉及女人的地方还是充满疑惑："您指的是什么呢？您是说我的遗孀能不能得到赡养？我已经投了人寿保险。"这可是把他毒死的好理由，埃施说着忍不住笑了起来，笑声大得把自己给呛到了。亨特延大嫂就是一个女人。她不会用毒药的，她只会把洛贝格这样的人当甲虫一样插在大头针上。她是一个需要体贴和尊敬的女人，埃施感到惊讶，他竟然想到拿她和洛贝格做比较。他有点被触动了，因为虽然如此，她还是摆出了一副弱小的样子，而且这样做很可能是对的。洛贝格感到皮肤刺痛，转着苍白的眼珠，说道："毒药？"虽然这个词总是挂在他嘴上，可他似乎是头一回听到它，或者至少也是头一回真的理解了它。埃施的笑变得居高临下，颇有些讥讽的意味："哦，她是不会把您给毒死的，埃尔娜不是那种女人。""不会的，"洛贝格说道，"她有一颗金子般的心，她连一只苍蝇都不会伤害……""也不会把甲虫插到大头针上，"埃施说道。"我敢肯定她不会的。"洛贝格说道。"可您要是对她不忠的话，她还是会把您给杀了的。"埃施吓唬道。"我永远都不会对我妻子不忠的。"那个白痴说道。埃施突然领悟到——这是一种令人愉快、富有启发性的领悟——他为什么会想到拿洛贝格和亨特延大嫂做比较：说到底，洛贝格只是一个女人，只是某种畸形人，这就是为什么他和埃尔娜睡觉也无关紧要——就连伊隆娜也在埃尔娜的床上睡过。埃施站了起来，用他强健的双腿稳稳地站着，像一个刚睡醒或者被钉在十字架上的人一样张开双臂。他感到强大、坚定、天赋异禀，是一个值得杀死的人。"不是他死，就是我亡。"他说道，觉得世界就在他脚下。"不是他死，就是我亡。"他重复道，在店里踱来踱去。"您说什么？"洛贝格问道。"我不是说您，"埃施露出了坚固的白牙，答道，"至于您，您要和埃尔娜结婚。"因为这是名正言顺的：这个家伙有一间擦得干净明亮的店铺，还有完善的人寿保险，他应该和小埃尔娜结婚，继续平静地生活；而他自己呢，他已经醒了，接受了落到他身上的任务。因为洛贝格继续赞美着埃尔娜，所以埃施就说出了被洛贝格当成来自上天的指示一样一直期盼着的话："哦，您和您那些救世军的胡言乱语……您要是再犹豫的话，她就会从您指缝间溜走。您早该把握住她了，您这个软蛋。""是的，"洛贝格说道，"是的，我认为现在缓刑期结束了。"在沉闷的夏日阳光下，那间店铺看起来又明亮又亲切，那些橡木做的黄色家具给人一种稳固、持久的印象，在专门放钱的抽屉旁边有一本账簿，上面整整齐齐地记着一列数字。埃施在洛贝格的桌子前坐了下来，给亨特延大嫂写信，说他已经安全抵达了，正在处理自己的事务。

他在埃尔娜的床上度过了第二夜，把这当成是一个自由人有权依从的礼仪。他们亲切地谈论她和洛贝格的婚事，温柔和感伤地做爱，仿佛从未激烈地斗争过。在那个漫长的无眠之夜过后，他对自己促进了埃尔娜和洛贝格的共同幸福而感到高兴。每个人身上都有许多潜能，根据自己给它们挂上的逻辑之链，他就可以确定它们是好还是坏了。

吃完早餐，他立即前往监狱。在洛贝格的店里，他给马丁买了一些香烟；他没想到买别的。天气闷热，埃施不禁想起在戈尔豪森的那个下午，他因为天热而怜悯马丁。在监狱里，他被带到了一个探访室，里面的铁窗朝向空荡荡的院子，污黄的大楼越过它把棱角分明的阴影投了过来。那个院子看起来很适合在中间放置行刑者的垫头砧，罪犯就跪在那块垫头砧旁边，等待锋利的斧头砍下他的脑袋。得出这个结论以后，埃施就不想再去看那个院子了，他把视线从窗户那边移开了。他审视着室内。中间放着一张漆成黄色的桌子，上面的墨迹表明它之前是在办公室使用的；还有一两把椅子。房间虽然在阴影里，却像个大烤炉，因为清晨的阳光已经照进来过了，窗户也都紧闭着。埃施感到困倦；他独自一人，坐了下来；他被留在那里等待。

接着，他听到铺砖的过道里传来脚步声和马丁的拐杖的声音。埃施站了起来，仿佛要迎接一位上级。但马丁走进来就像他要走进亨特延大嫂的餐馆一样。要是有架奥开斯特里翁琴的话，他会一瘸一拐地走过去启动它的。他环顾房间，似乎很高兴只有埃施一个人，他走上前去，和埃施握手。"早上好，埃施，您能来看我真好。"他把拐杖靠在桌边，就像在亨特延大嫂的餐馆里一样，然后坐了下来。"来吧，埃施，您也坐下来吧。"护送他的看守让人想起穿着制服的科尔恩；按照法规，他一直站在门边。"您也要坐下吗，看守先生？这儿不会有人来了，而且我肯定不会逃跑的。"那个人咕哝了一些关于规章制度的话，但还是来到桌边，戴着一大串钥匙坐下了。

"嗯，"马丁说道，"现在我们都舒服了。"接着，他们三人都沉默地围坐在桌边，盯着桌上的刻痕。马丁的脸色比平常黄多了；埃施不敢问他健康状况如何。但马丁忍不住嘲笑起了这尴尬的沉默，他说道："嗯，奥古斯特，把科隆的消息全都告诉我吧，亨特延大嫂，还有其他人怎样了？"

虽然脸颊本来就发烫，埃施还是感觉到自己脸红了，因为他突然觉得自己趁这个囚犯不在的时候偷走了他的朋友。而且他不知道应不应该在看守面前谈起他们。毕竟有些人介意在监狱的探访室里被提起跟罪犯有什么瓜葛。他说："他们都过得不错。"

马丁大概明白了他的拘束，因为他没有再刨根问底，只是说道："那您自己呢？"

"我正要去巴登维勒。"

"去做矿泉疗养吗？"

埃施觉得马丁没必要取笑他。他干巴巴地答道："去看贝特兰德。"

"天哪，您要出人头地了！贝特兰德，他是个不错的家伙。"

埃施不知道马丁是在开玩笑，还是在讽刺。贝特兰德是个不错鸡奸犯，这才是事实。但他不能在看守面前这么说。他咕哝道："如果他真是个不错的家伙，您就不会坐在这里了。"

马丁一脸疑惑。

"嗯，您是清白的吧？"

"我？白纸黑字写着，并且在法庭发过誓，我已经失掉过几次清白了。"

"哦，别再开这些愚蠢的玩笑了！要是贝特兰德真是个不错的家伙，他就得听听您发生了什么，然后把您放出去。"

"这就是您要去开导他的吗？您就是因为这个才要去巴登维勒的吗？"马丁笑着把手朝埃施伸过去，"我亲爱的奥古斯特，您这是什么念头啊！幸好您是不会在那里找到他的……"

埃施迅速说道："他在哪里？"

"哦，他还在旅行，在美国或者其他地方。"

埃施惊呆了：那么，贝特兰德是在美国了！比他先到，在他之前沐浴在自由的阳光下。虽然埃施一直疑心，那个遥远国度的伟大和自由与他永远无法接触到的那个人的伟大和自由具有无法完全理解却极为重大的关系，他现在还是觉得贝特兰德的美国之行似乎把他自己的移民计划永远打消了。因为这一点，因为一切是那么遥不可及，所以他对马丁感到愤怒："一家公司的董事长能够这么轻易就到美国去……可是，意大利对他也不错啊。"

马丁温和地说道："嗯，意大利，我才不管呢。"

埃施在考虑该不该去中央航运公司的咨询室问一下在哪里可以找到贝特兰德。但他突然觉得这是多余的，他说："不，他在巴登维勒。"

马丁笑了："嗯，也许您是对的，但即便是这样，他们也不会让您进去……是不是因为某个姑娘啊？"

"我很快会找到进去的办法的。"埃施用威胁的口气说道。

马丁觉察到了麻烦："别做任何傻事，奥古斯特，别打搅那个人，他是个正派的家伙，应该受到尊重。"

他显然不知道隐藏在贝特兰德背后的一切，埃施想道，但不敢讲出来，只是说："他们全都相当正派，甚至连南特维希也是。"经过考虑之后，他又补充道："所有死人也都是正派的，但是，人们只有看看他们留在身后的遗产才能明白这种正派有什么价值。"

"您说什么？"

埃施耸耸肩膀："没什么，我只是说……是的，归根结底，一个人是否正派并没有什么关系，他在某个方面总是正派的，这不成问题，问题在于他做了什么。"他又气愤地补充道："这是唯一能让人不至于变得乱七八糟的办法。"

马丁哭笑不得地摇着头："瞧，奥古斯特，您在曼海姆这儿有个朋友，总是唠叨毒品。我觉得他一定毒害了您……"

但埃施仍不死心："因为我们再也分不清黑白。一切都乱七八糟。你甚至分不清哪些是过去，哪些仍在发生……"

马丁又笑了："我对将要发生的知道得更少。"

"认真一点吧。您这是在为了将来而牺牲自己。这是您自己告诉我的……这是剩下的唯一要做的事，为了将来而牺牲自己，为过去的一切赎罪，一个正派人必须牺牲自己，否则世界就没有秩序。"

监狱看守产生了疑虑："您不能在这儿发表革命言论。"

马丁说道："这个人并不革命，看守先生，您自己倒更像一位革命者。"

埃施感到惊诧，他的话竟然可以这样理解。难道他已经变成了一个社会民主党党员？嗯，随便吧！他继续固执地说道："革命就革命吧，我才不在乎。不管怎样，您自己总是说，一个资本家正不正派无关紧要，因为他是作为资本家被反对，而不是作为人。"

马丁说道："瞧，看守先生，您认为我们应该让人来探视吗？这个人会用他的异端邪说把我从头到脚都毒化的，我才刚重新做人呢。"他转向埃施："您还是原来那个糊涂蛋，我亲爱的奥古斯特。"

看守说道："职责就是职责。"他感到酷热难耐，便看看表，宣布时间到了。

马丁拿起拐杖，"好啦，走吧。"他朝埃施伸出手去，"我再告诉您一遍，奥古斯特，别做任何傻事。谢谢您为我做的一切。"

埃施对这突然的分别还没做好准备。他握着马丁的手，犹豫着是否要和那个怀有敌意的看守握手。接着，他还是朝那个人伸出手去，因为他们在同一张桌子边坐过，马丁点了点头，表示赞赏。接着，马丁离开了，埃施再次感到惊诧，因为他仿佛只是离开了亨特延大嫂的餐馆，可他是要到一间牢房里去啊！好像世界上发生的一切都无关紧要！但没有什么是无关紧要的：必须迫使世界这样。

在监狱大门外，埃施深吸了一口气；仿佛为了确认自己的存在，他掸了掸身体，发现了本来想拿给马丁的香烟，他再次对马丁产生了无法解释的愤怒，他又开始破口大骂。他甚至说马丁是一个可笑的叫嚣者、煽动家，就像人家说的那样，虽然马丁其实无可指摘，最多就是把自己当成一部戏剧里的主角，可是还有重要得多的角色……但煽动家就是这样。

埃施坐电车回城里，乘务员的制服令他恼火，他到埃尔娜小姐的公寓里去收拾东西。她满怀爱意地接待他。但由于对世界的混乱感到愤慨，他对她的友好充满了不屑。接着，他简短地道了别，匆匆赶到车站去搭乘在晚间开往米尔海姆的火车。

当欲望和目标相遇、合并，当梦想开始预示生命的重大时刻和危机，道路缩窄为更黑的峡谷，预示死亡的梦掩蔽迄今尚在梦游的人：这一切，这一切目标，这一切欲望，再次从他眼前掠过，就像它们在临终之人眼前掠过一样，人们几乎可以称之为机缘，如果那条道路并非终结于死亡。

来自远方，思念妻子或者只是思念儿时家园的人已经开始了梦游。

有许多准备或许已经做好，只是他仍未注意到它们。譬如，在去车站的路上，他突然想到，房子是由一排排整齐的砖头构成的，门是用锯好的木板做的，窗是用四方形的玻璃做的。或者，他想起了那个编辑和那个煽动家，他们都假装分得清左右，虽然这只是为女人所熟知，并且不是所有女人。但人不能老想这种问题，于是他在车站静静地喝了一杯啤酒。

然而，当他看到开往米尔海姆的火车呼啸而至，看到那条又大又长的蟒蛇那么明确地冲向目的地的时候，他又被击倒了，被自己对火车头的可靠性的怀疑突然击倒了，因为它可能会走错路；被恐惧击倒了，因为他，一个在世上有明显的、重要的职责要完成的人，可能会被拖离这些职责，甚至会被胡乱丢到像美国那么远的地方去。

在迷惑中，他本来想像没经验的旅客那样去找某个穿制服的工作人员咨询，但站台是那么大，那么长，那么空荡荡，他基本无法沿着它快速移动，虽然气喘吁吁，他还是不得不认为自己运气好，总算赶上了火车，不管它的目的地是哪里。当然，他竭力弄清贴在车厢上的地名，但很快就发现这是徒劳的，因为名字只是词语。这名旅客有点迟疑地停在自己的车厢前。

模糊不定和气喘吁吁已经足够让一个急性子的人开始咒骂，更加严重的是，出发的信号使他惊慌失措，他不得不以摔断脖子的速度爬上那别扭的台阶，还把小腿擦破了皮。他开始咒骂，咒骂台阶和它们笨拙的构造，咒骂命运。但在这种粗鲁背后还隐伏着一种更加切要、更加令人抓狂的认识，这个人要是头脑清醒的话，就能将它表达出来：这些东西只是人类的发明，这些迎合人腿屈伸的台阶，那个巨长无比的站台，这些写着词语的告示牌，呼啸的火车头，闪闪发亮的铁轨——人类的发明没完没了，它们全都源于贫瘠。

这名旅客隐约觉得，通过这些思考，他可以使自己摆脱琐碎的日常，他想在余生把这些思考都印在脑海里。虽然这些思考对人类来说可能是普遍的，但比起那些窝在家里什么也不想的人——哪怕他们每天频繁地上下楼梯——旅客，尤其是急性子的旅客更容易理解它们。窝在家里的人没有觉察到自己被人造的东西包围，而且他的思想也只是以同样的方式构造的。他将自己的思想派遣出去，仿佛它们是可信而且能干的旅行推销员，正在环游世界，他以为这样就能将世界带进自己的客厅，带进自己的事务。

但把自己而不是自己的思想派遣出去的人，已经失掉了这种仓促的完全感：他恼恨一切人造的东西，恼恨把台阶设计成那样而不是其他样子的工程师，恼恨那些不停高喊正义、秩序和自由，仿佛能够按照自己的理论来重新安排世界的煽动家，恼恨那些宣称自己比别人知道得多的教条主义者——现在，他逐渐获得一种对无知的认知。

他痛苦地意识到一种允许事物截然不同的自由。标记事物的词语难以觉察地陷入了模糊不定：仿佛所有词语都是走失的孤儿。旅客犹豫不定地沿着车厢长长的过道前行，有点困惑地发现那些玻璃窗跟住宅的一样，用手触摸着它们冰凉的表面。旅行的人可以轻松地落入一种超然的无责任状态。火车呼啸着全速前进，似乎正奔向一个目标，正冲入无责任状态，只有紧急制动才能使它停下来，它带着旅客急速离开，在开放日痛苦的自由中仍未丧失良心的旅客试图转身朝相反的方向走去。但他哪儿也去不了，因为这里除了未来，什么都没有。

车轮在他和坚实的土地之间滚动，旅客在过道里想起了在长长的通道上排着一个又一个舱室的轮船，它们高高地漂浮在像山巅一样的波浪上，而底下的海底是土地。永远不会实现的美好希望！在除了谋杀，没有什么能带来自由的时候，是什么促使人们爬到船舱里去的呢？啊，那艘船永远，永远不会停靠在心之所爱居住的城堡前。旅客放弃了在过道里的漫步，他假装想看看风景，看看远方的山峦，把鼻子压扁在窗玻璃上，就像他小时候经常做的那样。

谋杀和自由，跟出生和死亡一样紧密相连！一头栽进自由的人就像被带往断头台的时候呼唤母亲的凶手一样孤苦。在飞驰的火车上，只有未来是真实的，因为每个时刻都给了不同的地方，车厢里的人都心满意足，仿佛知道自己正在远离赎罪。那些留在站台上的人挥动手绢，发出呼喊，竭力去唤醒他们离去的朋友的良心，呼吁他们回来承担责任，但旅人却紧紧依附着自己的不负责任，以寒风会把脖子冻僵为借口关上了窗，然后取出了现在无须与任何人分享的食物。

有些人把票塞在帽带里，这样从远处就可以看到他们的清白，但是大多数人一听到良心的声音，一看见穿制服的工作人员，就急匆匆地找票。一心想着谋杀的人很快就会被发现，就算他像个孩子一样大口嚼着食物和糖果混在一起的东西也无济于事；他只能到大楼的阴影里去吃了。

他们坐在长椅上，设计师出于不知羞耻，或许还有先见之明，把座椅设计成了与坐着的身体的双曲线相吻合的样子，他们八人一组，挤在一个木笼里，晃动着脑袋，听着木头和铁杆在轰隆隆滚动的车轮上方吱吱响。那些面朝火车头的人蔑视那些望着过去的人；他们害怕气流，门一打开，他们就害怕有人会进来，使他们扭头去看。因为脑袋偏离正道的人再也无法分辨罪责与赎罪，他会怀疑二二不是得四，会怀疑他不是他母亲的孩子，而是被调包了。因此，就连他们的脚趾都小心翼翼地朝向即将占据他们的商务的方向。他们所从事的工作将他们拴在一个集体里，这个集体没有权力，却充满不确定和恶意。

母亲可以向自己的孩子保证，他不是被调包的。然而，旅人、迷失的孤儿，所有那些不留后路的人，都再也无法肯定自己如何立足。他们一头栽进自由，必须为自己建立新的秩序和正义；他们不会再去听工程师和煽动家的诡辩，他们憎恨一切政治和技术结构中的人类因子，但他们不敢反叛千百年来的愚蠢，不敢引发可怕的知识革命，在其中，二和二不再能够做加法。因为没有人来向他们保证自己一度失去的清白又复原了，没有人来把他们的脑袋揽在怀里，让他们从开放日的自由逃向遗忘。

愤怒使人敏锐。旅客们小心翼翼地把行李放在行李架上，开始愤怒地批评帝国的政治机构、公共秩序和法律性质；他们精准地指摘既有的事物与机构，虽然他们已不再确定自己所用的语言的可靠性。因为对刚刚获得的自由无法心安理得，所以他们害怕会听到铁轨可怕的撞击声，这样的事故会使他们的身体重重地砸向车厢的铁杆，在报纸上经常可以看到这种新闻。

但他们就像过早从睡眠中被唤醒去赶火车奔向自由的人一样。所以他们的话越来越模糊和困倦，很快就变成了难以听清的喃喃低语。有人说，他更想闭上双眼，而不是去注视飞驰而过的风景，但其他旅客已经遁入睡梦，没有在听了。他们攥紧拳头，外套遮住脸，打着瞌睡，他们在睡梦中充满了对工程师和煽动家的恼恨，因为这些人通晓各种丑事，无耻地指鹿为马，让愤怒的睡梦者必须临时给一切重新起名，同时愁苦地渴望他的母亲能够告诉他真正的名字，让世界像固定的家一样安稳。

一切既太远又太近，就像童年时一样，旅客搭上火车，在远方思念妻子或者只是思念童年时的家，就像一个人的视力开始模糊，内心涌起一股失明的恐惧。他用外套遮住自己的脸，周围的许多东西都变得雾蒙蒙的，至少他觉得如此，但他心里却萌发一种新的认知，这一认知或许已经隐藏了一段时间。他开始梦游。他依然遵循着工程师规划的路线，但他只是走在它的极边缘上，所以人们害怕他会突然栽倒。他依然听得到煽动家的声音，但那只是一种没有意义的喃喃低语。他斜着向前伸出双臂，就像一个被拴得紧紧的可怜的舞者，远离坚实的大地，只是有更好的支撑。催促着自己被囚禁的灵魂前进，睡梦者向上翱翔，在那高处，爱人的羽翼被他的气息弄皱，就像羽绒放在死人的唇上，他渴望像个孩子一样被问起自己的名字，这样就能在自己女人的怀里，深深地呼吸着家的气息，沉入无梦的睡眠里。他还没有到达很高的地方，但已经来到第一个渴望的顶点，因为他再也不知道自己的名字。

一股欲望：必须有人来偿还对牺牲欠下的债，让世界获得一种新的清白——这个人类的永恒之梦，可能会引起谋杀；这个永恒之梦，可能会带来超人的洞察力。一切认知都在梦过的愿望和预示性的梦之间摇曳，一切对救赎性的牺牲和救赎王国的认知。

埃施在米尔海姆过夜。当他爬上当地开往巴登维勒的小火车时，朦胧的曙光依旧笼罩在黑森林的绿色山丘上。世界看起来又清晰又亲近，犹如一个危险的玩具。火车头好像喘不过气似的，简直让人想从它喉咙里抠出几个钩子来；但没法确定它是快速还是缓慢地拖着火车。尽管如此，埃施还是不假思索地信赖它。火车停下来之后，树木以前所未有的友好姿态迎接他，轻柔而香甜的风吹拂着铁路大楼旁的一个售货亭，里面有许多漂亮的明信片。把其中任何一张放到亨特延大嫂的相册里都会很醒目的，埃施挑了一张印着美丽的施洛斯堡的明信片，塞进口袋里，找了个阴凉的地方准备安安静静地写字。但他并没有写。他平静地坐在那里，就像一个再也没有任何烦恼的人一样，双手恬静地放在膝盖上。他就这样在那里坐了许久，眯着眼注视着绿色的树叶，当他最后终于起身穿行在宁静的街道上，看着人来人往，他惊讶地发现自己说不出自己是怎么来的。在一座房子前停着一辆险恶的汽车，埃施仔细地打量着它，想看看它是不是够大，能让他在里面睡觉。他懒洋洋地环顾周围的一切，因为他感到安稳、轻松，犹如一个骑马者抵达目的地之后，掉过头来，看见其他人依然落在后面很远；所有的紧张感都消失了，他轻松地，几乎有点迟疑地最后舒展了一下身体，热切地渴望在达成目标、取得稳稳当当的胜利之前，会出乎意料地遇到某个高难度的障碍。因此，他几乎感到悲伤——在这个吉利的日子，悲伤是不吉利的——他竟能如此确定地前往贝特兰德的住处：他既不熟悉那个地方，也没有问别人，却知道整个弯来绕去的路线。他轻轻地爬着弯曲的林荫道；树木间的微风向他吹来，轻抚着他的额头，轻抚着他衣领和衬衫袖口下的皮肤，为了吸收那股凉意，他摘下了帽子，解开了背心的纽扣。现在，他穿过一座庭园的门，颇为平静地发现，庄园和梦幻中在他眼前浮动的奢华景象一点也不像。虽然在那些高窗上没有看到已经抵达目标的伊隆娜懒洋洋地待在那儿，穿着带有闪光饰片的衣服（这是对这美妙的一幕的更美妙的陪衬），令人深感失望，但梦中的画面并未受损，仿佛现在清晰地出现在他眼前的只是一个出于短暂的实用目的而竖立的象征性的雕塑，一个梦中之梦。在被早晨的阴影所笼罩的深绿色斜坡的顶部，坐落着一座大宅，一座朴素而稳固的别墅，仿佛这个早晨变幻不定而又转瞬即逝的凉风，这片景色的象征主义想要再次复制自己，在斜坡顶部出现了一个几乎无声无息的喷泉，泉水就像水晶一样，让人纯粹因为其晶莹剔透而想去饮用。从被忍冬覆盖的房子里出来一个穿灰衣的男人，站在门口，问埃施想干什么。他外套上的银纽扣不是那种制服上的附属品，因为它们闪烁着柔和而清凉的光，仿佛是为了这个闪亮的早晨而特意缝上的，如果说昨天埃施还有片刻犹疑，不知道自己到底能不能找到董事长，那么现在，他的所有疑虑都消失了，他觉得自己几乎可以说是属于能够在这里自由出入的人员。这个看门人没有拿复写本登记他的名字和事务，埃施并不惊讶，也不觉得自己在门口等待或许更好；埃施以相同的步调和他并肩前行，他也默许了。他们走进了一个阴凉的前厅，看门人从许多漆成白色的门中的一扇消失了。门轻轻地打开，轻轻地合上，埃施在那里一边等待一边感受着脚下柔软而富有弹性的地毯。看门人很快就回来了，领着他穿过一些厅堂，最后来到另一扇门前。引路人向他鞠了一躬就离开了。虽然现在不需要向导了，但他觉得要是那排房间能延伸得更远，甚至伸向永恒，伸向无法抵达的永恒，以此守卫内部的圣地，守卫这个觐见室，那会更合适，更称心。他几乎幻想着自己已经以一种神奇的、不得体的、秘密的方式穿过了一排没有尽头的房间，现在他发现自己来到了一个男人面前，那个人朝他伸出手来。虽然埃施知道这就是贝特兰德，无论是现在还是其他任何时候都是毫无疑问的，但还是觉得这个人只是另一个人的可见的象征，是一个隐藏着的更本质，或许也更伟大的人的映像，一切是如此简单、如此平顺、如此不费力地行进。现在，埃施看着这个人，他的脸刮得很干净，像个演员，却又不是演员；这个人的脸是年轻的，卷曲的头发却是白的。房间里有很多书，埃施在一张书桌前坐了下来，仿佛正在医生的诊室里。他听到了这个人的声音，就像医生一样富有同情心："您怎么来啦？"

梦者听见自己的声音轻柔地说："我要把您交给警方。"

"哦！真是遗憾！"这个回答是如此小声，以至于埃施同样不敢抬高嗓门。他几乎像是自言自语一样重复道：

"交给警方。"

"啊，您憎恨我吗？"

"是的。"埃施撒谎，并且为此感到羞愧。

"这不是真的，朋友，您非常喜欢我。"

"一个清白的人正在为您坐牢。"

埃施感觉到对方在笑，他看到马丁浮现在眼前，跟他有时候讲话一样，在笑。同样的笑声此刻也出现在贝特兰德的声音里：

"可是，我亲爱的孩子，要是那样的话，您早就应该把我交给警方了。"

人们对这个人束手无策。埃施挑衅地说道："我不是凶手。"

贝特兰德轻轻地笑了，声音几乎听不见，因为这个早上是那么美丽，是的，因为这个早上显得那么美丽，所以埃施无法像一个被嘲笑的人一样恼火；他忘了自己刚才讲到谋杀，要不是显得不合时宜的话，他也想和贝特兰德一起轻声笑起来。虽然他此刻脑海中的两个念头并无关联，或者只是有某种难以理解的关联，他还是极力保持严肃，继续说道：

"不，我不是凶手；您必须放了马丁。"

而贝特兰德显然能理解一切，连这个似乎也理解，虽然他的声音——现在更严肃了——依然保持着令人放心和轻松欢快的语调："可是，埃施，怎么会有人如此胆小呢？谋杀需要借口吗？"

现在那个词语又被说出来了，即便它只是像一只无声的黑蝴蝶一样掠过。埃施觉得，现在贝特兰德其实不用死，因为亨特延已经死了。但紧接着，像一个柔和而清晰的启示，他想到，一个人可以死两次。埃施对自己之前从未想到这一点感到惊奇，他说："当然，您可以自由自在地逃走，"他引诱性地补充道，"逃到美国去。"

贝特兰德仿佛不是在对他说话："您知道，我亲爱的朋友，我是不会逃走的。我等这一刻已经很久了。"

现在，埃施对这个男人产生了一阵爱意，他的地位比埃施高得多，却像和一个朋友一样和埃施谈起死亡，其实埃施只是他公司的一个无名小卒和一个应该一脚踢开的孤儿而已。埃施很高兴自己一直把公司的账目记得清清楚楚，一直恪尽职守。他不敢说自己明白事情是如何与贝特兰德一致的，或者请求贝特兰德把他杀了：他只是点点头表示理解；贝特兰德说道："没有人崇高到敢于审判自己的同类，也没有人堕落到使自己的灵魂失去尊重。"

于是，埃施前所未有地看清了一切，看清他是在自欺欺人，仿佛贝特兰德对他的了解现在涌回了他身上：不，他从来都不相信这个人会放了马丁。但贝特兰德，既是审判者又是被审判者，有点轻蔑地挥挥手："埃施，要是我满足您胆小的希望和无法满足的条件，我们不会为自己感到羞耻吗？那样的话，您就只是一个普通的敲诈者，而我会把自己交到这个敲诈者手上吗？"

虽然埃施这个过度清醒的睡梦者什么也没有表露，既没有做出有点轻蔑的手势，也没有像贝特兰德此刻那样在嘴角挂着嘲讽的笑容，但那个希望还是拒绝离他而去，他希望贝特兰德会满足他的条件，或者至少逃走：埃施紧紧依附于这个希望，因为他内心突然涌起一阵恐惧，害怕随着亨特延先生的第二次死亡，他对亨特延大嫂的欲望也会死亡。但这是他的私事，他觉得让贝特兰德的命运取决于它，就跟敲诈贝特兰德一样可鄙，而且跟这个纯净的早晨也不搭。因此，他说："没别的办法——我只能把您交给警方。"

贝特兰德答道："每个人都必须完成自己的梦想，无论它是否神圣。否则，他永远也无法享受自由。"

埃施并没有完全理解这句话，为了消除自己的疑虑，他说："我必须把您交给警方。否则，事情会越来越糟。"

"是的，我亲爱的伙计，否则，事情会越来越糟，我们必须试着阻止它。在我们俩中间，我的角色当然更容易，我只需一走了之。局外人永远都不会受苦，他远离一切，受苦的是那个留在后面的乱麻里的人。"

埃施觉得自己又看到了贝特兰德嘴角那嘲讽的笑：哈利·克勒深陷在那冷漠的疏远的乱麻中，只能悲惨地毁灭，但埃施没法对这个把别人毁掉的人生气。实际上，他也想轻蔑地挥挥手，把问题打发掉，他几乎像是在附和贝特兰德一样说道："没有赎罪，也就没有过去、现在和未来。"

"哦，埃施，您让我感到心情沉重。您奢望太多了。时间从来都不是从死亡那天算起的：它一直都是从出生那天开始的。"

埃施同样心情沉重。他在等这个人发出指令，让黑旗在雉堞上升起，他想："他必须给开启时间新纪元的人让路。"

但这个想法似乎并没有让贝特兰德感到难过，因为他如同插入括号一样漫不经心地说道："必须死掉许多人，必须牺牲许多人，才能为慈爱的救赎者和审判者开辟一条道路。只有通过他的牺牲，世界才能获得一种新的清白。但是首先，反基督必定到来——疯狂的、无梦的反基督。首先，世界必须清空，仿佛用真空吸尘器一样清空一切——变成一片空无。"

这极具启发性，就像贝特兰德说的所有话一样，极具启发性和直率，尝试去模仿他那嘲讽的口气几乎是一种义务，一种认可："是的，必须确立秩序，这样人们才能从头开始。"

但即便在这样说的时候，埃施还是感到羞耻，为自己嘲讽的口气感到羞耻；他害怕贝特兰德会再次嘲笑他，因为他觉得自己在贝特兰德面前赤身裸体，他感激贝特兰德只是温和地纠正他："埃施，您的秩序只是谋杀和反谋杀——是机械的秩序。"

埃施心想："要是他把我留在这里，就会有秩序：一切都会被遗忘，时光会在晴朗无云中平静而澄澈地流过。可是他会把我赶走的。"他当然得走，要是伊隆娜在这里的话。所以，他说："马丁牺牲了自己，却没有救到任何人。"

贝特兰德轻轻做了一个有些轻蔑和绝望的手势："没有人能在黑暗中看见另一个人，埃施，您那晴朗无云的澄澈只是一场梦。您知道我不能将您留在身边，尽管您害怕孤独。我们是迷惘的一代。我同样只能四处跑生意。"

埃施自然深感困扰，他说："钉在十字架上。"

现在，贝特兰德又笑了；因为受到冷落，埃施几乎希望贝特兰德就在这时候死掉，要不是他的笑容那么亲切的话，那笑容就像贝特兰德洞悉一切的话语一样亲切而温和："是的，埃施，钉在十字架上。还有在被长矛刺穿、用醋进行涂油礼的终极孤独的时刻。只有在那时候，黑暗才能涌入，世界必须在它的掩护下溶解，从而再次变得澄澈、清白，在那黑暗中，没有人的道路可以和另一个人的道路会合，在那里，即便我们并肩而行，也听不见彼此，只会忘掉彼此，正如您，我最后一位亲爱的朋友，也会忘掉我现在对您所说的话，就像忘掉一场梦。"

他按下一个按钮，发出指令。随后，他们走进了在屋后无限延伸开去的花园，贝特兰德带埃施去参观他的花和马。深色的蝴蝶安静地从一朵花飞向另一朵花，马儿也是一声不响。贝特兰德穿过自己领地的时候脚步很轻快，但有时候埃施觉得这个脚步轻快的人似乎应该拄着拐杖走路，因为天上正在发生日食。接着，他们坐在一起吃饭；桌上摆着银餐具、葡萄酒和水果，他们就像两个彼此知根知底的朋友。吃完饭，埃施知道离别的时刻到了，因为夜晚也许会骤然降临。贝特兰德陪他来到了通往花园的台阶上，那儿已经有一辆大大的红色汽车在等着了，光滑的红色皮椅上依然留有正午太阳的余温。现在，他们告别的手指相触，埃施强烈地想要弯下身去亲吻贝特兰德的手。但汽车司机大声地按响了喇叭，于是客人匆匆忙忙地爬上车去。车刚发动，就刮起了一股强有力的暖风，房子和花园似乎都要被卷走了，直至他们抵达米尔海姆，这股风才告止息，一列明亮的火车呜呜作响，正在那儿等着旅客。这是埃施头一回坐汽车，它漂亮极了。

清醒的人恐惧万分。他更加不确定地返回了清醒的生活，他惧怕他的梦的力量，虽然它也许不会在行动中结出果实，却已经长出了一种新的认知。来自梦境的流亡者，他在梦中漫游。即便他口袋里放着一张明信片可以凝视，对他却没有用处：他站在审判者面前，被判定为伪证者。

经常发生这种情况，一个人未曾觉察到，在短短几个小时，他的欲望的轮廓已经改变。这种改变可能只是光与影的某些微妙的分别，某些细微的差异，我们这位普通的旅客完全没有注意到，但他对家的渴望出乎意料地变成了对应许之地的渴望，即便他的心充满了一种模糊的恐惧，恐惧那个静静等待着他的家的黑暗。但他的眼睛已经充盈着一种从某处发出的看不见的光芒，它是看不见的，虽然可以感觉到是从海洋那一头，从漆黑的浓雾消散的地方发出的光芒：浓雾消散之后，光芒四射，那里的一片片田野就会进入视线，还有平缓的草地，永恒的早晨笼罩着那片土地，以至于恐惧的旅客开始遗忘了女人。那片土地是荒凉的，仅有的几个殖民者是陌生人。他们彼此不相往来；每个人都独自生活在自己的堡垒中。他们四处忙活，耕地，播种，除草。正义之手无法触及他们，因为他们既没有权利也没有法律。他们开着汽车奔驰在大草原和处女地上，这些地方还没有道路，驱使他们前进的是永不满足的渴望。即便殖民者在那里安了家，也依然觉得是陌生人；因为他们的渴望是对遥远事物的渴望，是指向一片永远在扩大距离、永远无法抵达的遥远光芒。这就是他们古怪的地方，因为他们是西方人，也就是说他们把目光朝向黄昏，似乎不是在等待夜晚，而是在等待黎明的大门开启。他们寻找那片光芒，究竟是因为想要清晰、明确地思考，抑或只是因为害怕黑暗，无法确定。只知道他们不是把家安在林木稀疏的地方，就是把树清理掉，弄出一个宽敞的园子；他们虽然喜爱树林的凉爽，却告诉彼此，他们必须让自己的孩子摆脱那异乎寻常的阴暗。现在，不管真假，这都表明殖民者的手段并非像人们通常所想象的殖民者和拓荒者那样粗暴，倒是跟女人的手段相似，因为他们的渴望跟女人的渴望相似——表面上是对她们所爱的男人的渴望，实际上却是对他将带领她们从黑暗中前往的那片乐土的渴望。但表达这种观点必须谨慎，因为那些殖民者很容易受到冒犯，然后他们就会退回到更加密不透风的孤独中去。然而，在群山环绕、溪流密布的草原上，在他们所热爱的草原上，他们就是一个快乐的种族，虽然他们羞于放声歌唱。这就是殖民者的生活，远离关怀，要在大海的另一头寻求它。他们悄无声息地死去，依然很年轻，即便他们已经白发苍苍了，因为他们的渴望是告别的反反复复的彩排。他们就像发现应许之地的摩西一样骄傲，只有他处在神圣的渴望之中，只有他被禁止进入。而且，在他们身上时常还能看到跟山上的摩西一样既有些无助又有些轻蔑的手势。无可挽回地抛在身后的，是他们同类的家；在眼前延伸的，是遥不可及的距离；一个人，他的渴望在自己一无所知的情况下改变了，有时会觉得自己的痛苦只是减轻了，而无法全然忘却。徒劳的希望！谁分得清自己是奔向乐土，还是像迷失的孤儿一样到处流浪？即便越是深入那片应许之地，对无可挽回的事物的哀伤就变得越轻，即便许多事物在逐渐强烈的光芒中烟消云散，而人们的哀伤也变得越来越轻，越来越透明，甚至看不见，消失的也不过是那个人的渴望，在他的梦游中，世界溶解成了一种对充满渴望的幽暗母体的回忆，最后只剩下曾经的一切的一种痛苦的回响。徒劳的希望。时常没有缘由的傲慢。迷惘的一代。许许多多的殖民者，即便在显得兴高采烈、无忧无虑的时候，也忍受着良心的刺痛，比许多过着更罪恶的生活的人更容易产生悔恨之情。实际上，可能有一些人已经无法再忍受笼罩着自己的宁静与澄澈了，尽管人们可能会认为，他们对遥远事物的那股无法满足的欲望已经极度膨胀，物极必反，必定会转向其对立面，转向或许是原先起始的地方，但依旧可信的是，那些殖民者掩面而泣，仿佛正在思念家园。

就这样，在昏暗的曙光中，越接近曼海姆，埃施就越痛苦地被恐惧压倒，他几乎搞不清火车是要将他直接送往科隆的餐馆，还是亨特延大嫂正在曼海姆等他来让自己怀上孩子。令他感到失望的是，等待他的只是一封自己早就料到的信，他一点也不想看。尤其是因为，他可以看出这封该死的信是在亨特延先生的画像下面写的。或许是因为这个缘故，又或许只是出于恐惧，埃施伸手去拿那封信的时候，手在颤抖。

他几乎不看埃尔娜一眼，不理睬她责备的目光，立刻进了城，因为他有一份报告要递交给警察局。但奇怪的是，他先去了洛贝格店里，在那里消磨时间，然后又考虑是否应该到码头去。但他连这样做的欲望都全然消失了，他想要坐电车去监狱，虽然他很清楚要到下午才允许探视。孤独威胁着他，尽管它还很遥远；终于，他站在了席勒的塑像前，要是在它身边看到埃菲尔塔和自由女神像的话，他会很高兴的。或许只是体积的不同，但那个真人大小的塑像并没有使他想起任何东西，他发现自己连亨特延大嫂的餐馆都想象不出来了。他就这样浪费了一上午，与自己的记忆搏斗；是的，他必须把报告交给警方，却说不出那份报告的内容。最后，他怀着一种巨大的解脱感放弃了这个计划，因为他逐渐意识到，将马丁囚禁起来的曼海姆警方不配收到这份举报，而作为替代，他还有义务向科隆警方举报南特维希呢。他对自己感到恼火：他早该想到这一点，但现在一切都井然有序了。他胃口大开地跟洛贝格共进了午餐。

接着，他坐电车到监狱去。又是一个大热天，他又发现自己坐在探访室——他可曾离开过吗？一切都是原来的样子，上次和这次探访之间没有任何东西阻隔——马丁又跟着看守走了进来，埃施的脑子里又有一股折磨人的空荡荡的感觉，他又一次感到不解，他为什么会坐在这个探监室？虽然有一个明确的目的，并且事先经过长久的计划，他还是感到不解。好在他还能感觉到自己口袋里的香烟，这回他会小心地交给马丁的，如此一来，至少这次探访能够抹去他之前的疏忽。但这只是一个借口，是的，一个借口，埃施想到，一个人的脑子要是不动，那他的腿就得动。一切都使他恼火，三个人又在桌前落座，这一回，马丁讥讽而又友好的表情尤其使他恼火——这使他想起某些他不愿承认的东西。

"嗯，您疗养回来啦，奥古斯特？您看起来棒极了。您遇到您所有的朋友了吗？"

埃施实话实说："我没遇到任何人。"

"啊哈！您是说您根本没去巴登维勒？"

埃施无法回答。

"埃施，您是在瞎胡闹吗？"

埃施依然保持沉默，马丁变得严肃了："您要是胡闹的话，我就跟您绝交了。"

埃施说道："真是奇怪。我能胡闹什么呢？"

马丁答道："您是不是心里有鬼？事情有点不太对劲。"

"我心里没鬼。"

马丁依然用探寻的目光注视着他，埃施不禁想起那天，马丁在街上跟着他，仿佛要从背后用拐杖袭击他。但马丁现在又变得非常友善了，他问道："您还留在曼海姆干吗？"

"洛贝格要跟埃尔娜·科尔恩结婚了。"

"洛贝格……哦，我想起来了，那个烟草商。您就是因为这个留在这里的？"马丁的目光中又充满了怀疑。

"无论如何，我今天就走……最迟明天。"

"然后呢？"

埃施真希望自己在别的地方。他说："我想去美国。"

马丁那张老男孩的脸露出了笑容："嗯，嗯，您老早就想这么做了……您现在是有什么特别的理由想要离开这个国家吗？"

没有，埃施答道；他只是觉得目前那边有好的前景。

"嗯，埃施，我希望能在您离开之前再跟您见一面。您要走，最好是因为有好的前景，而不是因为想要逃避什么……如果不是这样，您就不会再见到我了，埃施！"这听起来几乎像是一种威胁，沉默再次落到三人身上，他们坐在密不透风的闷热房间里的一张沾满墨污的桌子边。埃施站了起来，说他必须去赶当天的火车了，当马丁再次疑惑地注视他时，他把香烟塞到了马丁手里，那位穿着制服的看守似乎什么都没看见，或许他真的什么都没看见。接着，马丁被带走了。

在返回城里的路上，马丁的威胁在埃施的耳边回响，也许它已经成真了，因为突然间，他再也无法想象马丁的样子，无法想象他的一瘸一拐，无法想象他的笑容，甚至也无法想象这个瘸子会再走进餐馆。马丁对他来说变得陌生了。埃施迈着笨拙的阔步往前走，仿佛他必须尽快拉大自己和监狱之间的距离，拉大自己和身边的一切的距离。不，那个人再也不会在后面追赶他、用拐杖打他了；没有人真的可以在后面追赶别人，或者送走别人，因为每个人都注定要踽踽独行，每个人都是同伴的陌生人：重要的是摆脱过去的纠缠，这样才不会受苦。他必须走得足够快。马丁的威胁作用小得出奇，仿佛只是他早已熟悉的一种更高的真实的一个笨拙的日常翻版。如果把马丁丢下，或者不妨说是把他牺牲掉，那也只是一种更高的牺牲的一个日常翻版；可是，如果要把过去最终摧毁掉，这就是必需的。的确，曼海姆的街道依旧是熟悉的，然而，他正在步入一片陌生的土地，步入自由；他仿佛走在更高处，第二天抵达科隆的时候，他对这座城市以及它所呈现的景象已不再感到难为情，他发现它们俯首帖耳，准备接受改造。埃施轻蔑地摆动着双手，甚至做了一个揶揄的鬼脸。

他深陷在自己的思绪里，以至于走过了科尔恩的家门都没有发现；等到了顶楼，他才意识到得重新下楼。埃尔娜小姐来开门，把他吓了一跳。他已经把她给忘了，现在她就在那儿透过门缝望着他，露出发黄的牙齿，对他发号施令。这是过去的魔鬼，将渴望的门闩上，是日常世界的怪异面具，比以往更坚不可摧，更充满嘲讽，命令他再次永久地陷入已逝的事物的纠缠。此时，心里没鬼并没有用，并不能帮他随时自由地离开这个地方前往科隆或者美国，有那么一瞬间，他觉得马丁终于追上了他，而且似乎是马丁为了复仇而将他往下推，推向埃尔娜。埃尔娜小姐似乎知道他无路可逃，因为她像马丁一样无所不知地笑了，仿佛暗中知悉有一个依然隐匿的义务将他绑在她的世界里，一个无法逃避的，险恶的，却又极端重要的义务。他用探寻的目光盯着埃尔娜小姐的脸；这是一个憔悴的反基督者的脸，没有给出答案的脸。"洛贝格什么时候会来？"埃施突兀地问道，似乎隐约希望她的答案能够解决他的问题；当埃尔娜小姐狡猾地暗示她有意避免邀请她的未婚夫的时候，无疑是一种厚此薄彼，却让埃施感到恼火。他看都没看她受了冒犯的表情，就跑去邀请洛贝格晚上来访了。

　　埃施找到那个傻瓜之后感到很安慰，立刻就请他陪自己去买各种吃的，甚至还买了两束花，埃施把其中一束塞到了洛贝格手里。埃尔娜小姐看到他们有点惊奇，紧握着双手叫道："啊，这里有两位真正的护花使者！"埃施骄傲地答道："一场告别聚会。"在她摆弄桌子的时候，他和他的朋友洛贝格坐在沙发上，唱着：我必须，我必须，离开我故乡的小镇……埃尔娜小姐朝他投来了不赞同和感伤的目光。是的，或许这真的是一场告别聚会，一场摆脱这个日常团体的聚会，他本想禁止她给伊隆娜留座。因为伊隆娜也必须摆脱这里，并且已经达到目的了。这个愿望是如此强烈，以至于埃施极其认真地希望伊隆娜会待得远远的，永远待得远远的。一想起科尔恩的失望，他就有点高兴。

　　嗯，科尔恩的确流露出了失望之情；虽然是这样流露的：他粗野地辱骂那个匈牙利女人，并且急不可耐地想要进食。与此同时，他以惊人的敏捷在屋子里移动着自己庞大的身躯；把注意力集中在酒瓶上，然后又用粗笨的手指从桌子上吊起几片香肠，当埃尔娜禁止这样做的时候，他又转向洛贝格，举起双手把洛贝格从沙发上赶走，宣示自己的合法主权。科尔恩发出的声音是异乎寻常的，他的身体和嗓音越来越把房子填满了，从一堵墙填到另一堵墙；在科尔恩的极度饥饿中的一切尘世的、肉体的东西都在膨胀，超出了屋子的界限，极力地想要填满整个世界，而不可改变的过去同样在膨胀，将其他的一切都挤压了出去，遏制了一切希望；又高又亮的舞台变暗了，或许已不复存在了。"哦，洛贝格，现在您的救赎王国在哪儿呢？"埃施喊道，仿佛想用喊声盖住自己的恐惧，他愤怒地呼喊着，因为无论是洛贝格还是其他人，都无法回答这个问题：为什么伊隆娜要堕落到与尘世和死亡产生联系？科尔恩用肥大的臀部坐在那里，粗暴地命令道："把吃的拿来！""不！"埃施喊道，"等伊隆娜来了再说！"虽然他几乎有点害怕再见到伊隆娜，可现在一切都处在危险之中，埃施突然急不可耐地想要伊隆娜出现——这将是真理的试金石。

伊隆娜来了。她几乎没注意到同伴们，在静静咀嚼着的科尔恩的示意下，坐到了沙发上他的身旁，接着又在他同样无声的命令下，用柔软的手臂懒洋洋地搂着他的脖子。除此之外，她只看到桌子上的好东西。埃尔娜看着这一切，说道："如果我是您的话，伊隆娜，我至少会在吃东西的时候放开巴塔萨尔。"实际上，埃尔娜只是在对空气说话，因为伊隆娜显然还是不懂半句德语，她一定听不懂这句话，就像她一定不知道有人为她做出的牺牲。因为听不懂他们的谈话，所以她几乎不再被当作堆满肉的餐桌上的客人，而只是日常世界的监牢的来访者，或者一个自愿的囚徒。埃尔娜今晚似乎知道许多事情，所以没有再提起任何世俗的问题，仿佛是在达成一种更微妙的理解似的，她从桌子上拿起花束，凑到伊隆娜鼻子底下："您闻闻，伊隆娜。"伊隆娜答道："嗯，谢谢。"这仿佛是从远处发出的，从正在咀嚼的科尔恩永远都无法触及的远处；仿佛是从更高处发出的，只要人们能够继续牺牲，这更高处就会将她接收。埃施感到开心。每个人都必须实现自己的梦想，不管它是邪恶的还是神圣的，然后他就能够畅享自由。真是可惜，竟然让这个傻瓜得到了埃尔娜，而伊隆娜一点儿也不知道在账目下面已经画了最后一条线；作为一种清算，一个转折点，一份证明和一项新的觉悟举动。埃施站了起来，向同伴们敬酒，在简短而真挚地恭贺了刚订婚的新人之后，举杯祝他们健康，使得大伙儿——除了伊隆娜，实际上正是为了伊隆娜——都目瞪口呆。但因为说出了他们的心声，所以他们接下来的心情是充满了感激，洛贝格眼睛湿润了，一遍又一遍地握着埃施的手。接着，在埃施的要求下，这对幸福的男女彼此给了对方一个订婚之吻。

尽管如此，他觉得事情还没完，当聚会就要结束，科尔恩和伊隆娜已经退回房间，埃尔娜小姐正准备戴上帽子，让埃施陪她送刚刚订婚的未婚夫回家的时候，埃施拒绝了；不，他认为自己一个单身汉在洛贝格的未婚妻家里过夜不合适，他很乐意去洛贝格先生家过夜，或者和他交换房间；他们应该再考虑一下，因为刚订了婚，他们一定有很多话要说；随后，他把两人推进了埃尔娜的房间，然后回到了自己的房间。

就这样，他解放的第一天结束了，令人不习惯和不舒服的断绝的第一夜来临。

失眠的人用润湿的指尖熄灭床头的蜡烛，躺在如今变得冰凉的房间里等待着冰凉的睡眠，随着心脏的每一次跳动，他都更接近死亡一步，却一无所知；冰凉的房间在他周围奇怪地扩大，就像时间在他头脑中憋闷而匆促地膨胀，非常憋闷，以至于开端和结尾、出生和死亡、过去和未来都在独一无二、与世隔绝的当前化作尘埃，胀到了它的边沿，几乎要把它胀破了。

有一会儿，埃施一直在想洛贝格最后会不会决定回家，并且让他相陪。但他做了一个揶揄的鬼脸，相信自己能够安安稳稳地上床睡觉，于是开始脱衣服，依然还咧嘴笑着。借着烛光，他又把亨特延大嫂的信看了一遍；关于餐馆的那些流水账很无聊；但有一段令他非常高兴："别忘了，亲爱的奥古斯特，你是并将一直是我在世上唯一的爱。没有你，我就无法活下去，没有你，我就无法在冰冷的墓穴里安眠，亲爱的奥古斯特。"是的，这让他非常高兴，而同样令人高兴的是，由于亨特延大嫂的缘故，他把洛贝格送到了埃尔娜手上。接着，他润湿了指尖，熄灭蜡烛，在床上舒展四肢。

失眠的夜晚是以乏味的思想开始的，这有点像要把戏的人，在展示难度更高、更刺激的技艺之前，会先表演一些简单和乏味的。在黑暗中，一想到洛贝格钻进被子里，埃尔娜害羞地哧哧笑起来，埃施就忍不住咧嘴笑了，他感到高兴，自己一点也不嫉妒那个傻瓜。他对埃尔娜的欲望已经完全消失了，这是有百利而无一害的，是本来就该如此的。实际上，他去琢磨另一个房间里发生的事，只是为了表明他们让他多么无动于衷，他对埃尔娜现在用双手抚摸着那个白痴皮包骨的身体，忍受着这么一个可鄙的怪物待在她身边是多么无动于衷，对她记忆里携带着什么印象，什么阴茎的形象——他用了一个不同的说法——完全无动于衷。他轻而易举地想象出了这一切，以至于显得无关紧要，此外，对于这个纯洁的约瑟，他甚至无法确定事情是否会这样发生。要是这种事在亨特延大嫂身上也能让他无动于衷，那生活就变得轻松了——但这个念头的冲击是如此令人痛苦，他受到了剧烈的震动，就像亨特延大嫂在某些时候一样。要不是某些东西，某些看不见的东西——他只知道是那天下午凶险的、无法逃避的存在——挡了道，他就会很乐意地让自己和自己的思想在埃尔娜那里寻求庇护。因此，他把思绪转向了伊隆娜；为了建立秩序，需要做的只是将那些嗖嗖作响的刀子从她的记忆中抹除。作为一种更高难度的技艺的彩排，他试着去想她，却没有成功。最后，他终于怀着愤怒和不情愿，想象此刻她正无视她自己，懒洋洋地、顺从地忍受科尔恩那堆死肉的存在，就像她微笑着站在飞刀中间，等着其中一把插入她的心脏——哦，这时候，他突然看清了他的任务的目标；这是她以异常复杂和阴柔的方式进行的自我谋杀，是拖着她与尘世相连的自我谋杀。必须将她从这当中拯救出来！他的任务明确了，但却变成了一个新的任务！实际上，如果不是因为某种险恶的东西在挡道，他就会把伊隆娜抛诸脑后，直接走进埃尔娜的房间，抓住洛贝格的衣领，粗暴地命令他滚蛋。在此之后，他就能够安安静静地睡觉，连梦都不做。

然而，失眠的埃施刚要想象那时的世界将有多么安宁的时候，他的体内已经产生了对女人的明确无误的欲望，但又被一个既有点滑稽又有点惊人的念头遏制住了：他不敢再去找埃尔娜，因为那样就搞不清楚谁是她孩子的父亲了。嗯，这就是那无法解释的义务，这就是使他在那天下午看到埃尔娜之后吓得往后退的威胁！是的，这一切显得很匹配；因为有人退到了一边，让位给了另一个人，这另一个人的到来开启了时间的新纪元，而且合情合理的是，弥赛亚的父亲应该是纯洁的约瑟。埃施又试图做一个揶揄的鬼脸，这回却没有成功；他的眼睑闭得太紧了，而且，在黑暗中是没有人笑得出来的。因为夜晚是自由的时光，而笑声是那些不自由的人的报复。哦，这是公正且合理的，他应该失眠、清醒地躺在这里，处在一种不再是欲望的冰冷而奇怪的兴奋中，就像在地下墓穴里一样以一副死亡的模样躺着，因为未出生的人也是这样躺着，既不动弹，也不做梦。然而，怎么能够相信贝特兰德牺牲以后，被称为埃尔娜小姐那个微不足道的尘世器皿就会出现新生呢？埃施咒骂着自己，就像失眠的人有时会做的那样，但在咒骂时，他突然意识到，这并不匹配，因为死亡的魔幻时刻也应该是生育的时刻。一个人无法同时出现在巴登维勒和曼海姆；所以，他得出的是一个草率的结论，也许一切要更加复杂，更加高贵。

房间里漆黑而冰凉。埃施，一个鲁莽冲动的人，一动不动地躺在床上，他的心将时间捶打成了一片空无的稀薄的尘埃，再也找不到理由将死亡推迟到未来了，因为这个未来不管怎么说都已经成为现在了。对于一个醒着的人来说，这样的想法似乎显得不合逻辑，但他忘了自己大部分时间都是活在一种朦胧的状态中，而只有过分清醒的、失眠的人才会严格遵守逻辑思维。这个失眠的人紧闭着双眼，仿佛是为了不去看他躺在其中的寒冷的、像坟墓一样的黑暗，不去看它，却害怕他的失眠会栽倒，变成一种普普通通的清醒：只要他睁开双眼，就会看到窗帘像女人的裙子一样挂在窗前，就会看到所有从黑暗中脱离出来的物品。他想要的是失眠，而不是醒着，否则他就无法和亨特延大嫂躺在这儿，与世隔绝，安安全全地待在他的坟墓里，充满一股不再是色欲的渴望；是的，他现在已经被掠夺了渴望，而这也是好的。在死亡中结合，埃施想着，躺在他的死亡的表象中，是的，在死亡中结合，实际上，这是令人舒服的，只要他克制自己，不去想埃尔娜和洛贝格——他们现在也以某种方式在死亡中结合。但那是以什么样的方式啊！嗯，这个失眠的人不想再说一些愤世嫉俗的妙语了，他似乎是想让一些形而上的经验作用于他，想合理地估算将他的长沙发和房子里其他房间分隔开来的异乎寻常的距离，他极为认真地想要思索能够达到的终极融合，思索自己梦想的成真，那将使他达到圆满的状态；因为无法理解这些东西，他变得闷闷不乐和愤愤不平，现在只恼火地纠结一个问题：死人怎么能生下活人呢？这个失眠的人用手摸着他那剪得很短的头发，一股冰凉而刺痛的感觉留在他手掌上；这就像一个他不会再重复的危险实验。

当他通过这些途径进入更高难度、更非凡的技艺的时候，他的愤怒加剧了，或许这是一种由无能的、没有欢愉的欲望构成的愤怒。伊隆娜在以一种特别复杂和阴柔的方式进行自我谋杀，夜复一夜地忍受一堆死肉的存在，所以她的脸已经浮肿，就像即将腐烂一样。每一夜，那个污秽的色欲的形象压在她身上，那腐烂就必定加剧。嗯，这就是那天下午他害怕看到伊隆娜的原因！这个失眠的人的认知已经变成了一个对死亡的富有洞察力的预梦，他意识到亨特延大嫂已经死了，意识到她，那个死去的女人，无法怀上他的孩子，仅仅因为这个缘故，她才没有来曼海姆，只是给他写了一封信，那封信是在那个男人的画像底下写的，她从那个男人的手中接受死亡，就像现在伊隆娜正从科尔恩那个畜生手中接受死亡。亨特延大嫂的脸同样是浮肿的，时间和死亡嵌在她脸上，她夜里的狂欢是死的，就像只要有人弄一下那根杆子，就会机械地发出乐曲声的那台自动乐器一样是死的。埃施感到怒火中烧。

这个失眠的人不知道自己的床位于某条大街某座房子的某个位置，他拒绝想起这一点。众所周知，失眠很容易变成恼怒；光是一辆电车驶过夜晚街道的轰隆隆的响声就足以激起他们的怒火了。当一个矛盾如此巨大、如此可怕，以至于不能归因于一个簿记错误的时候，他们的愤怒该有多强烈呢？现在有个问题从某个地方，从远方，或许从美国向这个失眠的人逼近，他慌忙地放飞自己的思绪，去寻找这个问题的意义。他感到在他头脑里有个区域是美国，这个区域不是别的，正是他头脑里的未来的方位，但是只要过去不停地、无限地闯入未来，毁灭的压倒崭新的，那这就无法存在。在这场强行闯入的风暴中，他被卷走了，但不仅仅是他，连他身边的所有人都被冰冷的飓风卷走了，他们所有人都跟着这个先行者，他第一个把自己投入到风暴中，让自己被卷走，使时间得以再次变成时间。现在，没有留下任何时间了，只有一片异常辽阔的空间；这个失眠的人在过度的清醒中聆听，知道其他人全都死了，尽管紧紧闭着眼睛不去看，他还是知道死亡一直都是谋杀。

嗯，这个词又出现了，但并不是像一只蝴蝶那样悄无声息地掠过；"谋杀"这个词是伴随着电车驶过夜晚街道的轰隆隆的响声，朝他吼叫。死者传递着死亡。绝无生还。死亡仿佛是个孩子，亨特延大嫂通过那个死掉的裁缝怀上了它，而科尔恩也要让伊隆娜怀上。或许科尔恩也已经死了；他跟亨特延大嫂一样肥胖，对救赎一无所知。要是他还没死，那么，在完成谋杀之后，他就会像个微不足道的小裁缝一样死掉——这是隐约令人感到安慰的希望。谋杀与反谋杀，震动与震动，过去与未来彼此粉碎，粉碎在"当前"这一死亡的时刻。必须警惕地、认真地思索，因为太过放松的话，可能又会出现一个簿记错误。现在，要区分牺牲和谋杀是多么困难啊！在世界获得拯救，进入一种清白的状态之前，必须毁灭一切吗？一个人牺牲自己，让到一边去还不够，必须爆发大洪水吗？埃施还活着，虽然像所有失眠的人一样，看起来已经死了；伊隆娜还活着，虽然死亡已经触及了她；只有一个人承担着重负：为了新生，为了创造一个不再扔飞刀的世界而牺牲。这个牺牲现在永远都无法废除了。正如一切抽象的和大体上符合逻辑的概括都可以在过度清醒的失眠状态下得到，埃施得出了一个结论：死人是谋杀女人的凶手。但他还没死，他承担着拯救伊隆娜的义务。

他再次产生了一股欲望，一股急不可耐的欲望，想要从亨特延大嫂手中接过死亡，又怀疑这是否已经发生了。要是他屈从于源自死人的死亡，他就可以讨好死人，一个牺牲就可以让他们心满意足地安息。一个令人宽慰的想法！正如人在失眠时的恼怒会比在迷迷糊糊的状态下更强烈，他的幸福感也会更强烈，几乎可以说，他是怀着狂野的轻松心情感受这种幸福的。是的，这种轻松自由的幸福感会变得极其明亮，就连紧闭的眼皮后面的黑暗也会沾上它的光。现在可以完全确定，埃施，仍然活着，一个可以让女人受孕的活人，如果他将自己奉献给亨特延大嫂和她死亡的身体，那么，通过这一空前的手段，他不仅必须完成对伊隆娜的拯救，不仅必须使她永远避开那些飞刀，不仅必须使她重获自己的美，废除她的肉体的一切必死的痕迹，彻彻底底地废除，使她获得一种崭新的童贞，但同时他也必须将亨特延大嫂从死亡中拯救出来，使她的下身复活，这样她就能怀上孩子，那个孩子的任务将是重建时间。

接着，他觉得他的床似乎正和他从遥远的地方归来，最后终于回到某个凹室里的某个位置，埃施在刚刚苏醒的渴望中重生，知道他已经抵达自己的目标，虽然不是象征和原型在其中回归自身的终极目标，但对于这个临时目标，尘世的凡人还是必须感到满足，他把这个目标称为爱，它是海岸上的最后一个可以抵达的点，在那之外是不可抵达的。与那象征和原型相对立的是，女人们似乎奇怪地联结在一起而又彼此分离；亨特延大嫂可能正坐在科隆等他，伊隆娜可能已经遁入无法抵达、无法看到的地方，他知道自己永远也不会再见到她了——但在那可见与不可见、可抵达与不可抵达合为一体的地平线上，她们的道路相互交叉，两个身影彼此融合，即便她们将要分开，她们依然会联结在一个永远不会实现的希望中：用完美的爱包围亨特延大嫂，将她的生命当成自己的生命一样承担，在自己的怀抱中使她恢复活力，把她从死亡中拯救出来，用爱包围这个逐渐变老的女人，这样他就可以从伊隆娜身上接过日益逼近的衰老和记忆的重负，就可以为了伊隆娜崭新的、童贞的美而将他的欲望的更高层面创造成一个背景；是的，两个女人虽然遥远地分离，却又合为一体，她们是合为一体的映像，是那个不可见的实体的映像，他永远无法返回那个实体，但它却是家。

失眠的埃施已经抵达自己的目标。在过度的清醒中，他已经预见到了结果，他看到自己只是在它周围绕上了一条逻辑之链，他保持着清醒仅仅是因为那个链条越来越长；但他现在准许自己去锻造最后一环，这就像一个复杂的簿记任务，他终于解决了，实际上，甚至不只是一个簿记任务；这是一个绝对的爱的任务，他肩负着它，将自己的尘世生活奉献给亨特延大嫂。他本想向伊隆娜展示这一结论，但考虑到她对德语一窍不通，他还是放弃了。

埃施睁开眼睛，认出了自己的房间，于是心满意足地睡着了。

最终，他决定选择亨特延大嫂。埃施没有透过车厢的窗户往外看。当他把思绪转向这种完美而绝对的爱的时候，就像一次大胆的实验；熟人和顾客会在灯火明亮的餐馆里喝酒，他会旁若无人地走进去，亨特延大嫂会冲向他，扑进他怀里。可是等他抵达科隆时，这幅画面似乎发生了奇怪的变化；这座城市不再是他所熟知的城市，他穿行在夜晚的街道上，路途似乎又长又陌生。真是难以置信，他离开仅仅六天而已。时间已经停止了，等着他进去的房子相当模糊，餐馆的外观和大小都相当模糊。埃施站在门口，望着亨特延大嫂。她像坐在王座上一样坐在柜台后面。在镜子上方，一盏灯在红色的罩子下燃烧着，沉默在空气中弥漫，冷冷清清的房间里一个客人都没有。什么都没发生。为什么他会来这里呢？什么都没发生；亨特延大嫂仍坐在柜台后面，最后终于像平常那样冷漠地说道："晚上好。"她紧张地环顾四周。埃施感到恼火，他突然无法理解自己为什么会选择这个女人。因此，他也只是说道："晚上好。"虽然他颇为赞同她那骄傲的冷漠，而且也知道自己没有权利用同样的方式回敬她，可还是感到生气；一个人在心底里决定选择无条件的爱，无论如何都应该得到平等的对待，他突然大声说："谢谢您的来信。"她环顾了一下空荡荡的餐馆，气恼地说："被人听到了怎么办？"埃施被彻底激怒了，他斩钉截铁地答道："他们听到了怎么办……看在老天的分儿上，马上停止这种愚蠢的鬼鬼祟祟吧！"这话既没有意义也没有对象，因为餐馆里空荡荡的，他自己也不知道他为什么会在那儿。亨特延大嫂惊恐地陷入了沉默，机械地把手放到头发上。自从送他去坐火车，她就非常懊悔自己那么急切，把自己完全暴露了，而在把那封轻率的信寄到曼海姆之后，她就落入了完全的恐慌；要是不提起这件事，她会对埃施充满感激的。但现在他板着一张无法安抚的脸，公然地利用自己的优势，她再次感到自己毫无防卫地被一只铁爪钳住了。埃施说道："当然，如果您想这样的话，我可以走。"这时候，要不是来客人了，她真的会从柜台后面出来。于是，他们两个静静地站在原地；接着，亨特延大嫂用一种轻蔑的、目的在于表明她只是想结束争吵的口气低声说道："晚上再来。"埃施没有回答，只是在自己的桌子边坐下，面前放着一杯酒。他感觉像个孤儿。他昨天的计算那么清楚，现在却变得不可理解了；他选择了这个女人，怎么就能帮到伊隆娜呢？他打量着餐馆，依然觉得陌生；现在它对他来说什么都不是了，他已经将那一切都抛在身后太远了。他究竟在科隆干什么呢？他早就该到美国去了。但接着，他的目光停留在了亨特延先生的画像上，那幅画像就挂在自由女神像上方，它似乎使他突然想起某些事情；他要来了纸和墨水，用最漂亮的学者似的字体写道："谨向警察局局长报告，曼海姆莱茵河中央航运公司董事长、巴登维勒居民爱德华·冯·贝特兰德先生与男性存在不正当关系，本人愿意出面作证并提供证据。"

他正要署名时，突然停了下来，因为他想要加上一句"以死者亲友的名义"，虽然忍不住笑了，他还是感到吃惊。但最后，他还是写上了自己的姓名和联系地址，然后小心翼翼地叠好，放进自己的钱包里。明天再寄，他自语道，最后的缓刑。

从巴登维勒带来的明信片同样塞在他的钱包里。他在考虑那天晚上可不可以把它拿给亨特延大嫂，他感到孤独凄凉。但接着，他看到那间凹室浮现在他眼前，看到她又以痛苦的顺从姿态准备迎接他，经过柜台的时候，他声音嘶哑地说道："嗯，晚上再来。"她僵硬地坐在椅子里，似乎什么都没听到，于是他又是满腔怒火，但那是一股与开始时不同的怒火，他又转身回去，鲁莽地抬高声音："把那幅画像摘掉。"她依然坐着不动，他砰的一声把门摔上了。

等他回来，想要开门的时候，却发现里面上了闩。他没有考虑厨娘会不会听到，就敲响了门铃，因为没有人回应，他就继续愤怒地敲着。这奏效了；他听到了脚步声；他几乎希望是那个小厨娘；他会告诉她，他把东西落在餐馆里了，而且那个小厨娘是不会对他不屑的，这可以给亨特延大嫂好好上一课。但那并不是小厨娘，而是亨特延太太本人；她仍穿得整整齐齐，在哭。这两件事都使他恼火。他们沉默地爬上楼梯，一进房间，他就扑到她身上。等她屈服了，她的吻变得温柔之后，他用威胁的口气问道："摘不摘掉那幅画像？"她起初并不知道他在说什么，等知道以后，她又感到不解："画像？……哦，画像？为什么？您不喜欢吗？"面对她的不解，他绝望地说道："对，我不喜欢……除此之外，还有很多东西我不喜欢。"她殷勤而礼貌地答道："如果您不喜欢的话，我大可以把它挂到别处去。"她真是愚蠢透顶，可能要揍一顿，她才会明白。然而，埃施克制住了自己："那幅画像必须烧掉。""烧掉？""对，烧掉。如果您继续这样装傻，我会放火将这整个地方都烧掉。"她吓得往后缩，他很满意自己威胁的效果，说道："您应该高兴才对；您似乎不怎么喜欢这个地方。"她没有回答，虽然她的头脑可能一片空白，她只看到大火从屋顶上升起，但她还是好像试图隐瞒什么东西。他严厉地说道："您为什么不说话？"他那冷酷的声音使她完全瘫住了。用任何手段都不能让这个女人摘下面具吗？埃施站了起来，充满威胁地站到了凹室的入口，仿佛想要防止她跑掉。必须正确地认识事物，否则他永远都不能从这堆肉里弄出什么来。可是，当他问起"您为什么嫁给他"的时候，他的嗓子又嘶哑又窒息，因为无数狂野、绝望的情绪随着这个问题在他体内奔涌，他的思绪不得不飞向埃尔娜去寻求慰藉。他已经离开了她，虽然她没有折磨他，并且他完全无所谓她记忆里有什么阴茎的图像。同样无所谓的是她有没有小孩，或者有没有通过人工的手段防止有小孩。他害怕亨特延大嫂的答案，不想听到答案，却又喊道："说啊！"亨特延大嫂的恐惧复苏了，她害怕自己暴露太多，或许还害怕自己的光环会消失——她想象埃施就是因此而爱她的——她打起精神说道："已经过去那么久了……您不需要让它来烦扰您。"埃施把下颌往前伸，露出坚硬的牙齿。"不会烦扰我的……不会烦扰我的……"他喊道，"一点都不会烦扰到我的……我一点都不在乎。"嗯，她就是这样回报他不知疲倦的全情投入和痛苦。她又愚蠢又冷酷；他，肩负她的命运，他，肩负她的生命，虽然它已经衰老并且被死亡玷污，他，奥古斯特·埃施，准备下定决心，将自己完全奉献给她，他渴望自己的全部陌生都可以与她融合，这样她的全部陌生和全部思想，不管令他多么痛苦，都可以变成他的，就好像交换了一样，而她却说：不需要让他烦扰！哦，她又愚蠢又冷酷，所以他不得不揍她；他走到床前，开始揍她，揍她那肥胖的、一动不动的脸颊，仿佛这样就能触及她一动不动的灵魂。她没有防卫，只是直挺挺地躺着，哪怕他向她扔刀子，她也不会动的。她脸颊上被打的地方红了，当眼泪滚落下来的时候，他心软了。他坐到了床上，她挪到边上，给他腾地方。接着，他专横地说道："我们必须结婚。"她仅仅答道："是的。"埃施差不多又要发火了，因为她没有说自己很高兴终于能摆脱那个可恨的姓氏了。但她唯一能想到的反应就是搂着他，把他拉向自己。他累了，顺从了；也许没事，也许没关系，在救赎的王国里，每样东西都是不确定的，每个时刻都是不确定的，每个数字和每种计算。但他又感到苦恼；她对救赎的王国知道什么呢？她甚至都不想知道吧？或许就跟科尔恩一样！当然，把它敲进她的头脑里需要一些时间。而在此期间，他必须容忍，必须等待她理解，必须让她像现在这样继续自己的生活。在正义的国度，在美国，情况会不同；在那里，过去会像易燃物品一样消失。当她很拘束地问他有没有在上韦塞尔停留的时候，他没有生气，只是认真地摇摇头，低沉地说道："当然没有。"于是，他们开始过夜，并且商定把餐馆卖掉，亨特延大嫂很感激他没有放火烧掉什么。不出一个月，他们就会在公海上了。明天，他会去找特尔切尔，再次启动美国计划。

他待得比平常久。而且，他们这次也没有踮着脚尖下楼。她让他出去时，街上已经有了人。这使他非常自豪。

第二天早上，他去了阿尔汉布拉。当然，那里没人。他翻着格内特桌子上的信件，发现了一个没有打开的信封，上面是他自己的字迹，他大吃一惊，差点都没认出来：那是他在曼海姆替埃尔娜写的信。嗯，她要是没有收到任何回复的话，肯定会抗议。这是合情合理的。真是一群粗心的家伙，剧院里的这些人。

终于，特尔切尔来了。埃施几乎为再次见到他感到高兴。特尔切尔心情不错："哦，您早该回来了，每个人都因为私事跑掉了，所有琐碎的工作都扔给特尔切尔来做。"格内特呢？"哦，在慕尼黑和他亲爱的家人在一起——家人得了重病，头疼感冒之类的。"他很快就会回来的，埃施想。"经理先生很快就得回来的；昨晚剧院还不到五十人。我们得跟奥本海默谈谈。""对，"埃施说道，"我们去找奥本海默。"

他们和奥本海默一致认为应该结束演出。"我提醒过你们，对吧？"奥本海默说道，"摔跤是不错的，但不能光是摔跤啊！谁会来看呢？"这个决定非常合埃施的意；他需要做的只是等格内特回来以后拿到属于他的那一份，越早结束，他们就可以越早去美国。

这一次，他主动邀请特尔切尔一起吃午餐，因为现在的问题是启动美国计划。刚一走上人行道，埃施就从口袋里抽出一张名单，在他要安排出行的姑娘的名字边上做了记号。"嗯，我也找到了几个，"特尔切尔说道，"但首先格内特应该把钱还给我。"埃施感到诧异，因为洛贝格和埃尔娜投的钱肯定够了。特尔切尔恼火地说道："您觉得摔跤比赛的钱是从哪儿来的呢？格内特的资金很紧张，您不知道吗？他把舞台道具都抵押给我了，但这些道具在美国能干吗呢？"这倒是有点让人意想不到，但没关系，等生意清算完了，格内特的资金就可以释放出来了，特尔切尔就可以去美国了。"伊隆娜也必须一起去。"特尔切尔说道。这您可就错了，我亲爱的朋友，埃施想道，伊隆娜不会再跟这些事情搅和在一起了；虽然她可能还会依恋科尔恩，但不会持续多久了；她很快就会生活在一个遥不可及的、地上有鹿在吃草的城堡里。他说自己要到警察局去，于是他们便绕了道。在一家文具店，埃施买了几份报纸和一个信封；他把报纸塞进口袋里，当即用漂亮的字体在信封上写上了收件人和收件地址。接着，他从钱包里取出一张仔细折叠好的纸，塞进信封，朝警察局走去。他再次现身时，又马上继续他的谈话：伊隆娜不用和他们一起去。"别瞎扯，"特尔切尔答道，"首先，想想我们在那边可以得到多么光辉灿烂的工作，其次，要是美国计划没有结果，我们就得在这里工作。她已经闲晃了很久了；再说了，我已经写信给她了。""胡扯，"埃施粗鲁地答道，"要跟年轻姑娘在一块儿，就不能带着一个女人。"特尔切尔笑了："嗯，要是您认为不该这样的话，那您得补偿我损失的前途。您现在是大资本家了……通常来说，一个人都会从商务之旅中带钱回来，对吧？"埃施感到惊讶；他觉得特尔切尔已经心照不宣地瞥了瞥警察局——这意味着什么呢？这个要把戏的犹太人知道什么？他自己对这趟商务之旅倒是一无所知；他突然对特尔切尔开骂："见鬼去吧！带什么钱回来！""没有恶意，埃施先生，别这样，我没什么意思。"

他们去了亨特延大嫂的餐馆，埃施再次觉得特尔切尔似乎知道某个秘密，会冷不防地指控他："凶手。"他不敢去看四周。最后，他终于抬起头来，看到了一块白斑，边上有蜘蛛网，那是原来挂着亨特延画像的地方。他看了一眼特尔切尔，但特尔切尔什么都没说，因为他显然什么都没注意到，根本什么都没注意到！埃施几乎要欢欣雀跃起来；一方面是由于情绪高涨，一方面是为了分散特尔切尔的注意力，不让他发现画像不见了，埃施跑去启动奥开斯特里翁琴，让它发出了嘈杂的声音；听到响声，亨特延大嫂出现了，埃施感到一股强烈的冲动，想要跑去深情而热烈地迎接她；他本来想介绍说她是埃施太太，他之所以忍住没开这个温柔的玩笑，不仅仅是因为他很感激她，想要尊重她的羞怯，而且也是因为特尔切尔-特尔蒂尼先生不值得他这样推心置腹。另一方面，埃施又觉得不必谨慎过头，吃完午餐，特尔切尔准备离开的时候，他并没有像往常那样一起走，随后再绕道返回，不，他公然说道，他想待在这儿看一会儿报纸。他从口袋里取出报纸，又放了回去，双手安详地放在膝盖上，一直坐着。他不想看报纸。他打量着墙上的白斑。等一切都安静下来之后，他上楼去了。他很感激亨特延大嫂，他们度过了一个愉快的下午。他们又谈起了卖掉餐馆的事，埃施觉得或许奥本海默能找到买主。他们还温柔地讨论了他们的婚事。在凹室的天花板上有一块斑，看起来像一只深色的蝴蝶，但那只是污垢。

晚上，他又尽职地出去找姑娘。在路上，他突然想到应该先去看看哈利这个小伙子在干什么。他没找到哈利，正要离开那个恶劣的地方的时候，阿尔丰斯来了。肥胖的阿尔丰斯显得很滑稽：油腻而凌乱的头发在脑袋上竖起，真丝衬衫敞开，露出无毛的白色胸膛，令人想起皱巴巴的枕头。埃施忍不住笑了。阿尔丰斯在靠近门口的一张桌子边坐了下来，低声呻吟着。埃施朝他走去的时候仍在笑，这么做仿佛是想抑制某些东西："您好，阿尔丰斯，怎么啦？"胖音乐家用呆滞而又敌对的目光盯着他。"喝点酒，然后告诉我怎么啦。"阿尔丰斯喝了一杯白兰地，依旧保持沉默。最后，他终于说道："上帝啊……那是过去的信仰了……他为此责怪自己，他要求的是错误的东西！""别废话。到底怎么啦？""上帝啊！他死了！"阿尔丰斯双手托着下巴，注视着前方；埃施在桌边坐了下来。"呃，谁死了？"阿尔丰斯结结巴巴地说："他太爱他了。"现在听起来挺有趣的。"谁爱谁？"阿尔丰斯突然劈开了嗓子："别用这种口气说话；哈利死了……"嗯，哈利死

213

了。埃施没法听懂这句话，他有点茫然地望着满脸泪痕的胖音乐家。"您上次用那些愚蠢的话把他逼疯了……他太爱他了……今天下午……在报纸上读到那个消息后，他就把自己反锁在屋里……他们发现他……服毒自杀了。"嗯，哈利死了；这是注定要发生的，以某种匹配的方式。只是埃施不明白怎样匹配。他说道："可怜的家伙。"他突然明白了，并且感到轻松和欢快，因为上午他已经把信交到了警察局；在这里，谋杀与反谋杀，借方与贷方相互抵消，在这里，仅此一次，一个账目的收支完美平衡。想想真有趣，这事在某种程度上似乎应该归咎于他。他又说道："可怜的家伙……他为什么要这么做呢？"阿尔丰斯非常惊讶地瞪着他："他在报纸上看到了……""看到了什么？""那儿。"阿尔丰斯指着埃施大衣口袋里的报纸。埃施耸耸肩膀——他已经把报纸忘了。他打开报纸；在打了黑框的末页，用粗大的字体和迂回的措辞写着，全体相关的公司、部门与员工怀着哀恸的心情宣布这一不幸的消息：董事会主席、各类勋章获得者爱德华·冯·贝特兰德先生，罹患重疾，溘然长逝。但在头版上，与一篇高度颂扬的讣告一同刊登的是这样一则讯息：据推测，逝者可能是由于突然的精神迷乱而开枪自尽。埃施读了这一切，并没有产生特别大的兴趣。这只是向他证明了，那天摘掉画像是多么正确。真是滑稽，这个音乐家跟这事一点关系都没有，却如此小题大做。埃施扮了一下讥讽的鬼脸，好心地拍了拍胖音乐家松软的肩膀，给他安慰，然后付了酒钱，返回亨特延太太身边。他洋洋得意地迈着阔步走了出来，想起了马丁，思忖着这个瘸子现在不会再从后面追来用坚硬的拐杖威胁他了。这同样也是好的。

　　阿尔丰斯独自一人，双手托腮，注视着前方。他觉得埃施是坏人，就像所有那些为了占有女人而找女人的男人一样。他凭经验知道，这类男人都在散播邪恶。他觉得他们就像在世界上横冲直撞到处肆虐的野蛮人，他们一靠近，人们就只能躲开。他鄙视这些因为愚蠢的冲动而横冲直撞的男人，他们渴求的不是生活（他们显然对此视而不见），而是某些处于生活之外的东西，为了获得它，他们会以自己的这种爱的名义来破坏它。这位音乐家情绪太低落了，并没有将这一切想个透彻；但他知道，尽管这些男人嘴上大谈爱情，实际指的却只是占有，或者那个词语常有的含义。当然，他自己并不算，因为他充其量只是一个轻率的人，一个管弦乐队中的可怜的家伙；但他知道，当人们为某个女人做决定的时候，是无法通过一条漫长的道路抵达绝对的。他宽恕了男人致命的狂热，因为他非常清楚，这是出于恐惧和失望，清楚这些充满激情和邪恶的男人将自己隐藏在永恒的残渣之后，是为了抵挡一直躲在他们背后，提醒他们必死无疑的恐惧。他可能是一个愚蠢和轻率的管弦乐手，但他能够凭记忆来演奏那些奏鸣曲，精通各种知识，尽管悲伤，他还是能够笑对这一事实：人类通过对绝对的渴求，对永恒的爱的渴求来想象自己的生命永远都不会结束，永远都会持续下去。他们可能会因为他必须演奏混成曲和波尔卡舞曲而蔑视他，但他知道，这些在世俗的事物中寻求不朽和绝对的狩猎者，一直只能找到他们所寻求的、不知其名的事物的象征物和替代品：因为他们可以看到其他人正毫无懊悔或悲伤地死去，他们被自己的死亡意识彻底控制了；他们急切地想要占有某个他们可能会反过来被占有的女人，因为他们希望在她身上找到某些将会占有和保护他们的坚定不移的东西，他们会憎恨自己盲目选择的女人，因为她只是他们在发现自己再次被送到恐惧和死亡手上时愤怒地想要摧毁的一个象征。这位音乐家怜悯女人，因为她们虽然并不希求更好的东西，但她们也并没有受到这种毁灭性的愚蠢的占有欲的支配，她们更少受到恐惧的刺激，却更会因为听到为她们演奏的音乐而激动，她们会与死亡保持一种更亲密、更可信赖的关系：在这些方面，女人跟音乐家相似，尽管他只是一个肥胖的同性恋管弦乐手，然而，他能够感觉到自己与她们的亲近，能够承认她们拥有一种模糊的意识：死亡是一件悲伤而美丽的事。因为她们流泪的时候，并不是因为失去了一件占有物，而只是因为她们摸过和看过的某件东西又精美又柔软。哦，那些心里渴望占有的人并不知道生活的狂乱，其他人也并不知道更多；然而，音乐能预测到它。音乐是一切能被思考的事物的曲调优美的象征，音乐能消解时间，让它在旋律中保存，能消解死亡，让它在声响中再生。像女人和音乐家一样意识到这一点的人，能够接受轻率和愚蠢的羞耻，音乐家阿尔丰斯用手指划过自己身上的一圈圈肥肉，仿佛通过这一层美好、柔软的覆盖物，他能感受到某种珍贵、值得去爱的东西的存在；人们可以蔑视他，嘲笑他的娘娘腔，嗯，他只是一个可怜的家伙，但比起那些嘲笑他，却用必死的残渣碎屑弄出可悲的奋斗象征和目标的人，他能更快乐、更被动、更顺从地听任永恒的各种不同的显现的摆布。应该蔑视别人的是他。他甚至怜悯埃施，他不禁想起英勇的战斗音乐，角斗士在这种乐曲的伴奏下步入竞技场，勇气勃发的战士会忘记死神就站在身后。他思忖着自己是不是应该在哈利的床边守卫，但他想到那张蜡白的脸就发起抖来，他决定去喝酒，观察那些四处移动，脸上却带着死亡印记的服务员和顾客。

当天夜里的同一时刻，伊隆娜从床上起来，借着圣母像底下的小红灯注视着沉睡的巴塔萨尔·科尔恩。他在打呼噜，当那声音中断的时候，就像在她表演之前舞台上的音乐戛然而止；紧接着，可以在他的呼吸声中听到飞刀细微的嗖嗖声。实际上，她根本就不去想这件事，虽然她已经收到特尔切尔让她回去的信。她注视着科尔恩，试图想象他还是个没有黑胡子的小男孩时候的样子。她并不十分清楚自己为什么这么做，但她觉得这样一来，在墙上盯着她的圣母会更愿意宽恕她的罪恶。她的罪恶就是在圣母神圣的目光下用他来满足自己不洁的欲望，而且，要不是在年轻时染了病，她也会有孩子的。她对自己要抛下科尔恩无动于衷，因为她知道别人会接替他的；她对自己要回到特尔切尔身边也无动于衷，她一刻也不曾想过他在科隆等着她，指望着她；她只知道他需要她是为了能有个人配合他进行飞刀表演。她对自己要去美国这件事也无动于衷。

她已经去过太多地方，美国跟其他地方并没有什么不同。她既没有希望，也没有恐惧。她已经学会离开男人，但今夜，她觉得自己仍属于科尔恩。她脖子上有道疤痕，她觉得当时被她背叛的那个男人想杀死她是合情合理的。然而，要是科尔恩背叛她的话，她是不会杀死他的，她只会向他泼硫酸。是的，在争风吃醋的问题上，这种惩罚似乎正适合她。一个人如果占有另一个人，就会想要毁掉那个人，但是，一个人如果只是在使用另一个人，那就会满足于让那个人变得不能用。这对任何人都适用，哪怕是一位女王。因为人都是一个德行，没有人会对别人好。她站在舞台上是一片明亮，她和男人躺在一起是一片漆黑。人活着是为了吃，吃是为了活着。曾经有个男人为了她而自杀，这件事给她的感触并不是特别深，但她想记住这件事。其余的一切都沉入了阴影中，一些人形犹如更漆黑的阴影在其中移动，彼此融合在一起，又挣扎着分开。每个人除了作恶，什么也不干，他们似乎忍不住要为彼此寻欢作乐而惩罚自己。她有点骄傲，因为她也带来了死亡，那个男人自杀，就像是对她的不孕的一种来自上帝的救赎和补偿。许多事情——实际上是所有事情——都是无法理解的。人们不能思索事物的意义；但是，当孩子来到世上之后，那些阴影似乎变得更浓、更物质了，接着，仿佛有一阵美妙的音乐充盈了整个阴影的世界。这或许也是圣母抱着圣婴出现在红灯上方的原因。埃尔娜会结婚，生小孩：为什么洛贝格不选择她，而选择那个骨瘦如柴、肤色蜡黄的小东西呢？她打量着科尔恩，在他脸上找不到任何她想找的东西；他那双毛茸茸的手搁在被子上，从来都不曾柔软和年轻过。一看到他那张泛着红光的肉感的脸和黑色的胡子，她就忍不住发起抖来，她光着脚，悄悄地走进了埃尔娜的房间，轻轻地、小心翼翼地在她身边躺下，温柔地贴着那个瘦削的身体，然后就用这个姿势入眠。

　　埃施现在已经表现得差不多像个未婚夫，或者更确切地说，像个保护人，因为他们虽然仍未做出任何关于订婚的暗示，但埃施却知道一个弱小的女人应该得到什么，而她也让他维护自己的利益。她让他不仅跟送矿泉水和冰块来的人打交道，还跟奥本海默打交道，后者是他推荐来代为管理业务的。因为除了剧院的工作之外，富有进取心的奥本海默一有机会就会去代管不动产，担任各种代理人，他当然乐于全情投入这个项目。他跑来查看房子，但在楼梯半道上就停住了脚步，说道："格内特的这桩生意真令人费解；真希望他没出什么事……呃，我管这个干吗呢，又不关我的事。"虽然他像是为了平定思想似的一再重复这些话，但还是反复提起一个事实：格内特已经走了八天了，就在他们要把摔跤项目收掉，需要钱来偿还拖欠的薪水和租金的当口儿。这个格内特做事一向是一丝不苟的，竟然会拖欠房租，真是令人难以置信。而且直到最近，他们的业务一直都做得不错，是的，相当不错。当然，目前他们还是入不敷出。唉，该把业务收掉了。"特尔切尔这个蠢驴，连抽屉的钥匙都没叫他留下来，就让他走了，什么也干不了。格内特的钱都存在达姆施塔特银行里！……当然，特尔切尔先生太高贵太艺术了，他是不会操心这些问题的。"

埃施一直漠不关心地听着，特别是他觉得特尔切尔自然会对美国计划更上心，而不是马上就要结束的摔跤项目。但现在他却竖起了耳朵：钱存在达姆施塔特银行？他愤怒地冲向奥本海默："存在达姆施塔特银行的那笔钱里面有我朋友的投资；必须把钱交出来！"奥本海默摇了摇头。"这真的跟我没有任何关系，"他说，"但为了把事情搞清楚，我会发一封电报到慕尼黑去给格内特的。他必须回来把事情处理好。您说得对，得直截了当才行。"埃施赞成这个主意，电报也发出去了；但没有得到回复。现在，他们很着急，两天后又给格内特太太发去一封付了回电费的电报，得知格内特根本就没回慕尼黑。这就可疑了。他们这个周末就必须把账结清了！没办法，只能报警了；警方发现，存在达姆施塔特银行的钱在三周前已经被格内特悉数取走，现在毫无疑问了；格内特已经卷款潜逃！特尔切尔直到刚才还在维护格内特，现在却只能骂自己是全世界最愚蠢的犹太人，居然又被一个无赖给骗了，他有和格内特串通的嫌疑。因为格内特把剧院的道具都抵押给了他，所以他要费好大劲才能证明自己的清白；但即便证明了也无济于事——他剩下的钱几乎都不够熬过接下来的几天。他像个孩子一样无助，怨天尤人，令人厌烦地不停说伊隆娜得过来，一天纠缠奥本海默几次，要求他立刻做出承诺。奥本海默倒是理智地接受了这个打击，因为丢的不是他的钱；他安慰特尔切尔：事情毕竟不是那么糟嘛，作为剧院道具的主人，一个名叫特尔切尔-特尔蒂尼的人是可以成为一位出色的剧院经理的；只要能找到一些运作的资金，一切就可以恢复正常了，他还会和老奥本海默有许多生意往来的。特尔切尔恍然大悟，又迅速、完全地恢复了原来的活力，不一会儿，他就拟订了一个新的计划，直接去找埃施了。

可是，经过这一连串的事件，埃施已经不仅仅是愤怒了。虽然他一直觉得，甚至知道，美国之旅是永远不会有任何结果的，虽然或许正因如此，他才一直对招募姑娘那么不上心，虽然他实际上最终还感到有点满足，因为他内心的信念被证明是合理的；然而，他的整个生活一直都以这个美国计划为目标，现在，他内心深处直打哆嗦，因为他觉得将他与亨特延大嫂维系在一起的根基已经毁了。他要和她去哪里呢？他现在该如何处理自己与这个女人的关系呢？他本想让她看到自己成为一整班艺术家的君王和主宰，现在却以这样可怜巴巴的方式搁浅！他愧对亨特延大嫂。

就是在这种状态下，特尔切尔跑过来把自己的计划告诉他："瞧，埃施，您现在是资本家了，您可以当我的合伙人。"埃施瞪着他，仿佛他疯了一样："合伙人？您疯了吗？您和我一样清楚，美国计划已经玩完了。""可以在欧洲谋生，"特尔切尔说道，"如果您想让您的钱获得收益的话……""钱？什么钱？"埃施嚷嚷起来。唉，没必要嚷嚷：他偶然听到有人获得了一笔遗产，特尔切尔说道，这让埃施非常恼火。"您肯定是疯了，"他喊道，"不然胡言乱语什么？难道我被您骗得还不够吗？……""格内特那个无赖跑了，您也不能怪我啊，"特尔切尔恼怒地说道，"我损失得比您多，我现在也是一贫如洗，您不能侮辱我，因为我给您带来了一个很好的计划。"埃施阴沉地说道："问题不是我的损失，而是我朋友们的损失……""我给您提供一个把钱再挣回来的机会。"当然，这是一个希望，埃施问特尔切尔的计划是什么。哎，他们可以用那些剧院的道具重新开业，奥本海默也是这么想的，而埃施也亲眼看到过，这桩生意不用什么技能就可以赚到钱。"要是我拒绝呢？"那就没办法了，只能把剧院的道具收起来，然后和伊隆娜去某个地方找工作。埃施陷入了沉思；那样的话，特尔切尔就得和伊隆娜去找工作？……扔刀子？……嗯……他会好好想想的。

第二天，他跑去问奥本海默，因为对待特尔切尔，再怎么小心都不为过。奥本海默证明特尔切尔所言属实。"我知道了……那样的话，他就得和伊隆娜再去找工作……""他可以让我帮忙，我很快就可以给他找到工作的，"奥本海默说道，"要不然他还能做什么呢？"埃施点了点头："他要是想自己把剧院租下来，需要钱吧……""我想您也没有那几千马克吧？"奥本海默说道。没有，他没有。奥本海默摇摇头：没钱可办不成；也许他们可以让其他人产生兴趣……比方说，亨特延太太怎样？她不是想把餐馆卖掉吗，她会有很多闲钱的。他做不了主，埃施说道，但他会跟亨特延太太提一下这个计划的。

他不想这么做，这是一个新任务，但也是不可避免的。埃施觉得自己受到了极其阴险的偷袭。奥本海默和特尔切尔很可能在暗中勾结，这两个犹太人！为什么这个无赖不能干点别的，非得去扔刀子呢？好像没有正经工作可以干似的！胡扯什么死人和遗产呢？他们把他逼进了死胡同，仿佛知道做过的事是无法消除的，知道必须让伊隆娜免受刀子的伤害，必须把世界从不公之中拯救出来，知道贝特兰德的牺牲不能白费，就像摘掉亨特延先生的画像一样！不，已经做过的事是无法消除的，已经做过的事是不能消除的，因为事关正义和自由，自由，他不能再将它的安危丢给那些煽动家、社会主义者和贪财的雇佣文人去管了。这是他的任务。他必须挽回洛贝格和埃尔娜的损失，他觉得这是这个更高的任务的一部分和一个象征。再说了，要是特尔切尔无法把剧院租下来的话，那些钱就永远都回不来了！责无旁贷。埃施把账目摊开，开始计算，得出了一个明确的答案：他必须鼓动亨特延大嫂像他一样承担这个任务。

在看清这个之后，他的犹疑和气恼消失了。他踏上自行车，骑回家，向洛贝格详细讲述了格内特先生那令人难以置信、令人发指的罪行，又补充说他已经立即进行可靠的权衡来保护投资者了，请他不要惊动可敬的埃尔娜小姐。

美国计划玩完了。现在他必须留在科隆了。囚笼的门已经关上了。他被囚禁了。自由的火炬熄灭了。奇怪的是，他无法对格内特生气。因为真正要怪的不是格内特，而是那个不受一切诱惑，礼貌地拒绝逃往美国的人。是的，这似乎就是法则，虽然并不公正；无论是谁，只要牺牲自己，就必须先放弃自由。但他的处境还是不可思议。埃施反复说："被囚禁了。"仿佛必须让自己确信这一点。他近乎平静地，仅仅被最纯粹的良心的刺痛所扰乱地告诉亨特延大嫂，他们眼下必须推迟他们的美国之旅，因为格内特已经先过去给他们做安排了。

　　他想对亨特延大嫂说什么都可以；她对摔跤或者格内特先生一点兴趣都没有，而且，在她周围的一切事物当中，她只会看见适合她看的东西。所以，她看到的只是到一个陌生、充满惊险的国度去的可怕旅行取消了，这个认知就像突然给她的灵魂泡一个舒舒服服的热水澡，她静静地享受了一会儿，然后说道："明天我会让粉刷工过来，不然冬天到了，墙壁不会完全干的。"埃施感到诧异："粉刷工？可是您要卖掉这个地方啊！"亨特延大嫂双手叉腰："哦，我们要过好一段时间才会走呢，我要把这个地方粉刷一下，让它整洁有序。"埃施耸耸肩膀，屈服了："或许会给我们带来回报的，可以涨价。""就是啊。"亨特延大嫂说道。尽管如此，她还是无法摆脱一丝隐约的犹豫——谁知道呢？或许美国的幽灵还没有被真正驱散——她觉得应该为自己的安稳付出一些东西。因此，埃施和奥本海默非常惊喜，他们毫不费劲地说服了亨特延太太在格内特缺席的情况下为剧院提供资金；她欣然同意将房子作为抵押，奥本海默极具先见之明，已经把抵押书带来了。协议达成，奥本海默收了百分之一的佣金。

就这样，亨特延大嫂成了特尔切尔的新业务的合伙人；在奥本海默的介绍下，剧院租在了繁忙的杜伊斯堡小城，亨特延大嫂可以合理地相信自己将会获得丰厚的回报。埃施坚持三点：第一，他保留查账的权利；第二，在清算业务之前，必须归还洛贝格和埃尔娜投资的剩余部分（这是公正合理的，即便亨特延大嫂无须知晓此事）；第三，他在合同的一项条款中要求特尔切尔先生和奥本海默先生从杂耍表演中除去最受欢迎的飞刀表演。"真是疯了！"两位先生说道；但埃施没有让步。

事情就这样井然有序、顺顺利利地进行。现在，亨特延大嫂做出的牺牲已经将他和她永远拴在了一起，让他的决定无法改变了。的确，那个可恶的餐馆还没卖掉，但从某种意义上讲，抵押就是向消灭过去迈出的第一步。而在亨特延大嫂的举止中，同样有些东西可以看作是一种新生活开始的标志。就像对抵押那件事一样，她对他的结婚计划几乎没有任何质疑，还充满了一股人们此前从未在她身上看到过的温情。冰凉的秋天匆匆到来，她又穿上了灰色的凸纹棉布衬衫，而且时常没有穿紧身胸衣，就连扎得硬邦邦的头发也松了一些，毫无疑问，她已经不再像从前那样精心打扮，在这一点上，人们也能够看到现在与过去的不同。埃施跺着脚在屋子里走来走去。如果一个人遭到囚禁，无所事事，那他至少也应该从中得到点什么。无论如何，这都不能说是一种新生活。吃早餐的时候，他坐在餐馆里，吃晚餐的时候，他还是坐在那里。亨特延大嫂不时就说那些懒汉和一事无成的人喜欢装模作样，但她心甘情愿地养他。埃施忍受了一切。他翻看报纸，有时会去看塞在镜框里的明信片，很高兴其中没有他写的明信片。他监督油漆工和粉刷匠干活，以免他们毁坏什么东西。亨特延大嫂说得倒轻巧。她多么在乎新生活啊！对女人来说，这无论如何都是小事一桩——埃施不得不笑了——她们可以把新生活随身携带，也就是说，放在她们的心底。这当然就是她们不想跑到新世界去的原因，她们在她们的四堵墙当中已经拥有了一切，以为只需要待在她们的笼子里就能保持清白！她们在那里不停地擦洗，好像满足了自己对秩序的琐碎而机械的本能就能奏效一样！笼子里的新生活？好像真这么简单似的！

不，在囚禁中是无法通过一些小伎俩、小改变带来新生和清白的。无法改变，已成定局的日常世俗并不是轻易就可以回避的。房子一成不变地坐落在那里，看不到一点抵押的迹象。街道、塔楼，在萧瑟的秋风中也一成不变，未来的气息再也没有一丝踪迹。为了将亨特延大嫂的记忆和亨特延大嫂过去的生活从睡眠中唤醒，他需要在科隆的四面八方都放上火，把它夷为平地，一块石头也不留。亨特延大嫂现在把头发往后扎得不那么紧，对他有什么好处呢？她还是一成不变地走在这些街道上，人们会向她脱帽致意，每个人都知道她姓的是什么。天啊，在做出牺牲，接受她年岁的增长和魅力的消退时，他并没有想到会是这个样子。即便她的头发在一夜之间变白，即便她立刻变成一个老太婆，再也记不起有关她生活的一切，所有曾经认识她的人都无法将她认出来，变成一个与她周围熟悉的事物没有任何联系的陌生人——即便那样，也可以是新生！埃施不禁想到，每个新生的孩子都会让母亲变老，而没有孩子的女人则不会变老：她们是不变的，死亡的，不受时间影响的。可是，当女人期待新生时，她们就会希望时间能再次为她们启动，而使她们变老的东西仿佛能让她们获得新的童贞；这对她们来说是一个希望，希望一切生灵都能够达到清白的状态，是一个梦，预示着死亡，又预示着新生，预示着救赎的王国降临到这个破败的世界上。永远不会实现的美好希望。

坦率地说，这些想法几乎都不符合亨特延大嫂的口味。无政府主义的思想，她会这么评价。甚至不无道理。因为怀有革命思想，发表革命演说的人，就在监狱里。在此过程中，他甚至还不知道。埃施咚咚咚地在楼梯上跑上跑下，咒骂着房子，咒骂着台阶，咒骂着工人。他这种新生活外表多好啊！墙上挂过画像的那个地方留有一块干净的斑痕，现在被刷掉了，这样一来，人们几乎会以为摘掉那幅画像只是为了刷去那块斑痕。除此之外，没有别的原因。埃施抬头注视着墙壁。不，他开始的根本就不是新生活；恰恰相反，时间显然又回到了原来的地方。这个女人似乎决定取消和废除一切。有一天清扫完了，她来到楼下，满头大汗地吹着风，却很开心："唉，您简直没法相信有多少地方需要修缮。"埃施茫然地问道："到底什么时候能弄完呢？"他突然意识到，这一定是为结婚准备的；他重重地把拳头砸在桌子上，砸得盘子砰砰响，大声喊道："当然，每次装进一只新的鸟儿，都要把笼子漆一遍！"他差点就想在餐馆里把她揍一顿。他厌倦了被迫把脑袋转向错误的方向，总是不得不回头看过去。最要命的是，她还希望他向她求爱；因为她似乎不着急结婚。无法克服的习以为常的一切又从四面八方涌现了。在她崭新的温和与柔情中可以发现许多不变的习惯，一切都表明，她不仅打算重拾起旧日的生活并一直这么生活下去，似乎还想把爱情和爱人压缩成一种装饰品，压缩成她的生命之屋的墙饰。就连她给予他的那种半正式的亲密——从某种意义上讲是在保障他们之间的关系——现在她也在试图削减。当他去杜伊斯堡找特尔切尔查账的时候，她一句感谢的话都没说，当他提出她或许可以找个时间和他一起去的时候，她说他应该留在那边，那些伙伴跟他很配。

她说得没错！是的，没错！在她家里，他不过是一个被收容的无家可归的孤儿，没有人可以真正做伴。但她说得又不对！这或许是最糟的。在她看似合理的冷漠和指责背后，一再流露出过去那种无谓的恐惧，他——奥古斯特·埃施——之所以想跟她结婚，也是为了她的钱。这在抵押书送来之后变得相当明显了；亨特延大嫂面带怒容，盯着文件看了一会儿之后，终于用指责的口气说道："啊，我从没想过印花税会这么高！……早知道就用银行账户里的钱了。"这就再清楚不过了，她存着私房钱，宁愿隐瞒着，是的，宁愿把房子抵押了，也不想让他知道有私房钱。更别说让他这个专业的簿记员指导了。是的，这个女人就是这样。她什么都不懂，对救赎的王国一无所知，而且也一点都不想知道。她无视新生。她又在竭力重返他已经屈从，却无法再忍受的那种像生意般的传统的爱：这是一种无法摆脱的恶性循环。无法避免。无法改变。无法攻破。哪怕把整座城市毁掉，死人的威力还是更大。

　　接着，洛贝格来了。他说自己感到疑惑，因为他和埃尔娜只拿回了本金，没有拿到承诺的收益。这真是压死骆驼的最后一根稻草。但是当这个傻瓜有点尴尬而又有点自豪地表示，现在每一分钱对他来说都是意外之喜，因为埃尔娜现在怀有身孕，他们必须认真地考虑结婚的时候，埃施觉得这听起来像是从远方传来的声音，他知道，他的牺牲还没有完成。这个他否认一切责任的孩子，可能是洛贝格的，这个模糊而不光彩的希望被掩盖在了神秘的认知中：为了他选择的完美的爱，必须赎罪，赎那渎神之罪，在其中还能听到谋杀的险恶的回响，因此他的爱是受到不育的诅咒的，而在罪恶和无爱的情况下孕育的孩子将不可撤销地生下来。虽然他对亨特延大嫂满怀怒气，因为她对此一无所知，只想着粉刷她的房子而不是分担他的恐惧，但他还是渴望这样的赎罪，他再次强烈地希望亨特延大嫂杀死他。尽管如此，他还是不得不祝贺洛贝格，他握着洛贝格的手说道："我会尽力归还你们的收益的……就当作给孩子的礼物。"还有什么要做的？他用手摸着自己粗硬的短发，手掌感到一阵冰凉的刺痛。他还从洛贝格那里得知，伊隆娜不久就要去杜伊斯堡。他做出决定，从下个月开始，他必须让特尔切尔每个月都把账簿寄到科隆给他查看。

是啊，还有什么要做的？该做的都做了。埃尔娜会在婚后生下孩子，他会娶亨特延大嫂，餐馆会重新粉刷，铺上棕色油毡。没有人猜到隐藏在美好平静的表面之后的一切，没有人知道现在这个将要冠上洛贝格的姓氏的孩子是谁的种，也没有人知道他想在其中寻求拯救的那种完美的爱，只是一种欺骗，一种谎言，一种无耻的欺诈，为的是掩盖这一事实：他只是那个小裁缝的数目不定的继任者中的一个，他梦想过逃跑，梦想过自由的欢乐，现在却注定要待在牢笼里敲着铁栏。越来越漆黑了，笼罩在海洋之上的浓雾永远也不会散去。

他开始躲避那座房子；它已经变得又狭小又陌生。他在莱茵河畔闲荡，注视着一排排平房，目送着缓缓驶去的轮船。他来到莱茵桥，继续往前走，经过警察局走向歌剧院，然后到达人民公园。站在座椅上唱歌，面前是一群敲着铃鼓的姑娘，嗯，其中或许是有点东西的；歌唱被囚禁的灵魂可以通过救赎之爱的力量得到解放。这些救世军白痴或许说得没错，人们首先必须找到通向这种真正的完美之爱的道路。即便是自由的火炬，也无法让人获得救赎，因为贝特兰德尽管跑遍美国和意大利，还是没有得到拯救。试图欺骗自己是没用的，他依然是孤儿，依然站在雪中瑟瑟发抖，等待着爱的救赎和恩典徐徐降临。接着，是的，接着，奇迹终将降临，十足的"完满"的奇迹。孤儿回家。对世界和个体命运的一次重申的奇迹——而贝特兰德为之让路的那个孩子不会是埃尔娜的孩子，而是另一个依然会带来新生的人的孩子！雪很快就会落下，柔软的、羽毛般的雪。被囚禁的灵魂将会得到拯救，哈利路亚，将会站到长凳上，比他平常站得还要高——虽然他平时已经习惯站得非常高。在心里，埃施第一次叫出了将要为他怀上孩子的那个人的名字：格特鲁德。

每次回家，他都会凝视她的脸。她的脸很亲切，她的嘴详尽地列出了她在那天早上煮的东西。如果奥古斯特·埃施不是特别饿，就会把脸转开。他惊恐而又不可避免地意识到，她的子宫被扼杀了，或者更糟，只能指望它产下一个私生的怪物。他很清楚那个诅咒，很清楚死人已经发泄并将继续发泄在女人身上的谋杀欲。他再次深受那个问题的折磨，连提起都不敢……要是她无法怀上孩子，或者他和他的前任们只是在满足她的色欲呢？他对亨特延大嫂的怒火又加剧了，他一点也不想像那个死人一样叫她的名字，他发誓在她理解这一切之前，他绝不会把那个名字说出口。但她并不理解。她顺从地、平淡无奇地接受他，把他留在自己的孤独里。他试图向命运屈服；或许问题不在于孩子，而在于她是否准备要一个，他等待着一些表示。但她又让他失望了，当他提示说他们婚后会想要孩子的，她只是干巴巴地、平淡无奇地回答说："是的。"却没有给出他在等待的示意，在夜里，她并没有呼喊着让他给她一个孩子。他打她，但她并不理解，一直保持着沉默。最后他意识到，即便是那样也没有用；因为那时候疑问还是存在，不可避免的疑问：她是否也求过亨特延先生给她一个孩子？他渴望成为其父亲的那个孩子也可以来自亨特延先生的下身。任何女人都无法帮助一个对不能证明的东西感到绝望痛苦的男人。他苦苦折磨着自己，她只能不解地看着；而现在，他打她只是一个徒劳的姿态，也可以说，只是一个象征和暗示。他的抵抗已经破灭了。

他认识到在现实世界中，永远都无法达到完满，同时更清楚地认识到，就连最遥远的地方都是处在现实世界中，逃向彼处是没有意义的，希望到那儿去躲避死亡是没有意义的，希望到那儿去寻找完满和自由是没有意义的——而孩子，即便是从母体中诞生的，仅仅意味着孕育时的偶然的快乐的呼喊，这是正在消失和早已消失的呼喊，对激起它的爱人的存在来说毫无意义。孩子是陌生人，就像早已过去的呼喊一样陌生，像过去一样陌生，像木然而空无的死人和死亡一样陌生。因为尘世是不变的，虽然看起来似乎在改变，即便整个世界获得新生，即便救赎者死去，它此生直到时间的尽头也无法达到清白的状态。

的确，这一认知并不是特别清楚，但足以使埃施在科隆组织自己的世俗生活，找到一份正经工作，并且四处出差。由于出色的履历，他得到了一个更令人骄傲的、更重要的职位，再一次使亨特延大嫂为他感到骄傲，发自内心地崇拜他。她给餐馆铺上了棕色油毡，现在，移民的危险似乎终于排除了，她自己也开始谈起他们的美国梦。他能体会她的心情，一方面是觉得她这么说是为了让他高兴，一方面是出于一种责任感；虽然现在去美国基本没有指望了，他还是决定永不舍弃那条道路，永不回头，尽管那个看不见的存在跟着他，准备用长矛袭击他，一种内在的认知盘旋在梦与预示之间，告诉他，他的道路只是必须切切实实前行的那条更高的道路的一种象征和暗示，只是它在尘世的映像，就像一个漆黑湖泊里的倒影一样游移不定。他并不十分清楚这一切，实际上，就连圣人们的话语（在其中或许可以找到完满和绝对）也帮不到他。但他意识到，要是账目收支平衡，那也是纯粹的偶然，因此他终究可以从更高处打量尘世，从平原上的一座空中城堡，远离世界，却像镜子一样对着它；他时常觉得，已经做过、说过或者发生过的一切似乎都只是从一个昏暗舞台上走过的队伍，一种迅速被遗忘、从未清楚显现的画面，一种已经成为过去的事物，没有人能够抓住它而不遭受日益加剧的尘世的痛苦。因为人在现实世界总是无法达到完满，但渴望和自由之路是没有尽头的，永远也走不完的，就像梦游人的路一样狭窄而遥远，尽管它也通往家园那张开的臂膀和富有生气的怀抱。就这样，埃施在他的爱中变得陌生，却对尘世比以往更感到亲切，因而并无不同，一切都依然在超出尘世之上，即便由于正义的缘故，依然要在尘世为伊隆娜做许多事情。他和亨特延大嫂说起美国，自由的国度，说起把餐馆卖掉，说起他们的婚姻，就像和一个他想要取悦的孩子说话，有时，他又可以叫她格特鲁德了，即便夜里他和她躺在一起的时候，她对他来说是无名的。他们手牵手前行，虽然彼此走的是一条不同的、漫无尽头的道路。不久，他们就结婚了，餐馆也以极低的价格卖掉了，这些是他们的象征之路上的停靠站，同时也是他们走向崇高与永恒——如果埃施不是一位自由思想者，甚至会称之为神圣——之路上的停靠站。尽管如此，他还是清楚，在这个世界上，我们全都得拄着拐杖前行。

IV

　　杜伊斯堡的剧院倒闭后，特尔切尔和伊隆娜再一次双双陷入贫困，埃施和妻子几乎把剩余的全部财产都投入到了剧院的生意中，很快终于把钱都耗尽了。然而，埃施如今有了一份稳定的工作，在他老家卢森堡的一家大型企业担任首席簿记员，因为这个，他妻子比以往更加崇拜他了。他们手拉手前行，彼此相爱。有时候，他还是会打她，但次数越来越少了，最后终于不再打了。

不埋沒一本好書，不錯過一個愛書人

七樓書店

梦游人

③

[奥] 赫尔曼·布洛赫 著

流畅 译

1918年
胡格瑙
或
现实主义

SPM 南方出版传媒 广东人民出版社
·广州·

第一章

　　胡格瑙，其祖先在阿尔萨斯于1692年被孔代军队占领以前，很可能姓哈格瑙；他拥有在城里长大的阿勒曼尼人的全部特性。他长得粗壮，有肥胖的倾向，从童年起，或者更准确地说，从进入施勒特城的商业学校起，就戴着眼镜；如今，在他接近三十岁，战争爆发之际，无论外貌还是举止，他都不再留有年轻时候的痕迹了。他在巴登和符腾堡做生意，一方面是在他父亲的纺织公司"安德烈·胡格瑙，科尔马，阿尔萨斯"的分支机构任职，一方面是为自身利益，给多家阿尔萨斯工厂充当区域代理人。在这些圈子中，他树立起了一个精力充沛、审慎可靠的商人形象。

　　毫无疑问，凭借自己的能力，相比于服兵役，他会在走私方面做得更好，这在当时更有利可图。可在1917年，当军队直接忽略他严重的近视，向他发出征召时，就像常言所说的，没费什么劲，他就服从了。的确，在福尔达受训时，他甚至还在设法结束这一处或那一处的烟草生意，但很快就抛下了一切。这不仅是因为军队里的职务使他疲惫或无暇顾及其他事，而且也是因为什么都不管真叫人愉快，使他隐约想起在学校里的日子；当时的那个男孩，胡格瑙（威廉），还记得他最后在施勒特学院的毕业典礼的日子，记得他和同学如何被校长奉献给严肃的生活问题，那些严肃的问题他迄今都应付得相当好，如今为了一种新的教育，又不得不放弃了。他再次被钉在随着岁月推移已然忘却的一连串没完没了的职责上，再次被当成学生一样对待，被大吼大叫，再次对公共厕所持有与儿时相同的态度，再次重视起食物来，而他参与的那些庆典和野心勃勃的竞赛，也显得极其幼稚。仿佛还不够似的，他驻扎在了一所学校里，在入睡前能看到两排灯和青白色的阴影，还有原封不动的黑板。这一切使他的学生生涯和士兵生涯混成了一团，甚至当队伍终于向前线进发，唱着幼稚的歌曲，佩着小旗，涌入科隆和列日的简陋营房时，士兵胡格瑙依然无法摆脱自己是在进行一次学校远足的想法。

晚上，他的连队来到了前线。他们在一道防御战壕中站岗，挨近一条长长的、遮蔽着的通道。防空洞内肮脏无比，地面上吐满了痰，有新的也有干的，墙上尿迹斑斑，无处不在的恶臭是来自粪便还是尸体根本无法确定。总之，胡格瑙太累了，实在搞不清楚周围的实际景象和气味。在排成单行小步跑过战壕时，所有人都觉得自己从给人庇护和温暖的战友情谊和共同生活中被放逐了出来，他们毫不在乎周围的极端不整洁，一点也不怀念人类竭力消除死亡和腐臭的文明传统，但这种对厌恶的压抑，一定将他们向英雄主义推进了一步（这一步极为奇异地将英雄主义和爱联系在了一起），他们大多数人都已经习惯了活在战争的恐怖中，所以在铺床时只是嬉笑、咒骂，然而，他们中间没有人不知道自己在那里是一个孤独的生物，独自生、独自死在这个极端无意义的世界上，如此无意义，以至于无法理解它，只能将它描述为："这场该死的战争。"

当时，许多参谋人员宣称，佛兰德斯地区一片平静。刚换了岗的人也声称没有什么事。然而，天一黑，两边的炮兵就开始了连番轰击，剧烈得足以消除他们这些新兵的厌倦。胡格瑙坐在行军床上，全身骨骼发疼，过了好一会儿，他才注意到自己的四肢都在颤抖和抽搐。其他人也一样，有一个还在哭。一些老兵被逗乐了：这只是炮兵每晚都会玩的游戏，没有什么，很快就会适应的；他们不再理会那些虚弱的弟兄，一两分钟后，就开始打鼾了。

胡格瑙本想跟人抱怨：他根本没料到是这样。他难受、虚弱，渴求新鲜空气，当膝盖不那么颤抖了，他就踉踉跄跄地来到防空洞口，坐在一个箱子上，用茫然的目光注视着在天空展现的烟火。他总觉得自己在一片橘黄色的云中看见一个人影举着一只手升上天穹。接着，他想起科尔马，想起有一天在博物馆上的一节艺术课；那节课相当无聊，但有一幅画犹如祭坛一样立在中央，令他感到惊恐。那是《耶稣受难像》。他讨厌耶稣受难像。这使他想起一年前，他不得不在纽伦堡度过一个星期天，在拜访顾客的空当，他跑去参观行刑室。因为有趣。还有一些不错的图片。其中一幅画的是一个人被铁链拴在行军床上，这个人，说明里提到，在萨克森用一把匕首对一名神职人员连刺多刀，致其死亡，现在不得不躺在那张床上，等着转轮将他处决。轮刑，那个地方的其他展品充分解释了这一刑罚。那个人看起来很高兴，他刺死一名牧师，被判轮刑，就跟胡格瑙竟然不得不坐在行军床上，被尸体的恶臭包围一样不可思议。那个人无疑也是浑身发疼，一定也把自己搞得污秽不堪，因为他被锁链捆着。胡格瑙唾了一口，骂道："狗屎[1]！"他像个哨兵一样继续坐在防空洞口，把头靠在一根柱子上，翻起大衣领子，不再觉得冷了，既没有睡去，也没有醒着。行刑室和防空洞混合在一起，更深沉地融入了格吕内瓦尔德[2]的祭坛画的污秽而鲜艳的色彩中，而远处的炮轰和枪击发出震颤的橘黄色火光，光秃秃的树木将枝杈伸向天空，一个人举着一只手飞向被照亮的天穹。

当冰冷而沉闷的灰色曙光初现时，胡格瑙注意到了战壕边上的草丛，以及几朵从去年存活下来的雏菊。于是，他爬了出来，走开了。他知道自己随时会被英国人击毙，而德国人的前哨也会注意到他；但世界仿佛被罩在一个真空的玻璃器皿里——胡格瑙不禁想到一个玻璃器皿罩着一块奶酪——在不可侵犯的寂静中，灰白，虫蛀，彻底死亡。

---

[1]　原文为法语。——译注

[2]　格吕内瓦尔德（Matthias Grünewald，1470—1528），德国画家。——译注

第二章

沐浴着宣告春天即将来临的澄澈空气，这个解除了武装的逃兵穿行在比利时的风景中。匆匆忙忙帮不了他，而武器也根本不能提供保护，小心谨慎更有益；或许可以说，他就像一个赤条条的人一样从武装力量中滑脱了。比起武器、仓促的奔逃或伪造的文件，他无忧无虑的脸庞是一种更好的保护。

因为比利时人多疑。四年的战争并没有改善他们的性情。他们的谷物，他们的土豆，他们的马和牛，全都遭了难。当逃兵跑来寻求庇护的时候，他们会加倍疑心地审查，唯恐他用枪托砸过他们的家门。即便逃亡者的法语还说得过去，并且表明自己是阿尔萨斯人，也十有八九帮不上忙。让迷失在村子里，胆怯地乞求帮助的逃亡者遭殃去吧！但是像胡格瑙这样的人，长着一张容光焕发、亲切友善的脸，而且幽默风趣，就会发现，让人偷偷送啤酒去仓房给他，甚至和一家人在厨房里共度一晚，讲述普鲁士人在阿尔萨斯的野蛮和残暴的故事，真是太容易了；像他这样的陌生人是受欢迎的，能够分到储藏的补给，甚至还会在干草床上幸运地得到某个女仆的光临。

当然，去牧师公馆就更加便利了，胡格瑙很快就发现可以通过告解来实现这一点。他用法语进行告解，把对自己悲惨处境的描述娴熟地嫁接到对自己违背忠诚的誓言这一罪行的供认上。当然，结果并非总是愉快的。有一回，他突然发现一个高高瘦瘦的牧师是那么严厉和狂热，吓得他那天晚上在告解过后几乎不敢到牧师公馆里去，当他看见这个严厉的人物在园子里忙于春种时，他准备掉头跑掉。但牧师迅速走向他。"跟我来[1]。"牧师严厉地说道，将他领进了屋里。

胡格瑙在那里待了将近一个星期，吃着少量口粮，睡在阁楼的一张床上。他得到了一件蓝色军上衣，开始在花园里卖力地干活；牧师会叫醒他去参加弥撒，并且默许他像自己一样在厨房的餐桌前吃饭。对于他的逃亡，牧师只字不提，整件事就像是胡格瑙的一种自我惩罚，使他安定下来却又感到很不舒服。最后，他决定离开这个相对安全的避难地，继续危险的逃亡，因为有一天——在他到这里的八天后——他发现一套平民服装摊开在阁楼里。接受这套衣服，牧师说，然后是去是留，由他决定；只是他不能在那里寄膳了，因为食物不够。胡格瑙决定继续走远，当他开始冗长的致谢时，牧师简短地打断了他："讨厌的

---

[1]　原文为法语。——译注

普鲁士人和神圣宗教的敌人，上帝保佑你。「1」"牧师伸出两根手指画十字祝福胡格瑙，深陷在那张农夫的脸庞里的双眼燃烧着对一片可想而知是普鲁士人和新教徒居住的遥远地区的憎恨。

胡格瑙从牧师公馆出来时清楚地意识到，他必须想出一个明确的逃亡计划。先前，他经常在附近的各个兵团总部闲晃，在其他士兵中间悄无声息地蒙混过关，但现在是不可能了。那身平民服装令他非常沮丧；它们就像在告诫他返回和平的日常世界，而他居然在牧师的要求下穿上了，现在想起来真觉得愚蠢。牧师的这一举动是对其私人生活的一种擅自干涉，他为了保护自己的私人生活而付出了高昂的代价。而且，虽然他并不将自己当成是皇帝的武装力量的一分子，但作为逃兵，他却跟他们有一种奇特的、几乎可以说是消极的关联，不管怎样，他都是战争的一分子，他并不反对战争。例如，他既不能容忍人们在食堂里诋毁战争和报纸，也不会断言克虏伯家族收购报纸是为了延长战争。因为威廉·胡格瑙不仅仅是逃兵，他还是商人、买卖人，欣赏一切生产商品给世界使用的工厂主。就算克虏伯家族和煤矿大王们收购报纸，他们也知道自己在干什么，而且完全有权这么做，就像他只要高兴就可以穿上自己的制服。因此，他没有理由回到牧师用那套衣服为他刻意安排的那种平民百姓的生活，没有什么能诱使他回到那个没有假期、是一切庸常之代表的国家。

「1」 原文为法语。——译注

所以，他一直在边线逗留。他转向南方，避开城镇，在村庄停靠，经过埃内戈，又穿入阿登森林。那时，战争已经不成样子，逃兵不再受到严密追捕——他们人数太多了，当局不想承认他们的存在。但这依然无法解释胡格瑙为何能够离开比利时而不被发现；人们可以把这归因于他在穿过危险地带的时候像梦游一般的踏实；他穿行在早春清新的空气中，无忧无虑，仿佛是行走在一个从世界切割下来却处于世界之中的玻璃钟下，没有一丝愁绪。他从阿登森林进入德国领土，来到了荒凉的埃菲尔高原上，那里依旧是冬天，难以前行。居民们对他漠不关心，他们乖戾、寡言，讨厌有额外一张嘴来妄图争抢他们少得可怜的口粮。胡格瑙不得不搭乘火车，动用他迄今尚未动过的积蓄。严肃的生活问题以一副不同的新装束再次威胁着他。他必须采取行动来保护和延长自己的假期。

第三章

　　小城坐落在摩泽尔河的一个分支流域内，四周有葡萄园环绕。上方的高地被森林覆盖。葡萄园全都经过修剪，葡萄架排成直线，在一些地方被红色岩石的露头截断。胡格瑙不以为然地观察到，许多主人没有把地里的杂草除掉，这些被忽略的斑块就如同红灰色的土壤中四四方方的黄色岛屿。

　　在埃菲尔高原最后的冬日过去以后，胡格瑙立刻迎来了真正的春天。就像是不可剥夺的秩序和舒适的一种迹象，阳光给他的心灵带来了欢快、美好和轻盈的安全感。任何可能已经潜伏在那里的焦躁都可以抛掉。他心满意足地看到，在小城的最前沿，庄严的地方医院及其长长的立面坐落在早晨的阴影里，他很赞赏这家医院如同一家南方疗养院一样敞开着所有窗户，他愉快地想象着轻盈的春风拂过白色的病房。他同样赞赏医院屋顶上巨大的红十字，在路过时，他会朝花园里那些穿着灰色病号服的士兵投去亲切友好的目光，他们正处于康复期，有的待在阴影里，有的待在阳光下。河对岸是兵营，从建筑风格可以辨认出来，还有一座与修道院相似的建筑，随后他发现那是监狱。但道路友好而舒适地向城里倾斜，胡格瑙穿过中世纪的城门时，手里提着一个织物小箱子，就像他过去常提的那种样品箱，进入这座小城，使他记忆鲜明地想起从前——似乎是很久以前了——他也差不多是这样到符腾堡的那些小城去出差，但这并没有扰乱他的情绪。

街道非常旧，同样使他想起不得不在纽伦堡度过的那个星期天。在库尔-特里尔这里，巴拉丁领地[1]的战争不像在莱茵河西边的其他地区那样无情地蔓延。15、16世纪的老房子依旧完好无损，位于集市上的哥特市政厅同样如此，它带有文艺复兴时期的外堡和塔楼，前面还立着一个古老的颈手枷。胡格瑙曾去过许多美丽的古城出差，却从没注意过它们，他被一种无法描述或追溯其来源的新奇的情绪给攫住了，这座小城使他觉得异常亲切：如果把这描述成一种审美的情绪或一种源于自由感的情绪，他一定会难以相信地笑起来，这是一个从未觉察过一丝世界之美的人的笑声，他或许是对的，因为没人能确定是自由让灵魂对美睁开了双眼，还是美让灵魂看到了自由，但又或许是错的，因为即便是在他身上，也一定有一种更深的人类智慧，一种人类对自由的渴望，在其中，世界的一切亮光都有其源头，并最终创造了使生活变得神圣的安息日；因为就是这

---

[1]　巴拉丁领地，旧时指欧洲享有特权的伯爵的领地。——译注

样，不会有别的情况，所以在胡格瑙从战壕中爬出来，挣脱人类义务的那个时刻，也会有一束光落到他身上，这束光就是自由，它会进入他体内，将他初次奉献给安息日。

胡格瑙根本没有推断这种情绪的来由，他在位于集市上的旅馆里订了个房间。仿佛为了证明自己仍在度假似的，他在夜里寻欢作乐。摩泽尔的葡萄酒并不短缺，虽然在打仗，品质也不变。胡格瑙喝了满满三小杯，在那里坐了许久。市民们围坐在各张桌前；胡格瑙在他们中间是一个陌生人，四处都有质询的目光向他匆促地投来。他们都有自己的事情和关心的东西，他却什么都没有。但他一样感到快乐和满足。他自己都觉得惊讶：没有工作却快乐！他饶富乐趣地列举像他这种没有身份证明、在城里没有任何关系的人想要开创事业、获取信誉将不可避免地遇到的各种困难。想象自己将会陷入的困境，真是有趣得超乎寻常。或许是葡萄酒的缘故。不管怎样，当胡格瑙头昏脑涨地爬到床上时，并不像一个忧心忡忡的旅行推销员，而是像一个兴高采烈、无忧无虑的游客。

第四章

　　战时后备军里的泥瓦匠格迪克从战壕的废墟中被挖出来时，嘴巴好像惊声尖叫一样大张着，塞满了土。他的脸黑蓝黑蓝的，心跳全无。要不是那两个发现他的救护人员拿他能否存活来打赌，他立刻就会被重新埋掉。他注定要再次见到太阳和阳光明媚的世界，他欠了打赌赢的人应得的十根香烟。

　　虽然两个人都在他身体上方气喘吁吁、汗流津津，但他并没有在人工呼吸下恢复知觉，不过他们还是把他搬走，细心观察，不时咒骂，因为他非常顽固地拒绝解开自己是生是死的谜题；他们不知疲倦地把他移到了医生鼻子底下。因此，他们的打赌对象在战地医院躺了整整四天，一动不动，皮肤发黑。在此期间，宛若游丝、昏昏沉睡的生命是否开始发出黯淡的微光，带着痛苦拂过这具残骸般的身体，抑或只是在接近遥远彼岸的时候发出一丝微弱而狂喜的脉动，我们不得而知，战时后备军的格迪克也无法诉说。

　　因为生命只是一点一滴，一次半根香烟那样回到他的身体的，这种徐缓的小心谨慎既是恰当也是自然的，因为他那烂巴巴的身体需要的是最大程度的静止不动。在漫长的日子里，路德维希·格迪克一定将自己想象成了襁褓中的婴儿，就像他四十年前一样，除了一股无法理解的束缚，什么也感觉不到。如果可能，他或许也会因母亲的乳房而呜咽，实际上，他很快就开始呜咽了。那是在途中，他的呜咽就像新生婴儿的不停呜咽；没有人愿意躺在他身边，一天晚上，甚至有另一名病人朝他扔东西。那时候，每个人都相信他会饿死，因为医生无法为他输送食物。他难以解释地继续活着，主任医生的观点是他的身体在皮肤下的那些青紫的血液中吸收了滋养；这称不上观点，更别说是理论了。他的下半身受损尤其严重。他躺在冷敷袋中，但无法确定这究竟能否缓解他的痛苦。但他可能不再那么痛苦了，因为呜咽声逐渐消失了；直到几天后，才再次更为猛烈地爆发：现在是——或者人们可以想象是——路德维希·格迪克仿佛仅仅在一些碎片中重新获得他的灵魂，每一个碎片都犹如一阵痛苦的浪潮向他涌来。也许就是这样，虽然无法证明；也许一个扯裂、粉碎成原子的灵魂再次凝聚起来所要经受的痛苦比任何痛苦都要巨大，比阵阵痉挛的大脑的痛苦更加强烈，比在这一过程中的一切身体上的痛苦都更加强烈。

就这样，战时后备军的格迪克躺在床铺的橡皮气垫上，在他那烂巴巴的身体根本无法照料，食物需要微量地缓缓注入的同时，他的灵魂已经自行凝聚了起来；令军医主任屈伦贝克大夫，令弗卢尔许茨大夫，令卡尔拉护士感到困惑不解地，他的灵魂围绕其自我的中心，在痛苦中凝聚了起来。

第五章

胡格瑙一大早就醒了。他是个精力充沛的人。一间像样的卧室；没有他和牧师的阁楼；一张不错的床。胡格瑙挠挠大腿。接着，他试图弄清自己身在何处。

一家旅馆；集市；市政厅就在对面。

实际上，有许多诱因让他重拾起自己掉落的生活之线；他也有许多理由继续经商，去当黄油和纺织品代理人赚快钱。然而，一想到成桶的黄油、成袋的咖啡、成捆的纺织品，他就无比厌恶，这使他自己都觉得惊讶——作为一个从小到大心里想的、嘴上谈的都是金钱和生意的人，确实要对这种厌恶感到惊讶。而更令人诧异的是，那个从学校放假的念头又浮现了。胡格瑙发现还是琢磨自己偶然来到的这座小城更愉快。

城后是葡萄园，许多都长满了杂草。主人很可能在战争中被杀了或者被囚禁了。他的妻子无法独自管理，或者和别的男人跑了。而且，葡萄酒的价格还受到国家的管控。除非能秘密地出售葡萄酒，否则打理葡萄园就不值得。但这些葡萄酒品质上乘，令人微醺。

像这种战争寡妇会很乐意低价出售葡萄园的。

胡格瑙开始想摩泽尔的存货有没有买家。应该能找到。他会在这些买卖上大赚一笔的。托运葡萄酒的就是那些人。科隆的弗里德里希公司，法兰克福的马特尔公司。他之前给他们发过大桶大桶的葡萄酒。

他跳下了床。他的计划制定好了。

他在镜前整理仪容。把头发往后梳。自从上次公司的理发师剃过以后，头发已经很长了。那是什么时候呢？好像是上辈子的事了；要不是冬天头发长得慢，他就有一头可观的长发了。一个人死后，头发和指甲会继续生长。胡格瑙捋起一缕头发，从额头上拉下来，几乎到了鼻尖。不，这副模样是不能出门的。在度假前，人们总要先理发。的确，这不是假期。但并非那么不像假期。

早上阳光明媚。有点冷。

理发店里有两把黄色的扶手椅，坐垫包着黑皮革。理发师，一个颤悠悠的老头，把不是很干净的罩袍系在胡格瑙的脖子上，在他衣领里塞了一卷纸。胡格瑙把下巴稍微来回移动了一下；纸刮着他。

钩子上挂着一份报纸，胡格瑙要了过来。这是本地的《库尔-特里尔先驱报》，附有一份关于"摩泽尔区的农业与葡萄栽培"的增刊。这正是他所需要的。

他一动不动地坐在那里，仔细看着报纸，然后在镜子里看看自己；一看就是这里的可靠公民。现在，他的头发像他所喜欢的那样，修剪得短短的，受人尊敬，富有德国味。他头顶上有几缕长一些的头发留了下来，作为分界线。接下来是刮脸。

理发师搅好了稀薄的皂沫，吝惜地涂在胡格瑙脸上，冷冷的。肥皂不好。

"肥皂不是很好。"胡格瑙说道。理发师没有回答，只管磨剃刀。胡格瑙感到恼怒，过了一会儿又宽恕道："战时的商品。"

理发师开始刮脸。每一下都刮得很急促。他干得很糟。然而，刮脸还是令人愉快。自己刮脸是战争的处境之一，而且也便宜；但偶尔让人刮也是愉快的。更像度假。墙上挂着一幅画，画里的姑娘袒胸露乳，下面写着"乌比冈润肤液"。胡格瑙把头往后仰，闲置的双手拿着纸。理发师现在在刮他的下巴和颈部；永远也干不完吗？嗯，胡格瑙不在乎；他有大把时间。为了拖延时间，他要了"乌比冈润肤液"。结果是科隆香水。

刮完脸，一个修剪得干干净净的漂亮男子，散发着科隆香水的味道。胡格瑙就这样走回了旅馆。摘下帽子时，他嗅了嗅衬里。一股润发香油的味道，这同样令人满意。

餐厅里没人。胡格瑙要了咖啡，女仆又拿出一块面包，从上面切下一片。没有黄油，只有发黑的糖浆似的果酱。咖啡也不是真正的咖啡，啜饮着这热乎乎的液体，胡格瑙算起了制造商能在咖啡替代品上获得多少利润；他算的时候并不嫉妒，而是很赞许。不管怎样，在摩泽尔地区低价购买葡萄酒是一个有利可图的项目，一桩极好的投资。吃完早餐，他开始拟写一份广告，出售上等葡萄酒。接着，他将广告带往《库尔-特里尔先驱报》的办公室。

第六章

地方医院已经完全变成了一家军医院。弗雷德里希·弗卢尔许茨大夫正在巡视病房。他穿着医生的白大褂，戴着一顶军帽；雅雷茨基中尉说这是一种荒谬的组合。

雅雷茨基被安置在军官3号房。这纯粹是出于偶然，因为这些双人病房本来是留给参谋的，但他既然进来了，就留下了。弗卢尔许茨进门时，他正坐在床沿，嘴里叼着烟，解开了绷带的手臂正放在床边的桌子上。

"嗯，怎么样，雅雷茨基？"

雅雷茨基示意自己的手臂：

"主任医生刚来过。"

弗卢尔许茨看看手臂，小心翼翼地触摸手臂的这里或那里：

"真糟糕……有点恶化了？"

"是啊，一英寸左右……老头要做截肢手术。"

手臂放在那里，又红又肿，手掌也浮肿了，手指就像红通通的香肠，手腕上有一圈脓疱。

雅雷茨基盯着自己的手臂说：

"可怜的东西，看看它。"

"别担心，只是左手。"

"是啊，你们只想把东西切下来。"

弗卢尔许茨耸耸肩膀：

"没办法；这个世纪倾注在外科上，得到的回报却是子弹到处飞的世界大战……我们已经在研究腺体了，等到下一场战争，我们就能研发出对付这些该死的毒气的特效药……但目前，我们所能做的只是切除。"

雅雷茨基说：

"下一场战争？别跟我说您相信这一场能结束。"

"事情已经明摆着了，雅雷茨基，俄国人放弃了。"

雅雷茨基苦涩地笑道：

"愿上帝保护好您那幼稚的信念，并给我们送来像样的香烟……"

他用完好的右手从桌子抽屉下面的搁板上取出一包香烟，递给弗卢尔许茨。

弗卢尔许茨指着装满烟蒂的烟灰缸：

"您不能抽这么多……"

马蒂尔德护士走了进来。

"嗯，我们要再把它包扎起来吗……您觉得呢，医生？"

马蒂尔德护士看起来不错。她额头上长着雀斑。弗卢尔许茨说:

"真糟糕,这种毒气。"

他待在那里看护士把手臂包扎起来,然后就出去继续巡视。在宽阔的走廊两头,窗户洞开,但没有气流能够吹走医院的气味。

第七章

那座房子位于通向河边的费舍尔大街，是一座木结构的建筑物，各种手工业显然已经在其中运作几个世纪了。门边有块破旧的黑色锡牌，上面的金字已经褪了色——"《库尔-特里尔先驱报》编辑部及事务所（庭院内）"。

穿过走廊一样的狭小入口（他在黑暗中被通向地下室的活板门绊了一下），经过一个通向住宅的楼梯口，胡格瑙发现自己来到了一个宽阔得出人意料的庭院中，其形状颇似一块马蹄铁。一座花园毗邻着庭院；几棵樱桃树盛开；越过花园，人们的视线会迷失在美丽的山村中。

这整个地方证明了它从前的主人半农民的属性。两座侧房肯定是用作谷仓和马厩：左边那座有两层，外墙上架着一把又陡又狭的木梯，顶层大概曾是仆人的住处；右边那座用作马厩的房子上层是一个干草棚，其中一个马厩门已经被一个商铺一样的横条大窗取代了，可以看到里面有一台印刷机在工作。

胡格瑙从印刷机前的工人那里了解到，埃施先生在对面一楼。

于是，胡格瑙爬下木梯，来到一个门口，那里写着"编辑部及事务所"，《库尔–特里尔先驱报》的老板和发行人埃施先生正在里面忙碌。他长得瘦瘦削削，脸刮得干干净净，在脸颊的两道又长又深的沟纹中间，嘴巴像演员在做着嘲讽的鬼脸时一样灵活多变，展露着一口坚固的黄牙。他有点像演员，有点像牧师，还有点像马。

他以一副地方预审法官推敲文件的神情仔细察看胡格瑙递给他的广告。胡格瑙掏出钱包，从中取出一张五马克的钞票，可以说，这是在暗示他准备用这笔钱来插登广告。但埃施毫不理睬这个，而是突兀地问道："您是想剥削这里的人，对吧？我想我们的葡萄种植者的贫困已经是寻常的谈资了——嗯？"

这是无端的攻击，胡格瑙认为他是想抬高插登广告的价钱，于是又拿出了一马克，但只是适得其反："谢谢……您可以留着您的广告……您显然不明白贿赂报纸意味着什么……我告诉您，您别想用您的六马克来收买我，就是十马克、一百马克也不行！"

胡格瑙越来越肯定，他是在跟一个精明的生意人打交道。但正因如此，他决不能泄露秘密；或许这个人在等他提出分享这个项目，说到底，这一安排也不无好处。

"嗯，我听说这类广告交易有时是建立在分成的基础上——半成怎么样？当然，那样的话，您至少得刊登这条通告三次……当然，您想多登几次也行，对于这种慷慨，我是不会加以制止的……"他露出了表示信任的笑容，在一张粗糙的餐桌旁坐下；埃施先生用它来当办公桌。

埃施没有理睬他，只是一脸阴郁痛苦地在房间里走来走去，步履艰难沉重，与其瘦长的外表颇不协调。擦洗过的地板在埃施笨拙的脚步下嘎吱作响，胡格瑙打量着两个房间之间的洞和松软的灰泥，打量着埃施先生笨重的黑鞋，系鞋的不是鞋带，而是使人联想起马鞍带的古怪皮带；鞋子上方鼓出一大片织补过的灰色短袜。埃施大声地自言自语："秃鹫已经在这些可怜的人头上盘旋……可是当你试图引起公众对这一切不幸的注意，你就会发现自己要面临审查了。"

胡格瑙跷着二郎腿。他注视着分散在桌上的东西。一个空咖啡杯，里面的棕色污渍现在已经干了；一个纽约自由女神像的青铜复制品（啊哈，一个镇纸）；一盏煤油灯，玻璃斗后面的白色灯芯使人模糊而牵强地联想起保存在乙醇中的胚胎或者绦虫。现在，对面的角落传来了埃施低沉的声音：

"审查人员应该自己来看看这一切的不幸和困境……那些人来找的是我……这简直就是背叛，如果……"

一个摇摇欲坠的书架上放着一些草稿和成堆捆在一起的报纸。埃施继续来回踱步。房间的墙壁刷成黄色，在其中一堵中间挂着一小幅装在黑框里的褪了色的画，《巴登维勒与施洛斯堡》；这大概是一张旧明信片。胡格瑙思忖着在自己办公室摆上这样的画或者青铜小雕像看起来会很不错。但是当他试图回忆起那间办公室以及他在其中做了什么的时候，却没能成功，那似乎非常遥远和陌生，所以他放弃了尝试，他的眼睛再次搜寻着躁动易怒的埃施，后者的棕色天鹅绒大衣和浅色裤子跟餐桌上的青铜雕像一样，与那双笨重的鞋子极不协调。埃施一定觉察到了他的目光，因为埃施叫道：

"该死，您为什么还坐在这儿？"

当然，胡格瑙本可以离开的——但能去哪儿？要想出另一个计划并不容易。胡格瑙感到有未知的力量把他推到了这些新的轨道上，他无法不加挣扎或不受磨难地摆脱。因此，他一直静静地坐着，擦着眼镜，他习惯在艰难的商务谈判中保持镇定的模样。这一次同样没有失去效力，因为现在埃施被惹恼了，站在胡格瑙面前，再次嚷道：

"您是从哪儿来的？是谁把您送到这儿来的？……您不属于这里，您别告诉我，您打算自己在这里种葡萄……您只是来这儿当间谍的。应该把您给关起来！"

胡格瑙盯着埃施那正好与他的眼睛齐平的棕色天鹅绒背心和下面的皮腰带，盯着满是油斑的浅色裤子。不能干洗了，胡格瑙想，他得把裤子染黑，我应该告诉他；他想干什么呢？要是他真的想把我扔出去，那就没必要争吵……所以，他想我留下来。这有点古怪。胡格瑙对这个人抱有一丝同情，与此同时还意识到有利可图。因此，作为对攻击的回应，他决定弄清楚：

"埃施先生，我给您带来了一桩体面的买卖，如果您打算拒绝，那是您自己的事。如果您只是想咒骂我，那我们也没必要再谈下去了。"

他折起眼镜，轻轻从椅子上抬起屁股，通过这一举动表明自己随时可以走——只要埃施开口。

但埃施现在似乎不愿中断谈话了；他劝解地抬起手来，胡格瑙再次用屁股作为指示器，表明自己不会走：

"跟您说实话，我不大可能自己来这里种葡萄；或许您猜得很对——尽管也不是不可能；一个渴望平静生活的人。但我不是来这里剥削任何人的，"他变得非常激动，"一个中间人享有和其他任何人一样受人尊敬的权利，他所关心的只是在一笔交易中为双方牵线，使双方都满意，因为这样，他也能获得报酬。而且，我必须请您谨慎一点，请勿随便抛出'间谍'之类的话，这在战争期间可不是儿戏。"

埃施感到羞愧：

"嗯，嗯，我并不是有意要冒犯人……但有时骨鲠在喉，不吐不快……有个科隆建筑商，一个彻头彻尾的骗子，用很低的价钱买下了这里的大片土地……把人们从自己家里赶了出去……这里的药剂师也学他的样……那个叫保尔森的药剂师要葡萄园干什么呢？也许您能告诉我吧？"

胡格瑙再次恼怒地说道：

"间谍……"

埃施再次来回踱步：

"人们应该移民。去别的地方。去美国。我要是再年轻一点，就会抛开一切，重新开始……"他在胡格瑙面前再次停下，"可是，您是个年轻人——为什么您不在前线呢？您怎么会在这里游荡？"他突然又充满攻击性。嗯，胡格瑙不想回答这个问题；他回避了；他说，真是难以理解，一个尊贵的人，一家报纸的老板和编辑，生活在美丽的环境中，享受着同胞们的爱戴，而且也不年轻了，却想着移民。

埃施做了个嘲讽的鬼脸：

"同胞们的爱戴，同胞们的爱戴……他们像一群恶犬跟在我身后狂吠……"

胡格瑙瞥了一眼施洛斯堡的图片，接着说道：

"我可不信。"

"确实是这样！或许您也站在他们一边吧？对此，我不会感到惊讶……"

胡格瑙把船驶向更安全的水域：

"又是这种莫名其妙的指责，埃施先生。您不能至少说得清楚一点吗，您是不是对我怀有敌意？"

但埃施先生毫无条理和躁动不安的思绪并非那么容易控制：

"说得清楚一点，说得清楚一点，说起来容易……就好像人们能说清楚一切似的……"他冲着胡格瑙的脸嚷道，"年轻人，除非您知道一切都是指鹿为马，否则您就是一无所知；甚至连您身上的衣服都不是您所看到的样子。"

一股怪异的感觉笼罩着胡格瑙。他说他不明白。

"您当然不明白……可是当一个药剂师以低廉的价格将土地抢购一空，您就会明白了……您会明白，一个人道出了事实却遭受迫害，被诋毁为共产主义者……被审查者攻击，怎样，您觉得这没有错吧？……我想您也认为我们生活在一个正义的国家里吧？"

这是一种令人不快的处境，胡格瑙说道。

"令人不快！人们应该移民……我厌倦了与之斗争。"

胡格瑙问道，埃施先生打算如何处理这份报纸。

埃施轻蔑地摆摆手：他时常跟妻子说他想把这整摊生意给卖掉，但会把房子留下——他想开一家书店。

"我想，对手一定对报纸造成了很大的冲击吧，埃施先生？我是说，现在发行量不高吧？"

根本不会，《先驱报》有固定的订阅者，餐馆、理发店，尤其是各个村庄里的人；对手局限在城里的一些圈子里。但他已经厌倦了跟他们争斗。

埃施先生对于以什么样的价格出售心里有数吗？

哦，有的……报纸和印刷所值两万马克，价钱还可以再商量。另外，他可以让买主免费使用房子一段时期，比方说五年：这对买主来说也是一大好处。他就是这样估算的，这是很好的条件，他不想勉强任何人，他只是厌倦了这摊生意。他时常跟妻子这样说。

"嗯，"胡格瑙说，"我不是出于无谓的好奇心才问的……我之前说过，我是个中间人，也许我能为您做点什么。记住我的话，亲爱的埃施，"他纡尊降贵地拍了拍报纸老板皮包骨的肩膀，"我们还要进行一点小交易呢；您永远都不要太急着把人给扔出去。而且，您最好还是打消两万马克的念头。眼下没有人付得起您想象的价钱。"

胡格瑙自信满满、神清气爽地走下了木梯。

一个小孩正蹲在印刷房前面。

胡格瑙打量着小孩，打量着印刷房的入口；他看到门牌上写着"闲人免进"。

两万马克，他想，额外附送一个小女孩。

嗯，他眼下在这里还是闲人，但从现在开始他们不能禁止他进来了；如果要你帮忙卖掉一家企业，你就有权看看。埃施应该带他去参观一下印刷房。胡格瑙思忖着是不是应该喊埃施下来，但还是决定不要：不管怎样，他过几天就会再过来的，甚至还会带来买下这个地方的明确方案——胡格瑙对此相当有把握，而且，现在该吃晚饭了。于是，他返回了旅馆。

第八章

汉娜·文德林醒了。然而，她没有睁开眼睛，因为她仍有机会捕捉正在逝去的梦。但那个梦缓缓消逝了，最后什么都没有留下，除了弥漫在梦中的一股情绪。这股情绪同样也流走了，在它完全消失的那一瞬，汉娜主动舍弃了它，朝窗户望去。从百叶窗的缝隙渗入了一道乳白色的光；一定还很早，要不就是阴天。那道光就像她的梦的延续，或许是因为没有声响一同渗入，所以汉娜觉得时间一定非常早。百叶窗帘在敞开的门式窗间轻轻摆动；这一定是晨风，她轻轻地吸入它的凉意，仿佛鼻子能确定时间。接着，她闭着眼睛，把手伸到床左侧，那里没人；枕头、毯子和被褥整整齐齐地叠在一起，用长毛绒床罩盖着。她的手在同裸露的肩膀一起缩回温暖的被单底下之前，又伸到了柔软而微冷的长毛绒上，这个举动像是为了进一步证实她是孤身一人。她的薄睡袍滑到了大腿上，别扭地皱成了一团。唉，她又睡得很糟；然而，作为一种补偿，她把右手放在温暖光滑的身体上，指尖轻柔地、几乎无法察觉地抚摸着胸部柔软的曲线。她不禁想起了某幅法国洛可可风格的轻浮画；接着又想起了戈雅画的脱去衣服的玛雅。她保持这种姿势多躺了几分钟。随后，她抚平自己的睡袍——奇怪，一件像薄膜一样的睡袍竟能这样迅速温暖一个人——思忖着是要转向左侧还是右侧，她选择了后者，仿佛害怕堆在左侧的床品会把空气隔断，多听了一会儿街道上的寂静，在外面还没传来任何声响之前，她又遁入了另一个梦，在另一个梦里寻求庇护。

过了一个小时，她再次醒过来，时间已经不早了，她不能再假装不知道了。对于任何一个仅仅通过极其细微的、几乎无法察觉的线来与其他人或他自己称之为生活的东西维系在一起的人来说，在早上起床总是一项艰巨的任务。甚至是一种隐约的侵犯。汉娜·文德林感到无可避免的一天又来临了，她开始头痛。这种痛是从后脑开始的；她把双手交叉放到颈后，拉着自己的头发，头发柔顺地缠绕着手指，有那么一会儿，她忘记了自己的头痛。随后，她按着疼痛的地方；这是一阵抽痛，从耳后开始，然后溜到脊柱的顶端。她习惯了。有时候在别人面前，这种痛会猛然攫住她，使她头晕目眩。突然，她坚定地甩开被子，把脚伸进自己的高跟便鞋，推开百叶窗，然后把小镜子举到脑后，通过梳妆台上的大镜子打量颈后的疼痛区域。是什么使她头痛？什么也看不到。她把脑袋转来转去；她可以看到自己的脊柱在皮肤底下的活动；她的脖子确实好看。她的肩膀也好看。她本想在床上吃早餐，但现在可是战时；在床上躺到这么晚已经够糟的了。她本该起来送儿子去学校的。她每天都下决心这么做。有两次真做了，随后又抛给女仆。当然，这孩子早该有个法国或英国女教师了。英国人出产最好的家庭女教师。战争一结束，他们就该把孩子送到英国去。她在他这个年纪，对，在七岁的时候，法语说得比德语好。她找到装着化妆醋的细颈瓶，擦了擦脖子和太阳穴，在镜子里仔细检查自己的眼睛：它们是金褐色的，可以在左眼看到一根细细的血丝。这是因为夜里的失眠。她把晨袍披到肩上，然后鸣铃召唤女仆。

汉娜·文德林是律师海因里希·文德林博士的妻子。她是土生土长的法兰克福人。两年来，海因里希·文德林一直在罗马尼亚、比萨拉比亚或者其他遥远的地方。

第九章

　　胡格瑙在餐厅落座。离他不远的那张桌子坐着一位白发苍苍的绅士，一位少校。女服务员刚把一盘汤放到了老先生面前，他此刻正在上演一出奇特的哑剧；他双手合握，面色发红，虔诚平静地将头稍稍低向桌子，直到结束了这一无可挑剔的谢恩祈祷后，他才开了斋。

　　胡格瑙目瞪口呆地看着这个异乎寻常的场面；他唤来女服务员，毫不拘谨地打探那位陌生的长官是谁。

　　女服务员把嘴巴凑到他耳边；那是小城司令官，一位来自西普鲁士的出身名门的地主，被召来在战时任职。他的家人还生活在家乡的庄园上，但他每天都会收到他们的信。哦，司令官的办公室在市政厅，但少校先生自打战争开始就一直住在旅馆里。

　　胡格瑙点点头，他的好奇心得到满足了。但接着，他突然感到胃部一阵冰冷的痉挛，他想起坐在眼前的这个人手握军权，只要伸一伸那只此刻正拿着汤勺的手，他就完蛋了，也就是说，他就住在行刑者的隔壁。他一点胃口都没了！他难道不是应该取消订单，赶紧逃命吗？

但这时，女服务员把他的汤端来了，他机械地舀起汤，那股令人发麻的冰冷缓和了，变成了一股凉爽得几乎令人感到舒服的疲乏和松懈。而且，他也不敢跑掉，他必须完成《库尔-特里尔先驱报》的交易。

他几乎感到释然。因为，尽管每个人都相信自己的决策牵涉到各种各样的因素，可实际上只是逃亡与渴望之间的摇摆，而一切逃亡与渴望的终点都是死亡。在正负两极间的这种灵魂和心灵的摇摆中，胡格瑙，在片刻之前还想要逃跑的这同一位威廉·胡格瑙，现在觉得自己被那个坐在另一桌的老头奇怪地吸引了。

他机械地吃着，甚至没有注意到今天有肉；他机械地喝着，在过去数周他有机会接近的极度的洞察状态中，一切都破碎了，瓦解了，退回到了极地，退回到了世界的边缘，在那里，事物再次归一，距离被消除——恐惧变成了渴望，渴望变成了恐惧，《库尔-特里尔先驱报》与白发苍苍的少校结成了异乎寻常的不可分割的整体。这个问题没法比这更准确合理地表达了，因为胡格瑙现在的行动是在这样一个世界中发展的：在其中，一切可测的距离都被消除了；这些行动以某种方式直接绕进了非理性，根本没有时间思索；因此，在等待少校结束用餐的时候，促使他在少校进行完另一次无声的谢恩祈祷，把椅子往后推，点上雪茄的那一刻站起来的，实际上并不是等待，而是一种因果的同时性；胡格瑙没有片刻迟疑、没有一丝忸怩地向少校走去，对这一侵扰还没想出任何借口，就毫不忸怩地径直向少校走去。

他几乎没有按照礼节自我介绍，就擅自落座，言语毫不费力地从他口中流淌而出：冒昧地报告一下，他是新闻局派来的。此地似乎有一家报纸名叫《库尔-特里尔先驱报》，关于它的方针，已经有各种可疑的传言不胫而走，他是受全权委托，来此地查看情况的。是的，呃——我现在该说什么？胡格瑙心想——但他继续口若悬河；那些词语仿佛自动在他嘴里生成——是的，鉴于审查的问题在某种程度和意义上归小城司令部管，因此他觉得必须来拜访少校先生，向少校先生汇报。

在听他讲的过程中，少校挺直身体，摆出郑重的姿态，试图提出异议：通常的官方渠道更适合处理这种事；但滔滔不绝的胡格瑙几乎不听，并且简要地驳回了异议，指出他来找少校先生不是以官方的身份，而只是以半官方的身份，因为他提到的全权委托并非来自政府，而是来自爱国的大企业家——他无须提及他们的名字，他们已经足够知名了——他们交给他一个任务：在价钱合理的情况下逐个收购可疑的报纸，因为他们当然必须防止可疑思想向民众渗透。胡格瑙把"防止可疑思想向民众渗透"重复了一遍，仿佛回到这个出发点赋予他绝对的把握，仿佛这句话是一张柔软的床，他可以舒舒服服地躺在上面。

少校似乎并不明白这一切将导致什么，但还是点了点头，胡格瑙继续在自己的轨道上运行：是的，问题就出在可疑的报纸上面，他本人的看法与公众一致，《库尔-特里尔先驱报》就是一份可疑的报纸，他无条件地赞同将其收购。

他得意地望着少校，用手指敲着桌子，仿佛在等待司令官称赞他完成了一项壮举。

"毫无疑问，您是一位爱国人士，"少校终于认可道，"感谢您的情报。"

胡格瑙本可以就此离开，但他必须得到更多东西，因此就热诚地感谢少校先生对他的善意，而由于这一善意，他还要多加一个请求，一个小小的请求：

"我的雇主自然认为，收购这样一家报纸，它当然必须继续或多或少被视作本地报纸，因而让感兴趣的本地人参与进来是很重要的：这当然可以理解，因为本地的管控和诸如此类的东西……少校先生明白吗？"

是的，可以理解，少校说道，其实他一点也不理解。

好的，胡格瑙说道，他必须请求少校先生——后者无疑是城里最具威望的人——向他指出在可能对此计划感兴趣的居民当中的几个可靠而富有的绅士的名字——当然，此事会绝对保密。

少校表示，这整件事真的属于民政当局，而不是军方管辖，但他可以给胡格瑙先生一个建议：在星期五晚上到这里来，因为每逢星期五晚上，他都可以在这里找到一些市议员和其他富有影响力的绅士。

"太好了！但我希望少校先生也能来，"胡格瑙不会就这么轻易地被打发走，"太好了！要是少校先生能够支持这件事的话，我可以保证一切都会顺利的，尤其是所需的资金较小，这里的绅士无疑会对能够与大企业接触、成为其合伙人感兴趣……太好了！真是太好了！……我可以抽烟吗，少校先生？"……他把椅子拉近一些，从雪茄盒里抽出一支雪茄，擦了擦眼镜，开始抽雪茄。

少校表示，他的支持当然会十分有利，但很遗憾他并不是商人。

哦，没关系，胡格瑙说道，这没有任何影响。或许是出于纯粹的卓越技巧，或许是为了稳固自己刚刚获得的自信，或许是出于纯粹的恶作剧，他感到有必要再重复自己的表演，他把椅子再往少校那边拉近了一点，请求少校允许自己再提供一个情报，但只能讲给少校先生个人听。通过他到目前为止与这家报纸的发行人的往来——那个人名叫埃施，少校先生想必听说过——他已经有了确切的印象，在这家报纸背后，有一个——怎么说呢？——有一个地下活动，进行活动的是可疑的颠覆分子。其中似乎已经露出了一些端倪：但只有在收购报纸的计划真正实施以后，他才能够探明那些隐秘的活动，这对整个民众的利益而言是值得且必要的。

没等老先生回答，胡格瑙就起身结束了谈话：

"哦，不用说什么，少校先生！……这只是我作为爱国者的义务……根本不值一提……那么，我就冒昧地接受您的盛情邀请，在星期五晚上过来。"

他咔嗒一声碰响脚后跟，用轻快的、有些得意的脚步走向自己的桌子。

第十章

奥古斯特·埃施先生的编辑工作让他非常烦躁、恼火，他在自己的职位上感到极其不适，究其原因，完全可以追溯至另一件事：在继承《库尔-特里尔先驱报》及其附带的房子这笔出乎意料的遗产之前——当时已经是在战争中途——他一直从事着簿记工作，在老家卢森堡的一家大型企业担任了多年的首席簿记员。

簿记员——尤其是首席簿记员——生活在一个严格和异常精确的规则系统中，这些规则是如此精确，以至于他永远也无法将它们运用在其他任何工作上。在这些规则的坚定支持下，他逐渐适应了一个全能而又适度的世界，在其中，一切都有自己的位置，他本人则是一个参照点，他的目光一贯精准、不受干扰。他翻着分类账本，拿它们跟流水账和日记账进行对比；无数道桥梁连续不断地从一处延伸到另一处，使生活和日常工作安稳牢靠。每天早上，门房或者办公室的女职员从订购部门送来新的簿记条目，首席簿记员会将它们进行归纳，以便让办事员记到日记账上。做完之后，首席簿记员就可以安静地考虑更加艰深的问题，检查账簿，做出决策。接着，如果在头脑里解决了一个特别难的簿记问题，他就会看到被认可的新桥梁从大陆伸向大陆，在账目与账目之间确定的这种错综复杂的联系，这个无法解开却编织得很清晰的罗网——在其中一个结都不会丢——最终体现为一个他已经预见到的数字，虽然它在未来的几个月可能都不会进入资金平衡表。哦，最终的收支平衡的激动！无论结果是得还是失；因为对于簿记员而言，所有的业务都能带来收获和满足。就连每个月的试算平衡都是力量和技能的胜利，但与半年进行一次的综合结算相比根本不算什么：那时候，他是船长，他的手从未离开舵轮；部门里的年轻职员就像划桨的奴隶一样坚守岗位，在所有账目理清之前，没有人想到吃饭，或者睡觉；但他会把草拟盈亏表和最终的资金平衡表的工作留给自己，当他完成任务，在账目下面画出最后一条线之后，会给自己的劳作签名作结。但如果出现了毫厘之差，那就遭殃了！随之而来的是一种新的苦涩的乐趣。在首席助理的协助下，他会用侦探的眼睛来检查可疑的账目，如果没有用，那半年的所有条目就会被无情地重新彻查一遍。如果发现是哪个年轻人的簿记出了错，那就遭殃了，他将得到愤怒而冷酷的鄙视，并且被解雇。然而，如果发现出错的不是簿记，而是仓库的盘点，那么，首席簿记员只会耸耸肩，嘴角露出一个怜悯或者挖苦的微笑，因为盘点不是他的分内之事，而且他知道，在仓库中，就像在生活中一样，永远无法达到他在簿记中保持的那种完美的秩序。他会轻蔑地挥挥手，回到自己的办公室，随后的日子会变得比较平静，当首席簿记员翻开一个分类账本，拇指沿着页面上的一列数字往下滑，迅速检查着，同时为自己能够一边进行准确无误的计算一边让思绪自由地飘向遥远的事物而感到骄傲，他可能会交上好运（这样的好运并不罕见），会意识到这样的惊喜（这种惊喜既在意料之中，又令人陶醉）：计算的奇迹依然像一块坚固的岩石一样存在于一个不可计算的世界中。但接着，当他想到一名现代簿记员应该引入的新系统，他的手可能就会从纸页上滑落，悲伤可能就会潜入他的心里；一想到这个新系统是一些平淡无奇的卡片，而不是壮观的庞大卷宗，是用计算器取代个人的技能，他就满怀着苦涩。

在工作之外，簿记员是焦躁的。因为在生活中永远也无法清楚地划出真实与非真实的分界线，而一个人如果活在各种关系都井井有条的世界中，就不允许有另一个世界存在，其中的各种关系对他来说都是无法理解和不可思议的：因此，当他走出或者被拖出那个牢固的世界，就会变得不耐烦，变成一个苦行者，一个极端狂热者，甚至一个反叛者。死亡的阴影已经落在他头上，昔日的簿记员——如果他已经变老——真的只适合那种退休的琐碎生活，他对机缘和周边的整个生活无动于衷，可以满足于灌溉花园、照料果树；但他要是依然精力充沛，渴望工作，他的生活就会变成一场恼人的斗争，斗争的对象是一个在他看来并不真实的真实世界。尤其是当命运或者一桩遗产使他处在像报纸编辑这样毫无遮掩的位置，尽管他掌管的可能只是一份外省小报！因为肯定没有一份职业像编辑那样依赖世事的不可计算和不确定，尤其是在战时，报告与反报告，希望与绝望，英勇与不幸，接踵而至，任何有条理的簿记都是根本不可能的；只有在送交审查局的时候，人们才能够确定什么是真实而可以过审的，什么必须留在非真实的领域，而每个国家都封闭在自己的爱国的真实中。这时，簿记员就显得格格不入，因为他很容易受到诱惑，会写出像"我们英勇的军队依然驻扎在马恩河[1]左岸，等待着继续前进的命令，而法国人早就已经向右岸进军"这样的话来。如果审查机关为此而斥责他，簿记员——尤其是一个鲁莽冲动的簿记员——就会不可避免地陷入狂怒，指出总司令部在宣告左岸已经建立起桥头堡的时候，却丝毫没有提及军队的撤退。这只是众多例子中的一个——人们甚至可以说这样的例子有好几百个，它们充分表明，作为商务记录的第一和绝对条件的那种一丝不苟根本不可能应用于编年史，战争的不确定性使得根本不可能对它进行全面的审视，而这可能滋生了一种反叛精神，即使在和平时期，一个讲求精准、一丝不苟的人都能为此找到足够的理由，而现在，这必定会发展成权力与正义之间、两种非真实之间和两种

---

[1] 马恩河，法国东北部河流。马恩河谷在第一次世界大战中发生过激战。——译注

狂暴的力量之间的一场不可避免的斗争，一场永恒的斗争，一场堂·吉诃德与一个拒不服从组织精神的世界之间的新的斗争。簿记员永远都会为了正确而斗争，为了保证簿记的完整无误，哪怕出现的是毫厘之差，他都会把所有的条目重新过一遍，虽然自己并不是好人，但只要发现不公和错误的存在，他就会站出来为受到践踏的公正出头；他会满腔怒火、毫无妥协地站起来斗争，一位架上插着一支矛的瘦削的骑士，他必须为了准确无误的簿记的荣誉而一再冲锋陷阵，这簿记应该能够解释世上的一切。

因此，埃施先生的编辑工作丝毫不像人们想的那么简单。的确，他那份半周报的材料都来自科隆的一家新闻机构，编辑实际上需要做的只是从耸人听闻的报道中摘取最耸人听闻的，从优雅的连载故事和文章中选择最优雅的，他需要亲自处理的只是当地的新闻，而这主要由"来自一名通讯员"的片段组成。这看起来很简单，实际上也很简单，如果埃施只管簿记工作的话——这如今建立在新的基础上（当然，不是美国模式，而是更适度的意大利模式）——然而，情况还是变得复杂起来，因为执行编辑被征召入伍了，埃施先生一方面由于天性和簿记工作养成的吝啬，一方面由于整个处境的日益艰难，不得不亲自接手报纸的编辑工作。于是，斗争开始了！为了精确地呈现世界的动态而斗争，与人们试图拿来哄骗他的或错误或虚假的簿记条目进行斗争，与当局进行斗争——当局感到十分气愤，《库尔-特里尔先驱报》竟然公开散布对于前线和后方的诋毁，公开报道海军的反叛和军工厂的骚乱，他们甚至对报纸的建议充耳不闻，不去同这些恶行进行真正的斗争，而是相反，觉得这些报道竟然能到埃施先生手里，这很可疑——虽然只有居心不良的人才觉得可疑——同时，他们已经认真考虑是否应该禁止他从事编辑工作，因为他是外国人（卢森堡人）；他一再受到警告，周复一周，他和特里尔审查局的关系越来越糟。有点奇异的是，埃施先生与世界不和，却对他那些受到压迫和践踏的同类怀着一股兄弟般的同情，并且成了一名阻挠者和反叛者。但他自己并不承认这一点。

第十一章

柏林救世军姑娘的故事（1）

在战前如此普遍，如今我们又理所当然为之感到羞耻的许许多多狭隘和局限中，一定包括我们对那些与一个看似理性的世界稍有偏离的现象的完全不理解。由于那时我们的习惯是只认欧洲思想和文化，而将其余一切都贬为次等货，所以我们会轻易地把所有不符合纯粹理性的现象归为次等的、低于欧洲的东西。因此，当此类现象，比方说救世军，以一副和平与热烈祈祷的平庸装束出现时，就会遭到无尽的嘲讽。人们要求简朴和英雄主义，也就是说要求一些关乎审美的东西，他们相信这些是欧洲人的特质；因为他们陷入了对尼采思想的误解，尽管他们大多数人从未听说过他的名字，而在世界产生了无数的英雄，使得英雄主义盛行，将他们的双眼蒙蔽之前，这个困扰着他们的鬼怪从未消失。

今天，要是在街上遇到救世军集会，我会参加，会掏钱放到捐献盘上，会频频加入士兵们的谈话。我并不是皈依了他们颇为原始的救世信条，只是觉得无论何时何地，只要可能，我们这些曾经沉溺于偏见的人在道义上一定要弥补过去的错误，尽管可以辩解说这些错误只是审美的堕落，而且还是由于我们过于年轻而造成的。当然，这种意识只是在头脑里逐渐成形，尤其因为在战争期间，人们很少看到救世军。我确实听闻他们正在发展其覆盖范围广泛的慈善组织，可当我在舍内贝格的一条偏远街道上遇见一个救世军姑娘时，还是有点惊讶。

我想，我看起来一定颇为失落和无助，但我那带着惊讶的友好笑容促使她用一个得体的借口前来与我攀谈：她从夹在腋下的一捆纸中抽出了一张给我。如果我只是单纯买一份的话，她或许会感到失望，因此我说："抱歉，我没钱。""没关系，"她说，"加入我们吧。"

我们穿过几条典型的郊区街道，经过一些弃置的土地，我一直在抱怨战争。我相信她以为我是在开小差，甚至是逃兵，是出于强迫症才会在这个话题上纠结，因为她坦率地竭力让我转移话题。但我紧抓着战争不放——现在说不清楚是为什么——继续抱怨着。

突然，我们发现自己迷路了。我们沿着一座工厂边缘的狭路往前走，在拐弯时发现那座工厂没完没了。于是，我们往左拐进一条被一道松垮、废弃的金属网围住的小径——小径竟然要加上金属网，真是令人难以理解，因为另一边什么都没有，只是一些垃圾堆，破碎的陶器，凹陷的水罐，以及成堆的壶和锅，不知何故，全都被拉到这个偏僻、人迹罕至的地方来——

小径的尽头是一片露天的田野，不过不是真正的田野，因为什么都没有长，但这片田野肯定被耕种过，不是在战前就是在之前的春天。因为上面有被炙烤得硬邦邦的犁沟，看起来就像冻僵的黏土波浪。但显然根本没有播种。远处，一列火车呼啸着缓缓驶过郊外。

在我们身后，是工厂和柏林这座大城市。所以我们的情况并不是那么糟糕，尽管午后的阳光恶毒灼人。我们商量着接下来要怎么做。要往下一个村庄走吗？"我们这副模样出现在哪里都不合适。"我说道，她乖乖地试着抖掉深色制服上的尘土。那套制服就像电车乘务员的制服一样粗糙，其中掺杂了许多纸屑。

接着，我发现一根木杆，立在地上犹如一个界标。我们便向它走去。我们轮流坐到木杆狭长的阴影里，除了我的口渴，什么也没多说。天凉下来之后，我们找到了返回城里的路。

第十二章

价值崩溃（1）

我们这种扭曲的生活还是真实的吗？这种恶性肿瘤般的真实还是活生生的吗？我们大举趋向死亡的戏剧性姿态以耸耸肩膀告终——人们死去而不知原因；他们抓不住任何真实便堕入虚无；但他们却被一种属于他们的真实性所围剿杀戮，因为他们理解其因果关系。

不真实就是不合逻辑。这个时代似乎拥有一种超出不合逻辑和反逻辑的顶点的能力：战争可怕的真实性仿佛遮盖了世界的真实性。幻想变成了符合逻辑的真实，而真实却逐渐变成了最无逻辑的幻景。一个比先前任何时代更软弱、更怯懦，在鲜血和毒气的浪潮中窒息的时代；成国成国的银行职员和投机者猛扑到带刺的金属网上；一个组织良好的人道主义机构什么也无法阻挡，却自称"红十字会"，为受害者准备义肢；城镇忍饥受饿，暴发之财又出自它们的饥饿；戴眼镜的学校老师领导着突击队；市民住在洞穴里；工厂劳工和其他平民百姓爬出来执行侦察任务，最后，一旦他们重获安全，又再次用他们的义肢去制造利润。在各种形式的一片模糊之中，无动于衷、变幻无常的暮色笼罩在幽灵般的世界上，人就像迷路的孩子，借助一条细小而脆弱的逻辑之线摸索着穿过梦境，他把这个梦境称为真实，但对他来说却只是梦魇。

戏剧性的憎恶（将这个时代描述为疯狂）和戏剧性的狂热（将之称为伟大），都被表面上构成其真实性的事件不断膨胀的不可理喻和不合逻辑证明是合理的。是表面上！因为"疯狂"或者"伟大"这样的词语并不适用于时代，只适用于个体的命运。然而，我们个体的命运却一如既往地正常。我们共同的命运是我们单独的生命的总和，而每一个单独的生命依照其个人的逻辑，都发展得相当正常。我们觉得全体是疯狂的，却可以轻易地为每个单独的生命找到符合逻辑的引导动机。那么，我们发疯，是因为我们没有发疯吗？

这个大问题依然存在：如果个体的思想真的被导向其他目标，那他如何能够理解和适应死亡的含义与真实性？人们或许会回答，人类不曾做过那种事，仅仅是被逼向死亡——在这厌倦战争的日子里，这个答案或许是合理的；但毋庸置疑，曾经存在，甚至今天依然存在一种对战争和杀戮的名副其实的狂热！人们或许会回答，一个在餐桌和床榻之间活动的普通人是毫无思想的，因而轻易就沦为仇恨的意识形态的猎物——这无论如何都是最显而易见的，不管是涉及阶级仇恨还是民族仇恨——而这些狭隘的生命都必定会被并入超越个人的思想中并为其服务，甚至是毁灭性的思想，只要它能够伪装成一种社会价值；然而，即便将这一切考虑在内，这个时代也并不缺少其他更高的超越个人的价值观，个体在其中虽然狭隘平庸，却已然是参与者。这个时代在某处藏匿着一种为真理进行的不偏不倚的斗争，一种面向艺术的不偏不倚的意志，而且毕竟拥有一种非常明确的社会感；创造出这些价值并且共享这些价值的人们怎么能够"理解"战争的意识形态，毫不抵抗地接受和认可呢？一个人怎么能够拿着枪，在战壕中前行，不是死在里面，就是再次从里面出来，像往常一样重拾工作而不发疯呢？怎么可能有这种适应能力呢？战争的意识形态怎么能够在这些人中间找到某种响应呢？且不说狂热地欢迎它（这并非不可能），他们怎么能够理解这种意识形态及其真实领域呢？他们发疯，是因为他们没有发疯吗？

这可以说仅仅是由于对他人的苦难无动于衷吗？可以说是无动于衷使得一个公民在把人吊死或者砍掉人头的监狱庭院隔壁酣眠吗？只需要将无动于衷相累加就可以产生对成千上万人被挂在带刺的金属网上这一事实的公众性的无动于衷吗？当然，这是同样的无动于衷，但却走得更远；因为这时，我们不再仅仅拥有两个相互排斥的真实领域，屠戮者处于一边，而被屠戮者处于另一边；我们发现它们共存于同一个个体中，这意味着单独一个领域就能够合并最为混杂的元素，而个体似乎以极度的自然与确信在其中活动。矛盾既不是战争的支持者和反对者之间的矛盾，也不是个体生命的一道水平的裂缝，假设经过四年的饥馑之后，他"变成"了另一种类型，完全站在他从前的自我的对立面：这是生命和经验的整体的裂缝，是比纯粹个体的对立更深的裂缝，是径直切入个体、切入其完整的真实性的裂缝。

我们非常清楚自身的分裂，却无法对此做出解释；如果我们试图将责任推给我们所处的时代，这个时代却超出了我们的理解，我们因此只能倒退回去继续称之为"疯狂"或"伟大"。我们自认为正常，因为我们的灵魂虽然分裂，我们内在的组织却似乎照着逻辑的法则运转。但如果有个人，我们时代的所有事件都意义重大地体现在他身上，有个人，他天生的逻辑能够为我们这个时代的事件做出解释，那样一来，只有那样一来，这个时代才会中止疯狂。这大概就是我们渴望一位"领袖"的原因，他可以为那些由于他的缺席而只能被我们描述成疯狂的事件提供动机。

第十三章

从外部来看，汉娜·文德林的生活可以描述为在井然有序的系统中的闲散被动。相当奇怪的是，从内部来看，这样的描述同样合适。很可能连她自己都会同意。这种生活如同一根松弛的丝线，从她早上起床到夜里躺下，一直悬在那里，松弛、卷曲，缺乏张力。对于她这种独特的生活——它拥有非常多的维度，这些维度一个接一个地丢失了，甚至不足以填满三维空间——人们可以很有把握地断言，汉娜·文德林的睡梦比她清醒的状态更可塑、更鲜活。但这个观点不管与汉娜·文德林如何一致，都未触及问题的核心，因为它仅仅照亮了宏观视野下的这个年轻女人的存在，那些意味深长的微小细节却难以捉摸：没有人知道自己灵魂的微型结构，而且毫无疑问，最好还是不知道。在汉娜·文德林这种生活的显而易见的松弛背后，有一股各自独立的元素之间的持续张力。如果人们能将那条表面松弛的线剪下细小却充分的一段，就会在其中发现一股极端的扭曲，仿佛每个分子都承受着阵阵痉挛。这种情况的表面症状可以用一个流行说法很好地掩盖："神经紧张"，因为它意味着一场令人精疲力竭的游击战，在其存在的每一秒，自我都必须抵抗与其表面进行交锋的经验世界的哪怕最微小的入侵。但是，尽管这个说法可以在很大程度上解释汉娜·文德林的情况，可她生活中的这股奇特的张力却并非源于对偶尔惹人烦恼的事物的神经质的不耐烦，譬如她的漆皮鞋沾了灰，或者手上戴的戒指太紧，或者马铃薯没有煮透；并非源于诸如此类的事情，因为这种烦恼只是表面的极细微的涟漪，犹如奔腾不息的水流在阳光下的闪烁，要是它们不存在了，她会感到懊恼的，因为它们在某种程度上使她免于无聊；不，原因并不在此，而在于这个可以无限调节的表面和她静止的、不可动摇的、就像大海一样深不见底的灵魂深处之间的不一致：这是可见的有限表面和不可见的无限之间的不一致，这种不一致是由灵魂上演的最激动人心的戏剧的永恒布景；这是在黑暗的正反两面之间延伸的深不可测的鸿沟，是一种缺乏平衡的张力，一种变化不定的张力——人们或许可以这样说——因为一面是生活，另一面是永恒，是灵魂和一切生命的海床。

汉娜·文德林的生活在很大程度上是缺乏实质的，或许因此而漫无目的。就算这是一个无足轻重的外省律师的无足轻重的配偶的生活，也改变不了什么。因为每个人的生活意义都并不特别重大。即便在致命的战争时期，一个闲散者的道德价值得不到很高的评价，人们也不能忘了，那些在战时自愿或者被迫履行英勇义务的人，没有一个会羞于拿自己有道德价值的行动去换一个闲散者的无道德价值的存在。或许——尽管只是或许——在严酷进行的战争中，那股紧紧攫住汉娜·文德林的日益加剧的麻痹不是别的，正是对人类所犯下的恐怖在道德上的一种高度厌恶的表达。或许这种厌恶，这种恐怖，在汉娜·文德林身上已经变得那么强烈，连她自己都不敢去察觉了。

第十四章

接下来的一天下午，胡格瑙又去找埃施先生。"嗯，埃施先生，您觉得怎样，事情办得不错！"

埃施正在修改校样，抬起头来说："什么事情？"

弱智，胡格瑙心里想。但他说道：

"呃，您要卖掉报纸的事。"

"那得看我是否同意。"

胡格瑙变得狐疑起来：

"嘿，您现在可不能让我失望……难道您在跟别人洽谈了？"接着，他注意到那天上午在印刷所外看到的孩子：

"这是您女儿吗？"

"不是。"

"好吧……那么，埃施先生，如果要我帮您卖掉报纸，您至少得带我参观一下吧……"

埃施挥挥手，展示了他们所处的这个房间；胡格瑙想把他逗笑：

"那还包括这个小女孩，对吧？"

"不。"埃施说。

胡格瑙坚持要参观；他真不知道自己为什么那么感兴趣：

"但印刷房是包括在里边的……您至少得带我参观一下印刷房吧……"

"可以，"埃施站起来，拉着孩子的手，"那我们就到印刷房去吧。"

"你叫什么名字？"胡格瑙说。

孩子说：

"玛格丽特。"

"一个小法国人。[1]"胡格瑙说。

"不，"埃施说，"只有她父亲是法国人。"

"有意思，"胡格瑙说，"她母亲呢？"

他们爬下梯子。埃施低声说：

"她母亲死了……她父亲是这里的造纸厂的电工，但现在被拘留了。"

胡格瑙摇摇头：

"不幸，真是太不幸了……您接手了孩子？"

埃施说：

"您不是个好打听的人吧？"

---

[1]　原文为法语。——译注

"我？不是……但这个孩子肯定住在哪里吧……"

埃施生硬地说：

"她和她母亲的妹妹住在一起……她只是偶尔来这里吃晚饭……她的亲戚并不富裕。"

胡格瑙感到满意，现在一切他都清楚了：

"所以你是个法国姑娘，玛格丽特？[1]"

孩子抬起头来望着他，一道回忆的闪光从她脸上拂过，她放开了埃施，抓住胡格瑙的手指，但她没有回答。

"她一句法语也不会说……她父亲被拘留到现在已经四年了……"

"她现在多大了？"

"七岁。"孩子说。

他们走进了印刷房。

"这就是印刷室，"埃施说，"光是印刷机和配套设备就值几千了。"

"式样有点旧。"胡格瑙说道，其实他之前从未见过印刷机。排字间在右边。他对涂成灰色的活字箱不感兴趣，但印刷机却吸引他。铺着瓷砖的地面，四处用大片混凝土加固，在印刷机四周都沾满了褐色的机油。机器放在那里，显得笨重而冷漠，生铁部分漆成黑色，铁条闪闪发光，连接处和支架拴着铜环。一个穿着蓝色工作服的老工人用一把废料擦着铁条，对侵

---

[1] 原文为法语。——译注

扰者毫不留意。

埃施说：

"嗯，就这些了，我们走吧……来，玛格丽特。"

他没再说什么就出去了，留下他的访客站在原地。胡格瑙在后面瞪着这个没礼貌的家伙，但他非常满意；现在可以不慌不忙地察看这些东西了。这里的气氛平静、安稳、令人愉快。他掏出雪茄盒，挑了一根颇有些磨损的雪茄，递给机器旁的工人。

印刷工不敢相信地看着他，因为烟草很稀缺，即便在最好的情况下，雪茄也是不错的礼物。他在蓝色工作服上擦擦手，接过雪茄，由于找不到合适的话来表达感谢，便说道：

"这些东西可不常见。""是啊，"胡格瑙答道，"如今烟草稀缺。""什么东西都稀缺。"印刷工断言。胡格瑙竖起耳朵："这是您上司说的话。""每个人都这样说。"这并不是胡格瑙想要的回答。"嗯，点上吧。"他吩咐道。那个人用坚固的褐色牙齿咬下了雪茄头，有点像在咬碎一个坚果，然后点了起来。他的工作服和衬衫敞开，裸露着胸脯上的白毛。胡格瑙觉得自己的雪茄应该得到回报；这个人欠他点什么；于是，他鼓励道："出色的小机器。""也许吧。"回答得很简单。胡格瑙很认可机器，所以被这勉强的赞同给刺伤了。由于想不出别的方式来打破沉默，他便问道："您叫什么名字？""林德纳。"接着，沉默又明白无误地笼罩着他们，胡格瑙琢磨着是不是该走开，但他的手指突然又被一只小孩的手抓住了；玛格丽特光着脚无声无息地跑了进来。

"嘿，"他说，"你躲开他啦。[1]"

小孩疑惑不解地抬头望着他。

"哦，当然，你不会说法语……咳，你得学。"

小孩做了个轻蔑的手势，胡格瑙已经注意到埃施也经常做这个手势。

"楼上那个人也会说法语……"

她说：楼上那个人。

胡格瑙感到高兴，他低声说：

"你不喜欢他吗？"

小孩脸沉了下来，噘起了嘴，但接着，她注意到林德纳在抽烟。

"林德纳先生在抽烟！"

胡格瑙笑了，打开雪茄盒。

"你也想来一根吗？"

她推开盒子，慢慢答道：

"给我点钱。"

"什么！你要的是钱，是吗？你要钱干什么？"

林德纳说：

"现在的孩子，很早就开窍了。"

胡格瑙给自己拉来一把椅子，坐下，把玛格丽特夹在膝盖间：

---

[1]　原文为法语。——译注

"我自己也需要钱，你知道的。"

"给我点钱。"

"我会给你点糖果。"

她不说话了。

"你要钱干什么？"

胡格瑙虽然知道"钱"是一个非常重要的字眼，虽然无法将它抛诸脑后，却突然无法在其中发现任何意义，他不得不费劲地自问：

"人要钱干什么？"

玛格丽特把双臂抱着放在他的膝盖上，站得直挺挺的。林德纳低沉地说道："哦，让她出去。"又对玛格丽特说："你出去，印刷室不是小孩子来的地方。"

玛格丽特生气地瞥了他一眼。她再次抓住胡格瑙的手指，把他往门口拽。

"欲速则不达，"胡格瑙站起来说道，"是这样吧，林德纳先生？"

林德纳再次一言不发地擦着机器，胡格瑙突然觉得在孩子和机器之间有某种模糊的亲缘关系，她们几乎就像一对姐妹。仿佛自己的承诺能安抚机器似的，他在来到门口之前迅速对孩子说道：

"我会给你二十芬尼的。"

当她甩开他的手时，他再次对钱的价值产生了奇怪的怀疑，小心翼翼地，仿佛此事是他们两人之间的秘密，不能让别人听到，连机器也不行，他把小孩拉到身边，在她耳边低声说：

"你要钱干什么？"

孩子说：

"给我。"

但因为胡格瑙还在拖延，所以她若有所思地皱起了眉头。接着，她说："我会告诉你的。"说完便从他怀里挣脱，把他拉到了门外。

他们来到院子里的时候已经非常冷了。胡格瑙本想把小女孩抱在怀里，就在刚才他还感受过她的体温；埃施让一个孩子在这时节光着脚到处跑是不对的。他有点窘迫，摘下眼镜擦着。当孩子再次伸手说"给我"的时候，他才想起那二十芬尼。但他忘了再问她要钱干什么，他打开钱包，取出了两个硬币。玛格丽特一把夺过硬币，跑了，胡格瑙独自留在那里，想不出要干什么，只是让自己的目光再次穿过院子和房子。接着，他也离开了。

第十五章

战时后备军的路德维希·格迪克刚在自我的周围聚集起灵魂最根本的部分，就停止了痛苦的挣扎。人们可以争论说格迪克一辈子都是个原始生物，他的进一步挣扎并不能拓展其灵魂的维度，因为即便在他生命中最具戏剧性的时刻，都没有多少元素受其自我的支配。但要说格迪克是个原始生物，这只是一个无法证明的论断——单是这一点就使反对意见无效了——而且，他的新个性也不能被说成是原始的；然而，人们最不能认定的是，这个原始的灵魂以及他所看到的世界又贫乏又毛糙。为了理解这一假设的荒谬，人们只需想想一种原始语言的结构比文明人要复杂多少就够了。因此，要判断格迪克在其灵魂的元素中所做的选择是否全面，有多少被他纳入自己的新个性，又有多少被他排除在外，是不可能的；唯一可以确定的是，格迪克总感觉他丢失了某种从前属于他的东西，某种对他的新生活而言并非必不可少，却使他怀念而又不敢去找回来，唯恐会把他杀死的东西。

从他对言语的节约中，确实可以轻易辨识出有某种东西丢失了。他能走路，只是很艰难，也能吃东西，不过没什么胃口，他的消化能力就像一切跟他那受到损伤的下半身有关的事情一样，给他带来了极大的麻烦。或许他在言语方面的障碍也是属于同样的类型，因为他时常觉得在他的胸口有一股与他的内脏相同的压迫，觉得箍紧他腹部的铁环也缠绕着他的胸膛，妨碍他说话。然而，他在哪怕说出最简短的话语方面的无能为力，肯定是源于他用来构建自我的那种节约，它只能提供最低限度的活动，因此，任何进一步的要求，哪怕是单纯说出一个单词所需要的一口气，都意味着一种不可替代的损失。

就这样，他拄着两根拐杖，在花园里一瘸一拐地走着，棕色的胡子垂到了胸口，毛茸茸的脸颊上起了深深的皱纹，一双棕色的眼睛注视着虚空；他是穿医院里的罩衫还是军队里的披风，取决于护士拿出哪一件给他，而且他自然也没有意识到自己在一家医院里，或者在一座他不知道名字的小城里。不妨说，泥瓦匠路德维希·格迪克已经为自己的灵魂之屋搭起了一座脚手架，当他拄着拐杖一瘸一拐地四处走动时，他觉得自己只是一座在四面八方都承受着支撑和压力的脚手架；与此同时，他无法下决心，或者更确切地说，根本不可能为房子收集砖瓦，他所做的一切，或者更确切地说，所想的一切——因为他什么也没做——都跟纯粹的脚手架有关，那个有梯子和跳板的精巧的脚手架，那个日益复杂、需要小心加固的脚手架，那个独立和独自存在的脚手架；虽然它的目的依然是真实的，因为在脚手架的中心，在每一根支撑梁上，摇摇欲坠地挂着路德维希·格迪克的那个无形的、必须防止眩晕的自我。

弗卢尔许茨大夫总想把这个人送到精神病院。但军医主任屈伦贝克大夫却认为，这个病人的休克状态仅仅是由他的经历造成的，并不是器质性的，所以会随着时间的推移慢慢消退。由于他是个安静的病人，容易处理，他们同意把他留下来，直到他从肉体损伤中完全康复为止。

第十六章

柏林救世军姑娘的故事（2）

尽管坚持散文的人冷嘲热讽，

许多东西却只能用诗歌表达；

诗歌的桎梏不像逻辑事物

那般紧密；歌曲更适合诅咒

或者哀悼，当白昼像黑色的灵车

驶入阴暗的夜晚，召唤鬼影般的悲愁，

哀伤的心灵在圣歌中满溢，

甚至在嘈杂的救世军大会上，

当军鼓和铃鼓敲响，也不会有笑容。——

玛丽像英勇的女子，走在柏林的街道上，

戴着阔边女帽，寻访饮酒的巢穴；

她的青春像花朵盛放，然而，

丑陋的制服却使之枯萎；

当她在上帝面前歌唱，她的歌声

单薄，空洞，尖细，却升向高空。

救世军之家是玛丽的落脚点，

那里的走廊是灰色的，烧煤的炉子

发出臭味，成堆坐在一起的老人

他们的呼吸腐臭，他们的脚肮脏出汗，

哪怕是夏天，冷气都在那里戳人的脊骨，

黄色肥皂的浓烈气味从每道缝里渗出。

在这道门后，就是她的住处，

在这间褐色杉木凹室里，放着她的床，

床头一个褐色的耶稣十字架，

她跪在这里，为自己的命运感谢上帝，

她眼神专注，等待祂神圣的恩典，

她睡在这里，荣耀充满了这个地方。

但她必须在拂晓起床，用冰冷的水

洗脸——这座房子里禁用热水，

而太阳仍未露面，

充满期待的空气是静止的，灰白的，

有时沉重，仿佛天空受到责备，

或者一片帆布遮住了白昼，

在这样的时刻，人们可能受困于梦魇，

希望或许破灭；因为在孤单的拂晓，

人们怎能相信白昼将带来一位朋友？

或者已然逝去的珍贵的昨日

将在一天结束之前再次得到肯定？

玛丽没有顾虑；她必须

独立生活；她煮咖啡，

打扫，刷洗；接着，在窗下做梦，

她看见上帝的恩典照耀万物。

第十七章

汉娜·文德林极少进城。她讨厌进城的路，不仅仅是尘土飞扬的大路，这很容易理解，还有沿河的小路。但走那条小路需要不到二十五分钟，而大路只需一刻钟。她一直都对进城的路怀着深深的厌恶，甚至在她仍每天去办公室找海因里希的时候也是如此。后来有了一辆车，但只开了几个月，战争便爆发了。今天是克塞尔大夫用自己的小车带她进城的。

她买了些东西。她的新连衣裙只到脚踝，她觉得人们似乎都在盯着她的脚看。她对时尚有直觉，一直都有；她预见一种时尚，有点像某些人不用看时钟，就知道自己会在某个时间醒来。一直以来，时尚杂志对她来说都只是一种迟来的证实。现在人们盯着她的脚看也是一种证实。当然，许多人都能在固定钟点醒来，许多女人都对时尚的固有逻辑有直觉，但拥有这种天赋的男人或女人通常都会把自己当成是独一无二的。因此，汉娜·文德林现在感到有点骄傲，虽然她只是隐约感觉到自己的骄傲是不正当的，但是当她看到一些形容枯槁的女人站在面包店前排队时，还是有一股轻微的负罪感向她袭来。不过，一想到任何一个拥有一丁点时尚感的女人，大可以将裙子缩短，这实际上不用花费什么——不用新的边饰，只需一个小时，一个女仆就可以改好——她的骄傲也就不显得不正当了，由于骄傲能使人心情愉快，所以汉娜·文德林既没有被蔬果商肮脏的指甲，也没有被商店里嗡嗡响的苍蝇惹恼，那一刻几乎连她鞋上的尘土都没有使她厌烦。当她穿过街道，时而在这个橱窗前停下，时而在那个橱窗前停下的时候，她无可争辩地拥有一副处女或修女的面容——这在战争期间是常见的，可以在那些与丈夫长久分离，又对其保持忠诚的女人的脸上看到。然而，仅仅因为那一刻感到有点骄傲，汉娜·文德林的脸变得开朗起来了，那块像是对衰老的悄然预感一样落在这些女人脸上的无可名状的柔软面纱，被一只无形的手揭开了。她的脸犹如漫长严冬过后的第一个春日。

克塞尔大夫要在城里看望几个病人，然后驱车回医院，他答应送她回家；他们约定在药店碰面。她到那里时，那辆小车已经停在门口了，克塞尔大夫正在和药剂师保尔森聊天。汉娜·文德林无须别人告诉她该如何看待保尔森；实际上，从他个人的例子远远延伸开去，她大概认识到了一点，就是所有知道自己被妻子背叛的男人，都惯于引人注目而又十分空洞地向其他女人献殷勤；然而，当他跑过来对她说，"多么迷人的来访啊！就像一个崭新的春日……"，她还是感到高兴。

汉娜·文德林平常总是冷酷地躲人、伤人，今天因为感到自由自在不受拘束，就连药剂师空洞的恭维都使她忘乎所以——这是从一个极端到另一个的摆动，是在完全保留和毫无保留之间的摆动，是一种放纵的行为，时常出现在受限制的天性中，一点都不是文艺复兴时期教皇们的那种放纵，而仅仅是一个缺乏价值感的普通资产阶级人士的不稳定和无足轻重。至少可以断言，就是缺乏价值感，使汉娜·文德林坐在店里盖着红色长毛绒的高背长椅上，把赞许和亲切的目光投到药剂师身上，对他那些狂热的话感到将信将疑的满足。她对克塞尔大夫相当气恼，因为他得回医院去了，当他不得不指出他们得走了，当她坐在小车里他的身旁，那块面纱又罩住了她的脸。

她在路上不搭理人，在家里也不搭理人。她再次感到不解，为什么她会那么断然地拒绝在战争期间回到她在法兰克福的娘家呢？拒绝的理由是：在小城里更容易获取食物，她不能让房子空着，这里的空气对孩子更好；这些遁词仅仅是为了掩盖她落入的那种无法视而不见的奇怪的疏离状态。她怕人，她这样告诉克塞尔大夫；"怕人。"她重复着这句话，仿佛要怪罪到海因里希头上，就像她曾因为厨房里的铜锅被交去重新熔铸成武器而责怪他一样。就连对孩子的关心都无法使她摆脱这种神秘的疏离感。夜里醒来时，她很难意识到他就睡在隔壁房间，他是她的孩子。她在钢琴上弹出几个和音，却不是用手弹的，而是用变得陌生的、没有感情的手指，她知道连她的音乐都要失去了。汉娜·文德林到浴室去冲洗掉自己在城里度过的上午。接着，她仔细打量着镜中的自己，想看看那张脸还是不是她的。她看到了那张脸，却发现它很奇怪地被面纱罩住了，虽然她实际上是高兴的，却仍为此责怪海因里希。

此外，她现在时常发现自己没法立刻想起他的名字，甚至在自己一个人的时候，她都会像在仆人面前那样称呼他：文德林博士。

第十八章

柏林救世军姑娘的故事（3）

我已经有几个星期没看到救世军姑娘玛丽了。那时，柏林就像——嗯，就像什么呢？天气炎热；沥青软化，有些地方甚至裂开了，因为什么都没有修补；到处是担任收票员之类的女人；街道上的树木在春天枯萎了，看起来就像小孩子长了老人的脸，一有风吹过，尘土和纸屑就会四处打转；柏林变得更乡村，更自然了，但也因此变得更不自然，仿佛它是自身的仿制品。在我所居住的房子里，有两个房间被从邻近的罗兹城来此避难的犹太人占据了，他们的人数和彼此的关系我永远都搞不清楚；有些老人脚下穿着俄国靴子，臂上缠着带子，我偶然遇到的一个穿着扣带鞋，长袍底下是及膝的长袜，就像18世纪的风格；有些男人只穿着令人联想起长袍的大衣，有些年轻人面容异常温和，留着毛茸茸的金色胡子，像舞台上的假胡子一样。有个男人不时穿着灰色制服露面，就连那制服也有点像长袍。偶尔会过来一个不知道年龄的男子，穿着城里普通的衣服，棕色的胡子像奥姆·保罗·克留格尔一样修剪成四边形，只有鬓角没剪。他总是拄着一把带有老式弯柄的手杖，戴着一副用黑绳系住的夹鼻眼镜。我立刻就把他当成医生。当然，也有年轻女人、孩子和戴着虚假面具的老年妇女，而十分奇怪的是，那些年轻姑娘却穿着最时髦的衣服。

我适时地听到了他们讲的几句意第绪德语。不过，我当然听不懂。然而，他们似乎仍觉得这是不可思议的，因为只要我一靠近，他们就会中断从如此高贵古老的口中发出的奇怪的叽里咕噜的声音，羞怯地斜眼看我。晚上，他们大多一起坐在黑灯瞎火的房间里，早上，我走到门厅，那里总是出现各种衣服，中间有个女仆在刷鞋，我时常会看到某个老人站在窗前。他头上和手臂上佩戴着经文匣，适时地随着鞋刷摆动身体，并且时不时地亲吻披风的边缘，用黯淡的嘴唇以充满激情的速度对着窗户吟诵黯淡而又充满激情的祷文。或许是因为窗户朝东。

我对那些犹太人非常着迷，每天都要花好几个小时静静观察他们。门厅里挂着两幅带有洛可可场景的彩色石印画，我不禁琢磨，那些犹太人是否真的用和我们相同的目光来看那些画和其他许多东西，并且在其中看出了相同的含义。由于这些事情萦绕于心头，挥之不去，我完全把救世军的玛丽给忘了，尽管在某种意义上，我觉得她和他们不无联系。

第十九章

雅雷茨基中尉的手臂截掉了。截至肘部。屈伦贝克做事一向干净利落。留给雅雷茨基做的只是坐在医院花园的灌木丛旁边，注视着盛开的苹果树。

小城司令官前来巡视。

雅雷茨基站起身来，感受着自己的病手，除了空无，什么也没感受到。接着，他立正了。

"早上好，中尉先生，快康复了吧，我想？"

"是的，长官，可是我失去了身体的一部分。"

冯·帕塞诺夫少校几乎觉得自己对雅雷茨基的手负有责任，他说道：

"这场可怕的战争……您不想再坐下来吗，中尉先生？"

"谢谢，少校先生。"

少校说道：

"您是在哪儿受伤的？"

"我没有受伤，长官……是毒气。"

少校瞥了一眼雅雷茨基的残肢：

"我不明白……我以为毒气是让人窒息而死……"

"毒气也能把人搞成这样，长官。"

少校沉思了片刻，然后说道：

"毫无骑士精神的武器。"

"确实如此，长官。"

他们俩都记得，德国也在使用这种毫无骑士精神的武器。但他们都没有提起这一点。

少校说道：

"您多大年纪了？"

"二十八岁，长官。"

"战争一开始是没有毒气的。"

"没有，长官，我相信没有。"

阳光把医院长长的墙壁涂成了黄色。蔚蓝的天空飘着几朵白云。花园小径上的沙砾坚实地嵌在黑土里，草坪边上有条蚯蚓在蠕动。苹果树像巨大的花束。

军医主任穿着白大褂从房子里朝他们走来。

少校说道：

"我希望您能很快好起来。"

"非常感谢，长官。"雅雷茨基说道。

第二十章

价值崩溃（2）

这个时代的恐怖或许在其建筑学对人的影响上最显而易见；我在街道上散完步回家总是感到筋疲力尽和沮丧低落。我甚至不用看房子正面；无须我抬起头来，它们就让我难受。有时候，我跑去受到高度赞扬的"现代"建筑那儿寻求慰藉，但是——我在这里肯定有错——由梅塞尔（他仍是一位伟大的建筑师）设计的仓库只是作为一种滑稽的哥特式建筑使我受到震动，而这是一种使我恼怒和难受的滑稽影响。我非常难受，以至于看古典风格的建筑都几乎无法使我缓过来。然而，我还是欣赏申克尔建筑的高贵明晰。

我确信，过去没有一个时代曾以厌恶和反感来接受其建筑学的表达；这是为我们的时代准备的。一直到古典主义的新阶段，建筑都是一种自然功能。人们甚至可能从来都不会去注意新的建筑，就像人们几乎不会去注意一株新栽的树木，但他们的目光若是偶然落在上面，就会觉得很不错，很自然；这就是为什么歌德还会去看他那个时代的建筑。

我不是审美家，无疑永远不会是，虽然我也许无意中造成了这种印象，我极少沉溺于那种留恋过去、将逝去的时代改头换面的感伤。不，隐藏在我的反感和厌倦后面的是一种非常积极的信念，这种信念就是：对于一个时代而言，没有什么比风格更为重要。在整个人类历史上，一个时代的特征就体现在它的风格，尤其是建筑风格中；实际上，没有一个时代配得上它的称谓，除非拥有一种风格。

也许可以反驳说，我的疲倦与恼怒是营养不良的结果。也许可以说，这个时代拥有自己非常令人浮想联翩的机器—大炮—混凝土风格，必须经过几代人才能将其辨认出来。嗯，每个时代都有风格化的权利；甚至连那些试验性的时代，虽然有其折中主义，还是拥有某种风格。我甚至愿意承认，在我们这个时代，技术将创造性成果抛在了身后，我们尚未从新的材料中获得恰当的表达形式，所有令人不安的比例失衡都是由于对目标掌控得不够完美。另一方面，没有人能够否认，新的建筑类型，无论是因为材料的抗拒，还是建造者的无能，都已经丢失了某些东西，甚至是有意地丢弃某些禁不住要丢弃的东西，使它与先前的所有风格产生了根本区别，这种东西就是：对装饰的典型运用。当然，可以将这种摒弃当成是一种美德，假如是我们第一个发现结构经济的原则使我们能够摆脱装饰的赘疣。但"结构经济"难道仅仅是现代的标语吗？难道可以断定哥特或者其他风格不是以结构经济建造的吗？仅仅把装饰当成赘疣是对结构的内在逻辑的误解。在建筑学中，风格就是逻辑，一种支配整个建筑从基础规划到空中轮廓的逻辑，在这个逻辑系统中，装饰只是已经统一和正在统一的整体构想在小尺度上的最后、最具差异性的表达。不管是对运用装饰的无能还是一种摒弃，都没有什么不同；其结果就是，这个时代的建筑构造与先前的所有风格截然不同。

但认清这一点有什么用呢？装饰既不能由折中主义构成，也不能人工发明而不落入凡·德·费尔德式的滑稽怪诞。我们被抛入了深深的不安中，并且认识到这种建筑风格不再是一种风格，而仅仅是一种症状，一个涂在墙上的标语，它表明了一种灵魂状态：我们这个非时代的无灵魂。仅仅看一眼，就使我疲惫了。如果可能的话，我再也不想出门了。

第二十一章

除了旅馆里的食物昂贵，胡格瑙在开创一番新事业之前不允许自己如此奢侈之外，他还清楚地感觉到，如果老是让少校看到他，将会危及他即将进行的交易。进一步的讨论不会得到什么，只会破坏已经产生的结果，在星期五他们再次见面之前，似乎还是让少校把他忘掉更有好处。因此，胡格瑙去了一个比较简陋的地方用餐，直到星期五晚上才在旅馆餐厅露面。

他的考虑没有白费。少校就坐在那里，当胡格瑙敏捷而亲切地向他走去，再次感谢他的盛情邀请的时候，他感到非常意外。"哦，对，"少校说道，他现在终于记起来了，"哦，对。我会把您介绍给各位先生。"

胡格瑙再次道谢，然后谦逊地在另一张餐桌前坐下。但是等少校吃完晚餐抬起头来时，胡格瑙朝他笑了笑，微微欠起身，表示自己随时听候少校吩咐。于是他们就一起走进了旁边那个小房间，城里绅士们的周五聚会就在里面举行。

一大批绅士都出席了，甚至连市长本人也在。他们的名字实在让胡格瑙应接不暇。他一进去，就有一种被热情接待、即将大获成功的感觉。他并没有被这种感觉蒙蔽。他们大部分人都已经知晓他在小城和旅馆里；他显然已经成为被揣测的对象，而现在，正如他后来告诉埃施的那样，他们对他的方案表现出极大的兴趣。这个夜晚最终产生了出乎意料的正面结果。

这实在没什么好惊讶的。这些人觉得自己是在参加一个秘密集会，这个集会同时还是一个针对反叛者埃施的即决法庭。如果说胡格瑙从听众那里得到了格外慷慨的发言机会，那不仅仅是因为他强烈地渴望得到这一机会，或者因为他那梦游似的确信，而且也是因为他根本不是反叛者，而是维持自己生计和维护自身利益的人，因此讲的是其他人能听懂的话。

胡格瑙本可以轻而易举地让绅士们认下埃施所要求的两万马克。但他并没有这么做。一股恐惧在暗中警告他，一切都必须保持试探性质，必须仅仅让人觉得似乎可信，因为真正的安全感总是盘旋于实在之外或之上，而任何过度的可靠都是危险的，就像一种难以解释的压迫。这可能显得荒谬，但由于任何的不合理都容许一丝合理的解释，因此胡格瑙在这里的解释是非常合理的，而且相当奇怪地导向同样的结论：如果他要求或接受太多钱，他们当中可能就会有人要调查他；但他要是保持冷淡，谢绝大额投资，坚决保留自己传说中的集团的更大份额，那他们就会相信眼前的这个人真的是帝国最资本化的企业（克虏伯公司）的代表。对此无人怀疑，而最后胡格瑙自己也相信了。他表示，他只能提供给尊贵的朋友们不超过计划中的两万马克的三分之一的份额，也就是六千六百马克；尽管如此，他还是准备再同集团协商，看看能否只要百分之五十一，而不是三分之二，同时，他也乐于事先接受关于此后进行扩资的提议。但目前，各位先生只能满足于刚才提到的小额投资。

绅士们自然感到失望，但没有办法。他们同意在胡格瑙完成《库尔-特里尔先驱报》的收购之后接受临时的股权证明，等集团中央进一步研究之后，就会为这个合资项目成立一个有限责任公司，甚至一个辛迪加[1]。这些准股东憧憬着未来的董事会。最后，这个夜晚在为盟军和皇帝陛下的欢呼中结束。

---

[1] 辛迪加（syndicate），源自法语，原意是"组合"，是垄断组织的重要形式之一。——译注

第二十二章

胡格瑙醒过来，把手伸到枕头底下；夜里为了安全起见，他习惯把皮夹放在那里。他非常兴奋，觉得自己有两万马克，虽然他知道自己的皮夹里连六千六百马克都没有——在完成《先驱报》的收购以后，他才能从本地的先生们手里拿到这笔钱——现在只剩下一百八十五马克，但他还是坚持认为自己有两万马克。他有两万马克，事情就这么解决了。

一反平常的习惯，他继续在床上躺了一会儿。要是他有两万马克，然后把钱都给埃施，那真是疯了，因为那个家伙给自己的破报纸开的价太高了。价格是可以商量的，埃施看着吧，他会杀价的。那份报纸卖一万四千马克都太贵了，他个人只剩下六千马克的收益。必须灵巧地处理这件事，不让任何人知道埃施没有拿到全部两万马克。可以把差额当成一笔备用金，或者宣布集团赞同的人仅过半数，而非决定性的三分之二，或者诸如此类的。他脑海里有了明确的计划！胡格瑙兴奋地跳下床。

他来到《先驱报》办公室的时候，还很早。他把摸不着头脑的埃施狠狠地训了一顿，说埃施竟然把报纸搞成那样。他，威廉·胡格瑙，说到底是根本不用管埃施先生的，这两天却听到了许多关于报纸的令人震惊的事。当然，作为中间人，他本可以置之不理，但眼睁睁看着一桩好好的买卖被肆意摧毁，真是心碎，是的，心碎；一份报纸赖以为生的是声誉，如果声誉破产了，那它自身也就破产了。就目前的情况来看，埃施先生似乎把《库尔-特里尔先驱报》搞得一团糟，没法卖了。"亲爱的埃施，您必须明白，其实您是应该付钱给接管报纸的人，而不是向他要钱。"

埃施闷闷不乐地听着，随后做了个轻蔑的鬼脸。但胡格瑙依旧绷着脸："这不是一件好笑的事，亲爱的朋友，它是异常严肃的，显然比您想的要严肃得多。"要想获利是不可能的，要是还不肯放弃希望的话，那就只能借助于巨大的牺牲，是的，牺牲，亲爱的埃施。要是像他所希望和相信的那样，在朋友中间有愿意自我牺牲的人准备接手这个毫无意义的、理想主义的项目，那埃施先生真可以说是运气了，这种运气一辈子最多只能遇到一回；凭借特别有利的情况，以及作为谈判者的非凡才能，他最终或许可以为埃施要到一万马克的整数，要是埃施不把握住的话，那他就只能感到遗憾了，他在埃施的事情上面浪费了那么多时间，这些事其实跟他一点关系都没有，是的，一点关系都没有。

"那就不要管！"埃施捶着桌子喊道。

"抱歉，我当然可以不管……但我不太明白您为什么要暴跳如雷，只因为人家毫不犹豫地拒绝了您对这份报纸的异想天开的估值吗？"

"我没有提出异想天开的要求……谈好的价格就是两万马克。"

"嗯，不过，您没发现我其实已经接受了您的估值吗？因为您得承认，要让报社重新运作，买主至少还得再投入一万马克……三万马克真的太高了，您不觉得吗？"

埃施陷入了沉思。胡格瑙觉得自己没走错路线：

"现在，我看您开始冷静下来了……当然，我不想催您……您应该先考虑一下再说……"

埃施在房间里走来走去。接着，他说：

"我想和我妻子商量一下。"

"当然……只是别考虑太久……亲爱的埃施先生，钱说了算，但钱不等人。"

他站了起来：

"我明天会再来拜访您的……请代我问候您夫人。"

第二十三章

弗卢尔许茨大夫和雅雷茨基中尉从医院走向城里。道路被卡车碾得坑坑洼洼的，因为轮胎都磨掉了，只剩下轮毂。

一家倒闭的铺顶沥青工厂朝静止的空气伸出了细细的黑锌管。鸟儿在树上啁啾。

雅雷茨基的袖子用别针别在军服的胸袋上。

"真是奇怪，"雅雷茨基说道，"自从没了左臂，这条右臂吊在我肩上就沉甸甸的。我几乎觉得把它也一块儿截掉才好。"

"您似乎是一个讲究对称的人……工程师都很讲究对称。"

"您知道吗，弗卢尔许茨，有时候我完全忘了自己当过工程师……您不会明白的，您还在从事自己的专业工作。"

"不，不能这么说……其实我是一名生物学家而不是医生。"

"我已经向通用电气递交了申请，现在到处都缺熟练的工人……但我实在无法想象自己再次坐到一块制图板前……您觉得到底死了多少人呢？"

"不好说，五百万，一千万……到结束时或许有两千万。"

"我觉得永远都无法结束……它会永远这样下去。"

弗卢尔许茨大夫停下了脚步：

"瞧，雅雷茨基，我们在这里平静地走动，生活在这里平静地行进，而在仅仅几英里外，他们正在兴高采烈地互相开火，您能明白为什么这样吗？"

"嗯，有很多事情我都不明白……再说了，我们已经尽到自己的职责了……"

弗卢尔许茨大夫机械地摸了摸子弹在帽檐下面给他留下的疤痕：

"我说的不是那个……那是一开始，人们冲锋陷阵是因为耻于落后……但现在，人们应该合情合理地发疯。"

"还没到那种程度……不，谢谢，最好还是喝个天昏地暗。"

"嗯，您倒是很遵守医嘱啊。"

风从倒闭的工厂那边吹来，携带着一股焦油味。

弗卢尔许茨大夫瘦瘦的，弯腰驼背，留着尖尖的浅色胡子，戴着眼镜，穿着那身制服看起来有点笨拙。他们沉默了一会儿。

前面是一段下坡路。近几年在城门外零星冒出来的平房已经连成了一条线，看起来非常安宁。每个菜园子里都种着一些可怜巴巴的蔬菜。

雅雷茨基说道：

"一年到头都活在这股焦油味里可真不太好受。"

弗卢尔许茨答道：

"我在罗马尼亚和波兰待过。您知道吗……每一处的房子看起来都是这样安宁……挂着跟这里一样的招牌，营造师、锁匠之类的……有一回在阿尔芒蒂耶尔附近的一个防空洞里，我在一根屋顶支柱上看到一块店铺招牌，'女装裁缝'……或许很傻，但直到那时我才第一次意识到这整场战争的彻头彻尾的疯狂。"

雅雷茨基说道：

"凭着一只手，我想我可以在军队里找一份机械师之类的活儿。"

"比起通用电气，您更喜欢军队吗？"

"不，我没有更喜欢什么……或许我会带着这残余的手臂再次去服役……因为扔手榴弹一只手就够了……借我一只手点烟吧。"

"您今天喝了什么啦，雅雷茨基？"

"我？不值一提，我喝了葡萄酒，所以一直很清醒，等会儿让您尝尝……"

"嗯，通用电气怎样呢？"

雅雷茨基笑了：

"老实讲，这只是一种想要回归平民生活的感情用事的尝试，有一份值得期待的事业，不用再这样四处漂泊，或许还会结婚……但您和我一样不相信。"

"我为什么不相信呢？"

雅雷茨基抽着烟，断断续续地答道：

"因为……战争……永远……不会……结束……我应该跟您说多少遍？"

"这也是一条解决之道。"弗卢尔许茨说。

"这是唯一的解决之道。"

他们来到城门口……雅雷茨基把脚放在路边石上，从口袋里掏出手绢，嘴里斜叼着香烟，掸去鞋子上的尘土。接着，他抚平深色的胡髭，然后他们穿过冰凉的拱门，步入了寂静而狭窄的街道。

第二十四章

价值崩溃（3）

在体现时代特征的事物中，建筑风格占据首要地位是一个非常奇特的现象。但总的来说，这也是造型艺术在历史上享有的独特地位。说到底，这只是充满一个时代的整个人类活动中，一个非常小的缩影，甚至肯定不是一个特别关乎心灵的缩影，然而，在刻画的力度上，它超越了心灵的其他各种范畴，超越了诗歌，甚至超越了科学，超越了宗教。持续了几千年的是造型艺术；它是时代及其风格的阐述者。

这不能仅仅归因于所使用的材料的持久耐用；过去几个世纪的印刷品大部分都留存了下来，但任何一个哥特式雕塑都比整个中世纪文学更加"中世纪"。不，这是一个非常不充分的解释——如果非要有个解释，那就必须在风格观念的固有特性中寻找。

因为，风格肯定不仅仅局限于建筑和造型艺术；风格同等地分布在一个时代所有活的表达中。将艺术家当成人类中的例外，认为他在自己所创造的风格中过着一种独特生活，而其他人则被排除在外，这是非常不合理的。

不，如果有风格这种东西，那么，人类的所有表现形式都会被它渗透，因此，一个时期的风格会出现在那个时期的思想中，就像会出现在那个时期的其他各种人类活动中一样不容置疑。只有从这一事实出发（定然如此，绝无别种可能），我们才能够为以下显著的事实找到解释：恰恰是那些以空间表达的形式呈现的活动具有如此异乎寻常、确实显而易见的意义。

对此刨根问底之所以不是徒劳无益，或许在于这背后有个单独使整个哲学探究显得合理的问题：我们对虚无的恐惧，我们对导致我们死亡的时间的恐惧。或许由糟糕的建筑引起的这种促使我躲在屋里的不安，不是别的，正是这种恐惧。因为一个人无论做什么，都是为了消灭时间，为了撤销时间，而这种撤销就叫作空间。甚至连只存在于时间之中并且充盈了时间的音乐，也将时间转变成了空间，一切思想都尽可能地发生在一个空间的世界中，思想的过程表现为复杂得难以描绘的、多维度的、合乎逻辑地延伸的空间的一种组合。但如果是这样，那么，这些与空间紧密相连的活动为什么能够达到其他人类活动无法达到的意义和显著，也就一目了然了。从中也可以看到装饰的奇异的、症候式的意义。因为装饰虽然是由一切富含目的性的活动所创造的，却从中独立了出来，变成了抽象的表达，整个空间思想的复杂的"公式"，变成了风格自身的公式，而随即就是整个时代及其生活的公式。

我觉得，这其中存在着重大意义，一种我几乎要称之为"魔幻"的意义，它基于这样的事实：一个完全被死亡与地狱统治的时代，必定活在一种无法再产生装饰的风格中。

第二十五章

若不是对建造新房的期望，汉娜·文德林或许永远不会和年轻的外省律师订婚。但在1910年，所有上等资产阶级家庭的年轻姑娘都在读《画室》《室内装潢》和《德国艺术与装潢》，都拥有一幅名叫《英国旧式家具》的画作，她们对婚姻在色欲上的先入之见是与建筑学的问题紧密联系在一起的。文德林家的房子，"玫瑰小屋"（这古色古香的文字标示在山墙上），恰如其分地符合这些理想；它有很倾斜的屋顶和很低的屋檐；前门左右两边的陶瓷小天使象征着爱与繁殖；厅堂是英国式的，里面有个简陋的瓷炉，还有一个壁炉，壁炉上摆着黄铜做的小饰物。给每一件家具找到一个合适的位置，从而产生一种普遍的建筑学上的均衡，耗费了她大量精力，同时也带给她许多乐趣；在完成这一切之后，汉娜·文德林觉得只有她自己意识到了这种均衡的完美，尽管海因里希也有这种认知，尽管他们的婚姻之所以美满，有一大部分原因就在于他们共同意

091

识到了这种体现在家具与图画布置中的和谐与对位。

从那时到现在，家具一直没动过，严格地保持着原先的布置，一丝一毫都不曾改变；但却不一样了：发生了什么？均衡会遭遇贬值，和谐会变得乏味吗？起初，她没有意识到背后的原因是冷漠——她的积极情绪只是恢复到平静罢了，直到陷入消极状态时，事情才变得明朗起来：并不是房子或家具的布置开始使她反感，因为必要时只需改变一下家具的位置就能克服；不，是更深的东西；偶然与巧合的诅咒已经蔓延到事物，以及事物之间的联系上，她想不出任何布置不会像已经存在的布置那样偶然和随意。这一切当中无疑存在某种混乱，某种黑暗，甚至某种危险，尤其是因为这种建筑学上的不稳定似乎不会在其他感性的问题上止步，甚至在时尚的问题上也是如此：这个想法尤其令人不安，虽然汉娜·文德林非常清楚，还有重要和困难得多的问题，但或许没有什么比这个想法更令她不安了——就连时尚刊物都可能会失去吸引力，有一天，当她重新翻起英国的《时尚》杂志，可能再也不会感到愉快，再也不会感兴趣，再也不会理解了，在这战争的四年中，她已经痛失掉它了。

当她发现自己沉溺于这些想法时，她就告诉自己，这都是些荒诞的想法，虽然根本上是清醒而非荒诞，其中充满了一种觉醒，这种觉醒唯一的荒诞之处在于觉醒之前并没有迷醉，它是紧随着清醒和基本正常的状态所发生的一种附加的觉醒，因而在某种意义上显得更加清醒，并且最终落在否定之中。当然，这种评价在某种程度上总是相对的；清醒和迷醉的分界线并非总能确定，比方说，俄国式的对人类的爱应该看成是一种迷醉，还是一种正常社会关系的模范？整个存在的图景应该看成是迷醉，还是清醒？解决这些问题的终极手段就是不去解决。尽管如此，清醒也可能意味着绝对熵或绝对零度，一切运动都是不断和必然地趋向绝对零度。有许多迹象表明，汉娜·文德林正朝着这个方向发展，而究其本质，她或许只是像往常一样预见到了一种新的时尚；因为人的熵意味着绝对的孤立，而迄今为止被人称为和谐或均衡的东西，或许只是一种映像，一种社会结构的映像，人为自己构造这种东西，禁不住构造这种东西，以便使自己成为其中一部分。可是，人越是孤单，就越会感到事物的崩溃和孤立，就越会对事物之间的联系无动于衷，最后基本就再也看不到那些联系了。因此，汉娜·文德林在房子里走动，在花园里走动，在仿照英国式样铺就的碎纹石路上走动，她再也看不到图案，再也看不到那些蜿蜒的白色小径，这原本是令人痛苦的，可几乎也不再痛苦了，因为这是必然的。

第二十六章

胡格瑙现在每天都会去费舍尔大街找埃施先生。他时常使用训练有素的商业花招，连自己去那里的目的都不提，就一边谈论天气、谷物、最近取得的胜利，一边等待对方改变主意。当他发现埃施不想听什么胜利之后，就只谈天气。

有时候，他会在院子里看到玛格丽特。这个孩子很容易相信别人，她会抓住他的手指，求他再带她去印刷室。胡格瑙说：

"啊哈！你又要二十芬尼了，是吧？但胡格瑙叔叔还不是很有钱哦，一切都需要时间。"

尽管如此，他还是给了她十芬尼去存起来：

"嘿，等我们都有钱了，我们要干吗呢？"

小孩盯着地上，没有回答。最后，她犹豫地说道：

"离开。"

出于某种原因，胡格瑙感到高兴：

"那么，这就是你要钱的目的了……嗯，等我们发财了，就可以一起离开……我会带你走。"

"好啊，一定哦。"玛格丽特说道。

只要他去找埃施，她通常都会偷偷跟在后面，坐在地上听。要是没这样做，至少也会把脑袋探进门里，哈哈大笑。然后胡格瑙就会说："我喜欢孩子。"因为这是个永恒的话题。

埃施似乎也爱听这话；他得意地笑了：

"这个小暴徒……要是惹恼她的话，她可是会杀人的。"

可恶的普鲁士人[1]，胡格瑙不禁想道，尽管埃施根本不是普鲁士人，而是卢森堡人。埃施继续说道：

"我一直想收养这个小淘气鬼……我们自己没有孩子。"

胡格瑙感到惊讶：

"别人的孩子……"

埃施说道：

"别人的或者自己的……基本都一样……没有孩子的生活真贫乏。"

胡格瑙笑了：

"哦，您对自己的孩子都不能太有把握。"

埃施说道：

"她父亲被拘留了……我和我妻子讨论过收养她的问题……说到底，她差不多就是个孤儿。"

---

[1]　原文为法语。——译注

胡格瑙沉思道：

"嗯，但这样一来，您就得养她了。"

"当然。"埃施说道。

"要是您有闲钱，或者能弄到一些，比方说，通过变卖产业，那么，您可以为您的家人投一份人寿保险……我跟一些保险公司有联系。"

"确实。"埃施说道。

"感谢上帝，我还是个单身汉，在这种艰难时期，这是一个巨大的优势……但我要是成了家的话，为了给家人提供保障，我会安排一笔资金之类的……嗯，您就有这种令人羡慕的条件……"

胡格瑙走开了。

玛格丽特在院子里等他。

"你喜欢一直待在这里吗？"

"在哪里？"孩子问道。

"哎，在这里，和埃施叔叔。"

孩子充满敌意地瞪着他。

胡格瑙向她眨眼，摇头晃脑：

"不愿意吗？"

玛格丽特也笑了。

"嗯，你不愿意吗？"

"不，不愿意。"

"你也不是很喜欢他……他对你很严厉，对吧？"胡格瑙像要打人一样伸出手臂。

玛格丽特做了个轻蔑的鬼脸：

"不……"

"那另外一个人，埃施婶婶呢？"

孩子耸耸肩膀。

胡格瑙感到满意：

"嗯，你不用留在这儿……我们可以离开，就我们俩，到比利时去……来，我们去印刷室看看林德纳先生。"

他们一起来到印刷机旁，看着林德纳先生给它加纸。

第二十七章

柏林救世军姑娘的故事（4）

犹太人一直在盯着我，这种感觉确实是合理的。有两天，我感到非常不适，几乎没碰早餐，只出了半个小时的门。第二天晚上，我的房门响起了一阵敲门声，那个一直被我当作医生的小个子男人令人吃惊地走了进来。他表明自己确实是医生。

"您一定是病了。"他说。

"不，"我说，"就算我病了，也跟别人无关。"

"您不用花费什么的，我不是为了钱而来的，"他温和地说道，"我必须提供帮助。"

"谢谢，"我说，"我很好。"

他站在我面前，手杖紧夹在胸口。

"发烧了？"他恳切地问。

"不，我很好，我正要出去呢。"

我站了起来，我们一起离开了房间。

一个年轻的犹太人站在门厅里，留着舞台上的那种毛茸茸的胡子。

医生现在做自我介绍了：

"我是里特瓦克医生。"

"贝特兰德·米勒，哲学博士。"我朝他伸出手；那个年轻的犹太人同样朝我伸出手。他的手又干又凉，跟他的脸一样光滑。

他们黏着我，仿佛这是世上最自然的事。我没想去哪个特定的地方，可是我走得非常快。他们两个，一个在我后边一个在我左边，一直跟着我走，用意第绪语交谈。我觉得非常困扰：

"我不明白你们说的话。"

他们笑了：

"他说他不明白。"

过了一会儿：

"真的吗，您不懂意第绪语？"

"不懂。"

我们走到了雷切恩伯格大街，我走向里斯多尔夫。

嗯，接着我们遇到了玛丽。

她靠着一根路灯柱。天已经很黑了，可是煤气用得很节省。不过，我还是立即就认出了她。

而且，对面餐馆的窗户也透出了一点光。

玛丽同样认出了我；她对我笑了笑。接着她问：

"他们是您的朋友吗？"

"邻居。"我答道。

我提议到餐馆去，因为玛丽似乎很疲乏，需要吃点东西。可是那两个犹太人不想进餐馆。他们也许是害怕被人强迫吃猪肉，或者被人嘲弄，或者其他什么。不管怎样，我可以把这个当作摆脱他们的借口。

　　但发生了一件异乎寻常的事：玛丽站在犹太人一边，说她一点都不饿；仿佛是一个无法推脱的安排，她和那个年轻的犹太人走在前面，而我则跟着里特瓦克医生。

　　"他是谁？"我指着那个年轻的犹太人问医生，他那件灰色大衣的尾部在我面前摆动着。

　　"他叫努黑姆·苏辛。"里特瓦克医生说道。

第二十八章

屈伦贝克大夫和克塞尔大夫在手术室里。通常屈伦贝克都会尽量不麻烦克塞尔大夫，因为克塞尔大夫虽然在医院随叫随到，但他照料自己的病人都已经忙不过来了；但此刻，新一轮的攻击又给他们送来了新的治疗对象，屈伦贝克没得选择。幸好送来的都只是轻伤。或者至少是所谓的轻伤。

因为两人都是真正的医生，所以随后就坐在屈伦贝克的房间里讨论病例。弗卢尔许茨也走了进来。

"可惜您今天不在，弗卢尔许茨，要不然您会很高兴的，"屈伦贝克说道，"您会令人吃惊地学到很多东西……要不是我们给他动手术的话，那个人这辈子都只能瘸着腿了……"他笑了，"可现在他能出去了，然后不出六个星期又会中弹。"

克塞尔说道：

"我只希望我可怜的病人能像这里的人一样得到良好的照顾。"

屈伦贝克说道:

"您听说过这样一个故事吗,有个囚犯吞了一根鱼骨头,必须动手术取出来,好让人家第二天早上把他绞死?我们现在干的就是这个。"

弗卢尔许茨说:

"要是所有参战国家的医生都罢工,战争很快就会结束的。"

"嗯,弗卢尔许茨,您可以开个头。"

克塞尔大夫说:

"我真想把绶带退回去……您应该感到羞耻,屈伦贝克,居然用这种肮脏的把戏要弄老同事。"

"我能怎么办呢?我不得不让您吃苦头……现在的平民都穿黑戴白。"

"是的,然后您就四处去哄骗他们……您也老早就在名单上了,弗卢尔许茨。"

弗卢尔许茨说:"其实,归结起来就是这样,我们全都坐在这里讨论多少有点意思的病例,别的什么也不想……实际上,我们也没有时间去想别的……到处都一样。你被吞没了,被正在做的事吞没了……仅仅被吞没。"

克塞尔大夫说:

"该死,我已经五十六岁了,还有什么可想的呢?……夜里能上床睡觉我就很高兴了。"

屈伦贝克说:

"要不要喝一杯呢,军队报销的……等到两点,又会有二十多个人过来……您会留下来接收他们吗？"

他站了起来，走到窗边的药品柜前，取出了一瓶科尼亚克白兰地和三个杯子。他站在窗边，把手伸向药品柜的搁板的时候，胡子被光线照耀着，看起来像个巨人。

弗卢尔许茨说：

"我们都被我们从事的职业抽干了……就连军旅生涯和爱国主义也不过是职业……除了自己的领域，我们什么都不懂……"

"感谢上帝！"屈伦贝克大夫说道，"医生不用当哲学家。"

马蒂尔德护士走了进来。她散发着一股香皂的气味。或者至少人们觉得她一定有这股气味。她狭小的脸和细长的鼻子与那双像女仆一样红彤彤的手形成了鲜明对比。

"屈伦贝克医生，车站的人打电话过来说列车已经到了。"

"好，我们再抽根烟，然后就去……您也去吗，护士？"

"卡尔拉护士和艾米护士已经去了。"

"很好……嗯，要走了吗，弗卢尔许茨？"

"极力挣脱束缚。"克塞尔大夫说道，但并不是真的很热心。

马蒂尔德护士仍站在门口。她喜欢在医生的房间里逗留。他们走出去的时候，弗卢尔许茨瞥见了她白皙的颈部的亮光，注意到了她开始长头发的地方的雀斑，有点触动。

“日安，护士。”主任医生说道。

“日安，护士。”弗卢尔许茨也说道。

“上帝保佑我们。”克塞尔大夫说道。

第二十九章

树木和房屋出现在泥瓦匠格迪克眼前，天气在变化，有时是白天，有时是夜里，人们四处活动，他会听到他们在说话。食物端到他面前，盛食物的锡制或陶制器皿大多是圆形的。他认识这一切，但为了认识或者获取这些东西而使用的办法却是费劲的：泥瓦匠格迪克现在必须比他以往的卖力生活更加卖力。因为当一个人把勺子举到嘴边，脑子里却不清楚是在喂谁的时候，这就绝不是简单的、不证自明的举动，而要把这弄清楚的可怕压力又使它变成了一种折磨：一种绝望的劳作和不可能的任务。没有人——更别说是格迪克自己——能够提出一个理论来解释组成其个性的结构元素。要是断言格迪克这个人是由几个格迪克构成的，其中包括——比方说——一个和他的伙伴们在街上玩耍、在泥坑和沙堆间挖隧道的名叫路德维希·格迪克的男孩，一个每天被他母亲喊去吃晚饭，然后给他在工地干活的父亲（因为他也是泥瓦匠）带饭去的男孩，那可就错了；断言这个名叫路德维希·格迪克的男孩代表了眼下这个人的自我的一个构成部分，就像把那个当学徒的格迪克看作它的另一个构成部分一样是错误的——尽管他当时只是一个泥瓦匠的学徒，却因为那些汉堡木匠的宽檐帽和背心上的珍珠母纽扣而一直对他们嫉妒不休，直到为了向他们泄愤，他在河岸边的灌木丛里引诱了木匠居茨纳的新娘；要是再断言又有一个部分就是那个在一次罢工期间把混凝土搅拌机的圆筒拧掉，让它停止运转，却又在自己因为搞大了女佣人安娜·兰普雷希特的肚子，让她哭个不停而娶了她之后离开工会的人，那可又错了。不，这种纵向的划分，这种类似历史学的纵剖，永远也无法解释个性的构成元素，因为它无法超越人物的生平。那么，格迪克这个人必须面对那些困难，就肯定不是由于他感觉到这一系列人物活在他体内，而是因为这个系列在某个点上突然中断了，因为早年的生活和他自己没有了联系（虽然很显然，他本该是链条中的最后一环），因为他脱离了几乎无法再说成是他的生活的某种东西，他丢失了自己的身份。他看这些人物就像透过雾蒙蒙的玻璃，虽然当他把勺子举到嘴边时，他本来会很高兴能喂那个在灌木丛中和居茨纳的未婚妻睡过觉的人——实际上，这会给他带来很大的快乐——可他就是无法在那道鸿沟上架起桥梁，他就一直站在这一边，无法抓住另一边的那个人。尽管如此，如果他能确切地知道他想起来的那个居茨纳的女人到底是谁，或许就能够在那道鸿沟上架起桥梁：因为当时看着河岸边灌木丛的那双眼睛，并不是现在注视着林荫道树木的这双眼睛，也不是那双在房间里四处张望的眼睛。可以肯定的是，存在着一个格迪克，他无法忍受另一个人应该被喂食，他拒绝喂那个人，那个甚至到现在还准备和居茨纳的女人睡觉的人。这个忍受着腹中疼痛的格迪克，有同样的可能是那个发出拒绝的人，或者那个遭到拒绝的人，但也可能是一个完全不同的格迪克。这是个极其复杂的问题，泥瓦匠格迪克根本无法看到解决它的途径。这大概是由于他不愿恢复意识，重获他灵魂的所有四散的碎片，但这或许也是他没有条件这么做的原因。实际上，如果他现在能够探视他的内在，人们就无法排除以下的可能：在他接纳的每一个自我的碎片中，都能认出一个单独存在的格迪克，就仿佛每个碎片都是一个独立的核。因为灵魂和原生质的情况或许是一样的，通过解剖可以得到细胞核，以及独立的、完整的、自主的生命。无论是何种可能，无论结果如何，在格迪克的灵魂中都存在着好几个独立的、完整的、自主的存在，每一个都可以叫作格迪克，要将它们全都归入一种个性，是一个费劲的、几乎不可能的任务。

这个任务需要完全由泥瓦匠格迪克自己来完成；没有人能够帮他。

第三十章

在为期两天的策略性的间隔之后，胡格瑙再次出现在埃施的办公室，他发现有个髋部肥大的人坐在埃施办公桌旁边的藤椅里，不仅无法确定年龄，而且缺乏性特征和魅力。那是埃施太太，胡格瑙知道现在游戏掌控在自己手中。他只需给她留下良好的印象：

"哦，您的贤内助会在这艰难的协商中给我们提供帮助的……"

埃施太太有点退缩：

"我对生意上的事一无所知，那是我丈夫在管。"

"啊，是的，您丈夫，理所当然[1]，他是一位真正的商人；我可以告诉您，他可是一颗咬不动的硬核桃，很多人碰上他都会把牙齿给咬碎的。"

---

[1]　原文为法语。——译注

埃施太太淡淡地笑了，胡格瑙受到鼓舞，继续说下去：

"他的想法很妙，充分利用市场，摆脱这份报纸，可以说，这份报纸给他带来的只有忧虑和烦恼，而且生意是从糟糕到更糟糕。"

埃施太太礼貌地说道：

"是的，这份报纸令我丈夫非常烦恼。"

"但我还是不会放弃的。"埃施说道。

"行了吧，埃施先生，就算您的健康对您来说无足轻重，我想您的贤内助也会有意见的……再说了，"胡格瑙思忖道，"……要是您不想完全切断与报纸的联系，您可以把您的进一步合作当成交易的条件，要是我能给我所代表的集团找到如此得力的助手，他们会很高兴的。"

嗯，这可以考虑，埃施想道，但一万八千马克是不行的，这是他和妻子已经做出的决断。

嗯，看来埃施先生已经在一定程度上使自己的要价趋于合理了，然而，如果想要保持与这桩生意的联系，他也肯定必须为此做出一些让步。

到什么程度呢，埃施问道。

胡格瑙觉得有必要明确一些：

"其实，最简单的办法就是草拟一份合同，顺便把有分歧的地方过一遍。"

"好吧，我不介意，"埃施取出一张纸，说道，"您说吧。"

胡格瑙调整好了坐姿：

"嗯，开始吧；标题：合同备忘录。"

经过整个下午几番断断续续的讨论之后，他们达成了以下协议：

第一条：威廉·胡格瑙先生，作为一家联合企业集团的代理和执行人，由此与拥有《库尔-特里尔先驱报》的私营公司按照以下条件进行合伙，企业资产分配如下：

奥古斯特·埃施先生，持股百分之十。

胡格瑙先生代理的"实业集团"，持股百分之六十。

胡格瑙先生代理的本地利益团体，持股百分之三十。

埃施原先要求的一半所有权被胡格瑙回绝了："这是不符合您的利益的，亲爱的埃施，您持有的股份越多，您能拿到的现金越少……您瞧，我是很关心您的利益的。"

第二条：公司的资产包括发行和其他权利，以及办公设施和整套印刷设备。有关新的股份分配的临时股份书将发到每位股东手中。

埃施先生声明，自由女神像和巴登维勒的风景画是他的私人财物，并不包含在企业资产中。"当然。"胡格瑙慷慨地说道。

第三条：净收益将在股东中间按照持股比例分配，需要存为备用金的款项除外。而亏损将按照同样的比例分担。

在埃施先生的要求下，合同里加入了这个涉及亏损的条款，因为胡格瑙先生没有考虑到亏损的可能。备用金同样是埃施提出来的。

第四条：作为新的股东团体的代表和执行人，胡格瑙先生为公司引入总额为两万马克的资金。其中三分之一将立即支付；另外两期款项各三分之一将按照股东意愿，在接下来的六个月或十二个月内分别支付。若是推迟支付，公司将收取半年百分之四的利息。股份书将在资金进账后按比例制定。

因为股份书将在付钱后立即发出，而百分之四的利息是一个巨大的威慑，所以胡格瑙不太担心当地的投资者会推迟付款；即便推迟了，也很容易找到办法渡过难关。同样，他也不担心自己要如何凑齐传说中的实业集团的投资——第一笔款项还要等半年，在1919年初才到期，也就是说，还有很长一段时间，许多事情都有可能发生；战争的处境造成了极大的混乱，或许那时候和平已经来临，或许报纸本身就能赚到所需的款项，当然，这样一来，就得捏造亏损来抹去这些收入，或许埃施那时候已经死了——总能找到办法解决困难，取得成功的。

第五条：威廉·胡格瑙先生带来的两万马克投资，须划分到两个账户名下：其中的一万三千四百马克归胡格瑙的"实业集团"所有，另外的六千六百马克归当地的投资者所有。

现在来到谈判最艰难的地方了。埃施坚持要拿到一万八千马克，而胡格瑙却表示，首先，为了保留埃施的股份，必须扣去这笔资金的百分之十，也就是两千马克，此外，考虑到投入生意的资金增加，扣除的金额必须翻倍，也就是总共四千马克；因此，即便按照埃施自己的要价，他也只能拿到一万四千马克；但即便这样，还是太多了；他，胡格瑙，作为中间人，必须不偏不倚，他永远都无法从他的集团那儿要到这个价格，虽然他很乐意为埃施及其迷人的太太这么做；不，这根本不可能，因为他必须给自己的委托人一个严肃的方案，他可不想碰壁；在这个问题上，他完全没有偏袒谁，而是非常客观的，作为一名公正的评判员，他只能为这桩生意余下的百分之九十的股份提供一万马克，不能再多了。

不，埃施喊道，他要一万八千马克。

"怎么有人听力这么差呢？"胡格瑙转向埃施太太，"我已经向他证明过了，按照他自己的要价，他也只能要一万四千马克。"

埃施太太叹了口气。

最后，他们以一万两千马克成交，达成了以下条款：

第六条：作为此前的唯一业主，奥古斯特·埃施先生将获得：

（一）一笔总计一万两千马克的出让金，其中三分之一，亦即四千马克，将由公司立即支付给埃施先生，另外两笔各四千马克将于1919年1月1日和7月1日分别支付。此两笔未偿清的款项将产生百分之四的利息。

（二）一份聘请他为助理编辑与首席簿记员的合同，为期两年，月薪一百二十五马克。

或许埃施原本还是不会屈服的，尽管胡格瑙巧妙地把争论转移到了次要的让步上，在假装激烈的驳斥之后，答应挤出百分之四的利息给埃施；不，即使这样，埃施原本也是不会屈服的，要不是复杂的簿记工作的前景那么炫目，那么令他着迷，使他没有意识到那两期未付清的款项可能永远都无法解决——他一点也不知道能付清根本就是奇迹——或者一万两千马克和两万马克之间的差额可能会——尽管簿记工作的前景那么吸引他——落入欺诈他的胡格瑙的口袋。说实话，胡格瑙也没怎么想过这种卑鄙的事情，他没有意识到，当地投资者的钱一旦到账，《库尔-特里尔先驱报》就成了白送给他的礼物；他真心实意地为自己捏造的委托人争取利益，最后终于以疲惫的声音说道："唉，好吧，就按照您说的，一万两千马克和百分之四的利息，敲定了吧。我会自己把责任揽下来的……但我也得从中得到某些东西……"

第七条：相互的权利和义务：

（一）胡格瑙先生将担任发行人及编辑。商业和财务上的运作由他全权负责。此外，对于投给报纸的文章，他有权根据自己的判断予以接受或拒绝。作为回报，公司承诺支付他最低薪水每月一百七十五马克，亦即每年两千一百马克。

（二）在合同有效期内，埃施先生将担任公司簿记员及助理编辑。

埃施不得不同意为了实业集团而限制他的编辑权限；他的簿记职权算是一种补偿。

第八条：埃施先生家迄今用于发行报纸的房间将提供给公司使用三年。另外，在此期间，埃施先生须在上述家中提供两个含早点的舒适、靠前的房间给编辑使用。为此，埃施先生将得到公司每月二十五马克的补偿。

第九条：倘若公司在后期变更为有限责任公司或联合股份公司，上述条款的主旨同样有效。

要是按计划变更公司，就必须审计账目，到时候胡格瑙的纸牌屋就倒了。但胡格瑙并不关心这种小事；对他来说，这是一桩完全正当的买卖，唯一使他觉得有点不正当的条款就是给他一个不但免费，还提供早点的住处，但他很高兴这样。另一方面，埃施却不高兴，因为合同的条款不到十条。他们考虑了一下，终于想出第十条：

第十条：本合同产生的任何争议，将交由公共仲裁机构仲裁。

于是，时间短得令人惊奇，在5月14日，胡格瑙就宣布收购顺利完成。当地的投资者毫不迟疑地付清了总共六千六百马克的投资；这其中的四千马克按照合同条款付给了埃施先生；作为一名审慎可靠的商人，胡格瑙先生得到了一千六百马克的酬劳，而余下的一千马克，他以流动资金的名义挪为己用。临时的股份书发给了投资者，过了几天，准时地宣布，从6月1日开始，报纸将通过全新的编辑，以全新的版式发行。胡格瑙说服了少校以一篇社论开创新的纪元，同时，这新的一期还有一部分是爱国文章，一部分是政治经济文章，但更多的是出自当地投资者手笔的爱国经济文章。

为了庆祝这个新纪元，胡格瑙在埃施家为他准备的两个房间里安顿了下来。

第三十一章

价值崩溃（4）

可以肯定，一个时代的风格影响的不仅仅是艺术家；它渗透了同时代的一切活动，不仅仅在艺术作品中体现出来，还在构成时代文化的所有价值中体现出来，而艺术作品在其中仅仅构成一个微不足道的部分；然而，当人们面对一个具体的问题，会感到十分茫然：一个时代的风格在多大程度上体现在一个普通人，一个商人，比如威廉·胡格瑙这种人身上？一个经营葡萄酒或者纺织品的人，他对风格的感觉与在梅塞尔建造的商铺或彼得·贝伦斯[1]的涡轮机车间当中显而易见的风格感有什么共同之处吗？他的个人品位自然是奔向尖塔别墅和塞满小饰物的房间，即便不是这样，他依然是与艺术家隔着一道鸿沟

---

[1] 彼得·贝伦斯（Peter Behrens，1868—1940），德国建筑师。1903年任杜塞尔多夫工艺美术学校校长。1907年成为大型企业通用电气公司的艺术顾问。1909—1912为该公司设计的装有玻璃幕墙的涡轮机车间（在柏林）成为当时德国最壮观的建筑物。——译注

（这会自行表现出来）的大众中的一员。

然而，当人们更加仔细地端详像胡格瑙这样的人，就会明白，隔在他和艺术家之间的鸿沟并不影响问题的实质。人们肯定能够假设，在拥有至高风格感的时代，在艺术家和同时代人之间的缺乏理解，并不像今天这么强烈显著，比方说，丢勒[1]在圣巴托罗缪教堂画的新作甚至在那个时代的胡格瑙之流中间都激起了普遍的愉悦和欣赏；因为有许多迹象表明，在那个时代，艺术家与大众处于一种非常不同的集体关系中，画家对织布工和马具商的理解，至少与他们对其画作的喜爱一样深。当然，这无法得到证实，而且，或许有许多革命性的精神为他们的同时代人所接受，却甚少得到他们的认识；或许这就是格吕内瓦尔德的情况。但这些例外并不是特别切题，总之，不管在艺术家与同时代人之间的理解是否主宰了中世纪，在面对以下事实时都变得无关紧要：误解与理解，都是传说中的"时代精神"在艺术作品或其他同时代的活动中的真实表达。

但果真如此的话，那么，一个像胡格瑙这样的商业代理人在建筑或其他方面有什么样的趣味也是无关紧要的事，而胡格瑙从机器中感受到一种审美的愉悦，也同样无关紧要；任何时候的唯一问题都在于，他的日常行动，他的日常思想，是否受

---

[1] 丢勒（Albrecht Dürer, 1471—1528），德国画家和版画家，被推崇为文艺复兴时期欧洲北部最伟大的艺术家。1506年在威尼斯为圣巴托罗缪教堂完成了他的伟大祭坛画《玫瑰花冠的宴会》。——译注

到一些法则的影响，这些法则在另外的领域或者创造了无装饰的风格，或者形成了相对论，或者催生了新康德主义的哲学结论，——换句话说，一个时代的思想是不是风格的载体，是不是由那种在艺术作品中得到看得见、摸得着的表达的风格所掌控；这就等于是说：真理，思想的终极产物，正如其他价值一样，是时代风格的载体，它在其中被发现，且在其中成立。

实际上，不会有别的情况。因为并不能说，从某种角度看，真理只是其他诸多价值中的一种；真理同时也掌控着人类的一切行动，可以说，真理弥漫在人类的一切行动之中：一个人无论做什么，他在任何时刻都觉得是有道理的，他会用在他眼里代表着真理的理由来向自己证明这是合理的，他会合乎逻辑地向自己证明——至少在行动的那个时刻——他的行动总是合理的。如果他的行动是受到时代风格的支配，那他的思想一定也是；我们无须判断（从实践论或认识论的角度）是行动先于思想还是思想先于行动，是生活的动态还是理性的动态，是我在故我思，还是我思故我在——我们能够考虑的只是理性的思想逻辑，因为非理性的行动逻辑（风格体现在其中）只能在已经完成的产物，在结果中观察到。

但由于在逻辑思想的主旨与行动所蕴含的积极和消极价值之间的这种极其紧密的联系，那种掌控着像胡格瑙这样的人，驱使他以一种特定的方式行动的思想规律（这决定了他的生意手段，让他从某种角度拟定合同）——也就是说，像胡格瑙这种人的全部内在逻辑——在时代的整个逻辑框架中被赋予了属于自己的位置，与任何弥漫在富有成效的时代精神和可见风格中的逻辑产生了最本质的联系。尽管这种理性的思想，这种理性的逻辑，可能只是必须缠绕在由生活呈现的多维度上的一根纤细的、单一维度的线，但这种凸显在抽象的逻辑空间中的思想，依然是生活的多样性和流行风格的一种缩略的表达，就像装饰是可见的风格产物的一种缩略的空间表达，——是所有体现了风格的作品的一种突出的缩略。

胡格瑙是一个以单一的目的行动的人。他以单一的目的安排每一天，他在经营生意时目光单一地盯在目的上，他在拟就合同和签署合同时目光单一地盯在目的上。在他的目的后面，有一种完全剥除了装饰的逻辑，而断定这种逻辑要求排除一切装饰，并不是一个显得过分大胆的结论；实际上，它跟其他任何必然的结论一样公正合理。然而，这种对一切装饰的排除牵涉到虚无，牵涉到死亡，其背后隐藏着一种瓦解，而我们的时代正在其中走向末路。

第三十二章

反叛者和罪犯不能混淆在一起，虽然社会时常会把反叛者说成罪犯，虽然罪犯有时会自称为反叛者，以便拔高自己的行动。反叛者孤身一人：他是他对抗和排斥的那个对象——社会——最忠诚的孩子，他在他与之斗争的世界中看到一种完整的生存关系，其线索只是由于某种阴毒邪恶而乱作一团，上天赋予他的任务就是让他按照自己更好的想法将其解开，使之整齐有序。路德就是这样反抗教皇的，因此，埃施也可以说是反叛者。

但在另一方面，这绝不是可以将胡格瑙污蔑为罪犯的充分理由。这不仅是对他的诋毁，也是对他极端的不公。从军队的立场来看，逃兵当然是罪犯，无疑有一些坚定的军事分子对逃兵的憎恨就跟——比方说——农民对偷鸡贼的憎恨一样强烈，他们会像农民一样觉得，对于这种违法者，没有什么比死刑更公正的了。尽管如此，这里还是有一个重要的客观差别：

犯罪的本质在于它能够重复；能够重复就表明犯罪只是一种社会职业。犯罪主义只是在非常笼统的意义上针对现存的社会秩序，哪怕它在对抗法律和秩序的时候装出美国式的形态；对于小偷和伪币犯来说，共产主义的口号没有多大意义，而穿上悄无声息的胶底鞋开始夜间工作的窃贼也和其他手艺人一样只是手艺人，跟所有的手艺人一样保守，甚至连嘴里叼着刀子爬上陡直高墙的杀手，其职业也不是针对整个社会，而只是他必须同受害者处理的一件私事，其中并无推翻现存制度的意图。犯罪阶层从未有过修订或改进刑法的提议，虽然这事与他们最为相关。如果把刑法交到罪犯手上，那我们仍然要把小偷和伪币犯吊死在绞刑架上，而且我们甚至不需要去区分谋杀和误杀，尽管罪犯时常对自己的职业行为的细微差异表现出良好的感受力，并且对刑法为他们的细致区分和巨大需求做出调整而感到高兴；但他们要求对刑罚做出相应的区分，这桩罪行判处绞刑，另一桩判处轮刑和烙刑，还有一桩判处九尾鞭刑或者上足枷——这种对得到认识的简单且笨拙的渴望，实际上只是未受教育的人的一种摸索性的渴望，他们无法恰当地表达自己，并且似乎在象征意义上笨拙地要求某种东西，这种东西代表的只是他们心之所向的一小部分，虽然他们基本不知道那是什么；这一事实泄露了他们渴望的目标：他们所处的那个边疆，那个处在一个满是良好法规的世界边沿的地方，应该被接纳到他们不想改变的那个更大的、良好的、几乎受到热爱的秩序之中；如果说罪犯只能在一个受到制约的、严格的刑罚框架中构想这种接纳和承认，那也证明他们本性是有抱负和社会性的，他们渴望避免边界的冲突，渴望在安宁与平静中从事自己的工作，他们越来越无怨言地、不显眼地、敏感地渴望迎合自己的使命，其参照物是整个社会结构和现存秩序。

反叛者和罪犯，他们都将自己的秩序、自己的价值观带入现存的制度中。但是，反叛者想要征服现存的制度，罪犯则试图适应现存的制度。逃兵既不属于前者，也不属于后者，或者说同时属于两者。胡格瑙或许感觉到了这一点，现在在他面临的任务就是在那个更大的秩序的边缘建造自己的真实的小世界，使后者适应前者；即便他同意逃兵应该枪毙，这暂时也是不相干的，《库尔-特里尔先驱报》在他眼里代表着一个巨大的机器的一部分，比方说，一个将铁条夹在一起的镀铜部件，一个按照他自己的法则运转的国度与按照他所崇敬和热爱的法则运转的国度相遇的地方，他决心奔向那里，在那里居住；这一事实并非仅仅是荒谬的；它并不比他的梦呓荒谬。就是在这些动机的共同作用下，胡格瑙觉得必须掌控《库尔-特里尔先驱报》；同时，这也解释了他在这桩业务上的圆满成功。

第三十三章

（《库尔－特里尔先驱报》1918年6月1日社论）

德意志民族的命运转折点
——小城司令官约阿希姆·冯·帕塞诺夫上校沉思录

"于是，魔鬼离开了他，天使就前来伺候他。"

——《马太福音》4:1

虽然与我们即将迎来第四个周年纪念日的那件大事相比，这份报纸在编辑政策上的改变只是小事一桩，但我觉得，就像经常出现的情况，在此我们也必须将小事视作大事的一面镜子。

因为我们和我们这份报纸同样站在分岔路口，我们同样希望选取一条崭新的、更好的道路，让它引领我们走向真理，我们怀着一个信念，我们将竭尽所能　　　·　　·　　·

　·　　·　　·　　·　　·　　·

　·　　·　　·　　·

我们必须从我们中间将其驱逐出去的魔鬼在哪里呢？我们能够向其求援的天使在哪里呢？

一名老兵应该坦率地说出心底的想法，哪怕他所说的话使

许多人觉得不合时宜　　　·　　　·　　　·　　　·

　　　　　·　　　·　　　·　　　·　　　·

使我们不受敌国的奴役，同时也使祖国及整个世界摆脱不洁的
精神　　　·　　　·　　　·　　　·　　　·　　　·

　　　　　·　　　·　　　·　　　·　　　·

国家遭遇成百上千次的纷争和分裂，无须惊讶。因为你将在你
犯下罪行的那部分躯体上遭受惩罚。

　　我听到有人反对说，那样一来，我们就应该直接屈服于惩
罚，忍受鞭打，将另一边脸转向迫害　　　·　　　·

　　　·　　　·　　　·　　　·　　　·

　　　·　　　·　　　·　　　·　　　·

正如路德与日益腐朽的教皇统治的斗争是一种正当的斗争。我
们的大师克劳塞维茨[1]不是教导过我们吗，正义精神是战争的
一大武器　　　·　　　·　　　·　　　·

　　　·　　　·　　　·　　　·　　　·

应该这样形容我们的斗争："于是违法歹徒，不寒而栗；作恶匪
类，惊慌失措；救国大业，赖其成功。"（《玛加伯上》3:6）

---

[1]　克劳塞维茨（Carl von Clausewitz, 1780—1831），普鲁士将领和作家，著
有《战争论》。——译注

但我们不能将我们的思想专注于追逐歹徒，而应该专注于拯救，拯救我们自己和其他的民族。我们目光短浅，实际上，倘若我们的全部牺牲都被肤浅地看待，那就白费了，上帝的

．　　．　　．　　．　　．　　．　　．

．　　．　　．　　．　　．　　．　　．

．　　．　　．　　．　　．　　．　　．

　　想要拥有我们必须为之奋斗的外在的自由，唯有同时将内在的、真正神圣的自由赋予它。我们不应该在我们可能获胜的战场上实现自由，而只能在我们心中找寻它。因为这种内在的自由与信仰是相等的，而如今的世界正面临着失去它的危险。因此，战争不仅仅是

．　　．　　．　　．　　．　　．

．　　．　　．　　．　　．　　．

．　　．　　．　　．　　．　　．

根据《圣经》？"高尚与虔诚的工作永远不会让人变得高尚与虔诚，但高尚与虔诚的人会从事高尚与虔诚的工作，"路德在论述基督徒的自由时如此断言，然后他又写道，"但是，倘若工作无法让人变得虔诚，而在从事高尚的工作之前人必须是虔诚的，那么，显然只有信仰能通过基督的无限恩典允许我们

．　　．　　．　　．　　．　　．

．　　．　　．　　．　　．　　．

．　　．　　．　　．　　．　　．

约翰说（《约翰福音》3:30）："他必兴旺，我必衰微。"战争也是如此，它必兴旺，而我们的信仰可能会衰微，直到我们

的信仰获得新生，重新开花结果，直到那时，这场战争才能结束。邪恶仅仅为了邪恶   · · ·

· · · · · · ·

· · · · · ·

我们几乎觉得，必须让第一支黑人大军在整个世界上肆意横行，这样才能从《启示录》的大火中产生新的手足之情和友爱之情，才能再次建立基督的王国，崭新的，充满荣耀的

· · · · · · · ·

· · · · · · · ·

· · · · · ·

黑人军队，配着毫无骑士精神的武器，出来对抗我们，但这些只是先头部队。他们后面将是黑主人，将是黑人《启示录》的恐怖。因为只要白人种族无法克服这种情感的惰性，无法摆脱它们   · · · · ·

· · · · · · ·

· · · · · ·

拥抱荣誉，这是迷惘的一代，可怕的黑暗将包围着它，没有人会来帮它，它的   · · · · ·

· · · · · · ·

· · · · · ·

渎神者和投机分子的毒液不仅污染敌人侮慢的首府，而且也不放过我们的祖国。它就像一张无法摆脱的罗网，无形地笼罩着我们的城市

正如当初我们在1870年的光辉战役必然发生，从而使德国人民分散的部落联合起来，这场远比它浩大、远比它可怕的战争，其光辉不仅仅在于使所有人像手足一样团结起来，而且在某种意义上

基督徒的信仰和自由的恩典将再次属于我们。那时，我们就可以说"基督徒是万物的忠实仆人，服从于每个人"，就像可以说"基督徒是自由的万物之主，不屈从于任何人"；因为两者都将是真的，而且我们就该如此看待真正的自由。

我不知道是否将自己的意思完全表达清楚了，为了达到这些真理，我不得不努力了许久，我坚信它们仍是不完整的。但在这里，克劳塞维茨将军的话可能同样适用："危险和苦难的令人心碎的景象会轻易地使我们的感情压倒我们理智的信念，在面目模糊之中，要想获得一种对事物的深刻、清晰的洞见是如此之难，因而摇摆犹豫是可以理解、可以原谅的。人总是仅凭着对真理的一知半解和预感行事。"

冯·帕塞诺夫少校就这样对战争和德国的未来的问题绞尽脑汁，他发现这无比艰难。战争，他所受的教育就是为了它而

做的准备，战争，他在年轻时一直穿着制服，四年前又再一次穿上，就是为了它，而突然间，战争不再是一个关于制服的问题，不再是一个红色军服或蓝色军服的问题，不再是富有骑士风度地交锋的英勇敌手之间的事；不，战争既不彰显一个王国，也不证明一种穿着制服的生活的完满，而是在无形中越来越明显地动摇了那种生活的基础，它扯开了将生活缝紧的道德之线，魔鬼透过织物的破洞狞笑着。在库尔姆军校训练出来的精神力量并不足以制伏魔鬼，这并不令人意外，因为教会本身虽然更具优势，同样无法一劳永逸地解决原罪的矛盾。但曾在奥古斯丁心头盘桓的那个拯救世俗世界的想法，斯多葛学派在他之前做过的那个梦，创建一个囊括人类一切要素的宗教国家的想法，这一崇高的思想穿过那片令人心碎的、危险和苦难的景象，闪耀着，苏醒了——实际上，是作为一种感情而非理智的信念，是一种模糊的预测而非深刻、清晰的直觉——它同样在一名老军官的灵魂中苏醒了；因此，一种联系，模糊且有时是误解，却总是有迹可循，从芝诺和塞涅卡，甚至从毕达哥拉斯，一直延伸至冯·帕塞诺夫少校的思想。

第三十四章

价值崩溃（5）

逻辑的离题话

虽然无法否认，盛行的思维风格，比方说在库尔姆的普鲁士皇家军事学校，就跟一家罗马天主教的神学院相当不同，但"思维风格"的概念是如此模糊，以至于使人想起那些在"直觉"这个词语当中发现其方法论之核心的哲学和史学倾向的模糊。因为思维和逻辑先验的非含糊不容许任何风格的渐变，因此，除了头脑对自身的先验的理解，不容许其他任何直觉，将别的一切当成经验主义的和病理学的反常予以抛弃，认为它们更适合心理学和医学研究而不是哲学研究。这是对人脑在面对自我的绝对逻辑和上帝的绝对逻辑时的日常和经验主义思维的不足的一种辩解。

或者可以争辩说，绝对的逻辑程序是不容置疑的，即使是人力也无法改变；改变的是主张的内容，是对世界的性质的阐释；因此，风格至多只是一个认识论的问题，永远也不会成为一个逻辑的问题。逻辑，如同数学，是无风格的。

但是，逻辑的形式真的那么独立于它的内容吗？奇怪的是，在某些地方，逻辑本身是等同于内容的，这在所谓的形式的系列证明当中再清楚不过了；因为不仅仅是这些系列公理或定律的链条——譬如非矛盾律——对可信构成了一道无法穿过的界限（但有一天界限还是会被穿过，譬如排中律），不仅仅它们的证明不再是基于形式的证明而是基于实际的内容，而且，如果没有超逻辑的原理令整体活动起来——无论人们将定义的边界推到多远，这些原理最终都是极其形而上和实质的——就根本不会有三段论，甚至连得出和证明结论的整个逻辑机制都会失灵。因此，形式逻辑的结构是建立在实质的基础之上的。

直觉的心理分析者的唯心主义预先假定一种"对真理的感觉"，为每个问题链提供了一个停靠点，这些问题链以"是什么"开始，继而反复提出"为什么"，最后就在此以这样一种对公理的可信的断言结束："就是如此，别无其他。"现在，虽然在涉及一种先验的和纯粹形式的逻辑的不变性的时候，这种对真理的感觉是一种多余的引入，但在涉及逻辑证明中的实质因素的时候，却需要得到更合理的尊重。因为在问题链和证明链终端的停靠点虽然脱离了形式的不变性，却应该对逻辑证明过程本身及其形式具有决定性的影响。这引发了一个问题：

"实质的内容——无论本质上是逻辑的公理还是非逻辑的——能够以何种方式对形式逻辑产生如此影响，在完整保持形式不变的同时，又承认思维风格的变化？"这个问题不再是经验主义和心理学的，而是方法论和形而上的，因为在其背后先验地存在一个一切伦理的首要问题：上帝怎能允许错误，疯子怎能活在上帝的世界中呢？

人们可以想象一条永远不会终结的问题链。所有对终极起源的探询都明显带有这种特性；物质的问题，从一个基本概念到另一个，从原始物质到原子，从原子到电子，从电子到量子，每一回都只是抵达一个临时的落脚点，就是这种无限的问题链的例子。

现在，这种问题链终结的那个点显然取决于对真实和证据的感受，因而也就取决于任何流行的公理。比如泰勒斯的学说，那个终结的点，探询物质的源头的那个可信的点是"水"这种物质，我们可以得出一个结论：对于泰勒斯而言，有一个被接受的公理系统，在其中物质的水性是可能的。在这里，终结问题链的是实质的而不是形式的逻辑公理，是流行的宇宙观的公理，——但这些实质的公理必须与那些形式的逻辑公理存在某种联系，它们无论如何都不能有正式的矛盾，因为证据的实质发展与形式的逻辑如果不一致，结论就不可信。（然而，实质的和逻辑的公理之间的分歧是可能的，这可以在双重真理学说中找到。）此外，即便人们采取一种完全怀疑的态度，表示不可知[1]，否定一种取决于宇宙观的可信的存在以及相应的公理的存在，假定探询的本质是永无尽头的，认为它们在某个定点的终结是一种蓄意虚构的主观独断，但依然很明显，连这种不可知的辩解都有一种明确的可信的特征，它再次得到了一个明确的逻辑框架和一个明确的逻辑公理系统的支持。

或许在任何世界观当中都是绝对和有效的公理的数量，可以提供关于这些关系的某种概念，某种延伸到纯粹直觉的边界之外的合理的概念。当然，精准的数量是无法得到的——人们只能指出公理在极端情况下的相对多样或匮乏。比如，一个原始民族的宇宙观是极为复杂的；世界上的每个物体都有自己的生命，在某种意义上是自因[2]；每棵树都居住着自己的神灵，每样东西都居住着自己的魔鬼；这是一个由无数事物构成的世界，每一条与那个世界的物体相关的问题链都只前进了几步，或许只有一步，就在这些公理当中的某一条面前突然停了下来。与许多本体论推理的短链（大部分只有一环）相比，一神论世界里的推理链条要长得多，虽然没有长到无限；它们一直延伸，最后相交于一个点，也就是第一推动力：上帝。因此，要是不把其他纯粹属于逻辑的东西算在内，单单从两种极端的

---

[1]　原文为拉丁语。——译注

[2]　原文为拉丁语。——译注

情况（分别以原始巫术和一神论的对立的宇宙观为代表）考虑宇宙观的本体论上的公理，公理的数目就由无限变成了一。

就语言是逻辑的一种表达而言，就逻辑似乎是语言的结构所固有的而言，人们可以从一个民族的语言中得出一个关于其本体论上的公理数目、逻辑特征、"风格"的可变性的结论。因为一个原始民族的复杂的本体论系统，它的广泛分布的公理系统，就是反映在其语言的结构和句法的异常复杂性当中的东西。正如我们的形而上的世界观基本不能用实际的原因来解释——没有人会宣称，比方说，相较于至少站在同一发展高度的中国，我们西方的形而上学更加"实际"——语言风格的简化和根本变化，包括过时淘汰的倾向，同样不能单独用实际的考虑来解释，除了任何实际的理由都不足以解释大量的变化和句法的独特性之外。

但一个与纯粹的逻辑结构有关的公理系统所扮演的角色，无论是本体论的还是逻辑的，它在一种仍保持不变的形式逻辑上面盖上独特的"风格"印记的方式，可以通过示意图想象出来。在某个几何图形当中，任意假设一个无限远的点在一个确定的有限的平面内，那么，这个图形会构造得仿佛这个假设的点真的在无限远处。这个图形当中各个部分之间的关系仍是相同的，仿佛这个假设的点真的在无限远处，但所有的团块都是扭曲的，按照透视法展现的。我们可以用类似的方式想象当逻辑的可信点从无限转到有限，逻辑的构造所受的影响：这种纯粹形式的逻辑，它的推理方法，甚至它的实质的联系，依然没有改变——改变的是它的团块的形状，它的"风格"。

迈到一神论的宇宙观之外的那一步几乎无法察觉，但它的意义却比先前任何一步都更加重大："第一推动力"被移到了一个仍保持人格化的上帝那"有限"的无限之外，进入了抽象的真正无限之中；问题链再也不会在这种关于上帝的观念上相交（可以说，它们再也不会在任何点上相交，而是相互平行），宇宙观不再以上帝为基础，而是建立在问题的永久延续上，建立在这样一种意识上：人们没有一个点可以停留，永远可以提出问题，永远必须提出问题，既无法发现一种"第一物质"，也无法发现一种"第一推动力"，在每个逻辑系统后面都还有一种元逻辑，每一种解答都只是一种临时的解答，除了这种自足的探询的举动，再也没有什么了：宇宙观已经彻底科学化，其语言和句法都丢弃了"风格"，变成了数学表达。

第三十五章

埃施和胡格瑙正穿过集市；这是在6月4日，星期二，一个雨天。胡格瑙圆滚滚、胖墩墩的，敞着大衣大摇大摆地往前走。就像一个征服者，埃施恶狠狠地想道。

他们在市政厅拐弯，遇到了伤感的一幕：一名德国士兵，戴着手铐，被两名枪上带刺刀的男子护送着——大概是从火车站或者法庭——走向监狱。雨水打到那个人脸上，他不时抬起被铐住的双手擦脸；动作笨拙而又令人同情。

"他干什么了？"埃施问胡格瑙，后者似乎像他一样动情。

胡格瑙耸耸肩膀，咕哝着谋杀、抢劫和侵犯儿童之类的话：

"也可能是捅死了一名牧师……用刀子。"

埃施重复道：

"用刀子。"

"如果是逃兵的话，就会被枪毙。"胡格瑙结束了这个话题，埃施看到军事法庭在熟悉的法院里开庭，看到小城司令官坐在审判席上，听到他发出无情的判决，看到那个人在淅淅沥沥的雨水中被带到监狱的庭院里，在面对行刑队的时候最后一次抬起被铐住的双手擦脸，那张脸上混合着雨水、眼泪和冷汗。

埃施是个鲁莽的人；他看到世界分成黑与白，看到它被善与恶的角力所支配。但他的鲁莽时常使他在应该看到系统的地方看到个人，他正准备谴责少校而不是冷酷野蛮的军国主义马上就要对那个可怜的逃兵施加的非人性的报复，正准备告诉胡格瑙，少校是个无赖，却突然发现没有道理；他突然不知道该怎么看，因为少校和那篇文章的作者竟然是同一个人，突然变得难以理解。

少校不是无赖，少校是更高等的人物，少校突然从世界黑的一侧移到了白的一侧。

埃施看到那篇社论清楚地浮现在他眼前，少校的那些有点模糊却崇高的思想在他看来是清晰而伟大的，就像是对人的崇高义务的一种阐释：为这个世界的自由和正义而斗争；而更加引人注目的是，他在其中看到了对他自己的使命和目标的一种重申，虽然用的是一种如此崇高、灿烂、飞扬的语言，这种语言使他迄今为止的一切思想和行为都显得沉闷、狭隘、平庸和盲目。

埃施停了下来。

"人们必须为自己的行为付出代价。"他说道。

胡格瑙对这话很不以为然：

"您说得轻巧，又不是您被拉去枪毙。"

埃施摇摇头，做了个轻蔑的、有点绝望的手势：

"如果只是这个问题就好了……问题是一个人的自尊……您知道吗，我一度想要加入自由思想者的行列。"

"那又怎样呢？"胡格瑙说道。

"您不能这样说，"埃施说道，"《圣经》里面还是有东西的。您读一下少校的文章。"

"一篇好文章。"胡格瑙说道。

"哦？"

胡格瑙思忖道：

"他不太可能再给我们写文章了……我们得去找点别的……当然，我会像平常一样自己处理的，您从来都不操心。可您还以为自己在发行一份报纸！"

埃施绝望地盯着他；显然你是没法跟这个家伙再多说什么的，他不懂，或者根本就不想懂。埃施真想揍他一顿。他对他吼道：

"如果您想把自己当成是被派去侍奉他的天使，那我宁愿当魔鬼。"

"我们谁都不是天使。"胡格瑙明智地答道。

埃施放弃了；反正已经到办公室了。

玛格丽特正在门口和附近的几个小男孩玩耍。因为被打扰，她生气地抬起头来，但埃施根本没注意，他把她抱起来放到了肩上，紧紧抓住她的双腿。

"小心门！"他喊道，在门口弯下了腰。

胡格瑙跟在他们后面走了进去。

他们爬上梯子的时候，玛格丽特在扶手的上方摇摇晃晃，下面的院子（现在变得出奇地大）和花园在她眼前晃动，她被一股恐惧攫住了；她用那双小手用力地抓住埃施的额头，试图让自己的手指嵌在他的眼窝里。

"安分点，"埃施叮嘱道，"小心门。"但他弯腰俯身是徒劳的；玛格丽特硬挺挺地把身体往后甩，头撞在了门楣上，哇哇哭了起来。埃施习惯用身体的抚摸去安慰哭泣的女人，就让孩子滑落到可以亲吻的高度，但她现在却奋力挣扎，又一次去抠他的眼睛，他只得把她放下来，让她走。玛格丽特想跑掉，但胡格瑙挡住了去路，作势要抓她。在她试图从埃施身上挣脱的时候，他就饶有兴致地在一旁观看，现在她要是和他在一块儿的话，那真是一大乐趣。不过，当他看到她阴沉的脸的时候，他不敢去抓她，而是跨开双腿，说道："门在这里。"小孩听明白了他的话，哈哈大笑，爬了过去。

埃施用目光尾随着她："她会像一颗子弹一样把你杀掉的，"听起来充满了柔情，"这个黑乎乎的小淘气。"胡格瑙在他对面坐了下来："嗯，她似乎很招您喜欢……不过我还得马上弄张桌子放到这里来。""请便，"埃施低沉地说道，"您早该开始编辑工作了。"胡格瑙的思绪还在孩子身上："那个孩子也总是在这附近啊。"埃施淡淡地笑了："孩子既是幸福又是磨难，胡格瑙先生，不过您还不明白。""我明白您非常喜欢她……不然您为什么想收养这个别人的淘气包呢？""是自己的还是别人的不重要：我已经跟您说过了。""哦，重要的，当另一个人有这种乐趣的时候。""您不明白。"埃施跳起来喊道。

他在房间里徘徊了几趟，然后就走到堆着报纸的角落，从中抽出一份——那是特刊——开始研读少校的文章。

胡格瑙饶有兴致地盯着他。埃施双手捧着脑袋，灰色的短发从指间露出来——他有一副狂热、几乎像苦行者的面容——而胡格瑙为了抹掉一些模糊而不快的记忆，便用快活的口气说道："您看着吧，埃施，我们会造就一份伟大的报纸的。"埃施答道："少校是个好人。""也许是吧，"胡格瑙说道，"但您最好还是想想我们能用报纸做什么，"他走近埃施，拍了拍他的肩膀，仿佛是要把他唤醒，"《先驱报》必须让柏林和纽伦堡争相订阅，必须在法兰克福的卫戍大本营咖啡馆展出……您知道法兰克福，对吧？……它必须成为一份世界性的报纸。"

埃施没有理睬他。他指着文章的一个段落："但是，倘若工作无法让人变得虔诚，而在从事高尚的工作之前人必须是虔诚的……您知道这是什么意思吗？意思就是孩子不重要，重要的只是自己的感情；别人的还是自己的，都一样，您听到了吗，都一样！"

胡格瑙有些失望："我只知道您是个傻瓜，您用您的感情把报纸毁了。"他说完离开了房间。

门砰地关上了很久之后，埃施依然坐在那里盯着它，坐着，沉思着。说得很不清楚，但胡格瑙关于感情的话或许是对的。尽管如此，秩序似乎还是有希望的。世界分成了善与恶、收方与付方、黑与白，即便不小心有个簿记错误潜入，那也一定得除掉，一定会除掉。埃施平静了一些。他平静地坐着，双手平静地放在膝盖上，透过合上的眼睑盯着门，透过合上的眼睑看到整个房间，现在房间已经奇怪地变成了一片风景——也许是一张明信片？——就像是绿树间的一个凉亭——树是巴登维勒的施洛斯堡里的树；他看到了少校的脸，那是一个更伟大、更崇高的生命的脸。埃施坐了很久，最后惊奇地发现自己再也弄不清楚自己到了哪里，他费了点劲才重新开始阅读。其实，他已经把文章一字一句地铭记在心了，但还是强迫自己读下去，现在他又知道自己属于这个世界的哪一边了。因为少校向德国人民发表的沉思录给这个民族的一部分留下了深刻的印象，即便不是非常重要的部分；它给埃施先生留下了深刻的印象。

第三十六章

四个女人正在刷洗医院的病房。

军医主任屈伦贝克走进来，看了她们一会儿。

"嗯，你们好吗？"

"您还能指望什么呢，大夫？"

几个女人叹了口气，又接着刷洗。

其中一个抬起头来：

"我丈夫下个星期就要回家休假了。"

"太好了，蒂尔登……您的床就可以一上一下地动弹了。"

蒂尔登太太粗糙的褐色皮肤唰地红了。其他人都哈哈笑开了。蒂尔登太太也一起笑了起来。

突然间，从病床上传来了一个有点像吠叫的声音。与其说是吠叫，倒不如说是在气喘吁吁地、艰难地、非常痛苦地驱赶某种东西，几乎算不上声音，而且是从远处传来的。

战时后备军的格迪克在床上坐了起来；他的脸痛苦地扭曲着。就是他用这种古怪的方式在笑。

自打来到医院，这还是他头一回发出声音（如果不算上他头一回的呜咽声）。

"哦，好色的家伙，"军医主任屈伦贝克说道，"他会笑啊！"

第三十七章

柏林救世军姑娘的故事（5）

病恹恹的春日，属于一项坚定的法则，

病恹恹的春日，属于一位犹太新娘，

病恹恹的城市，喧嚣已是张口结舌，

动弹不得，深陷无形的网罗。

病恹恹的天空，在坚如磐石的夏日，

俯瞰沥青广场，俯瞰深渊似的街道，俯瞰

废弃的荒地，遍布石子，就像大地的灰色皮肤上，

一处结痂的创伤。

哦，充满虚假光明的城市，哦，充满虚假祷告的城市，

忏悔者所渴望的，并非青翠的树木，

他所寻求的，只是忏悔的洞穴，

在其中，他祈求律法将向他展露圣洁，

犹如一口喷泉，从深沉的思想中，从神圣的言语中，

从怀疑中，从心烦意乱的恐惧中，喷涌而出。

这是流亡者的城市，悲伤的忏悔者的城市，

这是上帝的选民的城市，

一个为责任而繁殖的民族，毫无激情，

只认自己的子嗣，他们的老人点着头

在窗前祷告，一个留着僧侣胡子的民族，

通过斋戒与皮条同他们的上帝相连，

而他们的女人揉搓着未经发酵的面包，

向上帝还愿的火焰吐出苍白的舌头：

一个为了在床上生育而成亲的民族，

苍白的青年长着演员的胡子和脸，

年轻的雅各，天使向他弯腰，

真理指引他踏上一段旅途，终点是

天使降临的那口遥远的井，

拉结「1」的羊群饮水的那口遥远的井。

灰色的城市，苍白的游牧民族的落脚点，

在他们通往天国，通往上帝的道路上，

一座无神的城市，陷在无形的罗网中，

一堆空茫的石头，背负着诅咒与悲伤；

在这里，救世军姑娘摇起

「1」　拉结，以色列先祖雅各的第二任妻子，据《圣经·创世纪》记载，雅各曾为拉结搬开井口的石头，让拉结的羊群饮水。她原是雅各的表妹，后来成为他最宠爱的妻子，扑克牌中的方块Q就是拉结的形象。——译注

她的铃鼓，让罪人还能

找到重返恩典的道路，

找到通往天国，通往爱之圣地的道路。——

在柏林这座城市，在这些春日，

努黑姆·苏辛遇到了姑娘玛丽，

有段时间，他们感到一阵甜蜜的惊喜，

他们都在精神上单腿跪下；

他们没有看到命运之手举起，

他们看到了天国；他们心里充满了赞美。

第三十八章

海因里希·文德林将近两年没有回家休假了。尽管如此，收到那封宣布他即将回家的信，汉娜还是感到惊讶，就像突然碰到一件荒谬的、不可理喻的事一样惊讶。从萨洛尼卡回来至少要六天，也可能更久，但不管怎样都只是几天的事。汉娜害怕他回来，仿佛自己有个秘密情人要瞒着他似的。每延迟一天，对她来说都是仁慈之举，但每天晚上，她在梳洗的时候都比平常更加仔细，每天早上，她躺在床上的时间都比平常更加长，她等待着，惧怕着，唯恐归来的旅人浑身脏兮兮，连胡子都不刮就直接占有她。尽管她觉得自己应该为这些念头感到羞耻，并且因此而希望有某件烦人的事让他取消休假，但她也感到在某处潜伏着一个更加强烈的、非常奇怪的希望，一个她不愿承认，而且的确没有承认的预感，就像即将面临一场大手术的感觉：人们必须屈服于它，以免不由自主地走向某种致命的东西；它就像最后一个可怕的避难所，虽然黑暗，却能让人免于陷入更深的黑暗。如果将这种恐惧中隐含着希望、等待中掺杂着害怕的态度用一句"受虐狂"打发了事，那只会流于精神的表面，将一切未曾探索过的都丢掉了。对于自己所意识到的状态，汉娜唯一能找到的解释，非常类似于老妇人的愚蠢信念：婚姻是一劳永逸地结束病恹恹的姑娘们的各种痛苦的唯一途径。不，她不敢细加审视，这是一团她不愿深入其中的乱麻，虽然她有点期待，等海因里希一回来，一切自然而然又会跟原来一样了，但她又同样强烈地意识到，永远都不会再跟原来一样了。

最后，夏天真的来了。虽然由于时令的缘故，蔬菜种得比花多，虽然做零工的园丁身体不太好，没能好好完成工作，但"玫瑰小屋"还是配得上它的名字。连战争都无法抑制那些深红色的蔓生植物，它们爬到了门两侧的小天使上；牡丹花床粉白相间，成行的天芥菜和紫罗兰盛放在草坪的边缘。绿色的风景在屋前宁静地伸展，辽阔的山谷抓住人的目光，将其一直带到树林边上；守林人的房子在冬天一览无余，每一扇窗户都可以看见，现在又被绿色掩盖；葡萄园同样是一片绿，树林黑黢黢的，这是前所未有的黑，因为乌云正从山上袭来。

午后，汉娜搬着椅子来到屋外。她躺在一棵栗树下，望着云朵飘动，它们投下的阴影掠过田野，将鲜艳的绿色涂成了黯淡的、异常柔和的紫罗兰色；当阴影延伸至花园时，空气突然变得阴凉，如同在地窖里一样，一直密封在酷热中的花朵仿佛透了气，立刻吐露芬芳。又或许是这突如其来的阴凉使汉娜有了闲情去感受它们的芬芳；但这美妙的香气的浪潮来得如此突然，如此独特，如此强烈，令人想起在一座南方花园里的一个凉爽而迷幻的傍晚，当时，暮色正聚拢在第勒尼安海的一个布满岩石的沙滩上。土地就在云海的岸边，接受着雨浪的拍打，柔和而密集的雷阵雨，汉娜站在敞开的走廊门口，可以闻到南方的气息；尽管她近乎贪婪地吸着那股柔和的潮湿，这在她鼻子里是那么凉爽和清新，但对于那股南方气息的记忆还是使她产生了恐惧，这恐惧是蜜月期间的一个下雨的傍晚，她站在西西里的海岸边第一次感受到的；旅馆在她身后，旅馆花园里的香气弥漫在空气中，她不知道站在她身边的陌生男人是谁——他叫文德林博士。

她吓了一跳；园丁匆匆跑过小径去收拾工具，免得被雨淋湿；她吓了一跳，因为她忍不住联想到一个窃贼闯了进来，虽然她很清楚这个人是干什么的。要不是瓦尔特跑出来找她，她肯定会逃进屋里，把门锁起来。瓦尔特坐到了门阶上；他把光溜溜的双腿伸到雨里，小心翼翼地揭掉膝盖上的一块结痂，随后满意地抚摸着粉嫩的新皮。汉娜同样坐到了门阶上；她抱住双腿，那美丽而修长的双腿——在屋里或者花园里，她同样光着双腿，不穿长筒袜——她光滑的小腿摸起来凉凉的。

现在，雨水将它起初唤醒的花香又打散了，空气中只能闻到潮湿的泥土味。布满褐色斑块的瓦片屋顶发着潮湿的微光，当园丁再次吃力地走在小径上的时候，他脚下的沙砾已不再干燥地嘎吱嘎吱响，而是像各自独立的卵石那样发出潮湿的声音。汉娜搂住儿子的肩膀——为什么他们不能一直这样坐着，在一个凉爽、干净的世界里平静地休息呢？她几乎不再有一丝恐惧了。但她还是说道："如果夜里还打雷，瓦尔特，你可以到我房间里来。"

第三十九章

军医主任屈伦贝克和克塞尔大夫走进旅馆的餐厅时，少校已经坐在平常的位置。他在读《科隆新闻报》，这是刚到的。两位先生向他问好，少校站了起来，邀请他们和自己同坐。

军医主任非常冒失地提起那份报纸：

"我们又可以在报纸上读到您的讲话了吗？"

少校摇摇头，把报纸从桌子上递过去，指着前线的报道说：

"坏消息。"

屈伦贝克医生浏览了一下报道：

"其实并不比平常坏，少校先生。"

少校疑惑地抬起头来。

"少校先生，所有消息都是坏消息，只有一样除外，那就是——和平。"

"您说得对，"少校说道，"但必须是有荣誉感的和平。"

"对，"屈伦贝克说着举起杯子，"为和平干杯吧。"

两位先生和他碰了杯，少校又重复道：

"是有荣誉感的和平……否则的话，这些牺牲是为了什么呢？"似乎想再说点什么，他仍举着杯子，却一言不发；最后，他终于摆脱了沉默，说道："荣誉绝不仅仅是一种传统……在从前，毒气作为一种武器是会被抵制的。"

两位先生没有回答，继续喝酒。

接着，克塞尔大夫说道：

"那些关于战时食物的漂亮理论有什么用呢？……夜里回家的时候，我的双腿几乎都站不住了；对于一个一直过得不错的人来说，食物根本不够。"

屈伦贝克说道：

"您是个失败主义者，克塞尔：事实表明，糖尿病已经大大减少，癌症似乎也是一样……只是您自己碰巧不是糖尿病患者罢了……再说了，我亲爱的伙计，您要是觉得腿疼……那是因为我们都不再年轻了。"

冯·帕塞诺夫少校说道：

"荣誉不仅仅是感情的惰性。"

"我不是很明白，少校先生。"屈伦贝克医生说道。

少校注视着虚空：

"哦，没什么……正如您所知……我的儿子在凡尔登阵亡了……要是还活着的话，已经二十八岁了……"

"不过，他不是您的独子吧，少校先生？"

少校没有立刻回答，他可能觉得这个问题太冒失了。最后，他说道：

"是啊，我还有个小儿子……还有两个女儿……儿子很快也要被征召了……凯撒的归凯撒……"他停了一下，又接着说："您看，一切邪恶的根源都在于我们没有做到上帝的归上帝。"

屈伦贝克大夫说道：

"我们甚至都没有做到人类的归人类……我觉得我们应该先做到这一点再说。"

"上帝先。"冯·帕塞诺夫少校说道。

屈伦贝克把下巴往前伸；他那深灰色的胡子也跟着往前：

"恐怕我们医生都是明目张胆的唯物主义者。"

少校不以为然地说道：

"您可不能这么说。"

克塞尔大夫也表示不同意；真正的医生总是唯心主义者。屈伦贝克笑了：

"是的，我忘了您的病人。"

过了一会儿，克塞尔大夫说道：

"一有机会，我会重新弄室内乐的。"

少校表示，他妻子也喜欢演奏。他想了一下，又说道："施波尔，杰出的作曲家。"

第四十章

自从有传言说格迪克笑了，他的室友就想尽法子要让他再笑一次。他们给他讲各种粗俗的故事，从他床边经过时，几乎每个人都会满怀希望地摇晃他的床，摇得它上下颠簸。但一点效果都没有。格迪克再也不笑了。他一直保持着沉默。

有一天，卡尔拉护士给他拿来了一张明信片："格迪克，您的妻子给您写东西来了……"格迪克没有动静。"我念给您听吧。"卡尔拉护士给他念道，他忠诚的妻子已经很久没有听到他的消息了，她和孩子们都很好，他们全都希望他能早日归来。"我替您回信。"卡尔拉护士说道。格迪克没有一丝理解的表示，人们也许以为他真的什么都不明白了。他本可以成功地对所有人掩盖他灵魂里的风暴——这场风暴将他的自我的碎片搅在一起，使它们在黑暗的浪潮中迅速地浮沉——他本可以成功地平息风暴，使它逐渐静止下来，可是龙骑兵约瑟夫·泽特勒，同病房里的那个喜欢恶作剧的家伙，偏偏在这个时候经过，像往常一样抓住床腿摇晃起来。于是战时后备军的格迪克发出了一声喊叫，这声喊叫一点都不像人们期待的、他有义务发出的笑；他发出一声愤怒而沉重的喊叫，坐了起来，一点都不像平常那样缓慢而费劲，然后从卡尔拉护士手中夺走明信片，撕成了碎片。接着他倒了回去，因为激烈的动作使他又开始疼了，他双手紧紧抱着下腹。

他就这样躺在那里，望着屋顶，试图让他的思想恢复一点点秩序。他意识到自己做得对；他已经非常合理地驱赶了入侵者。这些入侵者就是那个女佣人安娜·兰普雷希特和她的三个孩子，他们几乎是不相干的人，很快又可以忘掉了。实际上，他很高兴这个使女佣人安娜·兰普雷希特成为忠诚女人的格迪克，能如此迅速地恢复平静，退回到那道黑暗的屏障后面，他要在那里一直等到被召唤。尽管如此，问题并没有解决；入侵者来过一次，就可能再来一次，即便他没有被召唤；一扇门开了，别的门也会突然打开的。他惊恐地感觉到——虽然他无法清楚地表达出来——对他一部分灵魂的入侵，已经通过同情心影响了其他的部分，实际上，它们全都因此而改变了。那就像他耳朵里的嗡嗡响，一阵灵魂的嗡嗡响，一阵自我的嗡嗡响，它是那么猛烈，以至于他觉得自己的整个身体都在响；但同时也像是把土块塞到了舌头底下，那令人窒息的土块扰乱了所有的思绪。又或许是别的东西，但不管怎样都是超出人的掌控、让人感到无助的东西。就像在砌砖之前想要抹好砂浆，而砂浆在镘刀上凝固了。就像有个工头在那里催促一个人以不合法、不可能的速度干活，把砖头急匆匆地堆在脚手架上，堆得高高的，怎么也砌不完。如果不马上把卷扬机和混凝土搅拌机关掉，把活儿停下来的话，脚手架一定会倒塌的。要是眼睛能再长到一块儿，耳朵能再封住就好了：格迪克必须什么都不看，什么都不听，什么都不吃。如果不是痛得这么厉害，他现在就想到花园里去，抓一把土将所有的洞都给堵上。当他紧紧抱住疼痛的下腹——他的孩子就是源自那里——当他用双手紧紧压着它，不让自己再产出任何东西，当他咬紧牙关和嘴唇，不让自己发出哪怕一声痛苦的呻吟的时候，他觉得自己的力量因此而增强了，这些逐渐增强的力量将把脚手架升到更高、更轻的层面，他存在于脚手架的每一层每一处，最后他将独自站在脚手架的最顶层，最高处；他将能够站在那里，敢于站在那里，摆脱所有痛苦，像他往常那样在高处唱歌。木匠们会在他脚底下干活，敲打钉子，他会往下吐痰，就像往常那样，以一个宽宽的弧度在他们头顶上吐痰，在痰落下和弹起的地方，树木会长高，但不管长得多高，都达不到他站立的高度。

当卡尔拉护士带着脸盆和毛巾走过来的时候，他正平静地躺着，平静地让自己裹在布里。有整整两天，他又拒绝进食。接着发生了一件事，让他开始说话了。

第四十一章

柏林救世军姑娘的故事（6）

我吃惊地发现自己又在忙着写价值崩溃的论文了。尽管我几乎足不出户，我的工作却进展缓慢。努黑姆·苏辛时常来看我，他坐下来的时候会压在长礼服的灰色燕尾上。他从来都不会把扣子解开；这大概是一种羞耻心使然。我时常问自己，这些人怎么会信任里特瓦克医生呢，他的短外套可是在公然藐视他们的成见。最后，我得出一个结论，他夹在胸前的手杖可能是燕尾的一种替代品。当然，这只是假设。

我花了好长时间才弄明白苏辛的真正的意图。他在坐下来的时候从不会忘记说"承蒙俯允"，在一阵尴尬的短暂沉默之后，他会提出某个法律问题：政府是否有权将已经在人们房子里或盘子上的食物、肥肉没收；士兵的妻子所得到的生活补贴是否可用于购买人寿保险……根本没法确定他究竟想说什么，他似乎是在东拉西扯，但还是可以感觉到真正的问题正在浮现，或者有一幅法律的图景在他脑海中展开，必须通过这些人工的、歪曲的透镜才能看穿。

　　甚至在拿起一本书，捧到那双近视眼前的时候，他似乎也是在读着这本书之外的东西。他对书籍无比敬畏，却会因为康德的几行字而纵声大笑，并且为我没有跟他一起笑而感到惊讶。因此，在翻阅黑格尔的时候，他发觉这个格言是极好的笑料：魔术的原理就在于此，方法与结果之间的关系没有被认识。他自然蔑视我不能像他那样看到事物有趣的一面，奇怪的是，我倾向于将此归结为他拥有一种比我更真实（或许也更复杂）的洞察力。不管怎样，只有在这类事情上面，我才看见他笑过。

　　他对音乐有一定的感受力。我房间里挂着一把扎满丝带的诗琴。我猜那是房东太太的儿子的：他不是被俘了，就是失踪了。每次过来，苏辛都要请我"弹点什么"，我说我不会，他不相信。他觉得我是太羞怯。不过，最后他还是通过这种方式触及了真正的主题：

　　"您听过穿着制服的人演奏吗？……非常美。"

　　他说的是救世军，我猜到了，他便负罪似的笑了笑。

　　"我今晚要去听。您也去吧？"

第四十二章

胡格瑙从报纸上得到的欢乐并没有持续多久,甚至连一个月都不到。6月还没过完,胡格瑙就已经对这桩生意厌烦了。在最初的热情的驱使下,他实现了了不起的构想,成功发行了特刊和少校的社论。但由于紧接着没能想出新的花样,他就失去了兴趣。这就像把一件玩具扔到角落里;他已经不喜欢了。虽然这种不喜欢或许伪装成一种直觉,认为实在无法把一份外省小报办成伟大的报纸,但他其实只是感到厌倦,不想再听到任何关于它的事情,觉得单是报社的日常事务本身就是对他个人的侵扰。如果说他以往无法迅速投入工作,那现在就是直接赖床,然后迷迷糊糊、磨磨蹭蹭地去吃早餐,充满厌恶地拖着脚步走向办公室所在的后院;实际上,他经常只到厨房里去同埃施太太就伙食费讨价还价。即使最后终于到了编辑室,他也经常过不了一会儿就咚咚咚地走下楼梯,溜去看印刷机。

玛格丽特在花园里玩。胡格瑙隔着院子朝她喊道:“玛格丽特，我在印刷房。"

小孩跑了过来，他们一块儿进去了。"早。"胡格瑙简单粗暴地说道，因为林德纳和那个排字助手既然已经成了他的下属，他就要尽可能地对他们表现得简单粗暴。但那两人似乎没怎么放在心上，他再次觉得他们轻视他，认为他对机器一窍不通。此刻，他们正在排字间干活，胡格瑙紧紧抓着孩子，竭力以一副行家的姿态，目光越过他们的肩膀探看，但在走出排字间，回到他的印刷机边上的时候，他感到释然了。

因为他还爱着印刷机。一个人卖了一辈子由机器生产的商品，但对他来说，工厂和机器的所有者始终比他高一个等级，他永远也无法到达那个等级，这样的人如果突然成了机器的所有者，无疑会将这看成是一种美妙的体验；或许在他身上还会出现那种几乎总能在小男孩和年轻人身上看到的对机器的爱，这种爱将机器美化，将其投射到一个崇高、自由的层面，那个层面是属于他们自身的欲望和伟大、英勇的事迹的。小男孩可以一连几个小时在火车站观察火车头，深深地满足于火车从一条铁轨调向另一条；同样地，威廉·胡格瑙可以一连几个小时坐在印刷机前，透过眼镜用一个小男孩严肃而空茫的目光深情地观察它，并为此感到深深的满足，因为它在运转，它将纸张吞进去又吐出来。他对这个活物的爱充盈了他的整个存在，使他不再有野心，甚至不再渴望去理解那难以领悟的、奇异的机械功能；他赞赏地、温柔地、近乎羞怯地接受了它原原本本的样子。

玛格丽特爬到了纸堆上，胡格瑙在旁边那张粗糙的长凳上坐下。他注视着机器，注视着孩子。这机器是他的财物，它是属于他的，而这孩子属于埃施。有一会儿，他们把一张纸团成了球，相互扔来扔去。接着，胡格瑙厌倦了这个游戏，他跷起二郎腿，擦着眼镜，说道：

　　"可以在广告方面多弄点东西。"

　　孩子继续玩着纸球。

　　胡格瑙接着说道：

　　"比我想的还要糟。这份报纸买贵了……不过，我们有了印刷机；你喜欢印刷机，对吧？"

　　"是的，我们来玩印刷机，胡格瑙叔叔！"

　　玛格丽特从纸堆上溜下来，爬到了他的膝盖上。接着，他们抓着彼此的手臂，有节奏地前后甩动身体，不时喊着："砰，砰。"

　　胡格瑙停了下来。玛格丽特继续叉开腿坐在他的膝盖上。胡格瑙有点气喘吁吁的：

　　"这份报纸太贵了……要是顺利的话，我们的发行量能达到四百份……但要是能弄两页广告的话，我们就有钱了。我们会有钱吗，玛格丽特？"

　　玛格丽特在他的膝盖上蹦跳，胡格瑙让她在身上轻快地小跑；她哈哈大笑，断断续续地说道：

　　"会的，您会有钱的，您会有钱的。"

　　"你高兴吗，玛格丽特？"

"那样您就会给我很多钱了。"

"哦呵？"

"很多钱。"

"我跟你说，玛格丽特，我们会雇一些小伙子，他们会去收广告……在村子里……在这整片区域。为了赚佣金。"

孩子严肃地点点头。

"我已经想好了，结婚启事，销售，等等，等等……过去把林德纳先生排好的版拿来。"他朝排字间喊道："林德纳，广告版。"

孩子跑过去拿了过来。

"瞧，我们会给我们的代理人一份这个……你会看到这有多吸引人。"他再次把她抱到膝盖上，一起看那些版。接着，胡格瑙说道：

"这么说，你要钱就是为了离开他们……你想去哪儿？"

玛格丽特耸耸肩膀：

"哪儿都行。"

胡格瑙思忖道：

"你如果穿过埃菲尔村的话，就能到比利时。那里的人不错。"

玛格丽特问道：

"您也会去吗？"

"也许吧……是的，也许以后吧。"

"以后是什么时候？"

她依偎着他，但胡格瑙却突然粗暴地说道："够了。"说着把她抱起来，放到了印刷机上。那个凶手，那个将孩子拴在货板上施暴的凶手再次异常清晰地浮现，令他感到不安。"万物皆有时。"他边说边打量着小女孩，她，一个娇小的生命，坐在坚固、无生命的机器上，在某种程度上却属于这个机器。要是机器开动了，就会把玛格丽特像纸一样吞掉，他确保了传送带没有安上。他几乎有点恐惧地重复道："万物皆有时，时候会到的……不管怎样，他没有在这里干扰我们。"

他在思索着时间为何而来的时候，想起了埃施和那口大牙，想起了那个干瘦的、令人无法忍受的教师，他永远都不让他安宁，总是坚持合同条款，试图把编辑任务推给他，——坚持合同条款，要求他整天坐在那里工作，可能还希望他穿上蓝色的工作服。坚持自己的权利，那个家伙当然可以这么做。但说到主意，他一个都没有！现在，胡格瑙感到异常满意，因为他的校长还未能成功地强迫他工作。

他卷起广告版的时候说道：

"我们还要付钱给校长，玛格丽特——你怎么说呢？"

"放我下去。"小孩说道。

胡格瑙向印刷机走去，小女孩搂住他的脖子，他却静静地站在那里，陷入了片刻的遐想，因为他现在发现了自己一直在寻找的东西：在暗地里，他的地位其实在校长之上！因为他在监视那个危险的家伙，而且得到了少校的首肯！胡格瑙开始明白，他来这里是为了找到他生活的真正目标，而他要是能彻底地揭露埃施先生的密谋，他的生活就彻底圆满了。是的，就是这样，胡格瑙亲热地在玛格丽特沾了油墨的脸颊上吻了一下。

但埃施先生却坐在楼上的编辑室里，因为可以继续自己的工作，不用将它们交给胡格瑙而感到宽慰。此外，他还坚信胡格瑙永远无法按照少校设定的方针运营报纸，他要亲力亲为，因为这样可以为少校和高尚的目标服务。

第四十三章

弗卢尔许茨大夫在手术室里检查雅雷茨基的残肢：

"看起来棒极了……主任最近就会把您送走……要是您同意的话……去一家康复中心。"

"我当然同意；早就该离开这里了。"

"我也这么觉得，您在我们手里，接下来就要染上由酗酒引起的震颤性谵妄了。"

"嗯，除了喝酒还有什么可干的？……我是在这儿才真正学会喝酒的。"

"您以前不喝酒吗？"

"不……呃，喝一点，就跟别人一样……您知道，我以前上的是布伦斯维克的理工学院……您在哪儿拿到学位的呢？"

"在埃尔兰根。"

"哦，您那时候一定也会喝一点……人在小城里总是这样……因为不得不这样闲坐着，所以又是老样子……"弗卢尔许茨仍在检查和触摸那段残肢。"……瞧，那块坏掉的地方不会好了……我的义肢怎样了？"

"已经定制了……我们会让您装好手臂再走的。"

"好的，但要催一下……在这里无所事事，您也得喝酒了。"

"不好说……我会找别的事情来做……真的，我还从没见过您看书呢，雅雷茨基。"

"嘿，老实告诉我，您真的会看您放在房间里的那一大堆书吗？"

"是的。"

"太不可思议了……这有什么意义或者目的吗？"

"一点都没有。"

"那我就放心了……瞧，弗卢尔许茨大夫……好吧，我不动……您曾杀掉一些人，当然，那是您工作的一部分，可是当一个人故意杀死一些……嗯，我觉得他的余生都不必再看书了……这是我的一种感觉……他已经完成了一切……这也是为什么战争永远不会结束……"

"很大胆的推断，雅雷茨基。您今天喝了什么？"

"我就像新生的婴儿一样清醒……"

"嗯，结束了……我们最迟会在两周内对义肢进行测试……然后您就真的得去那些学校学习如何使用它了……您要画画吗？"

"嗯，我想是的，只是我没法想象。"

"通用电气呢？"

"哦，非常好，就把它当作义肢学校吧……有时候，我觉得您截掉我的手臂是相当没必要的……不妨说只是出于一种正义感，因为我曾经把一颗手榴弹扔到一个法国人的大腿间……"

弗卢尔许茨警惕地看着他：

"我说，雅雷茨基，振作一点吧。您真的很令人担忧……您今天到底喝了多少？"

"不值得一提……再说了，我真的很感激您的正义感，手术也做得很好……我现在觉得跟世界的关系要好得多了……真他妈好极了，一切都解决了……通用电气正等着我去呢。"

"说真的，雅雷茨基，您应该到那儿去。"

"但我只想告诉您……您截错了……是这只啊，"雅雷茨基用两个手指敲了敲器械箱的玻璃盖，"扔手榴弹的是这只啊……这大概就是为什么我会觉得它从肩膀上垂下来死沉死沉的。"

"很快就会好起来的，雅雷茨基。"

"哦，一切都很好啊。"

第四十四章

价值崩溃（6）

士兵的逻辑要求他把一颗手榴弹扔到敌人的双腿间：

军队的逻辑通常要求一切军队资源都得到最严格、最严密、最有成效的利用，如果必要的话，要用在灭绝人类、毁坏教堂、轰炸医院和手术台上：

商人的逻辑要求一切商贸资源都得到最严格、最有效的利用，以便摧毁一切竞争，给他自己的生意带来独一无二的统治地位，不管那是一家贸易行，一家工厂，一家公司，还是其他经济体：

画家的逻辑要求绘画的原则始终都得到最严格、最全面的贯彻，哪怕可能会创作出非常难懂的、只有创作者自己才能理解的画作：

革命者的逻辑要求革命的冲动得到最严格、最全面的满足，从而完成一场以自身为目的的革命，就像政客的逻辑通常要求他们为自己的政治目标获取一种绝对的专制：

资产阶级野心家的逻辑要求，"致富[1]"的口号要得到最绝对和最坚定的严格遵从：

通过这种方式，通过这种对严格的逻辑的绝对投入，西方世界取得了它的成就，——通过这种全面，这种废除其自身的绝对的全面，它最终必将达到荒谬的地步[2]：

战争就是战争，为艺术而艺术[3]，在政治中没有后悔的余地，生意就是生意，——这一切都意味着相同的东西，这一切都属于相同的富有攻击性的激烈精神，充满了异乎寻常的、几乎可以说是形而上的不顾后果，那种冷酷的逻辑直指目标本身，仅仅指向目标本身，既不顾左也不顾右；而这，这一切，就是我们时代典型的思维风格。

人们无法逃避在我们时代的一切价值和非价值中体现出来的这种残酷的、富于攻击性的逻辑，哪怕是遁入到一座城堡或一个犹太寓所的孤独中；然而，一个在认知面前退缩的人，也就是说，一个浪漫主义者，一个必定拥有一个有界限的世界、一个封闭的价值系统的人，一个从过去当中寻求他所渴望的完整的人，他有理由转向中世纪。因为中世纪具有他所需要的一个理想的价值中心，具有一种其他价值都从属于它的至高无上的价值：对基督教的上帝的信仰。宇宙论和人一样是依赖于那

---

[1] 原文为法语。——译注

[2] 原文为拉丁语。——译注

[3] 原文为法语。——译注

种中心价值的（而且，可以从中烦琐地演绎出来）；人以及人的一切行动构成了整个世界秩序的一部分，而世界秩序只是教会等级制度的一种反映，只是一种永恒的、无限的"和谐"的一个封闭的、有限的象征。中世纪的商人并不认可"生意就是生意"这一格言，竞争在他那儿是被禁止的；中世纪的艺术家对于为艺术而艺术一无所知，他只是必须为自己的信仰服务；中世纪的战争只有在为信仰服务的时候，才能宣称具有绝对的权威。那是一个寄托于信仰的世界，一个终极的而非因果的世界，一个建立在"已经存在"而非"正在形成"的基础上的世界；它的社会结构，它的艺术，使其保持完整的那些观念，简而言之，它的整个价值系统，都从属于"信仰"这一包含一切的活生生的价值：信仰就是那个可信的点，每一条问题链都在那里终结，信仰强化了逻辑，使其获得了那种特别的色彩，那种创造风格的冲动，它不仅通过某种思维风格表达出来，还继而塑造了一种只要信仰存在就会体现整个时代特征的风格。

但思想竟从一神论迈入了抽象之中，上帝，在圣三位一体的有限的无限中显现的人格化的上帝，变成了一个再也不能道其名、造其形的实体，一个上升至"绝对"的无限中立之中的实体，并且在"存在"的可怕的辽阔之中不见踪影，不再是无处不在，而是令人无法触及。

在彻底运用，甚至可以说是彻底释放逻辑所引起的这种革命的狂暴中，在可信的点到无限的新层面的这种转移中，在信仰从具体生活的这种撤离中，存在的简单的充分性同样遭到了破坏。创造风格的力量似乎在这个点上从具体的表达中消失了，在康德的构造和革命的大火旁边，我们能找到的只有洛可可风格和一夜之间沦为比德尔迈尔风格的帝国风格。虽然帝国风格和随后的浪漫主义运动意识到了在这种精神革命和现存的具体表达形式之间的不一致，寻访了古典风格和哥特风格，试图向过去寻求帮助，但新的发展却无法被抑制：无处不在的"存在"分解成纯粹的功能，而物理世界本身被分解得如此抽象，以至于两代人以后，甚至连空间都可以被排除；选择纯粹的抽象这一决定已经无法更改。所有问题链和可能性之链如今必将奔往的那个点，是无限的遥远，是无法抵达的实体的遥远，以至于根本不可能一下子将所有单独的价值系统联结到一个中心价值上；抽象无情地侵入到每一种创造价值的活动的逻辑之中，将其内容剥得赤裸裸，不仅完全禁止它偏离取决于功能的形式，无论是在建筑还是其他建设性的活动中都坚持纯粹功能性的构造，同时还彻底激化每个价值系统，迫使它们依靠自身，将它们交给绝对，使它们彼此分离，相互平行，并且由于不再联合起来服务于一种至高无上的价值，所以宣称彼此平等：它们像陌生人一样肩并肩存在，一个"好买卖"的经济价值系统和一个"为艺术而艺术"的审美价值系统共存，一个军队的价值系统和一个技术的或运动的价值系统并立，每一个都是独立自主的，每一个都是"自在和自为"的，每一个都在其独立自主中"不受束缚"，每一个都试图彻底贯彻其逻辑的终极结论，并打破自身记录。要是在这场摇摇欲坠地保持着平衡的诸系统的冲突中，有一个占了上风，超过了其他系统，就像战争中的军队的系统，或者经济的系统现在所做的那样（就连战争，和它比起来都是次要的），那么，其他系统就遭殃了！因为获胜的系统将会包围整个世界，将会压倒其他一切价值，消灭其他一切价值，就像一群飞蝗毁掉一片田野。

但是人——上帝曾经的映像，人自身所创造的普世价值的镜子——已经从过去的等级中跌落了：他或许还能隐约想起从前的安全感，或许还会问自己，这种将他的生活引入歧途的叠加的逻辑是什么；然而，他已经被驱逐到了对无限的恐怖中，无论他对前景如何战栗，无论他多么浪漫和感伤地渴望回到信仰的怀抱，他都已经无助地陷入了自主的价值系统的机制中，只能屈从于一种已经成为他的职业的特定价值，只能成为这种价值的一种功能——成为一个专家，被他堕入其中的价值的根本逻辑吞噬掉。

第四十五章

　　胡格瑙和埃施太太商量好每天给他供应午餐。这从各方面来讲都能给他方便，埃施太太为他尽心尽力，值得赞扬。

　　有一天，他去吃饭，发现埃施坐在一张新添置的桌子前，全神贯注地看着一本黑色封皮的书。胡格瑙好奇地从埃施肩膀上探看，认出了《圣经》的木版画。因为很少让自己对什么事情大惊小怪——除非有人在生意上使他遭受失败，而这很少发生——所以他只是说了一声"啊哈"，然后就等着食物上桌。

　　髋部肥大、毫无性征、衣着单调的埃施太太穿过房间；她那黯淡的浅色头发乱糟糟地扎着。但在经过的时候，她没来由地摸了摸她丈夫瘦削的肩膀，胡格瑙突然觉得她在夜里必定对夫妻生活非常熟稔。这个想法令人不快，因此他问道：

　　"嗯，埃施，您准备进修道院吗？"

　　埃施从书上抬起头来：

　　"就是这个问题，到底能不能逃离，"他说完又以一贯的

172

粗鲁补充道，"但您是不会明白的。"

埃施太太端来了汤，胡格瑙那些令人不快的念头还是挥之不去。他们两人像恋人一样生活在一起，却不要孩子，大概正是为了掩饰这一点，他们才想要收养玛格丽特。实际上，他坐的位置应该是属于他们的儿子的。因此，出于纯粹的狡猾，他又拾起那个玩笑，告诉埃施太太，她丈夫就要进修道院了。于是，埃施太太问是不是真的在所有的修道院里，僧侣之间都有可疑的事情发生。某个放荡的想象浮现在她脑海里，使她哈哈大笑。但接着，她的目光缓缓地、狐疑地转向她丈夫：

"是的，你什么事情都干得出来。"

这明显刺痛了埃施先生；胡格瑙注意到他满脸通红，用恼怒回应了她的目光。尽管如此，埃施还是觉得不但不能在妻子面前失去威信，还得加强它，于是便表示，这说到底只是一个习惯的问题，但每个人都十分清楚，即便在修道院，也完全不需要躲进这种行为里，相反，他认为自己即便戴上了僧侣的大兜帽，还是能好好表现的。

埃施太太变得面无表情，僵硬庄重起来。她机械地拍了拍头发，最后开口说道：

"汤怎么样，胡格瑙先生？"

"棒极了。"胡格瑙喝完说道。

"您要再来一盘吗？"埃施太太叹了口气，"今天没有好东西了，只有馅饼。"

她把他的盘子盛满以后，满意地点了点头。但这时候，胡格瑙仍揪住那个话题：埃施先生看起来已经对战时的配给厌倦了；修道院里没有肉和面粉卡，人们还能像和平时期一样活着；但想想牧师们拥有多少土地，就不会觉得意外了。在那些地方，他们还能把肚子塞得满满的。他在毛尔布隆的时候，修道院有个雇工跟他讲过……

埃施打断了他：如果世界再次变得真正自由了，就没有人需要吃牢饭了……

"芜菁和包菜。"埃施太太说道。

"不过包菜可不是新鲜的，"胡格瑙说道，"您觉得什么是真正的自由呢？"

埃施说道：

"一个基督徒的灵魂的自由。"

"这当然可以，"胡格瑙说道，"但我想知道这跟包菜有什么关系。"

埃施抓起《圣经》：

"我的屋子应该成为祈祷的殿堂；可是你们却让它变成了凶手的巢穴。"

"嗯，凶手吃发霉的包菜。"胡格瑙咧开嘴笑了；接着他变得严肃起来："所以，您认为战争在某种意义上是谋杀，抢劫加谋杀，就像社会主义者所说的那样。"

埃施没有理他，继续翻着书页：

"而且，《历代志下》里说……第六章，第八节……在这里：'你立意要为我的名建殿，这意思甚好。只是你不可建

殿；唯你所生的儿子必为我名建殿。'"埃施的脸涨红了，
"这是非常重要的段落。"

"也许吧，"胡格瑙说道，"可为什么呢？"

"谋杀与反谋杀……必须有许多人牺牲自己，救世主才能
降生，建殿的儿子。"

胡格瑙小心地问道：

"您是指未来的社会主义国家？"

"光靠工会是办不到的。"

"我明白了……这是少校的文章里说的吧，我想？"

"不，《圣经》上就有，只是还没有人能理解它的含义。"

胡格瑙竖起一根手指恐吓埃施：

"您是个狡猾的家伙，埃施……您以为老少校永远不会知
道您在《圣经》的掩盖下做些什么吗？"

"什么？"

"哦，宣传共产主义。"

埃施咧开嘴笑了，露出坚固的黄牙：

"你是个白痴。"

"当个粗鲁的人不难……您对未来政体的构想是什么呢？"

埃施陷入沉思：

"真没办法让您弄明白……但有件事我可以告诉您：当人
们又开始懂得阅读《圣经》的时候，就再也不需要共产主义或
者社会主义了……就再也不需要什么法兰西共和国或者德意志
帝国了。"

"嗯，但那显然是革命……您去告诉少校吧。"

"我会毫不犹豫地告诉他的。"

"他听完后肯定会很高兴的……摆脱了帝国之后，会怎样呢？"

埃施说道：

"救世主将会统治所有人。"

胡格瑙朝埃施太太眨了眨眼：

"您指的是您儿子吧？"

埃施也望着他妻子，他看起来似乎很吃惊：

"我儿子？"

"我们没有孩子。"埃施太太说道。

"可是您说过，您的儿子将会建殿。"胡格瑙咧开嘴笑了。

但这对埃施来说太过分了：

"您这是在亵渎神明，先生……您实在是太愚蠢了，总是忍不住亵渎神明，或者歪曲别人的话……"

"他不是那个意思，"埃施太太平息道，"你们俩别吵了，要不然菜都凉了。"

埃施静静地坐着，吃着他那份馅饼。

"哦，我经常跟沉默的牧师坐在一块儿。"胡格瑙说道。

埃施依然没有回答，胡格瑙再次挑衅：

"嗯，那这位救世主的统治怎样呢？"

埃施太太露出一副期待的神情：

"告诉他。"

"那是一个象征。"埃施低沉地说道。

"真有趣,"胡格瑙说,"您是说将要由牧师来统治吗?"

"上帝啊……真是没办法让您听进去……教会的至高无上是您从未听过的东西,我想……而您还说自己是编辑。"

现在轮到胡格瑙极为愤慨了:

"这就是您的共产主义……如果真是那样的话……您想把一切都交给牧师。这就是为什么您想进修道院……这样牧师们就可以过得更好……然后我们就连发霉的包菜都没有了……把这家公司辛辛苦苦挣来的钱投进这些上等人的嘴里……不,要是这样的话,我还是选择我正正当当的生意,而不是您的共产主义。"

"见鬼,那就去忙您的生意吧!可您要是什么都不想学的话,就别想着用您那狭隘的头脑把报纸经营好了——是的,我重复一遍,狭隘的观念。那是行不通的。"

这时,胡格瑙得意扬扬地反击道,埃施应该高兴遇到了他;报纸的广告要是继续像某位埃施先生那样运营,一年之内就会把《先驱报》毁掉,任何人闭着眼都能证明这一点。他满是期待地朝埃施太太眨眨眼,以为她会在这个实际问题上支持他。但埃施太太正在收拾桌子,似乎充满柔情:胡格瑙再次被迫不以为然地发现她把手搭在丈夫的肩膀上;她没有听他在讲什么,只是说,亲爱的胡格瑙先生,有些事情是您和我难以理解的。而埃施像一尊神明一样从桌前站起来,结束了讨论:

"年轻人,您必须学会睁开双眼。"

胡格瑙离开了房间。牧师的叽叽歪歪，他想道。讨厌的神圣宗教的敌人[1]。哦，是的，狗屎，夸夸其谈的家伙[2]，他充满了仇恨，却不愿确定要恨谁。再说了，我不在乎[3]。洗盘子的哐当声和洗碗水的味道伴着他下了木梯，使他异常清晰地想起父母的家，想起厨房里的母亲。

---

[1]　原文为法语。——译注

[2]　原文为法语。——译注

[3]　原文为法语。——译注

第四十六章

几天后，从胡格瑙的笔端流出了下面这封信：

呈小城司令官约阿希姆·冯·帕塞诺夫少校。本地。

1号密报。

尊敬的少校先生：

就上述密报之事，我曾有幸与您谈话，在此我谨向您报告，我于昨日参与了先前提到过的埃施先生同一些可疑分子的会面。如前所述，埃施先生每周均有数次在帕拉丁酒馆同一些可疑分子相聚，昨日他好心地邀请我陪他同行。除了一名造纸厂的工头，一个叫利贝尔的人，还有上述工厂的一名工人，他的名字有意说得含糊，所以我没能听清，以及两个从军医院请假出来的人——一个名叫鲍尔的下士和一个名字像波兰人的炮兵。过了片刻，又来了一名投弹队的志愿兵。他叫贝特格，贝茨格，或者诸如此类的名字，而上面提到的埃施先生则称呼他为"医生"。尽管我并没有提起，话题还是马上就转到了战争上，特别是战争结束的可能性。上面提到的志愿兵尤其坚持战争即将结束，因为奥地利人已经懈怠了。他从搭乘装甲列车经过的某些盟友那儿听说，维也纳附近的一家大型军工厂已经被意大利的飞行员或者叛徒炸毁，奥地利海军在杀死他们的上级之后准备投奔敌军，只是被德国的潜艇拦截了下来。那名炮兵说他没法相信，因为德国的海军同样厌倦战争。我问他是谁跟他这样说的，他说是小城妓院里的一个姑娘，而那个姑娘又是从一名到这儿来休假的海军军需官那儿听说的。根据那名炮兵的说法，那个姑娘说在光辉的斯卡格拉克海战之后，海员们已经拒绝再服从命令，还表示伙食很差。因此，所有人一致认为，战争必须结束。关于这一点，那名工头认为战争没有给任何人带来好处，除了那些大资本家，而俄国人是第一个认识到这一点的。埃施也援引《圣经》来支持这种颠覆思想，但以我和埃施先生相处的经验，我认为可以肯定地说，他是想通过这种手段来达到伪善的目的，教会的东西其实是他的肉中刺。显然是为了掩盖策划中的密谋，他提出应该建立一个《圣经》团体，但遭到了在场多数人的鄙夷。于是，为了打探到更多关于他，还有那名军需官的事情，在那两个从医院来的人和那名工人离开以后，在我的提议下，我们去了妓院。但我却打探不到关于那名去妓院的军需官的多少情报，而另一方面，埃施先生对我的戒心似乎越来越重了。因为那位"医生"——他无疑是那里的常客——这样介绍我道："这位先生是政府派来的，你们必须免费招待他。"我推测埃施已经对我起了疑心，所以已经提醒他的同谋要对我的存在保持警惕。因此，我没能使埃施先生松懈下来，虽然我花钱请他喝了很多酒，但不管怎样鼓动，他还是不肯上楼去，他看起来相当清醒，在等候室里就这种场所违背基督教义、亵渎神明的性质慷慨陈词。直到那名叫"医生"的志愿兵向他解释说这些地方是军方出于卫生保健的原因分配给军队的，因此必须被视为军方机构，他才放下了自己的敌对态度，但在回家的路上，他又重拾起了这种态度。

因为今天没有别的要报告了，我在此向您致以最深的敬意，并且热切地希望继续为您效劳。

威廉·胡格瑙 敬上

又及——我请求补充一点，在帕拉丁酒馆的谈话过程中，埃施先生提到，在本城的监狱中，目前正有一些逃兵将被枪毙。因此，每个人，包括埃施先生，都大声表示，既然战争即将结束（这些人似乎都这样巴望着），就没有

必要枪毙逃兵了，血已经流得够多了。埃施先生认为必须
为此采取措施。究竟是指暴力的措施还是其他措施，他没
有说。我想再次重申，我认为这位埃施先生是一头披着羊
皮的狼，在虚伪的言辞后面隐藏着颠覆的目的。谨再次向
您致以最深的敬意。

威·胡

　　写完这份报告之后，胡格瑙注视着镜子，想看看自己能
否做出一副嘲讽的鬼脸——他经常被埃施的这副鬼脸惹恼。是
的，他的信非常巧妙；给埃施使绊儿让胡格瑙非常高兴，他忍
不住开始想象少校在收到信之后会有多满意。他思忖着是不是
应该亲自把信交到少校手里，但随后还是觉得通过正式的邮政
投递更合适。于是，他把信挂号寄了出去，虽然寄出之前还在
信封上写了"亲收"两个大字，并且在底下画了三条线。

　　然而，胡格瑙是在自欺欺人；少校在办公桌的邮件当中发
现那封信时，一点都不高兴。那是一个沉闷的、电闪雷鸣的上
午，雨打在办公室的窗玻璃上，空气中有一股硫黄或煤烟的味
道。在这封信后面隐藏着某种丑恶的、暴烈的东西，某种属于
地下的东西，尽管少校不知道，而且也没有义务知道，当一个
人试图闯入别人的现实，将自己的现实加之于它的时候，始终
都是一种暴烈和侵犯，但他脑海中还是浮现出了"昼伏夜出
者"这个字眼，他觉得必须保护自己，保护自己的妻儿，使他

182

们免受某种不属于他这个世界，而属于地狱的东西的侵犯。他又迟疑地拿起了那封信；实际上，他不能怪这个人，这个人的暴烈可以说只是一种无足轻重的暴烈，他只是为了履行爱国的义务才做的报告，即便他像一个密探那样令人厌恶和不光彩，人们也不能对一个没有教养的人见怪。然而，由于这一切实在不可理喻，超出了他的理解能力，所以少校只是为自己相信了一个卑鄙的人而感到一阵羞耻，他白发底下的脸因为羞耻而发红了。尽管如此，小城司令官还是没法理直气壮地把信直接扔进废纸篓里；他的职务要求他继续对可疑的埃施先生保持合理的不信任，从远处监视他，从而防止他的活动对国家产生威胁。

第四十七章

军医主任屈伦贝克给克塞尔大夫打电话：

"您能在下午三点过来做手术吗？取一颗子弹……"

克塞尔大夫觉得没办法，他的时间都被占满了。

"对您来说太简单了，我想，取一颗子弹，对我来说也是……但不能要求太多……这不是一个人能长期忍受的生活或工作，我承认，我有一天也会甩开的……但今天没办法……我要求您过来。我会派辆车去接您，不会超过半个钟头的。"

屈伦贝克放下听筒，笑了：

"嗯，得耗掉他两个钟头。"

弗卢尔许茨坐在他旁边：

"我必须承认，我一直感到疑惑，这种小事您为什么要叫克塞尔过来？"

"可怜的老克塞尔总想避开我。我们还得给克内塞割阑尾呢。"

"您真的打算给他动手术吗？"

"为什么不呢？必须让他满足啊……还有我。"

"为什么，他也想动手术吗？"

"行了，弗卢尔许茨，您也变得跟我们的老朋友克塞尔一样天真了——我有叫哪个人这样吗？最后他们都很感激。我给了他们每个人四个星期的病假……嗯，您自己想想吧。"

弗卢尔许茨正要开口，屈伦贝克举起了一只手：

"哦，让我安静一会儿吧，别跟我讲您那些分泌理论……我亲爱的伙计，要是我能看到一个人的肚子里面，我就不需要理论……学学我，当个外科医生吧……这是保持年轻的唯一办法。"

"我要放弃自己在腺体方面所做的工作吗？"

"心安理得地放弃吧……您手术做得干净利落。"

"得为雅雷茨基做点什么，先生……他要崩溃了。"

"咱给他做个环锯手术吧。"

"但您已经给他放行了……按照他那种神经状况，应该把他送去一家特殊机构。"

"我已经申请让他去克罗伊茨纳赫了，他在那边很快就会恢复过来的……你们这代人真棒！喝点酒就崩溃了，必须送去精神病机构了……勤杂工！"

勤杂工出现在了门口。

"告诉卡尔拉护士，我们要在三点进行手术……哦，对了，今天不要让一号病室的穆尔维茨和三号病室的克内塞进食……就这些了……您怎么说呢，弗卢尔许茨，其实我们不需要可怜的老克塞尔，我们自己就可以干得很漂亮……去找克塞尔有点不值，他只会抱怨自己腿疼：我真是施虐狂才会去把他拖出来……嗯，您怎么说呢，弗卢尔许茨？"

"老实说，先生，这一回我可以替代克塞尔，但不能一直这样下去……接下来是不可能让一个内科医生进行手术了。"

"不服从吗，弗卢尔许茨？"

"只是假设，先生……嗯，我觉得用不了多久，医学就会极度专门化，内科医生和外科医生或者皮肤科医生之间的会诊再也不会有任何结果，因为没法让专家相互理解。"

"错了，大错特错，弗卢尔许茨，很快就会只剩下外科手术……这是整个可怜的医学艺术唯一能留下的东西……人是屠夫，不管做什么都还是屠夫，他不懂别的……但他对这方面却了若指掌。"屈伦贝克大夫注视着自己那双毛茸茸的、指甲剪得很短的熟练的大手。

接着，他沉思道：

"您知道吗，拒绝接受这个事实的人可能会发疯……必须接受事实，从中获得乐趣……所以，接受我的建议，弗卢尔许茨，换匹马，当个外科医生吧。"

第四十八章

他要的每一捆纸都得奋力争取，虽然当局给埃施提供了一份文件，授权他获取《库尔-特里尔先驱报》所需的供应，可他还是每个星期都得到造纸厂去。几乎每次都要和凯勒老先生或造纸厂的经理吵架。

埃施离开工厂的时候，那些工人正好下班。他在路上追上了工头利贝尔和机修工芬德里希。他实在受不了利贝尔，受不了利贝尔那个长着浅色头发的圆锥形脑袋和额头上那条粗大的青筋。他说道：

"晚上好。"

"晚上好，埃施，您一直在和老头祷告吗？"

埃施没听懂。

"唉，让他给您送纸。"

"真是胡扯。"埃施说道。

芬德里希停了下来，让他看看自己的鞋底，都破了个洞：

"这得花掉六马克……涨的工资就花在这上面了。"

这给埃施提供了一个起点：

"单纯涨工资没什么用，这是所有组织都会犯的错误。"

"这是什么意思呢，埃施？您也想用《圣经》来修补芬德里希的靴子吗？"

"真是胡扯。"埃施又说道。

芬德里希的眼睛在漆黑的眼窝里熊熊燃烧；他有结核病，却喝不到足够的牛奶。他说："宗教大概也是只有富人才消受得起的奢侈品。"

利贝尔说道：

"那些少校和报纸编辑。"

埃施有些抱歉地说道：

"我只是报纸的雇员，就像你们一样，"接着他发起火来，"而且这些都是胡扯，好像组织发誓要穷苦似的！"

芬德里希说道：

"要是能相信就好了。"

埃施说道：

"我发现：宗教也必须自我更新，获取新生……《圣经》里说，只有儿子能建殿。"[1]

---

[1] 据《旧约·列王纪上》记载，所罗门说："我父大卫曾立意要为耶和华，神的名建殿。耶和华却对我父大卫说：'你立意为我的名建殿，这意思甚好。只是你不可建殿，唯有你所生的儿子必为我名建殿。'"——译注

利贝尔说道：

"下一代的日子当然会更好，这我早就知道了……只是我现在不能靠连奖金算在内的那一百四十马克生活……那个老头是不会承认这一点的……而我还是工头呢。"

"我自己也好不了多少，"埃施说道，"算上房子和一切……我有两个租户，但我没法从他们那里要到什么，可怜的魔鬼……我的租金账户是被动的。"

晚风变得凉飕飕的。芬德里希开始咳嗽。

利贝尔说道：

"嗯，有什么新鲜事吗？"

埃施坦白道：

"我去找牧师……"

"为什么？"

"关于《圣经》里的那个段落，那个白痴连听都不听……就只会含糊地说什么祈祷和教会，然后就没了。该死的牧师……人得靠自己。"

"没错，"芬德里希说道，"没人能帮你。"

利贝尔说道：

"团结一致就能互相帮助……这就是组织的好处。"

"医生说我得到山上去，他已经向疾病基金申请了十次……可如今，如果不是从前线来的，你就得等着……而我一直咳个不停。"

埃施露出了讥讽的神情：

"您的组织和疾病基金比我和我的牧师好不到哪儿去……"

"您必须独自死去。"芬德里希咳嗽着说道。

利贝尔问道：

"您到底在寻求什么呢？"

埃施思索道：

"我以前总以为只要离开就好……到美国去……坐轮船穿越浩瀚的海洋……这样就能开始一种新生活……可现在……"

利贝尔等着他说完：

"现在呢？"

可埃施却出人意料地答道：

"或许新教徒距离它更近……少校就是新教徒……但必须先思考一下……必须和其他人在一起读《圣经》，以便获得明亮的光……一个人孤独的时候，就会不停地怀疑，不管如何思索这个问题。"

"有了朋友，一切都会变容易。"芬德里希说道。

"您过来看我吧，"埃施说道，"我会把《圣经》的那个段落翻给您看。"

"好的。"芬德里希说道。

"那您呢，利贝尔？"埃施觉得有必要问一下。

"您得先告诉我您把什么混在了一起。"

芬德里希叹道：

"每个人都只能透过自己的眼睛看东西。"

利贝尔大笑着走开了。

"没事，他会来的。"埃施说道。

第四十九章

柏林救世军姑娘的故事（7）

　　我不太记得那天晚上我和努黑姆·苏辛在救世军大会上的情形了。我的头脑被更重要的东西占据着。不管人们如何评价哲学活动，它都有令外部世界变得无足轻重、不那么值得关心的作用。而且，即便是最值得关心的事情，人们在经历的时候都会忽视。总之，我能记得的只是努黑姆·苏辛走在我身边，穿着灰色长礼服，所有纽扣都紧扣着，裤子很短，在腿上摆动，头上戴着小得出奇的丝绒帽。这些犹太人，当他们不戴黑色软帽的时候，就会戴这种对他们来说太小的丝绒帽，就连表面上很时髦的里特瓦克医生都是这样，我忍不住向努黑姆提出了一个鲁莽的问题：他是从哪里弄到这顶帽子的。"我就是弄到了。"这就是答案。

　　此外，整件事不值一提。它之所以沾上某种重要色彩，只是因为里特瓦克医生，他昨天来看我了。他有个令人不快的习惯，就是直接闯进来。上次在我所谓的生病期间，他也是这样。因此，当我仰卧在躺椅上的时候，他又出现在我面前；他手里拿着那把不可或缺的手杖，头上戴着那顶荒唐可笑的小丝绒帽。其实，帽子本身一点儿也不小，帽檐宽宽的，却没有把他的脑袋盖住。当时，我想，里特瓦克医生年轻时一定也有一张白皙的脸。现在它无疑令人想起黄色的奶油。

"您能跟我讲讲苏辛吧？"

我如实说道：

"他是我朋友。"

"朋友，非常好……"里特瓦克医生给自己拉了把椅子，"他的家人很担忧，是他们让我来的……您明白吗？"

实际上，我没有义务明白，但我想尽快结束谈话：

"他爱去哪儿就去哪儿，他有这个权利。"

"哦，谁有权利，谁没有权利……我当然不是在责怪您……可他为什么要带着那个非犹太姑娘到处跑呢？"

这时我才想起来，那天晚上我让玛丽和努黑姆来我房间了。没钱的人没法去餐馆里闲坐。我忍不住笑了。

"您笑吧，他妻子正坐在那儿哭呢。"

呃，这我可不知道；不过，我本来也应该记得，这些犹太人在十五岁就结婚了。我要是知道哪个是努黑姆的妻子就好了：是在那些时髦姑娘，还是那些头发从中间分开的中年妇女中间呢？后者似乎更有可能。

我抓住里特瓦克医生的眼镜绳：

"他还有小孩吗？"

"不然您觉得他有什么呢？小猫吗？"

里特瓦克摆出了一副愤慨的表情，以至于我不得不问他贵姓。

"萨姆松·里特瓦克医生。"他重新做了自我介绍。

"嗯，瞧，萨姆松医生，您到底想要我做什么呢？"

他沉思了一会儿。

"我是个开明的人……可这也太过分了……您必须阻止他。"

"阻止他什么呢？阻止他向往天国吗？让他享受这无害的乐趣吧。"

"他还会接受洗礼呢……您必须阻止他。"

"但他是作为犹太人还是基督徒到达耶路撒冷，肯定是无关紧要的。"

"耶路撒冷。"他重复道，好像嘴里被塞了一根棒棒糖。

"好了。"我说道，希望他能离开。

他显然还在用舌头嚼着那个名字：

"我是个开明的人……但没有人是通过唱歌和敲鼓到达那里的……那适合另一类人……所有人我都得去看，我是医生，我不需要在意一个人是犹太人还是基督徒……到处都有正派人，您会阻止他吗？"

这种坚持让我心烦：

"我是强烈的反犹主义者，"他露出了怀疑的笑容，"我是救世军的代表，我是耶路撒冷的军需官。"

"这是玩笑，"他表示理解地说道，虽然他明显感到不安，"玩笑，无关紧要。"

他当然是对的；玩笑，无关紧要，这是我暂时的生活态度。原因是什么呢？战争？我不知道，或许直到今天也不知道，虽然自那时起，许多事情都变了。

我仍抓着里特瓦克医生的眼镜绳。他说道：

"但您也是个开明的人……"

"嗯？"

"您为什么不让人们享受那些……"他艰难地说出那个词，"偏见？"

"哦，您说是偏见！"

他现在搞糊涂了。

"当然不是真的偏见……您说的偏见是什么意思呢？……"最后又平静下来，"实际上，并不是偏见。"

他走后，我回想了一下在救世军大会的那个晚上。就像我说过的，它没有给我留下丝毫印象就溜走了。当时，我偶尔去打量努黑姆·苏辛，他坐在那里听着歌，乳白色的脸上，犹太人的嘴角，挂着没什么生气的笑容。接着，我叫他们俩来我家，或者更确切地说，叫玛丽，因为努黑姆本来就住在这里，——嗯，他们都坐在我房间里，安静地听我讲话，直到努黑姆又指着诗琴，说道："弹点什么吧。"于是，玛丽取下诗琴，唱道："我们迈向天国之门，一支如此伟大真实的军队，在救世主的鲜血中涤净罪恶，这其中也有你的位置。"努黑姆听着，脸上挂着没什么生气的笑容。

第五十章

胡格瑙等了八天，期待着少校有赞赏的表示，或者至少有个答复。他等了十天，然后开始感到不安。报告显然没有达到少校的预期。但埃施那个白痴没有材料给他，是他的错吗？胡格瑙思忖着是不是应该再递交一份报告，但他要说些什么呢？埃施一如既往地同葡萄种植者和工人密谋并不是什么新鲜事；这只会使少校厌烦！

不能使少校厌烦——胡格瑙绞尽脑汁，想找出某个提议摆到少校面前。必须采取行动；埃施在报社里高高在上，好像报纸的真正编辑不存在一样，印刷所里的一切都糟透了。胡格瑙浏览着其他大报，想从中寻找灵感，他发现这些报刊都致力于国内的慈善活动，而《库尔-特里尔先驱报》却什么都没做，完全没有。这就是埃施先生的善心，连葡萄种植者的悲惨景象都受不了的善心。他知道该怎么做了。

星期五晚上，在久未露面之后，他又出现在了旅馆，并且立刻走向绅士们所在的那个房间，因为那儿理所当然是他的地方。少校正在外面的餐厅坐着，胡格瑙在经过的时候郑重而突兀地向他致意。

运气不错，绅士们大部分都在，胡格瑙表示很高兴能看到这么多人，因为他有很重要的事情要在少校进来之前马上讨论。在相当长的谈话中，他指出，这座小城缺乏——令人难堪地缺乏——在别处已经存在多年的为减轻战争造成的苦难而设立的可敬的慈善组织，他提议立刻设立这样的组织。至于它的目标，他想到的包括维护烈士的坟墓，为烈士的家属提供资助等等；此外，他想进一步指出，这些崇高目标所需的钱必须增加，为此可以——比方说——在集市上竖起一尊"铁相俾斯麦"「1」，每钉一枚钉子就付十芬尼，再说了，唯独这座小城没有这样的纪念物，真是令人震惊的丑闻——还有，且不提公众募捐了，各种慈善呼吁总是有助于增加他们的资金的。而这个组织——他建议取名为"摩泽尔纪念协会"——应该得到小城司令官的支持。他本人和他的报纸将竭尽自身卑微的力量，随时为协会及其崇高的目标提供无偿的服务。

不用说，这个提议当然受到普遍的欢迎，无须讨论就一致通过了。胡格瑙和药剂师保尔森先生被推举为代表去向少校先生传达这一提议，他们抚平大衣，迈着庄重的步伐走进餐厅。

少校有些惊讶地抬起头来，接着像在接受检阅一样猛然挺

「1」　一种木雕，民众可以在上面钉钉子，直到钉满为止。——译注

直身体，专注地听着两位先生的话却没有听明白。那些句子你追我赶，互相冲撞，少校听到了"铁相俾斯麦""战争寡妇"和"摩泽尔纪念协会"之类的，没有听明白。最后，胡格瑙聪明地把话语权让给了药剂师；他觉得这是比较谦逊的做法；他静静地坐在那里，注视着墙上的钟、名为《格拉沃洛特战役后的弗里德里希皇储》的画作，以及画作旁边和一把铲子一起挂在绳子上的斯帕藤啤酒的招牌。现在还能在哪里弄到斯帕藤啤酒呢！与此同时，少校总算明白了保尔森的意思：他说，他认为军方没有理由反对，他欢迎这个富有爱国情操的提议，他要由衷地感谢他们，他起身走到隔壁房间去向绅士们致谢。保尔森和胡格瑙跟在后面，为自己取得的成就感到骄傲。

他们一起坐了许久，因为在某种意义上这是一次开幕庆祝。胡格瑙伺机想要抓住少校，机会马上就来了：他们要为这个新协会的成功及其赞助人的健康干杯，当然，同时也没忘记发起这个了不起的倡议的胡格瑙先生。

胡格瑙手里拿着杯子，绕桌一圈，来到了冯·帕塞诺夫少校身边：

"希望少校先生今晚对我满意。"

他从未有任何理由不满，少校答道。

"呃，少校先生，我的报告似乎哑火了……但我希望您能考虑到现在处境非常艰难。我从早到晚忙着整顿报纸；希望您不会认为我没有再向您递交报告是因为疏忽……"

少校坚定地说道：

"我认为基本没必要继续追究这个问题；您已经做了分内该做的事。"

胡格瑙大感意外。

"哦，根本没有，根本没有。"他咕哝道，同时向少校保证，他现在会认真地监视。

因为少校没有回答，胡格瑙就继续说道：

"我们将立刻印发创建'摩泽尔纪念协会'的呼吁，明天就印……少校先生既然如此仁慈地成为了它的教父，为了纪念这一时刻，真的应该到我们的报社去访问……这将是对新协会最好的宣传。"

少校回答说他非常乐意去《库尔-特里尔先驱报》访问；不过，明天他已经有安排了，他认为哪一天去访问都一样。

"越早越好，少校先生，"胡格瑙说道，"没有什么特别引人注目的东西……一切都非常普通……当然，为了整顿报纸所投入的工作并没有大肆张扬，但我可以保证，印刷安排得井然有序……"

他突然有了一个新的想法：

"比如，印刷机就可以完美地满足军方的任何印刷要求，"他燃起火光了，他真想抓住少校的衣扣，"您瞧，少校先生，您瞧，埃施就把这事给忽略了……需要我来想出这个主意。我们应该得到军方的订阅，因为这份报纸可以说是得到您的直接支持的，而且我们投了那么多钱……要不然该如何为股东挤出一点红利呢……考虑到我发现的业务状况……"他绝望地说道；他真觉得苦恼。

少校有点无助地答道：

"但那不在我的管辖范围之内……"

"的确如此，的确如此，少校先生，可如果少校先生真的想要的话……少校先生要是看了印刷所，肯定想要的……"

他用包含着诱导、吸引和绝望的眼神注视着少校。但接着，他纠正了自己，擦了擦眼镜，环顾一下桌子："这显然有利于在座的各位先生……不用说，各位先生都可以去视察。"

但他们大多数都已经了解埃施的巢穴了，只是没有说出来。

第五十一章

　　自从海因里希·文德林宣布回家休假，已经过去了三个多星期。虽然汉娜每天早上依然要在床上躺很久，但她现在几乎不相信海因里希真的会回来了。然而，他突然就到了，既不是在晚上，也不是在早上，而是在大白天。他在科布伦茨的车站待了大半夜，然后又搭乘一列慢吞吞的火车接着赶路。他跟她说这些的时候，他们正面对面站在花园的石子路上；正午的阳光往下倾泻，在草坪中间，在她所躺的那把折椅旁边，一把红色的花园伞反射着暖融融的光；他们可以闻到棉花火红的气息，她的书掉在了地上，书页在微风中翻飞。海因里希并没有碰她，甚至也没有向她伸出手，只是一动不动地注视着她的脸，她知道他一定是在搜寻两年多来一直留在他脑海里的那副面容，她在他搜寻的目光下静静地站着；她也注视着那张朝向她的脸，但她搜寻的不是停留在她脑海里的画面，因为她脑海里已经没有画面了，她搜寻的是使她曾经不由自主地爱上那张脸的那些特征。很奇怪，她现在觉得那张脸没有变化，她又认出了那张嘴的熟悉的线条；牙齿的分布和形状，脸上的酒窝都没有变，由于头骨的宽度，两眼的间距有点大。"我得看看你的侧脸。"她说道，他顺从地把脸转了过去。她又看到了挺直的鼻子和长长的上唇，只是没有了柔和的痕迹，仅此而已。人们不得不承认，他是一个英俊的男子，但她并没有找到曾经使她那么愉快，那么吸引她的地方。海因里希问道："孩子呢？""他在学校……你不进来吗？"他们进了屋。然而，甚至到现在，他还是没有碰她，没有吻她，只是看着她。"我先得好好地洗个澡……离开维也纳以后，还没洗过澡呢。"

"好的，我们给你放水。"

两个女佣过来迎接主人。汉娜不太喜欢这样。她和他来到了浴室，自己拿出了毛巾。

"所有东西都在原来的地方，海因里希。"

"哦，所有东西都在原来的地方吗？"

她离开了浴室；有各种各样的事情要安排和重新安排；她厌烦地关照着。

她来到花园里剪玫瑰，准备摆在餐桌上。

过了一会儿，她又静静地回到浴室门口，听着浴室里的水流声。她可以感觉到自己常有的头痛又来了。她扶着楼梯扶手返回了门厅。

终于，孩子从学校回来了。她拉着他的手。在浴室门口，她喊道："现在我们能进去吗？""当然。"传来了颇为惊讶的回答。她把门打开了一点，透过门缝往里看：海因里希半裸着身子站在镜子前。她塞了一朵玫瑰到孩子手里，把显得很不情愿的孩子推了进去，然后跑开了。

她在饭厅里等着他们俩，他们进来的时候，她忍不住把目光移开了。他们看起来像得出奇，一样的分得很开的眼睛，一样的动作，一样的棕色的平头，只是海因里希现在留得很短。仿佛这个孩子丝毫没有她的份儿。一种可怕的构造；哦，被爱真是太糟了。那一刻，她觉得自己的生活就像一桩漫长的蠢事，绝望的蠢事，但她永远都无法改变。

海因里希说道："又回到家里了。"说完就在自己原先的位置坐下来。他或许觉得自己的话有点愚蠢；他不确定地笑了笑。孩子专注而疏远地盯着他。

他坐在那里，一家之主，宠溺着一切。

女佣人同样无法将自己的目光从他身上移开；其中隐含着崇拜和嫉妒；汉娜走过来，非常清楚地说道：

"我要给勒德斯打电话吗……说晚上去看他？"

勒德斯律师是文德林在事务所的同事；他已经五十多岁了，所以不用服兵役。

汉娜用小指轻轻地碰了碰海因里希的手背，仿佛想通过抚摸来请求原谅，她居然想着和勒德斯度过这个夜晚，但同时也是提醒他，她希望避免身体接触。

海因里希说道：

"当然，我得给勒德斯打电话……我会安排的。"

汉娜说道：

"我们下午和爸爸出去散散步，露露面。"

"好啊，就这么做吧。"海因里希说道。

"爸爸又和我们坐在一起了，真是太好了，对吧？"

"是的。"孩子迟疑了一下，说道。

"你一定得看看他的课本……他已经能写会算了。他给你的信几乎都是自己写的。"

"信写得棒极了，瓦尔特。"

"那些只是明信片。"瓦尔特羞怯地说道。

他们要求孩子在他们中间，让他们隔着他褐色的脑袋找到彼此，这使他们都觉得是对孩子的虐待。当然，这样说会更诚恳一点：我们不会亲吻对方，除非我们的渴望变得难以忍受。但这种渴望其实并不是渴望，只是无法忍受的等待。

他们来到儿童房，镶板墙上涂着一幅有意显得欢快的幼稚的画。凭着因为紧张的等待或剧烈的头痛而产生的那种次要而清晰的、带有反讽意味的敏锐，汉娜知道这些上了漆的家具和白晃晃的颜色也是对孩子的一种虐待，知道它们跟他的生活和天性无关，它们只是在这个房间里建立的一种象征，象征着她白色的胸脯，以及在成功受孕后产生的白色乳汁。这是一个非常遥远、非常模糊的念头，但这就是为什么她永远无法在儿童房里多待一会儿，宁愿孩子去找她。她说道："你还得让爸爸看看你的新玩具。"瓦尔特搬出了一盒积木和一群穿灰色制服的士兵。一共有二十三名士兵和一名军官，那名军官弯着一条腿，拔剑向敌人挥舞着。他们三个谁都没有注意到海因里希·文德林博士也穿着一件灰色的军服；实际上，他们有各自的原因不去注意这一点：瓦尔特是因为觉得父亲是一个入侵者；海因里希是因为对他来说，要把锡兵的英勇姿态和真正的战争联系到一块儿是不可能的；汉娜是因为她突然惊恐地看到这个男人赤裸裸地出现她面前，赤裸裸的，孤立在他的赤裸裸中。她在周围的家具中也觉察到了这种孤立，它们仿佛赤裸裸地立在那里，与周围毫无关系，与彼此毫无联系，陌生而令人不安。

他也不能不觉察到。在外面散步时，他们会把孩子拉到他们中间，虽然汉娜拉着孩子的手，欢快地甩动着，而海因里希时常会拉住另一只手，但他却是一道把他们隔开的屏障。他们没有看对方，他们似乎感到尴尬和羞耻，他们直视着前方，或者望着田野，杂草中长着蒲公英、紫色的车轴草、野生的石竹和淡紫色的山萝卜。天气很暖和，汉娜并不习惯在下午散步。然而，并不只是天热使汉娜在回家后觉得急需洗澡；她现在的每个愿望都以最奇特的方式抵达更深的意识层：仿佛将身体泡在水里能使一种巨大的孤独在她周围展开，仿佛她幻想着在孤立的水中能体验到那种奇幻的重生。当然，比这些念头更明确的是她对于自己在就寝时间，在海因里希在场的情况下去浴室的厌恶。另一方面，要是在中午洗澡，女佣又会觉得奇怪，她借口要为晚上出门换衣服，问海因里希能不能先叫辆车，顺便照看瓦尔特。然后，她去了浴室，希望至少能洗个淋浴。但她踏进澡盆里的时候，发现里面还有喷头在中午留下的水渍，她的膝盖开始发软，她用冷水淋着自己，直到皮肤变得像玻璃一样，乳头开始变硬。淋浴之后，变得好受一点了。

他们坐车到勒德斯家的时候已经很晚了；海因里希把司机打发走了，因为这是一个美丽的夜晚，他们可以走路回家，汉娜对这个提议很感激——那件事来得越晚越好。实际上，他们离开勒德斯家的时候已经是午夜了！他们经过静悄悄的集市，那里除了在陆军司令部站岗的哨兵，一个人影也没有，这个被黑黢黢、没有一丝亮光的房屋包围着的空荡荡的地方，就像一个孤立的火山口，一个沉寂的火山口，安宁的浪潮从中源源不断地涌出，覆盖了整座沉睡的小城，海因里希·文德林挽住了妻子的手臂，在这头一回的身体接触下，她闭上了双眼。或许他也闭上了双眼，既没有看到夏季深邃的夜空，也没有看到那条布满尘土、犹如灰白的带子在他们面前延伸的道路，或许他们都看到了一片不同的天空，他们都像他们的眼睛一样被封住了，他们都在各自的孤立中，但却通过对他们身体的新的认知联结在一起，他们的身体终于向一个吻屈服了；面纱从他们脸上滑落下来，这在性的意识中是猥亵的，但在分离的痛苦中却是纯洁的，这种分离永远都无法结束，永远都无法终止，无论他们对彼此是多么温柔。

第五十二章

在萨姆瓦德的葬礼过后，战时后备军的格迪克开始说话了。

萨姆瓦德，一名志愿兵，是那个在罗马街拥有一家店铺的钟表匠弗里德里希·萨姆瓦德的兄弟。在一场伴随着猛烈轰炸的大规模袭击之后，年轻的萨姆瓦德突然开始咳嗽，然后晕倒了。他是一个善良勇敢的小伙子，年仅十九岁，每个人都喜欢他，所以他被设法送到了故乡小城的医院里。他是一个人来的，连医院的车都没有坐，就像来度假一样，军医主任屈伦贝克说："嗯，我的孩子，我们很快就会把你治好的。"虽然克塞尔大夫只要在医院就会去看望年轻的萨姆瓦德，虽然萨姆瓦德似乎恢复得不错，可他突然又开始大出血，不到三天就死了。而明媚的太阳依然在天空展露笑颜。

因为这家医院只接收小病患，所以死亡不像在大医院那样不张扬。相反，它被当成一件庄严的事。棺材在被抬到墓地之前，就放在医院入口的棺材架上，在那儿举行奉献礼。那些能下床的病人都穿上制服，整齐地排好队，城里也来了许多人。军医主任宣读了一篇激动人心的颂词，牧师站在棺材旁边，一个穿着白色短上衣和红色法衣的少年摇晃着香炉。接着，妇女们跪了下来，许多男人也一样，他们再次念起了《玫瑰经》。

格迪克一直待在医院的花园里，听到人群集合，就拄着两根拐杖，一瘸一拐地走过去，加入了他们。眼下这一幕他很熟悉，因而拒绝认同。他陷入了沉思；他想摧毁他所看到的东西，想把它撕成碎片，就像人们把一张纸或者一块硬纸板撕成碎片——至于要怎么做，应该敏锐而警惕地考虑。当妇女们像清洁女工一样重重地跪下来时，一股笑意涌上了他的喉咙，但他不敢发出声响，这是被禁止的。他拄着两根拐杖，站在跪着的妇女中间，他就像一个脚手架一样站在那儿，将他的支柱夯进了土里，将他的笑声压回了喉咙里。但现在，妇女们念完了《主祷文》和《圣母颂》，来到了这一段：“堕入地狱，又在第三日从死里复活”；于是，仿佛是在脚手架的低处，仿佛是由他曾听过的一个口技表演者发出，词语开始在他备受折磨和挤压的腹部上方形成，这些词语是那么不情愿出现，泥瓦匠格迪克以人们或许没法听见的声音说道：“从死里复活。”随即又陷入了沉默，脚手架低处所发生的事情令他惊呆了。没有人注意他；他们抬起了棺材；系着十字架的棺材在抬棺人的肩上摇晃；有点弯腰驼背的小个子钟表匠萨姆瓦德和其他亲属排在抬棺人后面；然后是医生，以及其他送葬者；最后是拄着拐杖一瘸一拐、穿着病号服的泥瓦匠格迪克。

在他们沿着林荫道往前走的时候，马蒂尔德护士看到了他。她径直向他走去："可是，格迪克，您不能这样子去……您在想什么呢，穿着病号服……"但他没有理睬她。甚至当她搬出军医主任的时候，他也没有动摇，而是平静地盯着他们俩，然后继续往前走。最后，屈伦贝克说道："哦，让他一起去吧，战争就是战争……如果他累了，总会有人陪着他，带他回来的。"

路德维希·格迪克就这样走了一段很长的路；他身边的女人都在祷告，路边长满了灌木。当一组人念完了《圣母颂》，另一组人又接上，从林子里传来了一只布谷鸟的叫声。有些人——包括小钟表匠萨姆瓦德——像木匠一样穿着黑衣。许多东西都挨得更紧密了，尤其是在拐弯的时候，队伍慢了下来，送葬者紧紧地挤在一起；那些女人的裙子就像他的病号服一样；她们走路的时候，裙子拍着双腿；前面有个女人垂着头，用手绢捂着脸。虽然格迪克什么也不看，只把目光固定在面前的车辙上，不时尝试像咬紧牙关一样闭紧双眼，让灵魂的各个部分更紧密地挤在一起，以及试图压制自我；是的，虽然他宁愿停下来，把拐杖夯进土里，强迫所有人都静止不动，什么也不说，或者让他们四散开去，但他还是被拉着、托着前行，他就像一口晃动的棺材，浸泡和漂浮在伴随着他的滔滔不绝的祈祷的浪潮中。

在墓地，当尸体再次举行了奉献礼，落入敞开的墓穴里的时候，又响起了连祷文："从死里复活。"小钟表匠萨姆瓦德笔直地站着，凝视着墓穴哭泣，人们一个接一个地走上前去，向死去的战士撒上一铲土，然后和钟表匠握手，这时，人们眼前突然出现了格迪克高大的身影，他拄着两根拐杖，穿着灰色的病号服，长长的胡子摆动着，他来到墓穴边上小钟表匠身旁，没有理睬朝他伸出的手，只是非常费劲而又十分清楚地挤出了他的头一句话："从死里复活。"随后就把拐杖放到一旁，但却没有去拿铲子往墓穴撒土；不，他没有那样做，他做的是别的出人意料的事；他要爬到墓穴里去，他开始费劲而有条理地往下爬，他的一条腿顺利地落下去了。当然，所有的旁观者都不理解他的意图；他们以为他是因为没有了拐杖的支撑，过度虚弱而倒下去的。军医主任和其他几个人冲了过去，把他从墓穴里拉了出来，抬到了一张长凳上。或许此时格迪克真的已经筋疲力尽；不管怎样，他没有反抗，只是非常安静地坐在那儿，闭着眼睛，头微微歪向一边。钟表匠萨姆瓦德和其他人一起向他跑去，本想帮忙抬他，现在就待在他身边；因为巨大的悲伤有时候会撼动一个人的灵魂，萨姆瓦德觉察到他的同伴发生了一些非常奇怪的事；他坐在泥瓦匠格迪克身旁安慰他，就像在安慰一个被巨大的悲伤笼罩着的人，同时还说起死去的兄弟，说他的早逝是美丽的、毫无痛苦的。格迪克闭着眼睛听他说。

与此同时，当地的名人也向墓穴走去，其中就有胡格瑙，他穿着蓝礼服，一手拿着僵硬的黑帽，一手拿着花圈，非常得体。他极其恼火地环顾四周，因为亡者的兄弟没有在眼前欣赏花圈，这是由"摩泽尔纪念协会"赠送的带有橡树叶的漂亮花圈，带子上写着"祖国献给它英勇的战士"。

第五十三章

柏林救世军姑娘的故事（8）

就像未来闪亮的海洋的飞沫，

彩虹色的浪花一支接一支地抓住

这些由太阳投下的颤抖的金箭——

太阳，一个在水面上运行的神灵——

这些金箭在遥远的地平线边缘闪耀，

在那里，明亮的天空再次自行诞生，

它是玻璃似的平原的一面镜子，

沉到阿芙洛狄忒的梦中休憩：

这是他被围困的时刻吗？

这是痛苦降临，令他在

地狱般的剧痛和折磨中扭曲，

使自然的需求得到非自然结果的时刻吗？

这是田野边落在他脚下，

使他打趔趄的木头吗？

在令人盲目的火雨中，

响起一声惊雷；他一头栽倒，

旋转着跌入熔岩和硫黄火涌动的深渊，

撞在石头上，他脚下是一片虚空，

直到这时，他的感官才醒过来，

他将自己摔得粉碎，因为他无力，

却试图回到上面那片失去的土地，

回到那片失去的布满阴影和柏树丛的土地，

那里的灌木盘根错节，浸泡在迅疾的水流中，

那里的黑夜与白昼在绿色的曙光中相遇，

那里的气息柔和而又浓烈，沿着山毛榉和松树

发着微光的通道飘动、缠绕——

这是他曾经、永远试图找回的时刻，

是在他像一片叶子被突如其来的风暴卷走一样

被那个可怕的声音卷走之前的时刻，这是他获得

新知识的时刻，它装满了

他的存在之杯，即便它一口

饮干了所有的意义，只留下

充满疑问的知识在一片荒芜的土地，

一片没有尽头的土地：有柏树挺立

在他身旁吗？有海吗？他无法确定。

他只知道，他听见那个声音在回荡，

那个声音使他一头栽入地狱，

那个声音控制着他，将他牢牢抓住。

一旦赢回那个时刻，那么，洗净罪恶，

他会发现早已遗忘的事物闯入，

带来草丛与树木上的盐的气息，

带来闪亮的大海边上映出的海岸。——

但新生的知识将他在痛苦中从疑问

驱向疑问，迫使他穿过片片荒漠，

去寻找那个永远无法找到的声音，

那个声音在后面追逐他的时候，他逃离，

他匆匆奔逃，却又祈求停下来，

他虚假地向上帝发大誓言，

祂在过去曾选他为子，

他，一个叛徒；从他绝望的口中迸出

一声尖叫，一声使知识受到曲解

和变聋的尖叫，一声来自深渊的呼喊，

一声破碎成虚无的呼喊，

无助的困兽的呼喊，

陷入火海的野兽的呼喊；

哦，惊异的呼喊！极其气馁的呼喊！

我是主动感受到了这种惊异，

还是被动？

哦，思想，你从哪个遥远的国度

来到我面前，最深的"几乎但不全然"？

我在死亡的空白中徘徊，

亚哈随鲁[1]，永远在绝望中哭泣！

在地狱无眠的、充血的、黄色的光芒中，

我的双手已枯萎，我的双目已失明，

我，亚哈随鲁，生来就是为了永远哭泣！

放逐我的家园，被悬崖包围，

以知识为生，被怀疑摧毁，

播种干枯的石头，吸食干枯的尘土，

以知识塑造，因欲望而空虚，

受多数人祝福，受一个声音责备，

禁果的合法播种者。

---

［1］ 亚哈随鲁（Ahasuerus），《圣经》中的波斯国王。——译注

第五十四章

当勤务兵报告说编辑埃施先生求见时，少校颇感不快和惊讶。这个报人是胡格瑙的使节吗？是来自地狱和冥府的密使吗？这个问题使少校几乎忘了胡格瑙已经跟这个在政治上显得可疑的埃施划清了界限，因为片刻的思索带不来任何重要的东西，他终于说道：

"嗯，没关系……让他进来。"

当然，埃施看起来既不像来自地狱的密使，也不像在政治上显得可疑的人物；他既局促又迷惑，就像一个为自己迈出的步子感到后悔的人：

"少校先生，我的事情是……长话短说吧，少校先生，您的文章给我留下了深刻的印象……"

冯·帕塞诺夫少校告诉自己不能被花言巧语迷惑，虽然相信自己的文字产生了效果是令人高兴的。

"如果说有魔鬼必须被驱逐出去，少校先生指的就是我……"

于是，少校觉得有必要澄清，引用《圣经》并没有任何针对个人的影射或旁敲侧击，因为那实际上只是对《圣经》的一种侮辱，而在我们生命中的每个转折点，为了变得更好，我们都必须将一部分的魔鬼抛到身后。所以，如果埃施先生是来要求解释或道歉的，那可以对此感到满意了。

在少校说话的过程中，埃施恢复了平静。

"不，少校先生，这不是我来的目的。我甚至接受那关于魔鬼的话，但不是因为我的报纸一再被充公，"他做了个不以为然的手势，"不，少校先生，我不能被指责说之前没有像现在这样恰当地经营这份报纸。我到这里来是有别的请求。"

他只是想请少校给他和他的朋友——或者像他在激动的时候用的称呼，教友——指出救赎的道路。

埃施站在少校的办公桌前，手里拿着帽子，颧骨因激动而发红，那红色到下面凹陷的地方褪成了褐色，他使少校想起了自己庄园上的管家。一个管家有什么权利谈论宗教呢？少校觉得，对宗教问题的关注是地主的一种约定俗成的权利。他所熟悉的宗教生活的画面浮现在他眼前，他看到他和家人前往教堂，夏天是乘着高大的马车驶过尘土飞扬的道路，冬天是裹着毛皮大衣乘着低矮的雪橇；他看到自己在圣诞节和复活节拿着通常给他的孩子和仆人用的《圣经》，看到波兰女仆们戴着红色头巾，穿着宽大的裙子走向邻村的天主教堂，那个教堂使他想起埃施先生属于罗马天主教，因而与庄园里的波兰工人产生了令人不快的密切联系，一方面是出于个人经验，一方面是因为他们的政治观念，还有一方面是出于纯粹的偏见，他总是被这种情绪困扰着：认为波兰人不可靠。因为同胞的良心问题往往会使我们陷入尴尬，仿佛他在夸大某些对他来说并不是那么重要的东西，所以，少校在请埃施落座的同时，并没有提及他所展开的话题，只是询问报纸是否运转正常。

然而，埃施的意图可不会被轻易转移。"对于报纸本身，少校先生，您应该听我说……"——回应少校狐疑的目光——"是的，少校先生，您已经对《库尔-特里尔先驱报》颁布了新的政策……尽管我自己总是说，必须在世界上建立秩序，即便是一名编辑，也必须尽到自己的义务，如果他不想成为一名无政府主义者和毫无良心的无赖的话……少校先生，每个人都在寻求拯救，每个人都害怕邪恶的毒害，每个人都在等待救赎的降临和不公正的消亡。"

他嚷嚷起来，少校吃惊地看着他。埃施控制住了自己："您瞧，少校先生，社会主义只是众多迹象之一……但自从您的文章在新一期报纸上发表以后……少校先生，处在胜败关头的是这个世界上的自由和公正……人们不能轻率地对待人类生活，必须发生点什么，否则所有的牺牲都是徒劳。"

"所有的牺牲都是徒劳……"少校仿佛从久远的记忆中重复道。但他马上回过神来："埃施先生，或许您是想让报纸回归社会主义的潮流吧？您想让我支持您吗？"

埃施的姿态显得既轻蔑又无礼：

"少校先生，这不是社会主义的问题……而是新生的问题……正派与否的问题……一同寻求信仰的问题……我的朋友们和我创办了一个查经班……少校先生，您在写那篇文章的时候，每个字都是真心诚意的，所以您现在不能拒绝我们。"

很显然：埃施呈上了一份账目，尽管只是一份精神上的账目，少校又忍不住想起自己的管家带着账目来到办公室和他面对面坐着，同时也想起庄园里的那些波兰工人，他们总想糊弄他。这个人不是在拿社会主义威胁他吗？或许是在重复某些早已遗忘的东西，他说道：

"有人一直否定我们，埃施先生。"

埃施站了起来，在习惯的驱使下，开始用笨拙的步伐在房间里走来走去。在他嘴巴两边的清晰的竖纹比平常更深了；他看起来多么忧心忡忡啊，少校想道，真难以相信，这个正直的人竟然经常光顾酒馆和不光彩的地方，竟然是地府的使者。他真的是这样的伪君子吗？这跟地府本身一样无法想象。

埃施正对着少校立定了：

"少校先生，坦白地说吧……我甚至都不清楚，要是接受了新教的信仰，我们的道路会不会平坦一些，这样我如何能够履行职责呢……"

当然，少校本可以回答说，编辑的职责并不是解决神学问题，但埃施的问题那么直接，令他大吃一惊，根本没法回答：这跟胡格瑙请求承接军方的印刷订单并没有什么不同，有那么一会儿，两人的形象似乎又要混合在一起了。少校把手放到胸前的铁十字章上，摆出了一副官方的姿态：他，一名身居要职的军官，让人改宗合适吗？天主教毕竟算是同盟，要是让他引诱一个奥地利人或者保加利亚人或者土耳其人为了德国而切断与祖国的联系，他可不会答应。这个埃施不依不饶的样子真是令人恼火，但又很诱人，令人觉得受到恭维；在向他的恳求中，不是有某种总是令宗教焕然一新的信仰吗？但少校依然在抗拒，并且指出，他本人是新教徒，无法在信仰的问题上给一位天主教徒建议。

埃施再次做了个不以为然的手势，这不是问题：少校在文章里说基督徒必须支持基督徒，天主教和新教的基督教并没有什么不同，小城里的神职人员也很少有这种顾忌。

少校没有回答。这真的是用他自己的言语织成的罗网在他周围收紧吗？这个人想把他拖进黑暗和深渊吗？然而，仿佛是一只柔和的手伸过来，想领他走向水流平缓的宁静河岸。他不禁想起了约旦河的洗礼，几乎违背意愿地说道：

"在信仰的问题上没有准则，埃施先生；正如《圣经》告诉我们的，信仰是自然涌现的源泉，"接着，他在深思过后补充道，"每个人都必须靠自己认识神圣的恩典。"

埃施失礼地转身背对着少校；他站在窗前，额头压在窗玻璃上。接着，他又转过身来，表情严肃，几乎是在恳求：

"少校先生，这不是准则的问题……这是信任的问题……"停顿了一下，"要不然的话……"他找不到恰当的话，"要不然的话，这份报纸就跟其他报纸没什么两样了……一份堕落的报纸……煽动者的无稽之谈……可是您，少校先生，您要的是不一样的东西……"

冯·帕塞诺夫少校再次感到一种美妙的顺从，感到自己被托起带走了；仿佛有一朵银白色的云飘浮在泉水上方，试图追上他。信任的安全感！不，如此严肃地站在他面前的这个人不是冒险家，不是叛徒，不是不可靠的波兰人，不是一个会把你的信任搬到另一边，无耻地公开暴露的人。因此，从一开始的迟疑，到逐渐的热心，少校谈起了路德的教导，只要听从他的教导，任何人都不需要绝望，任何人，埃施先生！因为每个人都在他灵魂中的某个地方携带着神圣的火花——冯·帕塞诺夫少校甚至都无法表达他为了感受到这一点而付出的力气——没有人是被恩典拒之门外的，每个被赐予恩典的人都可以前去宣扬救赎。任何深深地审视自己内心的人都会认清真理和道路；埃施同样会找到通往光明的道路并追随它。"放心吧，编辑先生，"他说道，"一切都会好起来的。"只要埃施先生愿意，而他自己又能从百忙中抽出空闲的话，他很乐意再和埃施先生谈谈——少校站了起来，隔着桌子向埃施伸出自己的手——而且，他不久就会去访问《库尔-特里尔先驱报》的编辑室。他朝埃施点点头。埃施犹豫不决地站着，少校怕他会发表一通感谢的话。但埃施并没有感谢他，而是有点粗鲁地问道："我的朋友们呢？"少校又稍微摆出了官方的姿态："以后吧，埃施先生，也许以后吧。"埃施笨拙地弯腰鞠躬，退下了。

尽管如此，对于像埃施这种如此鲁莽冲动的人来说，在此之后并没有犹豫可言。过了几天，他加入了新教，这令每个听闻的人都大吃一惊，马上整个小城都知道了，而对于他那狂热的灵魂而言，这同时也是对少校的一种致敬。

第五十五章

价值崩溃（7）

历史的离题话

那是被称为文艺复兴的犯罪和反叛的时代，那是基督教的价值系统分裂成两半，一半是天主教，一半是新教的时代，在那个时代，随着中世纪工具论的衰落崩溃，一个注定要持续五个世纪的解体过程拉开了序幕，埋下了现代世界的种子；那个曾是播种和初次开花的时代，不能完全归入新教、个人主义、民族主义或感官享乐，甚至也不能完全归入人文主义和自然科学的复兴：那个时代通过它的风格呈现出如此明显的统一的特征，而且现在被视为一个连贯的整体，如果拥有一种均质的精神，与那种统一相匹配，并且产生了那种风格，那肯定不能在它显露出来的任意一种现象当中寻找，甚至也不能在作为一种深远的革命力量的新教这一现象当中寻找；所有这些现象必定涉及一个公分母，它们必定拥有一个共同的根源，这个根源必定是在思想本身的逻辑结构中，这一逻辑贯穿了时代的一切活动。

现在可以相当肯定地说，思维风格的深远革命——所有这些现象的革命特征使我们能够推断出一场彻底的思想革命——总是源于这一事实：思想已经抵达其无限的临时界限，它不再能够通过原有的方法解决无限的矛盾，因而不得不修正自己的基本原则。

在我们眼前就有关于这一过程的一个非常明显的例子，以无限的矛盾为起点的对于现代数学的基本原理的研究，已经完成了一场数学方法的革命，其程度是无法估量的。实际上，根本无法确定我们在此讨论的是一场新的思想革命，还是对中世纪逻辑最终的明确清算（很可能两者兼而有之）。因为不仅仅是中世纪的价值残存于我们的时代，使我们可以假定相应的思维方式也留存了下来；同时还要指出，所有矛盾的悖论和无限的矛盾的本质在于，它们源于推理演绎的方法：但这就意味着它们源于神学的方法，因为没有一个神学的世界系统不是推理演绎的，换言之，一切现象都是通过理性从一个至高无上的原则，从上帝推理演绎出来的；而最终，每一种形式的柏拉图主义都是推理演绎的神学。因此，即便是现代数学系统中的柏拉图式—神学的内容，也不是立刻就能看出来，甚至在数学保留了逻辑的充分表达（这逻辑像笼罩其他事物一样笼罩着数学）的时候，依然是不可见的，但在数学和中世纪经院哲学所假设的无限的悖论之间却存在着一种引人注目的亲缘性。当然，中世纪关于无限的讨论并不是发生在数学层面上（或者只是插入式地发生在对宇宙的思索上），而"伦理的"无限——人们或许会这样称呼——譬如隐含在上帝的无限属性这个反复出现的问题当中的那种无限，包括了一切实在的和潜在的无限，假设了相同的困扰现代数学、为其提供矛盾的那些结构边界。在两者当中，矛盾的实质都是源于逻辑所使用的"绝对"，只要逻辑存在，这种"绝对"就是不可避免的，而且只有在达到矛盾的边界之后才能够发现。在经院哲学家当中，这种使人误入歧途的绝对主义主要体现在对象征的阐释上：有限的尘世形式的教会的具体性虽然声称是绝对的，却只能在它的列车上拖着有限的象征形式，虽然结果是一个奇异的象征的海市蜃楼的系统，一个从象征到象征的系统，被圣体的天堂—尘世、无限—有限的象征所笼罩，凝结在一种魔幻的统一之中，但崩塌是不可避免的；因为在其无限的矛盾的界限中，经院哲学的思想不得不瓦解，再次通过辩证法转回并解决如今是有限的柏拉图理念，也就是说，不得不准备好对实证主义的反应，并且开始那种自动的发展，其开端在教会的亚里士多德式的结构中已经可以看见，虽然经院哲学家做了各种尝试（双重真理论，唯名论者和现实主义者之间的争吵，奥卡姆对知识论的新的公式化），却无法再阻止它的进一步发展；经院哲学的思想不得不绊倒在自身的绝对主义上，绊倒在自身的无限的矛盾上，——它的逻辑被废止了。

但思想只有在其逻辑性无可置疑的时候才符合现实。这适用于一切思考，而不仅仅是演绎辩证法（而且，根本不可能确定有多少推理演绎是一项思考行为所固有的）。然而，要是说推理演绎已经变得可疑，因为人们突然学会了用不同的、更好的眼光来观察事物，那可就错了；情况恰恰相反：辩证法一旦失效，就只能以不同的眼光来打量事物，这种失效不会发生在思想阐释现实的时候，因为现实会继续无限地服从于这样的阐释，而是发生在这之前，在思想自身的逻辑范围内，也就是在面对由无限提出的问题的时候。人类忍受逻辑权威的耐心是无穷无尽的，能够与之相比的只有服从于医术时的那种不受干扰的耐心：就像人把身体托付给最荒谬的治疗方法，然后真的治好了，现实就是这样服从于最不可能的理论构造——只要理论不宣布自身的破产，就会得到坚定的支持，而现实就依然容易驾驭。只有在公开宣布破产之后，人才会开始擦亮眼睛，再次正视现实；只有那时，他才会在活生生的经验而不是推理中寻找知识的来源。

这两个精神革命的阶段可以在中世纪的衰落时期清楚地观察到：经院哲学辩证法的破产，以及随后——真正哥白尼式的——注意力绕着直接的客体旋转。换言之，这是从柏拉图主义到实证主义的转变，从上帝的语言到事物的语言的转变。

然而，随着从教会工具论的集中化转变为直接经验的多样化，随着从中世纪神权政治的柏拉图模式转变为对这个在经验上既定而又不停变化的世界进行实证主义的打量，随着原先的整体的原子化，就其与客体系统的关联而言，必须同时发生价值系统的原子化。简言之，价值不再由一个中心的权威所决定，而是染上了客体的色彩：重要的不再是维护《圣经》的宇宙观，而是对自然物体进行"科学的"观察以及实验；政治家不再认为自己应该塑造一个神圣国家，而是管理一个刚刚独立自主的政治单元，因此不可避免地出现了马基雅维利主义形式的新的行之有效的政治方法；与战士相关的不再是绝对的战争，譬如十字军远征，而是尘世的争斗，使用一些新发明的毫无骑士精神的武器，譬如枪支；基督教徒不再被当成一个整体，而只是由民族语言的外在绳索拴连在一起的经验主义人群；新的个人主义研究的不再是作为教会工具论一分子的人，而是作为个体本身的人及其个体的意义；最后，艺术的目的也不再只是美化圣徒群体，而是忠实地观察外部世界，这种忠实的呈现就是文艺复兴时期的自然主义。然而，这种对直接的客体的执着或许显得世俗，甚至在当时的人看来完全是异教的，非常异教，以至于刚发现的古代被欢快地引为同道，内部的客体对人的注意力的压迫同外部一样猛烈，实际上，文艺复兴时期的经验的直接性在其内省方面或许是最直接的：随着这种目光向内的转移，随着这种对灵魂中的神圣火星的发现，此前只能通过一种教会的柏拉图式等级制度的媒介显现的上帝，如今成了直接的神秘领悟的对象，重新寻回的神圣恩典的保证者，——最极端的异教世俗性与新教最无条件的内向性的这种异乎寻常的并列，在相同的风格范围内最迥异的倾向的这种共存，如果不是可以移交给直接性的公分母的话，那肯定是无法解释的。就如同（或许更甚于）文艺复兴的其他一切现象，新教是一种直接性的现象。

但那一时期的另一个非常重要的特征可以在此找到决定性

的原因：对"事迹"的现象"行动"的美化，这在文艺复兴时期的所有生活表达中都非常明显，尤其是新教；对语言的初生的蔑视，试图将语言的功能尽可能远地限制在诗歌和修辞的独立领域内，拒绝让它接近别的领域，用行动的人作为唯一起作用的因素将其取代；这场奔向沉默的运动为整个世界的沉默铺路：这一切与世界分解为不同的价值系统存在着不容忽视的关系，而跟在转向事物的语言之后的，继续用隐喻的说法，是一种沉默的语言。这几乎像是对这一事实的证明：不同价值系统之间的任何理解都是多余的，或者仿佛这样的理解可能会歪曲事物的语言的严苛和唯一性。现代世界的两大理性的理解手段，数学中的科学语言和簿记中的货币语言，都在文艺复兴时代找到了它们的起点，它们都源于对唯一的价值系统的那种唯一的、排他的集中，源于那种难懂的表达理论，就其严苛而言，或许可以称为苦行。然而，这种态度与天主教僧侣的苦行主义并没有多少共同之处，因为不同于后者，它并不是达到某种目的的手段，不是召唤狂喜的"辅助"的手段，而是源于行动的唯一性，这"行动"此后被当成唯一的明确语言和唯一的决定性力量。因此，新教的根源和本性也是一种"行动"；其先决条件是一个虔诚行动的人，寻找上帝，发现上帝，一个像新的科学研究者或新型的士兵、政治家一样具有积极行动力的人。路德的宗教就是彻头彻尾的行动者的宗教，本质上并不是沉思的。但即使是在行动的中心，在这种平淡的真实感的核心，也存在同样的严苛，同样的责任的绝对指令，同样的对其他价值系统的排斥；存在加尔文式的破除偶像的苦行主义，这种苦行主义几乎可以说是一种认识论的苦行主义，它使得伊拉斯谟简直就要坚持将音乐排除在对上帝的侍奉之外。

然而，中世纪同样认识到了行动的力量。无论新的实证主义如何在柏拉图式的经院哲学面前猛然退缩，在将个体移交给自我的唯一权威的时候，它还是暴露了柏拉图主义的"实证主义根基"。新的基督教不仅仅反抗，也改革，它在各方面都将自己当成是基督教理念的复兴；虽然起初它并没有神学，随后却在一种更加自主和有限的基础上，发展出了一种纯粹柏拉图式的、唯心主义的神学：因为这就是与康德哲学等同的东西。因此，价值的定位，指导行动的道德指令，依然同中世纪一样，实际上也无法改变，因为价值只存在于价值与无条件的有效意志之中——除了绝对的价值，没有别的价值。发生改变的是产生价值的行动的界限：迄今为止，人对于绝对的强烈渴望一直集中于基督教工具论的完整价值；而现在，一种自主的逻辑的整个彻底性，独立自主的所有严苛，都分别指向各个价值系统，每个价值系统都上升为自身的绝对价值，并且产生了那种强烈的感情，它宣称这些绝对的价值在孤立中共存，彼此不相干，这种强烈的感情给文艺复兴时代添上了它典型的色调。

当然，可以反驳说，普遍的时代风格漠然地接受各种迥异的价值系统，比如，路德的人格根本不是苦行式地局限于单一的系统，而是明显以一种典型的方式融合了宗教和世俗的冲动。作为回应，可以合理地宣称，我们在此讨论的只是一场需要五百年时间才能完全发展的运动的开端，那个时代依然充满了对中世纪的综合的渴望，正是像路德这样的人格，一个不是通过逻辑的力量，而是通过人性的宽广度，将最迥异的倾向融于一体的人格，在半路上遇到了时代的需要，在更加"逻辑的"加尔文所无法比拟的程度上支配并影响了它。那个时代仿佛在面对世界新的"严苛"和逼近的沉默时依然充满恐惧，仿佛想要大声阻止那逼近的可怕的沉默，或许就是这个原因，不得不催生新的上帝语言，新的复调音乐。但这些是无法证明的假设。另一方面，可以认定，这种时代的不确定状态，这种未充分发展的冲动的混乱，使反宗教改革成为可能；对逼近的孤寂和隔绝的恐惧为一场运动开辟了道路，这场运动承诺将寻回失落的统一。因为反宗教改革肩负着一个巨大使命，就是回收被新教狭隘的、苦行式的虔诚排除在外的价值系统，就是尝试将世界及其各种价值重新综合起来，并在新的耶稣会会士的经院哲学的引导下，再次获得失落的中世纪的整体性，从而将教会的柏拉图式统一提升为至高无上的价值，使其能够永久宣布自己高于世界上其他一切价值的神圣地位。

第五十六章

钟表匠萨姆瓦德现在时常来医院。他会在他兄弟得到过照料的地方停留，为了表达感激，不仅免费校准医院里的时钟，还同样无偿地为医院里的人修理手表。然后，他就会去看战时后备军的格迪克。

格迪克期盼这些来访。自从葬礼过后，许多事情已经变得更加清晰，不那么令他不安了：他生命中的世俗部分已经变得更加坚实，但又在不失掉任何稳定性的情况下变得更高、更轻。他现在非常清楚，他不用再害怕那片阴森森的黑暗——另一个格迪克，或者更确切地说，过去的许多个格迪克就躲在那后面——因为那道黑暗的屏障不过是他躺在坟墓的那段时期而已。要是有人走上前来，想提醒他在另一边是什么，在葬礼前发生了什么，他也不用再害怕，他可以耸耸肩膀驱散这种恐惧，因为他知道不会再产生什么后果。他需要做的只是等待时机，因为他不用再害怕如今在他周围凝结的生命，哪怕它紧紧地逼近他；因为他已经将死亡留在了身后，而前方的一切只是为了将脚手架搭得更高。的确，他还是一言不发，跟他同病房的那对姐妹和他说话，他也没听见；但他现在的聋哑与其说是对自我和孤独的一种防护，倒不如说是在宣告他对那些扰他安宁的人的蔑视。钟表匠萨姆瓦德是唯一被他容忍的人，实际上，他很期盼他的来访。

面对萨姆瓦德当然比较轻松。即便格迪克走路的时候弯着腰，拄着两根拐杖，他还是可以看低这个小钟表匠；但这不是最打紧的。更重要的是，萨姆瓦德似乎知道自己是在跟谁打交道，一点儿也不想向他打听或者让他想起任何他——路德维希·格迪克——不喜欢的东西。实际上，萨姆瓦德在任何时候都不是一个滔滔不绝的谈话者。他们一起坐在花园里的时候，他会向格迪克展示他拿来修理的手表，他会揭开盖子，让人看到里面的部件，并试着解释毛病出在哪里。他也会说起死去的兄弟，说他令人羡慕，因为他现在已经摆脱了困苦，去了更幸福的地方。可是当钟表匠萨姆瓦德继续提起天堂和极乐的时候，一方面是会被否定的，因为这属于路德维希·格迪克长久荒废的坚信礼课，但另一方面又是对格迪克的一种致敬，就像是对一个已经在彼岸的人提出他早已知晓的问题。当萨姆瓦德提到自己经常参加并且从中得到许多启示的查经班的时候，当他表示这场悲惨的战争最后必将走向更光明的拯救的时候，格迪克并不想听；但这却是对他新获得的生命的一种进一步证实，邀他在这生命中采取一种恰当的、像尸检一般的姿态。那时候，他觉得这个小钟表匠就像那些把砖挑到墙下的小伙子或女人，他从来都不会跟他们客气地说话，总是使唤他们，但却离不开他们。或许这也就是为什么有一次他会打断小钟表匠的话，吩咐他："给我拿杯啤酒来。"当啤酒没有及时送来的时候，他就满腔怒火地瞪着前方，令人摸不着头脑。他生了萨姆瓦德很多天的气，不想见他，萨姆瓦德绞尽脑汁，试图找出讨好格迪克的办法。这可相当困难。因为格迪克自己并不知道他在生萨姆瓦德的气，他极为苦恼，在一种未知的法令的压迫下，一见到萨姆瓦德，就把脸别开。他并没有把萨姆瓦德当成是这个法令的起因；但他却痛苦地把这个法令没有被废止归咎于他。两人开始艰难地寻找对方。有一天，钟表匠突然心血来潮，他抓住格迪克的手，把他带走了。

那是一个晴朗、温暖的午后，钟表匠萨姆瓦德拉着曾经的泥瓦匠格迪克的短上衣的袖子，领着他避开路上凸起的石头，小心翼翼地一步一步往前走。有时他们会停下来休息。休息片刻之后，萨姆瓦德又会拉拉格迪克的袖子，格迪克便站起来，接着走。他们就这样走到了埃施家。

通向编辑室的梯子对格迪克来说太陡了，于是，萨姆瓦德让他坐在花园前面的长凳上，自己走了上去，不一会儿又带着埃施和芬德里希回来了。"这是格迪克。"萨姆瓦德说道。格迪克没有反应。埃施领着他们向凉亭走去。但在两个玻璃盖已经揭开——因为埃施正在播种秋天谷物——的温床前，格迪克站住不动了，他凝视着底下的褐色土壤。埃施说道："怎么啦？"格迪克却仍旧盯着温床。于是他们全都站在那里，穿着黑衣，光着脑袋，仿佛站在一个敞开的墓穴前。萨姆瓦德说道："是埃施先生创办了查经班……我们全都在寻找来自上天的指引。"接着，格迪克哈哈大笑起来，那并不是轻蔑的笑，只是有点吵，他说道："路德维希·格迪克，从死里复活。"他并没有说得很大声，他得意地看着埃施，然后改变了俯首弯腰的卑微姿态，挺直了身子，几乎就像埃施一样高大。芬德里希腋下夹着《圣经》，用肺痨患者发热的眼睛盯着他，然后轻轻地碰了碰格迪克的制服，仿佛想要确认出现在他面前的是不是一个活人。但对格迪克来说，事情似乎已经结束，他已经做好了分内的事，这甚至算不上多大的压力，他现在可以休息了，于是就直接坐到了温床的木制边缘上，等着萨姆瓦德和他一起坐下来。萨姆瓦德说道："他累了。"埃施迈着阔步走回后院，对着厨房窗户朝埃施太太呼喊，让她弄些咖啡来。于是，埃施太太端来了咖啡，他们把印刷房里的林德纳先生也请了过来，他们站在格迪克身边，看他坐在那里喝着咖啡。他们都没有看到格迪克所看到的东西。等格迪克喝完咖啡恢复了精神之后，萨姆瓦德又拉起他的手，返回医院。他们小心地走着，萨姆瓦德留神不让格迪克踩到凸起的石头。有时，他们会停下来休息。当萨姆瓦德对同伴微笑时，格迪克的目光不再移开了。

第五十七章

是的，胡格瑙的心情真是坏透了。印发关于铁相俾斯麦的呼吁搞得一团糟。印刷所里没有俾斯麦头像的印版或许还情有可原，可是连一个合适的有月桂环绕的铁十字章都找不到，实在说不过去，最后，没别的办法，只能以那种通常用于标示阵亡士兵讣告的小十字架来装饰那份呼吁的四个角。要不是有个好消息的话，他是不会带着这可怜的玩意儿去找少校的：他发现了吉森的一家雕刻公司的广告，立刻给他们发了电报，他们准备在两周内提供一座俾斯麦雕像。但那份糟糕的呼吁肯定让少校极其失望了；一开始，他连听都不听胡格瑙讲，阴郁冷漠地打发道："没关系。"尽管他最后确定今天屈尊前去访问，可随后又令人扫兴地问候起了埃施。这真是太不公平了，因为印刷所里缺少合适的印版，该怪的人就是埃施。

胡格瑙两手插在裤兜里，在院子里踱来踱去，等着少校。至于埃施，他已经巧妙地把他支走了。这真是一个狡猾的举动，头一天，他劝埃施不要去纸厂——然后今天就发现他还是错了，因为很奇怪，纸已经不够用了，于是编辑先生必须去一趟。不幸的是，那个家伙执意要骑自行车去，要是少校来得太晚的话，他的计谋就失效了，两人最终还是会碰上的。

天气溽热。胡格瑙不时看看表，接着走进花园，一边打量枝条上尚未成熟的果实，一边估算收成。唉，在这种时候，东西是没法留到成熟的；老早就会被偷光的。用不了多久，埃施就会在某个美妙的早晨发现花园里空空如也。在向阳处，李子已经熟了，胡格瑙抬起手，用手指捏着果实。埃施应该给花园围上带刺的铁丝网；但这收成当然不值得耗费那么多钱。战争结束后，带刺的铁丝网会很便宜的。

等待，犹如带刺的铁丝网在他体内伸展。胡格瑙再次抬头看看枝条，朝灰色的云朵眨眨眼；要是有太阳的话，它们就会白得炫目。他喊了玛格丽特几次；但她却没有出现，胡格瑙感到恼火；她肯定又是跟那些男孩子到河里去了。他想跑去找她。但他得等少校。

突然——他刚要再喊她——玛格丽特站到了他面前。他严厉地说道："你又躲到哪里去了？客人就要来了。"接着，他拉起她的手，穿过院子和门厅来到街上，巴望着少校到来。我太早把埃施支走了，胡格瑙忍不住一遍又一遍地告诉自己。

终于，少校在街角出现了；一名上了年纪的军需部军官陪着他，那名军官同时还充当了小城司令部副官的角色。虽然胡格瑙原本指望和少校单独会面，但还是感到十分荣幸，这次来访竟如此正式。把埃施支走真是一件蠢事，应该让全体人员排成一行，让穿着白裙子的玛格丽特去献花。从某方面来讲，埃施同样对这一疏忽负有责任，但事已至此，多说无益，当两位长官在屋门口停下时，胡格瑙在礼仪上的热情只能局限于向他们深深地鞠几个躬。

　　幸好那名军需部军官在门口就告辞了，因此场面不再那么正式，而是比较亲切了，少校跨进门槛以后，胡格瑙洋溢着谦恭和热情。"玛格丽特，行屈膝礼。"他吩咐道。玛格丽特盯着陌生人的脸。少校的手指穿过她的黑色卷发："嗯，你不会问好吗，小鞑靼人？"胡格瑙向他道歉："这是埃施的小女孩……"少校抬起玛格丽特的下巴："你是埃施先生的女儿？""她只是待在这里——跟养女差不多。"胡格瑙说道。少校又摸了摸她的卷发："黑黑的小鞑靼人。"他们穿过院子的入口时，他重复道。"少校先生，她是法国人……埃施打算收养她的……但没必要，她毕竟有个姨妈……少校先生想直接看看印刷所吗？请往右边走……"胡格瑙跑在前头。"好，胡格瑙先生，"少校说，"但我想先去向埃施先生问好。""埃施先生一会儿就来，少校先生，我想您应该想要在不受打扰的情况下先看看印刷所。""埃施先生一点都不会打扰我。"少校说道，这有点尖刻的语调让胡格瑙感到不舒服。埃施一定在搞鬼……嗯，他很快就会继续追踪他，到时候就会有一份有滋有味的2号秘密报告了。胡格瑙感到安心，这样的报告是肯定会有的，因为没有人能忍受这一连串的内部事务受到外部力量的干扰或阻碍。因此，胡格瑙郑重其事地说道："埃施先生刚好去了纸厂……我必须确保纸张能够按时送来……少校先生或许愿意视察一下印刷所吧？"

为了迎接少校，印刷机已经开动了，为了表达对少校的敬意，胡格瑙特意印发了关于成立"摩泽尔纪念委员会"的呼吁。他依旧拉着玛格丽特的手，等林德纳取出最先印好的纸张，胡格瑙便拿起最上面那张，递给了少校。他感到必须再次道歉："这恐怕是一个非常简单的排版；本来至少应该有个合适的有月桂环绕的铁十字章……因为这是得到了少校先生的直接支持的。"

少校把手放到别在纽孔里的铁十字章上，知道它还在那儿，放心了。"哦，铁十字章——您不用再弄了，那肯定是多余的。"胡格瑙点了点头："是的，少校先生说得没错，在这种困难时期，简单的拼版就可以了，这一点我只能同意少校先生的看法，但一个简单的小印版是不会增加多少费用的……当然，这对埃施先生来说无关紧要。"少校似乎没有听到。但过了一会儿，他说："胡格瑙先生，我觉得您对埃施先生有点不公平。"胡格瑙礼貌地、有点嘲讽地笑了。但少校并没有看他，而是看着玛格丽特："我差点还把她当成斯拉夫人呢，这个黑黑的鞑靼小姑娘。"胡格瑙觉得应该再次指出这个孩子是法国人："她只是待在这里。"少校朝玛格丽特弯下腰去："我家里也有一个像你这样的小姑娘，实际上，她要大一点，十四岁了……而且也不像一个小鞑靼人那样黑……她叫伊丽莎白……"过了一会儿，他又说道："那么，她是一个法国小姑娘啦。""她只会说德语，"胡格瑙说道，"她把一切都忘光了。"少校问道："你很爱你的养父母吗？""是的。"玛格丽特说道。胡格瑙感到吃惊，她居然撒谎，但由于少校似乎有点健忘，他就清楚地重复道："她和她的亲戚在一起。"少校说道："从家里放逐出来……"这听起来实在有点迷糊，毕竟他是一位老先生了，胡格瑙便附和道："确实如此，少校先生，您说得对，从家里放逐出来……"少校专注地望着玛格丽特。胡格瑙诱导他："排字间，少校先生，您还没看排字间呢。"少校摸了摸孩子的额头："你不能满脸怒容，你不能这样子皱眉头……"孩子认真地想了想，然后说道："为什么不能？"少校露出了微笑，手指轻轻掠过她的眼睑，下面是坚硬的眼珠子，他笑着说道："小姑娘额头上不能有皱纹……那是一种罪恶……隐藏着却可见，罪恶就总是这样。"玛格丽特躲开了，胡格瑙想起她从埃施身上挣脱的样子；她做得对，他想道。少校现在把手放到自己的眼睛上："嗯，没关系……"胡格瑙觉得少校同样试图挣脱，只是力气没那么大，接着，他高兴地看到埃施骑着自行车回来了，那辆自行车实在过于低矮，使他看起来像罗圈腿，他骑进院子，在梯子旁边下了车。

他们全都到院子里去迎接埃施；少校站在胡格瑙和小女孩中间。

埃施把自行车靠在梯子下面的墙上，缓缓朝三人走来。发现少校在那里，他没有流露出一丝惊讶，他非常平静地向客人致意，以至于胡格瑙开始怀疑这个干瘦的小学校长早已知道这次来访。因此，他表达了自己的不快：

"您对这出乎意料的荣耀怎么说？难道您一点也不感到惊喜吗？"

"我很高兴。"埃施说道。

少校说道：

"我很高兴您及时回来了，埃施先生。"

埃施严肃地说道：

"或许是赶在了最后一刻，少校先生。"

胡格瑙说道：

"还不是很晚……少校先生想去看看其他地方吗？那副梯子恐怕有点别扭。"

埃施说道：

"路途遥远。"

孩子说道：

"他是骑自行车来的。"

少校像在说梦话：

"路途遥远……他尚未抵达目标。"

胡格瑙说道：

"我们已经把最糟糕的抛在身后了……我们已经有两页广告了……如果我们还能得到军方的订阅的话……"

埃施说道：

"这不是广告的问题。"

胡格瑙说道：

"我们连一个铁十字章的印版都没有——我想您也觉得不重要吧！"

孩子指着少校的胸口：

"有个铁十字章。"

少校说道：

"真正的荣誉勋章总是不可见的，只有罪恶是可见的。"

孩子说道：

"撒谎是最大的罪恶。"

埃施说道：

"不可见的在我们身后，我们来自谎言，如果找不到路，我们就必定迷失在不可见的黑暗中。"

孩子说道：

"撒谎的时候没有人会听见。"

少校说道：

"上帝会听见。"

胡格瑙说道：

"没有人听得见一个逃兵，没有人认得他，即便他说的全是对的。"

埃施说道：

"没有人能在黑暗中看见另一个人。"

少校说道：

"看得见，但彼此躲藏。"

孩子说道：

"上帝听不见。"

埃施说道：

"祂会再次听见祂的孩子们的声音。"

胡格瑙说道：

"最好谁也听不见谁，人们必须独自闯出一条路……我们会成功的。"

少校说道：

"我们遗弃了祂，祂离开了我们……我们如此孤独，再也找不到彼此。"

埃施说道：

"囚禁在我们的孤独中。"

孩子说道：

"没有人能够找到我。"

少校说道：

"我们遗弃的必须永远寻找。"

胡格瑙说道：

"你想躲起来吗？"

"是的。"孩子说道。

银灰色的天空开始变亮，有几处变蓝了。小女孩光着脚，悄悄地溜走了。接着，三个大人也走了。埃施朝着不同的方向。

第五十八章

柏林救世军姑娘的故事（9）

　　嗯，他们昨天又跟我在一起了，努黑姆和玛丽，我们一起唱歌。在我的提议下，我们首先唱起了赞美诗：

> 我们斗志昂扬地奔赴战场，
>
> 我们的信仰坚定不移，
>
> 我们对魔鬼的憎恨无所畏惧，
>
> 我们嘲笑他的怒火。
>
> 我们的旗帜骄傲地在眼前飘扬，
>
> 令我们的灵魂充满力量；
>
> 一如往昔，它在最前方，
>
> 引领我们去战斗。
>
> 　　　　　　合唱
>
> 我们将效忠于国王，
>
> 至死不渝，穿过

一切，跟着

我们的国旗，金、红、蓝。

　　我们照着"安德烈亚斯·霍费尔[1]之歌"的旋律歌唱，玛丽用诗琴伴奏，努黑姆一边哼，一边用柔软光滑的双手打着拍子。在歌唱过程中，他们交换了几次目光，但也可能只是我的想象，因为里特瓦克医生的话让我起了疑心。总之，出于各种原因，我开始竭力地大声吼着那首歌。一方面，我想让努黑姆的家人放心，此刻他们无疑正聚在我的房门外：孩子们在最前面，他们的耳朵很可能就贴在门的镶板上，然后是留着白胡子的祖父，他的身体往前倾，一只手放在耳朵上助听，而那些女人则在后面，或许其中有一个在低声啜泣，整帮人在逐渐靠近，却不敢把门打开——是的，一方面我想让他们放心，而另一方面，知道他们在外面，既引诱他们又将他们拒之门外，给了我一种施虐狂一般的快感。但同时我也是想告诉努黑姆和玛丽：不要拘于礼节，我的孩子们，你们看，我全情投入地歌唱，解开你长礼服的扣子，努黑姆，拉起你的衣尾，向这位女士鞠个躬，还有你，玛丽，甩开你的拘谨，提起你的裙子，跳舞吧，你们俩，对着耶路撒冷跳舞，在我的床上跳舞，不要客气。因此，我甚至不再跟着旋律唱玛丽的歌词，而是唱我自己

――――――――――

[1]　安德烈亚斯·霍费尔（Andreas Hofer，1767—1810），拿破仑战争时期奥地利的爱国志士、军事首领和人民英雄。——译注

的、真正的歌词："戴着镣铐被送往曼图亚，忠诚而英勇的霍费尔。"不幸的是，我只知道这两句，但我照着这曲调哼唱这歌词，发现很美妙。

最后，玛丽终于在嘹亮的曲调中结束了这首歌，用诗琴伴奏的歌曲总是这么结束的，她说道：

"唱得好极了，现在，作为奖赏，我们来祷告一下吧。"

她在椅子前跪下，双手举在面前，十指交叉紧握，念起了《旧约·诗篇》第一百二十二篇：

"人对我说，'我们往耶和华的殿去。'我就欢喜。耶路撒冷啊，我们的脚站在你的门内。耶路撒冷被建造，如同连络整齐的一座城。众支派，就是耶和华的支派，上那里去，作以色列的证据，称赞耶和华的名。"

我没法让她停下来，除非用那把诗琴去砸她脑袋。因此，我也跪了下来，张开双臂开始祷告："让我们为以色列的女儿和年轻男子泡茶，让我们把朗姆酒倒进茶里，战争的朗姆酒，英雄的朗姆酒，人工合成的朗姆酒，让我们可以忘记自己的孤独，因为我们的孤独太巨大了，无论是在天国，还是在神圣的柏林城。"但在我一边祷告一边捶着胸膛的时候，努黑姆站了起来：他站在我前面，转身把屁股对着我，把祈祷的面容对着敞开的窗户，油腻的、破烂的窗帘像一面褪色的金红蓝军旗在晚风中飘扬，他开始摆动身体。哦，太粗俗了，努黑姆太粗俗了，他毕竟是我的朋友。

我跳到门口，拽开门喊道：

"进来，以色列人，和我们一起喝茶，看看我朋友猥亵的姿势和这位女士不蒙面纱的脸。"

然而，门厅里，门厅里空空如也。他们已经溜走了，回到各自的房间了，那些相互绊倒的女人和孩子，还有那个患有风湿症、没法挺直身子的祖父。

"好极了，"我关上门，再次转向两个熟悉的灵魂，"好极了，我的孩子们，现在给彼此一个天国之吻吧。"

但他们垂着手臂站在那里，不敢去拥抱对方或者跳舞；他们只是站在那里羞怯地笑着。最后，我们坐下来喝茶了。

第五十九章

救赎研讨会或对话录

　　无法与他人交流，无法打破自身的孤立，注定只是自身生活的演员，自我的代理人——人对另一个人所知的一切仅仅是一个象征，一个我们无法理解的自我的象征，它具有的价值不过是一个象征的价值；能够确定的只是一个象征的象征，一个第二、第三、第N重的象征，要求代表这个词真正的双重含义。因此，为了使大家易于理解，至少也为了简洁起见，我们可以想象一下，埃施夫妇，少校，还有胡格瑙，发现自己在舞台上的一场戏里，进行着一场无人能够逃避的演出，无人能够逃避的表演。

在埃施家的凉亭里，埃施太太坐在桌前，她右边是少校，左边
　　　　是胡格瑙，对面是埃施先生（*背对观众*）。晚餐结束
　　　　了。桌上放着面包和葡萄酒，后者是埃施先生从一个
　　　　在他报纸上做广告的葡萄园主那儿弄来的。
夜幕开始降临。在背景上，群山的轮廓仍然依稀可辨。两支蜡

烛在挡风的玻璃罩里燃烧，飞蛾绕着它们扑腾。可以听到印刷机时断时续、气喘吁吁的声响。

埃施：我再给您倒满了吧，少校先生？

胡格瑙：顶呱呱的葡萄酒，毫无疑问……提到葡萄酒，我们阿尔萨斯的可比不上这个。少校先生知道我们阿尔萨斯的葡萄酒吗？

少校（恍惚地）：我不这么认为。

胡格瑙：嗯，那是无害的葡萄酒……我们阿尔萨斯的葡萄酒全都是无害的……您可以说它是一种正直的烈酒，坦诚，率直（他笑了），它只会让您直接、自然地喝醉……您喝够了，就去睡觉，仅此而已。

埃施：喝醉从来都不是自然的，这是一种被毒害的状态。

胡格瑙：嗯，嗯，我还记得在一些场合，您确实想喝过量……比如在……嗯，我可以提起帕拉丁酒馆吗，埃施先生？……而且（他紧紧盯着埃施）我并不觉得您有那么远离毒害。

少校：您对我们的朋友埃施的攻击是非常令人遗憾的，胡格瑙先生。

埃施：别管他，少校先生，他不是认真的。

胡格瑙：不，我是认真的……我总是有话直说……我们的朋友埃施是一头披着羊皮的狼……是的，我坚持这一点……请原谅我这么说，他会在私底下纵饮狂欢。

埃施（轻蔑地）：我没有被酒误过事……

胡格瑙：您就是这样，埃施先生，总想保持清醒，不肯把自己
　　　　交出去。

埃施：……我偶尔也会喝多，然后世界变得如此简单，你会
　　　以为它不是由别的，而是由真理构成的……像在梦里
　　　一样简单……简单，却恬不知耻地充满了虚假的名
　　　字……无法找到事物真正的名字……

胡格瑙：您最好是喝献祭的葡萄酒，那样很快就能发现您那些
　　　　名字了……或者发现未来的社会主义国家，如果这是
　　　　您追求的东西的话。

少校：即使是开玩笑，也不能亵渎神明……即使是葡萄酒和面
　　　包，也是神的象征物。

（胡格瑙意识到自己的错误，脸红了。）

埃施太太：哦，少校先生，胡格瑙先生和我丈夫在一起的时候
　　　　　总是这样的……开玩笑是友好的表示，只是有时候真
　　　　　的超出了能够容忍的程度，他将我可怜的丈夫视为神
　　　　　圣的一切都拖入了烂泥里。

胡格瑙：神圣！纯粹是装模作样！（他再次恢复平静，派头十
　　　　足地将已经熄灭的雪茄重新点燃。）

埃施（沉浸在自己的思绪里）：真理在梦中拄着拐杖向你
　　　走来……（他敲了敲桌子）整个世界都拄着拐杖前
　　　行……一个一瘸一拐的怪物……

胡格瑙（饶有兴趣）：一个病弱者吗？

埃施：……世界上只要出现一个错误，只要有任何假的都被当成真的，那么……是的，那么，整个世界都是假的……一切都是假的……被邪恶的魔术变走了……

胡格瑙：嘛哩嘛哩哄，不见了……

少校（没有理会胡格瑙）：不，埃施朋友，恰恰相反：在一千个罪人当中只需要有一个正直的人……

胡格瑙：……大魔术师埃施……

埃施（粗鲁地）：您知道什么？（对他喊道）我倒觉得您更像一个变戏法的人，一个玩杂耍的人，一个扔刀子的人……

胡格瑙：埃施先生，您这是当着别人的面呢，您可别忘了。

埃施（冷静了一些）：魔术和杂耍是魔鬼的工作，它们是真正的邪恶，让混乱愈演愈烈……

少校：知识失效的地方，就是邪恶开始的地方……

埃施：……但首先那个人必须到来，祂将清除一切错误，恢复秩序，祂将牺牲自己，拯救世界，使它恢复清白，从死里出现新生……

少校：那个将肩负惩罚的……（充满把握）但祂已经来了：就是祂摧毁了虚假的知识，驱逐了魔术师……

埃施：……黑暗还在，世界在黑暗中崩塌……被钉在十字架上，在终极孤寂的时刻被矛刺穿……

胡格瑙：嗯，非常糟。

少校：可怕的黑暗包围着祂，昏暗而沉重的不确定，没有人去

帮助孤寂中的祂……但祂却扛起人类的罪恶，祂将世

界从罪恶中拯救出来……

埃施：……到目前为止，什么都没有，除了谋杀和反谋杀，只

有等我们醒过来，才会恢复秩序……

少校：我们必须自我惩罚，我们必须从罪恶中醒过来……

埃施：……一切仍未定，我们依然在监狱中，我们必须等

待……

少校：……我们被罪恶包围，我们的光就是黑暗……

埃施：……我们等待着末日审判，我们还有缓刑期，还能开始

一种新的生活……邪恶尚未取胜……

少校：……当我们从黑暗中被拯救出来，被恩典拯救出来……

那时邪恶就会消失，仿佛从未存在……

埃施：……像邪恶的魔法，堕落的魔法……

少校：……邪恶一直在世界之外，在它的边界之外：只有跨过

世界的边界、走出真理的人，才会堕入邪恶的深渊。

埃施：……我们正站在深渊的边沿……站在黑暗沟壑的边

沿……

胡格瑙：对我们来说太深了，是吧，埃施太太？

（埃施太太将头发往后抚平，接着把一根手指放到嘴唇上，示

意胡格瑙安静下来。）

埃施：必须有许多人死去，必须有许多人牺牲，为那个将要

重新建殿的儿子腾出地方……只有这样，迷雾才会消

散，灿烂清白的新生才会到来。

少校：我们看到的邪恶只是幻象，它有许多形态，却从来都不是它本身……那是虚无的一种象征——只有神圣的恩典是真实的。

胡格瑙（不甘心沦为一个沉默的倾听者）：嗯，如果抢劫、强奸儿童、当逃兵、挪用公款只是幻象，那真是鼓舞人心的观点。

少校：邪恶是不存在的……神圣的恩典已经将世界从邪恶中拯救了出来。

埃施：忧患越重，黑暗越深，嗖嗖响的刀子越锋利，救赎的王国就越靠近。

少校：只有善是真实的、实在的……只有一种罪恶：不渴望善，不渴望知识，不善良……

胡格瑙（热切地）：是的，少校先生，没错……比如说我吧，我当然不是天使……（陷入沉思）……但是，不能惩罚任何人……比方说，一名善良的逃兵，不能为了警诫别人而将他枪毙。

埃施：没有人崇高到敢于审判自己的同类，也没有人堕落到使自己的灵魂失去尊重。

胡格瑙：没错。

少校：渴望恶的人同时也能渴望善，但不渴望善的人已经让神圣的恩典破产了……这是顽固的标志，感情的惰性。

埃施：这并不是好或坏的问题……

胡格瑙：请原谅，少校先生，但这似乎并不符这种情况……

我在罗伊特林根曾因为一个人破产而损失了六百马
克，相当可观的一笔钱，为什么呢？因为那个人疯
了，有宗教狂，当然，我并不知道……好了，他被判
无罪，关进了精神病院。而我的钱就没了。

埃施：您想从中得出什么结论呢？

胡格瑙：唉，好人干坏事……（咧嘴笑着）您要是杀了我，埃
施先生，您可以拿宗教狂当借口，无罪获释，而我要
是杀了您，我就得掉脑袋……埃施先生，您这假虔诚
的家伙怎么说呢？（他看了看少校，寻求支持。）

少校：那个疯子就像梦游人，他的真理是虚假的真理……他诅
咒自己的孩子……没有人能成为上帝的传声筒而不为
此遭难……他是被选中的……

埃施：他活在虚假的现实中……我们仍全部活在虚假的现实
中……我们理应成为疯子，在我们的孤寂中发疯。

胡格瑙：是的，但我会被枪毙而他不会！请原谅，少校先生，
但这就是他虚伪的地方……（变得激动起来）啊，狗
屎，神圣宗教，还有在断头台旁边鞠躬的神父，啊，
狗屎……[1]我是个开明的人，但这对我来说有点太过
分了！

少校：哎，哎，胡格瑙先生，这个摩泽尔对于像您这种性情的
人来说似乎很危险（胡格瑙打了个抱歉的手势）……

---

[1]　原文为法语。——译注

　　　　我们自愿肩负惩罚，就像我们不得不挑起战争一样，

　　　　因为我们有罪……这不是虚伪。

埃施（恍惚地）：是的，肩负人类的罪恶……在终极的孤寂时

　　　　刻……

印刷机停了，陷入了沉默；可以听到蟋蟀唧唧叫。风吹动着果

　　　　树的叶子。在月亮周边可以看到几片明亮的白云。在

　　　　突如其来的沉默中，对话中断了，消散了。

埃施太太：这样安静真好。

埃施：有时候，世界仿佛只是一架可怕的大机器，永远也不会

　　　　停下来……战争和一切……靠着我们无法理解的法则

　　　　在运转……粗野自负的法则，工程师的法则……每个人

　　　　都必须按规定行事，不能左顾右盼……每个人都是一架

　　　　只能从外面看的机器，一架充满敌意的机器……哦，机

　　　　器就是邪恶的根源，魔鬼就是机器。他们的秩序就是必

　　　　将到来的空无……在"时间"能够再次开始之前……

少校：不是邪恶，而是邪恶的象征……

埃施：是的，象征。

胡格瑙（满足地听着印刷所传来的声响）：林德纳在塞新纸进

　　　　去了。

埃施（突然感到恐惧）：哦，上帝，不存在一个人够得着另一

　　　　个人的可能性吗？不存在友谊，不存在理解吗？每个

　　　　人对他的同类来说都只是一架邪恶的机器吗？

少校（把手放到埃施胳膊上，抚慰他）：可是，埃施……

埃施：哦，上帝，有谁不是对我心怀恶意呢？

少校：任何理解您的人都不会，我的孩子……只有知识能够克
服疏远。

埃施（手掩着脸）：上帝，让您理解我吧。

少校：只有具备知识的人才能得到知识，只有播种爱的人才能
收获爱。

埃施（双手依然掩着脸）：我承认了您，哦，上帝，您就不会
再对我发怒了，因为我是您宠爱的儿子，被您从孤儿
状态中拯救出来……顺从于死亡的人找到了爱……只
有使疏远和死亡可怕地加剧的人……才能找到合一和
理解。

少校：神圣的恩典将落在他身上，驱走他的恐惧——恐惧自己
无意义、无目的地在世上游荡，然后无知、无助、无
意义、无目的地走向坟墓……

埃施：因此，知识会变成爱，爱会变成知识……每一个被选
为恩典的容器的人都是不可侵犯的；被爱托举，融
入灵魂的集体，在其中，每一个都是不可侵犯和孤单
的，但在知识中合一——知识的最高法则是不伤害一
个生灵：如果我理解您，上帝，那么，我将在您的内
里永生。

少校：让面具一个接一个地滑落，直到
你的心和脸向永恒的气息敞开……

255

埃施：我将成为一个空无的容器，

　　　　排干一切欲望和慰藉，

　　　　我将承受惩罚，我将投入

　　　　虚无，死去，可是，哦，

　　　　恐惧太可怕！

少校：恐惧是神圣恩典结果的征兆，

　　　　恐惧是上帝的言语

　　　　写在救赎的大门上，

　　　　走进去吧。

埃施：主啊，在我巨大的需求中，接纳我吧。

　　　　死亡的前梦降临到我，生活之梦的漫游者身上，

　　　　死亡的恐惧跳到我身上，我孤单无助，

　　　　注定要被一切遗弃，孤单地死去。

（对于埃施的话，胡格瑙感到不解，埃施太太则是惊恐。）

少校：你并不孤单，即便你会孤单地死去，

　　　　摆脱邪恶，恐惧也将离你而去，

　　　　你将衰减，祂的意志将增长，

　　　　你已知晓，你将知晓

　　　　浩瀚的世界崛起、显现。

埃施：上帝，你在爱中理解我，

　　　　如果我能在爱中理解你，荒漠将变成

　　　　永恒之光的花园，

　　　　草地漫无边际，太阳永不下沉……

少校：恩典的花园，环绕整个世界，

　　　　沐浴在柔和的春风里，一切恐惧

　　　　在这个家园里消失。

埃施：我是一个罪人，

　　　　充满罪孽和邪恶，感到恐惧的邪恶，

　　　　认识错误的道路，走在地狱的边缘，

　　　　脸和双手枯萎，在荒野和峡谷中奔逐，

　　　　惊恐地逃离刀尖

　　　　我背上是亚哈随鲁的恐惧，

　　　　我脚底是亚哈随鲁的惊慌，

　　　　我眼里是亚哈随鲁的欲望

　　　　因为我一再失去祂

　　　　因为我从未见过祂，我背叛祂

　　　　祂却选中我，在星团冰冷的风暴中

　　　　破碎和颠簸的我，

　　　　将恩典降在我身上，变成

　　　　变成救赎，使我自由……

少校：哦，做我的兄弟，我失去的兄弟，

　　　　做我的兄弟……

（他们俩轮番唱着赞美诗，有些像救世军的样子。少校用男中

　　　　音，埃施先生用男低音。）

　　　　万军之主耶和华，

　　　　领我们，哦，领我们到你的祭坛，

将我们全体结成坚实的一股，

用你的手引领我们，

万军之主耶和华，

引导我们的脚步，不让我们迟疑，

领我们到应许之地，

万军之主耶和华。

（胡格瑙一直在桌子上打着拍子，现在用男高音插了进来）：

保佑我们平安，远离斧头和绞索，

保佑我们平安，远离轮刑和烙铁，

万军之主耶和华。

三人一起：万军之主耶和华。

埃施太太（插了进来，根本没有声音）：

你赐予我食物和庇护，

只要你要求，一切都属于你，

万军之主耶和华。

所有人一起（胡格瑙和埃施在桌上打着拍子）：

万军之主耶和华，

拯救我的灵魂，我的心灵，

拯救我的灵魂，远离彻底的死亡，

不要使它遭受折磨，

让它在恩典中受洗，

不要使它在罪恶中受惩罚，

让它保留完整的美德，

用你的气息煽起它的火星，

直至变成熊熊燃烧的信仰，

万军之主耶和华，

拯救，哦，从死亡当中拯救我的灵魂。

（少校搂着埃施的肩膀。胡格瑙在桌子上敲打着节拍的手现在
　　缓缓放下了。蜡烛渐渐烧完了。埃施太太将剩下的葡
　　萄酒倒进先生们的杯子里，小心翼翼地使每个杯子倒得
　　一样多；最后的一点残余倒在了她丈夫的杯子里。月亮
　　有点阴暗，风从夜色中更加凉飕飕地吹来，仿佛是从地
　　窖里吹来。印刷机再次发出嘈杂的响声，埃施太太碰了
　　碰她丈夫的胳膊）："我们现在该上床睡觉了吧？"

场景转换
在埃施家门前。少校和胡格瑙

胡格瑙朝埃施卧室的窗户那边晃了晃大拇指：

"他们要上床了。埃施完全可以跟我们再待一会儿的……
可她知道自己想要什么……嗯，少校先生，您允许我陪您走几
步吧？锻炼一下对人是有好处的。"

他们穿过寂静的中世纪街道。房子的入口就像黑漆漆的洞
穴。在其中一个里边，有一对情侣倚门站着；从另一个里边跑
出了一条狗，用三条腿跑到街上，消失在街角。在一些窗户后
面，还有微弱的灯火在燃烧——可是，那些没有灯火的窗户后

面又怎样了呢？或许有个死人摊开四肢躺在床上，鼻子在空气中像山的尖顶，床单盖在他的脚趾上像小帐篷。少校和胡格瑙都抬头注视着窗户，胡格瑙本想问少校，他是不是也不由地想起了死去的人。——可是少校一声不吭地接着往前走，似乎感到烦扰。他的思绪大概是和埃施在一起，胡格瑙告诉自己；他感到气恼，埃施竟然跟他妻子上床去了，还让这个老家伙这么烦扰。可是，该死的，少校到底为什么要感到烦扰呢？他当场和埃施交上了朋友，而不是装腔作势地保持一臂之距！好一段友谊，这两位先生显然忘了，如果没有他，他们永远都不会见面；所以，是谁对少校拥有更高的权利呢？如果少校现在感到烦扰，那也是活该。而且，他理应受到更多的烦扰，和他亲爱的埃施先生在一起，少校先生应该为自己的背叛遭受更多的磨难……胡格瑙突然停了下来——一个大胆而诱人的想法异常清晰地冒了出来：与少校进入一种新的冒险的关系，使少校可以在某种程度上背叛此刻正和妻子躺在一起的埃施，而且可以使少校陷入一种难堪的境地！是的，一个美妙的、大有可为的想法，胡格瑙说道：

"少校先生可还记得我在第一份报告中描述过我去探访窑……"胡格瑙用手拍了一下嘴巴，"抱歉，公共妓院……埃施先生现在正可敬地睡在他的婚床上，但他那晚也去了。从那时起，我就在深入调查这件事，我认为我已经找到了线索。我想再去那个地方查看一下……如果少校先生对这件事感兴趣，那么，怎么说呢，我冒昧地建议他去探访一下。"

少校再次打量着窗户，打量着屋门，那些门看起来就像黑洞洞的地窖的入口，接着，他出乎胡格瑙意料地、直截了当地说道："去吧。"

他们回转身去，因为那座房子在另一个方向的城外。少校再次一声不吭地走在胡格瑙身边，他看起来甚至比刚才更加烦扰，胡格瑙希望进行的是一场轻松亲切的交谈，所以都不敢跟少校说话。可是，还有一个更糟糕的失望等着他：走到那座门口挂着一盏大红灯的房子之后，少校突然说"不"，并伸出了一只手，胡格瑙惊愕地望着他，他勉强挤出了一个微笑："我想您今晚最好还是自己去调查吧。"老人转身走回城里。胡格瑙又气恼又痛苦地注视着他的背影；可接着，他想起了埃施，耸耸肩膀，开了门。

不到一个小时，他就离开了那座房子。他感到精神焕发，压在心头的恐惧不见了，他已经使某些东西恢复正常了，虽然说不上来，但他清楚地感到自己恢复了人格和常识。其他人爱怎样就怎样吧，他们可以冷落他，他才不在乎。他步伐矫健地走了出去，一首一定在哪里听到过的救世军歌曲在脑海中响起，他每走一步都用手杖在地上敲着拍子："万军之主耶和华。"

第六十章

"摩泽尔纪念委员会"在"市政厅"的啤酒厅举行

坦能堡战役的胜利庆典

雅雷茨基在市政厅的花园里徘徊。人们正在大厅里跳舞。当然，即便缺了一条胳膊，还是可以跳舞的，但雅雷茨基感到羞怯。他高兴地发现马蒂尔德护士站在舞厅的一个门口。

"您也不跳舞吗，护士？"

"我当然跳舞啦。我们要试一下吗，雅雷茨基中尉？"

"等我安上那玩意儿，安上那义肢再说吧，我现在什么也做不了……除了抽烟喝酒……要来根烟吗，马蒂尔德护士？"

"唉，您在想什么呀？我是来这儿工作的。"

"我明白了，是工作让您来跳舞的。然后工作嘱咐您怜悯一个可怜的独臂废人……坐下来，和我待一会儿吧。"

雅雷茨基有点沉重地坐到了最近的桌子边。

"您喜欢这些吗，护士？"

"是的，非常棒。"

"呃，我可不喜欢。"

"但大家玩得很开心，不应该嫉妒他们的快乐。"

"瞧，护士，也许我有点儿迷糊……但没关系……我跟您说，这场战争永远都无法结束……您觉得呢？"

"唉，它迟早一定会结束的……"

"那我们应该怎么办呢，如果没有战争了……如果没有残疾人给您照料了？"

马蒂尔德护士思忖道：

"等战争结束以后……嗯，到时候您就知道自己想做什么了。您跟我提到过一份工作……"

"我不一样……我在前线待过……我杀过人……请原谅，听起来可能有点混乱，但我自己是清楚的……对我来说，全完了……但还有其他人……"他朝着花园挥手，"他们还得面对音乐呢……俄国人应该已经在组建妇女营了……"

"您说的事情真可怕，雅雷茨基中尉。"

"我？一点儿也不……我已经跟这档子事玩完了……我会回家……给自己找个妻子……每一夜都是同一个……不再有调情……我恐怕是有点醉了，护士……但您看到了，独身对人不好，独身对人不好……《圣经》里是这样说的。您很推崇《圣经》，对吧，护士？"

"您怎么说呢，雅雷茨基中尉，您现在要回医院吗？我们有人要走了……您可以跟他们一起走……"

她的脸感觉到了他呼出来的酒气：

"护士，我之所以跟您说战争无法结束，是因为外面的每个人都发现自己很孤独……因为他们一个接着一个，全都发现自己很孤独……每个孤独的人都必须杀死别的人……您以为我喝多了，护士，但您知道我是很能喝的……根本用不着把我送上床……我跟您说的都是真的。"

他站了起来：

"很有趣的音乐，对吧？……天知道这是什么舞，我们要去看一下吗？"

恩斯特·佩尔策医生，迫击炮分队的志愿兵，在门厅里撞上了胡格瑙：

"嘿，小心点，庆典大头领先生……您真是一场旋风……又在追逐姑娘吗？"

胡格瑙根本没有在听；他非常关切地指着两位刚走进花园的穿着燕尾服的绅士：

"市长来了！"

"啊哈——要去追逐更高级的猎物了……嗯，去吧，加油，加油！我高贵的猎人……"

"谢谢，谢谢医生。"胡格瑙一个字都没听，只是回过头从肩膀上喊着"谢谢"，然后已经准备发表正式的欢迎词了。

军医主任屈伦贝克应该一直坐在荣誉席上。但他并没有在那儿待多久。

"尽情享乐吧，"他说道，"我们是一座被征服的小城里的雇佣兵。"

他朝一群年轻姑娘走了过去。他昂着头，胡子几乎水平地戳着空气。悲伤而厌倦的富西利尔·克内塞正倚在一棵树上，屈伦贝克从他身边经过的时候，拍了拍他的肩膀："嗯，还在为您的阑尾哀伤吗？你们是出色的士兵，我必须说，你们是来这里让女人怀上孩子的……我为这些胆怯的家伙感到羞耻……前进，我的小伙子！"

"是，长官。"克内塞立正后说道。

屈伦贝克搂住贝尔塔·克林格尔，把她的手臂拉向自己的肋部：

"我会和你们跳舞……跳得最好的那个将得到一个吻。"

姑娘们尖叫起来。贝尔塔·克林格尔试图挣脱。但当他把她的小手抓在自己柔软而阳刚的手里，他感到她的手指逐渐变得无力、就范了。

"这么说来，您不想跳舞……你们都怕我，就是这样……好吧，我带您去抽奖……孩子们喜欢玩这种游戏。"

莉丝贝特·韦格尔叫道：

"您又在拿我们寻开心了，屈伦贝克先生……军医主任是不跳舞的。"

"哦，莉丝贝特，您还不够了解我呢。"

军医主任屈伦贝克同样抓住莉丝贝特的手臂。

他们站在抽奖桌前的时候，药剂师保尔森的妻子保尔森太太走了过来，站到屈伦贝克大夫身旁，用苍白的嘴唇嘀咕道：

"您不觉得害臊吗……和这些小丫头……"

这个巨人从镜片后面有点不安地注视着她，随后笑道：

"哦，亲爱的夫人，我保证头奖是您的。"

"谢谢。"保尔森太太说完走开了。

莉丝贝特·韦格尔和贝尔塔把脑袋凑到一块儿：

"您看到她嫉妒得脸都绿了吗？"

虽然海因里希的存在在某种程度上打破了她的隐居生活，但汉娜·文德林还是不愿参加舞会。但作为小城的显要人物和军官，文德林律师觉得自己必须参加。于是他们和勒德斯一起来了。

他们坐在舞厅里；克塞尔大夫陪着他们。房间一头是荣誉席，铺着光亮的桌布，摆满鲜花，挂着一串串叶子；市长和少校就坐在那里，还有编辑胡格瑙先生。一看到新来的客人，他就向他们迎去。他是委员会的成员，这从他纽扣孔里的徽章就可以看出来，但在他的额头上写得更清楚。没有人能够无视胡格瑙先生的尊贵。胡格瑙早就知道这位女士是谁：他已经在城里见过她几回了，不费吹灰之力就打听到她是文德林律师的太太。

他朝克塞尔大夫走去：

"医生，我可以劳烦您将我介绍给您的朋友吗？"

"当然，很乐意效劳。"

"非常荣幸，非常荣幸，"胡格瑙先生说道，"这位尊贵的女士是如此深居简出，要不是她丈夫正好休假，我相信我们今晚是不会有接待她的荣幸的。"

战争使她变得非常怕人，汉娜·文德林答道。

"这可就不对了，亲爱的女士。在这种严峻的时候就得打起精神来……我希望您俩能留下来跳舞。"

"不，我妻子有点累了，真是遗憾，我们马上就得走了。"

胡格瑙感到十分受伤：

"可是，律师先生，您和您迷人的妻子真的必须赏脸一次，如此美丽的女士会给我们的庆典增辉的……这是出于慈善的目的，中尉先生应该会答应吧？"

虽然汉娜·文德林夫人对这种恭维的浅薄心知肚明，她的脸还是变得开朗起来了，她说道：

"好的，就给您一个面子，编辑先生，我们会多待一会儿的。"

花园中央摆着一张供士兵们使用的长桌，"摩泽尔纪念委员会"送了他们一小桶啤酒，就放在桌边的两个支架上。啤酒早就被喝光了，但还是有一些人在空桌子前逗留。克内塞加入了他们，现在他正用一根手指在木板上的一摊摊啤酒渍里画图。

"军医主任说我们要去让她们怀上孩子。"

"让谁？"

"让这里的姑娘们。"

"告诉他，得由他带路。"

一阵大笑。

"他就在带路呢。"

"还是让他放我们回家去找我们的妻子更有意义。"

灯在夜风中摆动着。

雅雷茨基独自穿过花园。他遇见了保尔森太太，鞠躬道：

"这么孤单啊，亲爱的女士？"

保尔森太太说：

"您似乎也很孤单啊，中尉先生。"

"就我这种状况，什么都不重要了。我一切都完了。"

"来吧，我们要不要去摇彩抽奖试试运气，中尉先生？"

保尔森太太靠在雅雷茨基完好的右臂上。

胡格瑙碰到军医主任屈伦贝克同莉丝贝特和贝尔塔在树下散步。

胡格瑙大声和他们打招呼：

"晚上好，军医主任先生，晚上好，年轻的女士们。"

说完就走了。

屈伦贝克医生依然把那两只资产阶级的小手抓在自己温暖的大手里：

"嗯，你们喜欢那个文雅的年轻人吗？"

"不……"两个姑娘咻咻笑了。

"真的吗？为什么不呢？"

"别人比他好。"

"我明白了。比如谁呢？"

贝尔塔说道：

"雅雷茨基中尉和保尔森太太在那边散步。"

"随他们去吧，"军医主任说道，"我要继续跟你们待在一起。"

乐队奏起嘹亮的乐曲。胡格瑙和指挥一起站在指挥台上，指挥台一侧伸进厅里，另一侧是一个音乐亭，一直伸进花园里。

胡格瑙把双手拢成一个喇叭放在嘴上，朝花园里的那些桌子喊道：

"请安静。"

花园和大厅顿时一片安静。

"请安静。"胡格瑙再次喊道。

住在6号病房的冯·施纳克上尉——他肺部受过枪伤，现在已经痊愈了——走到台上的胡格瑙身边，展开了一张纸：

"亚眠[1]大捷。三千七百名英国俘虏，三架敌机被击落，其中两架由布勒克上尉击落，他从而取得了自己的第二十三次空战胜利。"

---

[1] 亚眠，法国北部城市。——译注

冯·施纳克上尉举起手臂："乌拉！"乐队奏起了国歌。全体起立；大部分人都加入了合唱。奏完国歌，有人在阴暗的角落喊道：

"乌拉，战争万岁！"

所有人都转过脸去看他。

坐在那里的是雅雷茨基中尉。他面前放着一瓶香槟，他正试图用那只完好的手臂拥抱保尔森太太。

舞厅的墙上挂着盟军的将领和统治者的画像，周围装饰着橡树叶、纸花环和横幅。庆祝会的爱国和礼仪部分已经结束，胡格瑙可以开始享乐了。他一直都是一名出色的舞蹈者，一直都可以炫耀自己虽然矮胖，姿态却不错；但今晚更要紧、更关键的不是一个矮胖人士的灵活性；在军队司令官的眼皮子底下，舞蹈成了胜利的欢庆。

舞蹈者被移到了这个世界之外。他被音乐裹住，放弃了行动的自由，但却按照一种更高、更清晰的自由在行动。他安然地躲在引导他的极其稳定的旋律中，这种稳定使他感到极为放松。就这样，音乐将统一和秩序带入了迷乱和混沌的生活。它通过消除时间来消除死亡，但又在每个强拍中使之复活，甚至在所谓的《各国音乐精华》的旋律中同样如此，那是一首没完没了的枯燥的大杂烩，由各种德国的民间歌曲，以及步态舞、玛琪希舞、探戈之类的敌国舞曲构成。他的舞伴先是轻声哼，接着就热情地唱了起来。她用未经训练的激动的嗓音歌唱着，那些粗俗的歌词无一例外，她全都熟悉，当他在探戈中朝她俯下身去的时候，她那像和风似的呼吸吹拂着他的脸颊。但他很快又挺直了身体，他的战斗精神复苏了，他的眼睛透过镜片死死地盯着远处，当音乐变成雄壮的进行曲的时候，他和舞伴英勇地藐视敌对的力量；但现在，随着旋律的转变，他们又跳起了娴熟的单步舞，他们在原地拖着脚步，奇怪地摆动着，几乎没有移动，直到探戈舞曲长长的波浪再次卷起，他们才再次变得像猫一样，动作轻盈，肢体柔软。荣誉席上的花瓶插满鲜花，少校和市长肩并肩坐在后面，从那里经过的时候，舞蹈者手臂一挥，从木板上取走了一只杯子——因为荣誉席上也有他的位置——却没有中断舞蹈，就像一个走钢丝的人在高空面带微笑、马马虎虎地吞下美味的一餐，他对着在座的同伴把酒喝了。

现在，他基本不去引导他的舞伴了；他一只手殷勤地用手帕裹着，得体地放在她裙子开口很低的后背，而左手则心不在焉地垂着。直到音乐变成华尔兹，他们才用上空出来的手；他们之间处于紧张状态，僵硬地伸开双臂，手指交叉在一起，在舞厅里旋转。扫视了一下舞厅，他发现跳舞的人都散了。只有另一对还在跳，他们靠近过来，几乎擦到他，而后又退开，再次沿着墙壁滑去。其他人都退到观众里面去了；因为跟不上陌生的舞曲，他们只能站在一旁欣赏。音乐停了，观众和舞蹈者都在拍手，然后音乐再次响起。这几乎像是一场角力。胡格瑙基本不看他的舞伴，她把脑袋往后仰，服从于他强有力而几乎无形的引导；他既不知道音乐在他舞伴身上激发出了一种更微妙、更训练有素的性艺术，一种永远不会被她丈夫、情人甚至她自己知晓的狂欢的女性力量，也没有注意到另一位女士在舞伴怀里露出的迷醉的微笑；他只看到自己的对手，只看到另一个带着敌意的舞者，一个瘦巴巴的葡萄酒代理商，穿着晚礼服，打着黑领带，胸前挂着铁十字章，用优雅的姿态和军队的荣耀使穿着普通蓝色套装的他相形见绌。埃施也可以这样，用瘦长的四肢在这里跳舞，把女士夺走，当她和舞伴滑过的时候，胡格瑙用目光攫住她，他不断这样做，直到她回应他的目光，用目光将自己献给他，于是他，威廉·胡格瑙，现在拥有两个女人，拥有她们却不渴望她们，因为他在乎的不是女性的青睐，虽然此刻他可能正为此竞争——他不在乎爱的欢愉；相反，这场庆祝和这个宽敞的舞厅变得更加以那张铺着白布的桌子为中心，他的思绪越来越无条件地集中在少校身上，留着白胡子的漂亮的少校正坐在鲜花后面看着他——他，在舞池中央的威廉·胡格瑙；他是一名在自己的首领面前跳舞的武士。

但少校的眼里逐渐充满了惊恐。这两个男人在舞厅里无耻地拖着脚步，无耻地跳动，甚至比那两个与他们配对的女人更加无耻；这里就像一个声名狼藉的地方，像堕落的深渊。战争伴着这样的庆祝，使战争变成了一幅该死的堕落的讽刺画。世界仿佛变得面目模糊，每张脸都变得面目模糊，一个无法辨认出任何东西的深渊，一个不再有任何救援的深渊。被惊恐攫住的冯·帕塞诺夫少校希望他，一名普鲁士军官，可以将那些横幅从墙上扯下来，不是因为它们被可恶的节庆亵渎了，而是因为它们和这些可恶的东西，和这种邪恶的表演不可理喻地联结在一起，在这种不可理喻背后，隐藏着一切缺乏骑士精神的东西：毫无骑士精神的武器、不忠的朋友、被打破的誓言。他异常冰冷地坐在那里，一动不动，体内升起一股可怕的欲望，想要摧毁这群邪恶的乌合之众，消灭他们，看着他们在他脚下灭亡。但在这群乌合之众上方，出现了一个朋友严肃庄严的身影，犹如高高的山脉一样巍峨、纹丝不动，犹如山脉落在墙上的影子，那或许是埃施，冯·帕塞诺夫少校觉得必定是为了这个朋友的缘故而必须将魔鬼摧毁，将其抛入虚无。冯·帕塞诺夫少校想念起了他的兄长。

马蒂尔德护士在找屈伦贝克医生。她在一群显要的商人中间找到了他。批发商克林格尔，旅馆老板和猪肉商昆特，建筑商扎尔策先生，邮政局长维斯特里希先生，都坐在那儿。他们的妻子和女儿坐在他们旁边。

"打扰一下，军医主任先生。"

"又有女人盯上我了。"

"就一下，先生。"

屈伦贝克站了起来：

"怎么啦，我的孩子？"

"我们得把雅雷茨基中尉弄走……"

"是的，我想他已经受够了。"

马蒂尔德护士赞同地笑了笑。

"我去看看。"

雅雷茨基的那只完好的手臂搁在桌子上，他正把脑袋枕在手臂上睡觉。

军医主任看了看表：

"弗卢尔许茨在和我轮班。他开着车，现在应该随时会到。他可以带雅雷茨基回去。"

"我们能把他留在这里睡觉吗，先生？"

"只能这样了。战争就是战争。"

弗卢尔许茨大夫朝明亮的花园眨着有点红肿的眼睛。接着，他走进了舞厅。少校和其他贵宾已经离开了。长桌已经被移走，整个地方都腾出来给人跳舞了，舞会继续着它拥挤、冒着热气和汗水、拖着脚步的进程。

找了有一会儿，弗卢尔许茨才看到自己的上司；屈伦贝克神情严肃，胡子往上翘，正在和药剂师的妻子保尔森太太跳华尔兹。弗卢尔许茨等他们跳完舞就上前去报告。

"哦，您终于来了，弗卢尔许茨：您看看，由于您的晚到，您可敬的上司陷入了怎样的幼稚和愚蠢……现在可没有借口了；上司跳舞，下属也必须跳舞。"

"恕难从命，长官，我不想跳舞。"

"这就是年轻一代……我觉得我比你们许多人都年轻……

不过我现在得走了，我会把车归还给您的。您把雅雷茨基带上吧；他眼下是不省人事了……我会和一位护士回去，您带上其他的。"

他在花园里找到了卡尔拉护士：

"卡尔拉护士，我带您回去吧，我还可以另外带四个伤员。您去集合一下，好吗，不过要快点。"

接着，他让乘客挤进车里。三个人坐到后座，卡尔拉护士和另一个人坐在前座，他自己则坐在司机旁边。七根拐杖露在漆黑的空气中（第八根则放在车上某个地方），星星挂在天空的黑色帐篷上。空气中弥漫着汽油和尘土的气味。但时不时地，尤其在拐弯的时候，人们能感觉到树林在附近。

雅雷茨基中尉起来了。他觉得自己好像一直睡在一间车厢里。现在火车在一个较大的车站停了下来；雅雷茨基决定去找柜台。站台上熙熙攘攘，灯火辉煌。"星期天的交通。"雅雷茨基自语道。他很冷。在胃部周围。喝点暖的能让他好受一点。突然，他的左臂丢了。一定是落在了行李架上。他穿过桌子和人群。在抽奖台那里，他停了下来。

"酒。"他吩咐道。

"您在这儿太好了，"马蒂尔德护士对弗卢尔许茨大夫说道，"今晚要照料雅雷茨基可不是一件容易的事。"

"我们会处理好的，护士……玩得开心吗？"

275

"哦，是的，真是太开心了。"

"您不觉得有点像幽灵吗，护士？"

马蒂尔德护士没听懂，没回答。

"嗯，您以前能想象这样的事情吗？"

"有点让我想起我们一年一度的博览会。"

"一个有点歇斯底里的博览会。"

"嗯，也许吧，弗卢尔许茨医生。"

"依然活着的空洞的形体……看起来像一个博览会，但在其中的人们再也不知道自己身上发生了什么。"

"很快又会好起来的，医生。"

她站在他面前，挺拔、健康。

弗卢尔许茨摇摇头：

"什么都没有好起来……尤其是在末日审判的时候……这看起来是不是有点像末日审判？"

"您在想什么啊，医生！……我们必须把病人召集到一块儿了。"

志愿兵佩尔策医生碰上了在音乐亭附近游荡的雅雷茨基。

"您好像在迫切地找什么东西，中尉先生。"

"是的，找酒。"

"这真是个好主意，中尉先生，冬天来了，我去给您拿酒……您坐下吧……等我去拿来。"他跑开了，雅雷茨基坐到一张桌子上，晃荡着双腿。

文德林博士和妻子正要离开，从雅雷茨基面前经过。雅雷茨基向他敬礼：

"您好，中尉先生，请允许我介绍一下自己，我是皇储军黑森第八轻步兵营的陆军中尉雅雷茨基，在阿尔芒蒂耶尔遭到毒气攻击，失去了左臂。"

文德林惊讶地看着他：

"很荣幸，"他说道，"陆军中尉，文德林博士。"

"工程师奥托·雅雷茨基。"雅雷茨基觉得有必要补充，这回他朝着汉娜立正，以表明也在向她做介绍。

汉娜·文德林晚上已经收获了一大堆赞美。她友善地说道：

"这太可怕了，您的手臂。"

"确实如此，尊贵的女士，可怕而公正。"

"哎，哎，战友先生，"文德林说道，"这种事不能说什么公正。"

雅雷茨基竖起一根手指：

"我指的不是法律的公正，战友先生……我们已经被赋予一种新的公正，一个人在孤独的时候并不需要那么多的肢体……我认为您肯定会同意这一点的，尊贵的女士。"

"晚安。"文德林说道。

"可惜，真可惜，"雅雷茨基说道，"当然，每个人都被典当给了自己的孤独……晚安。"他又回到自己的桌前。

"真是个古怪的人。"汉娜·文德林说道。

"醉醺醺的傻瓜。"她的丈夫答道。

志愿兵佩尔策拿着两杯酒经过，在他们面前立正。

胡格瑙匆匆走出舞厅。他擦掉额头上的汗，把手帕塞进衣领里。

马蒂尔德护士拦住了他：

"胡格瑙先生，您能否帮我们把病人召集到一块儿？"

"非常荣幸，尊贵的女士，我吩咐吹一下小号吧？"他立刻朝乐队转过身去。

"不，不，胡格瑙先生，我不想大惊小怪，我们不必这样。"

"听您的……这个夜晚不错吧，尊贵的女士？少校先生可是慷慨地表达了自己的喜悦。"

"当然，一个美好的夜晚。"

"军医主任先生看起来也非常愉快……他状态好极了……我要劳烦您向他致以最谦卑的问候……他走得那么突然，我都没发现。"

"胡格瑙先生，我想，您能否通知一下舞厅里的士兵，弗卢尔许茨医生和我在门口等他们。"

"马上照办，马上照办……可您不应该这么快就走，尊贵的女士……我想，并没有什么迹象表明您不够尽兴……嗯，我不会这样认为的。"

胡格瑙手帕塞在衣领里，匆匆返回舞厅。

"军官们怎么说，护士？"弗卢尔许茨问道。

"哦，不用管他们，他们已经安排好坐车回去了。"

"好，那一切似乎都妥当了……不过，我们还得照管雅雷茨基呢。"

雅雷茨基和佩尔策医生仍坐在花园里的音乐亭下。雅雷茨基正透过褐色的酒杯打量那些彩灯。

弗卢尔许茨在他们旁边坐下：

"去上床睡觉吧，雅雷茨基？"

"找得到女人，我就会去上床睡觉，找不到就不去……整件事就是从男人上床睡觉没有女人、女人上床睡觉没有男人开始的……这可是个糟糕的安排。"

"他说得对。"志愿兵说道。

"也许吧，"弗卢尔许茨说道，"您现在就只想到这个吗，雅雷茨基？"

"是啊，在这么个时候……但我很久之前就知道了。"

"嗯，您一定会用这个想法拯救世界的。"

"他要能拯救德国就够啦。"志愿兵佩尔策说道。

"德国……"弗卢尔许茨说道，环顾着空荡荡的花园。

"德国……"佩尔策说道，"战争开始的时候，我立刻就自愿上前线……现在我倒高兴在这儿坐着。"

"德国……"雅雷茨基说道，他已经哭了起来，"太晚了……"他擦了擦眼睛，"弗卢尔许茨，您是个好人，我爱您。"

"谢谢，我也爱您……现在我们回家吧？"

"我们无家可归，弗卢尔许茨……我会想办法结婚的。"

"这也太晚了，在这个时候，我想。"志愿兵说道。

"是啊，太晚了，雅雷茨基。"弗卢尔许茨说道。

"永远也不晚，"雅雷茨基喊道，"可是您把它截掉了，您这个无赖。"

"唉，雅雷茨基，现在您真的应该醒醒了。"

"如果您截掉我的，我就截掉您的……这就是为什么战争永远不会结束……您试过手榴弹吗……"他严肃地点点头，"……现在，我的蛋，好好的……手榴弹……烂掉的蛋。"

弗卢尔许茨用手臂钩住他：

"嗯，雅雷茨基，也许您说得对……是的，也许这是剩下的唯一能达到互相理解的办法……但是，现在还是走吧，我的朋友。"

在大门口，士兵们已经在马蒂尔德护士身边集合。

"您要控制自己，雅雷茨基。"弗卢尔许茨说道。

"好！"雅雷茨基说道，他来到马蒂尔德护士面前，立正，开始报告："一名中尉、一名军医和十四名士兵集合……我要报告，他截掉了……"为了产生效果，他稍微停顿了一下，然后从口袋里抽出空袖子，在马蒂尔德护士的长鼻子底下来回挥动："纯洁，空无。"

马蒂尔德护士喊道：

"谁想坐车回去就坐车回去，我要和其他人走路。"

胡格瑙冲了出来:

"希望一切都无恙,尊贵的女士,我们都在这里……希望您平安到家。"

他和马蒂尔德护士、弗卢尔许茨大夫、雅雷茨基中尉还有十四名士兵一一握了手,每一次都没有忘记介绍自己叫"胡格瑙"。

第六十一章

柏林救世军姑娘的故事（10）

我到底想从玛丽那里得到什么呢？我请她到这里来，让她唱歌，将她和犹太教徒努黑姆——我想我应该说，那个背教的犹太教徒——配成纯洁的一对，然后又让她离开了，让她消失在她那个灰色住所的围墙里。我想从她那里得到什么呢？她为什么要参与这个游戏呢？她决定拯救我的灵魂吗？她决定肩负起那个漫无尽头的、根本不可能的任务，将这个犹太人的灵魂俘获，把它引向耶稣吗？努黑姆怎么想呢？这两个人似乎就在我的手心里，但我对他们却一无所知，甚至连他们在想什么、今天晚上会吃什么都不知道；人就是这么孤立的生物，任何人，甚至包括创造了他的上帝，都对他一无所知。

这整件事令我异常不安，尤其是因为我始终都只把玛丽看成是一个里里外外装满赞美诗和《圣经》经文的人，我不安地向她的住所走去。

我去了两次都没找到她。她在外面探病，要到傍晚才回来。于是我就坐在公共休息室里等待，打量着墙上的《圣经》经文，打量着布思将军[1]的画像，并且再次考虑各种可能。我回想着自己和玛丽的初次见面，还有她和努黑姆的偶然邂逅，我想象着自那以后所发生的一切，我将这一切完完整整地铭刻在脑海里，甚至包括我当时的处境；天已经黑了，我在逐渐弥漫开来的暮色中走动，极其专注地打量着公共休息室；外面下着大雨，令暮色弥漫得更快了。我问自己，那两个像我一样坐在休息室里的老人会不会进入我的记忆，我让他们进入了——凡事确定下来最好。他们非常虚弱，他们的思想让人捉摸不透，我对他们来说只是空气。

玛丽回来的时候已经很晚了。这时，两个老人被领了出去，我有点害怕自己也会被这样对待。在昏暗的房间里，她没有立刻认出我来；她说："上帝保佑您。"我答道："这只是一种象征性的修辞。"她现在认出我来了，她答道："这不是一种修辞，愿上帝保佑您。"我说道："在我们犹太人看来，一切都是象征。"于是，她答道："您不是犹太人。"对此，我答道："尽管如此，面包和葡萄酒仍只是象征；再说了，我就生活在一群犹太人中间。"她说道："上帝是我们永恒的家。"这就跟她平常完全一样了，这就是我所想象的样子，在每一种可能的结果中都是神圣的经文；现在她又落入我的手心里了，我抬高声音说道："我禁止您再到我那个犹太人的家里

---

[1]　威康·布思（William Booth, 1829—1912），救世军的创始人。——译注

去。"但这句话在那个地方显得很空洞。如果我想合乎理性地和她谈话，似乎就得让她再到我家里去；于是我笑着说道："我是开玩笑的，无关紧要，玩笑。"虽然我可能是想通过这个意第绪语单词从自己的语言逃到一个陌生民族的语言中去，想让自己得到一个陌生的上帝的庇护，但没有用，我并不能恢复把握。我可能真的被漫长的等待毁掉了，变得像那两个最终被领出等候室的老人一样老了；我被自己的等待羞辱了，我是一个造物而不是造物主，我是一个被废黜的上帝。我有点低声下气地说道："我想让您远离丑闻，里特瓦克医生已经向我指出过这一危险。"这当然是一种歪曲，因为里特瓦克担心的只是努黑姆。居然把这个荒唐的半吊子自由思想者称作同盟！我真是没法给我的自尊更深的伤害了。而她的回击却很简单，那是一句责备："当你的心充满了上帝的欢乐，你就能远离丑闻。"我的耐心被这一羞辱压垮了，我没有意识到自己现在其实正中那个老祖父和里特瓦克医生的下怀："您不能再跟那个犹太青年在一块儿了，他有个肥胖的妻子和一大群孩子。"哦，我多想看穿她的灵魂，多想知道我是不是用这话伤到了她，将她那颗宣称充满了上帝的欢乐的心撕碎了——但毫无迹象，或许她连我的话都没听明白。她只是说道："我会去看您。我们可以一起唱歌。"我承认自己被击败了。"我们现在就可以去。"我仍残留着一丝希望，希望自己还能掌控她的方向。她答道："我也想，可我必须回到我的病人那里去。"

于是，我不得不在一切仍悬而未决的情况下走回家去。现在只下着小雨。一对非常年轻的恋人走在我前面；他们正紧搂着对方，空出来的手臂则随着行进的节拍摆动。

第六十二章

价值崩溃（8）

宗教源于宗派，在衰落中又再次落入宗派，在完全瓦解之前，又回到最初的地位。在基督教初期，有一些对基督和太阳神的狂热膜拜，在其末期，我们可以看到稀奇古怪的美洲教派和救世军。

新教是基督教衰落中的第一个庞大的宗派产物。一个宗派，并不是一个新宗教。因为它缺少一个新宗教最重要的特征：一种把对上帝的新体验和新的宇宙观调和在一起的新神学。新教，由于其非演绎和非神学的特征，拒绝超出独立的内在宗教体验的范畴。

康德试图创建一种追溯性的新教神学，这一尝试是在努力解决一个任务：将宗教上的柏拉图主义的实质转移到一种新的实证主义科学上，但绝非试图以天主教的模式建立一套普遍的正统的神学价值。

反宗教改革运动中的耶稣会会士以一种严苛的，甚至是军事化的价值集中化来抵挡天主教不断分裂为不同的教派。那时候，甚至连异教的古老民俗都被迫服务于教会，民间艺术染上了天主教的色彩，耶稣会会士的教会前所未有地大放光彩，它追求并达到一种狂喜的合一，这种狂喜的合一不再是神秘的、象征的哥特式合一，但同样是它的英雄主义—浪漫主义的对应物。

新教必须摆脱这种对宗派主义的对抗。它没有吸收那些非宗教的价值观，只是忍受它们。它蔑视外部的"辅助"，因为其苦行主义坚持极端内在的宗教体验。虽然承认狂喜是宗教的源头和冠冕，但它却要求独自从纯粹的宗教范畴获得狂喜的价值，保持绝对的不受污染、不妥协和独立自主。

就是这种严格的态度掌控着新教与非宗教的社会价值的关系，新教就是靠着它确保自身在尘世上作为宗教的稳定性。在对上帝一心一意的、排他的虔诚中，新教必然要回归上帝的灵在尘世上仅存的衍生物《圣经》——因此，忠实于《圣经》成了新教最高的尘世义务，新教的一切彻底和严格的手段都是用来维护它的。

最典型的新教观念是绝对的责任义务。这是与天主教截然对立的：外来的生活价值观既不归入教义，也不包括在正统的神学中，而仅仅是严格地、有点黯淡地以《圣经》的权威为准则。

如果新教选择另一条发展路线，天主教的路线，以便实现新教价值的系统化，如同莱布尼茨所展望的那样，那么，它在防止进一步分化成不同教派方面或许不比天主教差，但它会被迫失去本质的特征。它曾发现——如今依然发现——自己处于一个革命党的处境，一旦掌权，就有可能被迫认同它一直反对的旧秩序。对莱布尼茨提出的伪装的天主教的指责是有相当的根据的。

没有一种严苛不是对畏惧的掩饰。但把惧怕堕入宗派主义作为一种动机来解释新教的严苛，实在是无足轻重。遁入对文字一丝不苟的忠实，饱含着对上帝的畏惧，这种畏惧在路德的"忏悔"中已经显露出来，这种对"绝对"之"无情"的"绝对的"畏惧，克尔凯郭尔体验过，并且在其中，上帝"在哀伤中登基"。

新教仿佛希望通过依附于《圣经》，在一个陷入沉默，万物死寂，交给了"绝对"之沉默和冷酷的世界中，保留上帝之言的最后一丝微弱的回响，——在对上帝的畏惧中，新教徒意识到他正是在自己的目标面前退缩。通过排除其他一切价值，将自己投入到作为最后手段的一种自主的宗教体验中，他呈现了一种逻辑严密的终极抽象，它明确地促使他剥除信仰中的一切感官的外部标志，清空一切内容，只剩下赤裸裸的"绝对"，只剩下纯粹的形式，一种"自在的宗教""自在的神秘主义"的纯粹、空无、中立的形式。

这个过程和犹太教的构造之间有明显的相似之处：或许犹太人在宗教体验的中和、剥除神秘主义的一切情绪和感官的元素、消除狂喜的"外部的"辅助方面已经达到一个更加先进的阶段；或许他们已经接近了普通人所能承受的最大的"绝对"的寒冷——但他们同样保留了律法的极端严密和苛刻，以此作为与世俗层面上的宗教生活的最后一丝联系。

在加剧过程中的这种相似之处，在宗教构造形式的这种相似之处——它甚至将使正统的犹太教徒和瑞士的加尔文派教徒或英国的清教徒产生相应的相似特征——这种相似之处，当然也可以归因于这些宗教的外部环境的某种相似：新教是一场革命运动，而犹太教是被压迫的少数团体；它们都是反对派；甚至可以说，天主教在被迫成为少数团体的时候——譬如在爱尔兰——也表现出同样的特征。然而，这样的天主教与罗马天主教并没有什么共同之处，正如原始的新教信仰与高派教会的罗马化倾向并没有什么共同之处。它们只是颠倒了区分的标志。不管这些经验的事实得到怎样的详述，它们的阐释价值是极小的，因为事实只能为它们背后的决定性的宗教体验而存在。

这种沉寂、剥除了装饰的极端的虔诚，这种对无限的构想（它取决于严苛，仅仅取决于严苛），决定了我们这个新时代的风格吗？这种神圣原则的无情是可信度这一焦点的无限衰退的一种症状吗？这种对一切感官的剥除要被视作普遍的价值崩溃的根源吗？是的。

犹太人，由于他们对无限的抽象而严苛的构想，实在是真正现代的、最"先进的"人：他们绝对、彻底地服从于他们所选的任何价值系统、任何职业；他们将自己的职业——尽管只是偶然从事的谋生方式——提升到迄今未知的绝对高度；他们不参照其他任何价值系统，无条件、无保留地采取行动，上升至精神启蒙的最高点，或者沉沦到最野蛮的物质追求中：在善恶方面都是极端的生物——仿佛那条两千年来像几乎无法察觉的涓涓细流在生活的洪流旁边流经犹太人区的绝对抽象之流如今变成了主流；仿佛新教思想的彻底性将两千年来一直被无足轻重所遮蔽、一直被压缩到最小程度的"抽象"的那种可怕的无情激发了出来；仿佛它将潜藏于纯粹的"抽象"当中的模糊延伸的绝对力量释放了出来，将它猛烈地释放了出来，粉碎了我们这个时代，将迄今不受关注的抽象思想的监督者变成了我们这个分崩离析的时代的典型化身。

一位基督徒似乎只能在两种可能性之间做抉择：不是在天主教慈母般的怀抱中寻求依然可行的天主教价值的和谐的保护，就是大胆地接受绝对的新教，包括谦卑地敬仰一位抽象的上帝——只要没有做出抉择，对未来的恐惧就会像一种压迫一样存在。实际上，在任何一个人们尚未做出抉择的国家，情况都是如此，这种恐惧一直潜伏着，活跃着，虽然它可能只会表现为一种对犹太人的恐惧——人们即便不说是认识到，也是感觉到了犹太人的精神和生活方式是未来的一幅可憎的景象。

在新教的那一套价值观当中，肯定存在将所有基督教派重新统一起来的渴望，莱布尼茨曾经展望过这种统一，他透彻地理解他那个时代的价值，必定认为这几乎可以看成是不可避免的；但同样不可避免的是，像他那种领先于时代几百年，预见到逻辑的普世语言的人，必定也展望在那最终的统一中的普世宗教的抽象，展望或许只有他能够忍受的寒冷的抽象，因为他是最深刻的新教神秘主义者。但新教徒的发展路线首先假定了对生活的剥除；因此，催生了新教神学的是康德而非莱布尼茨的哲学；而对莱布尼茨的重新发现意味深长地留给了天主教的神学家。

无数的教派接连从新教中分离出来，得到了它表面上的宽容对待——这种宽容是每一场革命性的运动所独有的——并且全都朝着相同的方向发展；它们都是那一套旧的新教价值观的翻新、削减和拉平；它们都站在"反宗教改革"那一边：譬如，不算上那些稀奇古怪的美洲教派，救世军不仅仅在军事组织方面与耶稣会的反宗教改革运动相似，而且同样非常明显地表现出这样的倾向：将一切价值集中化，将一切拖入自己的罗网中，展示各种大众艺术——下至街头俚曲——如何作为"狂喜的辅助"被宗教回收利用。可怜而无力的精神。

可怜而无力的精神，蒙蔽人的希望，想要使新教的观念摆脱"绝对"的恐怖。这是一种动人的呼救，一种召唤一个宗教团体的所有资源的呼喊，尽管那或许只能看成是一个曾经伟大的团体的苍白映像。因为在僵硬严苛的门口，站着沉默、无情和中立化，从那些对必将到来的无法接受的人口中传来越来越急切的呼救。

第六十三章

在市政厅的庆典过后的那个星期天下午，冯·帕塞诺夫少校令自己都觉得惊讶地决定接受埃施的邀请去访问查经班。事情是这样的：实际上他根本没有想到埃施，真正的决定因素或许只是他突然看见的一根倚着衣帽架的手杖，那是一根白色象牙柄手杖，同他的其他物品以某种方式偷偷运了过来，先前显然一直藏在某个柜子里。他当然清楚地记得那根手杖，虽然觉得陌生。有那么一会儿，冯·帕塞诺夫少校觉得好像必须换上便服，去访问穿着制服的军官不能进入的某个暧昧的娱乐场所。作为某种让步，他没有佩剑，而是拿着手杖就离开了旅馆。他在旅馆前面迟疑地站了一会儿，然后朝河边方向走去。他走得很慢，用手杖支撑着自己，有点像一个处在康复期的伤者或病弱的军官，——他不禁模糊地想起旧手杖上需要换掉的橡皮球。就这样，他缓缓地来到城郊，他隐约感到了一个随时可以掉头回去的人所拥有的令人愉快的自由，就像一名休假的军官。实际上，他随即就掉头了——就像令人愉快、安心而又窘迫地返回家中——仿佛想起一个必须马上履行的迫切的承诺似的，他抄最近的路去了埃施家。

由于埃施的信徒增多了，而且在夏季一个溽热的房间根本派不上用场，所以查经班就设在一个门朝院子的空置的贮藏室里。一名属于这个圈子的木匠提供了几条简陋的长凳；房间中央放着一桌一椅。因为没有窗户，门敞开着，少校一进院子，立刻就知道该往哪个方向走。

少校来到门口，停了一下，让眼睛适应房间里的昏暗，所有人都站了起来；这几乎就像是期待中的上级军官巡视自己的辖区，在场的士兵所穿的制服更是强化了这一印象。从他异乎寻常的处境到他所习惯的尊贵身份的这种转变——尽管只是隐喻意义上的转变——缓和了少校的震动；仿佛有一只轻盈而有力的手拽住他，使他没有沿着黑暗的道路往下走，仿佛那只是一种已经被克服的危险的短暂显露，他举起手来向人群致意。

埃施同其他人一样一跃而起，现在，他护送客人来到桌子后面坐下了。他自己则站在桌旁，如同一个指派给少校的守护天使。少校有点这种感觉，而且，他此行的目的似乎已经达到了，他似乎被一股安全感包裹着，一种简单化的生活正等着接收他——归来的游荡者。就连那包裹着他的寂静都像是以自身为目的，它或许会一直持续下去；所有人都一言不发，房间被那寂静充满了，异乎寻常地被那寂静清空了，似乎延展到四壁之外了，金黄色的阳光在敞开的门外流过，像一条永恒的、无限的河流，而他们则坐在岸边。没有人知道这种一声不响、一动不动的状态持续了多久，那是人在面对死亡时凝固的永恒，虽然少校知道站在他身边的是埃施，他还是充分感觉到了死亡的兄弟般的存在，觉得它的威胁是一种美妙的支持。他想转向埃施，这得使出一个人在等待某种重大的事情，同时知道直至最后一刻都必须保持冷静的时候需要的劲头。他费了很大劲转向他，说道："请继续。"

但什么都没发生，埃施低头望着少校的白色发缝，他听到了少校低沉的声音，少校似乎对他非常了解，他似乎也对少校非常了解，就像两个对彼此很了解的朋友。他和少校仿佛在又高又明亮的舞台上，坐在荣耀的位置，而观众像有人敲铃要求肃静一样悄无声息，埃施不敢把手搭到少校肩膀上，便靠在了椅背上，虽然这无疑也是冒失的。他感到强壮、坚定、有力，就像他盛年时一样强壮，同时还感到安稳、平和，仿佛远离了一切人造物，仿佛房间不再是由砖块堆起来的，门不再是由锯好的木板做成的，仿佛这一切都是上帝的劳作，他嘴里的言语也是上帝的言语。

他翻开《圣经》，翻到《使徒行传》第十六章，读道：

"忽然地大震动，甚至监牢的地基都摇动了，监门立刻全开，众囚犯的锁链也都松开了。

"禁卒一醒，看见监门全开，以为囚犯已经逃走，就拔刀要自杀。

"保罗大声呼叫说：不要伤害自己！我们都在这里！"

埃施合上书，手指夹在书页间，小心翼翼地清了清嗓子，等待着。他等待着房子的地基开始摇动，等待着伟大的启示在此刻显现，等待着袖发出指令让黑旗升起，他心想：我必须为重新创造时间者让路。他想着，等待着。但对于少校而言，他听到的这些话就像是一落下来就结成冰的水滴；他保持着沉默，所有人都跟他保持着沉默。

埃施说道：

"所有的逃亡都是没有意义的，出于我们自己的自由意志，我们必须接受我们的禁锢……看不见的影子佩着剑站在我们身后。"

有那么一会儿，少校非常清楚地看到，埃施对那段经文的阐释，有些是正确的，有些却是极令人费解和奇异的；但老人并没有在这一沉思上停留，它被逐渐浮现的一幅画面掩盖了，那幅画面虽然像一段记忆，却不算是记忆，因为它将一切都变成肉身浮现在他眼前；年老的战时后备军士兵和年轻的新兵变成了使徒和信徒，一个团体的成员相聚在某个蔬果商的地窖或漆黑的洞穴里，说着一种奇怪的、神秘的语言，但这种语言又像人们在童年时期熟知的语言一样可以理解，在他们头顶上，有一片神圣的银云在闪耀——那些信徒正像他一样望着天空，充满了信仰和坚定的热忱。

"我们一起唱吧。"埃施说完唱道：

万军之主耶和华，

领我们，哦，领我们到你的祭坛，

将我们全体结成坚实的一股，

用你的手引领我们，

万军之主耶和华。

　　埃施用靴底敲着拍子；其他许多人也这样做，一边晃动身体一边歌唱。少校或许也加入了合唱，但他并不清楚，那歌唱更像是在他内里，在他紧闭的双眼后面，犹如一边歌唱着一边从云上落下来的晶莹的水滴。他听到那个声音说："不要伤害自己！我们都在这里！"

　　埃施让歌唱停下来，然后说道：

　　"逃离监牢的黑暗是没用的，因为我们只会逃入外面的黑暗……当那一刻来临，我们必须重新建殿。"

　　一个声音又响起来：

用你的气息煽起它的火星，

直至变成熊熊燃烧的信仰，

万军之主耶和华。

　　"闭嘴。"另一个声音说道。

　　一个紧邻的声音回应道：

为我们施洗，耶稣，用你的大火，

让大火降临！

我们渴求大火的洗礼，

让大火降临！

哦，主啊，我们向你祈祷，

让大火降临！

别无他物能够祝福和拯救。

让大火降临！

"闭嘴。"另一个声音重复道，那是一个慢吞吞的声音，但像在地下室里一样回响着，说话的是一名穿着战时后备军制服的男子，留着长长的胡子，拄着两根拐杖。虽然很费劲，他还是继续说道："还没有死去的人必须闭嘴……受洗的是死掉的人，而不是其他人。"

但第一个歌唱的人也跳了起来，他又唱道：

拯救，哦，从死亡当中拯救我的灵魂，

万军之主耶和华。

"让大火降临。"少校这时附和道，声音很低，但足以让埃施向他弯下腰。这在某种意义上是一种无形的亲近，至少在少校看来是这样；其中有某种安稳的东西，既令人安心又叫人不安，少校注视着自己那把放在桌子上的手杖的象牙柄，注视着从自己制服袖子底下稍微露出来的白色袖口，——这在某种意义上是一种无形的宁静，一种超凡的、闪亮的、几乎是白色的宁静，它在幽暗的房间里伸展，覆盖了嘈杂的人声，就像在一种异常抽象的简化中的一张由丁零响的玻璃构成的网络。阳光像利剑一样在外面闪耀；他们像在一个避难所、一个洞穴、一个地窖、一个地下墓穴里一样安全。

或许埃施正期待少校再说点什么，少校在一首歌的时间里两次举起手来，仿佛想要发表讲话，埃施屏住呼吸，但少校又把手放下了。接着，埃施仿佛是为了让某种已死的东西活过来一样说道：

"自由的火炬……照明的火焰……真正自由的火炬。"

但对于少校来说，一切都混淆起来了，他既不能确定是自己真的看到了燃烧的火炬，抑或只是听到那个人不停地吟诵"让大火降临"，也无法辨别从背景里响起的那个尖细的声音是埃施还是小钟表匠萨姆瓦德的：

照亮我们的黑暗，领我们走入极乐的天国。

但那名战时后备军士兵，喘着气挺直了身体，挥舞着一根拐杖，用刺耳的声音吼叫道：

"从死里复活……所有未被埋葬过的人都应该闭嘴。"

埃施露出坚硬的牙齿，笑道：

"您自个儿闭嘴吧，格迪克。"

这话很粗鲁：埃施自己忍不住大声笑了，笑得呛到了喉咙，仿佛在睡觉的时候大笑一样。但少校既没有注意到这话的粗鲁，也没有注意到埃施的大笑，因为在更清晰的认知中，他不去注意就看穿了表面的粗鲁；实际上，他觉得埃施只要轻轻一碰，就能使一切恢复正常，埃施那张在暮色中几乎无法辨认的脸，与整个房间融为了一幅异常昏暗模糊的景色，透过那回荡着的笑声，他看到一个带着微笑从邻窗探出来的灵魂的闪光，那是一个兄弟的灵魂，但并不是一个个体的灵魂，而且也并不是很近，那是一个像无限遥远的家园一样的灵魂。他朝埃施露出了微笑。而埃施也充满了这一认知，他同样明白，他们所交换的微笑将他们托举到了一个高峰；他仿佛是乘着一阵呼啸的风的翅膀从远方旋转而来，那阵风将过去一扫而空，他仿佛是乘着一辆火红的马车抵达一个指定的目标，一个高高的尖顶，在那里，一个人叫什么名字，一个形体是否与另一个混淆，已经无关紧要，那里已不再有今天或明天——他感到自由的气息拂过他的额头，梦中之梦，埃施背心敞开着挺立在那里，仿佛正要踏上城堡的楼梯。

　　尽管如此，他还是无法威吓路德维希·格迪克，格迪克现在几乎来到了桌子前，挑衅地喊道：

　　"您没有在地底下爬过，就没资格说什么……地底下……"他把拐杖扎进泥土地面里，"……地底下……您先在下面爬。"

　　埃施又忍不住笑了。他站在那里，感到强壮、坚定、有力，一个任何人将其杀死都有利可图的出色人物。他像一个人从睡梦中醒来或者被钉在十字架上一样张开双臂：

"你或许是想把我打翻在地吧？……用拐杖……你，还有你的拐杖，拙劣的东西。"

有人在喊叫，让他离格迪克远点，格迪克是一个神圣的人。

埃施做了一个全盘否定的动作：

"没有人是神圣的……没有人，除了那个将会建造神殿的儿子。"

"我会建造各种各样的房子，"泥瓦匠格迪克大声说道，"各种各样的房子我都建造过……越来越高的……"他轻蔑地啐了一口唾沫。

"还有美国的摩天大楼吧，我想。"埃施讥笑道。

"他也能建摩天大楼。"钟表匠萨姆瓦德说道。

"摩什么摩……他适合磨墙。"

"从地面到天空……"

格迪克把两根拐杖举到空中；他看起来很强大，充满了威胁："……从死里复活！"

"死！"埃施叫道，"死人相信他们是强大的……是的，他们是强大的，但他们无法在黑暗的屋子里唤醒生命……死人是凶手！他们是凶手！"

他突然停了下来，被"凶手"的回声吓到了，那回声像一只黑蝴蝶一样在空中拍打着翅膀，同时也被少校的举动吓得说不出话来了：因为少校站了起来，奇怪而僵硬地挺直身体，重复着那个词，木然地重复着"凶手"，他此刻盯着敞开的门和外面的院子，仿佛正等待着某种可怕的东西出现。

所有人都陷入了沉默，盯着少校。他没有动弹，仍旧出神地望着门口，埃施同样把目光转过去。并没有什么异乎寻常的东西；空气在阳光中颤动，在那阳光的洪流的另一头，房子的墙壁——码头的墙壁，少校忍不住想到——像一个炫目的白色长方形一样在由门框和门翼构成的褐色匣子中突显出来。但幻觉开始失去它使人迷醉的实感，埃施抓住沉默的时机，再次读起《圣经》："监门立刻全开。"少校眼前的门再次变回普通的仓房门，外面什么都没有，除了一个普通的院子，与他老家那个在牛栏和马厩中间的大院子有一种遥远的相似性。当埃施最后说道，"不要伤害自己，我们都在这里"，就连那宁静也消失了，只剩下恐惧：惧怕在充满幻觉和相似性的世界上，只有邪恶能够显形。"我们都在这里。"埃施重复道，少校并不相信，因为他眼前的这些人不再是使徒和信徒，而只是战时后备军的士兵，普普通通的士兵，他知道埃施像他自己一样孤独，和他一样惊恐地盯着门外。他们就这样肩并肩地站着。

接着，在幽暗的匣子深处，在门框里，一个人影出现了，一个又圆又胖的人影，在从院子的白色沙砾上走过的时候，并没有使阳光暗下来。胡格瑙。他背着手，像一个正在悠闲散步的路人一样经过院子，在门口停了下来，朝里面眨着眼睛。少校和埃施依然一动不动地站着，虽然他们觉得那像是永恒，其实只是几秒钟，胡格瑙在弄清楚是怎么回事以后，立刻摘下帽子，踮着脚尖走了进来，他向少校点点头，庄重地坐到了一把凳子的边上。"魔鬼的化身，"少校喃喃低语道，"凶手……"但他或许并没有说话，因为他喉咙发紧，同时望着埃施，仿佛在祈求帮助。而埃施却露出了带着一丝讥讽的微笑，虽然他把胡格瑙的侵扰当成一种危险的攻击或暗杀，带来他所渴望的不可避免的死亡，即便拿着匕首的那只手臂只是一个可鄙的代理人的手臂——埃施露出了微笑，由于面对死亡的人是自由的，一切都是被允许的，所以他碰了碰少校的手臂："我们中间一直有个叛徒。"少校用同样低沉的声音答道："他应该滚出去……滚出去……"埃施摇了摇头，于是他补充道："……赤裸裸的……是的，我们在另一边赤裸裸的……"最后，他又说道："……嗯，没关系……"因为在那阵突然从他体内涌起的厌恶的浪潮中，有一股主流是冷漠和厌倦。他厌倦而沉重地坐回到桌子边的椅子上。

埃施本来也不想再听到什么、看到什么了。他本想结束这次聚会。但他不能让少校在如此扫兴的情况下离开，因此，他有点失礼地把《圣经》扔到桌子上，说道：

"我们再读一遍经文，《以赛亚书》第四十二章第七节：开瞎子的眼，领被囚的出牢狱，领坐黑暗的出监牢。"

"阿门。"芬德里希应道。

"这是一个很好的寓言。"少校说道。

"一个关于救赎的寓言。"埃施说道。

"是啊，一个通过悔悟得到救赎的寓言，"少校说完像接受检阅一样挺直身体，"一个很好的寓言……今天就此结束了吧？"

"阿门。"埃施说道，扣好了背心。

"阿门。"公众说道。

他们离开仓房以后，还犹豫不决地站在院子里低声交谈，胡格瑙从人群里挤到少校跟前，意外地发现这位军官令人泄气地冷漠。尽管如此，他还是不想放过这次相遇，而且他已经有个玩笑要发射了："少校先生是来参加我们出色的新牧师的首场弥撒吗？"少校简单、冷漠地点点头，表明他们的关系已经蒙上了阴影，更加明显地体现这一点的是，少校转过身去，用强调的语气大声说道："走吧，埃施，您跟我到城外去散步吧。"胡格瑙被晾在那里，感到茫然、恼火，隐约还有一股疑惑的负罪感。

两人走上了穿过花园的小径。太阳已经偏西。那一年，夏天似乎漫无尽头：闪着金光的静止以同等的灿烂相互接续，仿佛想通过它们的静好进行交战，而眼下，在最血腥的阶段，显得加倍无情。当太阳落到连绵的山峰后面，当天空变成更柔和的蓝色，当道路更宁静地延伸，生活像睡梦者的呼吸一样轻柔，那种静止对于人的灵魂来说就变得越来越可接近，越来越可接受。安息日的宁静肯定笼罩着整个祖国，少校突然思念起了自己的妻儿，他看到他们漫步在夕阳下的田野上。"我希望这一切都结束。"埃施却找不到什么话来安慰他。这种生活对他们俩来说都是绝望的、阴沉的，仅有的一点回报就是在傍晚散步，凝望着这片景色。就像缓刑，埃施想道。他们就这样一言不发地走着。

第六十四章

　　如果说汉娜·文德林盼着海因里希的假期结束，那可就错了。她害怕结束。夜复一夜，这个男人都是她的情人。她白天的生活——甚至到目前为止，它都只是意识的一种朦胧和阻隔，一种向着夜晚和床榻的逐渐天黑——如今更加清楚地向着那个目的，缺乏一种惊人的、基本不能当成是爱的暧昧，它是如此严酷，如此无情，完全被"她是女人，他是男人"的认知支配：这是一种没有欢笑的狂喜，一种完全是解剖学意义上的狂喜，对于一名律师及其妻子来说，既过于神圣又过于低下。

　　她的生活当然是在遁入黑暗。但这种晦暗可以说只是逐层推进；它从未深入完全的无意识之中，而是像一个过于活跃的梦，人在其中痛苦地意识到自己的意志瘫痪了；她越是无助地陷入其中，她接受的动植物群越是未开化，紧贴在梦上方的意识层面就苏醒得越多。只是无法用言语表达出来，这不是因为羞耻，而是因为言语永远无法进入那种源于行动，就像黑夜源于白昼的终极赤裸——她的言语同样落入语言的分层，落入语言的至少两个层面，一个是黑夜的语言，与事件紧密相连，结结巴巴，一个是白昼的语言，超然于事件之外，以一个广阔的圆围着它，迂回地向它逼近——理性总是遵循着这个方法，直到它最终陷入绝望的尖叫和啜泣。这种白昼的语言时常是一种感觉，在寻找使她患病的终极原因。"等战争结束了，"海因里希几乎每天都这么说，"一切又会不同了……战争在某种程度上让我们变得更原始。""我不明白。"这是汉娜通常的回答，或者："我实在搞不懂，这一切太匪夷所思了。"这种回答从根本上说是拒绝与海因里希在相同的层级上讨论；他是有罪的一方，应该为自己辩护，而不是居高临下地审视。因此，当她站在镜子前面，取下浅色头发上的淡色玳瑁壳发插的时候，她说道："市政厅里那个奇怪的人谈到了我们的孤独。"海因里希不屑地说道："那个家伙喝醉了。"汉娜梳着头发，不禁想到自己的乳房因为抬起手臂而更加坚挺。她能在丝绸内衣下感受到它们，它们的轮廓就像两个带尖顶的小帐篷。她可以在镜子里看到它们，镜子两边各有一小根电蜡烛，上面有一个画着柔和的粉色格子的灯罩。接着，她听见海因里希说："我们好像被筛子筛着……筛成了尘埃。"她说道："在这种时候，不应该生孩子。"她想到那个跟海因里希那么像的孩子，她觉得不可思议，她白皙的肉体居然被设计成能够接受男人的种子，居然被设计成女性。她不得不闭上双眼。他说道："可能新一代的罪犯正在成长……保不准我们随时会像俄国那样发生暴乱……嗯，希望不会……但我们唯一的安慰在于我们所继承的传统的异乎寻常的活力……"他们都感觉到对话逐渐离题了。这几乎就像被告席上的犯人在说："今天天气真好。法庭真宽敞。"汉娜沉默了片刻，任由自己被仇恨的浪潮裹挟，这浪潮使她的夜晚更加污秽、更加深远、更充满情欲。接着她说："我们拭目以待吧……这当然跟战争有关……但不是以那种方式……战争似乎只是次要的。""怎么是次要的？"海因里希问道。汉娜皱起眉头："我们是次要的，战争是次要的……重要的是某种看不见的东西，某种我们已经发散出去的东西……"她想起当初她是多么渴望他们的蜜月结束，这样一来——当时她是这么想的——她就可以满怀热情地布置他们的家了。他们眼下的情况并没有多大的不同；蜜月也是一种休假。她当时的感觉其实就是对即将到来的孤立和孤独的预感，——或许，她现在逐渐明白了，或许孤独就是那首要的东西，或许孤独就是疾病的根源！因为它在婚礼结束之后马上就开始了——汉娜回溯着记忆：是的，甚至当他们在瑞士的时候就开始了——因为一切都符合，她更加强烈地怀疑，当时海因里希一定在和她的关系中犯下了无法弥补的错误，这种不公永远都无法消除，只会变得更严重，这种巨大的不公已经以某种方式放任了战争的发展。她涂了面霜，用手指仔细地抹匀，现在她专注地盯着镜子中的脸。从前那张少女的脸已经消失了，变成了一张妇女的脸，现在那张少女的脸只是在上面隐约闪现。她不知道这些事情为何相关，但她打断了无声的思路，说道："战争并不是原因，它只是次要的东西。"接着，她意识到：战争是第二张脸，夜晚的脸。这是世界的崩溃，是夜晚的脸瓦解为冰冷、无形的灰烬，这是她自己的脸的崩溃，当海因里希亲吻她的肩窝的时候，她感到了这种崩溃。他说道："唉，当然，战争只是我们错误的政策导致的结果。"或许他其实可以理解，连政策都只是次要的问题，因为有个缘由埋得更深。但他满足于自己的解释，汉娜喷了一点如今变得稀缺的法国香水，嗅着香味，没有在听了：她垂下头来让他吻她的颈背，那儿已经长出了淡淡的银发，他吻了。"再吻一下。"她说道。

第六十五章

埃施是个鲁莽冲动的人。任何小事都能让他做出自我牺牲。他渴望简单直接：他想创造一个极其简单的世界，好让自己的孤独紧紧地拴在上面，就像拴在一根铁柱上。

胡格瑙是个承受了许多大风的人；即使进入一个通风不良的房间，他仍承受着大风。

有个人从自身的孤独中逃到了印度和美国。他想通过世俗的方法解决孤独的问题；但他是个唯美主义者，所以不得不自杀。

玛格丽特是个孩子，由性行为产生的孩子，背负着原罪，独自留在原罪里：可能会有人偶然向她点头，询问她的名字——但这种转瞬即逝的同情心无法拯救她。

没有一个象征不需要另一个象征——直接的经验是处在一系列象征的开头还是结尾？

在一首中世纪的诗歌中，一系列的象征始于上帝，又复归于上帝——在上帝中保持平衡。

汉娜·文德林希望事物井然有序，如此一来，象征就会在平衡中返回自身，就像在一首诗中一样。

一个人告别，另一个人逃离——但他们都逃离混乱；然而，只有永远不准备走的人才不会被枪毙。

没有什么比一个孩子更令人绝望了。

精神的孤独总是可以逃入浪漫主义，心灵的孤独总是可以逃入亲密的性爱——但根本的孤独，直接的孤独，却无法逃入象征。

冯·帕塞诺夫少校狂热地渴求家庭熟悉的安全感，渴求可见事物中不可见的安全感。他的渴求是如此强烈，以至于可见逐渐沦为了不可见，而另一方面，不可见却逐渐变成了可见。

"啊，"浪漫主义者披上陌生价值系统的斗篷，说道，"啊，现在我是你们的一分子，不再孤单了。""啊，"唯美主义者披上同样的斗篷，说道，"我依旧孤单，但这是一件漂亮的斗篷。"唯美主义者是浪漫主义伊甸园里的那条蛇。

孩子能立刻亲近一切事物：既是直接的又是象征的事物。这就是孩子的激进之处。

玛格丽特哭的时候仅仅是因为愤怒。她甚至对自己都缺乏同情心。

一个人越孤独，就越脱离他所处的价值系统，其行动就越明显地取决于非理性。可是，依附于一套陌生而独断的系统的浪漫主义者，却是——这显得不可思议——完全理性的，没有一丝孩子气。

非理性的理性：一个像胡格瑙这样看上去完全理性的人，无法区分善恶。在一个绝对理性的世界里，不会有绝对的价值系统，不会有罪人，最多只是存在有害物。

唯美主义者同样不区分善恶：这是其魅力之所在。但他非常清楚何为善，何为恶，他只是选择不去区分。这使他堕落。

一个时代是如此理智，以至于必须不断溜走。

第六十六章

柏林救世军姑娘的故事（11）

我尽可能地躲着那些犹太人，但我发现自己还是跟先前一样强迫自己继续观察他们。所以，我不禁感到奇怪，他们怎么会信赖萨姆松·里特瓦克，那个半自由思想者。显然，此人是个傻瓜，他能够钻研学问仅仅是因为无法从事什么体面的工作——只需拿他那张光秃秃、没有皱纹的脸（从胡子边上探看这个世界已经超过五十年了）和那些老犹太人布满思想褶皱的脸相比较就知道了——但他在他们中间却有一种神谕似的威望，他们在各种场合都向其求助。或许这是沿袭下来的古老信仰，亦即愚人是上帝的喉舌，因为不可能是出于对科学知识的尊重；他们非常注意拥有更高的知识。我基本不可能搞错。里特瓦克医生的确试图扰乱我的注意，但做得很糟。他的这个"启蒙"故事纯属虚构：他对犹太人的知识极为崇敬，如果说他无视我对他的态度，仍亲切地向我致意，那无疑是因为我拒绝将古代犹太人的塔木德智慧贬斥为"偏见"。显然，他认为这意味着我会让努黑姆走在正道上；因此，虽然我不断地冷落他，不理睬他的亲昵，他还是接受了。

今天，我在楼梯上碰到了他。我要上去，他要下来。如果是反过来，我就可以直接从他身边冲下去；要拦一个往下冲的人并不容易。但我是往上爬，爬得很慢，因为天热，加上肚子饿。他闹着玩地用手杖挡住了我的路。他大概是想让我像条小狗一样跳过去（我发现自己最近变得易怒，特别易怒；这或许也是饥饿的结果）。我用两根手指把手杖抬了起来，好让自己过去。

哦，我是多么厌恶他那笑嘻嘻的亲昵！他对我点了点头：

"您现在怎么说呢？每个人都很沮丧。"

"是的，太热了。"

"如果只是热就好了！"

"嗯，奥地利人在特兰西瓦尼亚遭到暴力威胁。"

"谁在说特兰西瓦尼亚呢？……您现在到底怎么说呢？他说人必须在心里有欢乐。"

我的健康状况使我陷入了最愚蠢的讨论：

"听起来像大卫的诗篇……您反对吗？"

"反对？我只是反对……我只是说，老祖父是对的，老人总是对的。"

"偏见，萨姆松，偏见。"

"您别糊弄我！"

"嗯，亲爱的祖父怎么说？"

"听好了！他说，犹太人的欢乐不是在心里，而必须是在这里……"他拍了拍额头。

"在头脑里吗？"

"是的，在头脑里。"

"如果欢乐是在头脑里，那你们的心用来干什么呢？"

"心用来侍奉……uwchol levovcho, uwchol nawschecho, uwchol meaudecho，意思就是，用全部的心，全部的灵魂，全部的力量。"

"祖父也这么说吗？"

"不只是祖父这么说，事实就是如此。"

我试图用同情的目光去看他，却不是很有效果：

"您觉得自己很开明吗，萨姆松·里特瓦克医生？"

"我当然开明……就像您一样……当然，但这是推翻律法的理由吗？"

他笑了。

"上帝保佑您，里特瓦克医生。"我说完接着爬楼梯。

他答道："万福，"他依旧在笑，"但没人能推翻律法，您不能，我不能，努黑姆也不能……"

我继续往上爬着肮脏的楼梯。为什么我要待在这里？在救世军招待所我可以住得更舒服。比方说，墙上是经文而不是石版画。

第六十七章

柏林救世军姑娘的故事（12）

他说：我的骡子，紫色的缰绳

叮当的铃儿，驮着你我飞奔，

穿过我们的天国之梦。

他说：我向你呼唤。

他说：我的心向着奇迹敞开

那座宏伟的神殿，梯级成千上万，

那座城市，我的祖先在其中祷告。

他说：我俩应该建造一座礼拜堂。

他说：直到现在，我一直等着解脱，

沉浸在我的典籍，一直等到我醒来。

他说：这种欢乐是我一直渴求的，这种平和……

他没有说，是他的心在说。

她也什么都没说。深深地陷入沉默，

他们就这样走着，而他们的心却着了迷。

他们就这样走着，而他们的心却着了迷，

在那沉默、内在的渴望和隐藏的荣光中；

他们就这样走着，没有留心他们

走过破旧街道的楼层，耻辱的巢窝。

她说：在我最隐秘的部分，

煽起了火星，燃起了大火，

一片明亮的光，一片无名的辉煌。

他说：我想起了你。

她说：我的心在一片微光中燃烧，

我，一个罪人，你不要避开我。

他说：我们走向天国的路上一片光亮。

她说：为了我们，你曾被钉在十字架上。

他们不再说什么：亮光已让话语缭乱。

他们不再做什么：行动已经完满。

第六十八章

"啊，您这么晚还要出去吗，雅雷茨基中尉？"

马蒂尔德护士坐在医院的门廊附近，雅雷茨基中尉站在灯火明亮的门口，给自己点了根烟。

"白天出门太热了……"他咔嗒一声合上打火机的盖子，"真是不错的发明，这些打火机……您知不知道我下个星期就要走了，护士？"

"是的，我听说了。到克罗伊茨纳赫的一家康复中心去，对吗？……终于能离开这里了，您一定很高兴吧……"

"呃……我想，您很高兴能摆脱我吧。"

"您真不是一位好病人。"

一阵沉默。

"去散散步吧，护士，现在凉快了。"

马蒂尔德护士犹豫道：

"我马上又得进去了……不过，要是您喜欢的话，我们就去转一会儿吧。"

为了消除她的疑虑，雅雷茨基说道：

"我很清醒，护士。"

他们来到了马路上。医院坐落在他们右手边，两排窗户亮着灯。在他们下方，小城的轮廓依稀可辨，比夜晚稍黑。那里亮着几盏灯，而在山上，不时也有某个孤单的农舍亮起灯。城里的钟敲过了九点。

"您不想也离开这里吗，马蒂尔德护士？"

"哦，我在这里很开心……我有我的工作。"

"您能跟我这种一无是处、落魄潦倒的人出来散步，真是太好了，护士。"

"我为什么就不能偶尔跟您出来散散步呢，雅雷茨基中尉？"

"是啊，为什么不能呢……"停顿了片刻，"那么，您想一辈子都待在这里吗？"

"不是……等战争结束就不了。"

"然后您就回家？回西里西亚？"

"您是怎么知道的？"

"哦，要知道这些事情不用花什么时间……您觉得回家很简单吗……就像什么都没发生过一样？"

"我没有认真想过呢……事情最后总会有变化。"

"您知道吗，护士……我很清醒……但我相信，其实我们谁也没法回家。

"但我们想要的不就是回家吗，中尉。如果不是为我们的家，我们又要为什么而斗争呢？"

雅雷茨基停住了脚步。

"我们在为什么而斗争呢？我们在为什么而斗争呢……您最好不要问，护士……再说了，事情最后总会有变化。"

马蒂尔德护士没有回答。接着，她说道：

"您指的到底是什么呢，中尉？"

雅雷茨基笑了：

"呃，您没想过会和一个喝得醉醺醺的、只剩一只手臂的机械师散步吧？……您可是一位女伯爵，对吧？"

马蒂尔德护士没有回答。她不是一位女伯爵，但她肯定是一位"冯"[1]，而她祖母就是一位女伯爵。

"也许根本就无关紧要……如果我是一位伯爵，我也还是会一样的，我也还是会喝得醉醺醺的……您瞧，我们都太孤单了，即便是那样也不会有什么不同……您不生气吧？"

"哦，我为什么要生气呢？……"她在黑暗中瞥见他的侧影，怕他会抓住她的手。她走到了马路的另一边。

"现在该回去了，中尉。"

"您也一定很孤单，护士，要不然您是不会坚持下去的……我们应该为战争没有结束感到高兴。"

他们再次来到医院的铁门前。现在，大多数的窗户已经黑

---

[1]　用于姓氏前面表明是贵族。——译注

了。在病房里可以看到变得黯淡的灯火。

"嗯，我现在还要去喝一杯……您是不会跟我去了吧，护士。"

"我早该进去了，雅雷茨基中尉。"

"晚安，护士，非常谢谢您。"

"晚安，中尉。"

马蒂尔德护士觉得有点失望和沮丧。她在他身后大声说道：

"不要太晚回家，中尉。"

第六十九章

自从那天傍晚和埃施在田野里散完步，少校就发现自己时常在完成一天的工作之后出现在费舍尔大街。实际上，他时常会再缓缓地走过一两条街，然后犹疑地站立一会儿，又掉过头去。可以十分确定，他是在《库尔－特里尔先驱报》的办公室附近走来走去。要不是怕遇见胡格瑙，他或许还会进去；他不想见到胡格瑙，光是想到会在街上遇见，就让他非常尴尬了。可是，当埃施而不是胡格瑙突然出现时，他一开始并不确定自己是不是更害怕这一相遇。他，小城司令官，一身军装，佩着剑，和一个办报纸的平民站在一起，穿着军装和这个平民站在大街上，不仅朝这个平民伸出手去，而且还全然不顾是否得体，流露出喜悦的神色，只因为这个人表示想陪他一起散步。尽管如此，埃施还是非常恭敬地摘下帽子，少校注视着那又短又硬的灰发；就像是一种保证，像是突然想起在家里举办的查经班，同时也是为了再次确认那天下午的兄弟情谊，以及想要对这个几乎是朋友的人说点亲切的话，即便只是为了给埃施留下愉快的回忆，他迟疑了一下，说道："走吧。"

结果，这样的散步变得很频繁。但也没有像少校甚至埃施想要的那么频繁。这不仅是因为时局变得严苛——军队不断地需要安置和撤离，一列列运输车在街道上嘈杂地驶过，小城司令官时常得通宵工作——而且也是因为冯·帕塞诺夫少校不想再到《先驱报》的办公室那儿去，过了一段时间，埃施才意识到这一点。他体谅少校，于是小心翼翼地在少校的总部附近等待，在可行的时候还会带上玛格丽特。"这只小猴子坚持要跟我来。"他会这么说；虽然少校不太确定自己应该认为这孩子的坚持令人高兴，还是令人受扰，但依然亲切地接受了，他摸了摸玛格丽特的黑色卷发。接着，三人会到田野里漫步，或沿着河岸上的灌木丛旁边的小径往下走，在那里仿佛时常激起一种告别的渴望，一种心灵的柔和而充满渴求的流淌，一种活生生的顺从的退潮；仿佛是对结局的确定，每个开端都源于这一结局。虽然柔和，但其中也包含着一丝沮丧，或许是因为埃施与这告别毫无关系，或许是因为他就应该被排除在外，但也或许是因为埃施在这些时刻坚持着令人失望的沉默，叫人无法捉摸。这有点黑暗和隐晦，因为他还隐约希望，只要埃施开口说话，一切就会恢复正常、变得简单起来。唉，要弄清楚他到底希望埃施说什么真是太难了；但埃施本来还是应该知道的。就这样，他们在沉默中前行，在暮光和不断增长的失望的沉默中前行，落在田野上的光变得疲倦而误导人。埃施摘下帽子，让风拂过他又短又硬的头发，这个举动显得如此不得体，少校几乎怜悯起了那个小女孩，她竟落到了这样的人手里。他曾开口说道："小女奴。"但这话也在疲倦和冷漠中淡去了。而玛格丽特则继续往前跑，并不关心他们俩。

他们爬到了山脊顶部，沿着森林的边缘前行。短短的干草在他们脚下噼啪响。寂静笼罩着山谷。可以听到马车在下面的路上的嘎吱声，收割后的田野露出了褐色的土壤，幽暗的森林深处吹来了凉飕飕的风。绿色的葡萄园分布在山坡上，在树木的簌簌声中，秋天的银色金属般的凛冽已经依稀可辨，森林边缘那些长着红色和黑色浆果的硬茎也即将开始发蔫。在山丘的西侧，太阳正在下沉，像火一样在山谷中的房屋的窗户上燃烧。每一座房子都立在阴影中，那些阴影像长长的毯子一样向东延伸；人们可以俯瞰到监狱的屋顶，布满红色和黑色的斑点，可以直接看到荒凉、废弃的院子，其中同样布满昏暗而棱角分明的阴影。

一条小径沿着山坡向下，汇入一条紧邻着监狱的大路。玛格丽特跑在前头，拐了下去，少校把这当成是上帝的信号。"我们回去吧。"他无精打采地说道。但差不多走到半路的时候，他们停了下来，侧耳细听：一阵奇怪的响声有节奏地颤动着朝他们袭来。那响声来自底下，但没法确定是哪个方向。能看到的只有一辆汽车正从城里急速驶来，它的引擎像平常一样嗡嗡响，喇叭每隔一分钟左右就嘟嘟响几下；车后扬起了一大片尘埃。这个奇怪的声音跟汽车并没有关系。"一个不祥的声音。"少校不安地说道。"是某种机器的声音。"埃施说道，虽然听起来根本不像是机器。汽车沿着蜿蜒的道路前行，喇叭嘟嘟响地抵达监狱。埃施敏锐的眼睛注意到那是司令官的车，当发现它没有在监狱的另一边再次出现的时候，他变得不安了。但他什么也没说，只是加快了脚步。那奇怪的声音越来越刺耳和突出了，等监狱大门进入视线之后，他们看到那辆车就停在激动的人群中间。"有事发生了。"少校说道，现在他们可以听到从监狱的铁窗里涌来一阵可怕的三小节的合唱："我们饿了，我们饿了，我们饿了……我们饿了，我们饿了，我们饿了……我们饿了，我们饿了，我们饿了……"这合唱不时被牲口场传来的叫声打断。司机向他们跑了过来："长官，这是一场叛乱……我们到处在找您……"接着，他又跑回去喊看门的。

人们为少校让路，但他停住了脚步。空气中依旧飘荡着三声部的合唱，玛格丽特随着歌声起舞。"我们饿了，我们饿了，我们饿了。"她欢乐地唱道。少校注视着监狱大楼，那些可怕的窗户是无法穿过的，注视着跳舞的孩子，他觉得她的笑声异常机械、异常邪恶，他被恐惧吞没了。无法改变的命运，无法避免的审判！司机仍在拉响门铃，敲打大门，最后，隔板打开了，沉重的大门在铰链上嘎吱嘎吱地转动。少校倚靠在一棵树上，喃喃低语道："这是末日。"埃施似乎准备过来帮忙，少校朝他挥挥手，不让他过来。"这是末日。"少校重复道，但又挺直了身体，摸了摸铁十字章的勋带，然后把手放在剑柄上，迅速向监狱大门走去。

他消失在了监狱里。埃施坐到了路边的小坡上。空气依旧被那像切分音一样的呼喊震颤着。出现了一声枪响，然后是一阵新的号叫。接着是最后几声呼喊，像关上的水龙头的最后几滴水。随后是一片寂静。埃施望着在少校身后关上的大门。"这是末日。"他重复道，继续等着。但末日并没有来，没有地震，没有天使，门也没开。孩子蹲在他身边，他本想把她揽在怀里。监狱的墙就像舞台布景的侧翼耸向明亮的夜空，犹如中间有豁口的牙齿。埃施觉得他远离了自己，远离了发生在周围的事情，远离了一切；他不愿变换姿势，不再清楚他是如何到这儿来的。门边挂着一块告示牌，再也看不清楚写的是什么；那当然是探监的时间表，但只是文字而已。哪怕是被拘禁的煽动者、凶手和畸形的人，都会从监狱里出来，进入应许之地的一个新的、更开明的集体中。他听到孩子说："胡格瑙叔叔在那儿。"他看见胡格瑙飞快地走过，看见他，但并不惊讶，一切都是无声无息的，胡格瑙的脚步无声无息，大门边人群的活动无声无息，就像音乐停止后舞蹈演员和走钢丝表演者的活动一样无声无息，就像傍晚晴朗的天空逐渐暗下来一样无声无息。遥远的地平线在梦者眼前展开，远得无法寻回，然而，他并不是梦者而是一个徒劳地寻找家园的孤儿；他就像一个不知道自己的渴望已经悄悄改变的人，就像一个只是降低痛苦而无法遗忘痛苦的人。天空出现了最早的星星，埃施觉得自己好像日复一日、年复一年地坐在相同的地方，被一种加了软垫的、幽灵般的寂静笼罩着。接着，等候的人群的动作越来越少，越来越模糊，慢慢地完全消失了，留在大门前的是无声无息地等候着的黑黢黢的一片。最后，埃施只觉察到自己手掌下潮湿的草儿。

孩子不见了；也许她是跟胡格瑙走了；埃施并不关心，只是盯着门口。最后，少校出现了。他以异常坚定的神情快步走着，几乎像是跛着脚而极力掩饰。他径直向汽车走去。埃施跳了起来。现在，少校站在车上，他挺直身体站在那儿，目光越过埃施头顶，越过在汽车周围无声推挤的人群的头顶；他沿着眼前的灰白的道路望去，望着城里，那些窗户已经透出了灯火。附近有道红光闪耀着；埃施知道那是哪里。少校可能也注意到了，因为他现在望着埃施，庄严地伸出手说道："嗯，没关系。"埃施什么也没说；他迅速从人群中间挤过，走上了穿过田野的小径。然而，如果转过身来，如果不是那么漆黑，他就会看到少校一直站在车上，一直看着他消失在夜色中。

过了一会儿，他听到引擎发动了，看到车灯也亮了，汽车沿着蜿蜒的道路前行。

第七十章

　　胡格瑙从监狱飞奔回家，玛格丽特跟在他后面。他在印刷房里吩咐把印刷机停下来："有重要新闻，林德纳。"说完便跑去自己房间写东西。写完之后，他说道："祝你健康[1]。"同时朝着埃施家的起居室方向吐口水。"祝你健康，"他从厨房门口经过的时候又说了一遍，然后把文章交给了林德纳，"放在小城新闻中间，小号铅字。"他叮嘱道。第二天，在《库尔–特里尔先驱报》的小城新闻中间就出现了下面用小号铅字印刷的内容：

　　　　监狱骚乱。——昨晚，监狱发生了若干令人遗憾的事件。一些囚犯认为他们有理由抱怨监狱的伙食太差，其中有些叛国分子借机诋毁当局，引发了一场骚乱。小城司令

「1」　原文为法语。——译注

官冯·帕塞诺夫少校英勇无畏、沉着冷静地采取了行动，在他的及时干预下，骚乱很快得到了平息。有传言说这实际上是为了让在押待处决的逃兵逃脱，我们从最权威的人士那里得知，该传言并不属实，因为监狱中并无逃兵。在该事件中无人伤亡。

这又是他的妙计，胡格瑙兴奋得睡不着觉。他不停地盘算着：

第一，关于逃兵那一点会惹恼少校，而提到伙食差同样不会让小城司令官高兴的，如果有人活该被惹恼，那个人就是少校；

第二，少校会怪罪于埃施，尤其是因为文章中暗示消息来自最权威的人士；没有人会相信埃施对此一无所知，——而这肯定会让两位先生的漫步走到尽头；

第三，一想到埃施这个骨瘦如柴的马脸牧师暴跳如雷，他就无比高兴，觉得妙极了；

第四，这一切完全是合法的——他是编辑，他喜欢什么都可以登上去，再说了，少校也会因为他加进去的赞美而感激他的；

第五、第六，会有数不清的辉煌成果，一句话，这是一次极为成功的出击，一句话，这是一场政变，——而且，会让少校尊重他：这个胡格瑙的报告击中了要害，尽管少校曾经轻视它们；

是的，第五、第六、第七，可以一直列举下去，实在是太多了，虽然肯定有某些地方令人不舒服，最好不要去想。

第二天早上，胡格瑙在印刷房里把文章读了一遍，又高兴了一番。他望着窗外，朝办公室投去一瞥，嘲讽地扭曲着脸。但他没有上去。他当然不是怕那位牧师。当一个人在坚持自己的权利的时候，是用不着害怕的。当一个人在遭受迫害的时候，是必须坚持自己的权利的。即便一败涂地，人也必须坚持自己的权利。一个人想要的不过是安静平和地待着。他只是想要自己应得的东西。于是，胡格瑙去了理发店，在那里又仔细读了一遍《先驱报》。

毫无疑问，他的晚餐还是个问题。跟埃施坐在一起是不会愉快的，虽然毫无道理，但埃施还是会在某种程度上把自己当成受害者的。他知道牧师们会摆出怎样崇高和伟大的模样；这足够让人倒胃口了。这个牧师自己是个共产主义者，想把一切都社会主义化，却总表现得好像别人正试图破坏社会，只因为这个人不肯受剥削。

胡格瑙一边散步一边思索，却想不出一个好主意。就像去上学一样：任他如何机敏，最后唯一的办法就是装病。于是，他转身赶在埃施之前回家，爬上楼梯去找埃施大嫂（他最近开始这样叫她）。每登上一步，他的小病就变得越真实了。或许他真的很不舒服，最好什么都不吃。然而，说到底，他的食宿是算在薪水里面的，他不需要这样让埃施占便宜。

"埃施太太，我不舒服。"

埃施太太抬起头来，被胡格瑙哀戚的外表触动了。

"我觉得我什么都吃不下，埃施太太。"

"可是，胡格瑙先生……喝点汤吧，我给您做点好汤……这对任何人都不会有坏处的。"

胡格瑙想了想，然后忧郁地说道：

"肉汤吗？"

埃施太太感到吃惊。

"是的，可是……家里没有牛肉。"

胡格瑙变得更忧郁了。

"哦，没有牛肉吗？……我觉得我发烧了……我觉得好烫，埃施大嫂……"

埃施太太凑近过去，迟疑地把一根手指放到胡格瑙手上。

胡格瑙说：

"也许煎蛋就好。"

"我还是给您煎点草药吧？"

胡格瑙怀疑是为了节约：

"哦，煎个蛋肯定可以的……您家里一定有蛋……比方说，三个。"

于是，他拖着脚步离开了厨房。

一方面是因为生病的人应该这么做，另一方面是因为昨晚失眠，应该补觉，他在沙发上躺了下来。但却睡不着，因为他对这场成功的报刊政变依然兴奋不已。在半睡半醒之中，他望着盥洗台上方的镜子，望着窗户，听着屋子里的响声。是平常的厨房里的声音：他可以听到敲打一点点猪肉的声音——说到底，这位胖夫人还是在骗他，好让那个讨厌的家伙把肉都独占掉。当然，她会辩解说她没法做猪肉汤，但一点美味的煎猪肉对谁都不会有坏处的，哪怕是病人。接着，他听到刀切在砧板上的一阵短促、刺耳的声音，他断定那是在切菜——他在看他母亲快速地切欧芹或者芹菜的时候都很害怕，怕她会把指尖切掉。菜刀可是很锋利的。切菜的声音停止了，母亲在厨房的抹布上擦着没有受伤的手指，他感到高兴。如果能睡觉就好啦：最好到床上去，然后埃施的女人就可以坐在他身边织衣服或者给他热敷。他摸了摸自己的手，并不烫。他应该想点愉快的事情。比如女人。赤裸的女人。楼梯嘎吱作响，有人上来了。奇怪，父亲通常是不会这么早的。哦，只是邮差。埃施太太在和他说话。面包师过去经常上来，但现在不来了。胡思乱想：饿的时候根本睡不着。

胡格瑙又瞥了瞥窗外，注意到了连绵的科尔马山脉；皇家城堡的堡主是一名少校，是皇帝亲自任命的。讨厌的普鲁士人和神圣宗教的敌人。[1]胡格瑙的耳朵里有人在笑；他听到了阿尔萨斯的方言。有口锅沸腾了，在炉子上嘶嘶响。现在，有人在低声说，"我们饿了，我们饿了，我们饿了。"太蠢了。为什么他不能和别人一起吃晚餐呢？他的待遇是越来越糟了。也许他们会把他的位置让给少校吧？楼梯又开始嘎吱作响——胡格瑙吓了一跳，那是他父亲的脚步。哦，胡扯，那只是埃施，那个准牧师。

「1」 原文为法语。——译注

埃施那个无赖；他要是被惹恼了，那也是活该。以牙还牙。不可能玩刀子而不被割伤。埃施已经改信新教；接下来他会改信犹太教，割包皮的；记得要告诉他太太。指尖。刀尖。最好就是起来，到办公室去问他是不是打算改信犹太教。害怕他根本是胡扯；我只是太懒了。她应该把我的晚餐端来的，快点吧……别先给那个假正经的家伙。

胡格瑙仔细听着，想弄清楚他们有没有在餐桌前坐下。难怪他越来越瘦了，东西都被埃施弄走了。但他就是这个样子。牧师是该有个肚子的。彻头彻尾的欺骗，牧师的黑色外衣。刽子手也披着黑色外衣。刽子手必须吃很多，以保持体力。人们永远不知道自己是被带到垫头砧上，还是餐桌上。从现在起，他会去旅馆，在少校的餐桌上吃肉。这个晚上可真是的。要是煎蛋再晚点来，他肯定会大闹一场。煎个蛋只要五分钟就够了！

埃施太太静静地走进房间，把盛着煎蛋的盘子放在一把椅子上，把椅子推到了沙发前。

"胡格瑙先生，我还是再给您煎点草药吧？"

胡格瑙抬起头来。他几乎不生气了；她的关怀令他很受用。

"我发高烧了，埃施太太。"

她至少也应该把手伸到他额头上，看他是不是发烧了；他感到恼火，因为她没有这么做。

"我想，我要上床睡觉了，埃施大嫂。"

然而，埃施太太无动于衷地站在他面前，坚持要给他煎药：这是一种非常特殊的草药，不仅古老，而且有名；那个拥有祖传方子的草药师发了大财，在科隆有套房子，全国的人都跑去求他诊治。她很少一口气说这么多话。

但胡格瑙还是抗拒道：

"埃施太太，来点樱桃白兰地对我有好处。"

她厌恶地板起了脸：酒精？不！就连她丈夫——他的健康不是顶好的——都喜欢喝她的草药。

"真的吗？埃施也喝这种草药？"

"是啊。"埃施太太说道。

"那好吧，看在上帝的分儿上，给我也煎一点。"胡格瑙叹了口气，坐了起来，把煎蛋吃掉了。

第七十一章

海因里希的离开很轻松。从肉体和精神的影响可以分开的角度而言，这可以说是一种纯粹的肉体经验。汉娜从车站回家时，觉得自己有点像一座拉下了窗帘的空房子。仅此而已。此外，她知道海因里希肯定会从战争中平安归来。她的这种对离开的士兵不会变成烈士的信念，不仅消除了她在车站害怕的感情爆发，还产生了更加深远的作用：中和、取代了她对他永远不会再回来的希望。当她对儿子说，"爸爸很快就会回来的"，他们大概都明白她的意思。

肉体经验——她理该如此看待这六周的假期——现在作为她的生命力的一种收缩，她的自我的一种收缩，浮现在她脑海里；它就像她的自我被她的肉体之坝围住，就像河流在峡谷中变窄、泛起泡沫。在过去，此刻她想道，她总觉得她的自我不受皮肤的束缚，可以透过那层薄薄的覆盖物辐射到她的丝质内衣，甚至连她的外衣都仿佛被她的自我的飘散物渗透（这大概就是为什么她在时尚的问题上拥有如此无懈可击的品位），是的，她的自我仿佛延伸到了她的身体之外，将其包裹起来而不是寄居其中，就像她不是在头脑中思考，而是在外面的某个地方，在一个更高的瞭望塔上思考，她可以从那里观察她的肉身，把它当成微不足道的、不相干的东西，不管它有多么重要；但在这肉体经验的六个星期当中，在头朝下冲过峡谷的过程中，那扩散开来的广阔并没有留下什么，除了在颠簸的水面上的一道闪耀的水汽，一道闪耀的彩虹，从某种意义上讲，这是她灵魂的最后庇护所。然而，现在，那片亲切的平原再次在她面前展开，她觉得仿佛挣脱了镣铐，与此同时，她的解脱与平顺感变成了一种希望，希望忘记那令人烦恼的狭窄。然而，这种遗忘一次只侵蚀她一点。她的所有个人回忆都相当迅速地失落了；海因里希的举止、嗓音、言语、步态，这一切很快都消失了；但总的记忆却还保留着。打一个极不恰当的比方：首先消失的是他的脸，然后是他活动的肢体，他的手和脚，但静止的、僵硬的躯干，男性从胸骨到大腿根的这个能勾起情欲的部分，依然留在她记忆的深处，就像一尊埋在泥土里或者受到第勒尼安海的波浪冲刷的神像。随着这种侵蚀性的遗忘的逐渐深入——这是它的可怕之处——这尊神像变得越来越短，它的猥亵变得越来越显著和孤立，对于这种猥亵，遗忘的侵蚀越来越缓慢，侵蚀的程度越来越小，它被这种猥亵麻痹了。这只是一个隐喻——像所有令现实变得粗糙的隐喻一样总是模糊的——一种未阐明的思想的嬉戏，一道将隐约记得的记忆、隐约思索过的思想和隐约渴望着的渴望混合在一起的洪流，一条无岸的河，在它上方浮起银白的水汽，浮起一直向云朵和黑色星空蔓延的银白的发散物。因此，河泥里的躯干不仅仅是躯干，还是一块被劈过的岩石，一件被孤立出来的家具，是被丢弃在事件之流中的家庭垃圾，被丢到波浪中的一团东西：潮起潮落，昼夜交替，白昼互相传递了什么是不可知的，有时候比相互追随的睡梦更不可知，它间或包含了某些东西，这些东西明显使人联想到女学生的秘密知识，但又激起一种秘密的渴望，渴望逃离那种幼稚的知识，逃入个体的世界，将海因里希的脸从遗忘中再次挖掘出来。但这只是一种渴望，实现这种渴望的可能性就跟完全复原一尊在泥土里发掘的希腊雕像差不多：也就是说，不可能。

乍看之下，个体和整体哪个在汉娜的记忆中占上风似乎无关紧要。但在一个整体性显然统治了方方面面的时代，单纯从个体到个体的社会联系为了迄今从未想象过的统一这一集体观念而松懈了，原本只在童年和老年才显得自然的那种无情的去个人化状态已经极为盛行，在这样的时代，个体的记忆不可避免地服从于整体的法则，一个无足轻重的女人的孤立——她是如此美丽、如此出色的床伴——不能简单地说成是完全缺乏性生活的不幸的结果，它是整体的一部分，就像每个个体的命运一样，反映了一种被置于世界之上的形而上的必然性，或者也可以这么说，一个形体的事件，但其悲剧却是形而上的：因为这种悲剧是自我的孤立。

第七十二章

柏林救世军姑娘的故事（13）

这个时代，这种分崩离析的生活，还能说具有真实性吗？我的消极被动日益加剧了，这并不是因为我在跟一种比我强大的真实性进行斗争而精疲力竭了，而是因为我从各方面遭遇了非真实性。我彻底意识到，我生活的意义和精华只能在活动中找到，但我开始相信，这个时代再也没有时间给人进行沉思性的哲学探讨活动，而这是唯一真实的活动。我试图进行哲学探讨——可如今能在哪里找到知识的尊严呢？它不是早就失效了吗？哲学本身不是已经沦落为面对其对象的沦落时的一堆空话吗？这个世界缺少存在，这个世界缺少安宁，这个世界只能在不断增长的运动速度中找到并保持它的平衡，这个世界疯狂的高速运转已经变成了人类的虚假活动，并且将会把它抛进虚无——还有什么比一个否认哲学探讨资格的时代更深的沦落呢？哲学本身已经变成了一种审美的消遣，不再真正存在，而是堕入了邪恶空洞的超然独立之中，变成了需要在晚上消磨时间的公民们的一种娱乐！什么都没有给我们留下，除了数字；什么都没有给我们留下，除了法则！

我时常觉得，我现在的心境，将我留在这座犹太房子里的心境，并不是一种屈服，而是一种已经学会与一个完全陌生的环境达成妥协的智慧。因为连努黑姆和玛丽对我来说都变得陌生了，尽管我在他们两人身上投下了最后的希望，希望他们是我的创造，希望他们的命运掌握在我手里，由我决定，这是一种美妙而无法实现的希望。努黑姆和玛丽并不是我的创造，永远也不是。多么危险的希望，妄想塑造世界！

世界拥有一种独立自主的存在吗？没有。努黑姆和玛丽拥有一种独立自主的存在吗？当然没有，因为没有任何存在是自在的。但决定命运的那些时刻远远地处在我的思考或者能力之外。我只能服从自己的法则，管好自己的事；我无论如何都不能走得更远，尽管我对努黑姆和玛丽的爱没有消失，尽管我仍不懈地为他们的灵魂和命运而斗争，但决定它们的那些时刻是我无法触及的，它们一直隐藏着不让我看见，就像我遇到的白胡子祖父一样，当然，他不时出现在门厅里，可是他只有在我被排除在外的起居室里才会展露自己真正的形体，而且他只让他的代表里特瓦克来找我；它们隐藏着不让我看见，就像白胡子的布思将军一样，他的画像就挂在救世军招待所的接待室里。客观地思索一下，我所做的并不是与祖父或者那位救世军将军进行斗争，而是想看到他们得到公平的对待，我渴望像得到努黑姆和玛丽的支持一样得到他们的支持；是的，有时候我相信，我的目标仅仅是通过我的行动赢得这些老人的爱，赢得他们的祝福，这样我就不会孤独地死去。因为他们制定了律法，真实性要在他们身上寻找。

这是屈服吗？这是对一切审美的东西的一种厌恶吗？昔日我站在何处？我的生命在我身后逐渐变暗，我不知道自己是真的活过，抑或我的生活只是我听闻的故事，到目前为止，它已经沉在了遥远的海洋里。轮船曾将我带到过最遥远的东方和最遥远的西方海岸吗？我是美国种植园里的采棉工吗？是印度大象丛林里的白种猎人吗？一切都是可能的，哪怕是公园里的一座城堡，也是可能的；高处，深处，一切都是可能的，因为在这只为自己存在的动态的活动中没有什么能永久地留存下来，这种活动体现在工作中，体现在宁静和清澈中：没有什么能留存下来——我的自我被抛到风里，被抛入虚无；我的渴望无法实现，应许之地无法抵达，不停变亮而又不停退去的光芒无法看见，我们摸索的共同体缺乏力量却满是邪恶意志。徒劳的希望，时常没有缘由的骄傲——世界依旧是一个陌生的敌人，甚至够不上一个敌人，仅仅是一个我能够在其表面探索，却无法进入其中的陌生的存在，一个我永远不能进入的陌生的存在，像我一样迷失在不断增长的陌生中，盲目在不断增长的盲目中，在对家园的黑夜充满渴望的回忆中破碎，最终仅仅变成曾经的事物逐渐消失的余绪。我穿过许多道路去寻找那个将其余的事物结合起来的统一体，但它们只是越来越偏离彼此，就连上帝都不是由我而是由我的先辈创立的。

我对努黑姆说道：

"你们是一个多疑的民族，一个愤怒的民族；你们甚至连上帝都嫉妒，甚至在祂的书中不停地训斥祂。"

他答道：

"律法是不朽的。只有破译律法的每一笔每一画才能找到上帝。"

我对玛丽说道：

"你们是一个勇敢却没有思想的民族！你们相信，为了使上帝临近，只需为善，奏起音乐。"

她答道：

"以上帝为乐就是上帝，祂的恩典是永世不衰的。"

我对自己说道：

"你是一个傻瓜，一个柏拉图主义者，你相信可以通过理解世界来塑造世界，自由地将自己提升至神性。难道你看不到你就要失血而死了吗？"

我答道：

"是的，我就要失血而死了。"

第七十三章

价值崩溃（9）

认识论的离题话

这个时代还能说具有真实性吗？它具有什么保留了它的存在意义的真正价值吗？有为非存在的非意义所准备的真实性吗？真实性在哪里找到了庇护？在科学、法律、责任，还是在一种不断提出问题的逻辑的不确定性当中？这种逻辑的可信点已经消失在无限当中了。黑格尔将历史称为"一条通往精神实质的解放的道路"，这条通往精神的自我解放的道路，已经变成了一条通往一切价值的自我毁灭的道路。

当然，问题不在于黑格尔对历史的阐释是否被世界大战推翻了；这已经由在轨道中运行的群星做到了；因为一种经过四百年的发展已经变得独立自主的真实性，在任何情况下都无法再服从于一个推理演绎系统了。一个更重要的问题是探询在这种逐渐浮现的反推理演绎的现实中的逻辑的可能性，探询这种反推理演绎的逻辑根由；简言之，是审视"可能的经验条件"，这种精神发展在其中已经不可避免——但对一切哲学的蔑视，对一切言语的厌倦，是在这种现实和这种发展当中所固有的，只有对言语的强迫性的劝说怀有彻底的不信任，我们才能提出这些迫切的方法论的问题：什么是历史事件？什么是历史的整体？或者更进一步：到底什么是事件？将单一的事情联合成整体的事件，必须遵循什么样的遴选原则？

独立自主的生活与价值范畴牢固而有机地联结在一起，正如独立自主的意识与真理的范畴联结在一起，——人们可以为真理和价值的现象找到其他称呼，但作为现象，它们就像"我思"和"我在"一样是无法推翻的，它们都来自"自我"的独立自主，它们都是那个"自我"的周边产物和活动；因此，价值可以分成创造价值的活动（在最宽泛的意义上创造世界）和已经成形的、在空间上可以辨识的、普遍可见的价值产物，价值观可以分成相应的范畴：活动的伦理价值和产物的审美价值，这是同一个奖章的正反两面，只有结合起来，才能给出最通用的价值概念和一切生活的逻辑坐标。实际上，历史可以证实这一点：因为古代史的写作已经被其价值观所掌控，爱说教的18世纪历史学家也非常仔细地运用他们的价值观，而在黑格尔的体系里，一种绝对价值的概念最清楚地体现在"世界精神"和"历史的高等法院"中。并不令人意外，后黑格尔时代的历史哲学主要专注于考虑价值观的方法论功能，不经意地造成了整个知识领域的重大分裂：一种不受价值影响的自然哲学和一种受到价值影响的精神哲学——只要愿意，可以将此视为哲学首次公开宣布的破产，因为它将"思想"和"存在"的同一性局限在逻辑和数学的领域，允许其余知识摆脱主要是唯心主义的哲学任务，或者将其降低到直觉的模糊中。

黑格尔对谢林提出过一个（合理的）指责，说他将"绝对"射入世界，"仿佛那是手枪里的一颗子弹。"但这同样适用于黑格尔和后黑格尔哲学的价值概念。直接将一种价值概念射入历史，将历史所保存的一切描述成"价值"，对艺术创作的纯粹审美的价值来说在必要时是可以的，但在其他情况下却是如此虚假，以至于使人们反而宣称历史是一种无价值的聚合物，断然否定在历史中存在任何价值的真实性。

论题一：

历史是由价值构成的，因为生活只有在价值的范畴中才能被理解——但这些价值并不能作为绝对之物被引入现实，而只能当成是与一个以伦理为动机的价值设定的主体相关的。黑格尔的绝对和客观化的"世界精神"就是这样一个被引入现实的主体，但其运转的包罗万象的绝对性只能产生一种反证。（这是强加于推理演绎思维的那些不可逾越的界限的另一个例子。）这些价值不是绝对的，只是一些有限的假设。当一个具体的、先验地有限的主体，也就是说，一个真实的人，成了问题，价值的相对性，它们对主体的依赖，立刻就变得明显了；任何人的传记都是由一切对他来说具有重要性的价值内容构成的。他本人可能是一个没有价值的人，甚至是价值的破坏者，譬如一名土匪头子或者逃兵，但作为其价值系统的中心，他却是传记和历史的一个成熟的题材。从历史的角度来看，虚构的价值中心，譬如一个国家，一个俱乐部，一个民族，或者德国的汉萨联盟，同样如此；实际上，就连无生命的物体的历史，譬如一座房子的建筑史，都是遴选自一些事实，如果那些主体具有创造价值的意志，这些事实对它们就很重要。一个事件如果没有一个价值设定的中心，就会陷入一片模糊——库勒斯道夫战役不是由参战的掷弹兵的名单构成的，而是由取决于指挥官的计划的现实塑造构成的。每个历史统一体都依赖于一个实际或虚构的价值中心；除非在其中心假定一个统一的遴选原则，或者一种"时代精神"（作为一种标准去评判那些发挥效用的设定价值和创造风格的力量），否则一个时代的"风格"就无法辨认出来。或者，用一种陈腐的说法，文化是一种价值构成，文化只能以风格来想象，为了能够想象，它需要假设在它所代表的那个价值圆圈的中心存在一种创造风格和价值的"文化精神"。

这意味着一切价值都是相对的吗？意味着必须放弃一切希望，不再希望逻辑的绝对能通过思想与存在的统一而在现实中显露出来吗？意味着必须放弃一切希望，甚至不再希望能靠近那条通往精神与人性的自我解放的道路吗？

论题二：

价值设定行为的历史或传记的成熟时机取决于逻各斯的绝对性。因为实际或虚构的价值设定的主体只有在其自身的孤立中，在那种不可避免的、彻底的柏拉图式孤立中才能想象，其骄傲就是仅仅依赖逻辑规范，其冲动就是要以逻辑的可信来规定一切活动；但这意味着，人们不仅要在彻底的康德意义上假设一种为作品而塑造作品的良好意志，还要假设一种规则：一切结果都必须来自自我的独立自主的规范，从而使作品不受任何教条影响，从自我及其法则的纯粹原创性当中诞生。换言之，任何不完全依照自身法则的都会从历史上消失。但无论这种法则的独特力量如何与时代一致，也就是说，无论它如何受时代精神和风格的影响，都只能是叠加在上面的逻各斯的反映，是如今依然活跃、等同于思想本身的逻各斯的反映，的确，即便在我们的时代，也仅仅是一种尘世的反映，但透过这种反映，却有一种东西闪耀着，它不断要求超越一切时代，使风格化的思考被射入另一个自我成为可能。这种形式的终极统一连续不断、极其清楚地一再展现在已经创造出来的作品的更狭小的范畴中，展现在审美在一切艺术的普遍应用的更狭小的范畴中，但最明显的是展现在艺术形式永恒的持续中。

从这里，我们可以得出以下综合结论——

论题三：

世界是可理解的自我的产物，因为柏拉图的理念从未被放弃，也永远无法放弃。但这产物并不像"手枪里的一颗子弹"一样被射出，因为能够假设的只有创造价值的主体，它们反映了可理解的自我的构造，塑造了自己的价值产物，自己的世界构成：世界不是自我的直接而是间接产物，是"产物的产物"，"产物的产物的产物"，如此无限重复。这个过程，对"产物的产物"的假设，为世界提供了方法论的组织和等级，这当然是一种相对的组织，但在形式上却是绝对的，因为伦理责任为了让实际和虚构的价值设定的主体保持力量，为了让逻各斯在被创造出来的产物中保持固有的效力而假定了这一点：事物的逻辑依然不动摇。虽然历史的逻辑进程不时在达到其形而上的构造所固有的无限的边界之后会被抑制，虽然柏拉图式的世界观不时要给实证主义对资料的审视让路，但柏拉图理念的真实性依然是不可战胜的，因为每次随着实证主义的接近，它只是触碰到大地，然后被经验的悲悯再次托起。

世界上的每一个在观念上可以理解的统一体都是"产物的产物"，每一种观念，每一种事物；这种知识的方法论功能——知识作为整合者只有将一种事物当成一个独立自主的价值设定的主体才能理解该事物——大概可以延伸到数学领域，从而消除数学的科学抽象和经验主义的抽象之间的区别。因为从方法论的角度来看，将一种事物定义为"产物的产物"，就是将理想观察者引入观察的领域，正如经验科学（譬如物理学中的相对论）在独立于认识论的考量的情况下早已完成的那样。此外，对数学基本原理的研究，追寻"什么是数"和"什么是一"的问题已经到了这样的地步，不得不接受直觉作为走出困境的唯一办法：现在，"产物的产物"的原理为直觉提供了逻辑的合法性，因为自我对一个实体化的价值设定的主体的渗透，可以合理地称为直觉行为的方法论结构。

这个原理之所以长期得不到认识，或许是由于它的显而易见，甚至是它的原始性。因为它确实是原始的。人的骄傲似乎在承认一种原始态度的合理性方面存在无法克服的困难。因为尽管这种将一切都视为"产物的产物"的观点保证了可理解的自我在世界上的每个客体中的在场，然而，如果人们忽略这个柏拉图式的背景片刻，它就相当于一种使整个自然，不，使整个完整的世界恢复生气的泛灵论，一种将一个价值主体引入到一切之中，引入到每个无论多么抽象的概念之中的泛灵论，而这只能跟原始人的泛灵论相比较：逻辑的发展仿佛有自己的个体发育，即使在极为发达的逻辑结构中，它也使先前和目前过时的一切思想构成保持活力，包括那种将所有可信之链缩短为一环的简单的泛灵论；这种个体发育在思想的每次进步中，即使没有保留原始的形而上学的内容，也保留了形式——这对理性主义者来说无疑是块绊脚石，但对泛神论的态度却是一种安慰。

然而，即便对于理性主义者，也还是存在安慰的。如果"产物的产物"依赖于具有统治力的逻各斯的原则可以理解成是直觉行为的逻辑结构，那它也可以被视为"可能的经验条件"，否则人与人之间，一个孤立的自我和另一个之间的相互理解就无法解释；因此，它不仅提供了一种认识论的结构来解释所有语言的可译性（虽然它们彼此是如此不同），而且远不止于此，无限遥远于此，它在思想的统一体中为一切人类语言提供了一个公分母，为人类的统一体，为在自我撕裂中依然保留上帝的形象的人性的统一体提供了根据——因为在人所创造的每一种思想、每一个统一体当中，逻各斯，人自身的镜子，都在向人闪耀，上帝之道作为万物的尺度在闪耀。即便这个世界上的一切创造物都被毁灭，它的一切审美价值被废除，变成一种功能，消失在对一切法则的怀疑中，消失在提问和怀疑的必要责任中，也依然存在未被触碰的统一体，思想、伦理的假设、作为纯粹功能严格运转的伦理价值、得到严格遵守的真正责任，这一切都将留存下来，而与之一并留存的，还有一个连绵不绝的世界的统一体，一个人类的统一体，照亮万物，在永恒的时空中不朽不灭。

第七十四章

弗卢尔许茨大夫在帮雅雷茨基装义肢。马蒂尔德护士也在场。

带子勒得雅雷茨基直颤动：

"哦，弗卢尔许茨，我这么快就要离开您了，您伤心吧……马蒂尔德护士就更别说了！"

"您知道吗，雅雷茨基，我真希望让您留在这儿多观察一段时间……您的状态还非常可疑。"

"说不准……等等，"雅雷茨基试图把一根烟塞到义肢的指间，"等等，要是加上一个可以塞香烟的……或者一个烟嘴，怎样呢……很巧妙吧……"

"先站着别动，雅雷茨基，"弗卢尔许茨系紧了带子，"好了，您觉得怎样？"

"像一台新生的机器……一台运转良好的机器……要是配上好烟，那就更棒了。"

"您就不能把烟戒了吗……当然，还有另一样东西。"

"爱情吗？哦，好的，马上。"

马蒂尔德护士非常多余地说道：

"不，弗卢尔许茨大夫是说您应该戒酒。"

"哦，我知道了，我是不理解……人在清醒的时候，要理解事情很难……我很惊讶，您竟然从未想过这个问题，弗卢尔许茨：人只有在喝醉之后才能相互理解。"

"这个借口真是别出心裁！"

"您回想一下，弗卢尔许茨，想想1914年8月我们是怎样开怀畅饮……我觉得那似乎是人们第一次，也是最后一次感受到一种真正的情谊。"

"舍勒说过类似的话……"

"谁？"

"舍勒。在《战争的天才》里说的……那不太像一本书。"

"哦，我知道了，一本书……那不算……但我跟您说，弗卢尔许茨，我是非常认真的：给我点别的，给我点新的沉醉，对我来说，吗啡、爱国主义、共产主义或者别的东西都无所谓，只要能让人沉醉……给我点东西，让我觉得我们又是战友了，那我就会戒酒……明天就戒。"

弗卢尔许茨陷入了沉思；接着，他说：

"您说得有点道理……不过，如果您一定需要沉醉和情谊的话，有个非常简单的办法：恋爱。"

"医嘱肯定是要听的……您有没有按照医嘱恋爱过，护士？"

马蒂尔德护士脸红了；在她脖子的雀斑中间出现了两块红斑。

雅雷茨基把目光移开了：

"这个阶段恋爱可真糟糕……我觉得我们的处境都很糟糕……连爱情都不管用了……"他测试着义肢的关节，"真的得有份说明书来教人用这玩意儿……这里边一定有个特殊的关节用来搂搂抱抱的吧。"

很奇怪，弗卢尔许茨感到惊愕。或许是因为马蒂尔德护士在场。马蒂尔德护士的脸更加红了：

"您在想什么啊，雅雷茨基先生！"

"怎么啦？这是很好的想法……用于做爱的义肢……嗯，很棒的想法，为上校以上的人员制作特别的模型……我会办一家工厂。"

弗卢尔许茨说道：

"您总是要标新立异吗？"

"完全不是，我只是在为军工业出谋划策……现在把它弄下来吧。"雅雷茨基开始解开带子；马蒂尔德护士给他帮忙。他把那些金属手指的关节掰直了："好了，现在只需要一只手套……小指、无名指，还有挑拣李子的大拇指。"

弗卢尔许茨检查着裸露的残肢上的疤痕。

"我觉得接合得不错，不过一开始得注意，别把手臂擦疼了。"

"让那些女清洁工来擦和刷吧……这只用来挑拣李子的手。"

"嗯，雅雷茨基，对您来说，似乎真的没有互相理解的希望了。"

第七十五章

胡格瑙在用餐时间躲避埃施当然不起作用。那天晚上的场面剑拔弩张。但埃施还是很快就被解除了武装，因为胡格瑙不仅表明了他作为发行人的白纸黑字的权利——这使他有权插入任何他喜欢的文章——而且还引述了埃施自己的观点："我亲爱的朋友，"他嘲弄道，"您经常抱怨人们阻挠您揭露公众的恶行……可是当别人有勇气这么做的时候，您却缩手缩脚……当然，一个人不能匆匆抛开一位高贵、伟大的小城司令官的喜爱……必须总是见风使舵，对吧？"是的，埃施不得不听这种话，虽然这是从背后对他进行的可耻的、卑怯的偷袭，但他只能用贫民窟里的辱骂来回击，然后又陷入了沉默。

但胡格瑙却因此巧妙地改变了策略。他跑去向埃施太太诉苦，说她丈夫恶劣地对待一位认真的伙伴，只因为这位伙伴认真、无私地想要履行自己的职责。这不无效果，第二天，埃施过去吃饭的时候，发现胡格瑙生着闷气，而他妻子则在用言语抚慰无辜的胡格瑙先生，因此，还没反应过来，他们就已经和好了，一起心平气和地喝着汤，这让埃施太太极为满意，因为她特别害怕失去这样一位如此不吝赞美之词的主顾。

但埃施或许也不想把胡格瑙赶出家门：他不知道这个家伙心里打算如何攻击少校……不管怎样，最好还是不要让他离开自己的视线。因此，胡格瑙仍待在那里，虽然在餐桌上的碰面并不友好，特别是埃施现在总要隔着碟子用狐疑的目光恶狠狠地瞪着他。

值得称赞的是，胡格瑙竭力尝试改善这一状况；但收效甚微。甚至过了一个星期，埃施还是一肚子不高兴。对于妻子的那些吞吞吐吐的询问，他只是阴沉地答道："移民美国……"接着就不说什么了。最后，胡格瑙终于满足地把背往后靠，用一些乐观的话打破了这令人不快的沉默：

"埃施大嫂，"他竖起一根手指，说道，"埃施大嫂，我找到了一个农夫可以给我们送面粉，或许偶尔还有腌火腿。"

"真的吗？"埃施狐疑地说道，"您是在哪里认识他的？"

这个农民当然不存在，但不存在的东西有一天也可能会存在，胡格瑙感到恼火，自己的好心好意没有得到认可。但他不想那么快又跟埃施吵起来，他想说些安抚的话：

"我们得尽量让埃施大嫂轻松一点……四张嘴……我真惊讶，她居然应付得来……那个孩子也得算进去。"

埃施笑了：

"是啊，那个孩子。"

胡格瑙立刻问道：

"她藏到哪里去了？"

埃施太太叹了口气：

"您说得对，现在根本没有一点东西可以养四张嘴了……要是我丈夫不让我们再摊上那个孩子就好了。"

"我不想听这些。"埃施发作了。他愤怒地瞪着妻子，她坐在那里，脸上挂着异常冷淡的微笑，仿佛感到内疚。埃施稍微平静了下来："没有新的生命，一切都是死的。"

"是的，"埃施太太说道，"是这样的。"

胡格瑙说道：

"可是她整天在街上乱跑……和那些小男孩；您记住我的话，她会跑丢的。"

"哦，她跟我们在一起很合适。"埃施太太说道。埃施小心翼翼地，几乎像是在碰一个孕妇一样抓住他妻子粗大的胳膊："而且，我说她喜欢跟我们在一起，您听到了吗？"

胡格瑙被他们俩激怒了。他说道：

"我跟您在一起也很合适，埃施大嫂……您不想把我也收养了吗？"他本来还想说，这样一来，埃施就有了一个他成天挂在嘴边、将会建造神殿的儿子——但由于某种连他自己都不明白的原因，他感到非常愤怒，觉得整件事都不再是一个玩笑。如果埃施突然跳起来威胁他，胡格瑙也不会感到意外。毫无疑问，现在最好是溜走，去找玛格丽特；她可能就在下面的院子里。最好是带着玛格丽特逃离这个地方。

埃施太太似乎被胡格瑙提出的这个过分的要求吓到了。她感觉到自己的胳膊被她丈夫瘦骨嶙峋的手紧紧抓着，她目瞪口呆地望着胡格瑙，这时他已经站了起来；等他走到门口，她才结结巴巴地说道：

"为什么不呢……胡格瑙先生……"

胡格瑙听到了她的话，但这并不能减轻他对埃施感到的强烈的愤怒。他在下面找到了玛格丽特，给了她整整一马克。"给你旅行的，"他说道，"但你得穿好衣服再走……暖和的裤子……让我瞧瞧……你差不多就没穿衣服……秋天很冷的。"

第七十六章

　　九点已过，克塞尔大夫家的门铃响了。屈伦贝克坐在沙发一角抽着雪茄："嗯，克塞尔，又是病人吗？""不然呢？"克塞尔答道，他机械地站了起来，"不然呢……没有一夜能睡个好觉。"他疲倦地走进隔壁房间去取他的包。

　　这时，女佣人来了："医生，医生，少校先生在下面。""谁？"克塞尔从隔壁房间喊道。"少校先生。""一定是来找我的。"屈伦贝克说道。"我这就来。"克塞尔喊道，他手里还拿着黑皮包，就跑出去迎客。

　　少校随即出现在了门口；他有点尴尬地笑了：

　　"我就知道两位先生都在这儿……而且您曾如此热情地邀请我，克塞尔医生……我以为两位先生可能在举行音乐晚会呢。"

　　"哦，谢天谢地，什么事也没有。我还以为又出什么事了呢，"屈伦贝克说道，"……嗯，这样最好。"

"是啊，没出什么事。"少校说道。

"没有叛乱了吗？"屈伦贝克像平常一样缺心眼地说道，"到底是谁把那篇白痴文章登在《先驱报》上的？埃施，还是那个取了个法国名字的小丑？"

少校没有回答；他被屈伦贝克的问题惹得不高兴了。他很后悔来这里。屈伦贝克却接着说道：

"嗯，监狱对这些上等人来说当然不舒服……但能够安稳地远离前线，这就应该让他们满足了。他们显然忘了，能够活着，光是活着，就是十足的幸运了，不管多糟糕……人真是健忘。"

"这些报人。"少校说道，虽然这根本不是真正的回答。

"我还以为又得去病人那儿了呢，"克塞尔说道，"希望今晚没有病人了。"

屈伦贝克继续说道：

"在这种时候，国家还要维持监狱的运转，真是闻所未闻的奢侈……这无论如何都是多余的……整个世界都是一座监狱……但维持不了多久了……再说了，这里的监狱早就该转移了……要是我们全都得撤离的话，该拿这些人怎么办呢？"

"还没到那个地步，"少校说道，"而且有上帝保佑，是不会到那个地步的。"虽然这样说，他自己却不相信。就在那天下午，他又收到了密令，可能要将小城撤空。命令和反命令纷至沓来，谁也不知道下一刻会怎样。真是个不折不扣的坑。

屈伦贝克注视着自己那双能干的外科医生的大手。

"要是法国人打过来了……记住我的话，我们会徒手将他们掐死。"

克塞尔说道：

"有时候我觉得，我妻子没能活着看到现在的样子，未尝不是一件好事。"他注视着挂在钢琴上方的照片，照片围着一圈不凋花和一条绉纱。

少校也抬头望着照片："您妻子也喜爱音乐吗？"他终于问道。钢琴旁边放着一把大提琴，罩在灰色的亚麻布里，布上面绣着一把红色的诗琴和两支交叉的长笛。他为什么会来这里？他为什么会来看这些医生？他觉得不舒服吗？他无法忍受医生，他们都是自由思想者，都不可靠。没有荣誉感。军医主任坐在沙发一角，头往后仰，吐出的烟圈飘向天花板，尖尖的胡须刺着空气。不成体统。他为什么会来这里？可是，待在这里还是好过孤单地待在旅馆的房间里，好过待在胡格瑙那个家伙随时会出现的餐厅里。克塞尔又要来了一瓶伯恩卡斯特勒葡萄酒，少校匆忙喝了一杯。接着他说："我以为你们在奏乐呢。"

克塞尔露出恍惚的微笑：

"是的，我妻子非常喜爱音乐。"

屈伦贝克说道：

"您怎么说呢，克塞尔？为什么不把您的大提琴拿出来拉一回呢？……让我们享受一下。"

少校感觉到屈伦贝克正在向他示好，尽管或许有点过于亲昵了。因此，他只是说道："是啊，那可太好了。"

克塞尔走过去取大提琴，又望了一眼照片。但接着，他停住了："哦，可是谁来给我伴奏呢？"

"您自己可以搞定的，克塞尔，"屈伦贝克说道，"尽情拉吧。"克塞尔还是有点犹豫："好的，可我该拉什么呢？""拉点有感情的。"屈伦贝克说道，克塞尔把椅子拉到钢琴旁坐下，仿佛有人在那里给他伴奏；他拉了一个音，用手轻柔地抹了抹琴弓，调了调音。接着，他闭上了双眼。

他拉起了勃拉姆斯的作品第38号，《e小调第一大提琴奏鸣曲》。他温和的脸上露出了一副奇特的、内省的神情，抿紧的嘴唇上方的灰色胡子不再是胡子，而是一道灰色的阴影，脸颊上的沟纹也改变了轮廓，那不再是一张脸，几乎像是一幅无形的、等待着下雪的灰色秋景。甚至当一行泪顺着他鼻子落下的时候，那也不再是一行泪。只有手依然是手，琴弓的来回拉奏仿佛将所有的生命引向它自身，在变得越来越宽广的轻柔的褐色声浪中起起伏伏，在拉琴者的周围涌动，将他裹住，因此他被隔绝了，非常孤独。他拉奏着。他大概只是一个粗通音乐的人，但对他来说无关紧要，就像对少校，甚至屈伦贝克来说一样：因为当克塞尔的提琴发出乐声，建立起空间，充盈着空间，也充盈着他们的时候，在人与人之间升起的那种喧嚣的寂静，那种无声的密不可穿的噪声，那道令人声只能颤抖和消散的无法穿透的墙壁——那种可怕的寂静，被消除了，时间本身被消除了，变成了将他们圈在其中的空间。

音乐停下来之后，克塞尔大夫又变回了克塞尔大夫，少校微微挺直了身体，在规定的军人姿态下掩盖自己的情绪。他现在等着克塞尔说些安慰人的话——现在当然可以说了！但克塞尔大夫只是垂着头，人们可以看到薄薄的头发——丝毫不像埃施那僵硬的灰色短发——稀疏地覆盖在他头顶。他有点羞耻地把乐器收进了亚麻布罩里，这给人不太得体的印象，屈伦贝克在沙发角咕哝道："唉。"或许他们三个都感到羞耻。

最后，屈伦贝克说道：

"唉，医生都有音乐细胞。"

少校搜寻着记忆。他年轻时有个朋友——是朋友吗？——他会拉小提琴，但他并不是医生，尽管他……也许，他确实是医生，抑或想要当医生。记忆在这里停住了，记忆冻结了，活动静止了，少校只看到自己裸露的手放在黑色的军裤上。他的嘴唇不受意志控制地说道："赤裸裸的……"

"您说什么？"屈伦贝克说道。

少校转向他："哦，没什么……真是糟糕的日子……我要谢谢您，克塞尔医生。"

现在，克塞尔终于说道：

"是啊，在这种时候，音乐是一种安慰……安慰的办法不多了。"

屈伦贝克把手放到桌上：

"别抱怨，克塞尔……因为任世界魔鬼横行，我们也不能绝望……只要和平到来，我们就会再次抬起头来。"

少校摇了摇头：

"对于肮脏的背叛，人是无力的。"埃施的身影浮现在他眼前，那张晒成褐色的脸带着挑战的笑容，没错，就是挑战，但那张脸又有点像在请求原谅，而现在还带着一匹摔倒、再也站不起来的马的责备的神情。

"我们德国人总是遭到背叛，"屈伦贝克说道，"但我们依然活着。"他举起酒杯："德国万岁！"

少校同样举起酒杯，"德国"，他想到，迄今为止，德国对他意味着秩序和安稳。他再也看不到德国了。在某种程度上，他把祖国的厄运，把军队的行进，把陆军司令部自相矛盾的命令，把这场战争运用的毫无骑士精神的毒气，把日益增长的、普遍存在的混乱都归咎于胡格瑙。他真想把埃施和胡格瑙的形象混合在一起，证明他们都是魔鬼的使者，都是从那个充斥着他不懂的商务和人脸的无法摆脱的混乱漩涡中涌现出来的冒险家，都不可靠和可鄙，都负有罪责，像魔鬼一样对这场战争的灾难结局负有罪责。

克塞尔说道：

"我已经完了……我会履行自己的职责，但我已经完了。"

生活就是一个无法摆脱的迷宫，邪恶之网笼罩着世界，无声的巨大喧嚣又开始了。任何偏离福音派基督教责任这条正道的人都是罪人，希望神圣的恩典能在这下面实现都是有罪的希望，虽然这希望是由那个朋友发出的，那声音打破了笼罩着他的沉默和僵硬，在灵魂的幸福的倾泻中使他摆脱了自身的孤立。少校说道："我们已经偏离了责任的正道，必须遭受惩罚。"

"好吧，少校先生，"屈伦贝克笑了，"我不同意您这句话，但我同意我们应该踏上回家的正道了，这样我们疲倦的朋友克塞尔才能到他小床上休息。"他站了起来，他的军大衣挂在他高大的身躯上还有点松松垮垮。一个伪装成军人的平民，少校忍不住想到——这不是国王的制服。冯·帕塞诺夫少校也站了起来。他，一名穿着国王的制服的军官，为什么要来这里？世俗责任是神圣法令的反映，为某种高于个人的东西服务使一个人的生命从属于更高的理念，如果有必要的话，哪怕是最后的一点个人自由，都应该放弃。主动服从，是的，这就是上帝规定的态度；其余的一切都当成不存在。少校拉直了大衣，摸了摸铁十字章的勋带，在告辞时的那种军人的一丝不苟的得体中，他又找到了责任和制服赋予人的平静和安稳。

克塞尔大夫送他们下楼。在门口，少校郑重地说道："克塞尔医生，谢谢您给我们的富有艺术气息的款待。"克塞尔医生迟疑了一下，低声说道："应该是我感谢您，少校先生……自打我亲爱的妻子过世以后，这可是我头一回碰那把大提琴。"但少校没有听他说，只是有些僵硬地伸出了自己的手。他和屈伦贝克穿过狭窄的街道，穿过集市，秋天的细雨斜打在他们脸上，他们都穿着军官的灰色大衣，戴着军官的帽子，然而，他们并不是穿着国王的制服的战友。少校在心里记着这一点。

第七十七章

柏林救世军姑娘的故事（14）

通过斋戒和禁欲获得的感知能力肯定缺乏一种最终的逻辑的敏锐。我想，我可以肯定地说，大约在这个时候，我的感知状态发生了变化。然而，我带着极端的不信任看待这一变化，因为它与长期的营养不良密切相关；实际上，我几乎就要同意里特瓦克医生的诊断，承认我有病了，尤其是因为这种变化存在于一种肉体上的巨大的清晰感之中，而非存在于我对周边世界的敏锐感知之中。比方说，当我向自己提出那个老问题，我的生活是否依然具有能够理解的真实性的时候，给我提供答案，使我确信自己生活在一种二等的真实性之中，导致一种不真实的真实性，一种真实的真实性，给我带来一阵奇特的喜悦的，正是这种肉体上的感觉。这是一种在尚未掌握的知识和已经掌握的知识之间徘徊的状态，一种为自己找到了另一个象征的象征，一种通向光明的梦游，一种消解自身而又从自身再生的恐惧；就像盘旋在死亡之海上，随着波涛起起落落，却不触碰它们，我已经变得如此之轻——这几乎是一种肉体上的直觉，我通过它攫取到一种更高的、柏拉图式的世界的真实性，我的整个存在充满了肯定：我只需要迈出一小步，就能将这种肉体上的直觉变成一种理性的直觉。

在这种涌动的真实性之中，我无须抬起一根手指头，事物就会朝我涌来，涌入我体内。从前看起来像是消极的东西如今找到了意义。如果说，我从前待在家里是为了给予我的思想充分的自由，是为了保持哲学上的独白并且时不时匆匆把主要内容记下来，那么，如今我待在房间里就像一个服从于医生和疾病的病弱者。一切都跟里特瓦克医生所预料的一样。现在，他会定期来看我，有时我自己也会请他来；可是他又突然改变了看法，想向我证明我根本没病。"您只是有点贫血和疯癫。"他这样说似乎也是对的，因为我觉得自己血管里的血似乎很少。我不想再思考了，然而，这并不是因为我无法胜任；不，我不再思考只是因为我鄙视思考。这并不是说我已经变得非常智慧了，无论如何，我都不会声称自己达到了知识的最高程度，或者征服了知识——唉，我非常清楚，我的知识程度依然非常之低；使我远离思考的是惧怕丧失这种盘旋的状态，这种惧怕就隐藏在对言语的蔑视之后。或许，这是一种突然觉醒的信念，思想和存在的统一只能在最适度的界限中得到实现？思想和存在，两者都缩到了最小！

玛丽有时会来看我，给我送食物，就像对其他病弱者所做的一样，我收下了。最近她来的时候，里特瓦克和努黑姆正和我在一起。按照平常的习惯，她亲切地对他们说了一句"上帝保佑你们"，里特瓦克则像往常一样答道："万福。"玛丽咳嗽了一下，他露出了关切的神情："您应该注意一点。"不知道他这话指的是玛丽的肺可能出了问题，还是努黑姆有被传染的危险。他还提出免费为玛丽检查，玛丽谢绝了，他说道："您应该尽可能地出去散步，呼吸新鲜空气……带他和您一起去，他贫血。"努黑姆站在房间里，浏览着我的书。此外，里特瓦克总是开一些新的药给我，他把药方递给我的时候会笑着说："您反正是不会遵守的，但医生还是得开方子。"我们已经达成了一种相互理解。

我们之间的接触有什么意义？我为什么要和这些人待在一起？为什么这个临时的犹太住所会变成我的永久住所，我再也无法想象自己会离开？我为什么会乖乖地屈服于那些犹太人？一切都是临时的，这些难民是临时的，是的，他们的整个存在都是临时的，时间本身也是临时的，正如战争是临时的，它仍在它的目标之外徘徊。临时的似乎变成了明确的；它不断地消除自身，却仍留存着。它追逐着我们，我们与它达成了妥协，在一个犹太人的住处，在一家招待所。但它将我们抬到了过去之上，它使我们停留在一种幸福的、近乎狂喜的盘旋状态，在其中，一切都面向未来。

最后，我听了里特瓦克医生的话，只要努黑姆或玛丽能陪我，我就会去外面散步。

这些秋日非常美丽，我和玛丽坐在树下。因为一切都焕发着坦率的光芒，因为言语无足轻重，所以我问她：

"您是个堕落的女人吗？"

"曾经是。"她答道。

"那您现在纯洁吗？"

"是的。"

"您知道您永远也无法拯救努黑姆吗？"

"是的，我知道。"

"那您爱他吗？"

她笑了。

镜子的镜子，象征的象征！如果不是通向死亡，这一连串的象征又将把我们带往何处呢！

"听着，玛丽，我已经下定决心要自杀了，开枪或者去跳兰德维尔运河……但您必须跟我一起去，我自己是一步也不会挪动的。"

这听起来像个玩笑，但却是认真的。她一定猜到了，因为她没有笑，只是平淡无奇地答道：

"不，我不会这样做的，而且您也不能自杀。"

"可是您对努黑姆的爱非常无望。"

这没有对她产生任何影响；她只是用疑惑的眼神盯着我，想探寻我们之间有无理解的可能。她的眼神失去了光彩。

我和她玩的不是一个非常愉快的游戏，但我们之间一定已经达成了理解，因为她说道：

"我们活在上帝的欢乐之中。"

我说道：

"努黑姆不会自杀，他不敢，他听命于律法，但我们却活在上帝的欢乐之中……我们敢那么做。"

或许是因为想到努黑姆不会自杀使她感到安心，此刻她又露出了微笑，是的，她甚至像淑女那样跷起了二郎腿，而且脸上写满了淑女的优越感：

"我们也活在律法之下。"

我没法对她这套救世军的措辞生气，或许是因为当一个人处于一种临时的状态，任何措辞都会失去意义，或许因为它预先呈现出了一种新的意义，并且符合情况。或许言语同样可以盘旋在过去与未来之间，盘旋在律法和上帝的欢乐之间，逃避它们在不稳定的状态下，在新的意义中应该遭受的蔑视。

但我不想再听什么律法了，因为它将我唤回了现实之中；我不想再听什么律法了，我想完整地保持自己的悬浮状态，我问道：

"尽管您的爱是无望的，您还是很幸福吗？"

"是的。"她说。

我们的家园无法挽回地丢失，距离在我们面前无限延伸，但我们的悲伤越来越淡，越来越透明，甚至变得不可见；什么都没有留下，除了一阵痛苦的回音。玛丽说道：

"世上的不幸是大的，但主的欢乐更大。"

我说道：

"哦，玛丽，您已经知道疏远是什么，可您还是很快乐……您知道独自死去，独自临终将会消解这种疏远，可您还是渴望活着。"

她答道：

"只要心怀基督，就永不孤单……加入我们吧。"

"不，"我说，"我可属于我的犹太团体，我要去找努黑姆了。"

但这不再对她产生任何影响了。

第七十八章

截掉了双臂的人只是一副躯干。在努力寻找从普遍回到特殊和具体的道路的过程中，这个想法是汉娜·文德林习惯使用的桥梁。站在这座桥梁尽头的不是海因里希，而是有点摇摇晃晃的雅雷茨基，他的空袖子塞在军大衣的口袋里。她花了很长时间才认清这个幻想，而过了更久才明白它可能在某种程度上与现实相符。接着，又过了许久，她才决定给克塞尔大夫打电话。

这个极其迟缓的过程当然不是由强烈的道德感引起的；不，她只是对时间和节拍失去了感觉，生活的洪流放缓了，但并不是建起了水坝，而是蒸发掉了，流入了极其稀松的土里，在消逝的过程中她再也想不起自己的所思所想。当克塞尔大夫如约用自己的小车来带她进城的时候，她觉得她找医生是因为对她儿子的某种奇怪的、无法确切表达的焦虑，她费劲地想让自己的记忆恢复过来。接着，在他们穿过花园的时候，她恍然大悟地问道——随后又忘记了——医院里的那名独臂中尉是谁。克塞尔大夫有点茫然，但在帮她上车，有点喘息地在她身旁坐下之后，他突然想起来了："当然，您说的是雅雷茨基，当然……可怜的年轻人，我想，他现在就要被送到精神问题方面的机构去了。"雅雷茨基的插曲对于汉娜来说就这样结束了。她在城里购物回来，给海因里希发了一个包裹，又去看望了勒德斯。她让瓦尔特在那里和她碰面；然后他们一起走路回家。她对瓦尔特的难以解释的焦虑立刻烟消云散了。这是一个温和、安宁的秋日傍晚。

如果说那天夜里汉娜·文德林梦见了一尊埋在河泥里的希腊胸像，或者一块大理石，或者——甚至是这样也够了——一颗被河水冲刷的鹅卵石，那也并不意外。但因为她不记得有这样的梦了，所以对这个问题发表任何看法都不会是诚恳或者切题的。另一方面，她肯定度过了一个不得安宁的夜晚，她时常醒过来，望着敞开的窗户，等着百叶窗帘被揭起来，露出一个蒙面窃贼的脑袋。第二天早上，她打算把厨房旁边的储藏室给园丁和他的妻子住，这样一来，要是发生了什么事，家里总有个男人可以叫唤，但她又打消了这个计划，因为这个虚弱的小园丁根本不起作用，她现在只剩下对海因里希的怨恨，怨他把园丁的屋子建得离别墅那么远；而且他也没让人给窗户安上窗条。但她不得不承认，这种不安与真正的恐惧几乎无关；这不过是对别墅所处位置的孤立与偏僻的恼怒，虽然对于与邻居距离更近的房子，汉娜肯定会感到并表示厌恶，但别墅周围的空间实在是太空了，那看起来就像由许多碎片拼起来的死寂的景色实在是太死寂了，它如同一个空的圆环围着她的孤寂越收越紧，这个圆环只能通过猛烈的袭击，通过爆破，通过内部的攻击或外部的入侵来打破。不久前，她在报纸上读到了关于俄国革命和苏维埃的报道，标题是《来自下层的入侵》；夜里她还在想这个句子，它像一首流行歌曲的副歌一样反复回荡在她脑海里。不管怎样，最好还是问一下锁匠克拉尔，给窗户安上窗条要多少钱。

黑夜变长了，冰冷的月亮如同一颗大卵石铺在天上。尽管天寒地冻，汉娜还是无法下决心把窗户关掉。比起悄无声息地潜入，她更害怕窃贼破窗而入。这种奇怪的紧张并不是真正的恐惧，但却随时会变成恐慌，使她流露出类似浪漫主义的姿态。因此，现在几乎每天晚上，她都会靠在敞开的窗前，望着外面死寂的秋天，被空茫的景色奇特地吸引到几乎出神，她的恐惧由于这种吸引而被剥光了，变成了一个轻盈的气泡——她的心像花一样轻盈，她坚硬的孤立在得到解放的自由呼吸中敞开了。这几乎就像是对海因里希的一种快乐的不忠，这是她体验到的与过去另一种状态截然相反的状态……是的，但那是什么状态呢？接着，她意识到那是她所谓的肉体经验的反面。在这种时候，最好是把肉体经验彻底忘掉。

第七十九章

埃施的恐惧注定要成真：胡格瑙给少校惹来了新的麻烦。但必须承认，胡格瑙的角色一开始还是被动的。

10月初，少校的桌上出现了一份名单，陆军司令部时不时就会发来这种名单，为的是追查军团里失踪的士兵，包括涉嫌出逃的人；在这些名字当中，就有一个来自科尔马的威廉·胡格瑙，第十四步兵团的士兵。

少校已经把名单放到了一边，却觉得有什么东西在烦扰他。于是，他又拿起名单；因为远视，他把名单举到了一臂之外的地方，对着光，又读了一遍："威廉·胡格瑙。"这个名字他之前一定听过。他疑惑地抬头望着勤务兵，后者的职责是当少校查看邮件的时候在一旁等待；少校刚好只能意识到这个人显然在等待命令，他集中精神挺直身体，他的力气刚好够他说道："您可以走了。"等剩下自己一个人之后，他便俯向桌子，把脸埋在手里。

从这种空白的迷茫中，他突然惊醒过来，以为勤务兵还站在门口，那名勤务兵就是埃施。起初，他并不敢去看个究竟，可是，等他终于确信那儿没人的时候，他在空房间里大声说道："嗯，没关系……"仿佛这样就解决了似的。但并没有解决，埃施的身影依然在门口盯着他，仿佛才发现他是一个被打上了耻辱烙印的人。落在他身上的是一种严厉的责备的目光，少校感到羞耻，因为他看过胡格瑙跳舞。但那段记忆逐渐消失了，他突然听到埃施的声音："我们中间一直有个叛徒。"

"我们中间一直有个叛徒。"少校重复道。叛徒是可耻的人，叛徒是背叛祖国的人，叛徒是对祖国不忠实、对祖国和战友不忠实的人……逃兵就是叛徒。当他的思绪逐渐接近某种模糊、遮蔽的出神状态时，那层纱突然裂开了，他立刻明白了一切，一切都明白了：他自己就是叛徒，他自己，小城司令官，和一个逃兵结盟，还看他跳舞，他和一个逃兵结盟，受邀去访问编辑室，让那个逃兵为他参与平民事务、与不是战友的人结交铺平道路……少校把手抬到铁十字章上，扯着勋带：一个叛徒没有权利获得勋章，一个叛徒必须被剥夺勋章，不能在胸前佩戴着它下葬……一件不光彩的事只能用子弹来解决……一个人必须独自肩负惩罚……少校僵直不动，目光冰冷地说道："毫无骑士精神的结局。"

他的手仍在摸着制服上的纽扣；他在机械地确定它们都扣好了，这是一种奇怪的确定，一种希望，希望他还能履行自己的责任，还能返回安稳的生活，尽管埃施的身影仍未消失。

那是一个闪闪发光的怪异身影，它既在另一个世界又在这个世界，既是善的又是恶的，既明亮、确定，又有着平民的不可靠，那是一个把背心的领口敞开，露出衬衫的身影。少校仍旧把手指放在纽扣上，挺直了身体，抚平了大衣上的褶皱，用手擦了一下额头，说道："幻觉。"

他本想把埃施找来；埃施能把一切都搞清楚……他想这样做，但这又是在偏离责任的道路，又是在参与平民的事务。不能这样做。而且……必须自己做判断：这些猜疑可能是毫无根据的……再想想，可以肯定，这个胡格瑙的表现一向都很得体，很爱国……或许一切都会水落石出的。

少校用依然有些颤抖的手把名单再次拿到眼前，然后又放下了，专心去看其他信件了。然而，他虽然能够费力地控制自己的思绪，却掌控不了眼前的这些自相矛盾的命令和指示。他无法解决这些矛盾。混沌正从四面八方侵入世界，混沌正在他的头脑和世界蔓延，黑暗正在蔓延，黑暗的蔓延听起来像一场痛苦的死亡，像临死前喉头发出的呼噜声，在其中只有一样东西可以听见，只有一样东西可以确定，那就是祖国的衰落——哦，黑暗在怎样升起啊，还有混沌，在那混沌中，就仿佛在散发着毒气的污水坑中，胡格瑙的脸狞笑着，那个叛徒的脸，那神圣怒火的工具，那一切正在侵入的邪恶的制造者。

整整两天，少校一直遭受着折磨，那些匆促的事件的压迫使他无法做出决策。面对通常的混乱，他会相当自然地把问题晾到一边，因为开小差不要紧；但作为小城司令官，自然是不能如此轻松的。绝对的责任指令不允许接二连三的推托；第二天，少校命人将胡格瑙找来。

一看到这个叛徒，少校强忍着的所有厌恶就以全新的力量爆发了。对于胡格瑙亲切的问候，他报以官方的冷淡，一声不吭地伸手指着名单上那个画了红线的名字："威廉·胡格瑙。"胡格瑙意识到事情不妙，危险再次逼近迄今为止一直保护着他的那种清楚和肯定。他的语气很轻，但在闪烁的镜片后面那坚定的眼神却在告诉少校，眼前这个人非常懂得如何自我防卫。

"我早就预料到会有这种事了，亲爱的少校，军队的混乱，如果您允许我这么说的话，日益加剧……是的，您可以摇头，但事实就是如此；很不巧，我就是活生生的证明；当我去中央新闻办公室报到的时候，值班的中士收走了我所有的文件，他说要把我的资料送到我所在的团里；我马上就怀疑自己会有很大的麻烦，因为一个没有文件的士兵是哪儿也不能去的——这一点您一定会同意——但他们告诉我，他们随后会把文件送还给我，所以我就放心了。我只得到了一张到特里尔的临时出行许可证，您理解的，我口袋里除了那张许可证，什么都没有，要不然就可以自寻乐趣了！哦，当然，我得把许可证交给宪兵……事情的经过就是这样。当然，必须承认，我不该把这事忘了，但是，阁下比任何人都更清楚我的工作有多繁重，既然当局如此马虎，人们就不能责怪一个竭力保卫国家的单纯的纳税人。至少人们会如此认为。然而，比起把自己家收拾整齐，他们发现给一个可敬的人打上逃兵的标签要简单得多。要不是爱国的义务阻止了我，阁下，我很乐意在报纸上揭露如此令人难以置信的行径！"

听起来头头是道；少校又开始犹豫不决了。

"如果可以的话，阁下，我冒昧地建议您这样写，实事求是地告诉宪兵和军队，我在掌管这里的官方报纸，我会尽快将丢失的文件递交上去的，我要设法弄到这些文件。"

"实事求是"这几个字让少校感到恼火，这个人居然敢说这样的话！

"您没资格教我怎样写报告。而且，完全实事求是：我不相信您！"

"您不相信我？阁下，您有没有想过要弄清楚提出这一指控的告密者是否可信？这只能是某个告密者干的——而且是一个又蠢又坏的告密者——这一点就跟日光一样清楚……"

他得意扬扬地盯着少校，后者对这新的攻击大吃一惊，甚至忘了这种指控根本不需要告密者。胡格瑙继续得意扬扬地说道：

"说到底，有多少人知道我在文件方面有麻烦呢？据我所知，只有一个，而这个人经常骂我是叛徒，假装是在开玩笑，或者如他所言，是在打比方；您只需要回想一下，阁下……我了解这些半真半假的开玩笑的人……人们称之为宗教狂，而像我这样的可怜人，即便不说会因此而丢掉脑袋，也会把所有的钱丢掉……"

少校出人意料地突然打断了他；甚至用裁纸刀敲桌子：

"请您不要扯上埃施先生好吗？他是个可敬的人。"

胡格瑙继续抓住这个不放或许是不明智的，因为他的纸牌屋随时都会倒塌。他清楚这一点，但他内心有个声音说，"孤注一掷吧[1]"，他只能照办：

"阁下，我想冒昧地说一下，提到埃施先生的是您而不是我。所以，如果我没弄错的话，他就是那位出色的告密者，对吧？唉，如果风就是这样吹的，如果您为了取悦埃施先生而替他干那肮脏的活儿，那么，亲爱的阁下，我只求被逮捕。"

这指责直击痛处。少校用手指着胡格瑙，结结巴巴地说道：

"出去……出去……我要把您扔出去。"

"悉听尊便，少校先生……真的悉听尊便。一名普鲁士军官采取如此的手段除掉目睹他在共产主义集会上发表失败主义演说的见证者，我知道应该期待从他那儿得到什么；您大可以见风使舵，但我可不习惯谴责见风使舵者……再见。"

最后这几句话毫无意义，胡格瑙只是拿来作为修饰，少校甚至都没有听见。他不停地喃喃低语道："出去……出去……这个叛徒。"而胡格瑙早已离开房间，大不敬地在身后摔上了门。这就是结局，毫无骑士精神的结局！他被永远打上了耻辱的烙印！

还有逃脱的办法吗？不，没有……少校从抽屉里掏出左轮手枪，放在面前。接着，他又取出一张信纸，同样放在面前；

「1」　原文为法语。——译注

他准备写信请人来接替他。他本想直接请求将他不光彩地革职。但官方的职务必须按部就班地执行。他得等一切按照常规交割清楚了才能离开。

虽然少校相信自己像士兵一样迅速而利索地做着这一切，但他的行动却极其缓慢，每个动作都很痛苦费劲。他极其吃力地开始书写：他希望自己的手稳健有力。或许是过于紧张，他只写了开头的："致……"接下去的字迹连自己都辨认不出来了，他一用力，笔尖裂开了，划破了纸张，发出了刺耳的噼啪声。少校紧紧地，甚至是痉挛地抓着笔杆，慢慢地垮掉了，他不再是少校，而是一个精疲力竭的老人。他想再用裂开的笔尖蘸墨水，却没有成功，只是把墨水瓶打翻了，一小股墨水沿着桌面流淌，滴在他的裤子上。但他却没有注意。他双手被墨水弄污，坐在那儿盯着门口，胡格瑙已经消失了。但过了一会儿，门开了，勤务兵出现了，他费劲地站了起来，伸出手臂，"出去，"他对那个有些慌张的人发出命令，"出去……我还在岗位上。"

第八十章

雅雷茨基和冯·施纳克上尉离开了。马车已将两人送往车站，护士们还站在门口挥手。她们转身回到屋里，马蒂尔德护士看起来又苍白又古板。弗卢尔许茨说：

"您昨晚那样照料他真是善心……那个伙计的状况糟透了……他到底是从哪里搞到伏特加的呢？"

"不幸的人。"马蒂尔德护士说。

"您读过《死魂灵》吗？"

"我想一下……我想我读过……"

"果戈理，"卡尔拉护士骄傲地答道，"俄国农奴。"

"雅雷茨基就是一个死魂灵，"弗卢尔许茨说道，接着，停顿了一下，指着花园里的一群士兵，"他们全都是死魂灵……也许我们全都是；它在某个地方触及了我们所有人。"

"您能把书借给我吗？"马蒂尔德护士问道。

"我这里没有……但可以找一本……说到书……您知道

吗，我现在什么都不能读……"

他坐到了门廊边的椅子上，望着大路，望着群山，望着秋日晴朗的天空在北方逐渐变暗。马蒂尔德护士迟疑了一会儿，也跟着坐下。

"您知道吗，护士，我们真的需要寻找某种新的交流方式，某种超出言语的方式……写下和说出的一切已经变得非常愚蠢和没有意义……需要某种新的方式，要不然我们的主任和他的外科手术就成了绝对的真理……"

"我听不太懂。"马蒂尔德护士说道。

"哦，没关系……我只是说，要是我们的灵魂死了，那就没有别的办法，只剩下手术刀了……但这只是瞎扯。"

马蒂尔德护士若有所思地说道：

"在不得不截肢的时候，雅雷茨基中尉有没有说过类似的话呢？"

"很可能说过，他也感染了极端主义……当然，他只能是极端的……就像每一头落入陷阱的动物一样……"

"动物"这个词使马蒂尔德护士感到震惊：

"我相信他只是想要忘记一切……他曾经暗示过；还有喝酒……"

弗卢尔许茨把帽子往后推，用手指碰了碰额头上的疤痕。

"嗯，要是我们正在进入这样一个时期，人们什么也不做，除了尝试忘记，只为了忘记，那我也不会觉得惊讶：睡觉，吃饭，睡觉，吃饭……就像我们这里的人一样……睡觉，吃饭，打牌……"

"可这太可怕了，没有理想地活着！"

"我亲爱的马蒂尔德护士，您在这儿看到的根本就不是战争，只是战争的袖珍版……您已经有四年没离开过这个地方了……所有人都紧闭着嘴巴，即使是受伤了……紧闭嘴巴，抛诸脑后……可是我敢保证，他们谁也没有把什么理想带回来。"

马蒂尔德护士站了起来。此刻，雨云像黑色的城墙遮住了明亮的天空。

"我会尽快申请去另一家战地医院工作。"他说。

"雅雷茨基中尉认为战争永远都不会结束。"

"是的……或许这就是我想再到外面去的原因。"

"我想我也应该到外面去。"

"哦，您在这里尽着自己的职责，护士。"

马蒂尔德护士抬头望着天空。

"我得把躺椅收进来。"

"是的，护士，您应该那样做。"

第八十一章

星期六，胡格瑙在印刷室发周薪。

生活一如既往地继续；胡格瑙一刻也不曾想过，作为被公
开通缉的逃兵，他真的应该逃跑。他只是简简单单地待在原
地。不仅仅因为他已经与本地的事务紧紧地拴在一起，不仅仅
因为商业良心使他不忍看到投了许多钱的生意被荒废，无论这
钱是自己的还是别人的——使他待在原地，不肯承认失败的，
是一种普遍的不确定的感觉，一种迫使他坚持以自己的现实与
他人的现实对抗的感觉。虽然这种感觉有点模糊，但还是变成
了一个非常明确的想法：少校和埃施会在他背后聚到一起嘲笑
他的。因此，他待在原地，仅仅与埃施太太达成协议，他没有
去用餐就必须补偿他，使他在避开那些可恨的午餐的时候不会
有物质损失。

当然，他知道事态的发展并不利于对一个无足轻重的阿尔
萨斯逃兵采取行动；他感到相当安全，而且他能积极地控制少

校。他知道这一点，但他宁愿不知道。他开始胡思乱想，觉得战争的进程可能会再发生改变，少校可能会重新掌控大权，少校和埃施只是要等到那时候才把他捏死。他要尽早地挫败他们。或许只是盲目的恐惧，但他不能束手就擒，他必须抓住每一分每一秒，有太多迫切的事情要处理了；虽然无法确定这种迫切会将他推向何处，但他安慰自己，要是他埋下抵御敌人的地雷，那也只能怪他们。

现在，他在发薪水。林德纳盯着钱，数了第二遍，又看了一下，放到了桌上。排字工站在一旁，同样一言不发。胡格瑙感到不解：

"呃，林德纳，您为什么不把钱收起来？"

最后，带着明显的不情愿，林德纳终于开口说道：

"工会的工资是九十二芬尼。"

这可真新鲜。但胡格瑙没有愣住：

"是的，是的，在大型的印刷厂是这样的……但在这间小作坊不是……您是一位有经验的老工人了，您一定知道我们的处境。四面八方都是敌人，除了敌人什么都没有……要不是我让报纸重新站起来，今天根本就不会有什么工资了……而这就是我得到的感谢。你们以为我不愿意给你们双倍的工资吗？……可钱从哪儿来呢？也许你们以为我们是一家有补贴的官报吧……那么，当然，您加入工会，要求工会的薪金是有道理的。我自己也想加入；那会明智得多。"

"我没有加入工会。"林德纳咕哝道。

"那您怎么知道工会的工资呢？"

"很容易就能打听到。"

胡格瑙思索着这个问题。肯定跟利贝尔在车间里的宣传脱不了干系。因此，利贝尔也是敌人。但目前他还得跟利贝尔保持往来。于是，他说道：

"嗯，我们会想办法处理的……这样吧，从11月起涨薪，那时候我们看看能怎么办。"

他们都表示满意。

晚上，胡格瑙到帕拉丁酒馆去找利贝尔。林德纳事件实际上只是借口。胡格瑙的心情一点都不坏；他用清晰的目光打量世界；只是一个人必须清楚谁是他的敌人，这样才能在必要的时候换面具。哦，他非常清楚谁是他的敌人。他们已经关掉了妓院和两家偏僻的酒馆……但他想帮他们与真正的颠覆分子斗争的时候，少校却掉头就跑。嗯，明天他会在报纸上再奉承一下老头，这一回是为了关掉妓院的事。胡格瑙哼道："万军之主耶和华。"

在帕拉丁，他找到了利贝尔、佩尔策医生（他已经成了志愿兵），以及其他一些人。佩尔策立刻问道：

"您把埃施扔在哪儿了？我们现在整天都看不到他。"

胡格瑙咧开嘴笑了：

"他在参加安息日的查经班……接下来要接受割礼了。"

他们哈哈大笑起来，胡格瑙充满了骄傲。但佩尔策说道：

"不管怎样，埃施是个好人。"

利贝尔摇摇头：

"简直难以置信，人们咽下的那些玩意儿……"

佩尔策说道：

"这只是因为在这种年代，每个人都有自己的观念……我是社会主义者，您也是，利贝尔……但不管怎样，这就是为什么埃施是个好人……我非常喜欢他。"

利贝尔的额头有点像塔楼一样高耸，这会儿涨红了，青筋暴起：

"在我看来，这种玩意儿只会让人变蠢，应该停止。"

"没错，"胡格瑙说道，"毁灭性的观念。"

桌子前有人笑了：

"哦，天啊，连大资本家都改弦更张了。"

胡格瑙的眼镜朝着说话的人闪烁：

"如果我是大资本家，就不会坐在这儿，而是在科隆或者柏林了。"

"嗯，您也不是共产主义者，胡格瑙先生。"佩尔策说道。

"不是，我亲爱的医生……但我知道什么是正义，什么是非正义……是谁第一个揭露监狱里的状况的？嗯？"

"没有人否认您的贡献，"佩尔策承认道，"要不是因为您，我们怎么能得到如此美妙的铁相俾斯麦呢？"

胡格瑙变得和蔼了，他拍了拍佩尔策的肩膀：

"别开玩笑了，我亲爱的伙计！"

但接着，他开始尽情地宣泄：

他的贡献既不在这里也不在那里。当然，他一直都是一名爱国者，他为祖国的胜利欢呼，谁敢在这方面指责他呢？他一直都非常清楚，这是唯一能让那些牢牢抓着不义之财的资产阶级为战争的受害者、穷苦的无产阶级的孩子做点什么的办法；他记得就是他想出这个主意的！但谁感谢他了？就算发现秘密警察已经在针对他了，他也不会感到意外的！但他无所畏惧，随便他们怎么使坏吧，如果有必要的话，他有朋友会把他从监狱里救出来的。这种特务工作无论如何都必须终止。"一个人不见了，没有人知道是怎么回事，然后你就听说他已经被埋在了监狱的院子里。天知道还有多少人在监狱里受苦！不，我们得到的不是正义，我们得到的只是警方的正义！而最糟的就是这些屠夫的伪善；他们手里总是捧着《圣经》，却只用来敲打别人的脑袋。他们在餐前餐后都会祷告，而其他人却饿死，不管祷没祷告……"

佩尔第一直赞赏地听着，现在插嘴了：

"胡格瑙，我觉得您是一名密探。"

胡格瑙挠了挠头：

"您以为我没有得到这样的机会吗？要是能跟您说就好了……嗯，没关系……我一直都是一个正直的人，哪怕要为此掉脑袋也不会变的……只是我受不了那种虚伪。"

利贝尔表示同意：

"《圣经》这玩意儿只是噱头……主子们就爱看人们拿《圣经》当饭吃。"

胡格瑙点点头：

"是的，先是经文，然后是子弹……有许多人参与监狱里的枪击……唉，我最好还是什么都别说。但我宁愿进监狱，也不想去参加他们的查经班。"

就这样，胡格瑙将自己放到当时上层社会和下层社会的斗争中去了。虽然他对布尔什维克的宣传完全无动于衷，而且要是他的财产受到威胁，他会第一个呼救，虽然他怀着极大的不安在《库尔–特里尔先驱报》上报道了日益增多的对资产的侵袭，但他此刻还是真挚而坚定地说道：

"俄国人是了不起的民族。"

佩尔策说道：

"我相信您，我的孩子。"

他们离开的时候，胡格瑙对利贝尔摇摇手指：

"您也是个伪善的家伙……怂恿我的老林德纳反对我，可我只是在为人民工作……您也是知道的。嗯，我想我们会达成理解的。"

第八十二章

一个八岁的孩子决定独自到世界上漫游。

她走在车辙之间的狭长的草皮上，看到车轴草凋落在那里的淡紫色的花朵，看到在裂开的地方长了草的干巴巴的老牛粪，以及附着在她长筒袜上的长满刺的刺蒺藜。她还看到其他许多东西，看到田野里的秋水仙，看到两只暗褐色的母牛在谷坡上吃草；由于不能一直盯着景色看，所以她也看看自己的连衣裙，看看印在黑色棉布上的小小的野蔷薇：一根根碧绿的花枝，每一根上面都有一朵盛开的鲜花和一朵蓓蕾，在盛开的鲜花中间还有一个黄点。她希望有一顶黑色的帽子，可以插上一枝带有一朵蓓蕾和两片叶子的玫瑰——这跟连衣裙很配。但她只有一件带兜帽的灰色羊毛披风。

她沿着河边漫游，一只手叉着腰，另一只手攥着一马克，她正在一处为人所熟知的乡野里。她并不害怕。她穿行在那片景色中，如同一名家庭主妇穿行在自己的寓所中；如果说她脚趾头的那股快感诱使她踢掉草地上的一块石头，那也只是在清理家里的垃圾。她周围的一切都很清晰。她可以看到一排排树木清晰地挺立在初秋午后澄澈的空气中，这片景色对她没有秘密：在澄澈的空气后面是蔚蓝的天空，在鲜艳的绿叶间，仿佛无可避免似的，时不时会出现一树黄叶，虽然没有一丝风，却常有黄叶从某处落下，徐徐打着旋儿落到小径上。

当她把目光转向右边，转向垂柳和灌木丛生的河岸时，她可以看到河床里白色的巨石，甚至可以看到河水，因为随着秋天的到来，灌木的叶子已经稀疏，露出了光秃秃的褐色枝丫，再也不是夏天密不透风的绿墙。可是，如果把目光转向左边，她就会看到一片沼泽地：它离奇可怕地躺在那儿，只要有人把脚踩进它的草丛里，水就会漫上来，把鞋子湿透；人们是不敢穿过这样的沼泽地的，因为说不定会陷在泥沼里淹死。

与成年人相比，小孩子对大自然怀有一种更受约束却又更强烈的感情。他们永远不会沉溺在将景色整个儿吸收的美好展望中，但是，远处山丘上的一株树却能强烈地吸引他们，使他们觉得似乎可以将它含在嘴里，觉得必须跑去摸摸它。当一个巨大的山谷在他们脚下展开的时候，他们并不想凝视它，而是想将自己投入其中，仿佛同时也能将自己的恐惧投入其中。这就是为什么小孩子总是不停在进行一些漫无目的活动，在草地上打滚，爬树，试图去吃叶子，最后躲藏在树顶或者黑黢黢的灌木丛深处。

因此，大多数通常被归结为年轻人无处宣泄的精力旺盛，归结为漫无目的而又坚定的活力勃发的行为，其实不过是对生物在意识到自身的孤寂之后开始死亡的赤裸裸的恐惧；一个孩子跑来跑去，是因为在许多意义上，这是在其起点漫游；孩子的笑声，经常被成年人斥责为无聊，却是一个看到自己被孤寂所惊动和控制的人的笑声：因此，可以理解的不仅是，一个八岁的孩子决定跑到世上漫游，异乎寻常地、几乎可以说是英勇地、终极地尝试专注于自己的孤寂，在其中克服更大的孤寂，通过合一挑战无限，通过无限挑战合一——不仅这一点可以理解，同样可以理解的是，在这样一桩事业中，对她产生影响的动机既不平常，亦不可用平常的标准衡量；单纯一只蝴蝶，也就是说，根本无足轻重的东西，可能就会对她的整个冒险历程产生决定性的影响——比方说，让那只已经在她面前飞了有一会儿的蝴蝶突然离开小径，穿过沼泽消失，这只有在成年人的眼里才会显得无关紧要，因为成年人不明白，是蝴蝶的灵魂，而非蝴蝶本身，但又是其本身，离开了孩子。她停住脚步，伸出叉在腰上的手，向前猛地一扑，徒劳地试图抓住那只已经远去的生物。

她继续沿着原先的小径走了一会儿。她几乎走到了那座大铁桥边，它跨过河流，连接那条从东向城里延伸的主路。她一直在走的那条沿岸的小径在此翻过路堤，落到了另一边。但她没有走到那里去。面对那座熟悉的桥——它的格子框架将黑色的松树林分割成了许多黑色的矩形，这个画面总是令她感到惊恐——面对乡野这令人惊讶的、似乎无穷无尽的熟悉感，她突然决定离开山谷。她一起意就行动了。虽然在离家的时候，她可能还希望熟悉和亲切的东西只是逐渐消失，几乎毫无痛苦地融入陌生之中，但与山谷突然告别所产生的痛苦还是被一股强烈的渴望压倒了：她想穿过沼泽，到蝴蝶消失的地方去。

尽管那边只是一个中等高度的悬崖，但对于一个孩子来说还是很高，她只能在上面看到屋顶和树顶，其余部分都看不到。或许最合理的路线就是从主路往上爬。但她很不耐烦，她在湛蓝的天穹下，在印度夏日那既凉爽又温暖的天穹下，在烧灼着她后背的阳光下，开始奔跑；她沿着沼泽边缘奔跑，在寻找一个浅滩或一条高出水面的小径，最狭窄的小径都可以；但在奔跑和寻找的过程中，她已经从右边绕过沼泽，来到了山丘脚下，仿佛那山丘也像骆驼一样朝她跑来，在她面前跪下，让她爬上去。这双重的匆促，她自己和山丘的匆促，有点怪异，她现在十分犹豫要不要踏上那微微隆起的地方，那里标志着从平坦的沼泽地过渡到陡峭的山丘。她此刻要是抬起头来，就会发现上面的农舍已经消失在了视线之外，只有几棵树的树顶是看得见的。但她爬得越高，那片小殖民地就有越多的部分进入她的视线，起先是翠绿的树木，仿佛春天在呼唤她，接着是屋顶，上面的烟囱如同一支蜡烛，最后是屋子，白色的墙壁在树木中间若隐若现：这家农舍建在一个郁郁葱葱的花园里。最后一段山坡非常陡，她只能手脚并用往上爬，而且同样郁郁葱葱，她用双臂使劲攀缘，直到肚子贴住坡面，脸埋在草里，然后膝盖才慢慢跟上。

现在，她来到了顶上，农舍院子里的狗吠着，扯着链子，她希望寻得的春日是匮乏的。实际上，这片景色又奇怪又陌生，就连山谷——她往下瞥了一眼——都不再是她刚才从中跑出来的那个山谷。双重的转变！这转变无疑因感伤而加剧了，但依然不是决定性的，因为这转变可以归因于光线的变化：澄澈明净的光以秋天特有的速度变成浑浊的乳白，犹如盾牌的逐渐变白的天空俯瞰着另一片天空，因为山谷中也逐渐弥漫着同样白的云。这还是在下午，啊，还是在下午，但陌生的傍晚已经侵入了。农场所在的那条路向无限遥远的地方延伸，蝴蝶们在陡然加剧的寒冷中发蔫、死去。而这是决定性的！她突然意识到自己没有固定的目标，意识到自己到处搜寻一个目标是徒劳的，意识到只有无限的遥远本身才是目标。这个孩子并没有确切地表达出这个想法，却用行动在回答着这个并没有提出的问题，她将自己投入了陌生之中，她沿着道路奔跑，沿着漫无尽头的道路奔跑，这气喘吁吁的奔跑就像悬浮在一动不动的云团中间，她变得迟钝了，连哭都哭不出来。当夜晚悄悄穿过云层落到她身上，当月亮在云端发出皎洁的光，当云朵随后被一股无声的力量冲散，群星在她头顶闪耀，当黄昏的安宁被夜晚的静止所取代，她发现自己来到一个未知的村庄，跌跌撞撞地走在沉默的小巷中，到处停放着没有马的马车。

玛格丽特将走多远，她是会被带回去，还是会落入某个到处游荡的流浪汉手中，这几乎已经无关紧要了——无限的梦游抓住了她，再也不会把她放开了。

第八十三章

柏林救世军姑娘的故事（15）

哦，秋年，新的饥馑之年，

哦，温和的星星，温暖了秋叶，

哦，漫漫长日的痛苦！颗粒无收的痛苦！

哦，告别的痛苦，他们在悲哀的顺从中

告别，哀伤的眼睛，

空茫，没有泪水，试图抓紧

最后的告别时刻：

随后，在汽车轰鸣的城市，他们一点点失去

彼此的踪迹，一点点失去

彼此的心，痛苦遮住了太阳，

将月亮变成石头，却并不恐惧；

因为老人的智慧，闪耀着清晰的银光，

将他们照亮，直到他们的痛苦变成

他们所知的最丰厚的遗产。

难道最初不是痛苦使他们

相聚，就像路上疲惫的叶子？

他们爱的痛苦，难道不是上天

痛苦的余绪？——在其紫色的柩衣下，

祂的目光在银色的光辉中闪耀。

羞怯的鸽子张开翅膀，飞越

阴郁的洪水，翻滚的波浪，

从灰色的水面上带来盟约：

上帝在痛苦中即位，在孤寂中即位，

在祂之中，爱变成痛苦，痛苦是爱的动态，

是在尘世的威逼下时间与时间的盟约，

孤独与孤独的盟约——

上帝以最深的爱降下令人忧愁的痛苦，

上帝自身的痛苦将祂的存在变成思想。

第八十四章

查经班现在不大有人参加了。那些紧急的外部事件使人们不再关注自己的灵魂，外来人口尤其如此，任何有关回家的传闻都能让他们竖起耳朵。市民们则比较坚定；对他们来说，查经班已经成为既定秩序的一部分，他们希望维护这一秩序，使之独立于战争或和平之外，在内心的某个角落，和平的传闻反倒使他们暗自感到烦恼而不是高兴。

芬德里希和萨姆瓦德是本地人，他们都非常虔诚。但胡格瑙却断言，芬德里希到这儿来，只是因为埃施太太家里总有牛奶；他甚至抱怨，他早餐的咖啡之所以少了，就是因为埃施太太想把牛奶省下来给假虔诚的芬德里希喝。他当着她的面也这样说，但埃施太太却笑话他："胡格瑙先生，瞧您竟忌妒成这样。"胡格瑙反驳道："您当心了，埃施大嫂，不然您丈夫的那帮伪善的家伙会把您吃穷的。"然而，胡格瑙的指责并不公正；即便没有牛奶咖啡，芬德里希还是会来的。

不管怎样，他们又出现在厨房里了——萨姆瓦德和芬德里希。胡格瑙刚准备离开，这时把鼻子探进门里："在大快朵颐吗？"埃施太太替他们答道："哦，家里什么都没有。"胡格瑙盯着他们俩，想看看他们有没有在咀嚼，同时又扫了一眼桌子，在确定没有食物之后，他感到十分满意。"那我可以放心走了，"他说，"您有最好的同伴，埃施大嫂。"但他并没有走；他急切地想知道她在跟他们说什么。但他们全都一言不发，于是他自己开口说道："萨姆瓦德先生，您那位拄着拐杖的朋友呢？"萨姆瓦德指了指被风吹得咯咯响的窗户："遇上坏天气，他就浑身发疼……他会预先感觉到。""哦，天哪[1]，"胡格瑙说道，"风湿病；嗯，这是一种磨难。"萨姆瓦德摇摇头："不，他会预先感觉到变化……他会预先知道很多事情。"胡格瑙没有专心听："当然，可能是痛风。"芬德里希哆嗦了一下："我也觉得浑身骨头疼……我们工厂里已经有二十多人因为流感倒下了……老佩特里的女儿昨天死了……还有的死在了医院。埃施说是瘟疫……肺部的瘟疫。"胡格瑙感到厌恶："他应该当心他那些失败主义的言论……瘟疫！要是真的那才好。"萨姆瓦德说道："至于格迪克，就算是瘟疫也不能对他怎样……他是从死里复活的。"芬德里希继续添油加醋："《圣经·启示录》里的所有瘟疫现在都要来了……少

---

[1]　原文为法语。——译注

校也预言过……还有埃施。""狗屎[1]，我受够了，"胡格瑙说道，"你们慢慢聊。再见[2]。"

他在楼梯上碰到了埃施："您有两位快乐的伙伴坐在上边等您呢……要是整座小城都在说什么瘟疫，那都是您的错……您和您那些虚伪的家伙会让整个世界都陷入疯狂的，你们在让人变蠢。"埃施露出坚固的牙齿，轻快地挥了挥手，这把胡格瑙给激怒了："没有什么好笑的，牧师先生。"让他感到惊讶的是，埃施立刻变得严肃起来："您说得对，现在不是笑的时候……上面那两位也没错。"胡格瑙感到不快："怎么没错？……他们说的瘟疫没错？"埃施轻声说道："是的，而且这对您更有好处，是的，对您，先生，如果您能最终意识到，我们都在遭受恐惧和磨难……""我倒想看看对我有什么好处。"胡格瑙说着继续往下走。埃施用小学校长的口气说道："我可以马上就让您明白，可是您不想弄清楚……您害怕弄清楚……"胡格瑙回转身去。埃施站在比他高两级的地方，显得非常强大；那样仰视他真令人恼火，胡格瑙又往上跳了一级。他再次感到疑惑。埃施有什么秘密呢？他知道什么呢？可是，当埃施说"只有遭受磨难的人才能领受恩典"的时候，胡格瑙打断了他："哎，我不想再听这些玩意儿了……"埃施再次咧着嘴，露出令人厌恶的讥笑："我不是告诉过您吗？这不适合

---

[1] 原文为法语。——译注

[2] 原文为法语。——译注

您的新面孔……实际上，怎么都不适合。"

他转身继续上楼。

胡格瑙的眼镜后面出现了一道闪光：

"等一下，埃施先生……"

埃施停了下来。

"是的，埃施先生，我有话跟您说……那些胡说八道当然不适合我……您爱笑就笑吧，反正永远不适合我……我一直都是一名自由思想者，从来都没有藏着掖着……我从来都不干涉您那虚假的虔诚，所以请您也让我按自己的方式寻开心……您可以说这是新面孔，我不在乎，您只要高兴也可以在我背后打探，您显然一直都在这么做，我不是您那样的煽动者，我不会像您那样愚弄民众，我没有野心，可是当我听到一些话，不是您楼上那两个伪善的人说的，当然，而是其他人，我就想，事情可能会发生非常超乎您预期的变化，牧师先生……我指的是，您会看到一些奇怪的事情，您会看到有人被吊死在路灯柱上……要是少校不恼恨我，我就会给他一个善意的提醒，我是正派人，真的……他也在恼恨您，那个颤悠悠的老傻瓜，但我还是会给您机会过关的。您瞧，我把我所有的牌都摆在台面上，我可不像我认识的某些人，在背后捅刀子。"

他说完终于转身走了，踩得楼梯吱吱响。接着，他对自己那么好心感到恼火——他没有理由觉得自己亏欠帕塞诺夫和埃施先生什么——他到底为什么要提醒他们，提醒什么呢？

埃施一动不动地站了一会儿。出于某种原因，他觉得自己的心一阵刺痛。接着，他自语道："牺牲自己的人一定是正派人。"虽然不能排除胡格瑙会干出什么卑鄙的勾当，但只要他这样咄咄逼人，就没问题：吠犬不咬人。让他在公共场合到处去说吧，这不会损伤到任何人，尤其是少校。埃施笑了，两条腿坚定有力地站着，像一个从睡梦中醒来或者被钉在十字架上的人一样张开双臂。他感到强大、坚定、有力，仿佛是一个能将世界的账目理清的入账似的，他重复道："牺牲自己的人一定是正派人。"接着，他推开了厨房门。

第八十五章

"没有人能在黑暗中看见另一个人。"

1918年11月3日、4日和5日的事件

胡格瑙所预言的事情真的发生了：人们看到了一些奇怪的事情，这些奇怪的事情发生在11月3日和4日。

11月2日早上，造纸厂的工人举行了一次小小的集会。这次集会，就跟这些人经常做的那样，向市政厅移去，但这一回，并没有什么特别的原因，窗户被砸烂了。少校出动了依旧听他调遣的半支连队，将集会者驱散了。尽管如此，随后的平静却只是表面上的。小城谣言四起；人们已经知道德国在前线的溃败，但没有人清楚是否有停战的谈判，可怕的事情悬在半空。

白天就这样过去了。晚上，在西边可以看到一片红色的火光，据说整个特里尔城都陷入了火海。胡格瑙现在很懊悔没有在老早之前把报纸卖给共产主义者，他决定出一份特刊，但到处都找不到他的两名工人。夜里，监狱附近响起了枪声。有传言说这是煽动囚犯进行反抗的信号。随后，又有消息泄露说这是一名监狱看守由于误会而鸣枪示警；但没人相信。

雾蒙蒙的早晨来临，有了寒冷的冬日气息。在没有供暖、灯火昏暗、带有镶板的会议室举行市议会的时候已经是七点了；人们普遍要求给可敬的公民配备武器，但反对的声音也越来越强烈，他们觉得这会被当成是对工人的挑衅，因此最终决定，民兵队应该既包括中产阶级，也包括工人。在让小城司令部从军火库里拿出步枪方面出现了一些困难，但最后——几乎越过了少校的权限——武器还是拿到了。当然，已经没时间进行系统的分配了，于是便选出一个以市长为首的委员会，负责分发武器。那天早上，步枪分发给了所有能证明自己是城里的公民以及会用枪的人，事到如今，小城司令官也不能再拒绝军队与民兵队合作了；司令部已经在分配岗位了。

埃施和胡格瑙自然也去报到了。埃施首先决定待在少校身边，他热切地请求在城里派上用场。于是，他就在晚上执勤，而胡格瑙则在下午到桥上去站岗。

胡格瑙坐在石桥的矮墙上，在11月的雾中瑟瑟发抖。那支带刺刀的步枪牢牢地倚靠在他身边。矮墙的石缝中长着草，胡格瑙忙着把草拔出来。他还可以把石缝间的陈年灰浆揭开，扔进水里。他感到非常无聊，觉得整件事很蠢。他穿着新买的大衣，向上翻起的领子粗硬地擦着脖子和下巴，一点也不暖和。纯粹出于无聊，他倾听着大自然的叫声，但这叫声现在也停止了，他又只能坐在那里了。坐在那里，袖子上缠着傻气的绿袖章，里面冷飕飕的，真蠢。他琢磨着要不要到妓院去——少校

403

下令取缔，可是一点效力都没有，现在它依然进行着秘密的交易。

他刚想着妓院里的那个老太婆现在一定生了火，那里一定很缓和，玛格丽特就出现在他面前。看到她，胡格瑙很高兴。

"嘿！"他说，"你在这儿做什么……我还以为你已经跑了……你拿我给你的马克干什么去了？"

玛格丽特没有回答。

胡格瑙觉得在妓院会开心一点：

"你对我没用……你还不到十四岁……你一定要平安回家啊。"

尽管如此，他还是把她抱到了膝上，这更暖和。过了一会儿，他问道："你有穿上暖和的内裤吗？"她说有，他感到放心了。他们紧紧地依偎在一起。市政厅的钟声穿透迷雾；五点钟，天已经很黑了。

"短暂的时日，"胡格瑙说道，"一年又要过去了。"

另一个钟也敲响了，四下，五下。胡格瑙变得越来越感伤。这一切有什么用呢？他在这里做什么呢？在田野那边是埃施的家，胡格瑙远远地朝它吐口水。可接着，一阵突如其来的恐惧攫住了他；他没有把印刷房的门关上，如果那天真有人来洗劫的话，他们会把他的机器砸个稀巴烂的。

"下来。"他粗暴地对玛格丽特说道。她迟疑了一下，他打了她一个耳光。他在口袋里匆匆地找印刷房的钥匙。他应该自己回去，还是让玛格丽特把钥匙拿给埃施太太呢？

他正想抛开岗位回家去，就缩了回来，因为现在有一股真正的恐惧刺入了他的骨髓；在森林边沿先是亮起一道耀眼的火光，紧接着传来一阵可怕的爆炸声。他意识到那是从战壕迫击炮连的营房传来的，一定是有个傻瓜引爆了弹药，但他出于本能，立刻趴到了地上，非常明智地一直趴着，等待更多的爆炸。不出所料，在短暂的间歇里，又发生了两次更猛烈的爆炸，接着，轰响变成了零星的噼啪声。

胡格瑙小心地把目光投向矮墙之外，看到军火库的墙亮起了红光，里面冒着烟，兵营的屋顶也着火了。"那么，开始了。"他自语道，同时站了起来，掸掉新大衣上的尘土。接着，他用目光四下搜寻玛格丽特，呼唤了几次，但她已经跑开了——他希望是回家了。他没时间多想了，已经有一群人从兵营朝他跑来，手里拿着棍子、石头，甚至步枪。让胡格瑙大吃一惊的是，玛格丽特也跟着他们跑。

显然，他们的目标是监狱。胡格瑙立刻就明白了这一点，他觉得自己好像一位参谋长，发出的命令得到了分毫不差的实施。"好家伙。"他心里有个声音说道，他觉得应该加入他们，这是世界上最自然的事。

他们很快就到了监狱，又是叫又是喊的。大门紧闭。石头砰砰砰地砸在门上，接着是一次直接的进攻。胡格瑙先用枪托砸了砸橡木做的门板。有人拿了一根铁撬，不一会儿，就在门上弄出了一个裂口，门弹开了，人群涌进了院子里。那儿空无一人，他们都躲起来了；嗯，他们很快就会被烟熏出来的，这些家伙——但从牢房里传来了狂暴的齐声呼喊："乌拉，自由了！乌拉，自由了！乌拉，乌拉，乌拉！"

　　第一次爆炸时，埃施坐在厨房里。他一下子就跳到窗边，可是又退了回来，因为第二次爆炸震得窗玻璃连着窗框一起向他的脑袋砸去。是空袭吗？他的妻子在粉碎的玻璃中间蹲了下来，哆哆嗦嗦地念起了祈祷文。他目瞪口呆地望着她，她可从来都没有祈祷过啊！接着，他把她拽了起来，"到地窖里去，是空袭。"这时，他从楼梯上看到军火库着火了，听到从那儿传来爆炸后的噼啪声。那么，开始了。他紧接着想到的是："少校！"就在顷刻间，他把呜呜咽咽的妻子推回了房间里——她那哀求他别离开她的声音还回荡在他耳朵里——抓起步枪，冲下楼去了。街道上到处是大声呼喊的人。从集市那边传来了军号声。埃施气喘吁吁地沿街而上。他身后有两匹套着马具的马被驱策着往前小跑；他知道它们是要给消防队使用的。他宽慰地想到，残余的秩序依然完好无损。消防车已经在集市了，车被拉了出来，但消防队员却还没有到齐。号手爬到驾驶座上，一遍一遍地吹着集结号，但只出现了六个人。有一队士兵从集市另一边跑了过来，队长非常明智地让他们加入消防队；于是，消防车带着他们出发了。

　　市政厅的门全都开着，一个人影都没有：司令部是空的。埃施松了一口气，如果那些人来了，至少不会找到那个老人。但他在哪儿呢？埃施出来时，终于看到一个士兵，他朝士兵大喊，问他有没有看到司令。有的，司令已经召集了民兵队，他不是去了兵营，就是去了监狱……那里似乎被攻占了。

去监狱！埃施用笨拙、沉重的步子跑了起来。

人群冲进了监狱，胡格瑙却一直站在院子里。成功了，无疑是成功了——胡格瑙做了个熟练的嘲讽的鬼脸。要是少校在这儿看到他，一定会大吃一惊的，埃施也是。毫无疑问，这是一次辉煌的胜利！尽管如此，胡格瑙还是感到不舒服——接下来呢？他注视着院子，熊熊燃烧的兵营发出明亮的火光，可说到底，并没有什么非比寻常的，院子就跟他料想中的一样。而且，他也已经受够了这群人。

突然，他听到了刺耳的叫喊。他们搜出一名看守，把他拖到了院子里。胡格瑙走上前去，那个人躺着，像是被钉在地上，只有一条顽固的腿像抽筋似的在空中富有节奏地踢着。两个女人压到了他身上，那个拿着铁撬的男人用钉靴踩着这个可怜的家伙的手，用铁撬扎着他的四肢。胡格瑙觉得自己快要吐了。他慌慌张张地扛起步枪，跑回城里。

小城和尖尖的山墙的轮廓清晰地呈现在燃烧的兵营的火光里，房屋的黑色轮廓之上是市政厅和教堂的塔楼。时钟平稳地敲着三十分，仿佛有一种更深沉的安宁笼罩着这个人类社区。周围的一切都在燃烧，而熟悉的钟声，熟悉的房子，所有的安宁都还在，使那股令胡格瑙窒息的恐惧变成了与人亲近的渴望。他跑过田野，不时停下来喘气。接着，他闻到一股肉香，再一次想到印刷房的门没锁，想到现在那些窃贼和强盗正从监狱里涌出来，他带着加倍的恐惧和加倍的坚毅，艰难地向家里跑去。

汉娜·文德林发了高烧，躺在床上。起初，克塞尔大夫试图将此归咎于她每晚都让卧室的窗户敞开；但随后，他不得不承认这是西班牙流感。

爆炸发生后，窗玻璃在房间里碎了一地，汉娜一点也不吃惊：该为关上窗户负责的不是她，她是被迫的；而由于海因里希没有给它们安上窗条，现在小偷肯定会爬进来的。她几乎感到满足，在心里念叨着"来自下层的入侵"，等着接下来会怎样。可紧接着，一阵震耳欲聋的爆炸声让她清醒了过来，她突然意识到必须到儿子身边去，于是跳下了床。

她紧紧抓住床柱，试图理清自己的思绪；孩子在厨房，是的，她现在想起来了，为了不传染他，她已经让他到楼下去了。她必须到他身边去。

一阵强劲的气流吹进了房间，吹进了整座房子。所有的门窗都被吹开了，一楼的整个玻璃立面都碎了，因为在山谷的这个高处，气压是非常强的。接下来的爆炸带着巨大的响声把铺瓦的屋顶掀掉了一半。如果房子不是集中供暖的话，一场大火是不可避免的。然而，汉娜并不觉得冷，她甚至没有注意到响声，她既不清楚发生了什么，也一点都不想弄清楚：她经过更衣室，从惊声尖叫的女仆身边走过，匆匆赶往厨房。

到了厨房，她才突然想起刚才一定很冷，因为这里很暖。这里的窗户并没有遭殃。厨娘蹲在角落里，孩子坐在她腿上抽抽噎噎，哆哆嗦嗦。炉子前面安详地躺着一只猫。燃烧的烟火的古怪气味消失了，这个地方闻起来又洁净又温暖。她产生了一股得救的感觉。接着，她发现自己在难以理解的镇定之下，把被子也带来了。她裹在被子里，坐到离儿子最远的角落；她必须小心，免得把流感传染给他，当他想要向她走来时，她挥了挥手。女仆跟在她身后，现在，园丁和他妻子也到了：

"兵营着火了……瞧那儿。"园丁指着窗口，但妇女们不敢走过去，一直坐在原处。汉娜感到头脑异常清楚。她说，"我们必须等它结束，"然后把被子裹得更紧了。不知道为什么，电灯突然熄灭了。女仆再次尖叫了起来，汉娜在黑暗中重复道："我们必须等它结束。"接着，她再次迷迷糊糊地打起了盹。孩子在厨娘的怀里睡着了。女仆和园丁的妻子坐在煤仓上，园丁则靠着壁炉。窗户依旧在嘎嘎响，时不时又有一些瓦片从屋顶上掉落。他们坐在黑暗中，全都注视着明亮的窗户，一动不动地注视着，越来越僵住了。

埃施匆匆赶往监狱——他的步枪从肩上滑了下来，他像冲锋的士兵一样把它拿在手里。大概跑了一半的路，他听到人群的喊声正在靠近。他跳进灌木丛里，直到他们过去。大概有两百人，鱼龙混杂，有些是囚犯，可以通过灰色的囚服辨认出来。其中一些人在唱《马赛曲》，另一些人则在唱《国际歌》。一名男子以中士的口气不停地喊道："排成四列！"但谁都没理他。在队伍前头，在他们的脑袋上方，晃荡着一个傀儡；那是挂在一根横木上，像挂在绞架上的里面塞了东西的监狱看守的制服——他们显然为此扒了某个人的衣服；傀儡的胸前系着一块牌子，借着燃烧的仓库摇曳的火光，埃施认出那是"小城司令官"的字眼。他们中间还有个孩子，坐在一个男人肩上，一个有点像玛格丽特的小姑娘，但埃施没有时间想这种事情了；等队伍过去之后，为了避开落在队伍后边的人，他一直沿着路边的田野往前跑。

他眼前突然出现汽车的灯光。埃施的血都冷了下来——那一定是少校！少校正盲目地冲向叛徒的怀抱。一定要拦住他！不惜一切代价拦住他！埃施从田埂上滑了下来，站到路中央挥舞手臂，声嘶力竭地呼喊着。但坐在车上的人既没有注意他，也不想注意他，要不是闪到一边，他会被碾过去的。他仅仅来得及确认那是少校的车，除了少校，车上还有三名士兵，其中一名站在踏板上。他无助地望着车尾，然后拼尽全力追着它跑，他非常惊恐地追着，分分秒秒都在等待发生什么可怕的事。他前面传来了几次轰响，接着是类似爆炸的冲击，最后是喊叫和骚乱声。埃施又冲到了田埂上。

人群站在小城的第一排房子边上；周围依旧被火光照亮。在灌木丛的掩护下，埃施来到了第一片花园的栅栏下，他躲在后面靠近过去。汽车在马路对面侧翻了，烧了起来。司机显然是在看到人群之后慌了神，致使汽车失控撞上了田埂，也可能是被石头击中了。他在一棵树上撞破了脑袋，半弓着身子在那里呻吟，而另一名士兵则摊开四肢躺在路上。还有一个，是一名中士，他似乎安然无恙地跑了，却被人群围住。在暴徒的拳头和棍棒相加下，他无力地做着哀求的手势，说着一些在吵闹中无法被听见的话，接着，他也倒下了。埃施思忖着要不要向人群开火，可就在这时，汽车的引擎盖冒起了蓝色的火焰，有人喊道："车要爆炸了！"人群退开了，安静地等着爆炸。可什么都没发生，车只是静静地燃烧。暴徒又喊着"到司令部去"和"到市政厅去"，再次向城里进发。

可少校在哪里呢？突然，埃施知道了；他在车底下，有被活活烧死的危险。在恐惧的驱使下，埃施翻过栅栏，冲向汽车，用力拽着汽车残骸；当他清楚地意识到无法靠自己一个人把车抬起来时，一阵干号压倒了他。他绝望地站在燃烧的汽车前，无助的手被烫了又烫。接着，有个人凑了上来。那是第三名士兵，他没有受伤，因为他被甩到了田野里。他们设法将汽车抬了起来。埃施爬进车底，用背顶着车身，士兵把少校拉了出来。谢天谢地！但他们仍未脱离险境，必须尽快远离这辆燃烧着的危险汽车，于是他们把昏迷不醒的少校搬上田埂，放到了几丛灌木后面的草地上。

埃施跪在少校身旁，注视着他的脸；这是一张安详的脸，呼吸微弱却又平稳。他的心脏也安静而有节奏地跳着——埃施已经扯开了少校的大衣和紧身上衣——除了几处烧伤和擦伤之外，并没有发现什么外伤。士兵站在一旁："还有其他人……"埃施艰难地站了起来。他立即感到连自己都拖不动了，尽管他镇定了下来，他们把受伤的中士也搬到了安全的地方。那名死掉的士兵和司机的尸体则被他们搁在了路边。

搬完以后，埃施倒在了少校身旁的草地上："我得喘口气……累死了。"他筋疲力尽，当城里火光冲天，士兵喊着"那些蠢货放火烧了市政厅"的时候，他也没去留意。

医院里乱哄哄的。

起初，每个人都冲到花园里，无视那些无法动弹的病人，不理睬他们的哭号。

屈伦贝克不得不动用自己的全部权威来恢复秩序。他独自把最严重的病患转移到地下室；他像抱着孩子一样抱着那些病人，他的声音在过道里咆哮，每当他的命令没有立刻得到执行，他就像个粗野的村夫一样咒骂别人，包括弗卢尔许茨和马蒂尔德护士。卡尔拉护士不见了，哪儿也找不到。

最后终于恢复秩序了。病床从一片狼藉的楼上搬了下来，病人三三两两地重新出现了。有些人不见了。他们在花园里，或者跑得更远，到树林之类的地方去了。

弗卢尔许茨和一个助手出去找他们。格迪克就是他们在花园外面最先找到的人之一；他没有走远，就站在山坡上，那是他挑选的眺望的好位置，他把两根拐杖指向天空。

他看起来很兴奋。

他们走过去，听到了他的笑声，那是和他同住一室的人等了几个月的笑声，像动物的吠叫。

他们喊他的时候，他没有理睬他们，等他们靠得更近，像是要把他领回去时，他晃了晃拐杖威胁他们。

弗卢尔许茨有点不知所措：

"格迪克，过来吧……"

格迪克用拐杖指着火焰，兴奋地喊道：

"末日审判……从死里复活……从死里复活……没有从死里复活的必须下地狱……魔鬼会把你们全都带走……他会把你们全都带走……"

该拿他怎么办呢！他们盯了他一会儿之后，助手找到了正确的话：

"路德维希，该吃晚饭了，从脚手架上下来吧。"

格迪克安静了下来；他满脸胡子，狐疑地看着他们，终于慢慢地跟在他们后面。

胡格瑙气喘吁吁，浑身哆嗦地穿过花园，来到印刷房。有那么一会儿，他并不知道是什么让他到这儿来的。接着，他想起来了。印刷机！

他走了进去。室内很黑，不时被外面的光照亮，看起来像安息日一样整洁有序。胡格瑙在印刷机前坐了下来，把步枪夹在膝盖间。他感到失望；这台机器并没有回报他的付出；它只是冰冷、麻木地立在那儿，投下让他感到不舒服的摇曳不息的影子。要是那群犯人跑进来把这台该死的机器砸个稀巴烂，那才好呢。虽然这是一台漂亮可爱的机器……他把双手放在上面，感到恼火，因为钢铁摸起来是那么冷。狗屎[1]，他为什么要感到恼火呢？胡格瑙耸耸肩膀，望着外面的院子，望着星期天集会的那个仓房。下个星期天埃施还会在那儿布道吗？讨厌的神圣宗教的敌人。[2]伪君子。空荡荡的仓房，这就是他们的存货……这样的人会损失什么呢！这样的人应该粉身碎骨。他无忧无虑……在星期天布道，现在他和妻子坐在楼上，互相安慰，而另一个人却要坐在下面这台该死的机器旁边。

他又忘了自己为何而来。他把步枪倚靠在印刷机上，走到院子里嗅了嗅：又有一股肉香朝他飘来。今晚当然不会有晚餐了，但他们会在楼上搞点什么——她会发现埃施并不想要。

他走到楼梯平台上，吓了一跳，因为他房间的门脱离了铰链。不应该是这样的。而且门卡住了，他费了很大劲才推开，房间里看起来更糟：原本挂在盥洗台上的镜子放在了打碎的陶器上。一片狼藉。令人不解和不安地想起碎裂的骨头。胡格瑙坐到了沙发上，他想搞清楚发生了什么，但又不想思索……应该有人来向他解释这一切，来安慰他……抚摸他的头发。

接着，他突然想到，必须把埃施太太叫来，让她看看这场灾害……要不然她最后会把责任推到他头上的……他可不想赔偿这场不是由他造成的灾害。但就在他刚要叫她时，她已经听

---

［1］　原文为法语。——译注

［2］　原文为法语。——译注

到他的脚步声，冲进了他的房间："我丈夫在哪儿？"

看到熟悉的脸庞，一股宽广的、幸福的、动情的慰藉感笼罩着胡格瑙。他对她露出了热情真挚的微笑："埃施大嫂……"他对着她容光焕发……现在一切都会好起来的，她会把我放到床上……而她连看都不看他一眼："我丈夫在哪儿？"这个愚蠢的问题让他感到心烦——这个女人现在要埃施干吗？他不在这儿当然更好……他粗暴地答道："我怎么知道他上哪儿游荡去了？反正他会回来吃晚饭的。"

或许她连听都没听，因为她走到他跟前，抓着他的肩膀，几乎是在喊叫：

"他走了，他带着步枪走了……我听到了枪声。"

胡格瑙心生希望：埃施被人开枪打死了！可是这个女人的声音怎么这么哀伤呢？为什么她会有这种错误的反应呢？他想让她来安慰自己，却反倒要把她留在这儿，让自己去安慰她，这也都是因为埃施！"他在哪儿？"她依旧在哀求他，依旧抓着他的肩膀。他又尴尬又气恼地抚摸着她粗壮的手臂，仿佛她是一个哭泣的孩子，他甚至乐于向她表现出一些善意，来来回回地抚摸着她的手臂，但他嘴里说出的话却不友善："您为埃施哭什么？难道我们还没受够这位小学校长吗？……您毕竟还有我……"说这些话的时候，他才意识到自己在对她提出更野蛮的要求……作为她无法给他的东西的一种替代。现在她也猜到他想要什么："胡格瑙先生，看在上帝的分儿上，胡格瑙先生……"她几乎已经丧失了自己的意志，几乎没有再反抗他气喘吁吁的催逼。像罪犯想要替刽子手省去麻烦一样，她解开了内衣，连亲吻都没有，他就和她倒在了沙发上。

随后，她一开口就是："救救我丈夫！"胡格瑙对此无动于衷；埃施现在高兴活着就活着。可接着，她尖叫了起来：窗玻璃上突然映出了一片红色的火光，市政厅着火了。她瘫在了地板上，一堆不成形的肉……她，她要为一切负责："圣母玛利亚，我做了什么，我做了什么……"她朝他爬去，"……救救他，救救他……"胡格瑙已经走到窗前。他感到恼火，现在这里也有麻烦了。他已经在外面受够了，受够了。这个女人想要他怎样呢？说到底还是埃施的责任……他高兴就在外头和少校一起被烧死好了，圣徒们总要被烧死的。现在最严重的是那些人会来抢劫……他又忘了把印刷房锁上……他抓住了溜走的时机，承诺道："我会照应他的。"他出去时心里想着，要是见到埃施，他会把埃施从楼梯上扔下去的。

但印刷房里的一切都像原先一样整洁有序。他的步枪倚在那儿，机器投下了摇曳不息的影子。市政厅的一束束红色、黑色、黄色和橘色的火光照耀着天空，而另一边的兵营和军火库仍在缓慢地燃烧，那是一种脏兮兮的棕褐色。果树光秃秃的树枝露出了僵硬的轮廓。胡格瑙打量着这幅景象，突然觉得这是它该有的样子……一切都是该有的样子，那台印刷机又使他高兴起来了……一切都是该有的样子，一切都正确无误，他又恢复了一贯的本性和清楚的常识……现在只需临门一脚，一切都会好起来的！

他又轻轻地爬上楼梯，小心翼翼地溜进一片狼藉的厨房，来到放面包的柜子前，给自己切了一大块，然后由于找不到别的东西了，便回到印刷房，舒舒服服地坐了下来，把步枪搁在张开的大腿间，慢慢地吃起了面包……对于抢劫犯，也总能想办法对付的。

　　埃施和那名士兵跪在少校身旁。他们试图让他恢复意识，用湿草擦拭他的胸口和双手。等他终于睁开双眼，他们便一上一下地活动他的手脚，看得出来什么损伤都没有。但他根本不回应他们的呼唤，一直仰面躺着，只有双手开始了活动，对潮湿的泥土又是抓又是挖，搜寻着土块，把它们捏碎。

　　显然，他们必须尽快将他带走。要向城里求助是不可能的，他们只有自己想办法了。这时，那名受伤的中士也竭尽全力坐了起来——因此，他们可以留他独自在这里待一会儿，他们决定先穿过田野把少校搬到埃施家里去；走大路太冒险了。

　　在他们商讨着最佳的行动方案时，少校做出了好像要说话的动作：他抓着土块，把手举起来，张开了嘴巴，嘴唇向前突，但他的手又一遍一遍地落回地上，什么声响也没有。埃施把耳朵凑近少校的嘴巴，等待着，他终于说话了："我的马摔倒了……一个小小的障碍，可还是摔倒了……右前腿断了……我会自己开枪打死它的……用一颗子弹洗刷耻辱……"接着，仿佛是在寻求认可，他更清楚地说道："用子弹，而不是用缺乏骑士精神的武器……""他说什么？"士兵问道。埃施温和地答道：

"他以为自己从马上摔下来了……我们现在得走了……要是没这么亮就好了，该死……我们最好把步枪带上。"

少校又闭上了双眼。他们小心翼翼地将他抬起来，不时停下来休息，交换位置，他们抬着他经过被雨水湿透的田野，泥土不断地黏住他们的鞋。有一回，少校睁开双眼，看到城里的大火，便盯着埃施，吩咐道："毒气弹……去把它们扑灭。"接着，他又陷入了昏睡。

来到院子里，埃施打发了那名士兵，让他马上回到战友那边去——埃施随后就会过去，他自己很容易就能在家里找个人帮他把少校抬到楼上去的。于是，他们暂且把少校放到了花园前边的长凳上。士兵离开后，埃施悄悄地进了屋里，把步枪靠在墙上，打开了地窖的活板门。然后，他背起少校，小心翼翼地探着下面的台阶，来到底下之后，他把少校放到了先用羊毛毯仔细盖好的一堆土豆上。接着，他点亮了固定在脏兮兮的墙上的煤油灯，用薄板和碎布塞住地窖里的裂缝，不让一丝灯光透出去，以免外面的人看见。最后，他匆匆写了一张字条，塞到少校攥紧的手里："少校先生，您是在一场汽车事故中被震晕过去的。我马上就回来。您忠诚的埃施。"他又检查了一下煤油灯，看看里面的油够不够，也许他要过很久才能回来。通向地窖门的梯子只有三级：在把门打开之前，埃施又最后一次回转身去，不无忧虑地望着低矮的天花板和摊开四肢一动不动地躺在下面的老人：要不是有煤油的气味，人们会把这里当成是坟墓的。

他缓缓地爬了出来。在房子的楼梯脚，他听了一下上面有没有传来什么声音。静悄悄的——嗯，他妻子现在应该平静下来了……眼下更要紧的是城外的伤者。他扛起步枪，走到了街上。

但他的思绪却留在了地窖里的那个人身上，煤油灯对着他的头。当灯火熄灭，救世主就会降临。灯火必须熄灭，时间的债才能偿还。

胡格瑙刚吃完面包，还在琢磨怎样才能再找到一些吃的，就在外面的亮光中看到花园里有个人影。他抓起步枪，认出那个人是埃施，肩上扛着一个大袋子什么的。这么说来，牧师先生也加入了抢劫者的行列！这当然不令人意外；嗯，他马上就可以搞清楚了，他好奇地等着埃施扛着东西走近。埃施步履缓慢、沉重地穿过院子走近了；在透过窗户看清他之前费了很长时间。可接着，胡格瑙惊讶得几乎透不过气来——埃施扛着一个人！埃施正在那儿扛着少校！错不了，埃施扛的就是少校。胡格瑙踮起脚尖来到门口，把脑袋探了出去——毫无疑问，那就是少校——他看见埃施扛着少校消失在了地窖门后。

胡格瑙激动地等着看事态如何发展。当埃施再次出现，走到街上之后，胡格瑙也扛起了步枪，跟他保持着一段安全的距离。

通往市政厅方向的街道都被火光照亮了，但在那些小巷里，房屋却投下了清晰而摇曳的影子。一个人也看不到。所有人都跑到集市去了，从那里隐约传来一阵喧闹声。胡格瑙不禁想到，在这些荒无人迹的小巷里，任何人都可以随便抢劫；要是他现在闯进某座房子里肆意妄为，也没有人会阻止他——虽然从这些破房子里根本搞不到什么值钱的东西。"更好的猎物"这个短语突然浮现在他脑海里。埃施拐弯了；这么说来，他就不是要去市政厅了，这个假仁假义的恶棍。两个年轻人跑了过去；胡格瑙把步枪抓在手里，准备袭击。有个男人推着自行车从巷子里摇摇晃晃地走来；他用抽搐的左手抓着车把，右手像断了一样垂着；胡格瑙惊恐地望着那张被打烂的脸，上面还有一只眼睛在盯着空茫，虽然没有视力。这个遭受袭击的男人摇摇晃晃地走了过去，一心只顾着推自行车，仿佛下定决心要和它走向下一个世界。被枪托砸烂的脸，胡格瑙自语道，他把步枪抓得更紧了。一条狗从一座房子里跑出来，跟在伤者后面嗅着，舔着滴下来的血。看不到埃施了。胡格瑙加快了脚步。在下一个拐角，他又看到了埃施枪上的刺刀的反光。他跟得更紧了。埃施径直往前走，没有左顾右盼，连着火的市政厅似乎也无法引起他的注意。现在，他的脚步声没有在高低不平的石板路上回荡了，他停了一下，紧接着就转进了一条沿着城墙往前延伸的小径。胡格瑙开始快步疾行；他现在距离埃施大概二十步远，埃施继续平静地走着：他应该用枪托砸他的头吗？不，这很蠢，他必须一劳永逸。接着，似乎受到了启示，他放低步枪，像猫跳探戈似的几步跳近埃施，把刺刀扎进了他枯瘦的后背。让凶手大吃一惊的是，埃施继续平静地走了几步，随后才脸朝下，一声不响地栽倒。

　　胡格瑙站在这个倒下的人身边。他用脚碰了碰埃施的手，这只手落在黏糊糊的淤泥里，与上面的车痕交叉。他要踩一下吗？毫无疑问，这个人已经死了。胡格瑙对他心怀感激——现在一切安好！他蹲了下去，望着那张侧歪、长满胡茬子的脸。没有发现他所害怕的那副嘲讽的神情，他感到满意，他仁慈地、近乎温柔地拍了拍死者的肩膀。

一切安好。

他换了步枪，把自己那支沾了血的留在死者那里，在这种时候，这种谨慎无疑是多余的，但他想把一切都有条不紊、秩序井然地做好。随后，他踏上了归途。城墙被燃烧的建筑照得很亮，树影映在上面，最后一阵橘黄色的火星从屋顶喷了出来——胡格瑙不由想起了在科尔马看到的那幅画，画中人正升上天穹，他真想握握那只举起的右手，他感到极为轻松、欢乐——接着，市政厅的塔楼塌了，大火减弱，变成了冒烟的红褐色。

"玫瑰小屋"受到了严重破坏，但依旧黑黢黢、静悄悄地坐落在晚风中。

厨房里一成不变。六个人依然僵坐在原地，一动不动地坐在那里，或许比之前更僵硬了，仿佛被绑在从期待当中伸出来的金属线上。他们既不睡也不看，不知道这种状态持续了多久。只有孩子睡着了。被子从汉娜肩上滑落了下来，但她并不觉得冷。有一回，她对着寂静说道："我们得等到它结束。"但其他人大概都没听见。不过，他们也在听，听着空无，听着从外面传来的声音。虽然"来自下层的入侵"这句话不停地在汉娜的耳朵里回响，虽然她再也无法赋予这些词语任何意义，这是没有意义的词语，没有意义的声响，但她还是倾听着，想知道外面的人喊的是不是这些没有意义的词语。水龙头单调地滴着水。六个人谁都没动弹。或许其他人也听到了她在倾听的话，虽然他们之间存在巨大的社会差距，虽然彼此隔绝、疏离，但他们还是变成了一个统一的整体；一个魔环圈住了他们，或者说，他们是铁链上的环，如果没有受到严重的损伤，这条铁链是无法打烂的。在这种着魔的状态下，在这种集体的恍惚中，也就不难理解，汉娜觉得那入侵的呼喊越来越清晰，比她本该用生理上的听觉感知到的更清晰；这呼喊仿佛是凭着他们集体倾听的力量向她传来，仿佛是被一股力量的洪流托起——尽管如此，这只是一股没有力量的力量，一股仅仅为了接收和倾听的力量——这呼喊非常响亮，这声音越来越大，犹如一场风暴席卷了世界。小狗在花园里呜呜叫着，有几次还汪汪汪地吠了起来，接着又陷入了沉默。除了这个声音，她什么都听不到了。在这个声音的命令下，她站了起来；其他人似乎都没有注意到，甚至在她开门离去时也是；她赤着脚，但她并不知道。她赤裸的双脚走过一片混凝土（那儿是走廊），踏上五级石阶，走过油地毡（那儿是办公室），走过拼花地板和地毯（那儿是门厅），走过非常干燥的椰子垫，走过破碎的瓷砖，走过一条铺着石板的花园小径。在这坚定不移的前进中（几乎可以说是在行军），只有双脚知道路途，因为眼睛只盯着目标——在走出门口的时候，她看到了它，她看到了目标！在那条像长长的桥梁一样的石板小径的尽头，有条腿在花园的栅栏上晃荡，那是入侵者、强盗，他在翻越桥上的矮墙——一个穿着灰色囚犯的男人；他像一块灰色的大石头一样停在那里，一动不动。她伸出双手，走到桥上，任由身上的被子滑落，睡袍在风中摆动，她就这样朝那个一动不动的男人走去。但不知是由于厨房里的人终于发现她不见了，还是因为他们被她身后那条神秘的铁链拖着，园丁出现了，接着是女仆，厨娘，以及园丁的妻子，现在他们喊着女主人，虽然用的是模糊、轻柔的声音。

毫无疑问，这个由鬼影一样的白衣女士领头的队伍把强盗吓得头发都竖了起来，他完全瘫住了，几乎都没法把腿从栅栏上缩回去。在把腿缩回去之后，他又目瞪口呆地望着那个鬼影，望了好一会儿，然后跑开了，消失在了黑暗中。

与此同时，汉娜仍继续往前走，走到栅栏前，她把手从栅栏中间伸了出去，就像从窗栏中间伸出去一样，仿佛是要跟什么人挥手告别。从城里传来了火光，但爆炸已经停止了，魔咒被打破了。就连风也停了。她靠在栅栏上睡着了，园丁和厨娘把她抬回了屋里，他们在厨房隔壁的储藏室给她备了一张床。

（第二天，汉娜·文德林死于因肺炎而加剧的严重流感。）

胡格瑙往回走。在一座房子前站着一个哭泣的孩子，至多肯定不过三岁。玛格丽特能藏在哪儿呢？他思忖着，举起了孩子，指给他看从集市那边发来光芒的漂亮烟火，模仿起了火焰燃烧的噼啪声和嘶嘶声，以及屋梁倒下的乒乓声，"嘶嘶——呼呼——乒！"直到把孩子给逗笑了。接着，他把孩子抱进了屋里，告诉孩子的母亲，在这种时候不能把这么小的孩子丢在外面的街上无人照看。

　　来到埃施家里，他像埃施一样把步枪靠在门廊的墙上，然后掀开活板门，爬下去找少校。

　　埃施离开后，少校一直没有改变姿势；他仍旧躺在土豆堆上，手里塞着字条；但他睁开了蓝色的眼睛，盯着地窖里的灯火。胡格瑙来了，他也没有把眼睛移开。胡格瑙清了清嗓子，少校却没有反应，他感到恼火。这可不是耍小孩子脾气的时候。他拖来埃施太太在挑土豆时用的凳子，礼貌地欠欠身，就在少校对面坐下了：

　　"少校先生，我当然理解，您不想看到我是有原因的，但那已经是陈年旧事了，而且事实最终证明我是对的，您对我存在很大的误解，对此我无法保持沉默；别忘了，少校先生，我可是一场可耻的阴谋的受害者，人们不应该讲死者坏话，但想想那个虚伪的牧师从一开始就对我抱持的轻蔑态度吧，少校先生。连一句感谢的话都没有！对于我在为少校先生增添光彩方面所发挥的作用，少校先生可曾给过一句认可的话？没有，从来不超过一句'谢谢'——至于其他的，您保持您的距离，我也会保持我的。但平心而论，您也曾主动向我伸出您的手，就是为'铁相俾斯麦'揭幕那一回：您瞧，少校先生，您对我的每一个善意的举动，我都铭记在心，但即便是这样，少校先生的嘴角还是挂着讥讽。您要是知道我有多讨厌埃施摆出的这副表情就好了。请容许我这么说，我总是被拒之门外。为什么呀？仅仅是因为不巧，从一开始我就不属于这座小城……一个外地人，或者不妨像埃施那好心的说法，一个闯入者。这并不能成为嘲笑我、冷落我的理由；我总是不得不衰减——这是他的另一个说法——我总是不得不衰减，而我们的牧师就可以增长，在少校先生面前展现出一个高大的形象。我完全明白，我可以向少校先生保证，这伤害了一个人的感情；而您总是含沙射影地抛出那些关于'邪恶'的话，都是在指我，是的，我也很清楚，但请想想，少校先生，您一整晚都在谈论邪恶，也就难怪有人在听多了之后真的变邪恶了。我也承认那些似乎支持这一点的事实，少校先生今天或许会说我是敲诈者或者杀人犯。但这只是表面，真实情况大不一样，只是无法确切地表达；而且，您看起来也一点都不想了解。对了，少校先生，您那天晚上还说了一大通关于爱的话，自那以后，埃施就一直在胡扯什么爱——不管怎样，他的胡扯总是令我感到恶心，但既然一个人不断地谈论爱，那他就应该试着去理解一个同类。哦，少校先生，我当然知道自己不能提出这种要求，一个像少校先生这种地位的人，是不会纡尊降贵对我这种人产生这种感情的，毕竟我不过是一名普通的逃兵，虽然我想说，埃施比我好不了多少……我不知道少校先生是否真的明白我的意思，但我请少校先生耐心一点……"

他一边擦着眼镜，一边盯着少校，但少校依旧纹丝不动，一声不响。

"我万分急切地请求少校先生，不要以为我把您留在地窖里是为了强迫您听我说话；城里正发生着一些可怕的事情，少校先生要是出去了，会被吊死在路灯柱上的。少校先生要是不信，明天可以去亲眼看一看；看在上帝的分儿上，请相信我一回吧……"

就这样，胡格瑞一直对这个活着却一动不动的木偶说话，直至他终于意识到少校没有听见。但甚至在这时候，他还是不相信：

"抱歉，少校先生累了，我还在这儿喋喋不休。我去拿点吃的来吧。"

他匆匆跑到楼上去。埃施太太缩成一团坐在厨房的一把椅子上啜泣，身体在剧烈抖动。他进去时，她吓了一跳：

"我丈夫呢？"

"他没事。他马上就会回来的。您有吃的吗？给一名伤者的。"

"我丈夫受伤了吗？"

"不是，我跟您说过了，他马上就会回来的。给我点吃的吧。您能做一份煎蛋吗？不，太久了……"

他走进起居室；桌上的盘子里放着一片香肠。他问也没问，就把它夹在两片面包里。埃施太太跟了过来，用焦躁而刺耳的声音喊道：

"不要碰，那是我丈夫的。"

胡格瑙感到不舒服，没人敢拿死人的东西；也许少校吃了死人的东西，也会沾上霉运。而且，香肠也不适合他。他思忖了一会儿：

"对，可是您一定有牛奶吧……您家里经常有牛奶。"

是的，有牛奶。他倒了一大罐牛奶，小心翼翼地拿到了地窖里。

"少校先生，这是牛奶，新鲜美味富有营养的牛奶！"他愉快地说道。

少校没有动。显然牛奶也不对；胡格瑙对自己的错误感到气恼：也许我应该给他拿酒来？这可以使他恢复过来……可他似乎非常虚弱……嗯，总该试一试！胡格瑙弯下腰，托起了老人的头，少校丝毫没有反抗，甚至当胡格瑙把牛奶罐凑到他嘴边时，他还顺从地张开了嘴唇。少校咽下了缓缓流出的牛奶，胡格瑙很高兴。他跑上楼去再倒一罐；在门口，他往回看，看见少校转过头来，想看他要上哪儿去，他友善地点点头，挥挥手："我马上回来。"他再下来的时候，少校依然盯着地窖门，朝他浮起了一丝笑意，像一个微笑。但他只喝了一点点而已。他抓着胡格瑙的手指，睡着了。

胡格瑙坐在凳子上，手指被少校抓在手里。他读了依然放在少校胸口的字条，把这张凭证放进了口袋里。当然，他并不需要它，要是他发现自己有麻烦，就说是埃施把少校交给他照料的就好了——不过，留着字条还是有备无患的。他偶尔小心翼翼地试图抽开手指，但少校马上就醒了，脸上掠过一丝笑容，没有放开他的手指，又睡着了。凳子硬邦邦的，坐着很不舒服。他们就这样度过了剩下的夜晚。

黎明时分，胡格瑙设法脱身了。一整晚坐在凳子上可不是开玩笑的。他来到了街上。天色依然是黑的。小城似乎很安静。他去了集市。市政厅变成一片废墟，仍在阴燃和冒烟。军队和消防队在它周围设置了岗哨。集市上的两座房子也着了火，家具凌乱地堆在外面。软管的开关不时就被重新打开，去浇灭新的阴燃。令胡格瑙感到惊讶的是，那些穿着囚服的人也在帮忙灭火，积极地参与清理工作。他向一个和他一样戴着绿袖章的人打听昨晚发生了什么，因为他一直在别处忙。那个人很乐意交谈：市政厅塌了之后，他说，整件事实际上就结束了。在那之后，他们全都傻站在大火前，无论敌友都一样，全都停下手边的事，去抢救邻近的房屋。确实有一些暴徒试图闯入民宅，可是在听到女人的喊叫之后，他们的同伴就向他们扑去。有一两个被砸烂了脑袋，这是好事，因为在这之后，就没人再想抢劫了。就在几分钟前，伤者被送往医院了——早该这样了，因为他们的尖叫和呻吟几乎已经不堪忍受了。特里尔当局当然马上就接到了电话，但那边也是一片混乱，刚刚才来了两车士兵，在一切都结束之后。据说小城司令官也不见了……

不必为司令官担心，胡格瑙说道，他已经保证他的安全了；少校待在一个非常隐秘的角落里，他真应该为此得到一个奖章，因为老头现在被照料得很好，就像他刚才说的，非常安全。

他把手指举到帽檐致意，随后转身沿着来时的路向医院跑去。天已经亮了。

一开始并没有找到屈伦贝克，但过了一会儿他就出现了，他看到胡格瑙之后喊道："你来这儿干吗，你这个小丑？"胡格瑙露出了极为恼火的神情："屈伦贝克医生，我必须告诉您，埃施先生和我把小城司令官先生藏起来了，他受了重伤，在我们那儿待了一整夜……您能发发善心，马上下达指示将他转移吗？"屈伦贝克朝门口冲去。

"弗卢尔许茨医生。"他沿着走廊喊道。弗卢尔许茨来了。"找辆车——车都回来了吧？——带上两个助手，开到报社去……我想，您知道在哪儿吧……不过，总共就一个，"他对胡格瑙喊道，"您跟他们一起去。"接着，他似乎温和了一些，还朝胡格瑙伸出手，说道："嘿，谢谢你们俩照料他……"

他们来到地窖里的时候，少校依然安稳地睡在土豆堆上，被搬出去的时候依然在睡。与此同时，胡格瑙则跑到了编辑室。这里没有多少现金，只有点小钱和邮票；他就剩这些了，另外那些已经被他存到科隆的银行里了；可是把邮票留下就太可惜了……谁知道会发生什么呢……也许还会有人来抢劫的！他返回的时候，少校已经被安置在了车上，有几个人站在旁边打听发生了什么事，弗卢尔许茨正准备把车开走。这像是打在胡格瑙脸上的一记耳光；他们准备撇下他就把少校带走了。他突然意识到自己无论如何都不敢留在这里，他一点都不希望撞见埃施的尸体被搬回家。

"等我一下，医生，我马上就回来，"他喊道，"马上！"

"怎么？您想跟我们一起走吗，胡格瑙先生？"

"当然！我得报告一下整件事的来龙去脉……请等我一下。"

他冲上楼去。埃施太太正跪在厨房里祈祷。胡格瑙出现在门口的时候，她跪着转向了他。他没有听她的恳求，而是绕过她跑进了自己的房间，尽可能地收拾东西——他并没有多少东西——把它们塞进自己的织物箱里，用身体压了压，直到能把锁扣上，然后就往回跑。"好了。"他朝司机喊道，于是他们便离开了。

屈伦贝克站在医院门口，手里拿着表：

"呃，他怎么啦？"

弗卢尔许茨最先下车，用那双有点红肿的眼睛观察着少校：

"也许是脑震荡……也许更严重……"

屈伦贝克说道：

"这个地方已经变成了一座彻头彻尾的疯人院……却说是医院……嗯，看着吧……"

少校在路上已经开始对着早晨黯淡的天空眨眼，现在差不多完全醒了。被抬下车的时候，他很激动，猛烈地摇晃着身体，显然是在寻找什么。屈伦贝克走过来，朝他探下身：

"嘿，这样很好吗，少校先生！"

但少校对此十分恼怒。不管有没有认出屈伦贝克，总之他是咬牙切齿地揪住了屈伦贝克的胡子，使劲扯着，要费好大劲才能控制下来。可是当胡格瑙走到担架前的时候，他立刻就安静了，变得很温顺。他又抓住了胡格瑙的手指，于是胡格瑙不得不跟着担架走，只有胡格瑙坐在他身边，他才会乖乖接受检查。

然而，屈伦贝克很快就停止了检查：

"没有用，"他说，"我们给他打一针，然后把他送走吧……这个地方不管怎样都是要转移了……所以还是尽快送他去科隆……可是，该怎么送呢？我这里不能派任何人去，转移医院的命令随时都会下达……"

胡格瑙站了出来：

"或许我可以送少校先生到科隆去……就作为一名志愿的救护人员，如果可以这么说的话……各位可以看到，少校先生对于我的陪护很满意。"

屈伦贝克思忖道：

"下午的火车吗？……不，现在根本无法确定。"

弗卢尔许茨有了主意：

"但今天一定有开往科隆的货车……有谁能安排一下吗？"

"今天什么都可以安排。"屈伦贝克说道。

"那我可以请您给我一张去科隆的许可证吗？"胡格瑙说道。

于是，胡格瑙揣着真实的军方文件，戴着从马蒂尔德护士那儿索要的红十字袖章，正式负责照管少校，将他护送到科隆。他们把担架固定在货车上，胡格瑙就坐在自己的织物箱上，守护着担架。少校抓住他的手，再也不肯放开。过了一会儿，胡格瑙也感到疲惫了。他尽可能舒坦地躺在担架旁，把织物箱搁在脑袋底下，他们肩并肩，手拉手躺着，像两个朋友一样睡着了。他们就这样抵达了科隆。

胡格瑙按照指示将少校送进了医院，在病床边耐心等候，直到少校打了针，没有再发作的危险，他才溜走。他从医院当局弄到了一份返回科尔马家中的许可证，然后从银行取出了《库尔–特里尔先驱报》账户的余额，第二天就离开了。他的战争奥德赛，他的美妙假期，就此结束。这一天是11月5日。

第八十六章

柏林救世军姑娘的故事（16）

有谁能比病弱者更无忧无虑呢？没有任何东西逼迫他为生活挣扎，只要愿意，他甚至可以自由自在地赴死。他不必从每天发生的事情中得出结论，以便引导自己的行为；他可以裹在自己的思想的保护层里，——裹在自己独立的认知里，他可以进行演绎推理，可以进行神学方面的思考。有谁能比自由自在地思考自己的宗教的人更幸福呢！

有时，我独自出门。我缓缓而行，手插在口袋里，盯着路人的脸。脸是有限的，但我时常——实际上总是——能够发现背后的无限。这可以说是我的归纳法恶作剧。在漫游途中——当然，我不会走太远，只有一次走到了舍内贝格，使我筋疲力尽——我从未遇到过玛丽，她的脸从未从那些脸当中浮现，她彻底地从我的视野中消失了，这甚至都没有使我感到失望，因为时间并不确定，而她总是等着被送去异域进行传教活动。其实，她不在，我还很高兴。

白昼变短了。因为电费很贵，而且一个裹在自身的独立中的人可以轻易地摆脱光亮，所以我拥有漫长的黑夜。努黑姆时常和我一起坐着。坐在黑暗中，很少说话。他的思想无疑和玛丽在一起，但他从未提到她。

有一回，他说：

"战争现在就要结束了。"

"的确。"我说。

"然后，就会有一场革命。"他继续说道。

我看到了一个向他发起突袭的机会：

"然后，他们就会把宗教给废止了。"

我听到他在黑暗中轻轻地笑了：

"是您的那些书里说的吗？"

"黑格尔说，是无限的爱促使上帝认同对祂而言陌生的事物，以便消灭那些事物。黑格尔就是这么说的……然后绝对的宗教就会到来。"

他又笑了。黑暗中一个模糊的影子。

"律法还在。"他说。

他的固执是不可动摇的，我说：

"是啊，是啊，您是永恒的犹太人。"

他温和地说道：

"我们现在就要回到耶路撒冷了。"

不管怎样，我说太多了，就让这个话题在此打住。

第八十七章

永远找不到港口的船，宽大的龙骨

在幽幻的波浪中犁出深深的沟纹

它们消逝在无涯的水中墓地：

哦，睡眠之海，浪花将我们的虚空包围！

满载着隐蔽货物的梦！未封住的源泉的梦，

在急速的叫声中寻找另一个的梦，

可怕的渴望！通过毫无遮掩的律法

更加可怕，他们无声的丧钟在远离陆地之处响起：

从未有一个梦找到过另一个人的梦，

孤单的夜晚，即便你巨大的呼吸

裹住它，从深处呼出我们的信仰

在某个时候，我们将它改头换面，将它高举，

从而能够在恩典的光芒中面对彼此，

能够面对彼此而不死去。

第八十八章

价值崩溃（10）

结语

一切安好。

胡格瑙带着真实的军方许可证，用军费返回了他在科尔马的家。

他犯过一桩谋杀案吗？他参与过革命事件吗？他不需要再深思了，而他也并没有这样做。如果他真这样做的话，或许也只会说，他的办事程序是相当合理的，城里的任何一位显要的公民（他可以将自己算进去）都会这样做。因为在理性和非理性、真实和非真实之间，存在着一条稳固的分界线，胡格瑙至多只会承认，在不那么好战、不那么革命的时期，他不会做那件事，因为那是一种遗憾。他大概还会明智地补充道："万物皆有时。"但这样的机会并未出现，因为他永远都不会去想那件事，也从未再想起那件事。

胡格瑙没有想过自己做了什么，更没有意识到自己的行动充满了非理性，甚至可以说非理性已经满溢了；他对弥漫在他的无言行动中的非理性永远一无所知；他对他所服从的那种"来自下层的入侵"一无所知，他不可能知道什么，因为他每时每刻都受到某个价值系统的支配——它唯一的目的就是隐藏和控制一切非理性，而他的世俗的经验生活就建立在这一切非理性的基础之上。从康德的意义上讲，非理性和意识一样，是伴随一切范畴的工具，它是生活的绝对，连同其全部的本能、意图和情绪，与思想的绝对平行：非理性不仅支撑着每个价值系统——因为假定一种价值（价值系统就是以此为基础）这一自发的行为本身就是一种非理性的行为——而且还贯穿了每个时代的普遍感觉，这种感觉确保了价值系统的普遍性，在其起源和性质两方面都不易受到理性证明的影响。竖立在所有原子化的事实周围，使它们的内容可信的那种强有力的认知阐释工具，与另一种使人的行为可信的不那么强有力的伦理阐释工具有着相同的功能；它们构成了被理性抛开的桥梁，跨越不同的层面，只为了一个目的：引导尘世的存在脱离其本质的非理性，脱离"邪恶"，通过一种更高、更"合理"的意义到达终极的形而上的价值，这种价值通过它的推理演绎结构帮助人与自己的行动、与万物和世界确定一种适宜的关系，但同时也使他能够再次找到自己，从而使他眼见的景象不再是无常的、转瞬即逝的。在这种情况下，胡格瑙对自身的非理性一无所知，也就一点都不令人惊讶了。

每个价值系统都源自非理性的冲动，而将那些非理性的、在伦理上无效的与世界的接触变成某种绝对理性的东西，则成了每个超个人的价值系统的目标——一个必要的、根本的"塑造"任务。每个价值系统都将在努力中以失败告终。因为理性唯一能采取的办法就是一种取近似值的办法，一种包围的办法，通过在非理性周围画出越来越小的弧来试图达到非理性，但实际上却永远也达不到，无论非理性是个人内在感情的一种非理性，是对生活过和经历过的事物的一种无意识，还是世界的状况的一种非理性，是宇宙的极度复杂本性的一种非理性——理性所能做的只是将其分解成原子。人们在说"一个没有感情的人根本不是人"的时候，是因为他们在某种程度上意识到，价值系统想要存在，就必须有不能再少的非理性残余，它能防止理性陷入一种自杀式的独立自主，陷入一种"超级理性"，从价值系统的角度来看，这种"超级理性"比非理性更讨厌、更"邪恶"、更"有罪"：因为与可塑的非理性相反，通过辩证法和推理演绎产生的纯粹理性，在变得独立自主的同时也凝固了，无法进一步塑造，这种僵化取消了它自身的逻辑性，使它面临无限的逻辑边界——当理性变得独立自主，它就是彻底邪恶的，因为取消了价值系统的逻辑性，也就是摧毁了系统本身；它拉开了系统崩溃和最终坍塌的序幕。

在每个价值系统的发展过程中，都会有这么一个阶段：理性和非理性的相互渗透达到了顶点，达到一种均衡的饱和状态，邪恶的元素在两边都变得无效、无形和无害——这是最终完成和完美风格的阶段！因为时代的风格几乎可以用这种互相渗透的说法来阐释：在达到这个最终完成的阶段之后，理性可以通过无数的毛孔渗入生活，但它依然受生活以及价值的中心意志的支配；非理性可以流淌在价值系统的无数血管中，但却受到引导，甚至在最细微的分支中推动和协助价值的中心意志——非理性本身并无风格，理性本身也并无风格，或者说，它们都从风格中解放了出来，一个是通过自然的自由，另一个是通过数学的自由；但是，当它们合并在一起的时候，当它们互相抑制的时候，非理性的这种受制约的理性生活的结果就是一种现象，这种现象可以称为一个价值系统的独特风格。

但这种平衡状态并不长久，它只是一个过渡阶段；事物的逻辑将理性推向超理性，又将超理性推向边界；它开启了崩溃的过程，将完整的价值系统分裂成不完整的系统，最终是彻底的分隔，一边是自由、独立的理性，另一边是自由、独立的生活。当然，在一段时间里，不完整的系统依然被理性渗透，甚至被理性引向独立自主，引向独立自主的无限的边界；但理性在一个不完整系统中的作用仅限于它的直接环境。因此出现了一种特定的商业思维，或者一种特定的军事思维，每一种都奔向无情的、一贯的"绝对"，每一种都在构建一个适合自己的推理演绎的可信的概要，每一种都有自己的"神学"，或者"个人神学"——如果可以这么说的话——而这样一种军事或商业神学在构建自己的一套独特的、经过削减的工具论方面的成功程度，正取决于非理性的元素在不完整的系统中保留的比例：因为不完整的系统也是自我和完整的系统的反映，它们也经过或奔向一个赋予它们风格（方式）的均衡阶段，因此才谈得上一种军事或商业的生活方式。然而，系统变得越小，其伦理扩张的力量和伦理的意志就越受限制，对待依旧存活于其中的邪恶、超理性和非理性就变得越麻木和冷漠，受其支配的力量就变得越少，而它冷漠处之、将其贬低为个体的私人问题的事物就越多：一个完整系统的崩溃进程越推进，理性在世界上就变得越孤立，非理性就变得越明显、越有力。一个宗教的完整系统让它所支配的世界成为一个理性的世界，而理性的独立主权必定以同样的方式释放所有的非理性和沉默。

在价值崩溃中最后的不可分割的单元是人类个体。个体越少参与某个权威的系统，就越多地留在自己的经验主义的独立自主中——在这方面，它宣告了文艺复兴和个人主义的继承者的到来——他的"个人的神学"就变得越狭隘，越无法理解任何超出其直接和最个人的环境的价值：来自其狭隘的圈子之外的一切都只能在粗糙的、未经消化的状态下被接受，换言之，只能被当成教条接受——于是就出现了那种对传统的空洞而教条化的展示，也就是说，对降低到最小程度的超理性的展示，这是普通的市侩（这个词无疑适合胡格瑙）的典型，展示了沉浸在非理性之中的活力和超理性的空洞形式之间毫无冲突的配合，在真空中运转，除了非理性，什么也不推动；它们都不受约束，没有风格，不协调地联系在一起，无法创造进一步的价值。处于每一种价值联合体之外，并且成为一种个体价值的唯一代表的人，从形而上来讲是一个放逐者，因为他的独立自主意味着整个系统将崩溃瓦解为个体的元素；这样的人摆脱了价值和风格，只受非理性的影响。

尽管如此，胡格瑙，一个摆脱了价值的人，仍是商业系统中的一员；他在当地的商业圈子里有着良好的声誉；他是一名认真、审慎的代理人，他总是完整、彻底、周全地履行自己的商业职责。而且，他杀死埃施——作为商人，这不在他的职责范围内——并不违背商业原则。那是发生在假日里的事情，那时候，就连商业的价值系统都被暂停了，只存在个体的动机。而另一件事却很符合胡格瑙如今已经回归的商业伦理，考虑到在达成和平之后马克的贬值，他给格特鲁德·埃施太太写了一封信：

亲爱的夫人：

别来无恙。我想借此机会提醒您，根据我们在1918年5月14日签订的合同，我持有《库尔-特里尔先驱报》百分之九十的股份，确切地说，其中百分之三十为城里的几位先生所有，但我有幸成为他们的代理人，因此，在我不知情或者不同意的情况下，业务不能继续进行，也不能展开新的工作，若是侵犯我的权利，由此造成可能的损失，我将追究您和这几位先生的全部责任。但是，倘若您和这几位先生想要继续发行报纸，我就必须请您立即寄来银行账户的结单以及我那百分之六十的股份（见合同条款第三条）所得的收益，并且保留我采取进一步行动的权利。

另一方面，以我惯有的忠实态度（您已经意识到了这一点），我必须坦言相告，受战争溃败这一不可抗力的影响，我无法及时汇出我所代理的集团应付的两期剩余的款项，这笔总计一万三千四百马克的收购款，其中已有八千马克付给了已故的奥古斯特·埃施先生，您作为其继承人，这笔钱就到了您手上。然而，我必须同样坦率地指出，正如您必须承认的，您没有在固定的日期前给我这个报纸的管理者挂号寄来要求支付分期款项的缴款通知，因此现在，倘若您拿出缴款通知，我也只需付给您那笔钱加上延期的利息，从而解决我们之间的法律争端。

但是，我极不愿与我可敬的朋友、已故的奥古斯特·埃施先生可亲的遗孀有任何法律上的纠纷，尽管涉及的资产在占领区内，在此类纠纷中，我的法国国籍将给我带来极大的好处；再者，我更愿意马上将事情解决，因此我提议通过共同协商来处理问题，考虑到法律处境，这对您有好处。

对您而言，最简单的办法就是回购我代表我的集团所持有的百分之六十的股份，我愿意在最合适的条件下将它们出售；除非我能以更好的条件处理它们，在无损于现有权益的情况下，我愿意以原先价格的一半，换算成法郎出售给您。原先的价格是一万三千四百马克——按照汇率换算就是一万六千法郎——因此我以八千法郎的价格出售给您，对您而言是极为合适的条件，而且我还没有算上我个人为这桩生意投入的钱，以及我所付出的时间和劳动，虽然光是这些，就使这桩生意的价值比我接手时增长许多。我之所以采取这种慷慨的态度，为您提供如此适合的条件，仅仅是为了给您方便，使事情能够简单地解决，而且，如果您手头没有这么多钱，您也可以通过抵押财产所有权轻松筹到钱。

最后，我想冒昧指出，以您现有的百分之十的股份，加上我的集团的百分之六十，您将持有压倒性的百分之七十的股份，您可以轻易地将其他小股东挤出局，我相信您不久就可以独自掌管这桩繁荣的生意，对此，我忍不住想补充，经由我组织的广告部门，是一座金矿，我很乐意随时在言语和行动上为您提供进一步的协助。

在此种情况下，您应该非常清楚，我不惜牺牲自身的利益向您提供这样的好处，仅仅是因为我在此处难以管理该报纸，我相信我完全能够从其他主顾那里得到更好的条件，这对您可是不利的，所以，请您在两周内给予我肯定的答复，否则，我将把问题交由我的律师处理。

我乐观地相信您会赞同我善意的提议，因此我们将达成最终的完整协议，我想告知您，此地的业务极其令人满意，我一切顺利。

威廉·胡格瑙敬上

挂号邮寄　　　　　　　　　　（安德烈·胡格瑙有限公司）

这很丑恶，很不义，但胡格瑙并不这样看；这既不违背他个人的神学，也不违背商业价值系统的神学；实际上，胡格瑙的任何同胞都不会觉得这令人厌恶；因为这封信无论在法律上还是商业上都无可指摘，就连埃施太太也将它的合法性作为一种命运接受了，觉得总比被共产主义者充公要好。胡格瑙自己后来却后悔了，他做出了太多不必要的让步——他损失了一半！——不过，总不能逼人太甚，那八千法郎最后终于到了，为科尔马的公司做出了可喜的贡献，而且，这是他的战争历险的最后清算，是他归家的终点，这或许，虽然只是或许，使他感到悲伤。因为他的假期现在彻底结束了。至于人类的生活，沿着无足轻重的路线前进，可以说没有什么值得一提的，胡格瑙的余生都是如此。他接管了父亲的生意，按照祖辈的精神，着眼于利益，稳固地经营。由于单身生活对于一个成功的商人而言不能算是生活，而家族的传统——这决定了他自身的存在——要求他娶一个体面的女人，既为了传宗接代，也因为她的嫁妆能用于巩固家族的生意，于是他朝这个目标迈出了必要的步伐。由于那时德国人流通起了金币，而法郎已开始贬值，所以毋庸多论，他就自然而然地在莱茵河的右岸寻找他的新娘。由于他最终是在拿骚找到一位姑娘和一份可观的嫁妆，而拿骚又是新教地区，所以并不令人奇怪，在爱情和经济利益的联合驱使下，一位自由思想者改变了宗教信仰。由于新娘及其家人相当愚蠢地重视这个问题，为了取悦他们，他就接受了福音的教义。当他的同胞对这一步摇摇头，表示不赞同时，自由思想者胡格瑙就指出，这只是毫无意义的形式，而且似乎是为了强调这一点，尽管他已成为新教徒，在1926年天主教党和共产党组成一个政治联盟时，他还是投了它一票。由于阿尔萨斯人跟大多数的阿勒曼尼人一样，通常都是三心二意的，大多都有点古怪，所以没过多久，他们就不再对胡格瑙的反常——其实根本就不是反常——感到奇怪了，因为胡格瑙的生活在一袋袋咖啡和一捆捆布料之间、在睡眠和吃喝之间、在生意和纸牌之间平稳地流动着。他成了一家之主，他那富有弹性的肥胖日益加剧，最后变得有点松弛了；他走路时的坚定步伐，也明显变得摇摆了；对于顾客，他彬彬有礼，对于下属，则是严厉的雇主和企业的模范；他每天一大早就出门，从不放假，很少娱乐，他的审美情趣不是不存在，就是被轻蔑地打发了；他的职务使他在星期天都没有时间陪妻儿去散步，所以怎么会去博物馆呢？他才不关心什么绘画。他在市里举足轻重，他的脚再次踏在了责任的道路上。他的生活就是他的祖先两百年来一直在过的生活，他的面孔就是他们的面孔。他们彼此都极为相似，这些肥胖的胡格瑙，浑身的褶子里散发着自满和严肃，几乎没有人料到他们当中有一个会生出一副讥嘲的表情来。但这一特质究竟是混血的结果，抑或只是一种畸形，抑或标志着这个胡格瑙家族的后代的一种成熟，一种将他从家谱上分离出来的成熟，实在难以判断，反正这对任何人来说都无关紧要，更别说是对胡格瑙了。因为胡格瑙对许多事情都已经漠不关心了，他的战争历险每回在脑海中浮现，都缩得越来越小，最后只剩下一笔八千法郎的款项——这是其象征与最终的余额；他在那时所经历的一切都已变成一个模糊的轮廓，变成商人胡格瑙自那时起就不停经手的法国钞票那淡淡的色调。那银白色睡梦的柔和灰影给发生过的一切罩上了一层薄纱；一切变得越来越模糊，越来越昏暗，仿佛被一面深色玻璃挡住了，最后他已经无法确定那是他经历过的生活，还是别人给他讲的故事。

或许可以争辩说，这种淡化和遗忘只是一种顺从的症状，这种顺从源于这一事实：在胜利的法国刺刀的帮助下，阿尔萨斯，包括科尔马，再次建立了资产阶级的价值系统，虽然这片土地本身，由于几个世纪以来从左右两边遭受的不公，依然像其他边境一样充满革命精神，甚至在胡格瑙身上，反叛也在抬头。可以争辩说，非理性力量一旦被释放出来，就不愿再服从于旧的价值系统，如果被迫顺从，它们必定会在集体和个体当中散播一种死气沉沉的枯萎病。这当中产生了一个问题，价值崩溃所释放的非理性力量是怎么回事：它们真的只是在几个价值系统的斗争中互相搏斗的力量吗？它们真的只是互相摧毁的手段吗？它们真的只是杀戮吗？当价值崩溃走到最终的那些不可分割的单元，走到个体与个体之间的斗争，这些游击力量会激起一场普遍的斗争，一场全体对全体的斗争吗？或者将问题仅限于胡格瑙的个例：一个不完全的价值系统——例如胡格瑙所归属的商业系统——在没有刺刀或警棍等外部力量帮助的情况下，能拥有足够的凝聚力，将各种分离的非理性推动力合并成一种新的工具论，为同样分离的价值意志提供一个新的焦点吗？

当然，从认识论方面来看，这些问题是不能成立的，因为它们对非理性的特征做了假设。仅仅通过"力量"这个词的使用，它们就假定了一种机械论和一种人格化的、唯意志论者的形而上学；简而言之，它们赋予了非理性一种意义，而非理性使任何依附于它的意义都失效。在原始的、未分化的条件下，非理性不承认任何超出对其匿名存在的简单确认的理论和阐释，尽管它鲜活的含糊暧昧为理性的价值形成提供了全部材料。非理性的这种不服从完全被置于其上的完整的系统，也就是说，宗教的系统，基督教会的系统意识到了。教会只认可一个价值系统，它自身的价值系统，因为它的柏拉图式起源迫使它只承认一个真理，一个逻各斯；其完全理性的联盟无法容忍不合逻辑，并迫使它先验地否认非理性及其假设的"属性"有任何认识论的乃至伦理的意义。对于教会而言，非理性只是兽性，关于它所能说的只是它就在那儿，必须归入邪恶的范畴。从这个角度来讲，非理性不呈现任何值得考虑的问题，除了这一个：在一个由上帝创造的世界里，怎么能够存在邪恶？非理性宣称的构造系统的能力连想都不用想，除非涉及邪恶显露的可能方式。实际上，这些问题是教会从未忽略，也无法忽略的；邪恶的存在是战斗的教会[1]的一个必要的先决条件，而由于价值崩溃的过程中不断释放出邪恶，教会便总是被迫将任何引发崩溃的东西斥责为邪恶；换言之，教会不得不丢弃超理性，将它与非理性一起打入邪恶的范畴。但一方面，教

---

[1]　原文为拉丁语。——译注

会和任何个人一样清楚，每一次显露都是"产物的产物"，甚至比任何个人都更清楚，对于所有这些显露，可能的经验条件取决于某种"价值"，而另一方面，由于必须将自身的价值构造视为唯一可接受的，它必须宣布，非理性的邪恶，虽然无法构造一个系统，却可以为了显露自己而模仿一个已经存在的系统的形式，无论如何显露，它都会将这些显露仅仅当成是对其自身构造的模仿；它必须宣布，邪恶虽然不能理性地思考，却能够成为对思想的一种空洞的模仿，一种没有真正内涵的思想（邪恶作为善的缺乏[1]），一种对传统的空洞的、超理性的、教条的展示，一种被非理性引入歧途的诡辩，它只能推动非理性，将伦理意志变成道德箴言的一种空洞的回响；但这种诡辩最终会弥漫到一个完整的系统的各个维度，将邪恶从市侩的层面提升到反基督的高度。对于教会而言，邪恶越彻底地占据世界，基督就越彻底地受到虚假的反基督的威胁，反基督的价值系统就变得越具有威胁性——这个系统必须成为一个完整的系统，因为教会的系统已经是一个完整的系统；教会就这样看着邪恶扩散，变得像其所模仿的对立的真理一样不可分割和均匀。教会所想象的这样一个完整的邪恶系统给所有不完整的系统投下了阴影，而价值崩溃最突出的表达，新教的理念，在天主教的眼中获得了崩溃现象当中的一种首要地位，被当成那个决定性的非理性过程中的主要理念，主导动机，虽然新教和其他所有不完整的系统都仅仅被看成是对真正价

---

[1] 原文为拉丁语。——译注

值的扭曲反映，是即将来临的反基督的险恶的完整系统的预备阶段。这种判断不仅仅符合教会的特殊视角，同时也有某种客观事实的基础，譬如，新教表现出了与其他各种不完整系统的显著的亲缘性：无论是资本主义的还是民族主义的还是其他什么，每个不完整的系统都可以像新教一样被归入"革命的"反天主教的分母；也就是说，从教会的角度来看，它们都属于犯罪的范畴，破坏价值的非理性的异端力量就在其中显露。虽然教会时常做出一些表面的让步，选择较小的邪恶而不是更大的邪恶，容忍一些分离主义运动，譬如民族主义运动，将其作为防止更彻底的革命性的教派产生的核心，但它永远也不会放弃它在如何整合非理性力量这个根本问题上的强硬态度：对它而言，这意味着要么是基督，要么是反基督，要么是返回教会的怀抱，要么是让世界堕入由两败俱伤的斗争造成的彻底的价值崩溃。

每个不完整的系统，作为一个价值系统考虑，必须模仿完整系统的结构，无论是一种简单的反映还是一种扭曲，只要原始系统的原则是基于形式原则，它们就必须通过更小的宗派来复制和确定；然而，在对这些原则的阐释中的实质差别——因为没有系统会承认自己是"邪恶的"，所以这些差别不可避免——必定源于对非理性的不同定位。每个不完整的系统的逻辑开端、逻辑基础都迫使它具有革命性：譬如，一场民族主义运动，按照它走向"绝对"的逻辑发展，建立起一套工具论，在其中，国家取代了上帝的中心地位，从而将一切价值都与国家观念联系起来，从而使个体及其精神自由从属于国家权力，它不仅处于一种革命的、反资本主义的姿态，甚至被更加严厉地推到反宗教、反基督教会的方向，经由一条平稳的道路走向绝对革命的价值崩溃，并最终自然而然地走向这个不完整的系统本身的废弃。因此，如果一个不完整的系统想要在这个崩溃的过程中确保自己继续存在，如果它想要勒住将自己推向最终的灭亡的"理性"，就必须与非理性结盟。于是就出现了每个不完整的系统那种典型的模棱两可，从认识论的角度来讲，这种模棱两可就是虚伪：一方面，不完整的系统对崩溃的进程采取了一个完整的系统的态度，将非理性斥责为反叛和犯罪，而另一方面，又被迫在一团非理性和隐匿的邪恶中分辨出一些"好的"非理性力量，用来帮助它抑制进一步的崩溃，以及确定自身生存的权利。每一种进行到一半的革命——从这个意义上讲，一切不完整的系统都是进行到一半的革命——都以非理性的假设、群众的感情、"非理性的激励"的尊严为理由，破坏彻底的革命的激进的逻辑的名声；每个不完整的系统都必须明确承认"未充分发展的"非理性的残余，将其当成是在理性中的一片私人保留地，以便在连续的崩溃中保持稳定。

因为革命是邪恶对邪恶的反叛，是非理性对理性的反叛，是非理性伪装成极端的逻辑推理，通过对非理性情感的呼吁，对自满地自我防护的理性习惯的反叛：革命是非真实和非真实之间、专制和专制之间的斗争，一旦超理性的释放带来非理性的释放，一旦价值崩溃进行到最后的完整单位，进行到个体，革命就是不可避免的；因为剥除一切成见，孤立、自主的个体是无法抵抗非理性入侵的。革命是非理性的突破，独立的突破，生活的突破，而被剥夺了价值的孤立的人类，就是它的工具；由于人类的放逐者最先遭受人类极端的不幸和孤寂，譬如忍饥受饿的无产阶级，或者在战壕中遭受炮火猛烈攻击的士兵，由于这些自由的放逐者最先达到价值的自由，所以他们必定也最先听到杀戮的声音，那声音就像铁器与铁器相击的叮当声，将非理性的沉寂吞没。总是较小的价值系统的拥护者杀死正在崩溃的较大的价值系统的拥护者；总是他，不幸的人，在价值崩溃的过程中扮演刽子手的角色，在末日审判的号角响起的那天，就是摆脱了一切价值的人成为一个宣判了自己死刑的世界的刽子手。

　　胡格瑙犯下了一桩谋杀案，随后便把它忘了，再也没有记起过，而他成功进行的每一场商业政变（他给埃施太太写的信！）却准确无误地刻在记忆里。这是自然的：因为在我们的一切行动中，只有那些与占统治地位的价值系统相一致的行动才是鲜活的，而胡格瑙已经再次回归商业系统。同样，如果条件适宜，他也会像现在拥护商业一样坚定地拥护革命，尽管他是一家成功的家族企业的继承人。因为支持革命的无产者在本质上并不是自己认为的"革命者"；譬如，那些在试图刺杀国王的达米安被分尸的时候欢呼雀跃的群众，与那些挤在国王路易十六的断头台前围观的群众之间并没有什么不同——作为独立人士的革命者并不存在，他只是某种大于他自身的东西的拥护者，而在这种情况下，则是欧洲精神的拥护者。个人可以陷入一种市侩生活中，甚至被放入一个旧的不完整的系统的模子中；像胡格瑙一样，他可以栖息在商业系统中；或者可以依附于一场预备性的革命运动，或者明确的革命；但实证主义的崩溃精神照样在整个西方世界蔓延，其可见的表达不仅仅局限于俄国无产阶级的唯物主义——整个西方哲学（如果还能称为哲学）都分解为实证主义，而这种唯物主义只是实证主义的一种变体。与这更大的统一体相比，关于财富分配的争论只能退到背景里去，尽管在那里，美国化的组织方法与共产主义的方法之间的区别正变得越来越不明显：我们的思维模式越来越迫切地趋向于一个共同的结论，这个结论使盖在上面的印章是属于这个政党还是那个政党显得无关紧要，因为从根本上讲，它的整个意义仅仅在于它能够成为一个完整的系统，能够将非理性的反叛力量再次合并。这就是为什么从长远来看，一场基于非理性的预备性的革命无论是否落空都无关紧要；因为它无法阻挡自己必将被拖入的明确的理性革命，虽然作为一种暂时的现象，它可以用来揭示一个更完整的系统所无法揭示的东西：亦即存在着非理性的力量，它们是有效的，它们的本性驱使它们依附于一种新的价值工具论，依附于一个完整的系统，而这个系统在教会的眼里只能是反基督的。教会的这种判断并不是基于共产主义者狂热的反柏拉图主义，或者马克思主义者的理性主义宣传，或者资产阶级的自由思想者这类次要的症候；在教会眼中，这种无神论或许有罪，但太微不足道，太可怜，无法与反基督的邪恶相提并论：教会关心的是整个欧洲精神，是直接性的、实证主义的"异端"精神，对此，新教是取道费希特的革命民族主义的先驱，抑或更明显地，是取道黑格尔的马克思共产主义的先驱，实际上都不重要；虽然有着用之不竭的仇恨的直觉，对异端充满仇恨的教会可以把新教当成最遥远的分支，并因此把共产主义当成一种顽固（否则无法解释），因为它可以接受隐藏在共产主义背后的原始的基督教观念，但是，共产主义的具体现象并不是反基督的最终的正式阐释，而仅仅是一个预备阶段。它本身并不是一个完整的系统，尽管它展现出了一种源于康德主义的新教神学的常规的马克思主义神学，以及一套得到严谨阐释、拥有坚定的本体论和不容置疑的伦理的学说；尽管它提供了一种常规的神学的所有伴随物，看起来像一个有形的教会，虽然这个教会故意建成一个反教会，用机器作为膜拜的器物，用工程师和宣传家作为它的神职人员；但这还不是一个整体的系统，还不是反基督，而是一个预备阶段，是对临近的基督教—柏拉图世界的崩溃的一种展示。在这个教条的结构中，在这个带有苦行的、严苛的国家构想的马克思主义反教会的抬头中，已经可以清楚地辨认出——这一点天主教比谁都清楚——一种远远超出马克思主义、远远超出国家的神化的精神的巨大轮廓，这种精神遥遥领先于各种革命学说，使得马克思主义看起来都像是在绕弯子：它是一种没有教堂的"教会本身"的轮廓，是一种没有物质的抽象自然科学、没有信条的伦理学的本体论；简而言之，是一种严格的逻辑的终极抽象的工具论，当可信的点退入无限之中，就可以达到这种抽象，而新教的整个彻底性在其中是显而易见的。路德和整个文艺复兴时期的典型特征是实证主义，是对既定的世界和严酷的苦行的双重肯定，这种教义如今正在实现它本质的含义，正趋向于"思想"与"存在"的一种新的统一，趋向于伦理和物质的无限的一种新的统一。这种统一贯穿了每个神学系统，哪怕有人试图否定"思想"的真实性，它也必须持续下去，当科学中的某个点（事物在此被假定为真实的）与另一个点（事物在此被相信是真实的）相重合，从而使这种双重的真实再次变得单一、明确，它将获得更鲜活的生命。因为在通向这个点的无限的问题链的尽头，存在着纯粹的事迹本身，存在着一种抽象责任的纯粹的工具论的理念，一种没有上帝的理性信仰的理念；存在着一种缺乏内容的抽象宗教的坚定不移的律法，甚或还有一种抽象的神秘主义的理性的直接性，它那无言的苦行和无装饰的虔诚，仅仅受简朴的掌控，指出了通往这种彻底的新教革命的最终目标：一种无情的"绝对"的无重音的真空，在其中，抽象的上帝的灵，上帝的灵，不是祂而又是祂，在对无梦的、未间断的沉默（这沉默构成了纯粹的逻各斯）的恐惧中忧伤地统治着。

胡格瑙和这一欧洲精神的困境可以说是毫无瓜葛，但他却跟普遍存在的不确定有关联。因为人的非理性与世界的非理性是有相似之处的；虽然世界的非理性不妨说是一种理性的不确定，而且时常是一种经济的不确定，但它却源于超理性的非理性，源于一种独立的理性在人类活动的每个范围内奔向无限，因此抵达了无限的超理性边界，推翻了自己，变成了非理性，超出了理解。迄今一直被接受的通货变得无法计数，标准波动，虽然可以为非理性提出各种解释，但有限却跟不上无限，没有任何合理的方式可以使无限的非理性的不确定重返意义和理性。在这个衰落与起义之间的时刻，这个死亡与诞生之间的奇幻时刻，无限仿佛获得了自己的具体而独立的生命，被在最遥远的地平线上闪光的"绝对"贯穿和拖长。胡格瑙虽然可以将他的视线从那遥远的黎明处移开，拒绝承认那类事物，却不能不感受到那股冰冷的气息，它横扫世界，冻僵世界，让世界万物的意义枯萎。当胡格瑙每天早上浏览着报纸上的新闻的时候，他像所有读报纸的人一样不安，他们贪婪地试图抓住呈现给他们的事实，尤其是那些有插图作为补充的事实，他们每天都重新希望大量的事实能够填满一个已经陷入沉默的世界，填满一个已经陷入沉默的灵魂。他们读着报纸，心里充满惶恐，害怕每天早上醒来陷入孤寂之中，因为旧的集体生活的言辞已经失效，新的又过于微弱，他们无法听到。他们维持着一副有眼力和理解力的姿态，尖锐地批评政治和社会环境，或者法律系统的运转，他们甚至在这一天当中就这些话题交换观点，但他们实际上是失语的，他们无声地站在"已是"和"尚未"中间；他们不相信言语，要求有图片为证，他们甚至不再相信自己的言语的充分性，他们卡在结束和开始之间，只知道事实的逻辑是无情的，律法是不容置疑的：没有一个灵魂，无论多么堕落，多么卑鄙，多么市侩，多么热衷于陈腐的教条，可以避免这种认知和这种恐惧，——就像一个被孤寂所震动和吞没的孩子，一个惊恐地发现自己正走向死亡的猎物，人必须去寻找一个可以涉水而过的浅滩，它可以最终保证他的生命安全。他在任何地方都找不到帮助。不停地想要在某个不完整的系统中寻找避难所是徒劳的；他可能希望在旧有的浪漫主义的结构中躲避不确定，或者希望在一场不完整的革命中，令他感到熟悉、亲切的一切只会极其缓慢、毫无痛苦地转变为无法抵挡的陌生的东西，但都是徒劳的，——他得不到任何帮助，因为他发现自己被一种虚假的集体生活的虚假魅力欺骗了，而他正在摸索的那种更深、更秘密的关系从试图抓住它的手边拍打着翅膀飞走了；即便他出于失望而躲到货币—商业系统中去，还是无法避免失望：就连这种最典型的资产阶级生活模式——这个不完全的系统比其他任何系统都更坚固，因为它保证了世界上的一种不可动摇的统一，人需要这种统一来消除自己的不确定，两马克总是多于一马克，一笔八千法郎的资金由许多法郎构成，但却是一个整体，这是一套令世界在其中可以计算的理性的工具论——就连资产阶级在所有通货都不稳定的情况下依然强烈渴望相信的这种稳固而持久的增长，都开始破灭了；在任何地方都无法阻挡非理性，世界的景象再也无法压缩成一种理性计算的总和。就连威廉·胡格瑙，如今是一名成功的商人，在市里举足轻重，对生活中的一切的第一个问题通常都是它的价格以及能够产生的利润，就连威廉·胡格瑙，虽然他认为在这个经济不稳定的时期，理应对这个世界摆出一张多疑的脸，就连他，有时都会讥讽地耸耸肩膀不理会某种东西，或者挥挥手试图将其赶跑，很奇怪，他根本不知道原因何在；在突如其来的困惑中，他会问："钱是什么？"有时候，在用尖锐、狐疑的目光打量了顾客之后，他甚至会拒绝让那名顾客赊账，只因为他不喜欢那个人，或者不认可那个人的表情，比如嘴唇讥嘲地抽动一下，无论这种反复无常对他好还是不好，无论他是把一名潜在的好顾客赶到了对手的手里，还是及时地摆脱了一名坏顾客，排除各种实际考虑，这都是一种突兀的做法，虽然或许也是一种清醒的做法，源于一种抄近路；无论如何，这在商业交易中都是不寻常的、非理性的，在很大程度上或许要归咎于开始难以觉察地在胡格瑙和他的同胞之间扩大的鸿沟，仿佛他被孤立在一片沉默的死域之中。胡格瑙对其存在只有最模糊的感知，然而，只要他出现在社交场合，在一家电影院，或者在年轻人跳舞的啤酒厅，或者在法国胜利周年纪念日的宴会上，其轮廓就会变得不那么模糊，甚至明显起来：在这些场合，有望在未来成为市长的胡格瑙会和其他要人一起坐在摆着鲜花的桌前，在厚厚的镜片后面用严肃、空茫、孩子气的目光观看舞蹈，虽然根本还没到不跳舞的年纪，可是当他对身边的人低声说（他从来都不会忘记这么做）自己曾经是一名相当好的舞者时，他自己几乎都已经不相信了。因为无论是坐在这样一个爱国集会上，还是在星期天和大儿子沿着斯特拉斯堡街走路去看自行车比赛，他都会不由自主地陷入一种奇怪的不安之中，因此，他甚至开始为了纯粹考验自己而参加社交；在这种不安之中，事物开始难以觉察地错位，每一场社交——虽然本该呈现出凝聚的特征——都开始分解成具有令人不安的多样性的东西，人们通过装饰、花环和横幅将这些东西合成一种虚假的统一，有悖于他那更好的判断。如果胡格瑙没有在这些不同寻常的想法面前退缩，他无疑会发现，没有一个

457

想法，没有一个名字底下具有相应的具体的统一体；他肯定会发现，保证事件的统一和世界的凝聚的只是可见却神秘的象征，这些象征是必需的，因为没有它们，可见的世界就会破碎成无名的、无形体的、干枯的一层层冰冷而透明的灰烬——胡格瑙会因此而觉察到随即与偶然的诅咒，它笼罩着事物以及事物之间的关系，使得任何不是随即和偶然的安排根本无法想象：如果不是有共同的制服和共同的标志，那些自行车比赛的选手不是会散落到四方吗？胡格瑙没有问这样的问题，因为这是他那可以不无道理地称为个人神学的东西所无法理解的；然而，这个未提出的问题还是使他恼火，就像那些难以捉摸的经验使他烦恼一样，他会在回家的路上无缘无故地打他孩子耳光来发泄自己的怒气。在通过这种方式缓和情绪之后，他可以轻松地回到清醒的现实，从而证实了黑格尔的格言："真正的自由意志是一种理论和实际精神之间的和谐。"在心情大好的时候，他会迈开步子走回城里，经过会众正涌出来的教堂，一边用手杖敲着拍子，一边愉快地哼着歌，只要遇到熟人，他都会打招呼，说声"您好「1」"。

因为一切最终都取决于人与自由的关系，哪怕是最狭小的神学，仅仅能够让经验主义的自我最卑下的行动变得可信，换言之，哪怕是胡格瑙个人的神学，都必须服务于自由，将自由视为其推理演绎的真正的中心，真正的神秘的中心（至少从他在灰蒙蒙的曙光中逃离战壕的那天起，对胡格瑙而言就是

「1」　原文为法语。——译注

如此，他遵循着一条服务于自由的看似非理性，实则高度理性的行动路线，因而他从那天起便为之奋斗、至今仍在生活中为之奋斗的一切，可以看成是他在那头一天的度假心态中的行动的重复）：几乎就像是自由独自在一个崇高的范畴中，翱翔在一切理性与非理性之上，像一个终点和一个开端，像自由的光与之融合而又将其超越的"绝对"，仿佛它是在敞开的天穹燃烧的洞穴之外闪耀的终极的、宁静的光芒。如果不能共享一种既是最高的真实又是最深的非真实的至高的、宏伟的存在，非理性就永远无法依附于理性，理性也无法弥漫在活生生的和谐的情感中：只有通过这种真实与非真实的结合，世界的整体及其形式才能被理解；是自由的理念令人性的不断重生合理化，因为它在尘世上永远无法实现，必须不断重新踏上通往它的道路。哦，通往自由的令人痛苦的冲动！可怕的、不断更新的知识革命！它们令"绝对"对"绝对"的反叛，生命对理性的反叛合理化——令理性（虽然看似矛盾）在释放出非理性的绝对来对抗理性的绝对的时候合理化，通过提供终极的保证让释放出来的非理性力量再次融入一个价值系统，从而使之合理化。没有一个价值系统是不从属于自由的；哪怕是最简化的系统都在摸索自由，哪怕是一切尘世的孤寂和疏离的受害者、放逐者，他所达到的也是谋杀的自由，进监狱的自由，或者当逃兵的自由，哪怕是他，被剥除了一切价值，所有尘世的冲动都向他袭来的人，也是如此——没有一个暴露在永恒之风中的人不会看到自由之星在他孤立的夜晚升起：每个人都必须实现自己的梦，无论是否神圣，他这样做是为了在生命的黑暗与沉闷中享有自由。因此，胡格瑙时常觉得自己是坐在某个坑里或漆黑的洞穴里，目光越过一片像孤寂的围栏一样环绕着他的冰冷区域往外看，而生活则在昏暗的天穹之上的遥远景色中奔腾，他极其渴望溜出自己的围栏，同享外面的自由和孤寂，他隐约猜到的存在像一个幻象从某处向他一个人吹来；它就像是对最深的孤寂必然转变成最深的精神统一的一种认知，但它从未超出这样一个沉闷的信念：在那里，可以强迫人们对他热情、亲切，可以通过谋杀或暴力的威胁，或者打耳光，使他们接受他，倾听他尚未能够表达清楚的真理。因为，尽管他的行为和生活方式与别人几乎没有差别，尽管他越来越确定地奔跑在从青年时代就为他设定好的路线上，从未想过再离开，尽管在他身上奔向死亡的是一种纯粹肉体的、稳固的生命，但在某种意义上，它变得越来越高，越来越轻了，他不再遭受孤立的折磨，但又感到自己日益被切割和孤立出来：他从世界中被切割出来，却仍在其中，他看到人们从他身边退到越来越遥远、越来越被渴望的地方去了，而他却不尝试去探索那个遥远的国度；他就这样听之任之，表明自己跟其他凡人完全一样。因为每个人都知道，人的生命不够长，无法抵达那条不断盘旋而上的道路的终点，在那条道路上，消失在人们背后的一切又将在上方再次出现，人们每迈出新的一步，只是遁入遥远的迷雾：在那条闭环和完满的漫无尽头的道路上，在那清晰的真实中，事物分崩离析，退到极点，退到世界极远的边界，在那里，分

460

散的一切再次合一，距离再次被消除，非理性露出了可见的形体，恐惧不再变成渴望，渴望不再变成恐惧，自我的自由再次被纳入上帝的柏拉图式的自由中；那条闭环和完满的漫无尽头的道路只有实现自己的天性的人才能够踏上——这对任何人来说都是无法达到的。

对任何人来说都是无法达到的！即便胡格瑙进入一个革命的而非商业的系统，他依然无法走上完满的道路。因为谋杀依然是谋杀，邪恶依然是邪恶，其领地限制在个体及其非理性冲动之中的价值系统的市侩化，一切价值崩溃的最终产物，依然是绝对的堕落的那个点；这是那个恒定的绝对零度的点，在不考虑彼此的相对性的情况下，它对一切价值度量和一切价值系统而言是共同的，必须是共同的，因为任何价值系统要想成为可能，都必须在其理念和逻辑本性中观察"可能的经验条件"，观察所有系统共同的一种逻辑结构以及与逻各斯捆绑在一起的一种先验的不变性的经验主义草稿。出于同样的逻辑必然性，任何一个价值系统在过渡到一个新的价值系统的过程中都必须经过那个原子的分解的零点，必须经过与旧系统和新系统都缺乏联系的一代，他们非常超然，对他人的苦痛怀着近乎疯狂的冷漠，他们剥除了一切价值，为自己在革命时期无情地拒绝一切人性的东西提供了一种伦理的，因而也是历史的合理性。或许必须如此，因为只有如此沉默和独来独往的一代，才能承受"绝对"的景象和自由的火光，那火光在最深的黑暗之上，仅仅在最深的黑暗之上燃烧："绝对"的尘世映像就像一个漆黑的水池中的映像，其沉默的尘世回音就是杀人的铁器的叮当声，它发出的无声的振动像人与人之间的一道密不透风、震耳欲聋的沉默之墙，没有声音能够翻越或穿透它，而人必为之颤抖。可怕的映像，可怕的回音，"理性"冲入"绝对"！它的冷酷无情在无声的暴力中找到了尘世的对应物，其神圣目标的理性的直接性在尘世变成了非理性的直接性，迫使人们不情愿而又默默地服从它；它的漫无尽头的问题链在尘世变成了非理性的单独一环，不再提问而只是行动，准备摧毁生活的共同体，这种共同体不再具有存在的合理性，这种所谓的共同体缺乏力量却充满邪恶的意志，这种共同体被鲜血溺死，因自身的毒气而窒息。孤独的死亡，这就是神圣的孤立在尘世的对应物！人，暴露在不受约束的理性的恐怖中，不理解它却被要求侍奉它，陷入远远超出他理解的发展的罗网中，陷入他自身的非理性的罗网中，人就像中了黑色魔法的野人，看不到方法和结果之间的联系；就像无法摆脱非理性和超理性的乱麻的疯子；就像无法走入他渴望进入的共同体的价值中的罪犯。过去无可挽回地避开了他，未来无可挽回地逃离了他，机器的嗡嗡响没有给他指明通往其目标的道路，那目标在无限的迷雾中没有形体、无法抵达，高举着"绝对"的黑色火炬。死亡与出生的可怕时刻，被消灭自身的一代所维持的"绝对"的可怕时刻，这一代对其被自身的逻辑驱策而进入的无限一无所知——这一代人无经验、无援助、无感情，却投入冰冷的风暴中，为了活着，他们必须遗忘，而他们也不知道自己为何死去。他们的道路就是亚哈随鲁的道路，他们的责任就是他的责任，他们的自由就是受猎捕的动物的自由，他们的目标就是遗忘。迷惘的一代！像邪恶本身一样不存在，在无差别的泥沼中无特征、无传统，注定暂时失去自我，在一个正在创造绝对历史的时代当中无传统！无论个人对革命的进程采取何种态度，无论是变得反动，依附于落伍的形式，像所有保守主义者一样将审美误认为伦理，还是在自我中心的知识的消极中保持淡漠，或者屈服于自身的非理性冲动，投入到革命的破坏性的工作中去：

他的命运仍是非伦理的，他是时代的放逐者，时间的放逐者；

然而，时代精神最强烈、最具伦理性和历史性的时刻，就是在革命这一最后和最初的爆发中，在这种自我毁灭和自我重生的行为中，在旧的崩溃的价值系统最后和最大的伦理成就中，在新的价值系统最初的成就中，在时间被取消、历史在绝对零度的哀伤中彻底成形的时刻！

意识到自身的孤立，试图逃离自身记忆的人，他的痛苦是巨大的；他遭受烦扰和放逐，被抛回到最深的动物性的痛苦中，被抛回到遭受暴行的生物的痛苦中，被抛回到一种压倒一切的孤寂中，在其中，他的逃离，他的绝望，他的昏迷是如此强烈，以至于他忍不住想要对自己施以暴行，从而逃离事件永恒不变的法则。出于对那个将从黑暗中响起的审判之声的恐惧，他的内里生出一股极其强烈的渴望，渴望一位领导者轻柔地拉起他的手，让事物恢复秩序，并为他指路；这位领导者不追随任何人，这位领导者将领他走上未被涉足的封闭圆环的道路，领他走上越来越高的路段，越来越光明的启示；这位领导者将重新建造神殿，令死者复活，而他自己也是从死人堆中复活；这位治疗者将通过自己的行动赋予时代难以理解的事件以意义，使时间能够重新开始。这就是他的渴望。然而，即便领导者即将到来，期盼中的奇迹也不会出现；他的生活将是尘世上的普通生活，正如信仰披上了临时的假设的伪装，假设披上了理性的宗教信仰的伪装，治疗者同样以最不可能的伪装行走着，甚至就是此刻正漫不经心地穿过街道的路人——因为无论走到哪里，无论是在喧嚣的城市街道，还是在傍晚静谧的田野，他的道路都是通向天国的道路，都是我们必须走的道路；他的旅程就是在非理性的邪恶和超理性的邪恶之间寻找一条可以穿过的通道，他的自由就是痛苦的责任的自由，就是为过去牺牲和赎罪；即使对于他，这条道路也是一条取决于苦行的考验之路，他的孤立是一个迷失的孩子的孤立，其目的地已经无法抵达，因为他已经被其父亲抛弃。尽管如此：对于我们而言，仅仅是对一位领导者的智慧的希望就是智慧，仅仅是对恩典的预感就是恩典，我们希望"绝对"有一天能通过一位领导者的可见的生活在尘世上实现它自身，这一希望或许是徒劳的，但我们的目标依旧是可接近的，我们的希望——希望有一位弥赛亚来引导我们——依旧是不灭的，价值是一定会再生的。我们会被"抽象"日益增长的沉默包围，每个人都是最冰冷的必然的受害者，被抛入虚无之中，其自我被抛入风中——这是横扫世界的"绝对"的风，从我们对真理模糊的感知和摸索中，将产生节庆和假日的安宁，我们将知晓，每个人的灵魂都有神圣的火星，我们的合一不可丧失；卑微的人类不可丧失的兄弟情谊，从他们最深的痛苦中，闪耀着不可丧失、并未丧失的神圣恩典的痛苦，所有人的合一，在万物之中闪光，超越一切时空；所有的光都源于这合一，从中产生对所有活物的疗愈——象征的象征，映像的映像，从正在黑暗中下沉的命运中浮现，从疯狂和无梦之中涌出，像来自未知的母体的礼物，作为重新获得的遗产，在非理性的叛乱中浮现的一切意象的原型，抹除自我，超越局限，消灭时间和距离；在冰冷的飓风中，在摧枯拉朽的风暴中，监门全开，监牢的地基都动摇了，从世界最深的黑暗中，从我们最苦、最深的黑暗中，向无助的人传来了救援的呼叫，响起了将已经存在和即将来临的一切联结在一起的声音，响起了将我们的孤单和其他所有的孤单联结在一起的声音，这不是恐惧和厄运的声音，它在逻各斯的沉默中颤抖，但却受其承托，被高举到非存在的喧嚣之上；这是人和人群的声音，是慰藉、希望和直接的爱的声音："不要伤害自己！我们都在这里！"

维也纳，1928—1931

图书在版编目（CIP）数据

梦游人 /（奥）赫尔曼·布洛赫著 ；流畅译．-- 广
州：广东人民出版社，2020.9（2022.1 重印）
ISBN 978-7-218-14300-2

Ⅰ．①梦… Ⅱ．①赫… ②流… Ⅲ．①长篇小说－奥
地利－现代 Ⅳ．① I521.45

中国版本图书馆 CIP 数据核字（2020）第 093726 号

Meng You Ren

梦游人

[奥]赫尔曼·布洛赫 著 流畅 译

出 版 人：肖风华

出版监制：黄 平 高 高
选题策划：七楼书店
特约策划：郭凤岭
责任编辑：刘 宇 李立夫
责任技编：吴彦斌 周星奎
装帧设计：周伟伟

出版发行：广东人民出版社
地　　址：广州市海珠区新港西路 204 号 2 号楼（邮政编码：510300）
电　　话：（020）85716809（总编室）
传　　真：（020）85716872
网　　址：http://www.gdpph.com
印　　刷：北京彩虹伟业印刷有限公司
开　　本：640mm×960mm　1/16
印　　张：57.5　　字　　数：580 千
版　　次：2020 年 9 月第 1 版
印　　次：2022 年 1 月第 3 次印刷
定　　价：198.00 元（全 3 册）

如发现印装质量问题，影响阅读，请与出版社（020-85716849）联系调换。
售书热线：（020）85716826

本书配有能够帮助您
提高阅读效率的线上服务

建议配合二维码一起使用本书

扫码后，您可以获得
以下线上服务

01

本书立享服务

★本书话题交流群

02

每周专享服务

★文学类热门资讯

★文学类主题好书推荐

03

长期尊享权益

★推荐同城/省会/邻近直辖市
优质线下活动